SANDRA BROWN
Böses Herz

*Buch*

Als ihre vierjährige Tochter Emily ihr sagt, dass ein kranker Mann in ihrem Vorgarten liegt, eilt Honor Gillette aus dem Haus, um dem Fremden zu helfen. Sie ahnt nicht, in welche Gefahr sie sich damit bringt: Der „kranke" Mann ist Lee Coburn – der in der vergangenen Nacht sieben Menschen kaltblütig erschossen haben soll. Coburn, verletzt und auf der Flucht, nimmt Honor und ihre Tochter als Geiseln. Er verspricht, ihnen nichts zu tun, wenn Honor ihm gibt, was er von ihr fordert ...

Schnell wird klar, dass Coburn nicht zufällig in Honors Garten gelandet ist. Denn er verlangt einen Gegenstand, der sich im Besitz von Honors verstorbenem Ehemann Eddie befunden haben soll. Honor hat keine Ahnung, worum es sich dabei handeln könnte. Doch als Coburn behauptet, dass Eddies Tod kein Unfall war, und vor ihren Augen einen Polizisten erschießt, weiß Honor, dass sie alles tun muss, um diesen Gegenstand zu finden, wenn sie sich und ihre Tochter schützen will ...

*Autorin*

Sandra Brown arbeitete als Schauspielerin und TV-Journalistin, bevor sie mit ihrem Roman *Trügerischer Spiegel* auf Anhieb einen großen Erfolg landete. Inzwischen ist sie eine der erfolgreichsten internationalen Autorinnen, die mit jedem ihrer Bücher weltweit Spitzenplätze der Bestsellerlisten erreicht. Sandra Brown lebt mit ihrer Familie abwechselnd in Texas und South Carolina.

# Sandra Brown

# Böses Herz

### Thriller

Deutsch von Christoph Göhler

blanvalet

Die Originalausgabe erschien 2011 unter dem Titel »Lethal«
bei Grand Central Publishing, New York.

Verlagsgruppe Random House FSC® N001967
Das FSC®-zertifizierte Papier *Holmen Book Cream*
für dieses Buch liefert Holmen Paper, Hallstavik, Schweden

1. Auflage
Taschenbuchausgabe Mai 2015 bei Blanvalet, einem Unternehmen
der Verlagsgruppe Random House GmbH, München.
Copyright © der Originalausgabe 2011 by
Sandra Brown Management, Ltd.
Copyright © der deutschsprachigen Ausgabe 2013 by Blanvalet Verlag
in der Verlagsgruppe Random House GmbH, München
Umschlaggestaltung: www.buerosued.de
Umschlagmotiv: Getty Images / E+ / emmgunn
Redaktion: Miriam Vollrath
LH · Herstellung: sam
Druck und Einband: GGP Media GmbH, Pößneck
Printed in Germany
ISBN: 978-3-7341-0158-8

www.blanvalet.de

# 1

M ommy?«
   »Hm?«
»Mommy?«
»Hm?«
»Da ist ein Mann im Garten.«
»Was ist los?«

Die Vierjährige blieb an der Ecke des Küchentischs stehen und blickte sehnsüchtig auf die Schokoladenglasur, mit der ihre Mutter den Cupcake verzierte. »Krieg ich was davon, Mommy?«

»*Darf* ich etwas davon *haben*. Du kannst die Schüssel aus-schlecken, wenn ich fertig bin.«

»Du hast Schoko gemacht.«

»Weil du am liebsten Schoko isst und weil ich dich von allen Mädchen am liebsten habe«, sagte sie und zwinkerte dem Kind zu. »Und«, fuhr sie betont langsam fort, »ich habe noch Streusel, die wir obendrauf streuen können.«

Emily strahlte, doch dann verzog sie bekümmert das Ge-sicht. »Er ist krank.«

»Wer ist krank?«

»Der Mann.«

»Welcher Mann?«

»Der Mann im Garten.«

Endlich drangen Emilys Worte zu Honor durch, und sie re-gistrierte, dass es sich nicht nur um unwichtiges Geplapper handelte. »Da ist wirklich ein Mann im Garten?« Honor legte den verzierten Cupcake auf der Kuchenplatte ab, versenkte den Spatel in der Kuvertüre und wischte sich gedankenverloren die Hände an einem Handtuch ab, während sie sich an ihrer Tochter vorbeischob.

»Er ist so krank, dass er sich hinlegen muss.«

Emily folgte ihrer Mutter von der Küche ins Wohnzimmer. Honor trat an das große Fenster und ließ den Blick von links nach rechts schweifen, aber sie sah nur den unverwüstlichen Südstaatenrasen, der sich dezent zum Bootssteg hin absenkte.

Hinter den verwitterten Holzplanken des Stegs schwappte träge das Wasser des Bayou. Eine Libelle schwebte so knapp über dem Wasser, dass sich hin und wieder die Oberfläche kräuselte. Der streunende Kater, der Honor jedes Mal mit Missachtung strafte, wenn sie ihm erklärte, dass er hier nicht wohne, pirschte sich in ihrem Beet grellbunter Zinnien an eine unsichtbare Beute an.

»Em, da ist kein …«

»Bei dem weißen Busch«, unterbrach Emily sie eigensinnig. »Ich habe ihn von meinem Zimmer aus gesehen.«

Honor ging zur Tür, drehte den Riegel zurück, hängte die Kette aus, trat auf die Veranda und schaute in die Richtung des weißen Eibischstrauches.

Und tatsächlich, da lag er, mit dem Gesicht zum Boden, halb auf der linken Seite, das Gesicht von ihr abgewandt, den Arm über den Kopf gestreckt. Er rührte sich nicht. Honor konnte nicht einmal feststellen, ob sich sein Brustkorb hob und senkte.

Schnell drehte sie sich um und schob Emily sanft ins Haus zurück. »Schätzchen, lauf in Mommys Schlafzimmer. Das Telefon liegt auf dem Nachttisch. Bring es mir bitte.« Um ihrer Tochter keine Angst einzujagen, sprach sie so ruhig wie möglich, bevor sie die Verandastufen hinunterlief und über den Rasen auf die liegende Gestalt zurannte.

Im Näherkommen sah sie, dass die Kleidung des Mannes verdreckt, zerrissen und voller Blutflecken war. Auch sein nackter, ausgestreckter Arm und die Hand waren blutverschmiert. Geronnenes Blut verklebte außerdem den dunklen Schopf auf seinem Scheitel.

Honor ging neben ihm in die Hocke und legte die Hand auf seine Schulter. Als er aufstöhnte, atmete sie erleichtert aus. »Sir? Können Sie mich hören? Sie sind verletzt. Ich hole Hilfe.«

Sein Arm schnellte so unvermittelt hoch, dass sie nicht einmal Zeit hatte zurückzuweichen, geschweige denn sich irgendwie zu wehren. Blitzschnell und mit einem Höchstmaß an Präzision hatte er sie überwältigt. Seine linke Hand schoss vor und packte ihren Nacken, während seine Rechte den kurzen, stumpfen Lauf einer Pistole in die Vertiefung unter ihren Rippen presste. Er zielte leicht nach oben und links, genau auf ihr Herz, das vor Angst zu platzen drohte.

»Wer ist sonst noch hier?«

Ihre Stimmbänder waren vor Angst wie eingefroren, sie brachte keinen Ton heraus.

Er drückte ihren Nacken fester zusammen und wiederholte düster und mit Nachdruck: »*Wer ist sonst noch hier?*«

Sie brauchte mehrere Anläufe, bevor sie stammelte: »Meine... meine Toch...«

»Noch jemand außer dem Kind?«

Sie schüttelte den Kopf. Oder versuchte es wenigstens. Er hielt ihren Nacken so gnadenlos umklammert, dass sie jeden einzelnen Finger spüren konnte.

Seine blauen Augen durchbohrten sie wie Laser. »Wenn Sie mich anlügen...«

Noch bevor er die Drohung ausgesprochen hatte, begann

sie zu wimmern. »Ich lüge nicht. Ehrenwort. Wir sind allein. Tun Sie uns nichts. Meine Tochter... Sie ist erst vier. Tun Sie ihr nichts. Ich tue alles, was Sie sagen, aber tun Sie...«

»Mommy?«

Honors Herz krampfte sich zusammen, und sie gab ein leises Quieken von sich, wie ein gefangenes, hilfloses Tier. Da sie den Kopf immer noch nicht drehen konnte, sah sie aus den Augenwinkeln nach Emily. Sie stand ein paar Schritte von ihnen entfernt mit niedlich eingeknickten X-Beinchen, das süße Gesicht von blonden Locken umrahmt, und unter den rosa Seidenblüten auf ihren Sandalen leuchteten die kleinen Knubbelzehen hervor. Mit weit aufgerissenen Augen hielt sie Honors Handy in beiden Händen.

Honor spürte, wie eine Woge von Mutterliebe sie überschwemmte. Sie fragte sich, ob sie Emily vielleicht nie wieder so gesund und unschuldig und unberührt sehen würde. Die Vorstellung war so schrecklich, dass ihr sofort Tränen in die Augen stiegen, die sie, um ihrer Tochter willen, hastig wieder wegblinzelte.

Erst als sie zu sprechen versuchte, merkte sie, wie ihre Zähne klapperten. Sie brachte ein »Schon okay, Süße« heraus. Ihr Blick richtete sich wieder auf den Mann, der nur einen Fingerdruck davon entfernt war, ihr Herz in Fetzen zu schießen. Dann würde Emily ganz allein zurückbleiben, in Todesangst und seiner Gnade ausgeliefert.

*Bitte,* beschwor Honor den Fremden mit einem wortlosen Blick. Dann flüsterte sie: »Ich flehe Sie an.«

Die harten, kalten Augen hielten ihre fest wie ein Magnet, während er ganz langsam die Pistole zurückzog. Er senkte die Waffe und verbarg sie hinter seinem Oberschenkel, sodass Emily sie nicht sehen konnte. Aber die unausgesprochene Drohung blieb.

Schließlich löste er den Griff um Honors Nacken und sah Emily an. »Hi.«

Er sagte es, ohne zu lächeln. Eine Klammer von feinen Fältchen rahmte seine Mundwinkel ein, aber Honor glaubte nicht, dass es Lachfalten waren.

Emily sah ihn schüchtern an und bohrte die große Zehe in das dichte Gras. »Hallo.«

Er streckte die Hand aus. »Gib mir das Handy.«

Sie rührte sich nicht. Als er ungeduldig mit dem Finger schnippte, erklärte sie ihm ernst: »Du hast nicht ›bitte‹ gesagt.«

Das Wort *bitte* schien er noch nie gehört zu haben. Trotzdem fügte er nach kurzem Zögern hinzu: »Bitte.«

Emily trat einen Schritt vor, blieb dann wieder stehen und sah Honor an, als wartete sie auf deren Erlaubnis. Obwohl Honors Lippen unkontrollierbar zitterten, brachte sie so etwas wie ein Lächeln zustande. »Schon okay, Herzchen. Gib ihm das Handy.«

Schüchtern legte Emily die letzten Schritte zurück. Sobald sie nah genug war, beugte sie sich so weit vor wie möglich und legte das Handy in seine Hand.

Seine blutverschmierten Finger schlossen sich darum. »Danke.«

»Bitte. Willst du Grandpa anrufen?«

Er sah Honor an. »Grandpa?«

»Er kommt uns heute Abend besuchen«, verkündete Emily fröhlich.

Ohne den Blick von Honor zu wenden, fragte der Mann langsam: »Stimmt das?«

»Magst du Pizza?«

»Pizza?« Er sah wieder Emily an. »Klar. Sicher.«

»Mommy hat gesagt, ich kriege heute Abend Pizza, weil wir heute eine Party feiern.«

»Hm.« Er schob Honors Handy in die Vordertasche seiner schmutzigen Jeans, schloss dann die freie Hand um ihren Oberarm und zog Honor im Aufstehen mit hoch. »So wie es aussieht, bin ich gerade rechtzeitig gekommen. Gehen wir ins Haus. Dann kannst du mir alles über eure Feier erzählen.« Ohne Honors Arm loszulassen, schob er sie zum Haus. Honors Beine schlotterten so, dass sie bei den ersten unsicheren Schritten einzuknicken drohten. Im nächsten Moment hatte Emily den Kater entdeckt und alles andere vergessen. Sie rannte los und rief laut: »Hierher, Kätzchen«, woraufhin das Tier eilig in der Hecke am anderen Ende des Gartens verschwand.

Sobald Emily außer Hörweite war, sagte Honor: »Ich habe Geld im Haus. Nicht viel, vielleicht ein paar Hundert Dollar. Und ein bisschen Schmuck. Sie können alles haben. Hauptsache, Sie tun meiner Tochter nichts.«

Während sie auf ihn einredete, suchte sie mit Blicken hektisch den Garten nach irgendeiner Art von Waffe ab. Der aufgerollte Wasserschlauch auf dem Halter am Rand der Veranda? Der Geranientopf unten an den Stufen? Einer der halb vergrabenen Ziegelsteine, mit denen das Blumenbeet eingefasst war?

Sie wäre auf keinen Fall schnell genug, selbst wenn sie sich aus seinem Griff winden konnte, was, so wie sie seine Kräfte einschätzte, schwierig bis unmöglich war. Und falls sie sich gegen ihn zu wehren versuchte, würde er sie einfach erschießen. Dann konnte er mit Emily tun, was immer ihm einfallen mochte. Bei dem Gedanken schoss ihr die Magensäure in den Mund.

»Wo ist Ihr Boot?«

Sie drehte sich zu ihm um und sah ihn verständnislos an.

Ungeduldig nickte er zu dem leeren Steg hin. »Wer ist mit dem Boot unterwegs?«

»Ich habe kein Boot.«

»Erzählen Sie keinen Müll.«

»Ich habe das Boot verkauft, nachdem ... Vor ein paar Jahren.«

Er schien abzuwägen, ob sie ihn belog, und fragte dann: »Und wo steht Ihr Wagen?«

»Vor dem Haus.«

»Steckt der Schlüssel?«

Erst zögerte sie, doch als er seinen Griff verstärkte, schüttelte sie den Kopf. »Der ist im Haus. An einem Haken neben der Küchentür.«

Er schubste sie vorwärts und folgte ihr die Stufen zur Veranda hinauf. Bei jedem Schritt spürte sie die Pistole in ihrem Rücken. Sie drehte sich um und wollte Emily rufen, aber er sagte: »Lassen Sie sie.«

»Was wollen Sie von mir?«

»Also, erst einmal ...«, sagte er, während er die Tür aufzog und Honor ins Haus stieß, »werde ich nachsehen, ob Sie mich angelogen haben oder ob wirklich niemand im Haus ist. Und dann ... werden wir sehen.«

Sie spürte, wie angespannt er war, während er sie vor sich her durch das leere Wohnzimmer und dann durch den kurzen Flur zu den Schlafzimmern schob. »Hier sind nur Emily und ich.«

Er stieß die Tür zu Emilys Zimmer mit dem Pistolenlauf auf. Die Tür öffnete sich zu einem Mädchentraum in Rosa. Hier lag niemand auf der Lauer. Immer noch misstrauisch durchquerte er mit zwei langen Schritten das Zimmer und riss die Schranktüren auf. Nachdem er sich überzeugt hatte, dass sich auch dort niemand versteckt hielt, zog er Honor in den Flur zurück und auf das zweite Schlafzimmer zu.

Während sie darauf zugingen, knurrte er ihr ins Ohr: »Falls

da drin jemand ist, dann erschieße ich Sie zuerst. Klar?« Er blieb kurz stehen, als wollte er ihr Gelegenheit geben, ihre Behauptung, sie sei mit ihrer Tochter allein, zu widerrufen. Als sie nichts sagte, trat er so fest mit der Schuhspitze gegen die Tür, dass sie gegen die Wand knallte.

Ihr Schlafzimmer strahlte eine unpassende, fast höhnische Heiterkeit aus. Die durch die Jalousien fallenden Sonnenstrahlen warfen helle Streifen auf das Parkett, die weiße Tagesdecke und die hellgrauen Wände. Der Deckenventilator ließ Staubkörner in den schrägen Lichtstrahlen tanzen.

Er zerrte sie zum Schrank und befahl ihr, die Tür zu öffnen. Nachdem er einen Blick in das anschließende Bad geworfen und festgestellt hatte, dass sich auch dort niemand versteckt hielt, entspannte er sich ein wenig.

Er baute sich vor ihr auf. »Wo haben Sie Ihre Waffe?«

»Waffe?«

»Sie haben garantiert irgendwo eine.«

»Nein.«

Seine Augen wurden schmal.

»Ehrenwort«, beteuerte sie.

»Auf welcher Bettseite schlafen Sie?«

»Wie bitte? Wieso?«

Er wiederholte die Frage nicht, sondern starrte sie wortlos an, bis sie schließlich den Arm hob. »Auf der rechten.«

Er trat rückwärts an das Nachtkästchen auf der rechten Seite des Bettes und zog die Schublade auf. Darin lagen eine Taschenlampe und ein Taschenbuch, aber keine tödliche Waffe. Dann zerrte er unter ihrem entsetzten Blick die Matratze mitsamt dem Bezug so weit vom Bett, dass er darunter nachsehen konnte, ohne dabei allerdings mehr zu entdecken als den Deckel des Bettkastens.

Mit einem Kopfnicken bedeutete er ihr, ihm voran aus dem

Zimmer zu gehen. Beide kehrten ins Wohnzimmer zurück und gingen von dort aus weiter in die Küche, die er akribisch mit den Augen absuchte. Schließlich blieb sein Blick an dem Haken mit ihren Autoschlüsseln hängen.

Als sie seinem Blick folgte, sagte sie: »Nehmen Sie den Wagen. Fahren Sie einfach.«

Ohne darauf einzugehen, fragte er: »Was ist dahinter?«

»Die Waschküche.«

Er ging zu der Tür und zog sie auf. Eine Waschmaschine und ein Wäschetrockner. Das Bügelbrett zusammengeklappt in einer Aussparung an der Wand. Ein Wäscheständer zum Trocknen der Unterwäsche, die zum Teil noch dort hing. Ein breites Sortiment an pastellfarbener Spitze. Ein einziger schwarzer BH.

Er drehte sich um, und diese nordischen Augen tasteten sie in einer Intensität ab, bei der ihr das Blut ins Gesicht schoss und gleichzeitig klammer Angstschweiß ihren Rücken überzog.

Er machte einen Schritt auf sie zu, woraufhin sie einen Schritt zurücktrat – eine natürliche Reaktion angesichts der tödlichen Gefahr, die er für sie darstellte. Sie gab sich nicht der Illusion hin, dass es anders sein könnte.

Seine ganze Erscheinung wirkte bedrohlich, angefangen bei den eisigen Augen und den ausgeprägten Gesichtszügen. Er war groß und schlank, aber die Muskeln, die sich unter der glatten Haut an seinen Armen abzeichneten, waren straff wie Peitschenschnüre. Über die Handrücken zogen sich dicke Adern. In seinen Kleidern und Haaren hatten sich Zweige, Moosfasern und kleine Blätter verfangen. Er schien das ebenso wenig zu bemerken wie den verkrusteten Schlamm an seinen Stiefeln und seiner Jeans. Er roch nach Sumpf, nach Schweiß und Gefahr.

Im Haus war es so still, dass sie ihn atmen hörte. Und sie hörte ihr Herz schlagen. Er konzentrierte sich ganz und gar auf sie, und das machte ihr höllische Angst.

Ihn zu überwältigen war ein Ding der Unmöglichkeit, vor allem da er nur einen Finger zu krümmen brauchte, um ihr eine Kugel ins Herz zu jagen. Außerdem stand er zwischen ihr und der Schublade, in der sie die Küchenmesser aufbewahrte. Auf der Theke stand die Kaffeekanne, noch halb gefüllt mit ihrem morgendlichen Kaffee, der heiß genug war, um ihn zu verbrühen. Aber um zu der Kanne oder zu den Messern zu gelangen, musste sie an ihm vorbei, und sie wusste nicht, wie sie das anstellen sollte. Sie glaubte nicht, dass sie ihm davonlaufen konnte, aber selbst wenn sie es durch die Tür schaffen und entkommen sollte, konnte sie Emily unmöglich zurücklassen.

Sie musste auf die Macht der Vernunft oder ihre Überredungskünste setzen.

»Ich habe Sie nicht angelogen, oder?«, fragte sie leise und mit bebender Stimme. »Sie können mein Geld haben und meine Wertsachen ...«

»Ihr Geld interessiert mich nicht.«

Sie deutete auf die blutenden Schürfwunden an seinen Armen. »Sie sind verletzt. Sie haben eine Kopfwunde. Ich ... ich kann Ihnen helfen.«

»Mich verbinden?« Er schnaubte abfällig. »Das wird nicht passieren.«

»Aber was ... was wollen Sie dann?«

»Ihre Hilfe.«

»Wobei?«

»Legen Sie die Hände auf den Rücken.«

»Warum?«

Er kam Schritt für Schritt auf sie zu.

Sie wich zurück. »Hören Sie.« Sie fuhr sich mit der Zunge über die Lippen. »Das können Sie nicht machen.«

»Legen Sie die Hände auf den Rücken«, wiederholte er leise, aber mit Nachdruck.

»Bitte.« Sie schluchzte. »Mein kleines Mädchen…«

»Ich werde Sie nicht noch mal darum bitten.« Wieder machte er einen Schritt auf sie zu.

Sie wich wieder zurück und stand im nächsten Moment mit dem Rücken an der Wand.

Mit einem letzten Schritt stand er vor ihr. »Los.«

Instinktiv wollte sie sich wehren, ihn kratzen, schlagen und treten, um das scheinbar Unausweichliche zu verhindern oder wenigstens hinauszuzögern. Aber die Angst um Emily machte sie gefügig, und so schob sie gehorsam die Hände zwischen ihren Rücken und die Wand und faltete sie.

Er beugte sich über sie. Als sie den Kopf zur Seite drehte, legte er eine Hand unter ihr Kinn und zwang sie so, ihn anzusehen.

Dann flüsterte er: »Sehen Sie, wie leicht ich Ihnen wehtun könnte?«

Sie sah ihm in die Augen und nickte stumpf.

»Okay, ich werde Ihnen *nicht* wehtun. Und ich verspreche Ihnen, dass ich Ihrem Kind nichts tun werde. Aber Sie müssen alles tun, was ich sage. Okay? Haben Sie das verstanden?«

Vielleicht hätte sie aus seinem Versprechen etwas Trost schöpfen können, selbst wenn sie ihm nicht glaubte. Aber plötzlich begriff sie, wer da vor ihr stand, und erstarrte vor Angst.

Atemlos krächzte sie: »Sie sind … Sie sind der Kerl, der gestern Abend dieses Blutbad angerichtet hat.«

# 2

Coburn. C-o-b-u-r-n. Vorname Lee, zweiter Vorname unbekannt.«

Sergeant Fred Hawkins vom Tambour Police Department setzte die Polizeimütze ab und wischte sich den Schweiß von der Stirn. Schon jetzt war sein Gesicht mit einem fettigen Schweißfilm überzogen, dabei war es noch nicht einmal neun Uhr. Im Geist verfluchte er das Klima hier im Süden von Louisiana. Obwohl er nie woanders gelebt hatte, hatte er sich nie an die schwüle Hitze gewöhnen können, und je älter er wurde, desto mehr machte sie ihm zu schaffen.

Im Moment sprach er über Handy mit dem Sheriff des Nachbarbezirks Terrebonne und setzte ihn über den mehrfachen Mord der letzten Nacht ins Bild. »Gut möglich, dass es ein Deckname ist, aber so steht es auf seinem Angestelltenvertrag, und mehr haben wir bis jetzt nicht. Wir haben Fingerabdrücke von seinem Wagen abgenommen... Ja, das ist wirklich kaum zu glauben. Man sollte meinen, er wäre schleunigst vom Tatort verschwunden, aber sein Wagen steht immer noch auf dem Angestelltenparkplatz. Vielleicht hatte er Angst, dass er damit sofort erwischt würde. Andererseits schätze ich, dass jemand, der eben mal kaltblütig sieben Leute erschießt, nicht unbedingt logisch denkt. Jedenfalls ist er, soweit wir das einschätzen können, zu Fuß geflohen.«

Fred holte tief Luft. »Wir lassen die Fingerabdrücke schon landesweit abgleichen. Ich wette, dass wir fündig werden. Bei einem Typen wie dem liegt garantiert schon was vor. Natürlich geben wir alles weiter, was wir über ihn rausfinden, aber ich warte nicht ab, bis ich mehr Informationen bekomme, und Sie sollten das auch nicht tun. Am besten fangen Sie sofort an, nach ihm zu suchen. Haben Sie mein Fax bekommen? ... Gut. Dann kopieren Sie es und lassen Sie es von Ihren Deputys verteilen.«

Während der Sheriff Fred versicherte, dass sein Department imstande sei, fast jeden Flüchtigen aufzuspüren, nickte Fred grüßend seinem Zwillingsbruder Doral zu, der sich eben neben ihm an den Streifenwagen lehnte.

Der Streifenwagen stand am Rand einer zweispurigen Landstraße im schmalen Schatten einer Reklametafel, die für einen Nachtklub am Flughafen von New Orleans warb. Fünfundsechzig Meilen von hier. Die kältesten Drinks. Die heißesten Mädchen. Komplett nackt.

Für Fred klang das durchaus verlockend, aber so wie er die Sache sah, hatte er für solche Vergnügungen vorerst keine Zeit. Nicht, bis Lee Coburn gefasst war.

»Sie haben richtig gehört, Sheriff. Noch nie musste ich an einem so blutigen Tatort ermitteln. Das war eine regelrechte Hinrichtung. Sam Marset wurde aus nächster Nähe durch einen Schuss in den Hinterkopf getötet.«

Der Sheriff drückte seinen Abscheu über ein so brutales Verbrechen aus und verabschiedete sich dann mit dem Versprechen, sofort anzurufen, sobald der irre Mörder in seinem Bezirk entdeckt wurde.

»Dieser Windbeutel könnte einer Ziege die Hörner abschwatzen«, beklagte sich Fred bei seinem Bruder, sobald er die Verbindung getrennt hatte.

Doral reichte ihm einen Styroporbecher. »Du siehst aus, als könntest du einen Kaffee gebrauchen.«

»Keine Zeit.«

»Nimm sie dir.«

Ungeduldig zog Fred den Deckel vom Becher und nahm einen kleinen Schluck. Überrascht zuckte er zurück.

Doral lachte. »Ich dachte, du könntest etwas Aufmunterung brauchen.«

»Wir sind nicht umsonst Zwillinge. Danke.«

Während Fred seinen steifen Kaffee trank, ließ er den Blick über die Reihe von am Straßenrand geparkten Streifenwagen wandern. Dutzende uniformierter Polizisten der verschiedensten Polizeibehörden standen in Grüppchen herum, zum Teil telefonierend, zum Teil über große Karten gebeugt, aber durchwegs ratlos und eingeschüchtert angesichts der vor ihnen liegenden Aufgabe.

»Was für ein Dreck«, meinte Doral halblaut.

»Erzähl mir was, was ich noch nicht weiß.«

»Ich bin als Vertreter der Stadtverwaltung hier und soll dir nur ausrichten, dass wir dir jede Unterstützung geben werden, die ich oder die Stadt anbieten können.«

»Als Chefermittler in diesem Fall bedanke ich mich für die Hilfe der Stadt«, erwiderte Fred ironisch. »Und nachdem wir damit den offiziellen Kack hinter uns gebracht haben, kannst du mir jetzt erklären, wohin er deiner Meinung nach getürmt ist.«

»Du bist der Bulle.«

»Aber du bist der beste Spurenleser weit und breit.«

»Vielleicht seit Eddie gestorben ist.«

»Also, Eddie ist nicht mehr da, und damit bist du es. Du bist ein halber Bluthund. Du könntest einen Floh auf einem Penner finden.«

»Ja, aber kein Floh ist so aalglatt wie dieser Typ.«

So wie Doral gekleidet war, war er nicht als städtischer Angestellter, sondern als Jäger gekommen, weil er fest damit gerechnet hatte, dass sein Bruder ihn dazu verdonnern würde, bei der Menschenjagd mitzumachen. Er setzte seine Baseballkappe ab und fächelte sich damit Luft zu, während sein Blick an den Waldrand ging, wo sich inzwischen alle versammelten, die bei der Suche mitmachen würden.

»Dass er so aalglatt ist, macht mir Sorgen.« Das hätte Fred niemandem außer seinem Bruder gestanden. »Wir müssen diesen Hurensohn kriegen, Doral.«

»Und zwar so schnell wie möglich, verfluchte Scheiße.«

Fred kippte den Rest seines whiskygetränkten Kaffees hinunter und warf den leeren Becher auf den Fahrersitz seines Wagens. »Bist du so weit?«

»Falls du auf mich gewartet hast, hättest du schon längst losgehen können.«

Die beiden stießen zum restlichen Suchtrupp. Da Fred die Fahndung leitete, gab er das Suchkommando. Die Polizisten schwärmten aus und durchkämmten das hohe Gras in Richtung der Bäume, bei denen der fast undurchdringliche Wald begann. Die Hundeführer ließen ihre Tiere von der Leine.

Sie starteten die Suche an dieser Stelle, weil ein Autofahrer, der gestern Nacht hier am Straßenrand einen Reifen gewechselt hatte, gesehen hatte, wie ein Mann in den Wald gelaufen war. Er hatte sich nichts weiter dabei gedacht, bis er heute Morgen im Radio die Meldung von dem Blutbad in der Lagerhalle der Royale Trucking Company gehört hatte. Die Schießerei hatte sich kurz vor dem Zeitpunkt ereignet, an dem er beobachtet hatte, wie ein Individuum – das er nicht beschreiben konnte, weil es zu weit weg gewesen war – zu Fuß eilig im Wald verschwunden war. Daraufhin hatte er das Tambour Police Department angerufen.

Es war keine besonders vielversprechende Spur, aber nachdem Fred und die anderen nichts anderes in der Hand hatten, waren sie hier zusammengekommen, um die Fährte aufzunehmen, die sie hoffentlich zu dem mutmaßlichen Mehrfachmörder, einem gewissen Lee Coburn, führen würde.

Doral hielt den Kopf gesenkt und studierte den Boden. »Kennt sich Coburn in der Gegend aus?«

»Keine Ahnung. Vielleicht kennt er sie wie seine Westentasche, vielleicht hat er auch noch nie einen Sumpf gesehen.«

»Hoffen wir das Beste.«

»In seinen Bewerbungsunterlagen stand, dass er in Orange, Texas, gewohnt hat, bevor er nach Tambour kam. Allerdings habe ich die Adresse überprüfen lassen. Es gibt sie nicht.«

»Also weiß niemand mit Sicherheit, woher er kam.«

»Niemand, den wir fragen könnten«, bestätigte Fred trocken. »Seine Kollegen auf der Laderampe sind alle tot.«

»Aber er hat seit dreizehn Monaten in Tambour gewohnt. Irgendwer muss ihn doch kennen.«

»Bis jetzt hat sich niemand gemeldet.«

»Aber es würde sich auch niemand melden, oder?«

»Wahrscheinlich nicht. Nach der Sache gestern Nacht möchte bestimmt niemand zugeben, dass er mit ihm befreundet war.«

»Ein Barkeeper? Eine Kellnerin? Jemand, bei dem er eingekauft hat?«

»Die Kollegen hören sich schon um. Eine Kassiererin bei Rouse's, die ab und zu seine Einkäufe abkassiert hat, meinte, er sei ein angenehmer Kunde gewesen, aber nicht übermäßig freundlich. Er hätte ausschließlich bar bezahlt. Wir haben seine Sozialversicherungsnummer abgefragt. Keine Kreditkarte, keine Schulden. Kein Konto bei irgendeiner Bank im Ort. Mit seinen Lohnschecks ist er zu einer dieser Agenturen gegangen, die gegen Gebühr Schecks einlösen.«

»Der Mann wollte keine Spuren hinterlassen.«

»Und hat es auch geschafft.«

Doral wollte wissen, ob Coburns Nachbarn befragt worden seien.

»Von mir persönlich«, antwortete Fred. »Jeder in seinem Wohnblock kannte ihn vom Sehen. Die Frauen fanden ihn ganz attraktiv, jedenfalls in dieser gewissen Weise.«

»Und in welcher Weise?«

»Alle wären gern mit ihm in die Kiste gesprungen, aber alle hatten das Gefühl, dass das übel ausgehen würde.«

»Und das ist ›eine gewisse Weise‹?«

»Aber sicher doch.«

»Wer hat dir das gesagt?«

»Ich weiß es eben.« Er stupste seinen Bruder in die Rippen. »Natürlich verstehe ich mehr von Frauen als du.«

»Piss mir nicht ans Bein.«

Beide lachten kurz, dann wurde Fred wieder ernst. »Die Männer, mit denen ich geredet habe, meinten, er sei keiner, mit dem man sich anlegen sollte.«

»Hatte er eine Geliebte?«

»Nicht, soweit wir wissen.«

»Einen Geliebten?«

»Nicht, soweit wir wissen.«

»Die Wohnung habt ihr durchsucht?«

»Gründlich. Er wohnt in einem Ein-Zimmer-Apartment im Osten der Stadt, und nichts darin hat uns irgendwie weitergebracht. Arbeitsklamotten im Schrank. Hühnerpastete im Kühlschrank. Der Mann lebte wie ein Mönch. Eine zerfledderte Ausgabe der *Sports Illustrated* auf dem Couchtisch. Fernseher, aber kein Kabelanschluss. In der ganzen verfluchten Wohnung war nichts Persönliches zu finden. Kein Notizblock, kein Kalender, kein Adressbuch. Null Komma nichts.«

»Computer?«

»Fehlanzeige.«

»Was ist mit seinem Handy?«

Fred hatte am Tatort ein Handy gefunden und ermittelt, dass es keinem der hingerichteten Männer gehörte. »In letzter Zeit gab es nur einen ausgehenden Anruf bei dem miesen Chinesen, der sein Essen in der ganzen Stadt ausliefert, und einen eingegangenen Anruf von einem Telefonwerber.«

»Das ist alles? Zwei Anrufe?«

»In sechsunddreißig Stunden.«

»Verflucht.« Doral schlug nach einer Pferdebremse.

»Wir sind noch dabei, die früheren Anrufe zu überprüfen. Mal sehen, wem die Nummern gehören. Aber im Moment wissen wir nichts über Lee Coburn, außer dass er irgendwo da draußen ist und dass uns die Scheiße um die Ohren fliegen wird, wenn wir ihn nicht bald finden.« Fred senkte die Stimme. »Und mir ist es egal, ob wir ihn in Handschellen oder im Leichensack heimbringen. Weißt du, was für uns am praktischsten wäre? Wenn wir ihn tot aus irgendeinem Bayou fischen würden.«

»In der Stadt würde sich jedenfalls niemand beschweren. Die Leute hielten große Stücke auf Marset. Er war praktisch der Prinz von Tambour.«

Sam Marset war der Besitzer der Royale Trucking Company gewesen, dazu Präsident des Rotarierclubs, Kirchenvorstand der katholischen Gemeinde, ehemaliger Pfadfinder und Freimaurer. Er hatte im Vorstand mehrerer Vereine gesessen und mehr als einmal die Mardi-Gras-Parade im Ort angeführt. Er war ein Grundpfeiler der Gemeinde gewesen, und die Leute hatten ihn bewundert und gemocht.

Jetzt war er nur noch ein Leichnam mit einem Einschussloch im Kopf und einer zweiten Kugel in der Brust, als hätte die erste nicht ausgereicht, um ihn umzubringen. Die sechs weiteren Mordopfer würden wahrscheinlich nicht so schmerzlich vermisst, aber nach dem Mord an Marset hatte man noch an diesem Morgen eine Live-Pressekonferenz geben müssen. Sie war von zahllosen Lokalzeitungen aus dem Küstengebiet Louisianas verfolgt und von allen größeren Fernsehsendern rund um New Orleans aufgezeichnet worden.

Flankiert von Vertretern der Stadtverwaltung, darunter sein Zwillingsbruder, hatte Fred der Presse Rede und Antwort gestanden. Die Polizei von New Orleans hatte einen Porträtzeichner nach Tambour geschickt, der anhand der Beschreibungen von Coburns Nachbarn ein Phantombild angefertigt hatte: Es zeigte einen männlichen Weißen, etwa ein Meter neunzig groß, mittelschwer, athletisch gebaut, mit schwarzem Haar und blauen Augen, der seinen Arbeitsunterlagen zufolge vierunddreißig Jahre alt war.

Zum Abschluss der Pressekonferenz hatte Fred die Zeichnung in die Kameras gehalten und die örtliche Bevölkerung gewarnt, dass Coburn sich vermutlich noch in der Gegend aufhalte und höchstwahrscheinlich bewaffnet und gefährlich sei.

»Du hast ganz schön dick aufgetragen«, kommentierte Doral jetzt Freds abschließende Bemerkung. »Ganz egal, wie aalglatt Lee Coburn ist, inzwischen will ihm jeder ans Leder. Ich glaube nicht, dass er auch nur den Hauch einer Chance hat, von hier wegzukommen.«

Fred sah seinen Bruder an und zog eine Braue hoch. »Meinst du das ernst, oder ist das nur Wunschdenken?«

Ehe Doral darauf antworten konnte, läutete Freds Handy. Er warf einen Blick aufs Display und grinste seinen Bruder an. »Tom VanAllen. Das FBI eilt uns zu Hilfe.«

# 3

Coburn trat einen Schritt zurück, aber trotzdem konnte er die Angst der jungen Frau spüren. Gut. Es war besser, wenn sie sich fürchtete. Solange sie sich fürchtete, würde sie kooperieren. »Die suchen nach Ihnen«, stellte sie fest.

»Hinter jedem Baum.«

»Die Polizei, die Leute des Sheriffs, Freiwillige. Hunde.«

»Heute Morgen konnte ich sie bellen hören.«

»Sie werden Sie kriegen.«

»Noch haben sie mich nicht.«

»Sie sollten fliehen.«

»Das würde Ihnen gefallen, nicht wahr, Mrs. Gillette?«

Das erschrockene Aufleuchten in ihren Augen verriet, dass ihr bewusst war, was es bedeutete, dass er ihren Namen kannte. Er hatte sich nicht auf gut Glück in ihr Haus geflüchtet. Er hatte von Anfang an dorthin – zu ihr – gewollt.

»Mommy, das Kätzchen hat sich unter dem Busch versteckt und will nicht mehr rauskommen.«

Obwohl Coburn mit dem Rücken zur Tür stand, hatte er gehört, wie das Mädchen ins Haus gekommen war, wie ihre Sandalensohlen bei jedem Schritt in Richtung Küche auf den Holzboden klatschten. Trotzdem drehte er sich nicht um. Sein Blick lag weiter fest auf der Mutter des Kindes.

Deren Gesicht war kalkweiß. Die Lippen waren praktisch blutleer, und ihr Blick wechselte in panischer Angst zwischen ihm und dem Mädchen hin und her. Trotzdem musste Coburn ihr zugutehalten, dass sie es schaffte, fröhlich und unbeschwert zu klingen. »Das machen alle Kätzchen so, Em. Sie verstecken sich.«

»Warum denn?«

»Es hat Angst vor dir, schließlich kennt es dich nicht.«

»Das ist doch blöd.«

»Ja, das ist es. Richtig blöd.« Sie richtete den Blick wieder auf Coburn und ergänzte vielsagend: »Es sollte doch wissen, dass du ihm nichts tun würdest.«

Okay, er war nicht auf den Kopf gefallen. Er hatte verstanden. »Aber wenn ihm jemand was tut«, ergänzte er scheinbar freundlich, »dann kratzt es, und das tut scheußlich weh.« Während er in ihre vor Angst geweiteten Augen blickte, schob er die Pistole unauffällig in den Bund seiner Jeans, zog das T-Shirt darüber und drehte sich um. Die Kleine sah ihn mit unverhohlener Neugier an.

»Tut dein Aua weh?«

»Mein was?«

Sie zeigte auf seinen Kopf. Er hob die Hand und ertastete verklebtes Blut. »Nein, das tut nicht mehr weh.«

Dann ging er an ihr vorbei zum Tisch. Seit er in die Küche gekommen war, machte ihm der Duft von frischgebackenem Kuchen den Mund wässrig. Er zog die Papierhülle von einem Cupcake, biss die Hälfte ab und stopfte sich dann in einem Anfall von rasendem Hunger den Rest in den Mund, um sofort nach einem zweiten Küchlein zu greifen. Seit gestern Mittag hatte er nichts mehr gegessen, und er war die ganze Nacht durch den Sumpf gewatet. Er war am Verhungern.

»Du hast dir nicht die Hände gewaschen«, stellte das Kind empört fest.

Er schluckte den Kuchen in seinem Mund praktisch auf einen Sitz hinunter. »Was ist?«

25

»Du musst dir die Hände waschen, bevor du was isst.«

»Ach ja?« Er schälte das Papier von seinem zweiten Cupcake und biss herzhaft zu.

Das Kind nickte ernst. »Das muss jeder machen.«

Er warf der Frau, die sich inzwischen hinter ihre Tochter gestellt hatte und ihr schützend die Hände auf die Schultern legte, einen kurzen Blick zu. »Ich tue nicht immer das, was jeder macht«, sagte er. Ohne die beiden aus den Augen zu lassen, ging er zum Kühlschrank, öffnete ihn und holte die Milch heraus. Er drehte mit dem Daumen den Deckel ab, setzte die Plastikflasche an den Mund und trank in großen Schlucken.

»Mommy, jetzt trinkt er aus …«

»Ich weiß, Schatz. Aber das ist eine Ausnahme. Weil er so durstig ist.«

Das Kind beobachtete fasziniert, wie er fast einen Liter Milch trank, bevor er absetzte und Luft holte. Dann wischte er sich mit dem Handrücken über den Mund und stellte die Flasche in den Kühlschrank zurück.

Die Kleine rümpfte die Nase. »Deine Sachen sind ganz schmutzig, und du stinkst.«

»Ich bin ins Wasser gefallen.«

Sie sah ihn mit großen Augen an. »Aus Versehen?«

»Irgendwie schon.«

»Hattest du Flügel an?«

»Flügel?«

»Kannst du toter Mann machen?«

Verständnislos sah er die Mutter an. Sie erklärte: »Sie hat im Schwimmunterricht gelernt, wie man toter Mann macht.«

»Ich muss immer noch meine Flügel anziehen«, eröffnete ihm die Kleine. »Aber ich hab schon einen goldenen Stern auf mein Fertizikat gekriegt.«

Nervös drehte die Mutter das Kind um und schob es auf die Tür zum Wohnzimmer zu. »Ich glaube, jetzt kommt gleich deine Sendung. Willst du nicht ein bisschen fernsehen, während ich mit … mit unserem Besuch rede?«

Das Mädchen stemmte sich gegen den Griff der Mutter. »Du hast gesagt, ich darf die Schüssel auslecken.«

Nach kurzem Zögern nahm die Mutter den Gummispatel aus der Glasurschüssel und reichte ihn ihrer Tochter. Die nahm ihn glückselig entgegen und ermahnte ihn dann: »Noch mehr Cupcakes darfst du aber nicht essen. Die sind nämlich für die Geburtstagsfeier.« Dann hüpfte sie aus dem Raum.

Die Frau drehte sich zu ihm um, blieb aber stumm, bis Stimmen aus dem Fernseher zu hören waren. Dann fragte sie ihn: »Woher wissen Sie, wie ich heiße?«

»Sie sind doch Eddie Gillettes Witwe, richtig?« Sie starrte ihn nur an. »Das ist doch nicht so schwer zu beantworten. Ja oder nein?«

»Ja.«

»Wenn Sie also nicht wieder geheiratet haben …«

Sie schüttelte den Kopf.

»Dann ist davon auszugehen, dass Sie immer noch Mrs. Gillette heißen. Wie heißen Sie mit Vornamen?«

»Honor.«

*Ehre?* Er hatte noch nie jemanden getroffen, der so hieß. Aber andererseits war er hier in Louisiana. Hier hatten die Menschen die merkwürdigsten Namen, Vor- wie Nachnamen. »Also, Honor, mich brauche ich wohl nicht vorzustellen, oder?«

»In den Nachrichten haben sie gesagt, Sie heißen Lee Collier.«

»Coburn. Sehr erfreut. Bitte setzen Sie sich.« Er deutete auf den Stuhl am Küchentisch.

Sie zögerte, zog dann den Stuhl unter dem Tisch hervor und ließ sich langsam darauf sinken.

Er zerrte ein Handy aus der Vordertasche seiner Jeans, tippte eine Nummer ein, angelte sich dann mit der Stiefelspitze einen zweiten Stuhl und setzte sich ihr gegenüber an den Tisch. Während er dem Läuten am anderen Ende der Leitung lauschte, ließ er sie nicht aus den Augen.

Sie rutschte auf ihrem Sitz herum. Erst rang sie die Hände im Schoß und wandte das Gesicht ab, kurz darauf richtete sie fast trotzig den Blick auf ihn und starrte zurück. Sie stand Todesängste aus, wollte das aber auf keinen Fall zeigen. Die Lady hatte Rückgrat, aber damit konnte er umgehen. Ihm war eine kleine Kämpferin lieber als eine jammernde Heulsuse.

Als sich am anderen Ende eine Automatenstimme meldete, fluchte er leise, wartete das Piepsen ab und sagte: »Du weißt, wer dran ist. Hier ist die Hölle los.«

Sobald er aufgelegt hatte, fragte sie: »Sie haben einen Komplizen?«

»Könnte man so sagen.«

»War er auch bei ... der Schießerei?«

Er sah sie nur an.

Sie fuhr sich mit der Zunge über die Lippen und zog die Unterlippe zwischen die Zähne. »In den Nachrichten hieß es, dass dabei sieben Menschen getötet wurden.«

»So viele habe ich auch gezählt.«

Sie verschränkte die Arme vor der Brust und umklammerte ihre Ellbogen. »Warum haben Sie die Leute umgebracht?«

»Was sagen sie denn im Fernsehen dazu?«

»Dass Sie ein Angestellter seien und einen Groll gegen Ihren Arbeitgeber gehegt hätten.«

Er zuckte mit den Achseln. »Das mit dem Groll könnte passen.«

»Sie konnten die Firma nicht leiden?«

»Nein. Und den Boss schon gar nicht.«

»Sam Marset. Aber die anderen waren doch nur Schichtarbeiter, genau wie Sie. War es wirklich nötig, sie zu erschießen?«

»Ja.«

»Warum?«

»Weil sie Zeugen waren.«

Seine barschen Antworten schienen sie gleichermaßen zu verblüffen und zu schockieren. Er sah, wie ein Schaudern durch ihren Körper lief. Eine Weile blieb sie still sitzen und starrte nur auf die Tischplatte.

Dann hob sie langsam den Kopf und sah ihn an. »Woher kannten Sie meinen Mann?«

»Ehrlich gesagt, hatte ich nie das Vergnügen. Aber ich habe von ihm gehört.«

»Über wen?«

»Bei Royale Trucking wird oft über ihn gesprochen.«

»Er wurde in Tambour geboren und ist hier aufgewachsen. Jeder kannte Eddie, und jeder mochte ihn.«

»Sind Sie sich da ganz sicher?«

Sie sah ihn empört an. »Aber ja.«

»Unter anderem war er Polizist, nicht wahr?«

»Was meinen Sie mit ›unter anderem‹?«

»Ihr Mann, der verstorbene, verehrte Polizist Eddie, war im Besitz von etwas sehr Wertvollem. Ich bin hergekommen, um es zu holen.«

Bevor sie antworten konnte, begann das Telefon in seiner Tasche, ihr Telefon, zu läuten und unterbrach ihr Gespräch. Coburn zog es wieder aus der Tasche. »Wer ist Stanley?«

»Mein Schwiegervater.«

»Grandpa«, wiederholte er, was die Kleine draußen im Garten gesagt hatte.

»Wenn ich nicht drangehe…«

»Vergessen Sie's.« Er wartete, bis das Telefon aufgehört hatte zu läuten, und nickte dann zu den Cupcakes hin. »Wer hat eigentlich Geburtstag?«

»Stan. Er kommt zum Abendessen, um mit uns zu feiern.«

»Um welche Uhrzeit? Und ich rate Ihnen, mich nicht anzulügen.«

»Um halb sechs.«

Er sah auf die Wanduhr. Das war in knapp acht Stunden. Bis dahin hatte er hoffentlich gefunden, was er suchte, und war längst über alle Berge. Allerdings hing viel davon ab, wie Eddie Gillettes Witwe reagierte und wie viel sie tatsächlich über die Nebentätigkeiten ihres verstorbenen Mannes wusste.

Er sah ihr an, dass ihre Angst nicht gespielt war. Aber fürchten konnte sie sich aus den verschiedensten Gründen, und einer davon war möglicherweise, dass sie das bewahren wollte, was sie besaß, und Angst hatte, dass er es ihr wegnehmen könnte.

Oder aber sie war vollkommen unschuldig und fürchtete einfach um ihr Leben und das ihres Kindes.

So wie es aussah, lebten die beiden allein hier draußen in der Wildnis. Nichts im Haus deutete darauf hin, dass hier ein Mann wohnte. Natürlich musste die einsame Witwe Todesängste ausstehen, wenn plötzlich ein blutverschmierter Fremder auftauchte und sie mit einer Waffe bedrohte.

Obwohl die Tatsache, dass sie allein lebte, nicht automatisch ein Beweis für Tugendhaftigkeit war, dachte Coburn. Schließlich lebte auch er allein.

Auch das Äußere konnte täuschen. Natürlich sah sie unschuldig aus, vor allem in diesen Sachen. Das weiße T-Shirt, die kurzen Bluejeans und die weißen Retro-Turnschuhe wirkten so bodenständig wie selbst gebackene Cupcakes. Die blonden Haare hatte sie zu einem lockeren Pferdeschwanz zusammengefasst. Ihre Augen waren grün. Sie sah aus wie das typisch amerikanische, adrette Mädchen von nebenan, nur dass Coburn noch nie neben jemandem gewohnt hatte, der so gut ausgesehen hatte wie sie.

Als er die knappen Höschen auf dem Wäscheständer in der Waschküche gesehen hatte, war ihm wieder bewusst geworden, wie lange er mit keiner Frau mehr zusammen gewesen war. Und beim Anblick der weichen Hügel unter Honor Gillettes T-Shirt und ihrer langen glatten Beine spürte er nur zu deutlich, wie gern er seine lange Abstinenzphase beenden würde.

Offenbar ahnte sie, wohin seine Gedanken abgeschweift waren, denn als er den Blick wieder von ihren Brüsten hob und ihr in die Augen sah, beobachtete sie ihn ängstlich. Schnell meinte sie: »Sie sitzen bis zum Hals in der Tinte, und hier vergeuden Sie nur Zeit. Ich kann Ihnen nicht helfen. Eddie besaß bestimmt nichts wirklich Wertvolles.« Sie hob die Hände. »Sie sehen doch selbst, wie einfach wir leben. Als Eddie starb, musste ich sein Angelboot verkaufen, sonst wäre ich nicht über die Runden gekommen, bis ich wieder unterrichten konnte.«

»Unterrichten.«

»In der Grundschule. Zweite Klasse. Eddie hat mir nichts hinterlassen als eine kleine Lebensversicherung, die kaum die Beerdigungskosten abdeckte. Nachdem er nur acht Jahre bei der Polizei war, bekomme ich nur eine winzige Witwenrente. Und die wandert direkt in Emilys Collegefonds. Wir leben ausschließlich von meinem Gehalt, und davon bleibt so gut wie nichts übrig.«

Sie holte tief Luft. »Man hat Sie falsch informiert, Mr. Coburn. Oder Sie sind einem Gerücht aufgesessen und haben die falschen Schlüsse gezogen. Eddie hat nichts Wertvolles besessen, und ich besitze auch nichts Wertvolles. Falls ich etwas hätte, würde ich es Ihnen liebend gern überlassen, um Emily zu schützen. Ihr Leben ist kostbarer als alles, was ich je besitzen könnte.«

Er sah sie nachdenklich an und erwiderte nach einigen Sekunden: »Schön gesprochen, aber das überzeugt mich nicht.« Er stand auf, beugte sich vor, packte sie wieder am Oberarm und zog sie aus ihrem Stuhl. »Als Erstes nehmen wir uns das Schlafzimmer vor.«

# 4

Auf der Straße nannten sie ihn Diego.

Anders hatte man ihn noch nie genannt, und soweit ihm bekannt war, hatte er auch keinen anderen Namen. Seine frühesten Erinnerungen drehten sich um eine dürre schwarze Frau, die ihm befahl, ihr die Zigaretten oder eine Spritze zu bringen, und die ihn beschimpfte, wenn er nicht sofort gehorchte.

Ob sie seine Mutter war, wusste er nicht. Sie hatte das nie behauptet, aber sie hatte es auch nicht abgestritten, als er sie ein einziges Mal danach gefragt hatte. Er war nicht schwarz, jedenfalls nicht richtig. Sein Name klang spanisch, aber das sagte nichts über seine Herkunft aus. Sogar in New Orleans, wo sich die Rassen schon immer gemischt hatten, war er nicht mehr als ein Straßenköter.

Die Frau in seinen Erinnerungen hatte davon gelebt, Zopffrisuren zu flechten. Ihren Salon hatte sie nur geöffnet, wenn sie Lust hatte zu arbeiten, was selten genug vorgekommen war. Wenn sie schnell Geld gebraucht hatte, hatte sie im Hinterzimmer den männlichen Kunden andere Dienste geleistet. Sobald Diego alt genug gewesen war, hatte sie ihn losgeschickt, um auf der Straße Werbung zu machen. Die Frauen hatte er mit dem Versprechen angelockt, sie würden die festesten Rastazöpfe von ganz New Orleans bekommen. Männern hatte er die anderen Vergnügungen angedeutet, die hinter dem Glasperlenvorhang in der Tür zur Straße zu finden waren.

Eines Tages war er nach Hause gekommen, nachdem er auf der Straße nach etwas Essbarem gesucht hatte, und hatte sie tot auf dem verdreckten Badezimmerboden gefunden. Er hatte bei ihr ausgeharrt, bis selbst er den Gestank nicht mehr ertragen hatte, und war dann getürmt. Sollte sich doch jemand anderer um den aufgedunsenen Leichnam kümmern. Seit jenem Tag war er auf sich allein gestellt. Sein Jagdgebiet war ein Stadtviertel von New Orleans, das selbst die Engel aus Angst mieden.

Inzwischen war er siebzehn und seinen Jahren an Erfahrung weit voraus.

Sein Handy vibrierte, und er sah auf das Display. *Unbekannte Nummer.* Anders gesagt, er bekam einen neuen Auftrag. Er antwortete mit einem mürrischen »Ja?«.

»Das klingt ziemlich gereizt, Diego.«

Schon eher *stinksauer.* »Warum hast du nicht mich eingesetzt, um die Sache mit Marset zu klären? Aber du wolltest ja nicht. Und jetzt sieh dir an, was passiert ist.«

»Du hast von dem Lagerhaus und Lee Coburn gehört?«

»Ich habe einen Fernseher. Flatscreen.«

»Den du von meinem Geld gekauft hast.«

Diego ließ das unkommentiert. Sein Gesprächspartner brauchte nicht zu wissen, dass Diego auch andere Geldquellen hatte. Gelegentlich arbeitete er auch für andere Kunden.

»Schusswaffen«, meinte er verächtlich. »Was für ein Krach. Warum mussten sie alles in Fetzen schießen? Ich hätte Marset still und leise erledigt, und allen wäre der Zirkus erspart geblieben, der jetzt in Tambour einzieht.«

»Ich wollte etwas klarstellen.«

*Legt euch nicht mit mir an.* Das hatte klargestellt werden sollen. Diego vermutete, dass jeder, der in diesem Geschäft tätig war und von der Schießerei gehört hatte, heute Morgen besonders vorsichtig war. Obwohl Marsets Exekution so stümperhaft durchgeführt worden war, hatte sie ihre Wirkung nicht verfehlt.

»Lee Coburn ist immer noch auf freiem Fuß«, meinte Diego fast stichelnd.

»Stimmt. Ich lasse mich über die Suche auf dem Laufenden halten. Ich hoffe, dass er schon tot ist, wenn sie ihn finden, aber falls nicht, muss er zum Schweigen gebracht werden. Genau wie jeder, mit dem er gesprochen hat, seit er aus diesem Lagerhaus verschwunden ist.«

»Darum rufst du also an.«

»Es ist ziemlich knifflig, an jemanden im Polizeigewahrsam heranzukommen.«

»Knifflig ist meine Spezialität. Ich komme schon an ihn ran. So wie noch jedes Mal.«

»Darum bist du mein Mann für diesen Job, sollte er nötig werden. Bei Marset hätte ich dein Talent verschwendet. Ich brauchte jemanden, der Krach schlägt und eine Menge Blut hinterlässt. Aber nachdem das jetzt erledigt ist, will ich keine losen Enden zurücklassen.«

*Keine losen Enden. Keine Gnade.* Das Mantra, nach dem hier gearbeitet wurde. Wer sich vor der Drecksarbeit zu drücken versuchte, war gewöhnlich das nächste Opfer.

Ein paar Wochen zuvor war ein mexikanischer Junge von einem überladenen Lkw entkommen, auf dem er in die Staaten geschmuggelt worden war. Er und eine Handvoll anderer Jungen waren für irgendwelche Sklavendienste bestimmt gewesen. Offenbar hatte der Junge geahnt, was die Zukunft für ihn bereithielt. Bei einem Tankstopp war er getürmt, während der Fahrer den Sprit bezahlt hatte.

Zum Glück hatte ein State Trooper, der ebenfalls auf der Gehaltsliste stand, ihn dabei erwischt, wie er auf dem Freeway in Richtung Westen trampen wollte. Der Highway-Polizist hatte den Jungen versteckt und den Befehl bekommen, das Problem zu lösen. Leider hatte er in letzter Minute den Schwanz eingezogen.

Daraufhin hatte Diego den Auftrag bekommen, den Jungen abzuholen und die Schmutzarbeit zu erledigen. Eine Woche nach dem Tod des Jungen war Diego dann ein weiteres Mal losgeschickt worden, um nicht nur den nachlässigen Lastwagenfahrer zu beseitigen, dem der Junge entwischt war, sondern auch den Trooper, der sich nicht nur als gierig, sondern auch als feige erwiesen hatte.

*Keine losen Enden. Keine Gnade.* Mit dieser kompromisslosen Haltung machte man die Menschen ängstlich und fügsam.

Nur dass Diego vor niemandem Angst hatte. Darum antwortete er auf die fast mürrisch klingende Frage aus dem Telefon: »Hast du das Mädchen gefunden, das aus dem Puff abgehauen ist?«, fast fröhlich: »Gestern Abend.«

»Sie macht keine Probleme mehr?«

»Höchstens den Engeln. Oder dem Teufel.«

»Der Leichnam?«

»Ich bin kein Idiot.«

»Diego, nur eins ist noch lästiger als ein Idiot – und das ist ein Klugscheißer.«

Diego zeigte dem Handy den Stinkefinger.

»Ich muss Schluss machen, da ruft jemand an. Halte dich bereit.«

Diego schob die Hand in die Hosentasche und spielte mit dem Rasiermesser, das überall gefürchtet war. »Ich bin immer bereit«, versicherte er, doch die Leitung war schon wieder tot.

# 5

Emily war so vertieft in ihre Sendung, dass sie sich nicht einmal umdrehte, als Honor und Coburn das Wohnzimmer durchquerten.

Sobald sie im Schlafzimmer standen, wand Honor den Arm aus seinem Griff und rieb sich den schmerzenden Muskel. »Ich will nicht erschossen werden, und ich würde ganz bestimmt nicht riskieren, dass Emily etwas passiert, darum würde ich auf keinen Fall weglaufen und sie allein zurücklassen. Sie brauchen also nicht grob zu werden.«

»Das überlassen Sie ruhig mir.« Er nickte zu dem Computer am Schreibtisch hin. »Hat Ihr Mann an dem Computer gearbeitet?«

»Wir haben ihn beide benutzt.«

»Starten Sie ihn.«

»Darauf sind nur meine persönlichen E-Mails, die Schulakten meiner Schüler und die Lehrpläne für die einzelnen Monate.«

Er blieb schweigend, düster und bedrohlich neben ihr stehen, bis sie zum Schreibtisch ging und sich setzte. Der Computer brauchte eine halbe Ewigkeit, bis er hochgefahren war. Sie starrte auf den Monitor, in dem sie ihr verschwommenes Spiegelbild erkannte, und spürte dabei genau, wie dicht er hinter ihr stand. Er verströmte den Geruch des Sumpfes und strahlte Körperwärme und ein deutliches Gefühl der Bedrohung aus.

Aus dem Augenwinkel konnte sie seine Hand erkennen. Die

Finger lagen entspannt auf seinem Schenkel. Trotzdem war ihr klar, dass sie ihr das Leben aus dem Leib pressen konnten, wenn er sie um ihre Kehle legte. Bei der Vorstellung, sie könnten sich um Emilys süßen, weichen Hals schließen, wurde ihr übel.

»Danke, Mr. Coburn«, flüsterte sie.

Ein paar Sekunden verstrichen, bevor er fragte: »Wofür?«

»Dafür, dass Sie Emily nichts getan haben.«

Er sagte nichts.

»Und dass Sie ihr die Pistole nicht gezeigt haben. Dafür bin ich Ihnen wirklich dankbar.«

Wieder verstrichen mehrere Sekunden. »Dem Kind Angst einzujagen würde nichts bringen.« Der Computer verlangte ein Passwort. Honor tippte es ein. Im Eingabefeld waren nur schwarze Punkte zu sehen.

»Moment«, unterbrach er sie, bevor sie auf Enter drücken konnte. »Löschen Sie das und tippen Sie es noch mal. Und zwar langsam.«

Sie pickte auf die jeweiligen Tasten.

»Wofür steht das *R*?«

»Rosemary.«

»HR Gillette. Kein besonders originelles Passwort. Leicht zu erraten.«

»Ich habe nichts zu verbergen.«

»Das werden wir sehen.«

Er beugte sich über ihre Schulter und begann die Maus zu bewegen. Er arbeitete sich durch ihre Mails, selbst durch die im Papierkorb, und danach durch sämtliche Dokumente, die aber nichts enthielten, was irgendjemanden interessiert hätte, der nicht in die zweite Klasse ging.

Schließlich fragte sie höflich: »Möchten Sie sich vielleicht setzen?«

»Es geht schon.«

Für ihn vielleicht, für sie nicht. Er stand vornübergebeugt dicht hinter ihr und berührte dabei immer wieder ihren Rücken und ihre Schulter, oder sein Arm strich über ihren, wenn er mit der Maus hantierte.

Schließlich hatte er sich überzeugt, dass die geöffneten Dateien nichts für ihn Wichtiges enthielten. »Hatte Eddie auch ein Passwort?«

»Wir haben dasselbe benutzt und auch dieselbe E-Mail-Adresse.«

»Ich habe keine E-Mails an ihn oder von ihm gesehen.«

»Die wurden alle gelöscht.«

»Warum?«

»Weil sie Speicherplatz wegnahmen.«

Er sagte nichts, aber im selben Moment spürte sie ein leises Ziehen an ihrem Pferdeschwanz und begriff, dass er ihre Haare um seine Faust wickelte. Als er alle Haare gepackt hatte, drehte er ihren Kopf zu sich herum. Obwohl sie die Augen geschlossen hatte, spürte sie seinen bohrenden Blick auf ihrem Scheitel.

»Augen auf.«

Nachdem sie eben erst überlegt hatte, wie stark diese Hände waren, schlug sie gehorsam die Augen auf. Sie befand sich auf Augenhöhe mit seiner Taille. Seinen Rumpf so dicht vor ihrem Gesicht zu haben, in fast intimer Nähe, war verstörend, und genau das hatte er wohl beabsichtigt. Er wollte ihr zweifelsfrei demonstrieren, wer hier das Sagen hatte.

Aber vielleicht konnte sie die Situation auch zu ihrem Vorteil nutzen. Ihre Nase war nur wenige Zentimeter von der Pistole entfernt, die sich unter seinem T-Shirt abzeichnete. Und sie hatte beide Hände frei. Konnte sie vielleicht …

Nein. Noch bevor sie den Gedanken zu Ende gedacht hatte,

hatte sie ihn schon wieder verworfen. Eddie hatte ihr beigebracht, mit einer Pistole zu schießen, aber sie hatte sich nie mit dem Gedanken anfreunden können, eine Waffe zu benutzen. Mit Sicherheit würde Coburn ihr die Waffe aus der Hand schlagen oder entreißen, bevor Honor sie ihm aus dem Hosenbund ziehen und abfeuern konnte. Wenn sie das versuchte, würde sie ihn nur verärgern. Und was dann? Das wollte sie sich lieber nicht ausmalen.

Im nächsten Moment zog er ihren Kopf an ihrem Pferdeschwanz zurück, bis sie ihm ins Gesicht sehen musste. »Warum haben Sie die E-Mails Ihres Mannes gelöscht?«

»Er ist seit zwei Jahren tot. Warum sollte ich sie noch länger aufbewahren?«

»Es hätten wichtige Informationen darin stehen können.«

»Da standen aber keine.«

»Sagt sie und klingt dabei sehr selbstsicher.«

»Das bin ich auch«, fauchte sie. »Eddie wäre bestimmt nicht so unvorsichtig gewesen, wichtige Dinge per E-Mail zu besprechen.«

Er hielt ihren Blick fest, als wollte er abschätzen, wie ernst es ihr war. »Erledigen Sie auf diesem Computer auch Ihre Bankgeschäfte?«

»Nein.«

»Zahlen Sie Rechnungen darüber?«

Sie schüttelte den Kopf, so gut es in seinem festen Griff ging. »Keiner von uns hat persönliche Geschäfte darauf erledigt.«

»Was ist mit seinem Computer in der Arbeit?«

»Der gehört dem Police Department.«

»Er wurde Ihnen nicht ausgehändigt?«

»Nein. Bestimmt benützt ihn inzwischen einer seiner Kollegen.«

Wieder sah er ihr lange ins Gesicht und schien dann zu dem

Schluss zu kommen, dass sie die Wahrheit sagte. Er gab ihr Haar frei und trat einen Schritt zurück. Erleichtert stand sie auf und machte zwei Schritte von ihm weg in Richtung Tür. »Ich will nur kurz nach Emily sehen.«

»Sie bleiben hier.«

Sein Blick tastete den Raum ab und stockte unvermittelt, als ihm etwas auf der Kommode ins Auge fiel. Er durchquerte das Zimmer, griff nach dem gerahmten Bild und drückte es ihr in die Hand. »Wer ist da drauf?«

»Der Älteste ist Stan.«

»Eddies Vater? Für einen Mann seines Alters ist er aber gut in Form.«

»Er arbeitet daran. Neben ihm steht Eddie.«

»Und die beiden anderen? Die Zwillinge?«

»Fred und Doral Hawkins. Eddies beste Freunde.« Während sie mit dem Finger über das Glas im Rahmen strich, zauberte die Erinnerung ein Lächeln auf ihr Gesicht. »Damals waren sie über Nacht zum Fischen aufs Meer gefahren. Als sie am nächsten Nachmittag wieder anlegten, stellten sie sich mit ihrem Fang auf dem Steg in Positur und ließen sich von mir fotografieren.«

»Ist dies das Boot, das Sie verkauft haben?«

»Nein, das war Dorals Charterboot. Der Hurrikan Katrina hat es zerstört. Inzwischen arbeitet Doral bei der Stadt. Fred ist bei der Polizei.«

Er sah sie scharf an und tippte dann auf das eingerahmte Bild. »Der Typ ist ein Bulle?«

»Er und Eddie hatten sich gemeinsam auf der Polizeiakademie angemeldet und gleichzeitig den Abschluss gemacht. Er…« Sie verstummte und wandte das Gesicht ab, doch er legte die Hand unter ihr Kinn und zwang sie, ihn wieder anzusehen.

»Was?«, wollte er wissen.

Wozu sollte sie lang um die Sache herumreden? »Fred leitet die Suche nach Ihnen.«

»Woher wissen Sie das?«

»Er hat heute Morgen eine Pressekonferenz gegeben. Dabei hat er gelobt, Sie zu fassen und den sieben ermordeten Männern Gerechtigkeit widerfahren zu lassen.«

Er brauchte eine Weile, um das zu verdauen, ließ dann ihr Kinn los und nahm ihr das Bild aus der Hand. Unter ihren entsetzten Blicken drehte er es auf den Rücken und begann die Klammern zu lösen, um es aus dem Rahmen zu holen.

»Was tun Sie da?«

»Wonach sieht es denn aus?«

Er hob die Deckplatte ab und fand darunter genau das, was sie schon vorher gewusst hatte: das Foto, eine feste Pappe und die Glasscheibe. Nachdenklich studierte er das Bild und das auf die Rückseite gedruckte Datum. »Das war ja ein richtiges Quartett.«

»Die drei Jungen freundeten sich schon in der Grundschule an. Stan zog die Hawkins-Zwillinge praktisch zusammen mit Eddie auf. Nach Eddies Tod waren mir die beiden eine große Hilfe. Sie haben sich mit Hingabe um mich und Emily gekümmert.«

»Ach ja?« Sein Blick wanderte über ihren Körper. »Das kann ich mir vorstellen.«

Am liebsten hätte sie ihn geohrfeigt für das, was er mit seinem Schmunzeln andeutete. Doch nachdem sie es für unter ihrer Würde hielt, sich moralisch vor jemandem zu rechtfertigen, an dessen Händen im wahrsten Sinn des Wortes Blut klebte, blieb sie stumm. Immerhin nahm sie ihm das Foto ab und legte es zusammen mit dem zerlegten Rahmen auf die Kommode zurück.

»Wie ist er eigentlich gestorben?«, fragte er. »Eddie. Wie ist er umgekommen?«

»Bei einem Autounfall.«

»Was ist passiert?«

»Man nimmt an, dass er einem Tier oder etwas anderem ausweichen wollte. Dabei verlor er die Kontrolle über den Wagen und prallte frontal auf einen Baum.«

»Er war allein?«

»Ja.« Wieder warf sie einen sehnsüchtigen Blick auf das Foto, auf dem das Lächeln ihres Mannes eingefangen war. »Er war auf dem Heimweg von seiner Schicht.«

»Wo liegt sein ganzes Zeug?«

Die Frage riss sie aus ihren bitteren Erinnerungen. »Wie bitte?«

»Sein Zeug. Sie haben doch bestimmt seine persönlichen Sachen aufbewahrt.«

Sie konnte kaum glauben, dass er nach diesem Wortwechsel so kaltschnäuzig sein konnte, Eddies Nachlass durchwühlen zu wollen, und sein Wunsch traf sie fast noch mehr als die Tatsache, dass er sie mit einer Pistole bedroht hatte. Sie stellte sich tapfer seinem kalten, gefühllosen Blick. »Sie gemeiner Mistkerl.«

Sein Blick wurde noch härter. Wieder machte er einen Schritt auf sie zu. »Ich muss seine Sachen durchsuchen. Entweder Sie händigen sie mir aus, oder ich nehme Ihr Haus auseinander, bis ich alles gefunden habe.«

»Das können Sie gern versuchen. Aber ich würde lieber sterben, als Ihnen zu helfen.«

»Wer sagt denn, dass Sie sterben würden?«

Sie ahnte, was er damit andeuten wollte, und sah an seiner Schulter vorbei ins Wohnzimmer, wo Emily immer noch gebannt vor dem Fernseher saß.

»Ihrem Kind geht es gut, Mrs. Gillette. Und das wird auch so bleiben, solange Sie keine Spielchen mit mir treiben.«

»Ich treibe keine Spielchen.«

»Ich auch nicht, nur damit wir uns richtig verstehen.«

So leise und bösartig, wie er das sagte, konnte kein Zweifel daran bestehen, dass es ihm ernst war. Sie bebte vor Wut auf ihn – und auf sich selbst, da sie von einem weiteren Angriff absehen musste – und entgegnete kühl: »Vielleicht wäre es ganz hilfreich, wenn Sie mir verrieten, wonach Sie eigentlich suchen.«

»Es wäre ganz hilfreich, wenn Sie aufhören würden, mich für dumm verkaufen zu wollen.«

»Das tue ich nicht!«

»Wirklich nicht?«

»Nein! Ich habe nicht den leisesten Schimmer, was Sie von mir wollen oder wovon Sie überhaupt reden. Goldbarren? Aktien? Edelsteine? Glauben Sie nicht, dass ich all das schon längst zu Geld gemacht hätte, wenn ich so etwas besäße?«

»Bargeld?«

»Sehe ich aus, als würde ich in Geld schwimmen?«

»Nein. Tun Sie nicht. Aber es wäre auch ziemlich dumm, wenn Sie Ihren Reichtum zur Schau stellen würden.«

»Inwiefern dumm?«

»Weil die Leute Fragen stellen würden, wenn Sie plötzlich das Geld zum Fenster rauswerfen würden.«

»Die Leute? Was für Leute? Was für Fragen? Ich verstehe kein Wort.«

»Ich glaube, Sie verstehen sehr gut.«

Während des hitzigen Wortwechsels war er Schritt für Schritt auf sie zugekommen und stand jetzt direkt vor ihr. Sein mächtiger Körper gab ihr das Gefühl, eingesperrt zu sein. Sie musste sich alle Mühe geben, um nicht zurückzuweichen, aber auf diesen Tanz würde sie sich kein zweites Mal einlassen. Außerdem wollte sie ihn nicht merken lassen, wie effektiv seine Einschüchterungstaktik war.

»Also, zum letzten Mal«, sagte er. »Wo sind Eddies Sachen?«

Sie trotzte ihm mit ihrem Blick, mit ihrer unbeugsamen Haltung, mit reiner Willenskraft. Ihr lag auf der Zunge, dass er sich zum Teufel scheren konnte.

Aber in diesem Moment musste Emily lachen.

Mit ihrer süßen Piepsstimme redete sie eine der Figuren im Fernsehen an, quietschte dann fröhlich auf und klatschte in die Hände.

Honors Heldenmut verpuffte. Sie senkte das trotzig vorgereckte Kinn und gestand kapitulierend: »In der Kiste unter dem Bett.«

# 6

Es war keine lange Fahrt vom FBI-Büro in Lafayette bis zu Tom VanAllens Haus. Oft war sie Tom nicht lang genug. Nur während dieser Zeit konnte er abschalten und sich ganz darauf konzentrieren, in der Spur zu bleiben und nicht zu schnell zu fahren.

Er bog in die Einfahrt und stellte wieder einmal fest, dass sein Haus, verglichen mit den anderen in der Straße, ein bisschen müde und traurig aussah. Aber woher sollte er die Zeit nehmen, es zu renovieren oder zu streichen, wenn er schon kaum zum Rasenmähen kam?

Bis er die Haustür durchschritten hatte, waren diese selbstkasteienden Gedanken allerdings schon wieder vergessen, verdrängt von der angespannten Lage in Tambour.

Janice hatte ihn kommen hören und trat mit dem Smartphone in der Hand in den Flur. »Ich wollte dich gerade anrufen und fragen, wann du zum Essen heimkommst.«

»Ich bin nicht zum Essen hier.« Er zog das Jackett aus und hängte es an die Garderobe. »Dieses Massaker in Tambour...«

»Ist die Nachricht des Tages. Der Kerl wurde noch nicht gefasst?«

Er schüttelte den Kopf. »Ich muss wohl persönlich runter.«

»Warum denn? Du hast doch erst heute Morgen ein paar Leute hingeschickt.«

Die Royale Trucking Company war landesweit im Speditionsgeschäft tätig. Gleich nachdem man das Gemetzel in der

Lagerhalle entdeckt hatte, war Tom als Leiter des Büros in Lafayette benachrichtigt worden. »Man erwartet von mir, dass ich mir persönlich ein Bild mache. Wie geht es Lanny heute?«

»So wie an jedem anderen Tag.«

Tom gab vor, die Verbitterung in Janices Stimme nicht zu hören, und ging durch den Flur zu dem Zimmer am anderen Ende des Hauses, in dem sein dreizehnjähriger Sohn gefangen war.

Eigentlich waren er und seine Frau mit ihm darin gefangen. So traurig es auch war, doch in diesem Zimmer lag das Epizentrum ihres Lebens, ihrer Ehe, ihrer Zukunft.

Durch einen tragischen Zwischenfall war ihrem Sohn bei der Geburt die Sauerstoffzufuhr abgeschnitten und sein Gehirn schwer geschädigt worden. Er konnte weder reden noch gehen oder auch nur alleine sitzen. Seine Reaktionen auf äußere Reize aller Art beschränkten sich auf ein Zwinkern, das aber nur hin und wieder auftrat, sowie auf einen kehligen Laut, den weder Tom noch Janice je würden deuten können. Sie wussten nicht einmal, ob er sie überhaupt erkannte, ob er sie hörte oder ihre Berührungen spürte.

»Er hat sich schmutzig gemacht«, stellte Tom fest, sobald er den Raum betreten hatte und ihm der Gestank entgegenschlug.

»Ich habe erst vor fünf Minuten nach ihm gesehen«, verteidigte sich Janice. »Heute Morgen habe ich sein Bett frisch bezogen und ...«

»Das sollten wir nur zu zweit machen. Du hättest warten sollen, bis ich dir helfen kann.«

»Na, da hätte ich lange warten können, oder?«

Tom erklärte leise: »Ich musste heute Morgen früher weg, Janice. Ich hatte keine Wahl.«

Sie atmete tief aus. »Ich weiß, ich weiß. Entschuldige. Aber nachdem ich sein Bett frisch bezogen hatte, musste ich das Bettzeug waschen. Es ist noch nicht mal Mittag, und ich bin schon fix und fertig.«

Sie wollte ans Bett treten, doch er hielt sie zurück. »Lass mich das machen.«

»Du musst doch gleich wieder los.«

»Auf die fünf Minuten kommt es nicht an. Machst du mir bitte ein Sandwich? Ich esse es dann auf der Fahrt nach Tambour.«

Nachdem er Lanny versorgt hatte, ging er weiter in ihr gemeinsames Schlafzimmer und tauschte seinen Anzug gegen Freizeitkleidung. Wahrscheinlich würde noch vor Einbruch der Nacht von ihm erwartet, dass er sich an der Verbrecherjagd beteiligte. Selbst wenn er nur wenig oder nichts zu einem derartigen Unterfangen beizutragen hatte, würde er doch wenigstens symbolisch mitsuchen.

Also zog er Jeans, ein kurzärmliges weißes Hemd und alte Turnschuhe an und ermahnte sich, vor der Abfahrt nachzusehen, ob im Kofferraum noch die Gummistiefel lagen, die er früher immer getragen hatte, wenn er angeln gegangen war.

Früher hatte er eine Menge Dinge getan.

Als er in die Küche kam, stand Janice mit dem Rücken zu ihm. Sie war ganz damit beschäftigt, sein Sandwich zu belegen, sodass er sie sekundenlang beobachten konnte, ohne dass sie es merkte.

Inzwischen war kaum noch zu erkennen, wie hübsch sie gewesen war, als sie sich kennengelernt hatten. Die dreizehn Jahre seit Lannys Geburt hatten einen sichtbaren Tribut gefordert. Ihre einst so graziösen, flüssigen Bewegungen wirkten jetzt abgehackt und barsch, so als hätte sie Angst, jeglichen Antrieb zu verlieren, falls sie alle anliegenden Aufgaben nicht sofort erledigte.

Der schlanke jugendliche Körper, auf den sie damals so stolz gewesen war, war ausgedörrt und inzwischen nur noch hager. Mühsal und Kummer hatten tiefe Falten um ihre Augen gegraben, und die Lippen, um die stets ein Lächeln gespielt hatte, waren ständig in tiefer Enttäuschung nach unten gezogen.

Tom konnte ihr keinen Vorwurf machen, dass sich ihr Äußeres so verändert hatte. Er hatte sich genauso unvorteilhaft verändert. Kummer und Hoffnungslosigkeit waren unauslöschlich in ihre beiden Gesichter gemeißelt. Noch schlimmer war jedoch, dass sich die Veränderungen nicht auf das Äußere beschränkten. Unter der fortwährenden Tragödie, zu der ihr Zusammenleben geronnen war, hatte sich auch ihre Liebe gewandelt. Inzwischen empfand er für Janice eher Mitleid als Leidenschaft.

Als sie geheiratet hatten, hatten sich beide für Jazz und toskanische Küche interessiert. Damals hatten sie davon geträumt, einen ganzen Sommer in Italien zu verbringen, wo sie Kochkurse absolvieren und an sonnengetränkten Nachmittagen die Weine der Region verkosten wollten.

Es war nur einer von vielen Träumen, die zerbrochen waren.

Jeden einzelnen Tag fragte sich Tom, wie lange sie so noch weitermachen konnten. Etwas musste sich ändern. Tom war das klar. Er nahm an, dass es auch Janice klar war. Aber keiner von beiden wollte als Erster die weiße Flagge schwenken und zugeben, dass sie sich bei der Pflege ihres schwerbehinderten Sohnes aufgearbeitet hatten. Keiner wollte als Erster sagen: »Ich kann nicht mehr«, und vorschlagen, das zu tun, was sie nie hatten tun wollen, nämlich Lanny in ein Heim zu geben.

Die guten waren privat und dementsprechend teuer. Aber die

exorbitanten Kosten waren nicht das einzige Hindernis. Tom wusste nicht recht, wie Janice reagieren würde, wenn er ihr vorschlug, dass sie ihre ursprüngliche Einstellung zu Lannys Pflege überdenken sollten. Er hatte Angst, dass sie ihn davon abbringen würde. Und genauso viel Angst, dass sie zustimmen würde.

Sie spürte, dass er im Raum war, und drehte sich zu ihm um. »Schinken und Käse mit Senf?«

»Sehr gut.«

Sie wickelte das Sandwich in Frischhaltefolie. »Bleibst du über Nacht?«

»So lange kann ich dich nicht mit Lanny allein lassen.«

»Ich komme schon zurecht.«

Tom schüttelte den Kopf. »Ich komme nach Hause. Fred Hawkins wird mir seine gesamten Fallunterlagen zukommen lassen.«

»Du meinst das Polizei-Orakel von Tambour?«

Ihre sarkastische Bemerkung brachte ihn zum Lächeln. Sie kannte die Hawkins-Zwillinge noch von ihrem letzten Jahr auf der Highschool, als ihr Vater beschlossen hatte, »aufs Land« zu ziehen, weshalb er Janice von der christlichen Schule in New Orleans ab- und in der öffentlichen Schule von Tambour angemeldet hatte. Tambour war vielleicht nicht weit von New Orleans entfernt, aber zwischen den beiden Orten lagen Welten.

Janice hatte einen wahren Kulturschock erlitten und ihren Eltern nie wirklich verziehen, dass die beiden sie während des entscheidenden letzten Schuljahres entwurzelt und nach »Bubbaville« verpflanzt hatten. Insgeheim hielt sie jeden in Tambour für einen Hinterwäldler, so auch und ganz besonders Fred Hawkins und seinen Bruder Doral. Dass der eine ein Gesetzeshüter und der andere ein Stadtvertreter geworden war, konnte sie immer noch nicht ganz glauben. Selbst für Tambour-Verhältnisse hatten die beiden Janices Erwartungen weit übertroffen.

»Ganz Tambour will den Kopf von Sam Marsets Mörder auf einer Lanze aufgespießt sehen, und alle sitzen Fred im Nacken, ihn endlich zu schnappen«, erklärte ihr Tom. »Der Coroner schätzt, dass alle sieben Opfer gegen Mitternacht starben, somit ermittelt Fred« – er warf einen Blick auf die Uhr an der Mikrowelle – »inzwischen seit fast zwölf Stunden, ohne dass er eine brauchbare Spur gefunden hätte.«

Janice verzog das Gesicht. »Im Fernsehen hieß es, der Tatort wäre ein Schlachtfeld.«

»Die Fotos, die meine Leute mir geschickt haben, waren nicht schön.«

»Was hatte der Firmenbesitzer mitten in der Nacht in einer Lagerhalle zu suchen?«

»Das kam Fred auch merkwürdig vor. Mrs. Marset war in der Hinsicht keine Hilfe, sie war zu der Zeit nicht in der Stadt. Fred nimmt an, dass dieser Coburn Ärger gemacht hat, sich mit einem Mitarbeiter angelegt hat und ein Vorarbeiter daraufhin Marset anrief. Sie werden die Anrufe durchgehen, aber bislang weiß niemand genau, warum Marset zu dieser ungewöhnlichen Uhrzeit dort war.«

»Hat dieser Lee Coburn schon öfter Probleme gemacht?«

»In seiner Personalakte deutet nichts darauf hin. Aber andererseits scheint ihn auch niemand wirklich zu kennen.«

»Das dachte ich mir schon nach Freds Pressekonferenz. Abgesehen von einer Beschreibung und einem Phantombild haben sie offenbar nicht viel in der Hand.«

»Er hat bei seiner Bewerbung falsche Daten angegeben.«

»Sie haben die Angaben nicht überprüft, bevor sie ihn eingestellt haben?«

»Ein Versäumnis, das man in der Personalabteilung inzwischen bestimmt bereut.«

»Warum hat er wohl bei seiner Bewerbung gelogen? Weil er Vorstrafen verschweigen wollte?«

»Das nimmt man allgemein an. Aber sie haben seine Fingerabdrücke eingegeben, ohne dass das System eine frühere Verhaftung angezeigt hätte.«

Janice zog die Stirn in Falten. »Wahrscheinlich ist er einer dieser kaputten Typen, die immer wieder durchs Raster der Gesellschaft fallen, bis sie irgendwann durchdrehen. Erst dann werden sie von allen bemerkt. Ich verstehe nur nicht, warum es diese Wahnsinnigen immer auf Unschuldige abgesehen haben. Warum hat er nicht einfach einen der Trucks demoliert, wenn er Ärger in der Firma hatte? Warum musste er gleich ein Blutbad anrichten?«

Als Tom Janice kennengelernt hatte, war sie ein gefühlvoller, einfühlsamer Mensch gewesen und hatte ein Herz für Benachteiligte aller Art gehabt. Im Lauf der Jahre war ihre Toleranzschwelle rapide gesunken.

»Offenbar wirkte Coburn nicht wie ein Geisteskranker«, sagte er.

»Das tun sie selten.«

Tom gestand ihr das mit einem knappen Kopfnicken zu. »Er war seit Kurzem für die Frachtlisten verantwortlich. Vielleicht ist er unter der Last dieser Verantwortung zusammengebrochen.«

»Das wäre möglich.« Ihre Miene verriet, dass sie nur zu gut wusste, wie leicht man unter einer Last zerbrechen konnte.

Tom nahm eine Getränkedose aus dem Kühlschrank. »Ich muss los. Fred wartet schon auf mich. Falls du mich brauchst, dann ruf an. Ich habe das Handy dabei.«

»Wir kommen zurecht.«

»Ich habe Lanny auf die andere Seite gedreht, als ich ihn sauber gemacht habe, du kannst ihn also eine Weile liegen lassen.«

»Mach dir unseretwegen keine Sorgen, Tom. Fahr schon. Mach deine Arbeit. Ich schlage mich schon durch, bis du heimkommst, ganz egal, wann das sein wird.«

Er zögerte, suchte nach einer Bemerkung, mit der er ihren Tag aufhellen konnte, und wünschte sich, es *gäbe* etwas, das ihren Tag aufhellen würde. Aber weil er genau wusste, dass es nichts dergleichen gab, stapfte er müde aus dem Haus über den viel zu langen Rasen, halb erdrückt von der Last, die auf ihrem gemeinsamen Leben lag und die umso schwerer wog, weil er nicht wusste, wie er sie lindern konnte.

Und in Tambour sah es bestimmt nicht weniger düster aus.

# 7

Honor zerrte die verschlossene Plastikkiste aus dem Bett-kasten unter ihrem Bett.

Coburn schob die Matratze mitsamt dem Rost wieder in Position, kippte den Inhalt der Kiste ohne weitere Umstände auf die schneeweiße Tagesdecke und begann, in Eddies persönlichen Dingen zu wühlen.

Zu Anfang nahm er sich Eddies Abschlusszeugnisse von der Highschool, der Universität und der Polizeischule vor. Zuerst nahm er das Highschool-Zeugnis aus der Ledermappe und durchsuchte dann die Mappe selbst. Als er auch noch das Moiré-Innenfutter aufriss, protestierte Honor: »Das muss wirklich nicht sein.«

»Muss es wohl.«

»Ich bewahre die Dokumente für Emily auf.«

»Die Dokumente bleiben unversehrt.«

»Im Futter ist nichts versteckt.«

»Nicht in dem hier.« Er schleuderte die erste Mappe beiseite, griff nach der nächsten und zerfetzte sie ebenfalls. Als er damit fertig war, wog er prüfend Eddies Armbanduhr in der Hand.

»Ziemlich raffinierte Uhr.«

»Die habe ich ihm zu Weihnachten geschenkt.«

»Wo haben Sie die gekauft?«

»Wieso interessiert Sie das?«

»Hier im Ort?«

»Ich habe sie online bestellt. Es ist eine Kopie einer Markenuhr.«

»Wie viel hat sie gekostet?«

»An die dreihundert Dollar.«

»Nicht dreitausend?«

»Soll ich Ihnen die Quittung zeigen?«

»Nein, aber Sie haben sich gerade widersprochen. Sie haben behauptet, Sie würden keine Geschäfte am Computer erledigen.«

Sie seufzte müde. »Ich habe ab und zu was bestellt.«

»Eddie auch?«

»Nicht dass ich wüsste.«

Er hielt ihren Blick gefangen, wandte sich dann wieder ab und griff nach Eddies Sterbeurkunde. »Genickbruch?«

»Er war auf der Stelle tot. Hat man mir jedenfalls versichert.«

Sie hoffte, dass er wirklich sofort gestorben war und nicht gelitten hatte. Der Pathologe hatte ihr und Stan damals erklärt, dass Eddie wahrscheinlich seinen vielen inneren Verletzungen erlegen wäre, noch bevor er die Klinik erreicht hätte, selbst wenn er den Genickbruch überlebt hätte.

Nachdem Coburn die Sterbeurkunde studiert hatte, blätterte er in dem Gästebuch, das bei der Trauerfeier ausgelegen hatte.

»Was Sie auch suchen, Sie werden es darin bestimmt nicht finden.« Es brach ihr das Herz, dass diese Dinge, die ihr so lieb und teuer waren, von einem Mann durchwühlt wurden, an dessen Händen im eigentlichen wie im übertragenen Sinn Blut klebte.

Als er auch noch Eddies Ehering untersuchte, konnte sie sich nur noch mit Mühe beherrschen. Seit sie vor dem Altar gestanden und sich Treue gelobt hatten, hatte Eddie ihn bis zu dem Augenblick, als sie in der Pathologie seinen Leichnam identifizieren musste, an seinem Finger getragen.

Coburn hielt den Ring vor sein Gesicht und las die Inschrift. »Aha. Was steht da?«

»Unser Hochzeitsdatum und unsere Initialen.«

Er studierte die Gravur erneut und ließ den Ring dann nachdenklich in seiner Hand hüpfen. Schließlich sah er sie wieder an und streckte nach kurzem Zögern die Hand vor. Sie streckte ihre ebenfalls aus. Er ließ den Ring in ihre Handfläche fallen, und ihre Finger schlossen sich darum.

»Danke.«

»Ich brauche ihn nicht mehr. Ich habe mir die Gravur eingeprägt.«

Eddies Portemonnaie durchsuchte er gleich mehrmals und wendete zuletzt sogar das Leder. Trotzdem förderte seine Suche nur ein paar abgelaufene Kreditkarten zutage, dazu Eddies Führerschein – auch hier prüfte er das Laminat, um sicherzugehen, dass es rundum versiegelt war – und seinen Sozialversicherungsausweis. Außerdem lagen noch je ein Bild von ihr und Emily darin, so zurechtgeschnitten, dass sie hinter die durchsichtigen Plastikfenster passten.

Er griff nach dem leeren Schlüsselring und ließ ihn vor ihrem Gesicht baumeln. »Ein Schlüsselring ohne Schlüssel?«

»Den Hausschlüssel habe ich abgemacht und draußen versteckt, falls ich uns irgendwann aussperre. Die Schlüssel für den Streifenwagen und für Eddies Spind habe ich zurückgegeben.«

»Haben Sie ein Bankschließfach?«

»Nein.«

»Würden Sie es mir sagen, wenn Sie eins hätten?«

»Wenn ich dadurch sicherstellen könnte, dass Emily nichts passiert, würde ich Sie persönlich zur Bank fahren. Aber ich besitze kein Bankschließfach.«

Unermüdlich begutachtete er und befragte sie über jeden

Gegenstand auf ihrer Tagesdecke, die er mit seinen schlammigen Kleidern verdreckt hatte. Aber seine Bemühungen waren, so wie sie von Anfang an gewusst hatte, vergeblich. »Sie vergeuden Ihre Zeit, Mr. Coburn. Ich weiß nicht, wonach Sie suchen, aber hier ist es bestimmt nicht.«

»Es ist hier. Ich habe es nur noch nicht gefunden. Und sparen Sie sich den ›Mister‹. Coburn reicht völlig.«

Er stand vom Bett auf, stemmte die Hände in die Hüften und drehte sich einmal im Kreis, wobei er den ganzen Raum genau in Augenschein nahm. Sie hatte darauf gehofft, dass er das, wonach er suchte, bald finden und dann verschwinden würde, ohne Emily oder ihr etwas anzutun. Aber dass seine Suche nichts erbracht hatte, frustrierte ihn sichtlich, und das verhieß nichts Gutes. Sie hatte Angst, dass er seinen Ärger an ihr und Emily auslassen könnte.

»Kontoauszüge, Steuererklärungen. Wo bewahren Sie so was auf?«

Sie hatte viel zu viel Angst, um sich zu widersetzen, und deutete nach oben. »In einigen Kartons auf dem Speicher.«

»Wie kommt man da hoch?«

»Durch eine Luke im Flur.«

Er schleifte sie hinter sich her aus dem Schlafzimmer. Draußen reckte er sich nach dem dünnen Zugseil, zog die Falltür nach unten und entfaltete die Klapptreppe. Er winkte Honor vor. »Sie zuerst.«

»Ich?«

»Sie glauben doch nicht, dass ich Sie allein mit Ihrer Tochter hier unten lasse.«

»Ich laufe bestimmt nicht weg.«

»Ganz richtig. Das werde ich nämlich verhindern.«

Da es müßig war, dieser Schlussfolgerung widersprechen zu wollen, stieg sie auf die Leiter, wobei sie sich allzu deutlich ihrer nackten Beine und der Tatsache bewusst war, dass er genau auf ihren Hintern blickte. Also kletterte sie so schnell wie möglich die Sprossen hoch und war tatsächlich froh, im Speicher zu stehen, obwohl sie sonst nur ungern heraufkam. Für sie waren Dachböden gleichbedeutend mit Spinnweben und Ratten. Außerdem waren es traurige Orte, muffige Ruhestätten, an denen die abgelegten Überreste eines früheren Lebens verstaubten.

Sie zog an der Kette der nackten Glühbirne unter dem Dachgiebel. Die Kartons standen dort, wo sie immer standen. Sie nahm den ersten an den Trageschlitzen. Coburn wartete in der schmalen Öffnung, nahm ihn ihr ab und wuchtete ihn nach unten. Sie wiederholten diesen Vorgang, bis alles aus dem Speicher im Flur war.

»Das wird nichts bringen.« Sie klopfte sich den Staub von den Händen und griff nach der Kette, um das Licht auszuschalten.

»Einen Moment. Was ist mit denen?« Er hatte den Kopf durch die Luke gestreckt und bei einem kurzen Rundblick die Kartons entdeckt, die sie ihm lieber nicht gezeigt hätte. Es waren ganz gewöhnliche, mit Klebeband verschlossene Umzugskartons. »Was ist darin?«

»Weihnachtsschmuck.«

»Ho-ho-ho.«

»Darin ist nichts, was Sie interessieren könnte.«

»Ich will sie trotzdem haben.«

Sie gehorchte nicht gleich. Stattdessen blickte sie auf ihn hinab und fragte sich, ob sie ihm wohl den Fuß so fest ins Gesicht rammen konnte, dass sie ihm damit die Nase brach. Möglicherweise. Aber wenn sie seine Nase verfehlte, würde er sie vielleicht hier oben auf dem Speicher einsperren, und dann wäre er mit Emily allein. So schwer es ihr auch fiel, sich wie ein Feigling zu verhalten, sie musste es um Emilys willen tun.

Nacheinander reichte sie ihm die drei Kartons.

Bis sie die Leiter hinabgestiegen war und die Luke wieder hochgeklappt hatte, hatte er schon das Klebeband vom ersten Karton gerissen. Als er die Laschen zurückfaltete, kam kein Lametta zum Vorschein, sondern ein Männerhemd.

Er sah sie an, und die Frage in seinen Augen war nicht misszuverstehen.

Sie blieb eigensinnig stumm.

Schließlich fragte er: »Wie lange ist er schon tot?«

Seine Worte schmerzten umso mehr, als sie sich oft genug selbst gefragt hatte, wie lange sie bestens erhaltene Kleidung auf ihrem Speicher aufbewahren wollte, wenn es gleichzeitig so viele Bedürftige gab.

»Die meisten Sachen habe ich weggegeben«, verteidigte sie sich schließlich. »Stan hat gefragt, ob er Eddies Uniform haben könnte, darum habe ich sie ihm überlassen. Aber manche Sachen konnte ich einfach nicht …«

Sie ließ den Satz in der Luft hängen, denn sie weigerte sich, einem Kriminellen zu erklären, warum einige Stücke aus Eddies Garderobe glückliche Erinnerungen in ihr wachriefen. Diese Stücke wegzugeben wäre so, als würde sie die Erinnerungen selbst aufgeben. Sie verschwammen schon schnell genug, ohne dass sie etwas dazu tat.

Die Jahre vergingen, und die Bilder, so lieb sie ihr auch waren, verblassten mit jedem einzelnen Tag. Mittlerweile verbrachte sie ganze Tage, manchmal sogar mehrere hintereinander, ohne im Zusammenhang mit einer bestimmten Erinnerung an Eddie zu denken.

Sein Tod hatte ein scheinbar bodenloses Loch in ihr Leben gerissen. Doch allmählich hatte sich die Leere mit den zahllosen Alltagsaufgaben gefüllt, die bei einer alleinerziehenden Mutter anfielen, mit der Geschäftigkeit des Lebens selbst, bis Honor nach langer Zeit gelernt hatte, sich auch ohne ihn am Leben zu erfreuen.

Allerdings war ihre Lebensfreude immer noch von Gewissensbissen getrübt. Sie konnte das Gefühl nicht abschütteln, dass selbst die kleinste Freude ein monumentaler Betrug an ihrem früheren Mann war. Wie konnte sie es wagen, etwas zu genießen, wo Eddie nicht mehr bei ihr war?

Darum hatte sie jene Anziehsachen aufgehoben, mit denen besondere Erinnerungen verknüpft waren, und dadurch ihr schlechtes Gewissen im Zaum gehalten.

Aber all das würde sie nicht mit Coburn besprechen. Zum Glück tauchte in diesem Moment Emily auf, sodass sie überhaupt nichts sagen musste.

»Dora ist aus und Barney auch, und ich habe Hunger. Wann gibt es Mittagessen?«

Die Frage des Kindes rief Coburn ins Gedächtnis, dass er bis auf zwei köstliche Cupcakes seit vierundzwanzig Stunden nichts gegessen hatte. Die Kartons vom Speicher zu durchsuchen würde Zeit brauchen. Bevor er sich daranmachte, sollte er sich stärken. Er winkte die Witwe in die Küche.

Nachdem sie die Cupcakes und die Schüssel mit Schokoglasur vom Tisch geräumt hatte, machte sie dem Kind ein Sandwich mit Erdnussbutter und Marmelade. Er bat um das Gleiche und ließ sie keine Sekunde aus den Augen, während sie es bestrich, auch weil er befürchtete, dass sie etwas zwischen die Scheiben schmuggeln könnte. Klein gemahlene Schlaftabletten, Rattengift. Vertrauen war nicht seine Stärke.

»Diesmal musst du dir aber die Hände waschen.« Die Kleine schob einen Tritthocker, auf dem ihr Name stand, vor die Spüle. Sie kletterte darauf. Obwohl sie sich auf die Zehenspitzen stellte, kam sie nur mit Mühe an den Hahn, aber irgendwie schaffte sie es, das Wasser aufzudrehen. »Du kannst meine Elmo-Seife nehmen.«

Sie griff nach einer Plastikflasche mit einem knopfäugigen roten Zottelwesen auf dem Etikett. Erst drückte sie etwas Flüssigseife in ihre Hand, dann reichte sie ihm die Flasche. Er sah Honor an und stellte fest, dass sie ihnen voller Angst zusah. Bestimmt würde sie keine Dummheiten anstellen, solange es sie derart nervös machte, wenn er in der Nähe des Kindes war.

Er und die Kleine wuschen sich die Hände und hielten sie dann unter den Wasserstrahl.

Die Kleine legte den Kopf in den Nacken und sah zu ihm auf. »Hast du auch einen Elmo?«

Er schüttelte das Wasser von den Händen und nahm das Handtuch, das sie ihm reichte. »Nein, ich habe keinen… Elmo.«

»Und mit wem schläfst du dann?«

Unwillkürlich zuckte sein Blick zu Honor hinüber und verband sich so fest mit ihrem, dass er es fast zu hören glaubte – wie das Klicken zweier Magneten. »Mit niemandem.«

»Hast du gar niemanden, mit dem du schlafen gehst?«

»In letzter Zeit nicht.«

»Warum nicht?«

»Einfach so.«

»Wo wohnst du überhaupt? Hat deine Mommy dir auch immer Geschichten vorgelesen?«

Er wandte mühsam den Blick von Honor ab und richtete ihn wieder auf ihre Tochter. »Geschichten? Früher mal, aber jetzt ist meine Mom… nicht mehr da.«

»Genau wie mein Daddy. Der ist jetzt im Himmel.« Ihre Augen leuchteten auf. »Vielleicht kennt er deine Mommy ja!«

Coburn lachte schnaubend. »Das glaube ich kaum.«

»Hast du Angst im Dunkeln?«

»Emily«, unterbrach Honor sie. »Hör auf, so viele Fragen zu stellen. Das ist unhöflich. Setz dich an den Tisch und iss dein Sandwich.«

Sie versammelten sich um den Tisch. Die Witwe sah aus, als würde sie tot umfallen, wenn er auch nur »buh« sagte. Sie aß keinen Bissen. Um der Wahrheit die Ehre zu geben, ihm war diese häusliche Szene genauso unangenehm wie ihr. Das letzte Mal hatte er mit einem Kind geredet, als er selbst eins gewesen war. Es war merkwürdig, mit einem so kleinen Menschen eine Unterhaltung zu führen.

Nachdem er das Sandwich verschlungen hatte, nahm er sich einen Apfel aus dem Obstkorb auf dem Tisch. Das Kind ließ sich Zeit mit dem Essen.

»Emily, du hast gesagt, du bist hungrig«, mahnte ihre Mutter. »Iss dein Sandwich.«

Aber er lenkte sie zu sehr ab. Die Kleine konnte den Blick nicht von ihm losreißen. Sie beobachtete alles, was er tat. Als er in den frischen Apfel biss, sagte sie: »Ich mag die Schale nicht.«

Er zuckte mit den Achseln und antwortete mit vollem Mund: »Mich stört sie nicht.«

»Und ich mag auch keine grünen Äpfel. Nur rote.«

»Grüne sind schon okay.«

»Weißt du was?«

»Was?«

»Mein Grandpa kann einen Apfel von oben bis unten schälen, ohne dass die Schale abreißt. Er sagt, er mag es, wenn aus der Schale eine lange Locke wird, genau wie meine Haare. Und weißt du noch was?«

»Was?«

»Mommy kann das nicht, weil sie ein Mädchen ist, und Grandpa sagt, so was können nur Jungs. Außerdem hat Mommy auch kein Superzaubermesser wie Grandpa.«

»Was du nicht sagst.« Er warf einen Blick auf Honor, die verlegen die Lippen zwischen die Zähne gezogen hatte. »Was für ein Superzaubermesser hat dein Grandpa denn?«

»Das ist riesig. Er steckt es immer in einen Gürtel, den er sich um den Fuß gebunden hat, aber ich darf es nicht anfassen, weil es so scharf ist und weil ich mich sonst vielleicht schneide.«

»Hm.«

Honor schob geräuschvoll ihren Stuhl zurück und stand entschlossen auf. »Zeit für deinen Mittagsschlaf, Em.«

Das Kindergesicht verzog sich zu einer Maske der Rebellion. »Ich bin aber noch nicht müde.«

»Es ist Schlafenszeit. Komm mit.«

Honors Stimme duldete keinen Widerspruch. Das Kind sah immer noch grimmig zu ihr auf, aber es kletterte gehorsam von seinem Stuhl und tappte aus der Küche. Coburn ließ den angebissenen Apfel auf dem Teller liegen und folgte den beiden.

In dem rosa Rüschenzimmer kletterte das Mädchen aufs Bett und streckte die Füße über die Bettkante. Ihre Mutter zog ihm die Sandalen aus, stellte sie auf den Boden und sagte: »Und jetzt hingelegt. Es ist Schlafenszeit.«

Die Kleine legte den Kopf auf das Kissen und zog eine Decke zu sich her, die so verblichen und zerfranst war, dass sie nicht in das Zimmer zu gehören schien. Sie stopfte sich die Decke unter das Kinn. »Gibst du mir noch meinen Elmo?« Diese Frage richtete sie an Coburn.

Er folgte ihrem Blick und sah neben seinem verschlammten Stiefel ein rotes Stofftier auf dem Boden liegen. Er erkannte das Grinsegesicht von der Flasche mit Flüssigseife wieder. Er bückte sich, hob das Ding auf und schreckte zusammen, als es zu singen begann. Schnell reichte er es der Kleinen.

»Danke.« Sie drückte es an ihre Brust und seufzte glücklich.

Coburn kam der Gedanke, dass er sich nicht erinnern konnte, je eine so tiefe Zufriedenheit empfunden zu haben. Er fragte sich, wie es wohl war, einzuschlafen, ohne dabei befürchten zu müssen, dass man vielleicht nicht wieder aufwachte.

Honor beugte sich vor und gab dem Kind einen Kuss auf die Stirn. Ihre Tochter hatte die Augen schon geschlossen. Ihm fiel auf, dass ihre Lider fast durchsichtig wirkten. Kleine lila Adern verliefen kreuz und quer darauf. Wenn er je zuvor die Lider eines anderen Menschen so aufmerksam betrachtet hatte, dann hatte ihn dieser Mensch Sekunden später mit einer Waffe bedrohen wollen. Und fast immer war derjenige gestorben, ohne dass das verräterische Blinzeln gebrochen worden wäre.

Als sie das Zimmer verließen, sang das Spielzeug immer noch sein albernes Liedchen. Honor zog die Tür hinter ihnen ins Schloss. Er warf einen Blick auf die Kartons, die aufgereiht an der Wand warteten, zog dann ihr Handy aus seiner Hosentasche und reichte es ihr. Sie sah ihn fragend an.

»Rufen Sie Ihren Schwiegervater an. Sie wissen schon, den, der sich immer fit hält. Den mit dem großen Zaubermesser. Sagen Sie ihm, die Party ist abgeblasen.«

# 8

Die Lagerhalle der Royale Trucking Company war mit Flatterband abgesperrt. Außerhalb dieser Grenze parkten überall Einsatzfahrzeuge und die Autos der Gaffer, die sich inzwischen eingefunden hatten. Sie standen in kleinen Gruppen zusammen und tauschten die neuesten Gerüchte über das Blutbad und den Mann, der es angerichtet hatte, aus.

*Der es vermutlich angerichtet hatte,* ermahnte sich Stan Gillette, während er den Wagen abstellte und ausstieg.

Bevor er das Haus verlassen hatte, hatte er sich in seinem übergroßen Badezimmerspiegel einer kritischen Musterung unterzogen. Er hatte sich den flachen Bauch getätschelt, mit der Hand die kurz geschorenen Haare zurückgestrichen, die Bügelfalten in seinen Hosenbeinen sowie den Glanz seiner Schuhe geprüft und war wieder einmal zu dem Schluss gekommen, dass ihm die Selbstdisziplin, die er während der Jahre beim Militär erworben hatte, auch im Zivilleben gute Dienste leistete.

Er hatte sich nie an den beinahe übermenschlich strengen Maßstäben des US Marine Corps gestört. Im Gegenteil, seinetwegen hätten sie noch strenger sein können. Wenn es einfach war, ein Marine zu sein, konnte jeder einer werden, oder? So aber gehörte er zu den wenigen Auserwählten, zu den Stolzen.

Ihm war bewusst, wie Respekt einflößend er wirkte, als er sich durch die Menge schob. Die Menschen machten ihm unwillkürlich den Weg frei. Er war zum Anführer geboren. Darum hatte er beschlossen, den Tatort des Verbrechens von gestern Abend zu besichtigen, und darum stellte sich ihm niemand in den Weg, während er auf das gelbe Band zuschritt.

Auf der anderen Seite stand in ein paar Schritten Entfernung Fred Hawkins im Gespräch mit einer Handvoll Männer. Doral war auch unter ihnen. Als er Stan sah, kam er sofort angelaufen, er war offensichtlich dankbar für die Ablenkung.

»Ihr steckt ganz schön im Schlamassel, Doral«, stellte Stan fest.

»Schlamassel ist noch höflich ausgedrückt.« Doral zog eine Zigarette aus dem Päckchen in seiner Brusttasche und zündete sie an. Dann bemerkte er Stans missbilligenden Blick und erklärte: »Mist, ich weiß, aber in dieser Situation… dabei habe ich zwei Wochen lang keine Kippe angerührt.«

»Ich bin heute fünfundsechzig geworden, und ich bin noch vor Sonnenaufgang fünf Meilen gelaufen«, belehrte Stan ihn.

»Na und? Du läufst jeden Morgen fünf Meilen vor Sonnenaufgang.«

»Wenn nicht gerade ein Hurrikan heraufzieht.«

Doral verdrehte die Augen. »Denn dann läufst du nur zweieinhalb.«

Den Witz hatten sie schon unzählige Male gemacht.

Doral blies den Rauch von Stan weg und sah ihn aus den Augenwinkeln an. »Mir war klar, dass dich keine zehn Pferde von hier fernhalten könnten.«

»Also, ich bin dir dankbar, dass du meine Anrufe angenommen hast und mich auf dem Laufenden hältst, aber ich will doch lieber persönlich dabei sein.« Er beobachtete Fred, der mit großen Gesten auf die Männer um ihn herum einredete.

Doral folgte seinem Blick und nickte zu einem großen, dünnen Mann hin, der Fred konzentriert zuhörte. »Tom VanAllen ist eben eingetroffen. Fred bringt ihn gerade auf den neuesten Stand.«

»Was hältst du von ihm?«

»Er ist einer der Angenehmsten beim FBI. Nicht allzu ehrgeizig. Nicht allzu gerissen.«

Stan lachte leise. »Und wenn die Ermittlungen im Sumpf stecken bleiben …«

»Dann steht er im Kreuzfeuer. Praktisch allein. Wie zum Teufel soll man erwarten, dass die hiesige Polizei den Fall aufklärt, wenn es selbst das FBI nicht kann?«

»Klingt nach gutem Stoff für die Presse.«

»Genau darum geht es. Fred aus dem Feuer zu nehmen und es auf die Leute vom FBI zu richten. Natürlich werden wir genau beobachten, was sie treiben.«

»Ich will alle Details hören.«

Doral redete minutenlang auf ihn ein, ohne viel zu berichten, was Stan nicht schon wusste oder erschlossen hatte. Als Doral zum Ende gekommen war, fragte Stan: »Keine Augenzeugen?«

»Nein.«

»Und wieso wird dann dieser Coburn beschuldigt?«

»Gestern Abend haben sich nur sieben Angestellte zur Nachtschicht eingestempelt. Wenn man Sam dazuzählt, bedeutet das, dass bei der Schießerei um Mitternacht acht Menschen anwesend waren. Coburn ist der Einzige, der seither verschwunden ist. Zumindest interessiert sich die Polizei für ihn.«

»Aber welches Motiv soll er gehabt haben?«

»Er hat sich mit dem Boss angelegt.«

»Wirklich oder angeblich?«

Doral zuckte die Achseln. »Wirklich. Bis jemand das Gegenteil beweist.«

»Was wisst ihr über den Mann?«

»Immerhin wissen wir, dass er noch nicht gefasst wurde«, schnaufte Doral. »Männer und Hunde haben die Gegend abgesucht, wo er vermutlich im Wald verschwunden ist, aber bis jetzt hat die Suche nichts ergeben. Eine Frau, die in der Nähe wohnt, hat uns erzählt, dass ihr Ruderboot verschwunden ist, aber sie glaubt, dass es Teenager aus der Nachbarschaft genommen und nicht zurückgebracht haben. Wir gehen der Spur trotzdem nach. Dann werden wir weitersehen.«

»Warum seid ihr nicht bei der Suche dabei? Wenn ihn jemand finden kann ...«

»Fred wollte VanAllen zu den Suchtrupps begleiten und dafür sorgen, dass er dabei vor die Kameras kommt, damit jeder weiß, dass das FBI mit von der Partie ist. Als Vertreter unserer Stadt habe ich VanAllen persönlich willkommen geheißen.«

Stan ließ sich all das durch den Kopf gehen und fragte dann: »Was ist mit der Mordwaffe?«

»Der Coroner meint, Sam sei mit einer großkalibrigen Handfeuerwaffe getötet worden. Die Übrigen wurden mit einem Automatikgewehr erschossen.«

»Und?«

Doral sah seinen Mentor an. »Am Tatort wurde keine Schusswaffe gefunden.«

»Was die Vermutung nahelegt, dass Coburn schwer bewaffnet ist.«

»Und nichts zu verlieren hat, weshalb er eine Gefahr für die Öffentlichkeit darstellt.« Doral fiel auf, dass sein Bruder ihnen zuwinkte. »Ich muss ihn retten gehen.« Er ließ die Zigarette auf den Boden fallen und trat sie aus.

»Sag Fred, dass ich später zu dem Suchtrupp stoßen werde«, meinte Stan.

»Warum nicht gleich?«

»Honor macht mir ein Geburtstagsessen.«

»Macht sie es bei ihr? Sie wohnt so verflucht weit draußen. Wann überzeugst du sie endlich, dass sie in den Ort ziehen soll?«

»Ich mache Fortschritte«, log Stan, wohl wissend, dass Doral ihn wegen seines ewigen Streits mit seiner Schwiegertochter aufziehen wollte.

Stan wollte, dass sie in den Ort zog. Sie wollte nicht. Er verstand, dass sie in dem Haus bleiben wollte, in das sie und Eddie gleich nach ihrer Hochzeit gezogen waren. Sie hatten viel auf sich genommen, um das Haus zu ihrem Heim zu machen, und zahllose Wochenenden geschuftet, bis sie es schließlich so umgestaltet hatten, wie sie es haben wollten. Natürlich fühlte sie sich diesem Haus verbunden.

Aber wenn sie und Emily in seiner Nähe wohnten, wäre es für ihn viel einfacher, beide unter seine Fittiche zu nehmen, und er würde nicht einknicken, bis er Honor überzeugt hatte.

»Ich stoße nach dem Essen zu euch«, erklärte er Doral. »Es wird bestimmt nicht allzu lange dauern.«

»Wenn alles gut läuft, haben wir Coburn bis dahin geschnappt. Falls nicht, dann frag dich einfach durch, wenn du mich und Fred nicht siehst. Wir können dich bestimmt brauchen.«

»Wird es anstrengend werden?«

»Nicht für Fred und mich.«


Coburn hätte darauf gewettet, dass Honor die Gelegenheit, mit ihrem Schwiegervater zu sprechen, mit beiden Händen ergreifen würde, aber stattdessen brach sie einen Streit vom Zaun. »Er kommt erst um halb sechs. Bis dahin sind Sie schon wieder fort.«

Das hoffte er auch. Aber er wollte nicht riskieren, dass

der Alte früher auftauchte. Er nickte zu dem Telefon in ihrer Hand hin. »Lassen Sie sich was einfallen. Überzeugen Sie ihn, dass er nicht zu kommen braucht.«

Sie drückte eine Kurzwahltaste.

»Und keine Dummheiten«, warnte Coburn. »Stellen Sie auf Lautsprecher.«

Gehorsam drückte sie die Lautsprechertaste, und so hörte er vom ersten Wort an die kurz angebundene Männerstimme. »Honor? Ich habe vorhin versucht, dich anzurufen.«

»Es tut mir leid. Ich konnte nicht ans Telefon.«

Sofort fragte er: »Ist irgendwas?«

»Ich fürchte, wir müssen die Feier verschieben. Em und ich haben uns was eingefangen. Eine Darmgrippe. Ich hatte schon gehört, dass eine die Runde macht. Zwei Kinder im Ferienlager ...«

»Ich bin schon unterwegs.«

Coburn schüttelte knapp und energisch den Kopf.

»Nein, Stan«, widersprach sie eilig. »Komm uns lieber nicht zu nahe, sonst steckst du dich auch noch an.«

»Ich stecke mich nie an.«

»Trotzdem fände ich es schrecklich, wenn du es tätest. Außerdem kommen wir schon zurecht.«

»Ich könnte dir einen Isodrink und Salzcracker bringen.«

»Ich habe alles zu Hause. Außerdem haben wir das Schlimmste schon überstanden. Die letzte Limonade hat Em schon bei sich behalten. Jetzt schläft sie. Wir fühlen uns wie durch die Mangel gedreht, aber ich bin sicher, dass es eine von diesen Ein-Tages-Geschichten ist. Wir holen die Feier morgen Abend nach.«

»Ich möchte sie nur ungern verschieben, schon Emilys wegen. Sie wird ihr Geschenk lieben.«

Sie lächelte hilflos. »Es ist *dein* Geburtstag.«

»Und das gibt mir jedes Recht, deine Tochter zu verwöhnen, wenn mir der Sinn danach steht.«

Die Geräusche im Hintergrund, die beide von Anfang an gehört hatten, steigerten sich zu richtigem Lärm.

»Was ist das für ein Krach? Wo bist du?«, fragte Honor.

»Ich verlasse eben die Lagerhalle der Royale Trucking Company. Nachdem du krank bist, hast du vielleicht noch nicht gehört, was dort gestern Abend passiert ist.« Er fasste es kurz zusammen. »Fred führt den Suchtrupp an. Doral hat mich kurz eingewiesen.«

Den Blick auf Coburn gerichtet, sagte sie: »Das klingt, als sei der Mann gefährlich.«

»An seiner Stelle hätte ich die Hosen gestrichen voll. Obwohl heute Feiertag ist, hält im Umkreis von fünf Gemeinden alles, was eine Marke trägt, nach ihm Ausschau. Sie werden diesen Mörder im Nu zur Strecke bringen, und dann kann er von Glück reden, wenn sie ihn nicht am nächsten Baum aufknüpfen. Alle können es kaum erwarten, Sam Marsets Tod zu rächen.«

»Gibt es irgendwelche heißen Spuren?«

»Einer Frau wurde gestern Nacht das Boot gestohlen. Sie überprüfen das gerade. Selbst das FBI ist inzwischen an Bord.«

Honor gab einen unbestimmten Laut von sich, der auf alle möglichen Weisen gedeutet werden konnte. Offenbar deutete Stan Gillette ihn als Erschöpfung.

»Ruh dich lieber aus. Ich rufe später noch mal an und erkundige mich nach euch, aber falls du bis dahin irgendwas brauchen solltest ...«

»Dann rufe ich an, Ehrenwort.«

Sie verabschiedeten sich, und Stan Gillette trennte die Verbindung. Zögernd ließ Honor das Handy in Coburns ausge-

streckte Hand fallen. Gleichzeitig wählte er mit seinem eigenen Handy die Nummer, die er schon einmal angerufen hatte.
Wieder landete er auf der Mailbox. »Was für ein Feiertag ist
heute?«

»Gestern war der Vierte. Und nachdem der auf einen Sonntag gefallen ist ...«

»Ist heute Nationalfeiertag. Scheiße. Daran habe ich nicht
gedacht.«

Er steckte beide Handys ein und blieb dann stehen, den
Blick nachdenklich auf die Kartons gerichtet, die er eigentlich
durchwühlen wollte. »Wie lange schläft die Kleine gewöhnlich?«

»Eine Stunde. Manchmal ein bisschen länger.«

»Okay, ab ins Schlafzimmer.«

Er fasste ihren Ellbogen, aber sie stemmte sich gegen seinen Griff. »Wieso? Ich dachte, Sie wollten seine Akten durch-
sehen?«

»Das werde ich auch. Danach.«

Ihr Gesicht erschlaffte vor Angst. »Danach?«

»Danach.«

# 9

Er schob sie in ihr Schlafzimmer. Ihr Herz hämmerte, und sobald sie den Raum betreten hatte, sah sie sich nach etwas um, das sie als Waffe einsetzen konnte.

»Sie setzen sich aufs Bett.«

Sie entdeckte nichts, was sie packen und ihm über den Schädel ziehen konnte, ohne dass er sie zuvor erschoss, aber zumindest konnte sie Gegenwehr leisten. Sie drehte sich zu ihm um und fragte trotzig: »Warum?«

Er hatte die Pistole aus dem Hosenbund gezogen. Er zielte nicht auf sie, aber schon dass er die Waffe locker in der Hand hielt und mit dem Lauf gegen seinen Schenkel klopfte, reichte als Bedrohung. »Setzen Sie sich ans Fußende.«

Sie gab sich geschlagen, allerdings sichtbar widerwillig.

Er trat rückwärts durch die offene Tür in den Flur. Ohne den Blick von ihr zu wenden, schubste er mit dem Fuß den geöffneten Karton mit Eddies Anziehsachen aus dem Flur ins Zimmer und schob ihn weiter über das Parkett, bis er in ihrer Reichweite war.

»Suchen Sie ein paar Sachen aus, die ich anziehen kann. Mir ist egal, was es ist, Ihnen vielleicht nicht. Ich will nicht irgendwelche geweihten Kleidungsstücke beflecken.«

Sie brauchte ein, zwei Sekunden, um zu begreifen, dass er sie nicht vergewaltigen, sondern nur Wechselkleidung von ihr wollte. Allerdings nicht irgendwelche Kleidung. Sondern Kleidung, die Eddie getragen hatte.

Ihr lag auf der Zunge, dass er ihretwegen in seinen blutverschmierten Klamotten verrotten konnte. Aber das würde wenig bringen, denn dann würde er sich nur selbst aus dem Karton bedienen.

Sie ging neben dem Bett in die Hocke und wühlte in den Sachen, bis sie eine abgetragene Jeans und ein T-Shirt mit einem Aufdruck der LSU Tigers gefunden hatte. Sie hielt beides hoch, damit er es begutachten konnte.

»Unterwäsche? Socken?«

»Habe ich nicht aufbewahrt.«

»Okay, nehmen Sie die Sachen mit ins Bad.«

»Ins Bad? Wieso das denn?«

»Zum Duschen. Ich kann meinen eigenen Gestank nicht mehr ertragen.«

Sie sah durch die offene Verbindungstür ins Bad und dann wieder ihn an. »Lassen Sie die Tür einfach offen. Sie können mich von dort aus sehen.«

»Kommt nicht infrage.« Er schwenkte den Lauf der Pistole zum Bad hin.

Langsam stand sie auf und setzte sich in Bewegung. Er gab ihr ein Zeichen, sich auf den Deckel der Wäschekiste zu setzen, was sie auch tat, schloss dann unter ihren ängstlichen Blicken die Tür und legte den Riegel vor.

Er öffnete die Tür der Duschkabine und drehte das Wasser auf. Nachdem er die Pistole außerhalb ihrer Reichweite auf einem Zierregal abgelegt hatte, zerrte er sich die Stiefel von den Füßen. Anschließend folgten die Socken. Zum Schluss zog er sein T-Shirt aus und ließ es auf den Boden fallen.

Obwohl sie den Blick eisern auf die sich kreuzenden Fugen der Bodenfliesen gesenkt hielt, nahm sie im Augenwinkel einen muskulösen Oberkörper mit einem Fächer an Haaren auf den Brustmuskeln wahr. Um den linken Bizeps spannte sich ein Stacheldrahttattoo.

Sie hatte gehofft, dass er die Handys in den Hosentaschen lassen würde, aber sie sah, wie er sie herausnahm und sie neben die Pistole auf der Ablage platzierte. Außerdem nahm er ein Bündel Geldscheine aus der Tasche und dazu ein Blatt Papier, das zu einem festen, etwa spielkartengroßen Rechteck zusammengefaltet war. Beides landete ebenfalls auf der Ablage.

Kurz darauf legten sich seine Hände auf den Hosenschlitz seiner Jeans und lösten behände die Metallknöpfe aus den ausgebeulten Löchern. Ohne jede Hemmung zog er die Jeans nach unten, trat sie von seinen Füßen und schob sie beiseite. Als Letztes folgte die Unterhose.

Honors Herz pochte so fest, dass sie jeden Schlag in ihrem Trommelfell spürte. Sie hatte vergessen oder genauer gesagt sich die Erinnerung versagt, was einen nackten Mann ausmachte, wie der männliche Körper geformt war, wie verführerisch er sein konnte.

Vielleicht weil sie Coburn fürchtete und weil er eine echte Gefahr für sie darstellte, empfand sie seine Nacktheit umso intensiver. Außerdem stand er genau vor ihr und strahlte dabei eine ungemein dominante, ursprüngliche Männlichkeit aus.

Unter Eddies Kleidern, die immer noch auf ihrem Schoß lagen, hatte sie die Fäuste geballt. Sie war fest entschlossen, sich nicht einschüchtern zu lassen, und hatte die Augen bisher standhaft offen gehalten. Aber jetzt schienen sich ihre Lider wie von selbst zu schließen.

Nach Sekunden, die sich zu einer Ewigkeit dehnten, spürte sie, wie er sich von ihr entfernte und in die Duschkabine trat. Die Tür ließ er offen. Als ihn der heiße Wasserstrahl traf, stöhnte er tatsächlich wohlig auf.

Auf diesen Moment hatte sie gewartet. Sie sprang auf, warf

die Sachen auf den Boden und hechtete mit ausgestreckten Armen nach der Ablage.

Auf der nichts mehr lag.

»Ich dachte mir schon, dass Sie das versuchen würden.«

Wütend drehte sie sich zur Duschkabine um. Er stand unter dem heißen Wasserstrahl und massierte genüsslich Schaum aus dem Seifenstück zwischen seinen Händen. Selbstzufrieden lächelnd deutete er mit dem Kinn auf das schmale Fenster hoch oben in der Duschkabine. Auf dem Sims lagen sicher und trocken die Pistole, beide Handys, das Geld und der zusammengefaltete Zettel.

Mit einem erstickten Verzweiflungsschrei stürzte sie zur Tür und drehte den Riegel zurück. Sie schaffte es sogar, die Tür aufzureißen, bevor über ihrer Schulter eine seifige Hand auftauchte, die blitzschnell die Tür wieder zuschlug und dann flach darauf zu liegen kam. Die andere Hand presste sich auf ihre Hüfte, sodass die Handwurzel gegen den Knochen drückte und Handfläche und Finger sich um die leichte Wölbung ihres Bauches schmiegten.

Der nasse Abdruck seiner Hand schien sich wie ein Brandeisen in ihr Fleisch zu fressen, und gleichzeitig drückte er seinen nackten Körper von hinten gegen sie und quetschte sie gegen die Tür. Aus den Augenwinkeln konnte sie aus nächster Nähe das Stacheldrahttattoo betrachten, das ebenso unnachgiebig wirkte wie der Muskel, den es umringte.

Sie erstarrte vor Angst. Auch er bewegte sich nicht mehr, nur sein Brustkorb hob und senkte sich schwer in ihrem Rücken. Wie ein Schwamm sogen ihre Kleider die Feuchtigkeit von seiner Haut. Wasser tropfte von seinem Bauch und rann hinten an ihren nackten Beinen abwärts. Auf der flach gegen die Tür gepressten Hand lösten sich nacheinander die Seifenblasen in kleine Tropfen auf.

Heiß und schnell strich sein Atem über ihren Nacken. Dann beugte er gleichzeitig den Kopf über ihre Schulter und hob das Becken an. Es war das kaum wahrnehmbare Zusammenspiel zweier perfekt aufeinander abgestimmter Körperteile. Aber es reichte aus, dass Honor der Atem stockte.

»Jesus.« Das Wort stieg als kaum hörbares Stöhnen aus den Tiefen seines Brustkorbs und hatte mit Sicherheit keinen religiösen Hintergrund.

Honor wagte nicht, sich zu rühren, wagte nicht einmal zu atmen, so fürchtete sie sich vor dem, was sie mit jeder noch so kleinen Bewegung auslösen könnte.

Eine halbe Minute verstrich. Allmählich wich die Anspannung aus seinem Körper, und er lockerte seinen Griff, allerdings nur ein wenig. Mit rauer Stimme sagte er: »Wir hatten eine Abmachung. Solange Sie kooperieren, passiert Ihnen nichts.«

»Ich konnte mich nicht darauf verlassen, dass Sie sich auch daran halten.«

»Damit steht es unentschieden, Lady. Sie haben eben all Ihre Privilegien verspielt.« Er ließ sie los und trat einen Schritt zurück. »Setzen Sie sich und bleiben Sie sitzen, sonst helfe mir Gott…«

Er sagte das mit solchem Nachdruck, dass er sich nicht einmal die Mühe machte, die Tür wieder zu verriegeln. Sie schaffte es gerade noch zur Wäschekiste, bevor ihre Knie einknickten. Erleichtert, sich setzen zu können, ließ sie sich auf den Deckel sinken.

Er stieg wieder in die Duschkabine. Obwohl sie kein einziges Mal in seine Richtung sah, bekam sie genau mit, wie er das Seifenstück vom Boden aufhob und sich dann abwechselnd einseifte und abspülte, um den Schmutz abzuwaschen.

Sie roch ihr Shampoo und schloss daraus, dass er die Plastikflasche geöffnet hatte. Weil sie wusste, dass er den Kopf zurücklegen musste, um das Shampoo aus den Haaren zu spülen, überlegte sie, ob sie noch einmal wagen sollte, aus dem Bad zu fliehen. Aber sie konnte sich nicht darauf verlassen, dass ihre Beine sie tragen würden, und sie wollte lieber nicht wissen, was er mit ihr anstellen würde, wenn er sie auch beim zweiten Versuch abfangen würde.

Bis er das Wasser abdrehte, war das Bad dampfig und warm. Sie spürte, wie er die Hand aus der Duschkabine streckte und ein Handtuch vom Halter zog. Ein paar Sekunden später hob er Eddies alte Jeans auf und zog erst sie und dann das verblichene lila T-Shirt an.

»Mein Kopf hat wieder angefangen zu bluten.«

Als sie aufsah, war er immer noch damit beschäftigt, sich mit einer Hand das T-Shirt über den feuchten Rumpf zu zerren und mit der anderen so gut wie möglich die Blutung auf seinem Scheitel zu stillen. Hellrotes Blut rann durch seine Finger.

»Drücken Sie das Handtuch darauf. So fest Sie können.« Sie stand auf und öffnete den Medizinschrank über dem Waschbecken. »Sie sollten die Wunde lieber desinfizieren.«

Sie reichte ihm die Flasche. Er folgte ihrem Vorschlag, schraubte sie auf und kippte reichlich Wasserstoffperoxid direkt auf die Wunde. Sie verzog das Gesicht. »Ist die Wunde tief? Vielleicht muss sie genäht werden.«

»Fürs Erste wird es gehen.«

»Wie ist das passiert?«

»Ich bin mit gesenktem Kopf durch den Wald gelaufen, weil ich nicht stolpern wollte. Und dabei gegen einen tief hängenden Ast gerannt.« Er ließ das blutige Handtuch auf den Boden fallen. »Was interessiert Sie das?«

Sie nahm nicht an, dass er tatsächlich mit einer Antwort rechnete, und gab deshalb keine. Er nahm die Sachen von dem Fenstersims in der Duschkabine. Die Pistole ließ er in den Bund von Eddies Jeans gleiten. Honor fiel auf, dass ihm die Hose ein bisschen zu kurz und der Bund ein Stück zu weit war. Handys, Geld und der Zettel verschwanden in den Vordertaschen. Dann bückte er sich nach seinen Socken und Stiefeln und erklärte ihr: »Sie können die Tür jetzt aufmachen.«

Sobald sie das Bad verlassen hatten, sagte Honor: »Es hätte jemand vorbeikommen können, der nach Ihnen sucht, während wir da eingeschlossen waren. Und dann hätten Sie in der Falle gesessen.«

»Der Gedanke ist mir auch gekommen, aber darüber habe ich mir nicht den Kopf zerbrochen. Dank Ihres Schwiegervaters weiß ich, wo man zurzeit hauptsächlich nach mir sucht.«

»Wo Sie das Boot gestohlen haben?«

»Das ist mehrere Meilen von hier entfernt. Sie brauchen bestimmt eine Weile, bis sie die Fährte wieder aufgenommen haben.«


»Sind Sie *sicher*?« Mrs. Arleeta Thibadoux kniff zweifelnd die Augen zusammen. »Weil das nämlich ungezogene, hundsgemeine Rangen sind, die nix wie Ärger machen. Wenn Sie mich fragen, nehmen die sogar Drogen.«

Tom VanAllen hatte Fred Hawkins den Vortritt gelassen, und so befragte jetzt der örtliche Polizist die Eigentümerin des kleinen Bootes, das ungefähr dort verschwunden war, wo man Lee Coburn zuletzt gesehen hatte. Oder gesehen zu haben glaubte. Dass der Autofahrer, der bei seinem Reifenwechsel beobachtet hatte, wie ein Mann in den Wald gerannt war, tatsächlich Coburn gesehen hatte, ließ sich nicht bestätigen, aber mehr hatten sie nicht in der Hand, also konzentrierten sie sich auf diese Aussage, als wäre es tatsächlich eine handfeste Spur.

Inzwischen hatten sie das Knabentrio von zweifelhaftem Ruf, das eine Viertelmeile von Mrs. Thibadoux entfernt lebte, befragt und als Bootsdiebe ausgeschlossen. Gestern Abend waren die drei mit ein paar Freunden in New Orleans gewesen und hatten dort das French Quarter unsicher gemacht. Sie hatten im Van eines ihrer Freunde übernachtet – oder eher ihren Rausch ausgeschlafen – und waren gerade verkatert und mit blutunterlaufenen Augen heimgekehrt, als die Polizisten aus Tambour eingetroffen waren, um sie zu vernehmen.

All das hatte Fred mittlerweile Mrs. Thibadoux erklärt, die sie trotzdem nicht als Schuldige ausschließen wollte. »Erst vor ein paar Tagen habe ich denen die Leviten gelesen. Da habe ich sie unten am Steg erwischt, wo sie an meinem Boot herumhantiert haben.«

»Ihre Freunde können verbürgen, dass sie seit gestern Abend um acht nicht in der Gegend waren«, versicherte Fred ihr.

»Hm. Na schön.« Sie schniefte. »Das Boot war sowieso nix mehr wert. Seit mein Mann gestorben ist, bin ich nicht mehr damit rausgefahren. Immer wieder habe ich mir vorgenommen, dass ich es verkaufe, aber dann bin ich doch nie dazu gekommen.« Sie grinste und stellte eine Lücke zur Schau, wo ein wichtiger Zahn hingehört hätte. »Jetzt, wo ein Mörder damit geflohen ist, bringt es bestimmt viel mehr ein. Passen Sie bloß auf, dass niemand nix damit anstellt, wenn Sie es finden!«

»Ja, Madam, das werden wir.«

Fred tippte sich zum Abschied an die Hutkrempe und stieg behutsam über die kleinen Jagdhunde, die ausgestreckt auf der Veranda ruhten. Noch während er die Stufen herunterkam, wickelte er einen Kaugummistreifen aus und hielt das Päckchen Tom hin.

»Nein danke.« Tom wischte sich einen Schweißtropfen von der Stirn und wedelte gegen den Schnakenschwarm an, der es auf ihn abgesehen hatte. »Glauben Sie, dass Coburn ihr Boot genommen hat?«

»Vielleicht hat es sich auch von selbst vom Steg gelöst und wurde von der Strömung abgetrieben«, meinte Fred. »Aber sie schwört, dass es sicher festgemacht war. So oder so müssen wir davon ausgehen, dass Coburn es gestohlen hat, und danach suchen.«

Freds knapper, fast abweisender Antwort war anzuhören, wie frustriert er war. Tom spürte, dass dem Polizisten der Geduldsfaden zu reißen drohte. Je länger Coburn auf freiem Fuß war, desto besser standen seine Chancen zu entkommen. Der Druck auf Fred wurde allmählich spürbar. Wie besessen kaute er auf seinem Kaugummi herum.

»Während Sie mit Mrs. Thibadoux gesprochen haben, hat mein Büro angerufen«, sagte Tom. »Die Kontrolle der Trucks hat nichts erbracht.«

Sofort nachdem ihm gestern Abend der Mehrfachmord gemeldet worden war, hatte er angeordnet, alle Sattelschlepper der Royale-Flotte anzuhalten und gründlich zu durchsuchen.

»Das war zu erwarten«, sagte Fred. »Falls Coburn einen Komplizen hatte, der ihn in einem Lastwagen der Firma weggeschmuggelt hat, oder einen Kumpel, der ihm bei seiner Flucht geholfen hat, hätten die ihn weiß Gott wo absetzen können.«

»Das ist mir klar«, erwiderte Tom ätzend. »Trotzdem werden die Fahrer angehalten und befragt. Außerdem überprüfen wir anhand der Firmenunterlagen, wer sich alles im Lauf des letzten Monats in dieser Lagerhalle aufgehalten hat. Womöglich hat sich Coburn mit jemandem zusammengetan, der für eine der Firmen arbeitet, mit denen Royale Geschäftsbeziehungen unterhält. Vielleicht gibt es sogar mehrere Komplizen.«

»Aus der Lagerhalle fehlt nichts.«

»Soweit wir wissen«, betonte Tom. »Vielleicht hat Coburn die Firma schon seit einiger Zeit bestohlen, immer nur um Kleinigkeiten, ohne dass es bis dahin aufgefallen wäre. Vielleicht wurden seine Unterschlagungen erst gestern aufgedeckt, und er hat die Nerven verloren, als Sam ihn zur Rede stellen wollte. Jedenfalls habe ich ein paar Leute abgestellt, die die Sache aus diesem Blickwinkel untersuchen.«

Fred zuckte mit den Achseln, als wollte er sagen, dass es ihm egal war, ob Zeit und Kräfte einer Bundesagentur vergeudet wurden. Dann meinte er spöttisch: »Sie können Coburn ja fragen, wenn wir ihn erst geschnappt haben.«

»Falls wir ihn schnappen und nicht jemand anderes.«

»Wir werden ihn kriegen«, knurrte Fred entschlossen. »Er ist noch ganz in der Nähe, oder ich will keine alte Sumpfeule sein.«

»Wieso sind Sie so sicher?«

»Ich spüre ihn so deutlich, dass es mir die Nackenhaare aufstellt.«

Tom widersprach ihm nicht. Manche Polizisten besaßen von Natur aus besondere Fähigkeiten als Ermittler, die sie dazu getrieben hatten, diesen Beruf zu ergreifen. Tom gehörte nicht zu ihnen. Er hatte schon immer FBI-Agent werden und bei der Verbrechensaufklärung arbeiten wollen, aber er hatte sich nie vorgemacht, dass er außergewöhnlich gut darin war, Spuren zu finden oder komplizierte Schlussfolgerungen zu ziehen. Er ging strikt gründlich und methodisch vor.

Ihm war klar, dass er wenig mit dem glamourösen, sexy Image eines FBI-Agenten gemein hatte, das Hollywood verbreitete – von Männern mit stählernem Blick und eisernem Kinn, die Maschinengewehrsalven trotzten und in schnittigen Sportwagen hinter Gangstern herjagten.

Die Gefahren, denen sich Tom gegenübersah, waren gänzlich anderer Art.

Er räusperte sich, um den verstörenden Gedanken abzuschütteln. »Sie glauben also, dass Coburn noch irgendwo da draußen ist.« Er schirmte die Augen gegen die Sonne ab, die immer noch knapp über den Bäumen stand. Irgendwo nicht allzu weit entfernt hörte er das Knattern des Suchhelikopters, konnte ihn aber im Gegenlicht nicht erkennen. »Vielleicht findet der Hubschrauber ja das Boot.«

»Vielleicht. Aber eher nicht.«

»Nicht?«

Fred schob den Kaugummi von einer Backe in die andere. »Der sucht jetzt schon seit zwei Stunden. Allmählich glaube ich, dass Coburn zu schlau ist, um sich so schnell aufspüren zu lassen. Schließlich kann sich ein Hubschrauber schlecht anschleichen. Gleichzeitig suchen die Polizeiboote das gesamte Gebiet …«

Ein scharfer Pfiff lenkte ihre Blicke zu dem wackligen Anlegesteg fünfzig Meter von Mrs. Thibadoux' Behausung. Doral Hawkins schwenkte die Arme über dem Kopf. VanAllen und Fred liefen den abschüssigen Rasen hinab, der mit Müll und Relikten von diversen Schrottplätzen und Flohmärkten übersät war, die hier schutzlos der salzigen Luft ausgeliefert waren.

Sie traten zu Doral und mehreren uniformierten Polizisten, die im Kreis um eine Stelle am Ufer des Bayou standen. »Was hast du gefunden, Bruder?«, fragte Fred.

»Einen unvollständigen Schuhabdruck. Und vor allem Blut.« Doral deutete stolz auf eine erkennbare Vertiefung im Boden, um die herum ein paar dunkle Spritzer zu erkennen waren, bei denen es sich offensichtlich um Blut handelte.

»Heiliger Hammer!« Fred ging in die Hocke, um ihre erste echte Spur in Augenschein zu nehmen.

»Freu dich nicht zu früh«, sagte Doral. »Für mich sieht das aus wie der Absatz eines Cowboystiefels. Könnte auch einem dieser jungen Vollidioten gehören, über die sich die Alte beschwert hat.«

»Sie sagt, sie hätte sie erst vor ein paar Tagen hier unten am Steg gesehen.«

»Wir werden deren Schuhwerk überprüfen«, sagte Fred. »Aber eine der Ladys aus den Büros bei Royale klang, als hätte sie Coburn richtig scharf gefunden. Sie hat ihn bis ins kleinste Detail beschrieben. Bis runter zu den Stiefeln.« Er grinste die beiden anderen Männer an. »Und sie hat gesagt, sie habe ihn niemals in was anderem als in Cowboystiefeln gesehen.«

»Was halten Sie von dem Blut?«, fragte Tom.

»Das sind nur ein paar Tropfen, keine Lache, demnach ist er nicht allzu schwer verletzt.« Fred stand auf, klatschte sich dabei auf die Schenkel und rief einen uniformierten Polizisten herbei. »Holen Sie die Spurensicherungstypen aus dem Sheriffbüro her.«

Einigen anderen Polizisten trug er auf, das Gelände abzusperren. »Einen sieben Meter breiten Korridor. Vom Haus bis ans Wasser. Und sagen Sie Mrs. Thibadoux, sie soll ihre dämlichen Köter von hier fernhalten.«

»Vielleicht könnten sie seine Fährte aufnehmen«, wandte Tom hoffnungsvoll ein.

Fred schnaubte. »Doch nicht diese trüben Tölen. Was haben die eigentlich gemacht, als Coburn ihr Boot geklaut hat?«

Gute Frage. Auf dem ganzen Gelände tummelten sich Fremde, ohne dass auch nur ein Hund geknurrt hätte.

Doral hatte versonnen auf das träge Wasser des Bayou gestarrt und schob jetzt mit dem Daumen seine Kappe in den Nacken. »Ich will ja niemandem die Party versauen, aber wenn Coburn von hier aus den Bayou entlanggefahren ist …«

»Dann sind wir am Arsch«, vollendete Fred den Satz für seinen Bruder.

»Du nimmst mir das Wort aus dem Mund«, bestätigte Doral unglücklich.

Tom verriet seine Ignoranz nur ungern, trotzdem musste er fragen. »Wieso denn?«

»Na ja«, sagte Doral, »von hier aus kann Coburn fünf verschiedene Richtungen eingeschlagen haben.« Er deutete auf die verschiedenen Zuflüsse, die jenseits des Grundstücks in den Hauptlauf des Bayou mündeten.

»Jeder dieser fünf Kanäle verzweigt sich in weitere Kanäle, und die verzweigen sich wieder. Es ist ein ganzes Netz. Womit wir ein riesiges Gebiet an Wasserwegen und Sumpfland abzudecken haben.« Freds Hochgefühl war schon wieder verpufft. Während er aufs Wasser sah, stemmte er die Hände in die Hüften. »Scheiße. Wir hätten diesen Drecksack längst erwischen müssen.«

»Da bin ich ganz deiner Meinung«, meinte Doral.

»Der Typ hat auf der Verladerampe gearbeitet, verflucht noch mal«, knurrte Fred. »Wie schlau kann er schon sein?«

Tom verkniff sich die Bemerkung, die ihm auf der Zunge lag, aber er sagte: »Es sieht fast so aus, als hätte er sich absichtlich diese Stelle ausgesucht, um ein Boot zu stehlen, nicht wahr?«

»Wie konnte er das wissen, wenn er nicht von hier ist?«, fragte Doral.

Fred zupfte den durchgekauten Gummi aus seinem Mund und schleuderte ihn in die dunklen, schlammigen Wasser des

Bayou. »Das heißt, er hatte von Anfang an eine feste Flucht-route.«

Toms Handy vibrierte. Er zog es aus der Tasche. »Meine Frau«, erklärte er den beiden Männern.

»Dann sollten Sie lieber rangehen«, meinte Fred.

Tom sprach nie mit anderen über sein Privatleben, aber er war sicher, dass alle Welt hinter seinem Rücken über ihn und seine Frau sprach. Lanny wurde dabei nie erwähnt, aber jeder, der die VanAllens auch nur vom Namen her kannte, wusste von ihrem Sohn. Jemand mit einer so schweren Behinderung wie Lanny erregte Mitleid und Neugier, und das war auch der Grund, warum sich Tom und Janice nie mit ihm in der Öffentlichkeit gezeigt hatten. Sie wollten nicht nur sich selbst, sondern auch ihrem hilflosen Sohn die Peinlichkeit ersparen, angeglotzt zu werden.

Selbst ihre Freunde – ihre früheren Freunde – hatten eine morbide Neugier an den Tag gelegt, die Janice und ihm so unangenehm war, dass sie irgendwann alle Verbindungen ge-kappt hatten. Sie trafen sich mit niemandem mehr. Außerdem hatten all ihre Freunde normale, gesunde Kinder bekommen. Es war qualvoll, zuhören zu müssen, wenn sie über Schulauf-führungen, Geburtstagspartys und Fußballspiele plauderten.

Er drehte den Männern den Rücken zu und nahm das Ge-spräch an. »Ist alles in Ordnung?«

»Alles gut«, erwiderte sie. »Ich wollte mich nur kurz erkun-digen. Wie läuft es so?«

»Wir haben gerade einen Durchbruch erzielt.« Er erzählte ihr, was sie eben entdeckt hatten. »Die gute Nachricht ist, dass wir wahrscheinlich seine Fährte aufgenommen haben. Die schlechte ist, dass sie in den Bayou führt. Keine Ahnung, wie wir so viel Sumpfland absuchen sollen.«

»Wie lange bleibst du noch?«

»Ich wollte gerade zurückfahren. Aber warte nicht mit dem Abendessen. Ich muss noch ins Büro, bevor ich nach Hause komme. Wie geht es Lanny?«

»Das fragst du jedes Mal.«

»Weil ich es jedes Mal wissen will.«

Sie seufzte. »Es geht ihm gut.«

Tom wollte ihr schon für die Auskunft danken, ließ es dann aber sein. Es war ihm selbst zuwider, dass er jedes Mal das Gefühl hatte, ihr danken zu müssen, nur weil sie seine Frage nach dem Befinden ihres Sohnes beantwortete. »Wir sehen uns dann«, sagte er nur und legte sofort auf.

Der Fund des Schuhabdrucks und der Blutstropfen hatte den abgeschlafften Polizisten, die an der Verbrecherjagd teilnahmen, neue Kräfte verliehen. Man ließ frische Spürhunde kommen. Mrs. Thibadoux krakeelte immer wieder von ihrer Veranda aus, dass sie alle Schäden ersetzt haben wollte, die sie in ihrem Garten oder an ihrem Steg anrichteten. Ohne ihr Beachtung zu schenken, organisierten Fred und Doral die weitere Suche und teilten die Zuständigkeiten unter den verschiedenen Polizeibehörden neu auf.

So wie Tom es sah, war es der ideale Augenblick, um sich zu verziehen. Niemand würde merken, dass er verschwunden war, und niemand würde ihn vermissen.

# 10

Die Dunkelheit würde die Suche nach Coburn erschweren.

Weshalb der Bookkeeper nicht gerade glücklich darüber war, dass die Sonne unterging.

Sam Marsets Exekution hatte eine ganze Woche an Planungen und Vorbereitungen erfordert, und wie nicht anders zu erwarten, hatte sie einen gewaltigen Widerhall ausgelöst. Eine Gegenreaktion war abzusehen, und sie war sogar erwünscht, denn je lauter der öffentliche Aufschrei ausfiel, desto stärkeren Eindruck würde die blutige Tat bei jenen hinterlassen, die ihre Lektion noch nicht gelernt hatten.

So wie damals bei dem Highway-Polizisten. Bei seiner Beerdigung hatte sich die Prozession über Meilen erstreckt. Aus mehreren Bundesstaaten waren uniformierte Polizisten angereist, die entweder nicht wussten oder nicht wahrhaben wollten, dass der Tote ein unmoralischer Drecksack gewesen war, der sich bereichert hatte, indem er beide Augen zudrückte, wenn Drogen, Waffen oder Menschen über jenen Abschnitt der Interstate 10 transportiert wurden, auf dem er Streife fuhr.

Außerdem kursierten Gerüchte, dass er sich hin und wieder an den jungen Frauen vergriffen hatte, um sie danach in das Höllenloch von Laderaum zurückzustoßen, in dem sie von einem Ort an den anderen verfrachtet wurden. Angeblich waren ihm Jungfrauen am liebsten gewesen, die allerdings keine mehr waren, nachdem sie in seine Fänge geraten waren.

Als man seinen Leichnam mit beinahe abgetrenntem Kopf hinter dem linken Hinterrad seines Streifenwagens gefunden hatte, hatten sich die Kommentarschreiber der Zeitungen und die Fernsehexperten über die Brutalität dieses Verbrechens ereifert und lauthals gefordert, dass der Mörder gefasst und so streng wie möglich bestraft werden müsse. Aber schon ein paar Tage später wurde die Öffentlichkeit durch die aufregende Nachricht abgelenkt, dass ein Hollywood-Starlet vorzeitig aus der Entzugsklinik entlassen worden war.

Die moderne Gesellschaft war dem Untergang geweiht. Und nachdem man sich diesem moralischen Verfall nicht entgegenstemmen konnte, konnte man genauso gut davon profitieren. Wer erst zu dieser Erkenntnis gelangt war, hatte keine Probleme mehr, ein Imperium zu errichten. Vielleicht kein Industrie- oder Kunst-, kein Finanz- oder Immobilienimperium, aber dafür ein Imperium der Korruption. Im Grunde war das auch nur ein Gewerbe. Und wer sich ausschließlich auf diese Währung beschränkte, dessen Geschäfte florierten.

Um etwas zu erreichen, durfte man keine Skrupel haben. Man musste wagemutig und entschlossen handeln, durfte keine losen Enden zurücklassen und gegenüber Konkurrenten wie Verrätern keine Gnade walten lassen. Der Letzte, der das schmerzhaft erfahren musste, war Sam Marset gewesen. Nur dass Marset der Lieblingssohn von ganz Tambour gewesen war.

Je näher die Sonne dem Horizont entgegentrieb und je tiefer sich die Dunkelheit herabsenkte, desto deutlicher wurde, dass sich die Wellen, die der Mord an Marset geschlagen hatte, allmählich zu einem wahren Tsunami auswuchsen.

Und alles nur wegen diesem Lee Coburn.

Den sie finden mussten. Den sie zum Schweigen bringen mussten. Den sie ausradieren mussten.

Dass es irgendwann passieren würde, stand fest. Der Kerl mochte sich für noch so gerissen halten, er konnte unmöglich dem umfassenden und gleichzeitig engmaschigen Netz der Korruption entkommen, das inzwischen über dem ganzen Land lag. Wahrscheinlich würde ihn einer seiner eifrigen, aber tölpelhaften Verfolger erschießen. Falls er wider alle Erwartungen lebend verhaftet würde, würde Diego zum Einsatz kommen und das Problem lösen. Diego war ein lautloser Killer ohnegleichen. Er würde eine Möglichkeit finden, in einem unbeobachteten Augenblick in Coburns Nähe zu gelangen. Dann würde er blitzschnell sein Rasiermesser ansetzen und Coburns heißes Blut auf seinen Händen spüren.

Eigentlich war er dafür zu beneiden.


Bei Sonnenuntergang sah Honors Haus aus, als wäre ein Wirbelsturm durchgezogen.

Emily war pünktlich aus ihrem Mittagsschlaf erwacht. Ein Saftkarton, ein Päckchen Kekse und der freie Zugang zum Fernseher hatten sie mehr oder weniger stillgestellt. Aber nicht einmal ihre liebsten Disney-DVDs hatten sie lange von ihrem Besucher ablenken können.

Ständig versuchte sie sich mit Coburn zu unterhalten und traktierte ihn mit Fragen, bis Honor ihr schließlich ungewöhnlich barsch über den Mund fuhr. »Lass ihn in Ruhe, Emily.« Sie fürchtete, Emilys Geplapper und vor allem Elmos Gesang könnten ihn so reizen, dass er beides mit drastischen Maßnahmen zum Verstummen bringen würde.

Während er jedes Buch im Wohnzimmerregal einzeln durchblätterte, erklärte Honor ihrer Tochter, dass er auf einer Schatzsuche sei und nicht gestört werden durfte. Emily sah nicht überzeugt aus, wandte sich aber ohne Widerworte wieder ihrem Zeichentrickfilm zu.

Der Nachmittag zog sich dahin. Es war einer der längsten in Honors Leben, länger sogar als die Tage direkt nach Eddies Tod, die sie wie einen endlosen Albtraum durchlebt hatte. Damals hatte die Zeit jede Bedeutung verloren. Die Tage waren dahingezogen, ohne dass sie in ihrem benommenen Zustand etwas davon mitbekommen hatte.

Heute hingegen war Zeit ein entscheidender Faktor. Jede Sekunde zählte. Weil die Zeit irgendwann ablaufen würde.

Und dann würde er sie beide töten.

Den ganzen Tag hatte sie sich dagegen gesträubt, dieses Ende auch nur zu erwägen, aus Angst, dass es allein dadurch zur Gewissheit würde. Aber jetzt, wo der Tag zur Neige ging, konnte sie sich nichts mehr vormachen. Für sie und Emily lief die Zeit unausweichlich ab.

Während Coburn ein Möbelstück nach dem anderen umkippte, um die Unterseite zu begutachten, klammerte sie sich an einen einzigen Hoffnungsstrahl: Er hatte sie nicht sofort getötet, was für ihn viel einfacher gewesen wäre, als sich mit ihnen herumzuärgern. Wahrscheinlich waren sie nur am Leben geblieben, weil er glaubte, dass Honor ihm irgendwie bei seiner Suche behilflich sein könnte. Aber was würde passieren, wenn er zu dem Schluss kam, dass sie tatsächlich nichts wusste und ihm daher keinen Nutzen brachte?

Die Dämmerung verschluckte die letzten Sonnenstrahlen und damit auch Honors letzte Hoffnung.

Coburn schaltete eine Tischlampe ein und begutachtete das Chaos, das er in ihrem gepflegten Heim angerichtet hatte. Als sein Blick schließlich auf sie fiel, sah sie, dass seine Augen blutunterlaufen waren und die blaue Iris wild aus der Tiefe der Augenhöhlen leuchtete. Er war ein Mann auf der Flucht, ein Mann mit einer gescheiterten Mission, ein Mann, der an seiner Frustration zu zerbrechen drohte.

»Kommen Sie her.«

Honors Herz begann schmerzhaft schnell zu hämmern. Sollte sie sich über Emily werfen, um sie zu beschützen? Sollte sie ihn attackieren oder lieber um Gnade flehen?

»Kommen Sie her.«

Mit mühsam gewahrter Miene ging sie auf ihn zu.

»Als Nächstes werde ich die Wände und Decken aufschlitzen und die Böden rausreißen. Wollen Sie das wirklich?«

Vor Erleichterung knickten ihr beinahe die Knie ein. Er war noch nicht fertig. Ihr und Emily blieb noch etwas Zeit. Sie konnte immer noch auf Rettung hoffen.

All ihre Beteuerungen, dass sie in ihrem Haus keine Schätze versteckte, hatten nichts an seiner Entschlossenheit geändert, darum versuchte sie es mit einem anderen Ansatzpunkt. »Das würde viel zu lang dauern. Inzwischen ist es dunkel, Sie sollten lieber verschwinden.«

»Nicht, bis ich habe, weswegen ich gekommen bin.«

»Ist es wirklich so wichtig?«

»Andernfalls hätte ich mir diesen Ärger bestimmt nicht aufgehalst.«

»Was es auch ist, Sie haben am falschen Ort danach gesucht und damit kostbare Zeit vergeudet.«

»Das glaube ich nicht.«

»Ich *weiß* es aber. Es ist nicht hier. Warum verschwinden Sie nicht lieber, solange Sie vielleicht noch flüchten können?«

»Machen Sie sich etwa Sorgen um mich?«

»Sie vielleicht nicht?«

»Was könnte denn schlimmstenfalls passieren?«

»Sie könnten sterben.«

Er zog eine Schulter hoch. »Dann wäre ich tot, und nichts von alldem hätte noch Bedeutung. Aber im Moment bin ich am Leben, deshalb bedeutet es mir durchaus etwas.«

Honor fragte sich, ob es ihm tatsächlich gleichgültig war, ob er sterben würde, aber bevor sie ihn das fragen konnte, piepste Emily dazwischen: »Mommy, wann kommt Grandpa endlich?«

Die DVD war zu Ende, und auf dem Bildschirm waren nur noch explodierende Feuerwerksraketen zu sehen. Emily stand neben ihr, Elmo unter ihren Arm geklemmt. Honor ging in die Hocke und massierte mit einer Hand Emilys Rücken.

»Grandpa kommt heute doch nicht, Süße. Wir mussten die Feier auf morgen verschieben. Aber dann wird sie noch besser«, ergänzte sie schnell, um den Protest zu unterbinden, der Emily auf den Lippen lag. »Weil ich Dummerchen die Partyhüte vergessen habe. Wir können Grandpas Geburtstag unmöglich ohne Partyhüte feiern. Ich habe einen gesehen, der wie ein Krönchen aussieht.«

»So wie das von Belle?« Es war eine der Figuren auf ihrer DVD.

»Genau wie das von Belle. Mit Funkelsteinen darauf.« Dann erklärte sie im Bühnenflüsterton: »Und Grandpa hat mir verraten, dass er eine Überraschung für dich hat.«

»Was für eine Überraschung?«

»Weiß ich doch nicht. Wenn er es mir gesagt hätte, wäre es keine Überraschung mehr, oder?«

Inzwischen leuchteten Emilys Augen. »Kann ich trotzdem Pizza zum Abendessen kriegen?«

»Natürlich. Und einen Cupcake dazu.«

»Juhuu!« Emily rannte in die Küche.

Honor stand auf und sah Coburn an. »Für sie ist es längst Abendessenszeit.«

Er zog die Unterlippe zwischen die Zähne, sah kurz in Richtung Küche und nickte dann zur Tür hin. »Aber beeilen Sie sich.«

Was kein Problem war, da Emily bereits eine Pizza aus dem Tiefkühlschrank geholt hatte, bis Honor in die Küche kam. »Ich will eine mit Salami.«

Honor erhitzte die Minipizza in der Mikrowelle. Als sie die fertige Pizza vor Emily abstellte, fragte Coburn: »Haben Sie noch mehr davon?«

Sie machte ihm ebenfalls eine Pizza, die er, als Honor den Teller vor ihm absetzte, genauso gierig verschlang wie das Mittagessen.

»Und was isst du, Mommy?«

»Ich habe keinen Hunger.«

Coburn sah sie an und zog eine Braue hoch. »Eine Magengrippe?«

»Mir ist der Appetit vergangen.«

Er zuckte gleichgültig mit den Achseln, trat an den Gefrierschrank und holte sich eine zweite Pizza heraus.

Als Emily ihren Cupcake bekam, bestand sie darauf, dass Coburn ebenfalls einen aß. »Sonst ist es keine richtige Feier!«, beschwerte sie sich piepsend.

Honor legte die Cupcakes auf bunt bedruckte Pappteller und servierte sie Emily zuliebe mit großer Geste.

»Wir brauchen noch die Streusel!«

Honor nahm das Glas von der Theke und reichte es Emily. Coburn wollte schon in seinen Cupcake beißen, aber Emily klopfte auf seine auf dem Tisch liegende Hand. Er riss sie zurück, als hätte ihn eine Kobra gebissen.

»Du bist zuerst dran. Du brauchst noch Streusel.«

Er starrte auf das Streuselglas, als wäre es Mondgestein, bedankte sich dann barsch, nahm Emily das Glas aus der Hand und streute bunte Streusel auf seinen Cupcake, bevor er Emily das Glas zurückreichte.

Inzwischen war unübersehbar, dass er überreizt war und

seine Nerven vor Erschöpfung blank lagen. Die Deckenlampe über dem Esstisch legte tiefe Schatten auf seine scharfen Wangenknochen und ließ die untere Hälfte seines Gesichts noch hagerer und angespannter wirken. Seine steifen Schultern und die schweren Atemzüge verrieten, wie entkräftet er war. Honor ertappte ihn mehrmals dabei, wie er angestrengt blinzelte, als würde er mit aller Kraft gegen den Schlaf ankämpfen.

Da die Müdigkeit seine Reaktionen verzögern und sein Urteilsvermögen trüben musste, beschloss Honor, ihn genau im Auge zu behalten und abzuwarten, bis der geeignete Moment zum Handeln gekommen war. Sie brauchte nur eine Nanosekunde der Schwäche, ein einziges unaufmerksames Blinzeln.

Das Problem dabei war, dass sie kaum weniger erschöpft war als er. Das emotionale Wechselbad zwischen Todesangst und rasendem Zorn, das sie den ganzen Tag durchlebt hatte, hatte ihre gesamte Energie aufgezehrt. Darum war sie tatsächlich erleichtert, als es Zeit war, Emily ins Bett zu bringen. Honor zog ihr einen Schlafanzug an.

Während das Mädchen auf der Toilette war, sagte Honor zu Coburn: »Sie kann in meinem Bett schlafen.«

»Sie kann in ihrem Bett schlafen.«

»Aber wenn sie bei mir schläft, können Sie uns beide gleichzeitig im Auge behalten.«

Er schüttelte einmal kräftig den Kopf. Widerspruch war zwecklos. Sie würde das Haus auf keinen Fall ohne Emily verlassen, das wusste er genau. Indem er sie trennte, stellte er sicher, dass sie nicht zu fliehen versuchte.

Während Honor die obligatorische Gutenachtgeschichte vorlas, durchsuchte Coburn Emilys Kleiderschrank, schob dabei die Bügel beiseite und klopfte mit dem Absatz des Cowboystiefels gegen die Rückwand des Möbels, um festzustellen, ob sich dahinter ein Hohlraum befand.

Er drückte jedes einzelne Tier in Emilys Plüschzoo, womit er das Mädchen zum Lachen brachte. »Elmo musst du auch noch drücken«, erklärte sie ihm und reichte ihm vertrauensvoll das rote Flauschwesen.

Er drehte es auf den Bauch und öffnete den Klettverschluss auf der Rückseite.

»Nicht«, bat Honor leise.

Er warf ihr einen argwöhnischen Blick zu.

»Da hinten ist nur das Batteriefach«, sagte Honor, die befürchtete, dass Emily traumatisiert werden könnte, wenn sie zusehen musste, wie Elmo ausgeweidet wurde. »Bitte.«

Halb von Emily abgewandt, untersuchte er Elmos Inneres, nahm sogar die Batterien heraus und sah darunter nach, schloss den Klettverschluss aber wieder, als er sich überzeugt hatte, dass nichts in dem Spielzeug versteckt war, und reichte Emily dann ihren Elmo zurück.

Honor las weiter vor. Die Geschichte endete mit dem klassischen »Und wenn sie nicht gestorben sind, dann leben sie noch heute«. Honor wartete ab, bis Emily ihr Gutenachtgebet aufgesagt hatte, küsste sie auf beide Wangen und drückte sie danach ein bisschen fester und länger an ihre Brust als sonst, denn schließlich war es nicht ausgeschlossen, dass sie ihre Tochter heute zum letzten Mal ins Bett gebracht hatte.

Sie versuchte sich diesen Moment einzuprägen, ihn in ihrem Herzen und in ihrer Erinnerung einzumeißeln, weil sie auf keinen Fall vergessen wollte, wie Emilys süßer kleiner Körper roch, der sich so unglaublich klein, zerbrechlich und verletzlich anfühlte. Die Mutterliebe drohte ihr Herz zu sprengen.

Aber schließlich musste sie ihre Tochter loslassen. Sie bettete Emily auf ihr Kissen und zwang sich, aus dem Zimmer zu schleichen. Coburn wartete im Flur auf sie. Während sie die Tür zuzog, blickte sie in die gefühllose Maske seines Gesichts.

»Bitte lassen Sie sie nicht zusehen, wenn Sie … mir etwas antun. Sie stellt keine Gefahr für Sie dar. Sie hätten nichts gewonnen, wenn Sie ihr wehtun. Sie…«

Ein Handy läutete.

Er erkannte, dass es ihres war, zog es aus der Tasche, las das Display ab und reichte es ihr. »Wir machen es genauso wie vorhin. Sie stellen auf Lautsprecher. Erkundigen Sie sich nach der Jagd auf mich, aber nicht allzu plump.«

Sie drückte den Knopf. »Hi, Stan.«

»Wie geht es euch? Ist mit Emily alles in Ordnung?«

»Du weißt, wie Kinder sind. Die erholen sich von solchen Geschichten schneller als wir Erwachsenen.«

»Dann bleibt es bei morgen Abend?«

»Natürlich.« Den Blick in Coburns blutunterlaufene Augen gerichtet, fragte sie: »Gibt es was Neues über den Typen, nach dem ihr sucht?«

»Er ist immer noch auf freiem Fuß, aber es ist nur noch eine Frage der Zeit, bis sie ihn haben. Inzwischen ist er seit vierundzwanzig Stunden auf den Beinen. Entweder ist er schon tot, oder er ist so geschwächt, dass er leichte Beute ist.«

Er erzählte ihr von dem gestohlenen Boot und wo Coburn es gestohlen hatte. »Dutzende von Booten suchen alle Wasserwege ab, nötigenfalls die ganze Nacht durch. Die ganze Gegend wird durchkämmt.«

»Aber wenn er ein Boot hat…«

»Soweit ich weiß, ist es nicht besonders zuverlässig. Niemand glaubt, dass er weit damit kommt.«

»Vielleicht ist es schon gesunken«, meinte Honor.

»Dann werden sie von dort aus seine Fährte aufnehmen, falls er nicht mitsamt dem Boot untergegangen ist. Das gesamte Festland wird von den besten Spurenlesern und Spürhunden abgesucht.«

Er ermahnte sie, sich auszuschlafen, wünschte ihr eine gute Nacht und beendete das Gespräch. Als Coburn ihr das Telefon abnahm, verließ sie der letzte Mut. Stans Antworten verhießen nichts Gutes für sie und Emily. Je schlechter die Fluchtchancen für Coburn standen, desto schlechter standen auch ihre und Emilys Chancen.

Aber sie wollte ihm auf keinen Fall zeigen, wie verzweifelt sie inzwischen war, sondern versuchte ihm stattdessen die Aussichtslosigkeit seiner Lage vor Augen zu führen. »Warum verschwinden Sie nicht lieber aus der Gegend, bevor Sie hier alle Wände aufreißen? Sie können mein Auto nehmen. Bis zum Tagesanbruch sind Sie bestimmt schon in ...«

Ihre Worte verstummten abrupt, als sie das kehlige Knurren eines kleinen Motors hörte, der langsam näher kam. Sie drehte sich von Coburn weg und stürmte ins Wohnzimmer.

Doch falls Coburns Reflexe durch die Erschöpfung verzögert waren, bekamen sie durch das Brummen des Motorbootes schlagartig neuen Antrieb. Noch bevor sie das Wohnzimmer zur Hälfte durchquert hatte, hatte er sie eingeholt. Ein Arm schloss sich wie eine Schraubzwinge um ihre Taille und quetschte sie gegen seinen Leib, während die andere Hand mit aller Kraft auf ihren Mund drückte.

»Machen Sie bloß keine Dummheiten, Honor«, flüsterte er ihr ins Ohr. »Fangen Sie die Leute ab, bevor sie an der Veranda sind. Reden Sie so laut, dass ich Sie hören kann. Wenn ich das Gefühl bekomme, dass Sie versuchen, ihnen Zeichen zu geben, dann werde ich ohne zu zögern handeln. Vergessen Sie nicht, dass ich für die nur eine ›Beute‹ bin und nichts zu verlieren habe. Und bevor Sie irgendwelche Tricks versuchen, denken Sie daran, dass ich neben Ihrer Tochter stehe.«

Inzwischen tuckerte der Bootsmotor im Leerlauf. Sie sah

Lichter zwischen den Bäumen tanzen und hörte mehrere Männerstimmen.

»Haben Sie verstanden?«, bohrte er nach und schüttelte sie leicht.

Sie nickte.

Ganz langsam ließ er sie los und löste die Hand von ihrem Mund. Sie drehte sich zu ihm um. »Ich flehe Sie an, tun Sie ihr nichts«, flüsterte sie.

»Das liegt allein in Ihrer Hand.«

Er drehte sie wieder um und stupste ihr den Pistolenlauf in den Rücken. »Los.«

Ihre Beine schlotterten. Sie griff nach dem Türknopf, atmete mehrmals tief durch, zog dann die Tür auf und trat auf die Veranda.

Zwei Männer kamen den Weg vom Bootssteg herauf, schwenkten dabei die Taschenlampen über ihr Grundstück und durchleuchteten mit den gleißenden Strahlen das Gebüsch. Sie trugen Marken an ihren Uniformhemden. Und Pistolen an ihren Hüften. Einer hob grüßend die Hand.

»Sind Sie Mrs. Gillette?«

»Ja.«

»Keine Angst, Madam. Wir sind Hilfssheriffs.«

Getreu Coburns Anweisungen blieb sie knapp vor den Verandastufen auf dem Rasen stehen. Sie wusste, dass er sie von Emilys Kinderzimmerfenster aus beobachtete. Seine Warnung hallte immer noch in ihrem Kopf nach und schnürte ihr die Kehle zu.

Sie versuchte ihre Angst als Neugier zu tarnen und fragte: »Ist irgendwas passiert? Was kann ich für Sie tun?«

Die beiden stellten sich mit Namen vor und zeigten ihre Ausweise. »Wir suchen nach einem Verdächtigen in Zusammenhang mit der Schießerei gestern Abend in Tambour.«

»Ich habe davon gehört. Das ist ja schrecklich.«

»Ja, Madam. Wir haben Grund zu der Annahme, dass sich der Verdächtige noch in unserer Gegend aufhält.«

»O Gott.«

Der Deputy tätschelte beschwichtigend die Luft zwischen ihnen. »Er könnte Meilen von hier entfernt sein, aber wir fahren alle Häuser an diesem Bayou ab, weil wir hoffen, dass uns jemand einen nützlichen Hinweis geben kann.« Er ratterte eine knappe Beschreibung des Mannes herunter, der sich in ihrem Haus versteckte. Im Geist sah Honor ihn mit gezogener Pistole über ihrer Tochter stehen.

Darum antwortete sie auf die Frage des zweiten Deputys, ob sie jemanden gesehen habe, auf den diese Beschreibung passen würde, ohne zu zögern mit »nein«.

»Ist hier heute jemand in einem kleinen Boot vorbeigefahren?«

Sie schüttelte den Kopf. »Aber ich habe auch nicht darauf geachtet. Meine Tochter und ich haben uns eine Magengrippe eingefangen.«

»Das tut mir leid.«

Honor bedankte sich mit einem kurzen Nicken.

»Leben Sie allein hier, Madam?«

»Mit meiner Tochter, ja.«

»Also, bitte seien Sie auf der Hut, Mrs. Gillette, und rufen Sie sofort die Polizei, falls Ihnen etwas Ungewöhnliches auffällt.«

»Natürlich.«

»Am besten schließen Sie bis auf Weiteres alle Türen und Fenster ab.«

»Das mache ich grundsätzlich.«

Der eine Deputy tippte sich bereits an die Hutkrempe. Der andere trat einen Schritt zurück.

Gleich würden sie wieder abfahren! Was sollte sie nur tun? Sie musste etwas unternehmen. Sollte sie ihnen ein Zeichen geben?

*Vergessen Sie nicht, dass ich für die nur eine »Beute« bin und nichts zu verlieren habe.*

»Wir möchten Sie nicht länger stören. Noch einen angenehmen Abend.«

Sie kehrten um und gingen über den Rasen davon.

Sie konnte sie unmöglich einfach gehen lassen! *Herr im Himmel, unternimm etwas, Honor!* Aber was konnte sie tun, ohne Emilys Leben zu gefährden?

*Es liegt allein in Ihrer Hand.*

Ja, es lag allein in ihrer Hand. Es lag in ihrer Hand, das Leben ihrer Tochter zu retten. Aber wie? *Wie?*

Plötzlich drehte sich einer der Deputys zu ihr um. »Ach, Mrs. Gillette?«

Sie hielt den Atem an.

»Ich kannte Ihren Mann«, sagte er. »Er war ein guter Polizist.«

Ihr Mut verpuffte und mit ihm ihre letzte Hoffnung, die beiden auf die Gefahr aufmerksam zu machen, in der sie schwebte. Sie murmelte nur: »Danke.«

Er tippte nochmals an seine Hutkrempe, wandte ihr wieder den Rücken zu und ging über den Rasen zum Steg hinunter.

Sie drehte sich ebenfalls um, stieg die Stufen zur Veranda hoch und verschwand im Haus. Coburn stand jenseits des Wohnzimmers im Flur, zwischen ihr und Emily.

»Schalten Sie das Licht auf der Veranda ein. Stellen Sie sich so hin, dass man Sie sehen kann, und winken Sie den beiden zu.«

Sie folgte seinen Anweisungen, auch wenn sie nicht glaubte, dass die Hilfssheriffs noch einmal hersehen würden, aber selbst wenn, hätten sie keinesfalls die Tränen sehen können, die über ihr Gesicht liefen.

Die Hilfssheriffs stiegen in ihr Boot, legten ab und wendeten langsam im Bayou. Sekunden später waren sie außer Sichtweite. Das Dröhnen des Motors verhallte in der Ferne.

Honor schloss die Tür. Sie lehnte sich dagegen und ließ die Stirn gegen das kühle Holz sinken. Sie merkte, wie Coburn sich hinter sie stellte.

»Gut gemacht. Emily liegt friedlich im Bett und schläft wie ein Baby.«

Sein arroganter Tonfall war der Tropfen, der das Fass zum Überlaufen brachte. Mit einem Mal brachen sich die Emotionen Bahn, die sich den ganzen Tag in ihr aufgestaut hatten. Ohne auch nur zu überlegen oder einen Gedanken an die Konsequenzen zu verschwenden, drehte sie sich um und fuhr ihn an.

»Sie können mich mal mit Ihren ewigen Drohungen! Ich weiß nicht, warum Sie hier sind und was Sie hier wollen, aber mir reicht es. Wenn Sie mich sowieso umbringen werden, können Sie das genauso gut gleich tun. Und wenn nicht …« Sie fasste in ihren Rücken, drehte den Knauf und zog die Tür auf. »Wenn nicht, dann halten Sie endlich den Mund und verschwinden Sie!«

Er beugte sich vor, um die Tür wieder zuzustoßen. Honor sah ihre Chance gekommen und zerrte die Pistole aus seinem Hosenbund. Nur war die Waffe viel schwerer, als sie erwartet hatte. Sofort schlug er mit der Handkante auf ihr Handgelenk. Sie schrie vor Schmerz auf, die Pistole fiel ihr aus der Hand, schlug auf dem Boden auf und schlitterte über das Parkett.

Beide wollten sich gleichzeitig darauf stürzen. Doch gerade als Honor sich auf den Boden fallen ließ, kickte er die

Waffe aus ihrer Reichweite. Sie kroch hinterher. Sie musste sie nur so lange in die Finger bekommen, dass sie einen einzigen Schuss abgeben konnte. Die Deputys würden das hören und umkehren.

Ihre Ellbogen knallten schmerzhaft auf den Boden, während sie auf die Waffe zuhielt. Endlich berührte ihre Hand das kühle Metall, aber statt es festzuhalten, schob sie die Pistole mit den Fingerspitzen weiter weg.

Inzwischen hatte sich Coburn auf sie geworfen und wälzte sich über sie hinweg. Er streckte den Arm aus, um die Waffe vor ihr in die Hand zu bekommen.

Verzweifelt dehnte sie jeden Muskel in ihrem Körper und machte sich so lang wie möglich. Tatsächlich schloss sich ihre Hand um den Lauf.

Aber bevor sie den Arm zurückziehen und die Waffe richtig herum in die Hand nehmen konnte, hatte er mit stählernen Fingern ihr Handgelenk auf den Boden gepresst. »Lassen Sie los.«

»Zur Hölle mit Ihnen.«

Sie wand sich unter ihm hin und her und versuchte ihn verzweifelt abzuwerfen. Er drückte sie mit seinem ganzen Gewicht zu Boden, bis sie keine Luft mehr bekam. »Lassen Sie los.«

Stattdessen riss sie mit aller Kraft die Hand zurück und befreite sie dabei aus seinem Griff.

Er fluchte wütend, während sie die Pistole unter ihren Rumpf schob und gegen ihre Brust drückte.

Dann begannen sie zu ringen.

Obwohl Honor sich so flach wie möglich machte, zwängte er seine Hände zwischen ihren Leib und den Boden und versuchte ihr die Pistole zu entwinden. Sie kämpften auf Leben und Tod um die Waffe, und er hatte eindeutig mehr Ausdauer als sie. Sie bekam kaum noch Luft und spürte, wie er den Pistolengriff umfasste und ihn aus ihren schwächer werdenden Fingern wand.

Schließlich zerrte er die Waffe unter ihrem Körper hervor. Honor heulte in hilfloser Wut auf, erschlaffte und brach in Tränen aus.

Er drehte sie auf den Rücken. Dabei kniete er immer noch rittlings auf ihr. Seine Hände, von denen eine die Pistole hielt, lagen fest auf seinen Oberschenkeln. Er atmete schwer, und sein Gesicht war wutverzerrt.

Und sie dachte: *Das war's. Das ist der Augenblick, in dem ich sterbe.*

Doch zu ihrer Verblüffung schleuderte er die Pistole beiseite, stützte beide Hände auf ihre Schultern und beugte sich schwer über sie. »Was, *verflucht noch mal*, sollte das denn? Die Pistole hätte losgehen und Ihnen ein Loch in den Bauch schießen können. Das war wirklich dumm und idiotisch, Lady. Sie wissen gar nicht, wie…« Weil ihm plötzlich die Worte auszugehen schienen, rüttelte er energisch ihre Schultern. »Warum haben Sie das getan?«

Es war doch offensichtlich, warum sie das getan hatte: Sie hatte um ihr Leben gekämpft. Warum stellte er ihr eine so dämliche Frage?

Abgehackt keuchte sie: »Sagen Sie mir nur – und bitte lügen Sie mich nicht an –, werden Sie uns umbringen?«

»Nein.« Sein Blick bohrte sich in ihre Augen, dann wiederholte er rau: »*Nein.*«

Sie wollte ihm so gern glauben, dass sie es um ein Haar tatsächlich getan hätte. »Aber warum sollte ich mich dann von Ihren Drohungen einschüchtern lassen? Warum sollte ich Ihre Befehle befolgen?«

»Aus Eigeninteresse.«

»Aus Eigeninteresse? Aber ich weiß nicht mal, wonach Sie suchen! Was Sie auch immer suchen …«

»Ist das, was Ihren Mann umgebracht hat.«

# 11

Erst spät am Abend kehrte Tom nach Hause zurück. Als er ankam, war Janice gerade bei Lanny und wusch ihn mit dem Schwamm ab, so wie sie es jeden Abend taten, bevor sie ihn in seinen Schlafanzug steckten. Morgens zogen sie ihm immer einen Trainingsanzug an. Natürlich war es im Grunde egal, was er trug, aber das tägliche Umziehen war eine bitter notwendige Respektsbezeugung gegenüber dem normalen Leben.

Tom stellte den Aktenkoffer ab und krempelte die Ärmel hoch. »Warum hast du nicht auf mich gewartet, Schatz?«

»Ich wusste nicht, wann du heimkommen würdest, und ich wollte ihn fertig zum Schlafen machen, damit ich mich dann entspannen kann.«

»Tut mir leid. Aber ich wollte noch einen Teil des Schreibkrams erledigen, der wegen der Sache in Tambour anfällt, weil morgen bestimmt die Hölle los ist. So wie immer nach einem Feiertag. Und diese Krise macht es doppelt schlimm.«

Er trat ans Bett und schob Janice mit dem Ellbogen beiseite. »Setz dich. Ich mache den Rest.« Bevor Tom den Schwamm ins warme Wasser tunkte, beugte er sich über seinen Sohn und küsste ihn auf die Stirn. »Hallo, Lanny.«

Lannys Blick blieb starr. Die ausbleibende Reaktion erfüllte Tom mit der vertrauten Trauer. Er tauchte den Schwamm ins Wasser, wrang ihn aus und wischte dann damit über Lannys Arm.

»Wie geht's damit voran?«, fragte Janice.

»Womit?«

»Mit der Sache in Tambour?«

Lannys Arm lag schwer und reglos in Toms Hand, als er ihn anhob, um die Achselhöhle zu säubern. »Der Verdächtige ist noch auf freiem Fuß. Wenn du mich fragst, müsste er ganz schön blöd sein, länger als nötig in der Gegend zu bleiben. So wie ich es sehe, hat er sich von einem Kumpel aus der Firma in dessen Truck mitnehmen lassen und ist so schnell wie möglich aus Louisiana verschwunden.«

»Gibt es denn so einen Trucker-Kumpel?« Sie hatte sich in dem Fernsehsessel in der Zimmerecke niedergelassen und die Füße untergeschlagen. Der Liegesessel diente als Notbett, falls Lanny nachts unruhig schlief.

»Wir haben noch keinen gefunden, aber inzwischen überprüfen wir alle Firmen, mit denen Royale Geschäftsbeziehungen unterhält. Fred Hawkins hält das für Zeitverschwendung. Er glaubt, dass Coburn immer noch in der Gegend ist.« Er lächelte ihr zu. »Er spürt ihn so deutlich, dass sich seine Nackenhaare aufstellen.«

»Oh Mann«, prustete sie. »Was kommt als Nächstes? Kaffeesatzlesen? Ich hoffe, er verlässt sich nicht allein auf seinen sechsten Sinn, um den Mörder zu finden.«

»Er wird vor allem Grips brauchen.«

»Glaubst du, dass Fred der Aufgabe gewachsen ist?«

Tom begann Lannys Beine und Füße zu waschen. »Motiviert ist er jedenfalls. Mrs. Marset hat beim Superintendent persönlich angerufen und der Polizei Druck gemacht, den der Superintendent postwendend nach unten weitergegeben hat. Marsets Kirche hält heute Abend eine Nachtmesse für ihn. Damit machen Gott und Regierung gemeinsam Feuer unter Freds Hintern, und allmählich spürt er die Hitze.«

»Vorhin klang er ziemlich zuversichtlich.«

Sie deutete auf den Fernseher, der auf der Kommode gegenüber dem Bett stand und rund um die Uhr lief, in der Hoffnung, dass irgendeine Sendung bei Lanny eine Reaktion auslösen könnte. Im Moment lief zwar das Bild, aber der Ton war ausgeschaltet.

»In den Abendnachrichten war zu sehen, wie sich Fred den Fragen der Reporter gestellt hat«, erzählte Janice. »Er schien überzeugt, dass der Stiefelabdruck und die Blutspritzer, die ihr heute Nachmittag entdeckt habt, den Durchbruch bringen würden.«

Es gefiel Tom, dass sein eigener, von ihm leicht übertrieben dargestellter Beitrag sie angemessen zu beeindrucken schien.

Er nutzte die Gunst des Augenblicks und malte seine Geschichte weiter aus. »Habe ich dir schon von Mrs. Arleeta Thibadoux erzählt?« Seine Schilderung der skurrilen und mehr oder weniger zahnlosen Lady entlockte Janice tatsächlich ein Lachen. In diesem Moment entdeckte er eine Spur der Frau wieder, in die er sich damals verliebt und der er einen Antrag gemacht hatte.

Der Tag war ihm als einer der glücklichsten seines Lebens im Gedächtnis geblieben und konnte es in seiner Erinnerung fast mit ihrem Hochzeitstag aufnehmen. Nachdem er Janice den Ring mit dem einen Diamanten über den Finger geschoben hatte, hatten sie sich auf dem durchgelegenen Bett in seinem stickigen, engen Apartment geliebt. Es war ein glühender, verschwitzter, kraftvoller Akt gewesen, und hinterher hatten sie ihre Verlobung bei einem gemeinsamen Bier gefeiert.

Er wünschte, er könnte die Uhr zu jenem Nachmittag zurückdrehen und noch einmal Janices gerötete Wangen sehen, ihre weichen, lächelnden Lippen, die verträumten, zufriedenen und glückseligen Augen.

Aber wenn er die Uhr zu jenem Tag zurückdrehte, hätten sie Lanny nicht.

Im selben Moment schoss ihm ungewollt ein neuer, verräterischer Gedanke durch den Kopf, für den er sich augenblicklich schämte.

Er ließ den Schwamm in die Plastikwanne fallen und sah Janice an. Ihrer Miene nach zu schließen, bewegten sich ihre Gedanken auf demselben Gleis oder zumindest auf einem, das seinem nahe genug war, um auch ihr Gewissensbisse zu bereiten.

Sie sprang aus dem Sessel auf, als wollte sie vor ihren eigenen Gedanken flüchten. »Ich mache schon mal das Abendessen, während du Lanny fertig wäschst. Reicht dir ein Omelett?« Ohne seine Antwort abzuwarten, floh sie aus dem Zimmer, als wäre ihr der Teufel auf den Fersen.

Als sie zehn Minuten später vor ihren Omeletts saßen, wurde ihr Schweigen nur gelegentlich von gezwungenen, knappen Bemerkungen unterbrochen. Tom erinnerte sich an Zeiten, in denen sie sich so viel zu erzählen hatten, dass sie sich abwechselnd immer wieder unterbrochen hatten, um einander die letzten Neuigkeiten zu schildern.

Als er fertig gegessen hatte, trug er seinen Teller zur Spüle, ließ Wasser darüberlaufen und wappnete sich innerlich, bevor er sich zu seiner Frau umdrehte.

»Wir müssen reden, Janice.«

Sie legte die Gabel am Tellerrand ab und ließ die Hände in den Schoß sinken. »Worüber?«

»Über Lanny.«

»Und worüber genau?«

»Vielleicht ist es an der Zeit, dass wir uns noch einmal Gedanken um seine Pflege machen.«

So, jetzt war es heraus.

Weder traf ihn ein himmlischer Blitz, noch löste seine Gesprächseröffnung irgendeine Reaktion aus. Seine Frau sah ihn nur schweigend an, und ihre Miene war so verschlossen wie eine Tresortür.

Er bohrte nach. »Ich glaube, wir sollten überdenken – nur überdenken –, ob wir ihn nicht doch in ein Heim geben.«

Sie wandte den Blick ab und zog die Lippen über die Zähne. Um ihr etwas Zeit zu geben, räumte er das Geschirr und die anderen Sachen vom Tisch und trug alles zur Spüle.

Schließlich brach sie das gespannte Schweigen. »Wir haben ihm etwas versprochen, Tom, und uns auch.«

»Das stimmt«, bestätigte er ernst. »Aber ich glaube, als wir damals schworen, ihn immer bei uns zu behalten, haben wir uns an die schwache Hoffnung geklammert, dass er irgendwann Fortschritte machen und neue Fähigkeiten entwickeln würde. Habe ich recht?«

Sie gab nicht zu, dass sie einst diese schwache Hoffnung gehegt hatte, aber sie stritt es auch nicht ab.

»Ich glaube nicht, dass das je passieren wird.« Beide wussten das schon lange, aber keiner hatte es je ausgesprochen. Auch jetzt brach Toms Stimme unter der Belastung.

Janice entgegnete schmallippig: »Ein Grund mehr, ihm die beste Pflege zukommen zu lassen.«

»Genau darum geht es mir. Ich bin nicht sicher, dass wir ihm die bieten.« Sie wollte sofort widersprechen, aber er kam ihr zuvor: »Das ist keine Kritik an dir. Deine Geduld und Ausdauer setzen mich immer wieder in Erstaunen. Ehrlich. Aber die Aufopferung frisst dich allmählich auf.«

»Du übertreibst.«

»Wirklich? Ich sehe doch, wie du dich körperlich und seelisch aufarbeitest. Jeden Tag wird mir das aufs Neue vor Augen geführt.«

»Du kannst mir also in die Seele blicken?«

Ihre sarkastische Spitze traf ihn schmerzhafter, als es eine offene Attacke vermocht hätte. Er rieb sich die Augen und spürte, wie ihm der anstrengende Tag, und nicht nur der, zusetzte. »Bitte mach das Thema nicht noch komplizierter, als es schon ist. Schon der Vorschlag, ihn in ein Heim zu geben, tut mir weh. Begreifst du das nicht?«

»Warum machst du ihn dann?«

»Weil es einer von uns tun muss. Wir werden von der Last erdrückt, Janice. Und damit meine ich nicht nur uns beide. Ich denke auch an Lanny. Woher wollen wir wissen, ob wir wirklich das Beste für ihn tun?«

»Wir sind seine Eltern.«

»Liebende Eltern, das stimmt, trotzdem sind wir keine ausgebildeten Therapeuten. Es gibt Spezialisten für Patienten wie Lanny.«

Sie stand auf und wanderte durch die Küche, als würde sie nach einem Fluchtweg suchen. »Die ganze Unterhaltung ist witzlos. Selbst wenn wir uns einig wären, dass ein privates Pflegeheim das Beste für ihn ist, könnten wir uns keines leisten. Und in so ein modernes staatlich geführtes Asyl werde ich ihn auf keinen Fall stecken. An so einem Ort könnte ich ihn niemals lassen.«

Natürlich schmerzte die Unterstellung, dass er das tun würde, aber er würde sich keinesfalls in einen Streit ziehen lassen. Er blieb strikt beim Thema. »Wir sind es uns und ihm schuldig, einige der besseren Heime zu besichtigen und uns wenigstens ein Bild zu machen.« Er zögerte und fragte dann: »Wärst du denn bereit mitzukommen, wenn die Finanzen geklärt wären?«

»Aber das sind sie nicht.«

»Wenn sie es wären«, wiederholte er stur.

»Hast du vor, im Lotto zu gewinnen?«

Wieder traf ihn ihr Sarkasmus, aber auch diesmal ging er nicht darauf ein. Für diesen einen Abend hatte er genug gesagt. Er hatte ihr zu denken gegeben. Ihm war klar, dass er die Rolle des Schurken übernommen hatte, indem er das Thema angesprochen hatte, aber einer von ihnen musste sie übernehmen, und Janice wollte er das nicht zumuten.

Sie hatte an der Highschool die Abschlussrede gehalten, hatte mit Auszeichnung an der Vanderbilt University abgeschlossen und danach in einer Investmentfirma gearbeitet, wo sie als aufgehender Stern gegolten hatte. Dann hatte das Schicksal nicht nur ihre berufliche Laufbahn, sondern ihr ganzes bisheriges Leben brutal abgeschnitten.

Nachdem sie alles für Lanny aufgegeben hatte, konnte sie sich unmöglich eingestehen, dass sie gescheitert waren. Wenn sie Lanny in ein Heim gaben, kam das in ihren Augen einer bedingungslosen Kapitulation gleich und damit dem Eingeständnis, dass es ihr – ein weiteres Mal – verwehrt bleiben würde, etwas zu Ende zu bringen, das sie begonnen hatte.

Er seufzte. »Ich gehe ins Bett und sehe zu, dass ich noch eine Mütze Schlaf bekomme. Es würde mich nicht überraschen, wenn ich mitten in der Nacht angerufen würde.«

»Wieso denn?«

»Die Kollegen, die noch in Tambour sind, sollen mich benachrichtigen, sobald sich etwas Neues ergibt.« An der Tür blieb er stehen. »Du siehst auch völlig erledigt aus. Kommst du mit?«

»Noch nicht. Ich bin zwar müde, aber schlafen kann ich bestimmt nicht. Ich glaube, ich bleibe noch eine Weile wach.«

»Und spielst dein Wörterspiel mit diesem Handyfreund in Japan?«

»Singapur.«

Er lächelte. Diese Handyspiele waren ihre einzige Erholung und inzwischen fast zu einer Sucht geworden. »Ich drücke dir die Daumen.«

»Ich habe dreiundvierzig Punkte Vorsprung, aber da steht noch ein *J,* das mir zu schaffen macht.«

»Dir wird schon noch ein Wort einfallen«, meinte er zuversichtlich. »Aber bleib nicht zu lange auf.«

Zwei Stunden später lag Tom immer noch allein in ihrem Ehebett. Er stand auf und tappte barfuß in den Flur. Nachdem er kurz nach Lanny gesehen hatte, entdeckte er Janice im Fernsehzimmer, wo sie gebannt auf das Display ihres Handys starrte, völlig vertieft in einen Zeitvertreib, der ihr offenbar angenehmer war, als mit ihm zu schlafen.

Unbemerkt machte er kehrt und schlich allein ins Schlafzimmer zurück.

# 12

Langsam nahm Coburn die Hände von Honors Schultern. Dann stand er auf, hob die Pistole vom Boden auf und steckte sie wieder in seinen Hosenbund. Sie blieb liegen und sah stumm zu ihm auf.

»Das war verflucht dämlich«, erklärte er ihr. »Wenn Sie versehentlich den Abzug ausgelöst hätten, wäre vielleicht einer von uns gestorben, und wenn Sie das gewesen wären, säße ich jetzt mit Ihrem Kind da.«

Es war ein herzloser Kommentar, und darum machte er ihn. Ihre Tochter war der Knopf, den er drücken musste, wenn er etwas von ihr wollte, und im Moment wollte er vor allem, dass sie aufhörte, ihn mit riesigen Augen anzustarren wie ein gestrandeter Barsch.

Dass sie ihn gehört hatte, erkannte er daran, dass sie blinzelte. Trotzdem blieb sie absolut reglos liegen, und einen Moment fragte er sich erschrocken, ob sie sich bei ihrem Ringkampf ernsthaft verletzt hatte.

Und gleichzeitig fragte er sich, wieso ihn das interessieren sollte.

»Ist alles in Ordnung?«

Sie nickte.

Dieser Sorge enthoben, drehte er ihr den Rücken zu und studierte das Chaos, das er in ihrer Wohnung angerichtet hatte. Als er heute Morgen hier aufgekreuzt war, hatte alles an seinem Fleck gestanden. Das Haus hatte bewohnt, aber ordentlich und aufgeräumt gewirkt. Heimelig. Und es hatte nach Kuchen geduftet.

Jetzt lag alles in Trümmern, und er stand immer noch mit leeren Händen da.

Eine Sackgasse.

Was ziemlich treffend das Leben und Wirken eines gewissen Lee Coburn zusammenfasste, an den man sich nur wegen eines brutalen siebenfachen Mordes erinnern würde. Sieben Opfer, die keine Chance gehabt hatten, sieben Opfer, die gestorben waren, ohne zu wissen, was sie eigentlich getötet hatte.

Während er leise fluchte, rieb er seine Augen. Er war müde. Nein, mehr als müde. Er war ausgelaugt. Er hatte es so satt, diese gottverfluchten Tieflader zu be- und entladen. Er hatte das trübe Apartment satt, in dem er seit dreizehn Monaten hockte. Er hatte das ganze Leben satt, und *sein* Leben ganz besonders. Wie er schon Gillettes Witwe erklärt hatte: Wenn er starb, was wahrscheinlich bald passieren würde, dann wäre er endlich tot, und alles wäre bedeutungslos.

Aber *jetzt* war es sehr wohl von Bedeutung. Er merkte, dass er noch nicht bereit war, zum Teufel zu gehen, und senkte die Hand vom Gesicht.

»Aufstehen.«

Sie wälzte sich ächzend zur Seite und setzte sich mühsam auf. Er streckte ihr die Hand hin. Sie studierte sie sekundenlang, ergriff sie dann und ließ sich von ihm hochziehen.

»Wie haben Sie das gemeint?«

Sie klang atemlos und zittrig, aber er wusste, was sie beschäftigte. Statt auf ihre Frage einzugehen, zog er sie hinter sich her in den Flur und dann in ihr Schlafzimmer, wo er sie endlich losließ. Er trat ans Bett und schlug die Tagesdecke zurück, die heute Morgen noch sauber und glatt gewesen war und nun seinetwegen vor Dreck starrte.

»Ich muss mich hinlegen, und das heißt, dass Sie sich auch hinlegen müssen.«

Sie blieb wie angewurzelt stehen und sah ihn an, als hätte sie kein Wort verstanden.

»Legen Sie sich hin«, wiederholte er.

Sie kam ans Bett, blieb aber auf der anderen Seite stehen und starrte ihn über die Matratze hinweg an, als wäre er ein exotisches Tier. Sie verhielt sich irgendwie unnatürlich. Den ganzen Tag hatte er studiert, wie sie auf seine Worte und Taten reagierte, weil er wissen musste, wo ihre Schwachstellen lagen und welche Ängste er heraufbeschwören musste, um sie zu manipulieren.

Er hatte sie in Todesangst, fügsam, verzweifelt und stinksauer erlebt. Aber diese Reaktion war neu, und er wusste nicht, was er damit anfangen sollte. Vielleicht war sie mit dem Hinterkopf auf dem Boden aufgeschlagen, als sie um die Pistole gekämpft hatten.

»Was Sie vorhin über Eddie gesagt haben…« Sie machte eine Pause und schluckte. »Wie haben Sie das gemeint?«

»Was habe ich denn gesagt? Ich kann mich nicht erinnern.«

»Sie haben gesagt, dass Sie nach dem suchen, was ihn umgebracht hat.«

»Das habe ich nie gesagt.«

»Doch, genau das haben Sie gesagt.«

»Da müssen Sie mich falsch verstanden haben.«

»Ich habe Sie nicht falsch verstanden!«

*Na immerhin.* Sie verhielt sich wieder normal, nicht so, als hätte ein Zombie von ihrem Körper Besitz ergriffen. Ihrem wohlgeformten Körper, der sich so gut unter seinem angefühlt hatte.

»Eddie ist bei einem Unfall gestorben«, verkündete sie.

»Wenn Sie es sagen.« Er drehte ihr den Rücken zu und begann den Kleiderhaufen zu durchwühlen, den er vorhin bei seiner Suchaktion aus ihrer Kommode gezerrt hatte.

Dass sie auf ihn zukam, spürte er erst, kurz bevor sie ihn am Arm packte und herumdrehte. Er ließ es zu. Sie würde keine Ruhe geben, bis sie eine Erklärung bekommen hatte. Es sei denn, er knebelte sie, und das wollte er auf keinen Fall, wenn sie ihn nicht dazu zwang.

»Wonach suchen Sie wirklich?«

»Das weiß ich nicht.«

»Sagen Sie schon!«

»Ich weiß es nicht!«

»Sagen Sie es mir, verflucht noch mal!«

»*Ich weiß es nicht!*«

Er zog seinen Arm aus ihrem Griff und bückte sich nach ein Paar Strümpfen. Schwarzen Nylonstrümpfen. Als er sich wieder zu ihr umdrehte, suchte sie in seinen Augen nach einer Antwort.

»Sie wissen es wirklich nicht?«, fragte sie.

»Welchen Teil von ›Ich weiß es nicht‹ verstehen Sie nicht?«

Er griff nach ihrer Hand und begann den Strumpf um ihr Handgelenk zu wickeln. Sie leistete keinen Widerstand. Es schien im Gegenteil fast so, als würde sie gar nicht mitbekommen, was er da tat.

»Wenn Sie mir irgendwas über Eddie oder über seinen Tod erzählen können, dann tun Sie es … bitte«, sagte sie. »Sie verstehen doch bestimmt, warum ich das wissen muss.«

»Eigentlich nicht. Das macht ihn auch nicht lebendig. Wem wäre also damit geholfen?«

»Mir wäre damit geholfen. Wenn sein Tod, so wie Sie andeuten, kein Unfall war, dann will ich wissen, warum er sterben musste und wer dafür verantwortlich war.« Sie legte ihre

Hand auf seine. Er hörte auf, den Strumpf um ihr Handgelenk zu wickeln. »Bitte.«

Ihre Augen leuchteten in den verschiedensten, ständig wechselnden Grüntönen. Das war ihm sofort aufgefallen, als sie draußen im Garten gestanden hatten und er ihr den Pistolenlauf in den Bauch gedrückt hatte. Im ersten Augenblick hatte sie die Augen vor Angst aufgerissen. Später hatte Zorn aus ihnen gesprüht. Jetzt glänzten Tränen darin. Und immer änderten sich die Farben.

Er senkte den Blick auf ihre Hände. Sie nahm ihre weg, ohne den Augenkontakt zu brechen. »Sie glauben nicht, dass Eddies Kollision ein Unfall war?«

Er zögerte und schüttelte schließlich den Kopf.

Sie atmete durch die Lippen aus. »Sie glauben, jemand hat den Zusammenstoß absichtlich verursacht und es wie einen Unfall aussehen lassen?«

Er sagte nichts.

Ihre Zunge fuhr über ihre Lippen. »Dass er umgebracht wurde, weil er etwas in seinem Besitz hatte?«

Er nickte. »Das jemand anderer haben wollte.«

»Etwas Wertvolles?«

»Jedenfalls glaubten das die Leute, die es haben wollten.«

Er beobachtete das Wechselspiel der Gefühle auf ihrem Gesicht, während sie seine Worte zu verarbeiten versuchte. Dann richtete sich ihr Blick wieder auf ihn. »Ist es auch für Sie wertvoll?«

Er nickte knapp.

»Wie zum Beispiel Bargeld?«

»Möglich. Aber das glaube ich nicht. Ich tippe eher auf die Kombination zu einem Schließfach. Die Nummer eines Bankkontos auf den Cayman Islands. Etwas in der Art.«

Sie schüttelte perplex den Kopf. »So was hat Eddie bestimmt nicht besessen. Es sei denn, er brauchte es als Beweismittel.«

»Oder…«

Endlich begriff sie, was er andeuten wollte, und wich angewidert zurück. »Eddie hat nichts Kriminelles getan. Das wollen Sie doch nicht im Ernst behaupten.«

Er erstickte ein Lachen. »Nein, natürlich nicht.«

»Eddie war so ehrlich, wie der Tag lang ist.«

»Vielleicht. Vielleicht auch nicht. Jedenfalls hat er sich mit dem Falschen angelegt.«

»Wem?«

»Dem Bookkeeper.«

»Wem?«

»Kannte Eddie Sam Marset?«

»Ja, natürlich.«

»Warum ›natürlich‹?«

»Bevor wir heirateten, arbeitete Eddie aushilfsweise in Mr. Marsets Security.«

»An der Lagerhalle?«

»Überall auf dem Gelände.«

»Wie lange?«

»Ein paar Monate. Damals hatte es einige Einbruchsversuche und mehrere Fälle von Vandalismus gegeben, darum heuerte Mr. Marset Eddie an, nachts Patrouille zu gehen. Die Einbrüche hörten auf. Inzwischen hatte Mr. Marset gemerkt, dass ihm ein Wachmann Seelenfrieden verschaffte. Aber Eddie lehnte die angebotene Festanstellung ab.« Sie lächelte wehmütig. »Er wollte unbedingt Polizist sein.«

»Wie gut kannten Sie ihn?«

»Sam Marset? Nur entfernt. Er war in unserem Kirchenvorstand. Und wir arbeiteten einige Zeit gemeinsam in der Initiative für Denkmalschutz.«

»Kirchenvorstand, Denkmalschutz, leck mich doch.« Er schnaubte. »Der Mann war ein gieriger, skrupelloser Hurensohn.«

»Der es verdient hatte, durch einen Kopfschuss hingerichtet zu werden?«

Er zog eine Schulter hoch. »Schnell und schmerzlos.«

Die Bemerkung und der sachliche Tonfall schienen sie zu schockieren. Sie versuchte von ihm wegzukommen und erkannte erst in diesem Moment, dass ihr Handgelenk gefesselt war.

Honor wurde schwindlig, während sie an dem um ihr Handgelenk gewickelten Strumpf zerrte. »Machen Sie das wieder ab! Machen Sie das *ab*!«

Er packte die Hand, die panisch versuchte, den Strumpf zu lösen, und begann den anderen Strumpf darumzuwickeln. »Nein. Nein!« Sie schlug mit ihrer freien Hand nach seinen Armen, dann nach seinem Gesicht.

Er tauchte unter ihrem Schlag weg. Fluchend stieß er sie rückwärts aufs Bett und kniete im nächsten Moment über ihr. Mit einem Knie hielt er ihren linken Arm nieder, während er in Windeseile ihren rechten Arm an das Kopfende band.

Nur aus Angst, sie könnte Emily aufwecken, schrie sie sich nicht die Seele aus dem Leib. »Machen Sie mich los!«

Er dachte gar nicht daran. Stattdessen zog er auch ihre linke Hand nach oben, schlang das Ende des Strumpfes um die geschwungenen Eisenstreben und zog es rücksichtslos fest. Hektisch zerrte sie an ihren Fesseln. In panischer Angst keuchte sie: »Bitte. Ich leide an Klaustrophobie.«

»Mir doch egal.« Er stieg vom Bett, blieb vor ihr stehen und sah keuchend auf sie herab.

»Binden Sie mich los!«

Er ignorierte ihre Forderung nicht nur, er verließ sogar das Zimmer.

Sie biss mit aller Kraft auf ihre Unterlippe, um nicht loszuschreien. Er hatte beiden Händen etwas Spiel gelassen, sodass sie die Arme neben ihrem Kopf auf das Kissen legen konnte, aber deswegen fühlte sie sich nicht weniger wehrlos. In ihrer Panik versuchte sie, sich erneut zu befreien.

Aber bald begriff sie, dass ihre Anstrengungen vergeblich waren und sie damit nur ihre Kraft vergeudete. Sie zwang sich, ihre Befreiungsversuche aufzugeben und tief durchzuatmen, um sich zu beruhigen. Allerdings hatte sie ihre Panikattacken so noch nie überwinden können, und genauso wenig konnte sie es jetzt. Sie schaffte es damit nur, ihren Puls und ihre Atmung so weit zu verlangsamen, dass sie nicht mehr lebensbedrohlich waren.

Sie hörte Coburn im Haus herumgehen. Wahrscheinlich überprüfte er, ob alle Türen und Fenster verschlossen waren. Das war so absurd, dass ungewollt ein hysterisches Lachen aus ihrer Kehle stieg.

Das Licht im Flur ging aus. Coburn kehrte ins Schlafzimmer zurück.

Sie zwang sich, reglos liegen zu bleiben und so ruhig wie möglich zu sprechen. »Das macht mich verrückt. Im Ernst, ich halte das nicht aus.«

»Zu dumm, dass Ihnen nichts anderes übrig bleibt. Außerdem sind Sie ganz allein daran schuld.«

»Binden Sie mich nur los, und ich verspreche Ihnen ...«

»Nein. Ich muss schlafen. Sie werden neben mir liegen bleiben müssen.«

»Das werde ich ja.«

Er sah sie skeptisch an.

»Ehrenwort.«

»Wir hatten eine Vereinbarung. Sie haben sie gebrochen. Zweimal. Und hätten dabei um ein Haar einen von uns beiden erschossen.«

»Ich werde hier liegen bleiben und mich nicht rühren. Ich verspreche, nichts zu unternehmen. Okay?«

Bei ihrem letzten Kampf war seine Kopfwunde wieder aufgegangen. Ein dünnes Blutrinnsal zog sich an seiner Schläfe entlang. Er rieb es weg, betrachtete die roten Streifen auf seinen Fingern und wischte sie schließlich an seiner Jeans ab. Eddies Jeans.

»Haben Sie gehört?«

»Ich bin nicht taub.«

»Ich versuche bestimmt nicht zu fliehen. Ehrenwort. Binden Sie nur meine Hände los.«

»Tut mir leid, Lady. Mein Vertrauen in Sie war von Anfang an sehr begrenzt, und selbst dieses bisschen haben Sie verspielt. Und jetzt Ruhe, sonst muss ich Ihnen etwas in den Mund stopfen, und dann haben Sie wirklich Grund zur Klaustrophobie.«

Er legte die Pistole auf den Nachttisch und schaltete das Licht aus.

»Wir müssen ein Licht anlassen.« Sie bemühte sich, leise zu sprechen. Ihr graute vor dem Gedanken, dass er sie knebeln könnte. »Emily hat Angst im Dunkeln. Wenn sie aufwacht und kein Licht brennt, fürchtet sie sich und fängt an zu weinen. Dann wird sie nach mir suchen. Bitte. Ich möchte nicht, dass sie mich so sieht.«

Er zögerte und drehte ihr dann den Rücken zu. Ihre Augen folgten seiner Silhouette, während er in den Flur ging und dort die Deckenbeleuchtung einschaltete. Als er ins Schlafzimmer zurückkam, ragte sein Umriss groß und bedrohlich vor dem Licht im Flur auf.

Er wirkte noch bedrohlicher, als er sich direkt neben ihr auf den Rücken legte. Seit Eddie hatte sie mit niemandem mehr das Bett geteilt. Außer mit Emily natürlich. Aber Emilys knapp zwanzig Kilo fielen kaum ins Gewicht. Sie brachte das Bett nicht zum Wippen, wenn sie sich auf den Bettrand setzte, und wenn sie sich hinlegte, sank die Matratze nicht so tief ein, dass Honor sich darauf konzentrieren musste, auf ihrer Seite zu bleiben und nicht auf die andere Seite zu rollen.

Die Bewegungen und Geräusche, mit denen er sich hinlegte, waren ihr einerseits vertraut, aber gleichzeitig auch fremd. Der Mann, der da neben ihr lag, war nicht Eddie. Er atmete anders. Seine Anwesenheit fühlte sich anders an.

Und irgendwie kam es ihr noch intimer vor, dass sie sich *nicht* berührten.

Sobald er sich zurechtgelegt hatte, rührte er sich nicht mehr. Aus den Augenwinkeln sah sie, dass er die Augen geschlossen hatte. Seine Finger lagen lose verschränkt auf seinem Bauch.

Sie lag genauso gerade, reglos und steif neben ihm und versuchte sich einzureden, dass sie keine Panikattacke bekommen würde. Sie war gefesselt und konnte sich nicht befreien, das stimmte. Aber, versuchte sie sich Mut zuzusprechen, sie schwebte nicht in Lebensgefahr. Sie zählte ihren Puls, damit er nicht übermäßig anstieg. Und sie bemühte sich, langsam und gleichmäßig zu atmen.

Aber mit diesen Bemühungen erreichte sie genauso wenig wie mit ihren vernünftigen Erklärungen.

Ihre Angst wurde immer stärker, bis sie sich gegen ihre Fesseln zu wehren begann und mit aller Kraft an den Strümpfen zerrte.

»Damit ziehen Sie die Fesseln nur noch fester zu«, erklärte er ihr.

»Machen Sie sie ab.«

»Schlafen Sie.«

Ein Schluchzen blubberte aus ihr heraus, und sie ruckte an den Fesseln, bis das Kopfende des Bettes rhythmisch gegen die Wand rumpelte.

»Hören Sie damit auf!«

»Ich kann nicht! Ich habe Ihnen gesagt, dass ich das nicht aushalte, und ich *halte* das nicht aus!«

Sie begann so wütend an den Fesseln zu reißen, dass ihre Handrücken schmerzhaft gegen die Eisenstreben des Kopfteils schlugen. Durch den Schmerz verstärkte sich ihre Panik, bis sie sich aufbäumte wie eine Nervenkranke. Ihre Beine begannen wie von selbst zu strampeln, so als wollte sie ihrer erstickenden Atemnot davonrennen. Ihre Hacken bohrten sich in die Matratze. Ihr Kopf schlug auf dem Kissen hin und her.

»Pst. Pst. Ruhig. Alles okay. Psst.«

Allmählich kam sie wieder zu sich. Coburn lag halb mit dem Oberkörper über ihr. Er hielt ihre beiden Hände in seinen und drückte seine Daumen in ihre Handflächen. Gleichzeitig sprach er leise und beruhigend auf sie ein.

»Psst.« Seine Daumen begannen kleine Kreise in ihre Handflächen zu massieren. »Tief durchatmen. Dann fangen Sie sich wieder.«

Aber sie atmete nicht tief durch. Erst atmete sie abgehackt aus, dann überhaupt nicht mehr. Und als er den Kopf in den Nacken legte, um ihr ins Gesicht zu sehen, stockte auch ihm der Atem.

Sein Gesicht schwebte so dicht über ihrem, dass sie genau beobachten konnte, wie sich seine Augen erst auf ihren Mund und dann auf ihren Brustkorb richteten, was ihr peinlich bewusst machte, wie ihre Brüste hervorstanden. Als sich seine Augen gleich darauf mit ihren verbanden, konnte nicht einmal das fahle Licht das strahlende Blau darin dämpfen.

Um sie am Zappeln zu hindern, hatte er ein Bein quer über ihre Schenkel gelegt. Sein Schoß drückte gegen ihre Hüfte. Sie spürte überdeutlich, wie erregt er war. Und ihre plötzliche Erstarrung verriet, dass sie es spürte, das wusste Honor genau.

Obwohl es wahrscheinlich nur wenige Sekunden waren, kam es ihr vor, als würden sie eine Ewigkeit so verharren, wie versteinert in dieser Position. Plötzlich fluchte er zischend, ließ ihre Hände los und wälzte sich von ihr. Wie zuvor blieb er auf dem Rücken liegen, dicht neben ihr, aber ohne sie zu berühren. Nur dass er jetzt einen Unterarm über die Stirn gelegt hatte.

»Ziehen Sie nicht noch mal so eine Show ab.«

Es war keine Show gewesen, aber das würde sie ihm nicht verraten. Er hatte sich nicht darüber ausgelassen, was passieren würde, wenn sie noch einmal durchdrehte. Aber seine schroffe Stimme war Warnung genug, ihn nicht noch einmal auf die Probe zu stellen.

# 13

Eine Stunde vor Tagesanbruch wurde Arleeta Thibadoux' Boot gefunden. Offenbar war es in einen Zypressenhain gezogen worden, um es zu verstecken.

Zwei Hilfssheriffs waren durch den Sumpf gestakt, als einer von ihnen das Boot mit seiner Stablampe angeleuchtet hatte. Er und sein Partner hatten über Handy den Fund gemeldet, und keine halbe Stunde nach der Entdeckung waren zwei Dutzend erschöpfte, aber enthusiastische Polizisten und Deputys am Fundort zusammengekommen.

Fred Hawkins, der in Tambour auf der Polizeistation gesessen hatte, als die Meldung eingegangen war, konnte in dem vom New Orleans Police Department ausgeliehenen Helikopter relativ nahe an die Fundstelle heranfliegen. Sobald der Hubschrauber gelandet war, wurde er von seinen Kollegen in einem kleinen Motorboot abgeholt und an den Fundort gebracht. Als er eintraf, war Doral bereits dort.

»Es hat ein Leck«, kam Doral sofort zum Punkt. Er richtete den Lichtstrahl auf den halb versunkenen Bootsrumpf. »Wenigstens haben wir damit einen neuen Ausgangspunkt.«

»Wir können nicht mit Sicherheit sagen, ob Coburn es genommen hat.«

»Entweder war er es, oder wir haben es mit einem merkwürdigen Zufall zu tun.« Doral leuchtete mit seiner Taschenlampe die Blutschmierer am Ruder an. »Er blutet immer noch. Der Mist ist nur …«

Statt weiterzusprechen, schwenkte er den Taschenlampenstrahl über das Gelände. Sie befanden sich inmitten einer monotonen, grauen, gottverlassenen Wildnis, in der sich ein Fleck vom anderen nur durch die tödlichen Bewohner unterschied, die in der scheinbar friedlichen Stille lauerten.

»Ja«, seufzte Fred, der genau wusste, was sein Bruder sagen wollte. »Aber wie gesagt, wenigstens haben wir damit einen neuen Ausgangspunkt.«

»Du solltest anrufen.«

»Stimmt.« Fred holte sein Handy heraus.

Während der nächsten halben Stunde trafen immer mehr Polizisten ein, wurden auf den neuesten Stand gebracht und dann losgeschickt, um über das Gebiet auszuschwärmen. Die FBI-Agenten aus Tom VanAllens Büro wurden alarmiert. »Sagen Sie Tom Bescheid«, erklärte Fred ihnen. »Er muss sofort davon erfahren. Vielleicht brauche ich Verstärkung durch das FBI. Sie haben mehr technisches Spielzeug als wir.«

Doral zündete sich eine Zigarette an und nahm ihn beiseite. »Was ist mit Stan? Soll ich ihn anrufen und ihm sagen, er soll noch einmal ein paar von den Freiwilligen zusammentrommeln, die uns gestern geholfen haben?«

Fred blickte nach Osten auf den Horizont oder das, was er zwischen den dicht wachsenden Zypressen davon erkennen konnte. »Warten wir ab, bis es hell geworden ist. Stan weiß mehr übers Spurenlesen als du und ich zusammen. Aber manche von den Jungs könnten eher hinderlich sein als uns helfen.«

Doral stieß eine Rauchwolke aus. »Einem geborenen Schwindler kannst du nichts vormachen, Bruder. Du willst diese Horde von Freiwilligen genauso wenig hier haben, wie du noch mehr Polizisten haben willst. Oder die Bundesbullen. Wenn es nach dir geht, willst du Lee Coburn ganz allein aufspüren.«

Fred grinste. »Du hast mich wie immer durchschaut.«

»Weil wir gleich denken.«

Sie stießen wieder zu den anderen. Die Karten wurden konsultiert. Wasserläufe, die komplizierte Schleifen legten, wurden den verschiedenen Suchtrupps zugeteilt. »Coburn braucht bestimmt Trinkwasser«, ermahnte Fred die Gruppe. Seit der Ölpest im Golf von Mexiko trank niemand, der auch nur einen Funken Verstand hatte, aus diesen Kanälen. »Weiß jemand von irgendwelchen Fischerhütten, Lagerhäusern, Schuppen, Verschlägen oder Ähnlichem in der Gegend? Wo er trinkbares Wasser finden könnte?«

Mehrere Möglichkeiten wurden genannt. Alle sollten überprüft werden. »Seid vorsichtig«, warnte Fred die Männer, bevor sie in den kleinen Booten ausschwärmten, in denen sie schon die ganze Nacht patrouilliert hatten. »Stellt den Motor ab, bevor ihr euch den Hütten nähert.«

Doral bot an, den am wenigsten befahrenen Wasserlauf zu übernehmen, und Fred nahm sein Angebot an. »Wenn sich jemand da zurechtfindet, ohne sich zu verirren, dann du. Halt dein Handy griffbereit, so wie ich auch. Falls dir irgendwas auffällt, rufst du zuerst mich an.«

»Das versteht sich von selbst. Und du bleibst solange auf dem Revier?«

»Damit mir die Reporter Löcher in den Bauch fragen können?« Fred schüttelte den Kopf. »Schau her.« Sie hatten ihre Karte auf relativ trockenem Grund ausgelegt. Jetzt beugten sich die Zwillinge darüber, und Fred fuhr mit dem Finger eine dünne blaue Linie entlang, die für einen langen, schmalen Kanal stand. »Siehst du, wohin der führt?«

»Zu Eddies Haus.«

Die Zwillinge sahen sich lang und eindringlich an. Fred sprach als Erster. »Das gefällt mir nicht.«

»Du sprichst mir aus der Seele«, stimmte Doral ihm zu. »Eigentlich war Stan dort gestern Abend zu seiner Geburtstagsfeier eingeladen, aber später hat er mir erzählt, dass Honor ihn wieder ausgeladen habe, weil sie und Emily sich eine Darmgrippe eingefangen hätten. Es kann nicht schaden, mal bei den beiden vorbeizuschauen.«

Fred faltete die Karte wieder zusammen und schob sie hinten in die Tasche seiner Uniformhose. »Danach fühle ich mich bestimmt besser. Außerdem muss sowieso jemand diesen Bayou absuchen. Da kann ich das auch gleich selbst übernehmen.«

Als Honor aufwachte, überraschte es sie weniger, dass ihre Hände vom Kopfende losgebunden waren, als dass sie überhaupt aufgewacht war. Sie hätte nicht geglaubt, dass sie einschlafen könnte. Draußen leuchtete das rosafarbene Licht der frühen Morgendämmerung.

Sie lag allein im Bett.

Sofort sprang sie auf und rannte in Emilys Zimmer. Die Tür war angelehnt, genau wie gestern Abend, als sie das letzte Mal nach ihrer Tochter gesehen hatte. Emily schlief friedlich, ihr von einem butterblonden Lockenwirbel umgebener Kopf ruhte auf dem Kissen, das Gesicht hatte sie in ihrer Kuscheldecke vergraben und das Händchen fest um Elmo geschlossen.

Honor schlich in den Flur zurück und eilte durch das Wohnzimmer in die Küche. Alle Zimmer waren leer, dunkel und still. Dafür hingen ihre Schlüssel nicht mehr am Haken neben der Hintertür, und als sie aus dem Fenster sah, stellte sie fest, dass ihr Wagen nicht länger vor dem Haus stand.

Coburn war verschwunden.

Vielleicht hatte sie der startende Motor aus dem Schlaf gerissen. Aber so still und friedlich, wie das Haus wirkte, vermutete sie, dass er schon früher verschwunden war.

»Gott sei Dank, Gott sei Dank«, flüsterte sie und massierte ihre Oberarme. Die Gänsehaut darauf war der Beweis dafür, dass sie noch am Leben war. Sie hatte nicht geglaubt, dass er einfach verschwinden würde, ohne ihr und Emily etwas anzutun. Aber wie durch ein Wunder hatten sie beide einen unendlich langen Tag und eine ganze Nacht in der Gewalt eines Serienkillers überlebt.

Vor Erleichterung wurden ihr die Knie schwach.

Aber nur kurz. Sie musste der Polizei melden, was vorgefallen war. Dann würde man den Mann von hier aus verfolgen können. Sie musste anrufen und ihr Kennzeichen durchgeben. Sie ...

Die Gedankenflut wurde abrupt durch eine bittere Erkenntnis abgeschnitten. Wie sollte sie jemanden anrufen? Coburn hatte ihr Handy eingesteckt, und einen Festnetzanschluss besaß sie nicht mehr. Stan hatte ihr auszureden versucht, ihr Telefon abzumelden, aber sie hatte ihm widersprochen, dass sie andernfalls monatlich für etwas bezahlte, das sie nicht mehr brauchte.

Jetzt bereute sie bitter, dass sie nicht auf ihn gehört hatte.

Eilig ging sie alle Zimmer ab und hielt nach ihrem Handy Ausschau. Aber wie nicht anders zu erwarten, war es nirgendwo zu sehen. Coburn war nicht so dumm, es zurückzulassen. Natürlich hatte er es eingesteckt, damit sie die Polizei nicht alarmieren konnte und er mehr Zeit bekam, um von hier zu fliehen.

Ohne Handy, Auto, Boot ...

*Boot.*

Das hatte sie aus dem Schlaf gerissen! Nicht das Starten ihres Autos, sondern ein Bootsmotor im Leerlauf. Jetzt, wo sie hellwach war, erkannte sie den Unterschied, schließlich hatte sie seit frühester Kindheit mit Booten zu tun.

Sie lief zur Haustür, drehte hastig den Riegel zurück, eilte über die Veranda und stürmte so schnell die Stufen hinunter, dass sie viel zu fest auf dem Rasen davor aufprallte und vornüberkippte. Sie fing sich mit den Händen ab und rannte dann, über das taufeuchte Gras schlitternd, zum Wasser hinunter. Immerhin schaffte sie es, bis zum Steg nicht mehr hinzufallen.

Ihre Schritte hallten hohl auf den verwitterten Planken wider und schreckten am anderen Ufer einen Pelikan auf. Mit lautem Flügelklatschen erhob er sich in die Luft. Sie schirmte die Augen gegen die aufgehende Sonne ab und hielt links und rechts nach einem Boot Ausschau.

»Honor!«

Ihr Herz setzte einen Schlag aus, dann fuhr sie in Richtung des Rufes herum. Fred Hawkins lenkte ein kleines Anglerboot unter dem Blätterdach einer Weide hervor.

»Fred! Gott sei Dank!«

Er gab kurz Gas und legte Sekunden später am Steg an. Honor freute sich so, ihn zu sehen, dass sie um ein Haar das Seil fallen gelassen hätte, das er ihr zuwarf. Sie ging in die Hocke und schlang es um einen Metallpoller.

Sobald Fred auch nur einen Fuß auf den Steg gesetzt hatte, warf sich Honor an seine Brust. Seine Arme schlossen sich um sie. »Mein Gott, Honor, was ist denn los?«

Sie drückte sich mit aller Kraft gegen seinen massigen Rumpf, ließ ihn kurz darauf los und trat einen Schritt zurück. Später war immer noch genug Zeit, ihm zu danken. »Er war hier. Der Kerl, den ihr sucht. Dieser Coburn.«

»Verfluchte Sch… Ich hatte vor einer halben Stunde so eine komische Vorahnung, als wir… Ist mit dir alles okay? Und mit Emily?«

»Es geht uns gut. Gut. Er … er hat uns nichts getan, aber er …« Sie stockte und holte tief Luft. »Er hat mein Auto genommen. Und das Handy. Darum bin ich an den Steg gelaufen. Ich dachte, ich hätte ein Boot gehört. Ich …«

»Bist du sicher, dass Coburn es gestohlen …«

»Ja, ja. Er tauchte gestern hier auf.«

»Er war die ganze Zeit hier?«

Sie nickte eifrig. »Den ganzen Tag. Und die ganze Nacht. Ich bin erst vor ein paar Minuten aufgewacht. Da war er schon weg. Ich habe keine Ahnung, wann er verschwunden ist.«

Ihr Brustkorb schmerzte, so tief musste sie Luft holen. Sie presste die Faust gegen ihre Rippen.

Fred spürte, wie aufgelöst sie war, und legte die Hand auf ihre Schulter. »Schon gut, ganz langsam. Komm erst mal zur Ruhe und erzähl mir dann genau, was sich zugetragen hat.«

Sie schluckte schwer und holte ein paar Mal Luft. »Gestern früh …« Abgehackt und unzusammenhängend beschrieb sie, wie Coburn in ihrem Garten gelegen und was sie danach den ganzen Tag über durchgemacht hatte. »Gestern Abend waren sogar zwei Deputys hier.« Atemlos schilderte sie den Besuch. »Vielleicht hätte ich versuchen sollen, sie darauf aufmerksam zu machen, dass er im Haus war, aber ich konnte nicht, wegen Emily. Ich hatte Angst, dass er …«

»Du hast ganz richtig gehandelt.« Er drückte beruhigend ihre Schulter. »Ist er verletzt? Wir haben Blutspuren gefunden.«

Sie erzählte ihm von der Kopfwunde. »Ich glaube, sie ist ziemlich tief. Er hat sich bei seiner Flucht durchs Unterholz angeschlagen und aufgeschürft, aber ansonsten war er nicht verletzt.«

»Bewaffnet?«

»Er hatte eine Pistole. Mit der hat er mich in Schach gehalten. Irgendwann gestern Nacht haben wir sogar darum gekämpft. Ich hatte sie für einen Moment in der Hand, aber er konnte sie mir wieder abnehmen.«

Er fuhr sich mit der Hand über das abgezehrte Gesicht. »Jesus, dabei hättest du umkommen können.«

»Ich hatte solche Angst, Fred. Du hast ja keine Ahnung.«

»Ich kann es mir vorstellen. Aber das Wichtigste ist, dass er dir nichts getan hat, während er hier Schutz gesucht hat.«

»Er hat hier keinen Schutz gesucht. Er wusste, wer ich bin. Er kannte Eddie. Wenigstens vom Hörensagen. Er war aus einem bestimmten Grund hier.«

»Wieso, verflucht noch mal? Hatte Eddie ihn irgendwann mal verhaftet?«

»Das glaube ich nicht. Er sagte, er sei ihm nie begegnet. Er sagte … Er … Er …« Plötzlich kam sie nicht mehr aus dem Stottern heraus, bis Fred ihr beistand.

»Schon okay. Jetzt ist alles vorbei.« Er murmelte tröstende Worte, die großzügig mit Flüchen gespickt waren. Anschließend legte er einen Arm um ihre Schultern und drehte Honor dem Haus zu. »Ich muss das melden. Komm, wir gehen ins Haus.«

Honor ließ sich an ihn sinken und von ihm führen, bis sie wieder vor dem Haus standen. Erst jetzt, wo die Krise überstanden war und sie und Emily außer Gefahr waren, begann sie zu zittern. Seit Hilfe eingetroffen war, hatte sie der Mut, mit dem sie sich und Emily verteidigt hatte, verlassen. Sie hätte sterben können, genau wie ihr Freund gesagt hatte. Und sie war sicher gewesen, dass es so kommen würde.

Plötzlich ging ihr auf, wie knapp sie dem Tod entkommen war, und Tränen schossen ihr in die Augen. Sie hatte schon öfter gehört, dass Menschen mit unglaublicher Tapferkeit eine

Krise durchstanden und, nachdem sie das Schlimmste überlebt hatten, völlig die Beherrschung verloren.

»Er hat das ganze Haus durchsucht«, erklärte sie Fred, während sie zur Veranda gingen. »Er war fest überzeugt, dass Eddie etwas Wertvolles besaß, als er starb.«

Fred schnaubte ungläubig. »Nicht der Eddie, den ich kannte.«

»Ich versuchte ihm klarzumachen, dass er sich täuscht. Er wollte mir einfach nicht glauben. Stattdessen hat er völlig umsonst mein Haus durchwühlt.«

»Wonach hat er denn gesucht? Geld?«

»Nein. Ich weiß es nicht. Nicht einmal *er* wusste es. Das hat er jedenfalls behauptet. Aber er bestand darauf, dass Eddie deswegen – was auch immer das sein mag – sterben musste.«

»Er starb bei einem Unfall.«

Inzwischen standen sie auf der Veranda. Sie sah achselzuckend zu ihm auf. »Coburn hat sich davon nicht umstimmen lassen.«

Als sie das Wohnzimmer betraten und Fred sah, was Coburn angerichtet hatte, blieb er wie angewurzelt stehen. »Mein lieber Schwan. Du hast noch untertrieben.«

»Er wollte sogar die Wände aufschlitzen und die Dielen herausreißen. So todsicher war er, dass ich etwas besitze, wofür Eddie sterben musste.«

»Wie kam er denn auf die Idee?«

Sie hob die Hände, um ihm anzuzeigen, dass sie das genauso wenig wusste. »Wenn ihr das herausfindet, findet ihr vielleicht auch das Motiv für das Massaker in der Lagerhalle.«

Er zog ein Handy von seinem Gürtel und begann eine Nummer einzutippen. »Ich muss den anderen Bescheid sagen.«

»Und ich muss nach Emily sehen.«

Auf Zehenspitzen schlich sie durch den Flur zu Emilys Tür.

Sie schielte durch den Türspalt und stellte erleichtert fest, dass Emily sich zwar auf den Rücken gedreht hatte, aber immer noch schlief. Wenn sie wach gewesen wäre, hätte sie bestimmt geglaubt, Fred würde ihre Mutter besuchen kommen, und erwartet, dass er alles stehen und liegen ließ und mit ihr spielte.

Außerdem wusste Honor als Witwe eines Polizisten, dass ihr stundenlange Befragungen bevorstanden. Sie sollte so bald wie möglich Stan anrufen, damit er auf Emily aufpasste. Manchmal ging ihr sein Drang, sie zu beschützen und abzuschirmen, auf die Nerven, aber heute wäre sie für seine Hilfe dankbar.

Einstweilen zog sie die Kinderzimmertür wieder zu und hoffte, dass ihre Tochter noch eine Weile schlief.

Als sie wieder ins Wohnzimmer kam, stand Fred noch genauso da wie zuvor und hatte das Handy ans Ohr gedrückt. »Mrs. Gillette weiß nicht genau, wann er das Haus verlassen hat, wir wissen also nicht, wie groß sein Vorsprung ist oder in welche Richtung er geflüchtet ist. Aber er hat ihren Wagen genommen. Moment.« Er deckte das Handy halb ab. »Was für ein Kennzeichen hast du?«

Sie nannte es ihm, er wiederholte es in sein Handy und beschrieb dann Marke, Modell und Farbe ihres Wagens. Dabei hatte er die Brauen zu einer stummen Frage hochgezogen: Gab er alles richtig wieder? Sie nickte.

»Schreiben Sie den Wagen sofort zur Fahndung aus. Informieren Sie den Superintendent und bitten Sie – *verlangen Sie* –, dass er uns jeden einsatzbereiten Polizisten zur Verfügung stellt.« Er legte auf und lächelte sie bedauernd an.

»In wenigen Minuten werden Polizisten dein Haus überrennen. Und ich fürchte, dass sie noch mehr Chaos anrichten werden.«

»Solange ihr ihn erwischt, ist mir das egal.«

Er schob das Handy wieder in die Halterung an seinem Gürtel. »Oh, wir werden ihn erwischen. Er kann noch nicht weit sein.«

Kaum hatte er das gesagt, da sprang die Haustür auf, und Coburn stürmte ins Haus. Er hielt die Pistole fest in beiden Händen, und die Mündung zielte genau auf Freds Hinterkopf. »Keine Bewegung, verdammte Scheiße!«, brüllte Coburn.

Dann explodierte ein knallroter Strahlenkranz auf Fred Hawkins' Stirn.

# 14

Honor presste die Hände auf den Mund, um einen Aufschrei zu unterdrücken, und beobachtete starr vor Entsetzen, wie Fred vornüber auf den Boden kippte.

Coburn stieg über den Toten hinweg und kam auf sie zu.

Getrieben von Adrenalin, wirbelte sie herum und rannte durch den Flur. Er packte sie von hinten am Arm. Als er sie herumriss, holte sie mit der anderen Faust aus und zielte auf seinen Kopf.

Er fluchte hemmungslos, während er sie mit beiden Armen umfing, presste ihre Oberarme an ihren Körper und hob sie hoch. Dann drückte er sie so fest an die Wand, dass ihr die Luft wegblieb, und zwängte sich zwischen ihre Beine, sodass ihre wütenden Tritte ins Leere gingen.

»Hören Sie zu! Hören Sie mir zu!« Sein Atem wehte in heißen Stößen über ihr Gesicht.

Sie wehrte sich wie eine Wildkatze und versuchte, ihre Stirn gegen sein Gesicht zu schlagen, als sie mit Armen und Beinen nichts erreichen konnte. Im allerletzten Moment riss er den Kopf zurück.

»Ich bin vom FBI!«

Sie erschlaffte schlagartig und sah ihn mit weit aufgerissenen Augen an.

»Hawkins – so heißt er doch?«

Ihr Kopf wackelte auf dem Hals hin und her.

»Er hat die Leute in der Lagerhalle erschossen. Zusammen

mit seinem Zwillingsbruder. Kapiert? Er ist hier der Killer, nicht ich.«

Honor starrte ihn fassungslos an und holte schluckend Luft. »Fred ist Polizist.«

»Nicht mehr.«

»Er war …«

»Ein Mörder. Ich habe mit eigenen Augen gesehen, wie er Marset in den Kopf schoss.«

»Und ich habe gesehen, wie Sie Fred erschossen haben!«

»Ich hatte keine Wahl. Er hatte die Waffe schon in der Hand und wollte …«

»Er wusste nicht mal, dass Sie da waren.«

»… *Sie* umbringen.«

Sie schnappte nach Luft, hielt sie sekundenlang an und atmete dann in einem Stoß wieder aus. Sie schluckte trocken. »Das ist Quatsch.«

»Ich habe gesehen, wie er in seinem Boot auf das Haus zu-hielt. Also bin ich umgekehrt. Andernfalls wären Sie jetzt tot, genau wie Ihr Kind. Und man hätte mir zwei weitere Morde in die Schuhe geschoben.«

»Warum sollte … warum sollte …?«

»Später. Dann werde ich Ihnen alles erklären. Aber im Moment müssen Sie mir einfach glauben, dass er Sie umgebracht hätte, wenn ich ihn nicht umgebracht hätte. Okay?«

Sie schüttelte langsam den Kopf. »Ich glaube Ihnen aber nicht. Sie können unmöglich Polizist sein.«

»Ich bin auch kein Polizist.«

»Ein Bundespolizist?«

»Ein FBI-Agent.«

»Das ist noch unwahrscheinlicher.«

»J. Edgar Hoover rotiert meinetwegen jeden Tag in seinem Grab, aber das ändert nichts daran.«

»Zeigen Sie mir Ihre Marke.«

»Ich ermittle verdeckt. Bei einem geheimen Einsatz. Da hat man keinen Ausweis dabei. Sie werden mich schon beim Wort nehmen müssen.«

Sie sah lange in seine harten, kalten Augen und stammelte dann unter Tränen: »Die letzten vierundzwanzig Stunden haben Sie mich in Angst und Schrecken versetzt.«

»Das gehörte zu meiner Rolle. Ich musste überzeugend wirken.«

»Mich haben Sie jedenfalls überzeugt. Sie sind ein Krimineller.«

»Überlegen Sie doch«, fuhr er sie wütend an. »Wenn ich wirklich ein Killer auf der Flucht wäre, wären Sie seit gestern um diese Uhrzeit tot. Und Fred hätte heute Morgen Ihre Leiche gefunden. Neben der von Ihrer Tochter. Vielleicht draußen im Wasser, als Fischköder, falls die Alligatoren Sie nicht zuerst erwischt hätten.«

Sie schluckte ein Schluchzen hinunter und drehte angewidert das Gesicht zur Seite. »Sie sind schlimmer als ein Krimineller.«

»Das höre ich nicht zum ersten Mal. Aber vorerst bin ich Ihre einzige Überlebenschance.«

Aus Angst und Verunsicherung traten ihr Tränen in die Augen. »Ich verstehe nicht, was ich mit alldem zu tun habe.«

»Sie gar nichts. Es geht um Ihren verstorbenen Mann.« Er zog eine Hand zurück, wühlte in seiner vorderen Hosentasche und zog den zusammengefalteten Zettel heraus, der ihr schon am Vortag aufgefallen war.

»Was ist das?«

»Ihr Mann hatte irgendwas mit dieser Schießerei in der Lagerhalle zu tun.«

»Unmöglich.«

»Vielleicht kann Sie das hier überzeugen.« Er entfaltete das Papier und drehte es um, damit sie lesen konnte, was darauf stand. »Der Name Ihres Mannes, eingekreist, unterstrichen und mit einem Fragezeichen daneben.«

»Woher haben Sie das?«

»Aus Marsets Büro. Ich habe mich eines Nachts dort eingeschlichen. Und fand diesen Eintrag in einem alten Terminkalender.«

»Das könnte alles Mögliche bedeuten.«

»Sehen Sie auf das Datum.«

»Zwei Tage vor Eddies Tod«, murmelte sie. Sie sah Coburn fassungslos an und versuchte ihm das Papier aus der Hand zu reißen.

»Oh nein.« Er zog es zurück und stopfte es wieder in die Hosentasche. »Das brauche ich noch als Beweisstück. Zusammen mit Ihrer Aussage.«

»Ich weiß von nichts.«

»Darüber unterhalten wir uns später. Erst mal müssen wir Sie so schnell wie möglich von hier wegschaffen.«

»Aber…«

»Kein Aber.« Er schüttelte energisch den Kopf. »Sie holen jetzt das Kind und kommen mit, bevor Hawkins Nummer zwei hier aufkreuzt.«

»Doral?«

»Wie auch immer er heißt. Aber Sie können Ihren Kopf darauf verwetten, dass er schon auf dem Weg hierher ist.«

»Die Polizei ist unterwegs. Fred hat durchgegeben, dass Sie hier waren. Das habe ich genau gehört.«

Er ließ sie so unerwartet los, dass sie fast an der Wand nach unten gerutscht wäre. Sekunden später war er wieder da, ein Handy in jeder Hand. »Sein Diensthandy«, sagte er und streckte es hoch. »Letzter Anruf vor einer Stunde.« Er ließ es auf den Boden fallen. »Das Handy hier. Ein anonymes Telefon.« Sein Daumen flog über die Tastatur. »Letzter getätigter Anruf vor drei Minuten. Und der ging nicht an die Polizei.«

Er drückte die Wahlwiederholung, und Sekunden später hörte sie Dorals Stimme. »Alles okay?«

Coburn legte sofort auf. »Jetzt weiß er, dass nichts okay ist.« Das Handy begann sofort zu läuten. Coburn schaltete es aus, schob es in seine Jeans und nickte zu Emilys Kinderzimmer hin. »Holen Sie das Kind.«

»Ich kann unmöglich …«

»Wollen Sie sterben?«

»Nein.«

»Wollen Sie, dass Ihr kleines Mädchen erstickt wird? Er braucht ihr nur ein paar Sekunden das Kissen aufs Gesicht zu drücken.«

Das grauenvolle Bild ließ sie schaudern. »Sie würden uns doch beschützen. Warum verhaften Sie Doral nicht einfach, wenn Sie tatsächlich ein FBI-Agent sind?«

»Weil meine Tarnung noch nicht auffliegen darf. Und der Polizei kann ich Sie nicht übergeben, weil das ganze Drecksdepartment korrupt ist. Ich könnte Sie nicht beschützen.«

»Ich kenne die Hawkins-Zwillinge schon ewig. Sie waren die besten Freunde meines Mannes. Stan hat sie praktisch großgezogen. Was für einen Grund sollten sie haben, mich umzubringen?«

Er stemmte die Hände in die Hüften. Seine Brust hob und senkte sich angestrengt. »Haben Sie Fred erzählt, dass ich hier nach etwas gesucht habe?«

Sie zögerte kurz und nickte dann knapp.

»Darum hätte Fred sie getötet. Bestimmt hat es der Bookkeeper so befohlen.«

»Sie haben schon gestern von diesem Bookkeeper gesprochen. Wer ist das überhaupt?«

»Ich wünschte, ich wüsste es. Aber im Moment haben wir keine Zeit für lange Erklärungen. Sie müssen mir einfach glauben, dass Doral Sie umbringen wird, nachdem Fred es nicht mehr tun kann.«

»Das kann doch nicht wahr sein.«

»Ist es aber.«

Er sagte das ganz sachlich, ohne Umschweife. Drei Worte: *Ist es aber.*

Trotzdem zögerte sie.

»Hören Sie«, sagte er, »wollen Sie lieber hierbleiben und sich den Kopf zerbrechen, wem Ihre Loyalität gilt? Meinetwegen. Aber ich muss los. Ich habe einen Job zu erledigen. Sie wären mir zwar eine große Hilfe, aber ich bin nicht auf Sie angewiesen. Ich versuche nur, Ihre Haut zu retten. Wenn Sie hierbleiben, sind Sie Dorals Gnade ausgeliefert. Viel Glück dabei.«

»Er würde mir bestimmt nichts tun.«

»Von wegen. Wenn er glaubt, dass Sie etwas wissen, dann würde er Ihnen oder Ihrem Kind weiß Gott was antun. Täuschen Sie sich nicht. Und danach würde er Sie töten, ganz gleich, ob Sie ihm etwas Nützliches verraten konnten oder nicht. Sie können also hierbleiben und sterben oder Sie können mit mir kommen. Ich zähle bis fünf, dann müssen Sie sich entschieden haben. Eins.«

»Vielleicht lügen Sie nicht, aber Sie irren sich trotzdem.«

»Ich irre mich nicht. Zwei.«

»Ich kann unmöglich mit Ihnen flüchten.«

»Wenn Hawkins hier eintrifft, bin ich nicht mehr hier, und Sie können ihm erklären – oder es wenigstens versuchen –, wieso sein geliebter Zwillingsbruder ein Loch im Kopf hat.

Ich glaube nicht, dass er ein offenes Ohr für Ihre Erklärungen haben wird. Drei.«

»Doral würde mir kein Haar krümmen. Und Emily? Eddies Kind? Auf keinen Fall. Ich kenne ihn.«

»So wie Sie seinen Polizistenbruder kannten.«

»Sie liegen auch bei Fred falsch.«

»Vier.«

»Sie wollen mir weismachen, dass ausgerechnet Sie für Recht und Gesetz stehen, und ich soll Ihnen das unbesehen glauben?« Sie ereiferte sich so, dass ihre Stimme brach. »Ich kenne diese Männer. Ich vertraue ihnen. Und *Sie* kenne ich nicht!«

Er sah sie sekundenlang fest an, dann legte er die Hand an ihre Kehle, um ihren Kopf ruhig zu halten. Er beugte sich vor und flüsterte ihr aus nächster Nähe ins Gesicht: »Sie kennen mich. Und Sie wissen genau, dass ich das bin, was ich sage.«

Ihr Puls hämmerte gegen seine kräftigen Finger, aber im Grunde presste er sie allein mit seinem durchdringenden Blick an die Wand.

»Denn wenn nicht, dann hätte ich Sie gestern Abend gefickt.« Er hielt sie ein paar Sekunden länger fest, dann löste er unvermittelt seinen Griff und trat einen Schritt zurück. »Fünf. Kommen Sie jetzt mit oder nicht?«


Doral Hawkins warf einen Stuhl gegen die Wand, und als er nicht in tausend Teile zersplitterte wie im Film, drosch er ihn immer wieder wütend gegen die Mauer, bis das Holz endlich brach. Als Nächstes schleuderte er ein dickes Telefonbuch durch das Wohnzimmerfenster. Zuletzt packte er, inmitten der Scherben stehend, eine Handvoll seines dünnen Haares und zerrte daran, als wollte er es von seinem Schädel reißen.

Er war außer sich. Zum Teil vor peinigender Angst, zum Teil vor animalischer Wut.

Sein Zwillingsbruder lag tot mit einer Schusswunde in der Stirn auf Honors Wohnzimmerboden. Doral hatte schon schlimmere Schusswunden gesehen. Und er hatte anderen schon schlimmere Wunden zugefügt. Zum Beispiel damals, als ein Kerl langsam und unter lautem Brüllen verblutet war, nachdem Doral ihn mit einem Jagdmesser ausgeweidet hatte.

Aber die tödliche Wunde seines Bruders war die abscheulichste, die Doral je gesehen hatte, weil er dabei praktisch in seine eigene Totenmaske blickte. Das Blut hatte noch nicht einmal gerinnen können.

Honor hatte ihn bestimmt nicht erschossen. Also musste es dieser Hurensohn Coburn gewesen sein.

Leise und hastig, damit Honor ihn nicht belauschen konnte, hatte Fred ihm bei ihrem letzten Telefonat erklärt, dass ihre Beute Lee Coburn die ganze Zeit mit ihr im Bett gekuschelt hatte, während sie durch die verpesteten Sümpfe gewatet waren, um ihn aufzuspüren.

»Ist er noch dort?«, hatte Doral aufgeregt gefragt.

»So viel Glück haben wir nicht. Er ist getürmt.«

»Wie viel Vorsprung hat er?«

»Minuten, Stunden, was weiß ich. Honor sagt, er sei weg gewesen, als sie aufgewacht sei. Und dass er ihren Wagen mitgenommen hat.«

»Mit ihr ist alles in Ordnung?«

»Sie ist völlig aufgelöst. Und quatscht die ganze Zeit.«

»Was wollte Coburn bei ihr?«

»Er hat das ganze Haus auf den Kopf gestellt.«

»Er wusste das mit Eddie?«

»Ich hatte schon ein ungutes Gefühl, als er in diesen Bayou gefahren ist, und ja, es sieht ganz danach aus.«

»Woher?«

»Keine Ahnung.«

»Was meint Honor dazu?«

»Sie sagt, er hätte was gesucht, was Eddie gehabt haben soll und wofür er gestorben sei.«

»Scheiße.«

»Du sprichst mir aus der Seele.«

Nach kurzem Überlegen hatte Doral leise gefragt: »Und was machst du jetzt?«

»Ihn verfolgen.«

»Ich meine mit Honor.«

Fred hatte laut und deutlich aus dem Handy geseufzt. »Ich habe keine Wahl. Als ich angerufen und erklärt habe, dass ich zu Eddie nach Hause fahren würde… Du kannst es dir vorstellen.«

Ja, Doral konnte es sich vorstellen. In ihrer Organisation machte man keine Gefangenen, und dabei tat es nichts zur Sache, ob es sich um einen alten Freund oder eine Frau und ein Kind handelte. *Keine losen Enden. Keine Gnade.*

Es hatte Fred fast das Herz gebrochen, aber er würde tun, was er tun musste, weil er wusste, dass es nicht anders ging. Und weil er wusste, was jedem drohte, der einen Befehl verweigerte.

Sie hatten ihren Anruf mit der unausgesprochenen Feststellung beendet, dass Fred die Sache klären würde, damit sie, wenn Doral in Gillettes Haus zu ihm stieß, dem Sheriffbüro von dem grässlichen Doppelmord an Honor und Emily berichten konnten.

Die Morde würden sie Coburn in die Schuhe schieben, der mit Sicherheit überall in Honors Haus seine Fingerabdrücke hinterlassen hatte. Im Bad lagen verdreckte, blutfleckige Kleidungsstücke, die bestimmt ihm gehörten. Alle Polizeiorganisationen wären elektrisiert. Fred wusste genau, welche Reizwörter er einsetzen musste, damit die Presse auf die Story ansprang und sich festbiss. Bald würde der ganze Staat nach Lee Coburn jagen, dem einzigen Verdächtigen für das Massaker in der Lagerhalle, der nicht einmal vor dem Mord an einer Mutter und ihrem Kind zurückschreckte.

Es war ein brillanter Plan gewesen, der jetzt in Scherben lag.

Doral überließ sich kritische zehn Minuten seinem Zorn und seiner Trauer. Doch nachdem der Anfall überstanden war, wischte er sich Schleim und Tränen vom Gesicht, zwang sich, seine persönlichen Gefühle beiseitezuschieben, bis er sich ihnen ungestört hingeben konnte, und stattdessen die Situation zu analysieren. Die nur noch nervte. Und zwar gewaltig.

Am beunruhigendsten war, dass nur Freds Leichnam hier lag. Nirgendwo war etwas von Honor oder Emily oder ihren Überresten zu sehen. Falls sein Bruder die beiden tatsächlich beseitigt hatte, hatte er die Leichen ausgesprochen gut versteckt.

Oder – und das war ein wahrhaft besorgniserregendes *Oder* – Coburn hatte Fred ausgeknipst, bevor der Gelegenheit gehabt hatte, Honor und ihre Tochter auszuschalten. Falls das zutraf, wo steckten sie dann? Waren sie untergetaucht, bis jemand sie retten kam? Möglich. Aber das bedeutete, dass Doral sie umbringen musste, falls er sie fand, und bei diesem Gedanken wurde ihm mulmig.

Es gab noch eine dritte Möglichkeit, und die war die schlimmste von allen: Coburn und Honor waren gemeinsam entkommen.

Doral ließ sich das durch den Kopf gehen. Diese Möglichkeit zog eine ganze Kette von Problemen hinter sich her, ohne dass er gewusst hätte, was er dagegen unternehmen sollte. Er war ein Jäger, kein Detektiv und erst recht kein Stratege, außer wenn es darum ging, jemanden zu verfolgen. Außerdem konnte er nicht eigenständig entscheiden, was jetzt passieren sollte. Das war anderen vorbehalten.

Dorals Instruktionen lauteten, bei schlechten Nachrichten keine Zeit zu verschwenden. Er wählte die entsprechende Nummer und hörte schon beim ersten Läuten die vertraute Stimme: »Hast du Coburn gefunden?«

»Fred ist tot.«

Er wartete auf eine Reaktion, erwartete aber im Grunde keine und bekam auch keine. Nicht einmal ein erschrockenes Luftholen und erst recht kein mitfühlendes Murmeln. In diesem Gespräch ging es ausschließlich darum, so schnell und präzise wie möglich die Fakten zu klären.

Auch wenn es ihm höchst unangenehm war, schlechte Nachrichten zu überbringen, so beschrieb er doch die Szene in Honors Haus in allen Einzelheiten und gab alles weiter, was Fred ihm kurz vor seinem Tod erzählt hatte. »Jemand hat mich danach noch einmal von seinem Handy aus angerufen, aber als ich mich gemeldet habe, wurde sofort aufgelegt. Ich weiß nicht, wer angerufen hat, und seither ist der Anschluss tot. Das Handy ist verschwunden. Nur sein Diensthandy lag im Flur. Ich weiß nicht, was aus Honor und Emily geworden ist. Von den beiden fehlt jede Spur. Freds Pistole fehlt ebenfalls. Und … und …«

»Gibt es noch mehr Katastrophenmeldungen? Raus mit der Sprache, Doral.«

»Das Haus liegt praktisch in Trümmern. Honor hat Fred erzählt, dass Coburn hergekommen ist, um nach etwas zu suchen, das Eddie seiner Meinung nach versteckt haben muss.«

Ohrenbetäubende Stille antwortete ihm. Beide überlegten, was es zu bedeuten hatte, dass Coburn Honors Haus durchsucht hatte. Als seltsamen Zufall konnte man das keinesfalls abtun.

Doral war klug genug, nichts zu sagen, und hielt das Gesicht mühsam vom Leichnam seines Bruders abgewandt. Trotzdem zuckte sein Blick immer wieder hinüber, und jedes Mal merkte er, wie glühender Zorn in ihm aufkochte. So durfte niemand einen Hawkins demütigen. Dafür würde Coburn bezahlen, und zwar teuer.

»Hat Coburn gefunden, wonach er gesucht hat?«

Das war die Frage, die Doral gefürchtet hatte, denn darauf wusste er keine Antwort. »Wer kann das schon sagen?«

»*Du* sollst mir das sagen, Doral. Finde sie. Bring in Erfahrung, was sie wissen, nimm ihnen alles ab, was sie mitgenommen haben, und beseitige sie.«

»Das braucht mir niemand extra zu sagen.«

»Wirklich nicht? Eigentlich habe ich dir und deinem Bruder auch erklärt, dass niemand in dieser Lagerhalle am Leben bleiben darf.«

Doral merkte, wie sein Gesicht zu glühen begann.

»Und ich will noch einmal betonen«, die Stimme wurde zunehmend kühler, »dass uns kein weiterer Fehler unterlaufen darf. Nicht, nachdem wir so kurz davorstehen, uns einen ganz neuen Markt zu erschließen.«

Seit Monaten arbeitete die gesamte Organisation wie besessen daran, Geschäftsbeziehungen mit einem neuen mexikanischen Kartell aufzunehmen, das auf der Suche nach einem eingespielten und zuverlässigen Netzwerk war, mit dessen Hilfe es seine Güter quer durch Louisiana transportieren konnte. Drogen und Mädchen in die eine Richtung, Handwaffen und schwere Geschütze in die andere. Das Kartell gehörte zu den Großen in diesem Gewerbe und war bereit, diese Dienstleistungen großzügig zu vergüten.

Der Kopf ihrer Organisation war fest entschlossen, diesen Auftrag an Land zu ziehen. Aber dazu würde es erst kommen, wenn hundertprozentige Zuverlässigkeit garantiert war. Die Hinrichtung von Sam Marset hätte kurz und blutig ein Problem aus der Welt schaffen sollen. »Dabei könnt ihr euch wirklich mit Ruhm bekleckern!«, hatte die halb ironische Erklärung gelautet, die Fred und er bekommen hatten.

Aber obwohl das niemand je zugeben würde, hatten sie mit dieser Aktion in ein Wespennest gestochen. Seither betrieben sie nur noch Schadensbegrenzung, und um seine Interessen zu schützen, würde Doral alle Befehle ausführen, die er bekam. Ihm blieb nichts anderes übrig.

»Wenn ich dich das nächste Mal anrufe, Doral, dann von einem anderen Handy aus. Falls Coburn Freds Handy hat…«

»Hat er auch deine Nummer.«

»Es sei denn, dein Bruder hat seine Anweisungen befolgt und nach jedem unserer Gespräche die Anrufliste gelöscht. Trotzdem werde ich sicherheitshalber das Telefon wechseln.«

»Verstanden.«

»Du findest Coburn.«

»Verstanden.«

Vor der Tat hatten er und Fred einen ahnungslosen Sündenbock auserkoren, dem sie ursprünglich die Morde in der Lagerhalle anhängen wollten. Aber der Lagerarbeiter, der dem Blutbad entkommen war, dieser Lee Coburn, hatte einen noch besseren »Verdächtigen« abgegeben.

Eigentlich hatten sie darauf gesetzt, dass sie ihn weniger als eine Stunde nach der Tat aufspüren würden, in einer Ecke kauernd, am ganzen Leib schlotternd und zu seinem Schöpfer betend, er möge ihn vor dem Tod bewahren. Später hätten sie dann ausgesagt, dass er bei dem Versuch, sich der Verhaftung durch Fred Hawkins zu entziehen, tödlich verletzt wurde.

Aber wie sich herausgestellt hatte, war Coburn gewitzter, als sie angenommen hatten. Er war Fred und ihm entwischt.

Und obwohl ihm Bewaffnete und Bluthunde auf den Fersen waren, hatte er sich zu Honor Gillette geflüchtet und dort viel wertvolle Zeit damit zugebracht, ihr Haus zu durchsuchen. Man brauchte kein Superhirn zu sein...

»Ich habe nachgedacht.«

»Ich bezahle dich nicht fürs Nachdenken, Doral.«

Die Beleidigung schmerzte, trotzdem ließ er sich nicht beirren. »Dieser Coburn tauchte vor einem Jahr aus dem Nichts auf und hat sich seither an Sam Marset angewanzt. Allmählich glaube ich, dass er kein gewöhnlicher Lagerarbeiter ist, der zufällig Wind von Sam Marsets lukrativeren Geschäften bekam und daraufhin ein bisschen mitverdienen wollte. Er erscheint mir – wie sagt man noch gleich? *Überqualifiziert.* So jemand arbeitet nicht bei einer Speditionsfirma.«

Nach langem, bedeutungsvollem Schweigen kam die bissige Frage: »Und das hast du dir alles selbst zusammengereimt?«

# 15

Da Honors Haus außerhalb der Stadtgrenze lag, war nicht die Polizei von Tambour, sondern das Sheriffbüro für den Fall zuständig. Dort gab es genau einen Ermittler in Tötungsdelikten, einen Deputy namens Crawford. Den Vornamen hatte Doral nicht mitbekommen.

Während Doral ein weiteres Mal schilderte, wie er den Leichnam seines Bruders gefunden hatte, blickte Crawford über seine Schulter hinweg und brummte: »Verflucht noch mal, wer ist das denn? Wer hat den hier reingelassen?«

Doral drehte sich um. Stan Gillette hatte es irgendwie geschafft, sich an den uniformierten Kollegen, die das gesamte Grundstück der Gillettes mit Absperrband sicherten, vorbeizuquatschen. Er blieb kurz auf der Schwelle stehen, entdeckte Doral und steuerte geradewegs auf ihn zu.

»Das ist Stan Gillette, Honors Schwiegervater.«

»Na toll«, sagte der Deputy. »Der hat uns noch gefehlt.«

Doral empfand ähnlich, behielt aber seine Gefühle für sich und setzte dem älteren Mann zuliebe eine angemessen betrübte Miene auf.

Der ehemalige Marinesoldat hatte nicht einen Blick für Freds Leichnam übrig, der in einen schwarzen Plastiksack gelegt worden war und jetzt auf einer Rolltrage zum Krankenwagen geschoben wurde, um in die Pathologie gefahren zu werden. Stattdessen bellte er, als würde er seiner Kompanie Befehle erteilen:

*151*

»Stimmt das? Wurden Honor und Emily tatsächlich entführt?«

»Also, jedenfalls war Coburn hier, und jetzt sind alle drei verschwunden.«

»Jesus.« Unter einem Schwall unflätiger Flüche fuhr sich Stan mit der Hand über den Stoppelkopf und den Nacken. Dann fixierte er Doral. »Was tust du dann noch hier? Warum suchst du nicht nach ihnen?«

»Das werde ich, sobald Deputy Crawford mich gehen lässt.« Er deutete auf den Deputy und stellte die beiden einander kurz vor. »Er untersucht…«

»Mit allem gebotenen Respekt«, fiel Stan Doral ins Wort und zeigte dabei nichts von dem Respekt, den er zu haben behauptete, »aber Ihre Untersuchung kann warten. Fred ist in Ausübung seiner Pflicht gestorben, ein Risiko, dessen sich jeder Polizist bewusst ist. Er ist tot, und nichts wird ihn wieder zum Leben erwecken. Gleichzeitig sind zwei Unschuldige verschwunden, höchstwahrscheinlich entführt von einem Mann, der als gewissenloser Mörder gesucht wird.«

Er nickte zu Doral hin. »Er ist der beste Spurenleser in der Gegend. Er sollte da draußen nach Honor und Emily suchen, statt hier mit Ihnen über jemanden zu reden, der schon tot ist. Und wenn Sie auch nur einen Funken Mumm in den Knochen haben, sollten Sie ebenfalls im Sumpf nach dem Flüchtigen und seinen Geiseln suchen, statt hier herumzulungern, wo der Täter ganz bestimmt nicht mehr ist!«

Mit jedem Wort war er ein bisschen lauter geworden und hatte zum Schluss so laut gebrüllt, dass alles um sie herum zum Stillstand gekommen war. Jetzt waren alle Augen auf sie gerichtet. Nur Stan, dessen Kopf knallrot angelaufen war und der vor Entrüstung wie erstarrt dastand, schien nichts davon zu bemerken.

Man musste dem Deputy zugutehalten, dass er sich nicht von Stans Zornesausbruch beeindrucken ließ. Er war eine Handbreit kleiner als Stan und Doral und körperlich absolut keine einschüchternde Erscheinung. »Ich bin in offizieller Eigenschaft hier, Mr. Gillette. Im Unterschied zu einigen anderen.«

Doral konnte sehen, dass Stan kurz vor der Explosion stand, trotzdem gab Crawford nicht klein bei. »Wer auch immer Sie ins Haus gelassen hat, wird von mir einiges zu hören bekommen, aber wenn Sie schon einmal hier sind, könnten Sie wenigstens versuchen, sich nützlich zu machen. Wenn Sie mich weiter anbrüllen und mir Befehle erteilen wollen, erreichen Sie damit höchstens, dass ich Sie aus dem Haus abführen lasse und Sie verhaftet werden, falls Sie Widerstand leisten.«

Doral fürchtete schon, dass Stan sein berüchtigtes Messer zücken und es dem Deputy an die Kehle halten könnte. Bevor es dazu kommen konnte, schritt Doral ein. »Sie müssen ihn verstehen, Crawford. Er hat eben erfahren, dass seine Enkelin entführt wurde. Lassen Sie mich mit ihm reden. Okay?«

Der Deputy sah beide nacheinander an. »Aber nur, bis ich mit dem Rechtsmediziner gesprochen habe. Danach, Mr. Gillette, werden Sie mich durchs Haus begleiten, um festzustellen, ob irgendwas fehlt.«

Stan sah sich in dem Chaos um. »Wie sollte ich das feststellen können?«

»Ich verstehe Sie, trotzdem kann es nicht schaden, sich umzusehen. Vielleicht fällt Ihnen etwas auf, das uns einen Hinweis darauf gibt, warum und wohin Coburn die beiden mitgenommen hat.«

»Mehr können Sie nicht tun?«, fragte Stan.

Der Deputy erwiderte seinen bohrenden Blick, sagte aber

nur: »Bis gleich«, und ging davon. Kurz darauf drehte er sich noch einmal um. »Wer hat Sie benachrichtigt? Wie sind Sie so schnell hierhergekommen?«

Stan wippte auf den Fußballen, als wollte er das lieber nicht beantworten. Schließlich erklärte er: »Gestern hat Honor mir erzählt, dass sie und Emily krank seien. Offenbar hat man sie gezwungen, das zu sagen, damit ich sie nicht besuchen komme. Heute Morgen machte ich mir Sorgen und beschloss, auf eigene Faust herzufahren. Als ich hier ankam, war das ganze Haus von Streifenwagen umstellt. Einer der Polizisten erzählte mir, dass man befürchtet, sie könnten entführt worden sein.«

Crawford musterte ihn erneut und sagte: »Sie fassen nichts an.« Dann ging er den Rechtsmediziner suchen.

Doral nahm Stan am Arm. »Komm mit.«

Sie gingen den Flur entlang. Doral wollte an Emilys Kinderzimmer vorbei, aber Stan blieb an der offenen Tür stehen und trat dann in das Zimmer. Er ging zu Emilys Bett, schaute lange darauf und suchte anschließend den Raum mit seinen Adleraugen ab.

Mit besorgter Miene kehrte er zu Doral zurück und folgte ihm in Honors Schlafzimmer. Mit deftigen Militärausdrücken bekundete er seinen Abscheu über das Chaos, das dort angerichtet worden war.

»Hör zu.« Doral musste sich das von der Seele reden, bevor Deputy Crawford wieder auftauchte. »Aber versprich mir, dass du nicht durchdrehst.«

Stan versprach gar nichts, sondern sah ihn nur stumm an.

»Crawford hat mir erzählt, dass ihm etwas aufgefallen ist.«

»Was denn?«

Doral deutete auf das Bett. »Es sieht so aus, als hätten gestern zwei Menschen darin geschlafen. Ich will da nichts hineindeuten«, ergänzte er hastig. »Ich wollte dir nur sagen, dass Crawford das aufgefallen ist.«

»Und was will er damit andeuten?« Stans Lippen schienen sich kaum zu bewegen. »Dass meine Schwiegertochter mit einem Mann geschlafen hat, der wegen siebenfachen Mordes gesucht wird?«

Doral zog in einer zugleich nichtssagenden und mitfühlenden Geste eine Schulter hoch. »Besteht die Möglichkeit, Stan, die winzige Möglichkeit, dass sie, du weißt schon, diesem Kerl schon mal begegnet ist, bevor er gestern hier aufkreuzte?«

»Nein.«

»Bist du dir ganz sicher? Kennst du wirklich jeden, den Honor …«

»Todsicher.«

»Alle Frauen, die Fred gestern befragt hat – Nachbarinnen, Kolleginnen –, haben übereinstimmend berichtet, dass der Typ ein echter Hengst ist.«

»Wenn Honor bei Lee Coburn ist«, bekräftigte Stan mit vor Wut bebender Stimme, »dann gegen ihren Willen.«

»Ich glaube dir ja«, beteuerte Doral, obwohl er eben das Gegenteil angedeutet hatte. »Immerhin ist es ein kleiner Trost, dass ihre und Emilys Leiche nicht neben der von Fred liegen.«

Erst jetzt nahm Stan zur Kenntnis, dass Doral seinen Bruder verloren hatte. »Mein Beileid.«

»Danke.«

»Hast du es schon eurer Mutter gesagt?«

»Ich habe unsere älteste Schwester angerufen. Sie ist schon unterwegs zu Mama, um es ihr zu sagen.«

»Das wird ihr das Herz brechen. Erst euer Dad und Monroe. Und jetzt das.«

Dorals Vater und der zweitälteste Sohn unter den acht Hawkins-Kindern waren vor einigen Jahren bei einem Unfall auf einer Bohrinsel ums Leben gekommen. Freds Tod würde Mama hart treffen. Doral wollte sich das Geheule und Gejammer lieber nicht ausmalen. Seine Schwester konnte mit so etwas besser umgehen als er. Außerdem hatte er schon genug Probleme.

»Da wäre noch etwas, das du wissen solltest, Stan«, ergänzte er leise.

»Ich höre.«

»Bevor du aufgetaucht bist, hat sich Crawford eingehend nach Eddie erkundigt.«

Stan sah ihn überrascht und argwöhnisch an. »Was soll das heißen?«

»Er stellte alle möglichen Fragen. Ihm ist aufgefallen, dass Eddies Sachen in der ganzen Wohnung verstreut liegen. Dass alte Akten durchwühlt wurden. Er meint, es sähe so aus, als hätte Coburn etwas gesucht, das Eddie gehörte. Ich habe gesagt, das sei Quatsch, aber er wollte nicht lockerlassen.« Doral senkte die Stimme noch weiter. »Das Foto von uns vieren nach dem Angelausflug – Crawford ist aufgefallen, dass es aus dem Rahmen genommen wurde. Er hat alles zusammen als Beweisstück eingesteckt. Genau«, bestätigte er, als er sah, wie überrascht und erbost Stan reagierte.

»Hast du ihn gefragt, was das soll?«

»Er meinte, vielleicht könnten sie Coburns Fingerabdrücke davon abnehmen.«

»Eine lausige Ausrede. Alles im Haus könnte Coburns Fingerabdrücke tragen.«

Doral zog beide Schultern hoch. »Ich wollte es dir nur sagen. Es war ein Bild von Eddie, und Crawford hat sich in den Kopf gesetzt, dass Coburn nach etwas suchte, was mit ihm zu tun hatte.«

»Aber was das sein soll, hat er nicht gesagt.«

Doral schüttelte den Kopf.

In diesem Augenblick wurden sie von Crawford unterbrochen. Er trat ins Zimmer und fragte: »Mr. Gillette. Ist Ihnen irgendwas Ungewöhnliches aufgefallen?«

Stan richtete sich auf. »Soll das ein Witz sein?« Ohne die Antwort abzuwarten, ereiferte er sich: »Als Bürger und Steuerzahler verlange ich, dass Sie alles Nötige unternehmen und alle verfügbaren Mittel einsetzen, damit meine Schwiegertochter und Enkelin wohlbehalten nach Hause zurückkehren.«

Crawfords Gesicht lief rot an, aber seine Stimme blieb ruhig. »Wir wollen alle, dass Coburn gefasst wird und Ihre Familie wohlbehalten heimkehrt.«

»Das sind doch nur Floskeln«, sagte Stan. »Sparen Sie sich Ihre banalen Trostsprüche für jemanden auf, der blöd genug ist, um sich an so etwas zu klammern. Ich will, dass etwas passiert. Mich interessiert nicht, welche Richtlinien Ihr Handbuch für so einen Fall vorgibt. Ich will, dass dieser Verbrecher gefunden wird, tot oder lebendig, und dass ich meine Schwiegertochter und Enkelin unverletzt in die Arme schließen kann. Danach können wir meinetwegen schön Wetter machen, aber keine Sekunde früher, Deputy. Und wenn ich damit bei Ihnen nicht durchdringe, dann werde ich mich an Ihre Vorgesetzten wenden. Ich kenne den Sheriff persönlich.«

»Ich kenne meine Pflichten, Mr. Gillette. Und ich werde sie nach Recht und Gesetz erfüllen.«

»Schön. Nachdem wir jetzt wissen, wo wir beide stehen, wird jeder von uns das tun, was er tun muss.«

»Nehmen Sie das Gesetz nicht selbst in die Hand, Mr. Gillette.«

Stan würdigte ihn keiner Antwort, warf Doral einen vielsagenden Blick zu und marschierte ohne ein weiteres Wort hinaus.

# 16

D as ist nicht mein Auto.«

Coburn richtete den Blick vom Rückspiegel auf Honor. »Ihres habe ich entsorgt.«

»Wo?«

»Ein paar Meilen von Ihrem Haus entfernt, wo ich das hier gefunden habe.«

»Haben Sie es gestohlen?«

»Nein, ich habe angeklopft und gefragt, ob ich es ausleihen darf.«

Sie ignorierte seinen sarkastischen Tonfall. »Der Besitzer wird es als gestohlen melden.«

»Ich habe die Kennzeichen mit einem anderen Wagen getauscht.«

»Und all das haben Sie geschafft, nachdem Sie mein Haus verlassen haben und bevor Sie zurückgekommen sind, um Fred umzubringen?«

»Ich arbeite schnell.«

Sie ließ sich das kurz durch den Kopf gehen und bemerkte dann: »Sie haben gesagt, Sie hätten Fred in einem Boot gesehen.«

»Die Straße führt am Bayou entlang. Ich bin ohne Licht gefahren. Als ich die Bootsscheinwerfer bemerkte, bog ich von der Straße ab und hielt kurz an, um einen Blick zu riskieren. Ich sah ihn und erkannte ihn sofort. Und natürlich war mir klar, was er mit Ihnen anstellen würde, wenn Sie ihm be-

*158*

richteten, was ich Ihnen erzählt habe. Also bin ich umgekehrt. Zu Ihrem Glück.«

Sie wirkte nicht überzeugt, und er konnte ihr nicht verübeln, dass sie an seiner Darstellung zweifelte. Als er gestern in ihr Leben geplatzt war, hatte sie gerade eine Geburtstagsfeier vorbereitet und Cupcakes mit Schokoladenglasur überzogen. Seither hatte er sie und ihr Kind mit einer vorgehaltenen Waffe bedroht. Er hatte sie herumgeschubst und mit ihr gekämpft. Er hatte ihr Haus auf den Kopf gestellt und sie ans Bett gefesselt.

Und auf einmal sollte er ein Held sein, der sie überredet hatte, aus ihrem Haus zu fliehen, weil Männer, die sie seit Jahren kannte und denen sie vertraute, in Wahrheit Massenmörder sein sollten, die sie umbringen wollten. Verständlich, wenn sie da ein bisschen skeptisch reagierte.

Sie strich nervös mit den Händen über ihre Schenkel, die nicht mehr in Shorts steckten wie gestern, sondern in langen Jeans. Gelegentlich warf sie einen Blick über die Schulter auf das kleine Mädchen, das auf dem Rücksitz saß und mit seinem roten Dingsbums spielte. Das und der verschlissene Lumpen, den sie als »Kuscheldecke« bezeichnete, waren zusammen mit Honors Handtasche die einzigen Gegenstände, die beide hatten mitnehmen dürfen. Er hatte sie im wahrsten Sinn des Wortes mit nichts als ihren Kleidern am Leib aus dem Haus gescheucht.

Immerhin waren es ihre eigenen Kleider. Er trug die eines Toten.

Nicht zum ersten Mal.

Flüsternd fragte Honor: »Glauben Sie, sie hat was gesehen?«

»Nein.«

Vor ihrer Flucht aus dem Haus hatte Honor sich ein Spiel

einfallen lassen, bei dem Emily die Augen geschlossen halten musste, bis sie im Freien waren. Damit es schneller ging, hatte Coburn die Kleine aus ihrem rosa Prinzessinnenzimmer zum Auto getragen. Er hatte eine Hand auf ihren Hinterkopf gedrückt und ihr Gesicht gegen seinen Hals gepresst, damit sie bei diesem Spiel nicht mogeln und die Augen aufmachen konnte, wobei sie Fred Hawkins' Leichnam auf dem Wohnzimmerboden gesehen hätte.

»Warum haben Sie mir nicht schon gestern erzählt, dass Sie FBI-Agent sind? Warum haben Sie mich so überfallen?«

»Weil ich Ihnen nicht vertraut habe.«

Die Ungläubigkeit, mit der sie ihn ansah, wirkte nicht gespielt.

»Sie sind Eddie Gillettes Witwe«, erklärte er ihr. »Das allein ist schon ein Grund, Ihnen gegenüber misstrauisch zu sein. Und was hätte ich denn denken sollen, als ich noch dazu das Foto sah, auf dem er und sein Dad neben den zwei Kerlen stehen, die vor meinen Augen sieben Menschen niedergemetzelt haben? Jedenfalls war und bin ich überzeugt, dass Sie das haben, was Eddie damals versteckt hatte, was immer das auch sein mag.«

»Aber ich habe es nicht.«

»Vielleicht. Oder aber Sie haben es und wissen nur nicht, dass Sie es haben. Jedenfalls glaube ich nicht mehr, dass Sie mich an der Nase herumführen wollen.«

»Was hat Sie umgestimmt?«

»Ich glaube, selbst wenn Sie Dreck am Stecken hätten, hätten Sie mir alles gegeben, was ich haben will, um Ihr kleines Mädchen zu beschützen.«

»Stimmt.«

»Zu diesem Schluss bin ich kurz vor der Morgendämmerung gekommen. Eigentlich wollte ich Sie von da an in Frieden lassen. Dann sah ich Hawkins auf Ihr Haus zusteuern. Also musste ich neu planen.«

»Und Sie wollen mir ernsthaft weismachen, dass Fred Sam Marset umgebracht hat?«

»Ich habe es mit eigenen Augen gesehen.« Er sah sie kurz an und erkannte, dass sie auf eine ausführlichere Erklärung wartete. »In der Lagerhalle sollte am Sonntag um Mitternacht ein Treffen stattfinden.«

»Ein Treffen von Marset und Fred?«

»Von Marset und dem Bookkeeper.«

Sie massierte ihre Stirn. »Was reden Sie da?«

Er holte kurz Luft und versuchte seine Gedanken zu ordnen. »Die Interstate 10 durchschneidet Louisiana knapp nördlich von Tambour.«

»Sie verläuft zwischen Lafayette und New Orleans.«

»Genau. Die I-10 ist die südlichste Schnellstraßenverbindung zwischen Atlantik- und Pazifikküste, und weil sie so nah an der mexikanischen Grenze und am Golf verläuft, dient sie Drogendealern, Waffenschiebern, Menschenhändlern als Pipeline. Die wichtigsten Absatzmärkte sind die Städte direkt an der Straße – Phoenix, El Paso, San Antonio, Houston, New Orleans –, in die wiederum wichtige Nord-Süd-Verbindungen münden.«

»Kurz und knapp ...«

»Ist die I-10 dadurch mit jeder größeren Stadt in den USA verbunden.«

Sie nickte wieder. »Okay.«

»Jedes Fahrzeug auf dieser Straße – von den Sattelschleppern angefangen über die gewöhnlichen Lieferwagen bis zu den Familienautos – könnte Drogen, Pharmazeutika, Waffen oder weibliche wie männliche Zwangsprostituierte transportieren.« Er sah sie wieder an. »Sie folgen mir noch?«

»Sam Marset gehörte die Royale Trucking Company.«

»Dafür gibt's ein Fleißbildchen.«

»Wollen Sie allen Ernstes behaupten, Sam Marsets Fahrer hätten bei diesen illegalen Transporten mitgemischt?«

»Nicht seine Fahrer. Sondern Sam Marset persönlich, der Kirchenvorstand und Beisitzer in diesem Denkmaldingsbums. Und er hat nicht nur mitgemischt. Er steckt bis zum Hals drin. *Steckte.* Sonntagnacht war für ihn Schluss mit dem Verbrecherleben.«

Sie sann über seine Worte nach, kontrollierte kurz, ob ihre Tochter noch mit ihrem Spielzeug beschäftigt war, und fragte dann: »Und wo kommen Sie ins Spiel?«

»Ich hatte den Auftrag, mich in Marsets Operation einzuschmuggeln und herauszufinden, mit wem er Geschäfte macht, damit die großen Jungs ihre Fallen aufstellen konnten. Ich brauchte Monate, bis mir auch nur der Vorarbeiter vertraute. Aber erst nachdem Marset sein persönliches Okay gab, wurden mir die Ladelisten anvertraut. Sein Unternehmen transportiert Unmengen von legalen Gütern, aber ich sah auch mehr als genug Schmuggelware.«

»Auch Menschen?«

»Alles, nur das nicht. Worüber ich froh bin, denn dann hätte ich den betreffenden Transport aufhalten müssen, und dabei wäre meine Tarnung aufgeflogen. So habe ich eine Menge Schmuggelware durchgehen lassen. Aber meine Vorgesetzten sind nicht an einer Kiste mit Handwaffen interessiert, die irgendwo in einer Lkw-Ladung von Mehl versteckt ist. Die Zentrale hat es auf die Leute abgesehen, die diese Transporte in Auftrag geben oder sie in Empfang nehmen. Und bislang hatte ich nicht genug Beweise, um die großen Fische zu fangen.«

»So wie Marset.«

»Und noch größer. Aber vor allem hatten wir es auf den Bookkeeper abgesehen.«

»Können Sie mir jetzt endlich erklären, wer das ist?«

»Gute Frage. Das FBI wusste nicht einmal von seiner Existenz, bis ich mich in Marsets Firma eingeschlichen und herausgefunden hatte, dass hier jemand das Räderwerk schmiert.«

»Jetzt komme ich nicht mehr mit.«

»Der Bookkeeper beschränkt sich darauf, Dinge zu ermöglichen. Er wendet sich an diejenigen, die diese illegalen Transporte unterbinden sollen, und schmiert oder erpresst sie, bis sie beide Augen zudrücken. Er tritt nie persönlich in Erscheinung, sondern führt immer nur im Hintergrund über alles Buch.«

»Er besticht die Polizei?«

»Polizisten, Hilfssheriffs, die Beamten an den Wiegestationen, die Wachmänner an der KFZ-Verwahrstelle, kurz gesagt jeden, der den Schmuggel beeinträchtigen könnte.«

»Dieser Bookkeeper schmiert also die Behörden …«

»Und kassiert von den Schmugglern eine kräftige Provision dafür, dass deren Ladung gefahrlos den Staat Louisiana passiert.«

Sie grübelte darüber nach. »Aber Sie wissen nicht, wer sich hinter diesem Namen verbirgt.«

»Nein. Mir fehlt immer noch ein Schlüsselelement.« Er stoppte an einer Straßenkreuzung und sah sie eindringlich an.

»Das Sie in meinem Haus gesucht haben.«

»Genau.« Er nahm den Fuß von der Bremse und fuhr über die Kreuzung. »Das DOJ – das Department of Justice«, erläuterte er ihr die Abkürzung für das Justizministerium in Washington – »wird erst Anklage erheben, wenn sichergestellt ist, dass es den Fall gewinnt. Wir könnten vielleicht einen Deal abschließen und einen Kronzeugen gegen einen Strafnachlass gegen den Bookkeeper aussagen lassen, aber wir bräuchten Belege für diese Aussage. Bankunterlagen, Telefonverbindungen, gesperrte Schecks, Depotauszüge, Namen, Daten. Dokumente. Beweise. Und genau die, glaube ich, hat Ihr verstorbener Mann besessen.«

»Sie glauben, Eddie war in das alles verstrickt?«, fragte sie. »In den Schmuggel von Drogen? Waffen? Menschen? Sie haben gar keine Ahnung, wie falsch Sie damit liegen, Mr. Coburn.«

»Ehrlich gesagt, weiß ich nicht, auf welcher Seite Ihr Mann stand. Aber er war eng mit den Zwillingen befreundet, und das macht ihn verdächtig. Und dass er Polizist war, wäre in so einem Fall besonders praktisch gewesen, genau wie bei Fred.«

»Eddie war ein *ehrlicher* Polizist.«

»Das müssen Sie auch glauben, oder? Sie sind seine Witwe. Ich hingegen musste mit ansehen, wie seine Busenfreunde kaltblütig sieben Menschen niedermähten. Und ich wäre Nummer acht gewesen, wenn ich ihnen nicht entwischt wäre.«

»Wie haben Sie das überhaupt geschafft?«

»Ich rechnete damit, dass etwas passieren würde. Eigentlich war verabredet, dass man sich in Frieden und ohne Waffen treffen sollte. Trotzdem stand ich unter Hochspannung, denn der Bookkeeper ist für seine Skrupellosigkeit berüchtigt. Können Sie sich noch erinnern, dass vor ein paar Wochen in den Nachrichten von einem Latino die Rede war, der mit durchgeschnittener Kehle in einem Straßengraben in der Nähe von Lafayette gefunden wurde?«

»Seine Identität blieb ungeklärt. Wissen Sie, wer er war?«

»Seinen Namen kenne ich nicht. Aber ich weiß, dass er von einem ›Kunden‹ des Bookkeepers in ein Etablissement in New Orleans gebracht werden sollte, in dem …« Er sah in den Rückspiegel. Das Kind sang mit seinem roten Wuschelding.

»In dem Kunden mit viel Geld und abartigen sexuellen Vorlieben verkehren. Der Junge wusste, was ihn erwartete. Also flüchtete er, als der Transporter zum Tanken anhalten musste.« Gedankenverloren schüttelte er den Kopf. »Die meisten dieser Kids sind zu eingeschüchtert, um sich an die Behörden zu wenden, aber man kann nie wissen. Offenbar fürchtete der Bookkeeper genau das. Seine Leute griffen den Jungen auf, bevor er irgendwelchen Schaden anrichten konnte.« Er sah Honor kurz an und murmelte: »Wahrscheinlich kann er sich glücklich schätzen, dass er tot ist. Kurz nachdem die Leiche des Jungen auftauchte, wurde ein Highway-Polizist mit durchgeschnittener Kehle gefunden. Ich habe das dumpfe Gefühl, dass die beiden Morde zusammenhängen.«

»Glauben Sie, dieser Bookkeeper hat ein öffentliches Amt inne?«

»Könnte sein. Muss aber nicht. Eigentlich hatte ich gehofft, in dieser Sonntagnacht zu erfahren, wer er ist«, erzählte er angespannt. »Weil sich offenbar etwas Großes anbahnt. Bis jetzt habe ich nur Andeutungen aufschnappen können, aber so wie ich es sehe, bemüht sich der Bookkeeper zurzeit um neue Kunden. Gefährliche Kriminelle ohne jede Fehlertoleranz.«

Wieder massierte sie ihre Stirn. »Ich weigere mich zu glauben, dass Eddie irgendwas mit dieser Sache zu tun hatte. Und auch bei Sam Marset halte ich das für ausgeschlossen.«

»Marset ging es ausschließlich ums Geld. Er hatte keine Hemmungen, aus kriminellen Machenschaften Profit zu schlagen, aber er war kein Mann der Gewalt. Wenn ihm jemand in die Quere kam, trieb Marset ihn einfach in den Ruin. Normalerweise geschäftlich. Oder aber er erwischte ihn mit heruntergelassenen Hosen in einem Hotelzimmer und erpresste ihn damit. Etwas in der Art. Seiner Ansicht nach war der fliegenübersäte Leichnam eines Dreizehnjährigen im Straßengraben Gift fürs Geschäft.« Er schwieg kurz. »Und das war nur einer von vielen Punkten, die Marset an dem Bookkeeper störten. Also forderte er ein Treffen, um die Differenzen auszuräumen und die Luft zu reinigen. Der Bookkeeper erklärte sich einverstanden.«

»Und zog Marset dabei über den Tisch.«

»Das ist noch milde ausgedrückt. Statt des Bookkeepers erschienen die Hawkins-Zwillinge. Ehe Marset sich auch nur darüber aufregen konnte, dass der Bookkeeper nicht persönlich gekommen war, knallte Fred ihn ab. Doral hatte ein automatisches Gewehr dabei. Er eröffnete das Feuer auf die Übrigen und traf dabei zuerst meinen Vorarbeiter. Sobald ich die beiden in der Tür gesehen hatte, hatte ich den Braten gerochen und mich hinter ein paar Kisten versteckt, aber mir war klar, dass mich die beiden bemerkt hatten. Als alle anderen niedergemäht waren, hefteten sie sich an meine Fersen.«

Ohne langsamer zu werden, fuhr er auf einen Bahnübergang zu. Der Wagen rumpelte über die Gleise. »Ich hatte an dem Abend vorsichtshalber eine Waffe und ein zweites Handy mit in die Arbeit genommen. Das eine Handy habe ich absichtlich in der Lagerhalle liegen lassen. Das wird sie von meiner Spur abbringen. Sie werden sich die Finger wund tippen, um die Anrufe darauf nachzuverfolgen.«

Er schnaubte kurz. »Jedenfalls gelangte ich lebend aus der Lagerhalle und in ein verlassenes Gebäude. Ich versteckte mich im Zwischenboden, bis einer der Zwillinge das Gebäude abgesucht hatte. Dann rannte ich, so schnell ich konnte, zum Fluss, weil ich es unbedingt zu Ihrem Haus schaffen wollte, bevor die beiden mich erwischten.« Er sah sie wieder an. »Den Rest kennen Sie mehr oder weniger.«

»Und was jetzt? Wohin fahren wir jetzt?«

»Ich habe keine Ahnung.«

Ihr Kopf fuhr so schnell herum, dass ihr Genick knackte. »Wie bitte?«

»So weit habe ich nicht geplant. Ehrlich gesagt, hatte ich nicht damit gerechnet, dass ich die erste Nacht überlebe. Ich war sicher, dass mich ein überängstlicher Polizist oder jemand auf der Gehaltsliste des Bookkeepers über den Haufen schießen würde.« Er warf einen Blick über die Schulter auf den Rücksitz. »Ganz bestimmt habe ich nicht damit gerechnet, dass ich mit Frau und Kind unterwegs sein würde.«

»Es tut mir ja so leid, dass wir Ihnen Unannehmlichkeiten bereiten«, erwiderte Honor bissig. »Setzen Sie uns doch einfach bei Stan zu Hause ab, dann können Sie in Ruhe Ihren Geschäften nachgehen.«

Er lachte kurz auf. »Haben Sie nicht kapiert? Haben Sie nicht zugehört? Wenn Doral Hawkins oder der Bookkeeper glauben, dass Sie etwas wissen, was zu ihrer Verurteilung beitragen könnte, dann ist Ihr Leben keinen müden Fünfer wert.«

»Ich verstehe *durchaus*. Stan wird uns beide beschützen, bis…«

»Stan, der Mann auf dem Einer-für-alle-und-alle-für-einen-Gruppenbild mit Ihrem verstorbenen Mann und den Hawkins-Zwillingen? *Dieser* Stan?«

»Sie glauben doch nicht…«

»Warum nicht?«

»Stan war Marinesoldat.«

»Ich auch. Und sehen Sie nur, was aus mir geworden ist.«

Damit hatte er nicht unrecht. Sie zögerte und meinte dann eigensinnig: »Mein Schwiegervater würde mich und Emily bis zu seinem letzten Atemzug verteidigen.«

»Vielleicht. Genau kann ich das noch nicht sagen. Und bis

ich das weiß, bleiben Sie bei mir und melden sich bei niemandem.«

Ehe sie etwas darauf erwidern konnte, hörten sie Sirenen heulen. Innerhalb weniger Sekunden tauchten zwei Streifenwagen am Horizont auf. Sie hielten geradewegs auf sie zu.

»Offenbar hat Doral den Leichnam seines Bruders gefunden.«

Auch wenn sich all seine Muskeln anspannten und er das Lenkrad mit aller Kraft umklammert hielt, behielt Coburn die Geschwindigkeit bei und blickte stur geradeaus. Die Streifenwagen rasten jaulend an ihnen vorbei.

»Polizeiauto!«, jubelte das Mädchen. »Mama, da war ein Polizeiauto!«

»Das sehe ich, Herzchen.« Honor lächelte ihr zu und sah Coburn dann wieder an. »Emily braucht bald etwas zu essen. Und einen Schlafplatz. Wir können nicht ewig in einem gestohlenen Wagen durch die Gegend kreuzen und vor der Polizei fliehen. Was wollen Sie mit uns machen?«

»Das wird sich in Kürze zeigen.«

Nach einem Blick auf die Uhr im Armaturenbrett überschlug er, dass es an der Ostküste schon nach neun Uhr war. Bei der nächsten Abzweigung bog er in eine kleine Nebenstraße. Wenig später ging die Asphaltdecke in Schotter über und der Schotter in einen holprigen Feldweg, der schließlich an einem mit Entengrütze überzogenen Altwasserarm endete.

Er hatte drei Handys zur Verfügung. Das von Fred. Abgesehen von dem letzten Anruf bei seinem Bruder war das Verbindungsverzeichnis leer. Aber nachdem Fred dieses Handy für seine illegalen Geschäfte benutzt hatte, hätte es Coburn auch überrascht, wenn er die Nummer des Bookkeepers im Kurzwahlspeicher gefunden hätte. Trotzdem würde er es behalten. Allerdings nahm er aus Sicherheitsgründen den Akku heraus.

Honors Handy konnten sie nicht benutzen, weil die Behörden es orten konnten. Auch daraus entfernte er den Akku.

Womit nur noch Coburns Handy für den Notfall blieb, jenes Prepaid-Gerät, das er schon vor Monaten gekauft, aber gestern zum ersten Mal benutzt hatte. Er schaltete es ein, stellte fest, dass es Empfang hatte, und tippte in der Hoffnung, dass sein Anruf durchging, eine Nummer ein.

»Wen rufen Sie an?«, wollte Honor sofort wissen.

»Sobald ich auch nur eine Bewegung mache, geraten Sie in Panik.«

»Wollen Sie mir das verübeln?«

»Eigentlich nicht.«

Sein Blick glitt über die blauen Flecken an ihren Ellbogen und Oberarmen. An den Handrücken sah man ebenfalls Blutergüsse, nachdem sie mit aller Kraft gegen das Kopfende des Bettes geschlagen hatte, an das er sie gefesselt hatte. Es tat ihm leid, dass er körperlichen Zwang hatte anwenden müssen, aber er würde sich nicht dafür entschuldigen. Hätte er es nicht getan, wäre sie jetzt schwer verletzt oder tot.

»Sie brauchen keine Angst haben, dass ich Ihnen noch mal wehtue«, erklärte er ihr. »Oder dass ich Sie mit einer Waffe bedrohe. Sie haben also keinen Grund, so zappelig zu sein.«

»Wenn ich ›zappelig‹ bin, dann weil ich heute Morgen gesehen habe, wie in meinem Haus ein Mann erschossen wurde.«

Was es dazu zu sagen gab, hatte er bereits gesagt, und er würde sich kein zweites Mal dafür rechtfertigen. Falls man Gelegenheit bekam, einen brutalen Verbrecher wie Fred Hawkins auszuschalten, durfte man nicht erst lang überlegen, ob das richtig war. Man drückte den verfluchten Abzug durch. Oder man endete selbst tot am Boden.

Wie viele Menschen hatte er schon sterben sehen? Wie viele hatte er gewaltsam sterben sehen? Zu viele, um sie zu zählen oder um sich auch nur an alle zu erinnern. Dennoch war es für eine Grundschullehrerin mit klaren grünen Augen vermutlich ein traumatisches Erlebnis gewesen, das sie für alle Zeiten mit ihm in Verbindung bringen würde. Dagegen konnte er wohl nichts machen. Trotzdem würde sie nach diesem Anruf hoffentlich nicht mehr jedes Mal zusammenzucken, wenn er auch nur einen Finger krümmte.

Er wollte gerade wieder auflegen und es erneut versuchen, als er eine Frauenstimme hörte: »Büro von Deputy Director Hamilton. Mit wem darf ich Sie verbinden?«

»Wer sind Sie? Geben Sie mir Hamilton.«

»Wen darf ich melden?«

»Sparen Sie sich den Bockmist. Geben Sie ihm einfach das Telefon.«

»Wen darf ich melden?«

*Verfluchte Bürokraten.* »Coburn.«

»Verzeihung, wie meinen Sie?«

»Coburn«, wiederholte er ungeduldig. »Lee Coburn.«

Nach einer bedeutungsschweren Pause sagte die Frau am anderen Ende der Leitung: »Das ist unmöglich. Agent Coburn ist verstorben. Er kam vor über einem Jahr ums Leben.«

# 17

Diegos Handy vibrierte, aber aus reinem Trotz wartete er ein paar Sekunden ab, bevor er den Knopf drückte. »Wer spricht?«

»Was glaubst du denn?« Die Gegenfrage klang genauso giftig.

»Ist der Typ schon gefunden worden?«

»Wie sich herausgestellt hat, macht er mehr Probleme, als wir anfangs dachten.«

»Ach was? Diese Clowns haben richtig abgekackt, oder? Ihn so entwischen zu lassen.« Am liebsten hätte er noch angefügt: *Das hast du davon, dass du den Job nicht mir überlassen hast,* aber er wollte sein Glück nicht überstrapazieren. Natürlich hatte er auch andere Auftraggeber, aber diese Geschäftsbeziehung – wenn man es denn so nennen wollte – war äußerst lukrativ.

Nachdem er damals den Frisiersalon verlassen hatte, hatte er jahrelang auf der Straße gelebt, hier und dort geschlafen, sich Essen und Kleidung zusammengesucht. Überlebt hatte er nur dank seiner Gerissenheit, die er einem unbekannten Beiträger zu seinem Genpool zu verdanken hatte, und so war ihm schon bald klar geworden, dass man mit Tauschgeschäften, Diebstählen und Mülltonnenplündern nicht weit kam. Die einzige Währung, die wirklich zählte, war Geld.

Also hatte Diego sich darangemacht, welches zu verdienen. Er hielt die Augen offen und lernte und erwies sich als gewiefter Schüler. Für seine besonderen Fähigkeiten gab es einen riesigen Markt. Sein Geschäft florierte unabhängig vom ökonomischen Klima, das ansonsten herrschte. Im Gegenteil, am meisten hatte er zu tun, wenn die Zeiten härter wurden und das mörderische Gesetz des Dschungels strikter angewandt wurde.

Schon als junger Teenager hatte er sich den Ruf erworben, zu plötzlichen, brutalen Gewaltausbrüchen zu neigen, weshalb selbst die härtesten Kaliber sich vor dem schmächtigen, kleinen Burschen in Acht nahmen und ihm so weit wie möglich aus dem Weg gingen. Er hatte keine Freunde und wenige Konkurrenten, weil kaum jemand so gut war wie er.

Soweit es den Staat Louisiana anging, existierte er überhaupt nicht. Nachdem seine Geburt nie registriert worden war, hatte er auch nie eine Schule besucht. Obwohl er im Grunde Analphabet war, konnte er immerhin bruchstückhaft lesen, womit er gut durchs Leben kam. Spanisch hatte er auf der Straße gelernt und sprach es fließend. Er hätte seine Heimatstadt auf keiner Karte finden können, aber er kannte sie besser als jeder andere. Er hatte noch nie von Bruchstrichen oder Multiplikationstabellen gehört, trotzdem konnte er blitzschnell im Kopf Geldbeträge berechnen. Schon jetzt überschlug er, was er mit dem Entgelt für Coburns Beseitigung anstellen würde.

»Ist der Typ inzwischen gefasst oder nicht?«

»Nein. Dafür hat er Fred Hawkins erwischt.«

Das überraschte Diego, trotzdem gab er keinen Kommentar dazu ab.

»Und jetzt sind alle völlig von der Rolle. Ich will, dass du einsatzbereit bist, falls Coburn seine *Verhaftung* überleben sollte.«

»Ich bin immer einsatzbereit.«

»Möglicherweise musst du dich auch noch um eine Frau und ein Kind kümmern.«

»Das kostet extra.«

»Ich weiß.« Diego hörte ein wütendes Schnaufen. »Was diese Hure angeht …«

»Die Sache ist erledigt. Habe ich doch gesagt.«

»Ja, stimmt. Ich war beschäftigt. Ich melde mich wieder.«

Der Anruf endete ohne ein weiteres Wort.

Es war auch keines mehr nötig. Sie hatten einander verstanden. Wie von Anfang an. Vor ein paar Jahren hatte jemand, der jemanden kannte, Diego wegen eines Auftrags angesprochen. Ob er interessiert sei? Das war er.

Er hatte die Telefonnummer angerufen, die er bekommen hatte, sich das Bewerbungsgespräch angehört und daraus geschlossen, dass ihre Verbindung so bleiben würde, wie es ihm am liebsten war – lose. Er hatte diesen ersten Job übernommen und sein Geld bekommen. Seither war er im Geschäft.

Er ließ das Handy in die Halterung an seinem Gürtel gleiten, zog die Schultern vor und vergrub die Hände in den Hosentaschen. Wie von selbst schlossen sich die Finger seiner rechten Hand um das Rasiermesser.

Seit dem Hurrikan Katrina hatten sich einige Stadtviertel in Kriegsgebiete gewandelt. Als Einzelgänger versuchte sich Diego aus den Kleinkriegen der verschiedenen Gangs herauszuhalten, aber völlig neutral zu bleiben war unmöglich, und so war er inzwischen mit allen verfeindet.

Während er mit gesenktem Kopf das dreckige Pflaster unter den Gummisohlen seiner Basketballschuhe anzustarren schien, huschte sein Blick in Wahrheit ständig wachsam umher, denn in jedem Schatten konnten Gefahren lauern, von überall konnte ein Angriff drohen.

Die Bullen fürchtete er nicht. Die waren Witzfiguren. Manchmal ziemlich armselige Witzfiguren, aber trotzdem lachhaft und kein Grund zur Sorge.

In dieser täuschend gebeugten Haltung schlich er über den Gehweg, bog dann in den ersten schmalen Durchgang ab, an dem er vorbeikam, und scheuchte dort die Kakerlaken und zwei Katzen auf Beutezug auf. Während der nächsten fünf Minuten schlängelte er sich zwischen verlassenen Gebäuden hindurch, in denen Maschinen vor sich hin rosteten und der Müll der zeitweise hier hausenden Obdachlosen verrottete.

Diego kannte das Labyrinth von schmalen Passagen in- und auswendig. Jedes Mal nahm er einen anderen umständlichen Weg, um sicherzugehen, dass ihm niemand folgte. Hier würde ihn niemand finden, von dem er nicht gefunden werden wollte.

Nachdem er jahrelang von einem Unterschlupf zum nächsten gezogen war, hatte er inzwischen einen festen Wohnsitz, auch wenn es keiner war, an den regelmäßig Post geliefert wurde. Zweimal umkreiste er das leer stehende Gebäude, bevor er sich der mit einem Vorhängeschloss gesicherten Metalltür näherte, zu der nur er den Schlüssel besaß. Sobald er eingetreten war, schob er drinnen den Riegel vor.

Er stand in absoluter Dunkelheit, aber das war kein Hindernis. Ohne irgendwo anzustoßen, fand er seinen Weg durch die Gänge, deren Wände von schwarzem Schimmel überzogen waren. Alle Mauern waren feucht. Das durch drei Stockwerke sickernde Regenwasser sammelte sich in modrigen Pfützen auf den unebenen Böden.

Tief in den Eingeweiden dieser ehemaligen Fabrik für Dosenbohnen hatte Diego sich ein Heim eingerichtet. Er schloss die Tür zu seinem Allerheiligsten auf, huschte hinein und legte auch hier sofort den Riegel vor.

Hier in der Kammer war es kühler und trockener, vor allem dank eines behelfsmäßigen Ventilationssystems, das er im Lauf der Zeit mit zusammengesammelten Schrottteilen aus der alten Belüftungsanlage des Gebäudes gebastelt hatte. Auf dem Boden lag ein teurer Orientteppich, den er von einem im French Quarter geparkten Laster gestohlen hatte. Er hatte einfach so getan, als wäre er einer der Möbelpacker. Niemand hatte ihn zur Rede gestellt, als er sich den Teppich über die Schulter geworfen hatte und damit losspaziert war. Die anderen Einrichtungsgegenstände hatte er auf ähnliche Weise beschafft. Eine Doppellampe spendete ein angenehm warmes Licht.

Sie saß auf der Bettkante und kämmte sich das Haar mit der Bürste, die Diego gestern für sie geklaut hatte. Den Goldfisch hatte er allerdings bezahlt. Er war an einem Tiergeschäft vorbeigekommen, das ihm nie zuvor aufgefallen war. Dort hatte er die Fische im Aquarium gesehen. Und ehe er sichs versah, hatte er einen davon in einem Plastikbeutel heimgetragen. Das Lächeln, mit dem sie sich bedankt hatte, als er ihr den Fisch zeigte, war dreimal so viel wert, wie er gekostet hatte.

Er hatte noch nie ein Haustier gehabt. Jetzt hatte er gleich zwei. Den Goldfisch und das Mädchen.

Das Mädchen hieß Isobel. Sie war ein Jahr jünger als er, sah aber noch jünger aus. Ihr schwarzes Haar war so glatt, dass es richtig glänzte. Es reichte ihr bis zu den Schultern und lag wie ein seidiger Vorhang über ihren Wangen.

Sie war ein zartes Wesen mit einer so dünnen Taille, dass er sie mit beiden Händen umfassen konnte. Diego schätzte, dass er ihre zierlichen Knochen mühelos zerbrechen könnte. Ihre kleinen Brüste zeichneten sich kaum unter dem T-Shirt ab, das er für sie gestohlen hatte. Und obwohl er schon viele Frauen jedes Alters und jeder Größe gehabt hatte, merkte er jedes Mal, wie er angesichts der grazilen Schönheit von Isobels winzigem Körper zu fiebern begann, wie er kurzatmig und ganz schwach vor Lust wurde.

Trotzdem hatte er sie noch nie auf diese Weise berührt. Und würde es auch nicht tun.

Wegen ihrer porzellanzarten, kleinmädchenhaften Gesichtszüge war sie bei den Freiern im Massagesalon besonders begehrt gewesen. Die Männer liebten es, von ihren kleinen Händen gestreichelt zu werden. Viele hatten ausdrücklich nach ihr verlangt. Sie hatte einen ganzen Stamm von Kunden gehabt. Ihre Zerbrechlichkeit machte die Männer an, weil sie sich männlicher, größer, härter, stärker fühlten, wenn sie über ihr ins Schwitzen kamen.

Wie Tausenden anderen hatte man auch ihr und ihrer Familie ein besseres Leben versprochen, wenn sie in die Vereinigten Staaten käme. Man hatte ihr einen Job in einem schicken Hotel oder eleganten Restaurant garantiert, wo sie in einer Woche mehr Geld machen würde, als ihr Vater in einem ganzen Jahr verdiente.

Wenn sie dann in wenigen Jahren ihre Schulden bei jenen abgearbeitet hätte, die sie in die Vereinigten Staaten geschmuggelt und ihr dort auf die Beine geholfen hatten, würde sie anfangen können, ihrer Familie Geld zu schicken, möglicherweise sogar so viel, dass ihr jüngerer Bruder in die USA nachkommen konnte. Die Verheißungen hatten geradezu märchenhaft geklungen. Unter Tränen, aber voller Hoffnungen hatte sie sich von ihrer Familie verabschiedet und war auf den Lastwagen geklettert, der sie in Richtung Grenze bringen sollte.

Der Höllentrip hatte fünf Tage gedauert. Sie und acht andere waren auf die Ladefläche eines Pick-ups gepackt und unter einer Sperrholzplatte versteckt worden. Während der

Fahrt hatten sie kaum zu essen und zu trinken bekommen und sich nur alle paar Stunden erleichtern dürfen.

Eines der anderen Mädchen, nicht älter als Isobel, hatte unterwegs Fieber bekommen. Isobel hatte alles versucht, damit man dem Mädchen die Schwäche nicht anmerkte, trotzdem war es dem Fahrer und dem schwer bewaffneten Beifahrer bei einer der seltenen Rastpausen aufgefallen. Der Lastwagen war ohne das Mädchen weitergefahren. Es war am Straßenrand zurückgeblieben. Die anderen wurden gewarnt, dass sie ebenfalls zurückgelassen würden, falls sie auffielen oder Ärger machen sollten. Unzählige Male hatte sich Isobel gefragt, ob das Mädchen wohl gestorben war, bevor es jemand gefunden hatte.

Doch damit hatte Isobels Albtraum erst begonnen.

Als der Lastwagen endlich sein Ziel erreicht hatte, wurde sie in aufreizende Kleider gesteckt, die ihr von ihrem Lohn abgezogen wurden, und musste in einem Bordell arbeiten.

Sie kannte keinen Menschen. Selbst die Mädchen, die zusammen mit ihr in die USA geschmuggelt worden waren und mit denen sie aus Angst und Verzweiflung eine Art Freundschaft geschlossen hatte, waren auf andere Bordelle verteilt worden. Sie wusste nicht einmal, in welcher Stadt und in welchem Bundesstaat sie gelandet war. Als ihr der erste Mann etwas ins Ohr raunte, während er sie entjungferte, verstand sie kein einziges Wort.

Aber auch wenn sie kein Wort verstanden hatte, so verstand sie doch nur zu gut, was dieser Akt bedeutete. Damit war sie befleckt, sie war verdorbenes Gut. Kein guter und fürsorglicher Mann würde sie jetzt noch heiraten wollen. Sie war entehrt. Ihre Familie würde sie verstoßen. Ihr blieb nichts anderes übrig, als ihre Freier weiterhin zu »unterhalten« oder sich umzubringen. Nur dass der Selbstmord eine Todsünde und eine sichere Fahrkarte in die ewige Verdammnis war.

Kurz gesagt, hatte sie nur noch die Wahl, in welcher Art von Hölle sie leiden würde.

Darum hatten ihre Augen, die so schwarz und fließend wie Tinte waren, Diego so verletzt und gehetzt angesehen, als er ihr das erste Mal begegnet war. Er war in den Massagesalon gekommen, um den Manager zu warnen, weil der sich weigern wollte, für den Transportschutz einer frischen Ladung an Mädchen zu zahlen.

Diego hatte Isobel bemerkt, als sie, eine durchsichtige Satinrobe um den schlanken Leib gehüllt, mit tränenüberströmtem Gesicht aus einem der »Massageräume« gekommen war. Als sie ihn dabei ertappte, wie er sie ansah, hatte sie sich verschämt abgewandt.

Ein paar Tage darauf war er zurückgekehrt, diesmal als Freier. Er verlangte ausdrücklich nach ihr. Sie erkannte ihn, sobald sie das Zimmer betrat. Auffallend verzagt begann sie sich auszuziehen. Er versicherte ihr eilig, dass er nur mit ihr reden wolle.

Während der nächsten Stunde erzählte sie ihm, was ihr widerfahren war. Es war weniger ihr tragisches Schicksal als die hypnotisierende Art, in der sie es schilderte, die Diego dazu bewog, ihr seine Hilfe zur Flucht anzubieten. Sie packte seine Hand, küsste sie und ließ Tränen darauf regnen.

Als er sich jetzt dem Bett näherte, legte sie die Bürste beiseite und lächelte ihn schüchtern an. Die Hoffnungslosigkeit in ihrem Blick war tiefer Dankbarkeit gewichen.

Er setzte sich neben sie, aber nicht allzu dicht. *»Como estás?«*

*»Bien.«*

Er erwiderte ihr zaghaftes Lächeln, und ein paar Sekunden sahen sie einander nur an. Das Schweigen dauerte so lange, dass sie unwillkürlich zurückzuckte, als er die Hand hob.

»Pst.« Sanft legte er die Handfläche auf ihre glatte Wange. Er strich mit dem Daumen über ihre Haut und registrierte wieder einmal staunend, wie samtig sie war. Sein Blick senkte sich auf ihre Kehle, die so dünn, so verletzlich war. Um den Hals trug sie eine dünne Silberkette mit einem Kruzifix. Unter dem kleinen Kreuz, das zu glitzern begann, wenn der Schein der Lampe darauf fiel, sah er leicht ihren Puls schlagen.

Das Rasiermesser in seiner Hosentasche fühlte sich blei-schwer an.

Normalerweise nahm er fünfhundert Dollar für einen Auf-trag.

Es wäre blitzschnell vorbei. Ein schneller Schnitt, und sie wäre von ihrem Elend erlöst. Sie hätte nichts mehr zu fürch-ten, nicht einmal die Verdammnis. Tatsächlich würde er sie mit diesem Schnitt befreien. Er würde ihr das Lechzen der Männer und das unerbittliche Urteil ihres gekreuzigten Got-tes ersparen. Und er hätte damit seinen Auftrag ausgeführt.

Doch statt das Rasiermesser anzusetzen, strich er mit den Fingerspitzen über ihre Kehle, streichelte das Kruzifix und versicherte ihr in leisem Spanisch, dass ihr nichts mehr pas-sieren konnte. Er erklärte ihr, dass er für sie sorgen würde, dass sie keine Angst mehr zu haben brauchte, dass er sie be-schützen würde. Der Albtraum, den sie zwei Jahre lang durch-lebt hatte, war zu Ende.

Diego schwor es ihr bei seinem Leben.

Und damit zog er eine Linie. Schließlich hatte er nicht nur den Auftrag bekommen, Isobel zu töten, er sollte auch heraus-finden, wer ihr geholfen hatte, aus dem Massagesalon zu flie-hen, und denjenigen dann ebenfalls zur Strecke bringen.

Niemand wusste, dass Diego Isobel befreit hatte.

Und so hatte er nur zwei Worte für seinen Auftraggeber übrig: »Fick dich.«

# 18

„Tori, vielleicht solltest du dir das mal, ähm, ansehen.«
Eigentlich war ihre Rezeptionistin so klug, sie nicht zu belästigen, wenn sie mit einem ihrer Mitglieder beschäftigt war, vor allem wenn dieses Mitglied so übergewichtig und so schlecht in Form war wie Mrs. Perkins. Tori warf Amber einen bitterbösen Blick zu und sagte dann zu Mrs. Perkins: »Noch mal sechs davon.«

Stöhnend sank die Frau in die nächste tiefe Kniebeuge.

Tori wandte sich an ihre Rezeptionistin und fragte scharf: »Also. Was gibt's?«

Amber deutete auf die Reihe von Flachbild-Fernsehern an der Wand gegenüber den Laufbändern. Auf einem lief eine Talkshow, auf einem zweiten pries eine gealterte Seriengöttin in einer Verkaufssendung eine Gesichtscreme an, die Wunder wirken sollte. Der dritte war auf einen Lokalsender eingestellt, der die neuesten Nachrichten brachte.

Tori sah ein paar Sekunden lang zu. »Du hast mich unterbrochen, nur damit ich mir ein Update über die Schießerei in diesem Lagerhaus ansehe? Solange der Flüchtige nicht splitternackt in meiner Damensauna sitzt, interessiert mich das einen feuchten Dreck.« Sie wandte sich wieder Mrs. Perkins zu, deren Gesicht inzwischen tiefrot angelaufen war. Schuldbewusst fragte sich Tori, ob fünf Kniebeugen vielleicht genügt hätten.

»Es geht um deine Freundin«, hörte sie Amber in ihrem Rücken sagen. »Honor. Sie glauben, dass sie entführt wurde.«

Tori warf Amber einen kurzen Blick zu und drehte sich wieder zu den Fernsehern um. Erst jetzt erkannte sie in dem Gebäude, vor dem der Reporter laut der Laufschrift unter dem Bild »live vom Tatort« berichtete, Honors Haus wieder.

Gebannt starrte sie sekundenlang auf sein Gesicht, bis ihr aufging, dass der Ton abgestellt war. »O mein Gott, was sagt er da?«

»Was ist denn los?«, schnaufte Mrs. Perkins.

Tori ignorierte sie und schlängelte sich zwischen den Geräten zu den Fernsehern durch. Sie griff nach einer Fernbedienung und zielte damit auf den Bildschirm. Nach mehreren Versuchen hatte sie den Ton eingeschaltet und bis zum Anschlag aufgedreht.

»...wird befürchtet, dass sie von Lee Coburn entführt wurde, jenem Mann, der in Verbindung mit der tödlichen Schießerei in der Royale Trucking Company von Sonntagnacht gesucht wird, bei der neben sechs weiteren Opfern auch der bekannte Mitbürger Sam Marset getötet wurde.«

»Red schon, red schon«, murmelte Tori ungeduldig. Insgeheim hoffte sie immer noch, dass ihre Rezeptionistin irgendetwas durcheinandergebracht hatte. Sie hatte Amber nur eingestellt, weil sie im Fitnessdress so unverschämt gut aussah. Sie hatte tolles Haar, tolle Zähne und tolle Titten, nur in Sachen graue Zellen sah es nicht ganz so toll aus.

Diesmal jedoch hatte sie alles richtig verstanden. Als der Reporter schließlich ein letztes Mal erklärte, warum er von Honors Haus aus berichtete, lauschte Tori ihm zunehmend fassungslos und erschrocken.

»Siehst du?«, flüsterte Amber ihr ins Ohr. »Ich hab's doch gesagt.«

»Still«, fauchte Tori.

»Polizei und FBI sind am Tatort und führen umfassende Ermittlungen durch, aber soweit die Behörden das Geschehen bislang nachvollziehen können, wird angenommen, dass Mrs. Gillette und ihre Tochter gewaltsam aus ihrem Haus entführt wurden. Ich sprach kurz mit Stan Gillette, dem Schwiegervater des mutmaßlichen Opfers, der sich aber nicht für diese Sendung interviewen lassen wollte. Trotzdem versicherte er, dass er bisher keine Lösegeldforderung erhalten habe.«

Der Reporter senkte kurz den Blick auf seine Notizen. »Unseren Informationen nach kam es zu einem Kampf in dem Haus, das offenbar durchsucht wurde. Mr. Gillette meinte, es sei unmöglich festzustellen, ob etwas fehle. Was den Leichnam des Polizisten Fred Hawkins angeht, der in dem Haus gefunden wurde...«

»Jesus.« Tori presste die Hand auf ihre Brust.

»...so wurde bisher nur verlautbart, dass die Szene nach einer regelrechten Hinrichtung aussieht.« Der Reporter sah wieder in die Kamera. »Die hiesige Polizei sowie alle anderen beteiligten Strafverfolgungsbehörden bitten die Bürger, nach dem Verdächtigen und seinen mutmaßlichen Geiseln Ausschau zu halten. Hier ist ein jüngeres Foto von Honor Gillette und ihrer Tochter.«

Auf dem Bildschirm erschien das Foto, das Honor letztes Jahr mit ihren Weihnachtskarten verschickt hatte. »Bitte verständigen Sie unverzüglich die Behörden, wenn Sie einen der drei sehen. Im Moment haben wir keine weiteren Informationen, aber wir werden unser Programm sofort unterbrechen, falls sich etwas Neues ergibt. Bleiben Sie dran, um die neuesten Entwicklungen nicht zu verpassen.«

Der Sender kehrte zu seinem gewöhnlichen Programm zurück, einer Gameshow, bei der ein paar Schwachsinnige auf einer Bühne herumhüpften und sich quietschend über einen neuen Staubsauger freuten. Tori drehte den Ton wieder ab und drückte der überraschten Amber die Fernbedienung in die Hand.

»Übernimm Mrs. Perkins für mich. Sie hat noch fünfzehn Minuten Kardio gebucht. Dann ruf Pam an und sag ihr, sie soll bei dem Ein-Uhr-Termin mit Clive Donovan und bei der Spinning-Gruppe um drei für mich einspringen. Ruf mich nur im Notfall an und vergiss um Gottes willen nicht, die Alarmanlage einzuschalten und die Tür abzuschließen, wenn du heute Abend zumachst.«

»Wo willst du hin?«

Statt einer Antwort drängte Tori an Amber vorbei. Sie schuldete weder ihrer Angestellten noch ihren Kunden eine Erklärung. Ihre beste Freundin war wahrscheinlich entführt worden. *Entführt* verflucht noch mal. Zusammen mit Emily.

Sie musste etwas unternehmen, und zuerst würde sie heimfahren und sich auf das vorbereiten, was der Tag noch bringen würde, auch wenn ihr davor graute, was das sein mochte.

Nach einem kurzen Abstecher in ihr Büro, um Handy und Handtasche zu holen, stürmte sie durch die Angestelltentür auf der Rückseite des Fitnessclubs und stieg in ihre Corvette. Sekunden später jagte sie den Motor hoch und fuhr dröhnend vom Parkplatz.

Der Wagen reagierte genauso empfindsam auf Toris rasanten Fahrstil wie Tori damals auf die ungeschickten sexuellen Erkundungen des Ehemannes, der ihr den Wagen gekauft hatte. Verblüffenderweise hatte ihn die Standhaftigkeit, die er in der Vorstandsetage seiner diversen Unternehmen bewies, bei ihrer ersten Begegnung im Schlafzimmer verlassen. Tori hatte alles darangesetzt, dem netten, schüchternen Mann im Bett das Gefühl zu vermitteln, er sei King Kong persönlich. Mit Erfolg. Und zwar so großem Erfolg, dass er noch vor ihrem ersten Hochzeitstag einem Gehirnschlag erlag.

Es war die einzige ihrer bisher drei Ehen gewesen, die sie unfreiwillig beendet hatte. Wochenlang hatte sie damals um Mr. Shirah getrauert, denn sie hatte ihn wirklich gerngehabt. Darum hatte sie auch seinen Namen behalten, obwohl sie neben ihrem Mädchennamen noch zwei weitere zur Auswahl gehabt hätte. Außerdem klang es gut. Tori Shirah. Das hatte etwas Exotisches, das gut zu ihrem Stil und ihrer extravaganten Persönlichkeit passte.

Sie hatte noch einen zweiten Grund, sich liebevoll an ihn zu erinnern: Sein Vermächtnis hatte es ihr ermöglicht, ihr elegantes, schickes Fitnessstudio zu eröffnen, das erste und einzige seiner Art in Tambour und Umgebung.

Mit einer Hand am Lenkrad tippte sie Honors Handynummer ein. Sie landete sofort auf der Mailbox. Fluchend schoss sie unter einer roten Ampel durch über eine Kreuzung und durchsuchte gleichzeitig ihr Adressverzeichnis nach einer Handynummer von Stan Gillette. Sie hatte eine. Und rief an. Mit dem gleichen Ergebnis. Sie landete auf der Mailbox.

Sie überholte einen Schulbus, der Kinder ins Freizeitlager brachte, und bremste einen Block weiter vor der Einfahrt zu ihrer Wohnanlage. Kaum dass die Corvette mit quietschenden Reifen zum Stehen gekommen war, hatte Tori ihre Haustür aufgeschlossen. Sie ließ die Handtasche direkt hinter der Tür auf den Boden fallen, stieg darüber hinweg und zerrte sich, noch während sie durch den Flur lief, das Sporttop über den Kopf.

Gerade als sie das Top aufs Bett schleuderte, fragte eine Stimme in ihrem Rücken: »Sind sie noch so fest wie früher?«

»Was zum…« Sie fuhr herum. Hinter ihrer Schlafzimmertür stand Doral Hawkins und glotzte sie geifernd an. »Was soll das? Du hast mir einen Scheißschrecken eingejagt, Doral!«

»Wie beabsichtigt.«

»Du warst schon immer ein Arschloch.« Ohne sich darum zu scheren, dass sie halbnackt vor ihm stand, stemmte sie die Hände in die Hüften. »Was willst du hier?«

»Ich habe bei dir im Club angerufen. Die Tussi am Empfang hat mir erklärt, dass du gerade weggefahren wärst. Ich war nur ein paar Blocks von hier.«

»Und du hättest nicht wie ein normaler Mensch vor der Tür auf mich warten können?«

»Hätte ich schon, aber hier drin ist der Ausblick schöner.«

Sie verdrehte die Augen. »*Noch mal…* Was tust du hier? Das mit Fred weißt du doch, oder?«

»Ich habe ihn gefunden.«

»Oh. Wie schrecklich.«

»Wem sagst du das.«

»Mein Beileid.«

»Danke.«

Sie ärgerte sich so über ihn, dass sie ihn am liebsten ge-ohrfeigt hätte. »Vielleicht stehe ich gerade auf dem Schlauch, Doral, aber ich verstehe immer noch nicht, was du hier zu suchen hast, wo eben dein Bruder ermordet wurde. Man sollte doch meinen, du hättest was Besseres zu tun, als auf meine Titten zu glotzen.«

»Ich muss Honor ein paar Fragen stellen.«

»Honor?«

»*Honor?*«, äffte er sie nach. Schlagartig ließ er die leutselige Fassade fallen, baute sich vor ihr auf, nahm ihr Gesicht zwischen beide Hände und drückte es zusammen, bis es zu einer Fratze verzerrt war. »Du solltest mir lieber verraten, wo sich Honor verkrochen hat, denn sonst könnte ich dir dein Botox-gesicht zerquetschen wie eine reife Kakifrucht.«

Tori war nicht leicht einzuschüchtern, aber sie war auch nicht dumm.

Sie kannte Doral Hawkins' Ruf zur Genüge. Seit Katrina sein Boot zerschmettert hatte, das er bis zu dem Hurrikan für Angelausflüge vermietet hatte, hatte er abgesehen von dem kärglichen Gehalt als städtischer Angestellter keine nennenswerten Einkünfte. Trotzdem lebte er auf großem Fuß. Ihr Verdacht, dass Doral in illegale Geschäfte verwickelt war, war auf nichts begründet, aber es hätte sie auch nicht überrascht, wenn er sich bestätigt hätte.

Er und Fred hatten schon in der Grundschule Ärger gemacht und Mitschüler wie Lehrer drangsaliert. Als sie in die Highschool kamen, begingen sie bereits kleinere Delikte: Sie klauten Radkappen, zerschossen mit ihren Jagdgewehren die Flutlichter im Stadion und terrorisierten Kinder, die sich nicht von ihnen gängeln lassen wollten. Hätte Stan Gillette sie nicht nach Kräften gezügelt, wären beide wohl endgültig abgerutscht. Manche meinten, nur sein Einfluss hätte sie vor dem Gefängnis bewahrt.

Allerdings musste man ihnen zugutehalten, dass sie sich nach Eddies Tod Honor gegenüber höchst anständig verhalten hatten. Trotzdem gingen immer noch Gerüchte um, dass sie trotz Stans Anstrengungen und Einflussnahme nicht völlig auf den Pfad der Tugend zurückgekehrt waren und dass Fred nur Polizist geworden war, damit er und sein Bruder ihre Mitmenschen ganz legal drangsalieren konnten.

Bisher hatte Tori nicht feststellen können, wie viel an diesen Gerüchten dran war, weil sie nur selten ihren Weg kreuzte. In ihrer Schulzeit war sie ein paar Mal mit Doral ausgegangen. Als sie seine Hände oberhalb des Nabels abgefangen hatte und sie nicht weiter abwärts wandern lassen wollte, war er gemein geworden. Er hatte sie als Schlampe beschimpft, woraufhin sie erwidert hatte, dass selbst eine Schlampe einen gewissen Standard hätte. Seither konnte er sie nicht ausstehen.

Jetzt sah er fies und gefährlich aus, und er tat ihr weh. Sie kannte die Männer gut genug, um zu wissen, dass sie jetzt keine Angst zeigen durfte, weil er das als Einladung auffassen würde, sie weiter zu misshandeln. Diese holprige Straße hatte sie mit Ehemann Nummer eins beschritten. Sie würde lieber sterben, als sie noch einmal zu betreten. Selbst bei einem geistig zurückgebliebenen Rowdy wie Doral war Angriff die beste Verteidigung.

Sie rammte ihr Knie zwischen seine Beine.

Er jaulte auf, ließ ihr Gesicht los, um sein Geschlecht zu umfassen, und hüpfte rückwärts aus der Gefahrenzone.

»Fass mich nie wieder an, Doral.« Sie griff nach dem Top, das sie gerade erst ausgezogen hatte, und streifte es wieder über ihren Kopf. »Du bist hässlich und beschränkt, und wie kommst du überhaupt auf den Gedanken, ich könnte wissen, wo Honor steckt?«

»Ich lass mich nicht verarschen, Tori.« Er zog eine Pistole aus einem Holster an seinem Rücken.

»O nein, eine Pistole!«, mokierte sie sich in gespieltem Falsett. »Soll ich jetzt etwa in Ohnmacht fallen? Um Gnade winseln? Steck das Ding weg, bevor du jemandem damit wehtust, hauptsächlich mir.«

»Ich will wissen, wo Honor steckt.«

»Willkommen im verfluchten Club!«, brüllte sie ihn an. »Wir wollen alle wissen, wo sie steckt! So wie es aussieht, wurde sie von einem Mörder als Geisel genommen.« Sie konnte nach Belieben Tränen in ihre Augen zaubern, aber die Tränen, die ihr jetzt über die Wangen rannen, waren echt. »Ich hab es im Fernsehen gesehen und bin aus dem Studio direkt hierher gefahren.«

»Wieso?«

»Damit ich bereit bin für den Fall …«

»Für welchen Fall?«

»Für jeden Fall.«

»Du rechnest damit, dass sie sich bei dir meldet.« Es klang wie ein Vorwurf.

»Nein. Ich hoffe es, aber so wie sie diesen Coburn darstellen, befürchte ich das Schlimmste.«

»Dass er sie und Emily abserviert.«

»Mann, du bist ein echtes Genie.«

Er ignorierte die Beleidigung. »Hat sie in letzter Zeit mit dir über Eddie gesprochen?«

»Natürlich. Sie redet ständig von ihm.«

»Ja, aber ich meine, hat sie dir was Neues über Eddie erzählt? Was Wichtiges? Hat sie dir vielleicht ein Geheimnis anvertraut?«

Sie legte den Kopf schief und sah ihm scharf in die Augen. »Kiffst du immer noch so viel?«

Im nächsten Moment baute er sich bedrohlich vor ihr auf. »Verarsch mich nicht, Tori. *Hat sie?*«

»Nein!«, wehrte sie sich und schubste ihn zurück. »Was redest du da? Ich weiß nichts von einem Geheimnis. Was für ein Geheimnis soll das überhaupt sein?«

Er betrachtete sie nachdenklich, als versuchte er festzustellen, ob sie ihn anschwindelte, und grummelte dann: »Vergiss es.«

»Einen Dreck werde ich vergessen. Warum bist du hergekommen? Worauf bist du aus? Der Typ, der deinen Bruder erschossen hat, hat jetzt Honor und Emily entführt. Warum bist du nicht da draußen und suchst nach ihm?«

»Weil ich nicht sicher bin, ob er sie *entführt* hat.«

Sie war wie vor den Kopf geschlagen. »Wie meinst du das?«

Er beugte sich noch weiter vor. »Ich weiß doch, wie eng du mit Honor bist.« Er hielt seine Hand unter ihre Nase und legte den Mittelfinger über den Zeigefinger. »Wenn sie diesen Typen schon länger kennt …«

»Du meinst diesen Coburn?«

»Genau, diesen Coburn. Lee Coburn. Kennt sie ihn schon länger?«

»Wo sollte Honor einem Ladearbeiter begegnen, der sich als Massenmörder entpuppt?«

Nachdem er sie lange eindringlich angesehen hatte, drehte er ihr den Rücken zu, marschierte aus dem Zimmer und schob die Pistole wieder in das Holster, während er durch den Flur polterte.

»Momentchen.« Tori hielt ihn am Ellbogen fest und drehte ihn wieder um. »Was willst du damit andeuten? Dass sie mit ihm unter einer Decke steckt?«

»Ich will gar nichts andeuten.« Er riss seinen Ellbogen aus ihrem Griff und packte sie stattdessen am Oberarm. »Aber ich werde an dir kleben wie eine Fliege an der Windschutzscheibe. Du tätest gut daran, mir Bescheid zu sagen, sobald du etwas von deiner Freundin hörst.«

Sie reckte trotzig das Kinn vor. »Sonst?«

»Sonst werde ich dir sehr wehtun, Tori, und das ist kein Spaß. Vielleicht bist du inzwischen reich, aber das bist du nur, weil du deine Pussy immer wieder an den Meistbietenden verkauft hast. Ein Flittchen weniger auf dieser Welt wäre kein großer Verlust.«

# 19

L eck mich doch!«
          Wegen des Kindes auf dem Rücksitz beschränkte sich
Coburn auf ein leises Zischen. Die Mutter allerdings, die ihn
schon mit einem strengen Blick getadelt hatte, als ihm vorhin
ein *Bockmist* herausgerutscht war, sah ihn an, als wäre ihm
mitten auf der Stirn ein Horn gewachsen.

Er schwenkte das Handy hin und her. »Ich schätze, Sie haben das gehört.«

»Dass Agent Lee Coburn seit über einem Jahr tot ist? Das
habe ich allerdings gehört.«

»Offenbar hat sie was verwechselt.«

»Oder ich habe mich von Ihren Lügen einwickeln lassen
und bin jetzt ...«

»Hören Sie«, schnitt er ihr ärgerlich das Wort ab, »ich habe
nicht darum gebeten, dass Sie mitkommen. Möchten Sie nach
Hause fahren und ausprobieren, was passiert, wenn Sie dort
auf Doral Hawkins und die anderen treffen, die auf der Gehaltsliste des Bookkeepers stehen? Na schön. Nur zu. Ich halte
Ihnen sogar die Tür auf.«

Natürlich wäre das überhaupt nicht schön, und er würde
sie keinesfalls in ihr Haus zurückkehren lassen, selbst wenn
sie sich dafür entschied. Ohne ihn würde sie nicht lange überleben. Man hatte ihn oft als kalt und herzlos bezeichnet, und
die Beschreibung traf zu. Aber selbst ihm war unwohl bei
dem Gedanken, eine Frau und ein vierjähriges Kind in den

sicheren Tod zu schicken. Außerdem konnte sie ihm helfen, Beweismaterial gegen den Bookkeeper zusammenzutragen, jetzt oder später. Wahrscheinlich wusste sie wesentlich mehr, als sie selbst ahnte. Darum würde sie bei ihm bleiben, bis er auch das letzte Quäntchen Information aus ihr herausgepresst hatte.

Andererseits war sie mit ihrem Kind ein echter Klotz am Bein.

Er hatte nicht damit gerechnet, dass er auf jemanden würde aufpassen müssen, bis Hamilton ihn in Sicherheit brachte, und es war schon gefährlich genug, allein auf Rettung zu warten, während ihn jeder waffennärrische Hinterwäldler im Umkreis von hundert Meilen für einen Killer und Kidnapper hielt. Eigentlich hatte er sich mehr oder weniger damit abgefunden, nicht unversehrt aus dieser Geschichte hervorzugehen, falls er sie überhaupt überleben sollte.

Aber jetzt war er auch noch für Honor und Emily Gillette verantwortlich, und mit dieser Verantwortung ging die Pflicht einher, alles zu tun, damit die beiden überlebten, selbst wenn er getötet wurde.

Und so nahm er sein Angebot, sie gehen zu lassen, mehr oder weniger zurück und erklärte ihr: »Ob Sie es wissen oder nicht, Sie halten den Schlüssel in der Hand, mit dem wir das System des Bookkeepers knacken können.«

»Zum x-ten Mal…«

»Sie haben ihn. Wir wissen nur nicht, wie er aussieht und wo wir danach suchen müssen.«

»Dann fahren Sie mich zum nächsten FBI-Büro und begleiten Sie mich hinein. Dann können wir alle gemeinsam danach suchen.«

»Das kann ich nicht.«

»Und warum nicht?«

»Weil ich meine Tarnung nicht auffliegen lassen kann. Noch nicht. Im Moment glauben Hawkins und der Bookkeeper noch, dass ich nichts als ein Lagerarbeiter bin, der ihnen durch die Lappen gegangen ist. Ein Augenzeuge des Massakers. Was schon schlimm genug ist. Aber nicht so schlimm wie ein Augenzeuge, der obendrein verdeckt für das FBI ermittelt. Sobald ihnen das klar wird, wird das Fadenkreuz auf meinem Rücken noch fetter.«

»Aber das FBI könnte Sie doch beschützen.«

»So wie Officer Fred Hawkins vom Tambour Police Department Sie beschützen wollte?«

Er brauchte nicht deutlicher zu werden. Sie verband die einzelnen Punkte von selbst. »Der Bookkeeper schmiert auch FBI-Agenten?«

»Ich möchte jedenfalls nicht mein Leben dagegen verwetten. Sie Ihres?« Er ließ ihr Zeit zu antworten. Sie schwieg, womit sie mehr oder weniger erklärte: *Nein, ich auch nicht.* »Sie würden nicht neben mir sitzen, wenn Sie das, was ich Ihnen erzählt habe, nicht wenigstens für möglich halten würden.«

»Ich sitze hier, weil ich glaube, dass Sie uns schon gestern erschossen hätten, wenn Sie uns was antun wollten. Und wenn tatsächlich alles stimmt, was Sie mir erzählen, dann ist unser Leben, das von Emily und mir, in Gefahr.«

»Stimmt genau.«

»Aber vor allem bin ich Eddies wegen mitgekommen.«

»Inwiefern?«

»Sie haben zwei Fragen aufgeworfen, die ich beantwortet haben möchte. Zum einen, ob sein Tod tatsächlich ein Unfall war.«

»Es sollte so aussehen, aber ich glaube das nicht.«

»Ich muss das wissen«, erklärte sie bewegt. »Falls er bei

einem Unfall ums Leben kam, ist das zwar schlimm genug. Tragisch, aber hinnehmbar. Schicksal. Gottes Wille. Was weiß ich. Aber wenn jemand den Unfall, bei dem er umkam, absichtlich verursacht hat, dann will ich, dass er dafür bestraft wird.«

»Kann ich verstehen. Und wie lautet die zweite Frage?«

»War Eddie ein böser Bulle oder ein guter Bulle? Ich kenne die Antwort. Ich will auch Sie davon überzeugen.«

»Mir ist das absolut gleich«, sagte er mit voller Überzeugung. »Er ist tot. Mir geht es allein darum, den Bookkeeper zu entlarven und sein Geschäft trockenzulegen. Der Rest, und das schließt den Ruf Ihres Mannes ein, interessiert mich nicht.«

»Mich interessiert das aber. Und Stan wird es genauso interessieren.« Sie deutete auf das Handy, das er immer noch in der Hand hielt. »Ich sollte ihn anrufen und ihm sagen, dass es uns gut geht.«

Er schüttelte den Kopf und schob das Handy in die Hosentasche.

»Er ist bestimmt außer sich vor Sorge, wenn er erfährt, dass wir vermisst werden.«

»Bestimmt.«

»Er wird das Schlimmste befürchten.«

»Dass Sie in der Hand eines Mörders sind.«

»Woher soll er wissen, dass das nicht stimmt? Also bitte …«

»Nein.«

»Das ist grausam.«

»Das ganze Leben ist grausam. Sie können ihn nicht anrufen. Ich traue ihm nicht.«

»Sie misstrauen prinzipiell jedem.«

»Allmählich lernen Sie mich kennen.«

»Aber Sie vertrauen mir.«

Er warf ihr einen kurzen Seitenblick zu. »Wie kommen Sie denn darauf?«

»Sie müssen mir wenigstens teilweise vertrauen, sonst hätten Sie mich nicht mitgeschleppt.«

»Ich vertraue Ihnen nicht mal so weit, wie ich Sie werfen könnte. Wahrscheinlich noch weniger, als Sie mir vertrauen. Aber ob es uns gefällt oder nicht, wir sind aufeinander angewiesen.«

»Wieso das denn?«

»Sie brauchen meinen Schutz zum Überleben. Ich brauche Sie, um das zu finden, wonach ich suche.«

»Ich habe Ihnen immer wieder erklärt …«

»Ich weiß, was Sie mir erklärt haben, aber …«

»Mommy?«

Die Kinderstimme unterbrach ihn. Honor drehte sich zu ihrer Tochter um. »Was ist denn, Herzchen?«

»Bist du böse?«

Honor streckte eine Hand nach hinten und tätschelte Emilys Knie. »Nein, ich bin nicht böse.«

»Ist Coburn böse?«

Sein Magen krampfte sich zusammen, als er seinen Namen aus dem Mund des Kindes hörte. Noch nie hatte eine Kinderstimme seinen Namen ausgesprochen. Aus einem Kindermund klang er ganz anders.

Honor setzte ein Lächeln auf und log dreist: »Nein, er ist auch nicht böse.«

»Er sieht aber so aus, als ob er böse ist.«

»Ist er aber nicht. Er ist nur … nur …«

Er gab sich redlich Mühe, nicht wütend auszusehen. »Ich bin nicht böse.«

Das Kind kaufte es ihm nicht ab. Nicht wirklich, trotzdem wechselte es das Thema. »Ich muss mal.«

Honor sah Coburn an, eine unausgesprochene Frage im Blick. Er zuckte mit den Achseln. »Wenn sie muss, dann muss sie eben.«

»Können wir an einer Tankstelle halten? Ich könnte mit ihr ...«

»Auf keinen Fall. Sie kann ins Gebüsch gehen.«

Fünfzehn Sekunden lang versuchte Honor ihn umzustimmen, dann beendete ein klagendes »Ma-miie« die Diskussion. Sie öffnete die Wagentür und stieg aus. Während sie Emily vom Rücksitz holte, erklärte sie ihrer Tochter, dass sie ein Abenteuer erleben würden, und führte sie dann hinter den Wagen.

Coburn hörte nichts weiter als ein verschwörerisches Flüstern. Einmal musste Emily kichern. Er blendete so weit wie möglich aus, dass er eben zwei Frauen gezwungen hatte, in der Wildnis pinkeln zu gehen, und versuchte sich stattdessen auf drängendere Probleme zu konzentrieren. Wie auf die Frage, was er jetzt unternehmen sollte. Wie Honor ganz richtig bemerkt hatte, konnten sie nicht ewig in einem gestohlenen Wagen herumfahren.

Wohin sollten sie also? In sein Apartment konnten sie auf keinen Fall. Dort würde man ihnen mit Sicherheit auflauern. Gleichzeitig wollte er sich nicht darauf verlassen, dass Stan Gillette sie beschützen würde. Schließlich war er eng mit den Hawkins-Brüdern befreundet, und es war gut möglich, dass er ebenfalls Dreck am Stecken hatte. Honor war überzeugt, dass er sie liebte und dass er alles für sie und Emily tun würde, aber Coburn würde das nicht unbesehen glauben. Vielleicht würde sich Gillette als gesetzestreuer Ex-Marine verpflichtet fühlen, die Behörden zu informieren. Auch darum konnten sie ihn nicht um Hilfe bitten.

Nach vollbrachtem Werk öffnete Emily die Beifahrertür und strahlte ihn an. »Ich bin fertig!«

»Herzlichen Glückwunsch.«

»Darf ich vorne sitzen?«, fragte sie.

»Nein, darfst du nicht.« Honor setzte sie auf den Rücksitz.

»Aber ich habe gar keinen Kindersitz dabei.«

»Stimmt.« Honor warf Coburn einen vernichtenden Blick zu, weil er den Kindersitz in ihrem Auto gelassen hatte. »Das ist eine Ausnahme«, erklärte sie Emily und schnallte sie an.

Als Honor wieder neben ihm saß, fragte Coburn: »Haben Sie eine Idee, wohin wir könnten?«

»Um uns zu verstecken, meinen Sie?«

»Genau das meine ich. Wir müssen untertauchen, bis ich Hamilton erreicht habe.«

Sie nickte nachdenklich. »Ich weiß, wo wir bleiben können.«

Tom VanAllen wurde am Morgen mit der schockierenden Nachricht geweckt, dass Fred Hawkins tot war und Honor Gillette zusammen mit ihrem Kind vermisst wurde. Der Mord wie auch die Entführung wurden Lee Coburn zugeschrieben.

Als Tom Janice das erzählte, reagierte sie erst fassungslos und dann mit tiefem Bedauern. »Du weißt gar nicht, wie schrecklich leid mir die Gemeinheiten tun, die ich gestern über Fred gesagt habe.«

»Falls es dich tröstet, er ist bestimmt ohne große Schmerzen gestorben. Wahrscheinlich hat er überhaupt nichts gespürt.« Er erzählte ihr, dass Doral den Leichnam gefunden hatte.

»Das ist ja schrecklich. Die beiden standen sich so nahe.« Nach kurzem Schweigen fragte sie: »Was wollte Fred bei Honor Gillette?«

Er erzählte ihr vom Fund des Bootes. »Sie haben es ein paar Meilen von ihrem Haus entfernt entdeckt, allerdings noch so nahe, dass sie sich Sorgen machten, darum wollte Fred nach

Honor sehen. Laut Doral stellte Fred bei seiner Ankunft fest, dass jemand das ganze Haus auf den Kopf gestellt hatte.«

»Auf den Kopf?«

Er beschrieb ihr den Zustand des Hauses, so wie er ihm von Deputy Sheriff Crawford beschrieben worden war. »Freds Leichnam lag gleich hinter der Haustür. Offenbar hat ihn Coburn von hinten niedergeschossen.«

»So wie er auch Sam Marset erschossen hat.«

»Sieht so aus. Jedenfalls muss ich hin und mir selbst ein Bild machen.«

Er verließ das Haus nur ungern, bevor er ihr bei der kräftezehrenden Morgenprozedur geholfen hatte und Lanny gesäubert, angezogen und gefüttert war. Weil Lanny weder kauen noch schlucken konnte, bekam er seine Mahlzeiten durch einen Schlauch verabreicht. Das Essen war keine reine Freude.

Janice allerdings verstand sehr gut, dass Tom seine Pflicht erfüllen musste. Sie erklärte ihm, dass sie auch allein zurechtkommen würde und dass er sich keine Sorgen zu machen bräuchte. »Das ist eine Krise. Du wirst gebraucht.« Als sie ihn an die Tür brachte, flüsterte sie ihm ins Ohr: »Pass auf dich auf«, und stellte sich sogar auf die Zehenspitzen, um ihm einen Abschiedskuss zu geben.

Meist erledigte er seine Arbeit vom Schreibtisch aus. Wahrscheinlich entsprach dieser Fall mit seinen immer neuen Wendungen eher dem, was Janice sich vorgestellt hatte, als er ihr damals erklärt hatte, dass er für das FBI arbeiten wollte. Er überraschte sie, indem er ihren Kuss erwiderte.

Er verfuhr sich zweimal auf den kleinen Nebenstraßen, bis er endlich zu Honor Gillettes Haus kam, wo Crawford eben aufbrechen wollte. Die beiden machten sich miteinander bekannt und gaben sich die Hand. Crawford brachte ihn auf den neuesten Stand.

»Ich habe alles an unsere Spurensicherung übergeben. Die haben hiermit alle Hände voll zu tun. Ihre Leute sind schon wieder weg. Wir wollen uns im Ort zusammensetzen, dann schalten wir die Leitungen frei, stellen eine Sonderkommission zusammen und teilen die anstehenden Aufgaben auf. Das Tambour P.D. hat uns einen Raum im Obergeschoss als Kommandozentrale angeboten.«

»Ja, ich habe auf der Fahrt hierher mit meinen Leuten gesprochen. Ich habe sie darauf hingewiesen, dass hier Kooperation gefragt ist und dass wir vor allem anderen Mrs. Gillette und das Kind finden müssen, bevor den beiden etwas zustößt.«

In Crawfords Blick lag ein unausgesprochenes *Oh Mann*, das Tom zu ignorieren versuchte. »Hat Doral Hawkins irgendwas beisteuern können?«

»Nicht viel. Er sagt, sein Bruder hätte ihn kurz vor Sonnenaufgang ganz aufgeregt angerufen. Daraufhin sei er so schnell wie möglich hergekommen. Freds Boot lag am Steg vertäut. Das erste Zeichen, dass etwas nicht stimmte, war die offene Haustür.«

»Was sagt er über die Unordnung im Haus?«, wollte Tom wissen.

»Sie meinen abgesehen davon, dass der Leichnam seines Bruders mittendrin lag? Das Gleiche wie ich. Jemand – und wir gehen davon aus, dass es Coburn war – hat hier etwas gesucht.«

»Und was?«

»Das weiß niemand.«

»Hat er es gefunden?«

»Das weiß niemand. Anscheinend weiß auch niemand, was Coburn hier wollte. Weder Doral noch Mrs. Gillettes Schwiegervater.«

Er erzählte Tom von Stan Gillettes unerbetenem Besuch am Tatort und beschrieb ihm den ehemaligen Soldaten bis zu den blankpolierten Schuhen. »Ein harter Brocken, aber an seiner Stelle wäre ich wahrscheinlich auch nicht besonders umgänglich«, musste der Deputy zugeben.

Crawford verschwand, erlaubte Tom aber, durchs Haus zu gehen. Der gab sich alle Mühe, nicht die Leute von der Spurensicherung zu stören, die sich durch das Chaos arbeiteten und Beweisstücke zu sammeln versuchten. Schon nach wenigen Minuten stand er wieder im Freien.

Für die Rückfahrt nach Lafayette brauchte er über eine Stunde, und als er in sein Büro trat, war er regelrecht erleichtert, dass er den unvermeidlichen Ausflug überstanden hatte.

Aber kaum hatte er sich hinter seinem Schreibtisch niedergelassen, da wurde schon ein internes Gespräch angezeigt. Er drückte auf die blinkende Taste. »Ja?«

»Ein Anruf von Deputy Director Hamilton aus Washington.«

Toms Magen sackte nach unten wie ein Aufzug im freien Fall. Er räusperte sich, schluckte, dankte seiner Sekretärin und drückte die nächste blinkende Taste. »Agent VanAllen.«

»Hi, Tom. Wie geht's?«

»Danke, gut, Sir. Und Ihnen?«

Unverblümt wie immer kam Clint Hamilton direkt auf den Grund seines Anrufes zu sprechen. »Bei Ihnen ist die Kacke ja mächtig am Dampfen.«

Tom fragte sich, wie Hamilton in aller Welt Wind davon bekommen hatte, und versuchte auszuweichen. »Die letzten Tage waren ziemlich turbulent.«

»Erzählen Sie mir alles.«

Während der nächsten fünf Minuten redete Tom, ohne dass Hamilton ihn unterbrochen hätte. Mehrmals machte er absichtlich eine Pause, um sich zu überzeugen, dass die Verbindung nicht getrennt worden war. Auch während dieser Pausen blieb Hamilton stumm, doch wenigstens hörte Tom ihn atmen, darum sprach er weiter.

Als er zum Ende gekommen war, blieb Hamilton so lange still, dass Tom sich mit dem Taschentuch die Schweißperlen von der Oberlippe tupfen konnte. Hamilton hatte damals sein ganzes Vertrauen in ihn gesetzt. Dieses Vertrauen wurde nun auf die Probe gestellt, und er wollte nicht, dass Hamilton seine Entscheidung bereute.

Als Hamilton schließlich etwas sagte, verblüffte er Tom mit einer Frage: »War er einer Ihrer Agenten?«

»Verzeihung?«

»Dieser Coburn. Haben Sie ihn undercover Sam Marsets Transportgeschäfte untersuchen lassen?«

»Nein, Sir. Bis ich in die Lagerhalle kam und Fred Hawkins mir am Tatort den Namen des Verdächtigen nannte, hatte ich noch nie von ihm gehört.«

»Fred Hawkins, der jetzt tot ist.«

»Korrekt.«

Nach einer weiteren längeren Pause sagte Hamilton: »Okay, fahren Sie fort.«

»Ich … äh … habe vergessen …«

»Sie haben mir eben berichtet, dass die Agenten aus Ihrem Büro Hand in Hand mit dem Tambour P. D. zusammenarbeiten.«

»Genau, Sir. Ich wollte nicht gleich alle vor den Kopf stoßen. Die Toten in der Lagerhalle fallen in deren Zuständigkeit. Und das Sheriffbüro ist für den Mord an Fred Hawkins zuständig. Aber wenn erst feststeht, dass Mrs. Gillette tatsächlich gekidnappt wurde …«

Hamilton fiel ihm rücksichtslos ins Wort. »Mit Zuständigkeiten kenne ich mich aus. Gehen wir noch mal zurück zu Sam Marset. Er wäre doch in der perfekten Position gewesen, illegale Waren durchs Land zu transportieren.«

Tom räusperte sich. »Ja, Sir.«

»Gibt es entsprechende Hinweise?«

»Nein, bisher noch nicht.« Er erzählte Hamilton, dass sie jeden Wagen der Flotte angehalten und jeden Fahrer sowie alle anderen Angestellten befragt hatten. »Ich habe mehrere Agenten abgestellt, jeden aufzuspüren und zu vernehmen, der sich in den letzten dreißig Tagen in der Lagerhalle oder in deren Nähe aufgehalten hat, aber bislang haben wir keine illegalen Schmuggelwaren entdeckt.«

»Welches Motiv soll der Verdächtige gehabt haben, seinen Boss und seine Kollegen umzubringen?«

»Das versuchen wir noch herauszufinden, Sir. Aber bei Coburns Lebensstil ist das nicht so einfach.«

»Inwiefern?«

»Er wurde als Einzelgänger beschrieben. Keine Freunde, keine Familie, kaum Kontakte zu seinen Kollegen. Niemand kannte ihn wirklich. Die Leute ...«

»Versuchen Sie Ihr Bestes, Tom«, erklärte Hamilton kurz angebunden. »Raten Sie. Warum hat er sie umgebracht?«

»Weil man ihn geärgert hat.«

»Weil man ihn geärgert hat.« Hamilton wiederholte das ohne jede Betonung und ohne jede Begeisterung.

Tom hielt es für klüger zu schweigen.

Schließlich meinte Hamilton: »Wenn Coburn sich einfach nur mit seinem Boss gestritten hat oder es nicht verwinden konnte, dass ihn jemand auf der Laderampe beleidigt hat, oder wenn man ihm die Überstunden nicht auszahlen wollte, warum sollte er dann zum Haus eines toten Polizisten fahren und es von oben bis unten durchsuchen? Falls er geflohen ist, nachdem er ein Massaker angerichtet hat, warum sollte er sich dann geschätzte vierundzwanzig Stunden bei einer Witwe und ihrem Kleinkind versteckt halten? Und warum sollte er die Frau entführen, falls er das wirklich getan hat? Warum hat er sie nicht gleich dort erledigt? Nervt Sie dieses atypische Verhalten nicht genauso, als hätte sich eine Popcornhülse zwischen Ihren Zähnen verklemmt?«

Das waren keine rhetorischen Fragen. Tom hatte nicht besonders lange mit Clint Hamilton im Büro von Lafayette gearbeitet, aber schon in dieser kurzen Zeit hatte er begriffen, dass der Mann keine unnötigen Worte machte.

Als Hamilton nach Washington, D.C., geholt wurde, und zwar ohne davor erst ins District Office in New Orleans versetzt zu werden, hatte er Tom als seinen Nachfolger vorgeschlagen. Schon damals war Tom klar gewesen, dass Hamiltons Empfehlung von einigen seiner Mitarbeiter skeptisch aufgenommen wurde und dass andere vehement dagegen gewesen waren. Doch Hamilton hatte sich für Tom eingesetzt und schließlich gewonnen.

Jeden Tag, wenn Tom das Büro betrat, in dem früher Hamilton gesessen hatte, war er von Neuem stolz, dass er der Nachfolger eines so fähigen, geachteten und sogar gefürchteten Agenten geworden war. Und ihn überkam kalte Panik, dass ihm die Fußstapfen und Erwartungen seines Vorgängers zu groß sein könnten. In jeder Hinsicht.

Wenn er ganz ehrlich zu sich war, musste er sich sogar fragen, ob Hamilton sich nicht Lannys wegen derart für ihn eingesetzt hatte. Bei dem Gedanken, dass er möglicherweise nur aus Mitleid befördert worden war, wurde ihm heiß vor Scham und Zorn, aber er fürchtete trotzdem, dass es so war.

Außerdem fragte er sich, woher Hamilton seine Informationen bezog. Er wusste nicht nur von dem Mord an Marset und von den Ereignissen danach, sondern kannte auch alle Details. Was bedeutete, dass er vor dem Anruf bei Tom mit jemandem aus dem hiesigen Büro gesprochen hatte. Kein angenehmer Gedanke.

Trotzdem wollte er sich Hamilton gegenüber seine Selbstzweifel nicht anmerken lassen und erklärte daher selbstbewusst: »Diese Fragen habe ich mir auch schon gestellt, Sir. Sie sind wirklich verstörend.«

»Zurückhaltend ausgedrückt. Denn sie lassen darauf schließen, dass wir es hier nicht mit einem irrationalen Akt zu tun haben. Das hier ist kein gewöhnlicher Amoklauf eines Irren, der persönliche Probleme hat. Und das wiederum heißt, dass Sie einen Haufen Arbeit vor sich haben, Tom.«

»Ja, Sir.«

»Der erste Tagesordnungspunkt lautet: Finden Sie die drei.«

»Ja, Sir.«

Es folgte eine bedeutungsschwangere Pause, die VanAllen länger vorkam als ein Flugzeugträger, dann verabschiedete sich Hamilton mit einem knappen: »Ich warte auf Ihren Bericht«, und legte auf.

# 20

Honors Anweisungen folgend, lenkte Coburn den gestohlenen Wagen über einen schmalen Waldweg. Die Fahrspur war mit Unkraut und Schösslingen überwuchert, die gegen den Unterboden schlugen. Ungefähr vierzig Meter vor ihrem Ziel hielt Coburn den Wagen an und blickte entsetzt auf das herrenlose Krabbenfischerboot, drehte sich dann langsam zur Seite und warf Honor einen vielsagenden Blick zu.

Sie fragte trotzig: »Haben Sie eine bessere Idee?«

»Klar. Wir fahren nicht damit los.«

Er nahm den Fuß von der Bremse, ließ den Wagen wieder anrollen und fuhr vorsichtig auf das Schiff zu, obwohl es praktisch unmöglich war, dass ihnen hinter der Reling jemand auflauerte. Nur ein Verrückter würde auf diesen Seelenverkäufer klettern, der jede Sekunde abzusaufen schien.

»Wem gehört das?«, fragte er.

»Mir. Ich habe es geerbt, als mein Vater starb.«

Coburn verstand nichts von Wassergefährten jeder Art, aber er hatte lang genug im Mississippi-Delta gelebt, um einen Küstenkrabbenkutter zu erkennen. »Er hat in diesem Ding gefischt?«

»Er hat darauf gelebt.«

Das Boot sah so seetauglich aus wie ein zerbrochenes Streichholz. Es ruhte halb an Land und zur Hälfte in dem trägen Gewässer, das, wie Honor ihm versichert hatte, irgendwann in den Golf mündete. Von hier aus wirkte der Kanal allerdings wie ein gottverlassener Tümpel.

Coburn schätzte, dass das Boot seit Jahren nicht mehr gefahren war. Der Rumpf war von Schlingpflanzen überwuchert. Am Ruderhaus schälten sich die Überreste des Anstriches in großen Locken vom Holz. Wo noch Scheiben vorhanden waren, waren sie gesprungen und so verdreckt, dass man das Glas kaum noch erkennen konnte. Der Metallrahmen, der das Fangnetz auf der Backbordseite hielt, war im Winkel von fünfundvierzig Grad abgeknickt und sah aus wie der gebrochene Flügel eines Riesenvogels.

Aber aus all diesen Gründen war das Schiff aufgegeben und wahrscheinlich vergessen worden, und genau das kam ihnen jetzt zugute.

»Wer weiß davon?«, fragte er.

»Niemand. Dad hat es hier festgemacht, damit es Katrina übersteht, und ist dann einfach hiergeblieben. Er lebte hier, bis er krank wurde und es daraufhin ziemlich schnell mit ihm zu Ende ging. Zuletzt brachte ich ihn in ein Hospiz. Dort starb er nach nicht einmal einer Woche.«

»Wie lange ist das her?«

»Das war nur ein paar Monate vor Eddies Unfall. Weswegen mich Eddies Tod umso mehr getroffen hat.« Sie lächelte traurig. »Trotzdem war ich froh, dass Daddy nicht mehr erleben musste, wie ich zur Witwe wurde. Das hätte ihm zu sehr zugesetzt.«

»Ihre Mutter?«

»War schon Jahre davor gestorben. Nach ihrem Tod hatte Dad das Haus verkauft und war auf das Boot gezogen.«

»Weiß Ihr Schwiegervater, dass es hier liegt?«

Sie schüttelte den Kopf. »Stan hielt nicht gerade viel von der Lebensweise meines Vaters, für ihn war das zu … unkonventionell. Stan wollte nicht, dass wir Dad besuchen. Vor allem gefiel es ihm nicht, wenn wir Emily mit ihm in Berührung brachten.«

»›In Berührung brachten‹? Weil sie sich sonst vielleicht mit seinem unkonventionellen Lebensstil infiziert hätte?«

»Stan schien das zu glauben.«

»Ganz ehrlich«, bekannte er, »je mehr ich über Ihren Schwiegervater erfahre, desto unsympathischer wird er mir.«

»Wahrscheinlich denkt er genauso über Sie.«

»Das wird mir keine schlaflosen Nächte bereiten.«

»Das glaube ich auch nicht.« Sie strich ihr Haar zurück, sah gedankenverloren auf das Boot und sagte schließlich: »Stan meint es nur gut.«

»Wirklich?«

Damit traf er einen wunden Punkt. Wütend fuhr sie ihn an: »Was interessiert Sie das überhaupt?«

»Im Moment interessiert mich vor allem, ob er uns auf diesem verfluchten Schrotthaufen finden könnte.«

»Nein.«

»Vielen Dank.«

Er öffnete die Tür und stieg aus. Eine Schlange glitt an seinem Stiefel vorbei. Er fluchte leise. Nicht dass er sich besonders vor Schlangen gefürchtet hätte, aber er ging ihnen doch lieber aus dem Weg.

Er öffnete die Tür zur Rückbank und beugte sich über Emily, die ihren Gurt schon geöffnet hatte und ihm erwartungsvoll die kleinen Arme entgegenreckte. Er hob sie hoch, trug sie um den Wagen herum und übergab sie Honor.

»Setzen Sie sie lieber nicht ab. Eben schlängelte sich eine …«

Mit schreckgeweiteten Augen suchte Honor den Boden ab. »War es eine Wassermokassin?«

»Ich habe sie nicht gefragt.«

Er zog die Pistole aus dem Hosenbund, verbarg sie aber sofort wieder, als Emily ihn ansah. »Coburn?«

»Was ist denn?«

»Sind wir immer noch auf einem Abenteuer?«

»Ich schätze, so könnte man es nennen.«

»Mommy hat es so genannt.«

»Dann sind wir immer noch auf einem Abenteuer, jawohl.«

»Können wir noch lang in dem Abenteuer sein?«, zirpte sie. »Das ist lustig.«

*Na klar, das ist zum Totlachen*, dachte er und ging, behutsam einen Fuß vor den anderen setzend, Honor und Emily voran zum Boot. Unter der abblätternden Farbe war der Name kaum noch zu lesen, trotzdem konnte er ihn entziffern. Er warf Honor einen vielsagenden Blick über die Schulter zu, den sie geflissentlich übersah.

Das Schiff war so konstruiert, dass es sehr flach im Wasser lag. Er gelangte problemlos an Bord, aber schon beim ersten Schritt landete sein Stiefel in einem Nest von Spanischem Moos und anderen natürlichen Ablagerungen. Sein geschulter Blick suchte nach Hinweisen darauf, dass in letzter Zeit jemand hier gewesen war, aber die Spinnweben und Pflanzenreste ließen darauf schließen, dass wahrscheinlich niemand mehr das Deck betreten hatte, seit Honors Dad zum Sterben ins Hospiz gebracht worden war.

Überzeugt, dass sie allein waren, kickte er den Moosklumpen weg, damit er einen Fleck hatte, an dem er Emily abstellen konnte, nachdem er sie aus Honors Armen genommen hatte. Er setzte sie auf dem Deck ab. »Rühr dich nicht von der Stelle.«

»Okay, Coburn.«

Seit sie sich erst einmal überwunden hatte, seinen Namen

in den Mund zu nehmen, benutzte sie ihn bei jeder Gelegenheit.

Er beugte sich vor, streckte Honor eine Hand hin und half ihr ebenfalls an Bord. Sobald sie neben ihm stand, wanderten ihre Augen über die verdreckten Planken. Coburn bemerkte ihren traurigen Blick, aber im nächsten Moment schien sie sich wachzurütteln und verkündete energisch: »Hier entlang.«

Sie nahm Emily an der Hand, ermahnte sie aufzupassen, wohin sie trat, und führte sie dann um das Ruderhaus herum zur Tür, wo sie stehen blieb und sich zu Coburn umdrehte. »Vielleicht sollten Sie vorangehen.«

Er schob sich an ihr vorbei und drückte gegen die Tür, die sich allerdings erst öffnete, als er sich mit der Schulter dagegenstemmte. Das Ruderhaus war in keiner besseren Verfassung als das Außendeck. Die nautischen Instrumente waren mit einer verschmutzten Plane abgedeckt, auf der sich kleine Pfützen von modrigem Regenwasser angesammelt hatten. Ein Ast hatte vor so vielen Jahren eines der Fenster durchstoßen, dass auf der Borke inzwischen Flechten gewachsen waren.

Honor besah sich mutlos das Chaos. Aber aus ihrem Mund kam nur ein knappes »unten«, wobei sie auf eine schmale, ins Unterdeck führende Stiege deutete.

Er kletterte vorsichtig nach unten und quetschte sich mit eingezogenem Kopf durch eine ovale Öffnung, durch die er in eine Kabine mit niedriger Decke gelangte. Dort roch es nach Schimmel und Moder, Salzwasser und toten Fischen, Motoröl und Marihuana.

Coburn drehte sich zu Honor um, die auf den Stufen stehen geblieben war. »Er hat Gras geraucht?«

Sie gab das mit einem kurzen Schulterzucken zu.

»Wissen Sie, wo er sein Zeug aufbewahrte?«

Er erwiderte den finsteren Blick, den sie ihm zuwarf, mit

einem frechen Grinsen und drehte sich dann wieder der engen Kabine zu. Es gab darin einen Propankocher mit zwei Flammen, der von gespenstisch dichten Spinnweben überzogen war. Die Tür des kleinen Kühlschranks stand offen. Er war leer.

»Strom?«, fragte Coburn.

»Es gibt einen Generator. Keine Ahnung, ob er noch funktioniert.«

Eher nicht, dachte Coburn. Er öffnete zwei Küchenschränke und fand darin nur leere Regalbretter mit etwas Mäusedreck. Es gab zwei Kojen, zwischen denen nur zwei Handspannen Abstand war. Er deutete auf eine Tür hinten in der Kabine.

»Das Schiffsklo?«

»Ich würde es nicht empfehlen. Ich habe es nicht mal benutzt, als Dad noch lebte.«

Tatsächlich sprach nichts für das Boot, außer dass es anscheinend wasserdicht war. Der Boden war zwar mit Müll übersät, aber trocken.

»Können wir hierbleiben?«, fragte sie.

»Mit etwas Glück können wir es auf ein paar Stunden beschränken.«

»Und dann?«

»Daran arbeite ich noch.«

Er trat an eine der Kojen, klappte die nackte Matratze zurück und kontrollierte den Bettkasten auf Ungeziefer. Als er keines entdeckte, drehte er sich zu Honor um und streckte die Hände nach Emily aus. Honor reichte sie ihm. Er setzte sie auf der Matratze ab.

Sie rümpfte die Nase. »Hier stinkt's.«

»Zu blöd«, sagte Coburn. »Bleib hier sitzen und tritt nicht auf den Boden.«

»Wohnen wir jetzt hier?«

»Nein, Herzchen«, widersprach Honor mit aufgesetzter Fröhlichkeit und quetschte sich hinter Coburn in die Kabine. »Wir sind hier nur zu Besuch. Kannst du dich noch erinnern, dass Grandpa hier gelebt hat?«

Das Kind schüttelte den Kopf. »Grandpa wohnt doch in einem Haus.«

»Nicht Grandpa Stan. Dein anderer Grandpa. Der lebte auf diesem Boot. Du hast ihn früher so gern besucht.«

Emily sah sie verständnislos an.

Coburn konnte erkennen, wie sehr es Honor verletzte, dass Emily sich nicht an ihren Großvater erinnerte, aber sie hielt sich tapfer. »Das gehört mit zu unserem Abenteuer.«

Die Kleine war aufgeweckt genug, um das als Lüge zu erkennen, aber sie war auch klug genug, um still zu bleiben, wenn ihre Mutter kurz davor war, die Nerven zu verlieren. Sie durchschaute Honors falsche Begeisterung, aber sie drückte stumm ihre Decke an die Brust und schaltete Elmo an, der prompt ein fröhliches Liedchen anstimmte.

Honor flüsterte ihm zu: »Coburn, wir müssen unbedingt Wasser und etwas zu essen besorgen.«

»Mit wir meinen Sie mich.«

Sie hatte den Anstand, ihn verlegen anzusehen. »Stimmt, ja. Tut mir leid.« Sie hob beide Hände. »Ich war nicht mehr hier, seit ich meinen Vater beerdigt habe. Mir war nicht klar …« Weil ihr nichts mehr zu sagen einfiel, sah sie ihn hilflos an. »Bitte lassen Sie mich Stan anrufen.«

Statt diesen ermüdenden Wortwechsel ein weiteres Mal durchzuexerzieren, öffnete Coburn einen schmalen Schrank, holte einen Besen heraus und reichte ihn ihr. »Tun Sie Ihr Bestes. Ich bin so schnell wie möglich wieder da.«

Als er nach zwei Stunden noch nicht zurückgekehrt war, begann Honor auf dem Deck des Trawlers zu patrouillieren. Sie fixierte das Ende der Straße, die sie hergeführt hatte, und lauschte gleichzeitig auf das erlösende Brummen eines nahenden Motors hinter dem Vogelgezwitscher, da sie inständig wünschte, er würde zurückkommen.

Sie versuchte Emily, die zunehmend unleidlich und quengelig wurde, nicht zu zeigen, wie besorgt sie war. Ihrer Tochter war heiß, sie hatte Hunger, sie hatte Durst. Alle fünf Minuten fragte sie *Wo ist Coburn hin?* und *Wann kommt er wieder?*, bis Honor schließlich die Geduld verlor und sie anfuhr: »Hör auf, mich zu löchern.«

Sie konnte Emilys bohrende Fragen nicht beantworten, und die möglichen Antworten machten ihr Angst. Vor allem fürchtete sie, dass Coburn sie im Stich gelassen haben könnte.

Ihr Vater hatte sein Boot damals hier festgemacht, weil der Mangrovenwald rundum besonders sumpfig und praktisch undurchdringlich war, weshalb er den besten Schutz vor möglichen Hurrikanen bot. Er hatte sich eigens hier »zur Ruhe gesetzt«, weil der Platz abseits aller ausgetretenen Wege lag. Der Fleck war so abgeschieden, dass nie jemand herkam. Außerdem musste ihr Vater auf diese Weise keine Miete für einen Liegeplatz im Hafen zahlen, und hier brauchte er auch nicht zu befürchten, dass seine persönliche Freiheit durch Regeln und Vorschriften, Gesetze oder Verfügungen, Bußgelder oder Steuern eingeschränkt wurde.

Er war damals praktisch zum Eremiten geworden und hatte so weit wie möglich jeden Kontakt zur Außenwelt gemieden. Soweit Honor wusste, hatte ihn außer Emily und ihr nie jemand hier besucht. Nicht einmal Eddie hatte sie hierher begleitet.

Coburn hatte sie gefragt, ob sie ein gutes Versteck wisse.

Das hier war ein exzellenter Unterschlupf, aber inzwischen wünschte sie sich, sie hätte ihm nicht davon erzählt. Die gleichen Eigenschaften, die das Boot zu einem so exzellenten Versteck machten, konnten ihr zum Verhängnis werden. Die nächste Verbindung zur Zivilisation war eine kleine Nebenstraße, die mehr als fünf Meilen von hier entfernt verlief. So weit konnte sie nicht gehen, nicht mit Emily im Schlepptau und nicht ohne Wasser.

Sie saß hier fest, bis Coburn zurückkam oder…

Das *Oder* wollte sie gar nicht erst denken. Was sollte sie machen, wenn die Sonne unterging und Emily in der Dunkelheit Angst bekam? Wie wollte sie verhindern, dass sie selbst den Mut verlieren würde? Sie verfügte weder über Lebens- noch über Kommunikationsmittel.

Coburn hatte sich geweigert, ihr ein Handy dazulassen.

»Ich schwöre, dass ich es nicht benutzen werde.«

»Warum soll ich es dann hierlassen?«

»Es könnte einen Notfall geben. Einen Schlangenbiss.«

»Halten Sie sich von den Schlangen fern, dann tun sie Ihnen nichts.«

»Und es gibt hier bestimmt auch Alligatoren.«

»Aber nicht den Weißen Hai. Alligatoren können nicht auf Boote springen.«

»Sie können uns doch nicht einfach so hierlassen!«

»Nein, ich könnte Sie auch fesseln.«

Damit hatte er sie zum Schweigen gebracht. Eigentlich hätte sie sich am liebsten auf ihn gestürzt, aber das wagte sie nicht vor Emily. Das Kind bekäme Angst, wenn es seine Mutter kämpfen sähe, und Honor war klar, dass sie damit sowieso nichts ausrichten würde, außer sich ein paar blaue Flecken und Muskelzerrungen zuzuziehen.

Während sie gedankenverloren ihren Ellbogen massierte,

wurde sie immer wütender auf Coburn, der sie so im Stich gelassen hatte, und auf ihre eigene Angst. Normalerweise wusste sie sich durchaus zu helfen. Seit über zwei Jahren lebte sie als alleinerziehende Mutter in einem abgeschiedenen Haus. Aus reiner Notwendigkeit hatte sie sich bisher tapfer jedem Problem gestellt. Natürlich hatten Stan, die Zwillinge und andere Freunde sie unterstützt. Falls sie wirklich mal in die Klemme geriet und Hilfe brauchte, war sofort jemand zur Stelle.

Hier lag der Fall anders. Hier war sie völlig auf sich allein gestellt.

Trotzdem war sie nicht völlig hilflos. Sie …

»Coburn!«, jubelte Emily.

Sie sprang von der Kiste, auf der sie gesessen hatte, hüpfte über das Deck und schlang die Arme um seine Knie. »Hast du mir was mitgebracht? Mommy hat gesagt, du bist Essen holen gegangen.«

Honor schlug das Herz im Hals. Er stand nur wenige Schritte von ihr entfernt an Deck, trotzdem hatte sie keinen Laut gehört, der seine Ankunft verraten hätte. Er trug eine Baseballkappe und Sonnenbrille, die er jetzt absetzte und mit einem Bügel am Ausschnitt seines T-Shirts festhakte. An Eddies T-Shirt, korrigierte sie sich. Seine Stiefel und Hosenbeine waren von der Wade abwärts durchnässt und tropften auf das verdreckte Deck.

Er bemerkte ihren Blick und sagte: »Ich bin am Ufer entlang zurückgekommen.«

Emily hüpfte auf und ab. Den Blick fest auf Honor gerichtet, angelte er einen Lutscher aus seiner Hosentasche und reichte ihn der Kleinen. Emily fragte Honor nicht einmal um Erlaubnis, bevor sie das lila Papier herunterriss.

»Wie sagt man, Emily?«

»Danke, Coburn. Traube mag ich am liebsten.«

Verstimmt mutmaßte Honor, dass wohl jeder Geschmack, den Coburn mitbrachte, augenblicklich Emilys Lieblingssorte geworden wäre. Außerdem hatte sie nicht einmal gefragt, ob sie vor dem Essen Süßigkeiten essen durfte, sondern sich den Lutscher sofort in den Mund gesteckt.

Honor ging darüber hinweg. »Warum sind Sie am Ufer entlanggegangen? Wo ist der Wagen?«

»Den habe ich ein Stück weiter weg stehen lassen. Schließlich hätte Sie jemand in der Zwischenzeit finden können, und ich wollte nicht geradewegs in eine Falle laufen.« Er sah sie scharf an. »Sie haben gedacht, ich hätte Sie hier sitzen lassen, wie?« Ohne ein weiteres Wort stieg er vom Boot und marschierte auf die Straße zu.

Emily zog den Lutscher aus dem Mund und heulte auf: »Wo geht er hin?«

»Meine Güte, Emily, er kommt gleich wieder.« Die blinde Bewunderung ihrer Tochter für diesen Mann zerrte allmählich an ihren Nerven.

Nach wenigen Minuten tauchte er wieder auf, am Steuer eines Pick-ups, dessen schwarzer Lack in der salzigen Luft am Golf ergraut war. Der Wagen war schon älter und an der Stoßstange mit einem Aufkleber der LSU Tigers verziert. Für Honor sah er aus wie Hunderte andere Pick-ups, die dem korrosiven Küstenklima ausgesetzt und mit Aufklebern irgendwelcher Sportvereine geschmückt waren. Was mit Sicherheit ein Grund dafür war, dass Coburn ihn gestohlen hatte.

Er stellte ihn in der Nähe des Bootes ab, stieg aus und nahm mehrere Tüten von der Ladefläche. »Helfen Sie mir mal.« Er reichte Honor die Tüten über die Reling und holte dann die nächste Ladung. Nachdem er ihr auch die gereicht hatte, erklärte er: »Ich werde den Wagen verstecken.«

»Warum?«

»Weil sonst jemand die Reifen zerschießen könnte.«

Sie fragte nicht, wie er mit ihr und Emily im Schlepptau zu Fuß zu dem Pick-up gelangen wollte, falls es zu einer Schießerei kommen sollte. Offenbar war er in diesen Dingen erfahrener als sie.

Bis er wieder an Bord war und die Treppe heruntergerumpelt kam, hatte sie drei Sandwichs mit Erdnussbutter und Bananen belegt. Sie setzte sich mit Emily auf die eine Koje, er nahm die andere. Emily fragte glückselig: »Ist das ein Picknick?«

»Irgendwie schon.« Honor küsste sie auf die Stirn, auch weil es ihr leidtat, dass sie ihre Tochter vorhin so angeschnauzt hatte.

Die Tüten, die Coburn mitgebracht hatte, enthielten verzehrfertige Lebensmittel, die nicht gekühlt zu werden brauchten. Außerdem hatte er einen Vorrat an Wasserflaschen, eine batteriebetriebene Laterne, eine Spraydose mit Insektenschutz, Feuchttücher und eine Dosierflasche mit Desinfektionsmittel besorgt.

Kaum dass Emily fertig gegessen hatte, begann sie zu gähnen. Sie protestierte zwar, als Honor vorschlug, dass sie sich ein bisschen ausruhen sollte, doch bald darauf war sie fest eingeschlafen.

Coburn griff nach einem Päckchen Kekse. »Sie haben hier ein wahres Wunder vollbracht.«

Honor, die Emily mit einer uralten Zeitschrift aus einer Schublade Luft zufächelte, sah ihn fragend an. »Meinen Sie das ironisch?«

»Nein.«

Nachdem er verschwunden war, hatte sie den Besen herausgeholt und den Müll vom Boden sowie die Spinnweben von den Arbeitsflächen gefegt. In der Bettkiste unter einer der Kojen hatte sie Laken gefunden. Honor hatte sie an Deck ausgeschüttelt, bevor sie sie über die Matratzen gebreitet hatte. Wenigstens konnten sich auf diese Weise keine Käfer oder Larven mehr in den Bezügen verstecken, auch wenn sie immer noch nach Schimmel rochen. Trotzdem waren sie deutlich weniger abstoßend als die nackten stockfleckigen Matratzen.

»Bis zur Toilette habe ich mich allerdings nicht vorgewagt«, gab sie zu.

»Kann ich verstehen. Ich habe an Deck ein paar Eimer gesehen. Die werde ich mit Flusswasser füllen. Dann können Sie und Emily sie benutzen.«

Froh, dass dieses peinliche Thema geklärt war, wandte sie sich sofort dem nächsten Punkt zu. »Jetzt, wo wir Wasser haben, könnte ich ein paar der Flächen abwischen, damit wir darauf arbeiten können.«

»Aber geizen Sie mit dem Wasser.«

»Mache ich.« Dann stellte sie ihm die Fragen, die ihr auf der Seele brannten. »Haben Sie inzwischen Ihren Kontaktmann erreicht? Diesen Hamilton?«

»Ich habe es versucht. Es war wieder die gleiche Frau am Apparat. Ich habe verlangt, durchgestellt zu werden. Sie bestand darauf, dass ich tot sei.«

»Wie deuten Sie das?«

Er biss achselzuckend in seinen Keks. »Dass Hamilton noch nicht mit mir sprechen will.«

»Und wie deuten Sie *das*?«

»Gar nicht.«

»Sie machen sich keine Sorgen?«

»Ich gerate erst in Panik, wenn es sich nicht mehr vermeiden lässt. Ansonsten ist das Energieverschwendung.«

Das würde sie später überdenken und dann noch mal zur

Sprache bringen. »Haben Sie Freds Handy auf gespeicherte Nummern überprüft?«

»Es gab keine einzige, genau wie ich erwartet habe. Und in seiner Anrufliste war nur der eine Anruf bei seinem Bruder gespeichert. Das Handy war ausschließlich für außerdienstliche Zwecke gedacht.«

»Sein anonymes Telefon«, wiederholte sie den Begriff, den er damals gebraucht hatte.

»Keine Anmeldung, Prepaid-Anschluss. Praktisch nicht aufzuspüren.«

»So wie Ihres.«

»Ein Gerät für den Notfall. Jedenfalls würde ich vermuten, dass er das Telefon benutzt hat, um mit seinem Bruder und dem Bookkeeper in Kontakt zu bleiben, und dass er nach jedem Anruf die Nummer aus der Verbindungsübersicht gelöscht hat. Vielleicht kann ich das Ding ja irgendwann ein paar Technik-Freaks in die Hand drücken, die es auseinandernehmen und die gelöschten Daten möglicherweise wiederherstellen können. Aber im Moment ist uns Freds Handy keine große Hilfe. Trotzdem setze ich den Akku lieber nicht wieder ein.«

»Warum?«

»Ich bin technisch nicht auf dem letzten Stand, aber ich glaube, es gibt Experten, die sogar ein ausgeschaltetes Handy orten können. Dazu brauchen sie nur die Telefonnummer. Solange ein Akku im Gerät ist, überträgt es ein Signal.«

»Stimmt das wirklich?«

Er zuckte mit den Achseln. »So habe ich es jedenfalls gehört.«

»Wie lange würde das dauern? Ein Handy zu orten, meine ich?«

»Keine Ahnung. Auf dem Gebiet kenne ich mich nicht aus, aber ich will auch kein Risiko eingehen.«

Vor achtundvierzig Stunden hätte sie sich nicht in ihren wildesten Träumen vorstellen können, eine Unterhaltung über Handysignale und Ortung zu führen. Und genauso wenig hätte sie sich einen Mann wie Coburn vorstellen können, der seelenruhig Schokokekse futterte, während er über einen Mann redete, den er nur wenige Stunden zuvor erschossen hatte.

Sie wusste nicht recht, was sie von Lee Coburn halten sollte, und es verstörte sie, dass sie überhaupt etwas von ihm halten wollte.

Um das Thema zu wechseln, fragte sie: »Wo haben Sie den Pick-up her?«

»Ich hatte einfach Glück. Mir fiel ein Briefkasten am Straßenrand auf, der mit Post vollgestopft war, ein todsicherer Hinweis darauf, dass die Bewohner nicht zu Hause sind. Das Haus selbst stand ein gutes Stück von der Straße zurückgesetzt. Die Wagenschlüssel hingen innen an einem Haken neben der Hintertür. Genau wie bei Ihnen. Also habe ich mich bedient. Mit etwas Glück sind die Bewohner noch länger auf Reisen, und der Pick-up wird nicht gestohlen gemeldet.«

»Ich nehme an, Sie haben das Kennzeichen mit einem anderen Fahrzeug getauscht.«

»SVW.« Er bemerkte ihren verständnislosen Blick und sagte: »Standardvorgehensweise. Das sollten Sie sich merken, falls Sie sich entschließen, Berufsverbrecherin zu werden.«

»Ich glaube nicht, dass es dazu kommen wird.«

»Ich auch nicht.«

»Ich glaube, ich bin nicht dafür geschaffen, ständig solche Risiken einzugehen.«

Er musterte sie bedächtig. »Vielleicht schätzen Sie sich da falsch ein.« Als er ihr wieder ins Gesicht sah, glühte etwas in seinen Augen.

Verlegen wandte sie den Blick ab. »Haben Sie die Lebensmittel gekauft oder gestohlen?«

»Gekauft.«

Ihr fiel das Geld ein, das er in der Hosentasche gehabt hatte. »Sie hatten keine Angst, dass man Sie erkennen könnte?«

»Die Kappe und die Sonnenbrille lagen im Handschuhfach des Trucks.«

»Ich habe Sie trotzdem erkannt.«

Er lachte leise. »Die anderen haben mich nicht mal angesehen.«

»Die anderen?«

»Ich habe in einem kleinen Laden mitten im Nirgendwo eingekauft. Es war nichts los. Ich war der einzige Kunde. Auf dem Parkplatz stand nur ein Lieferwagen mit Wasserflaschen.«

Ihr Blick fiel auf die vierundzwanzig in Plastik eingeschweißten Flaschen. »Sie haben die von dem Lieferwagen gestohlen?«

»Kleinigkeit. Als ich in den Laden kam, war der Lieferant gerade hinter der Theke und an der Kassiererin dran. Er hatte eine Hand in ihrem Höschen und seinen Mund an ihrer Brust. Die beiden hatten nur Augen füreinander. Ich habe meinen Kram zusammengesucht, gezahlt und bin wieder verschwunden. Die beiden werden sich überhaupt nicht an mich erinnern, sondern nur an die Unterbrechung.«

Honors Wangen glühten, so peinlich waren ihr die Bilder, die er heraufbeschworen hatte. Sie fragte sich, ob die Geschichte stimmte und warum er sie so drastisch geschildert hatte. Um sie zu schockieren? Nun, sie war schockiert, aber Coburn war nicht anzusehen, ob ihn das interessierte und ob er es überhaupt bemerkt hatte. Er sah teilnahmslos auf seine Uhr.

»Ich werde es noch mal bei Hamilton probieren.«

Mit seinem eigenen Handy wählte er erneut die Nummer, und diesmal hörte Honor einen Mann antworten. »Hamilton.«

»Sie Drecksack. Warum haben Sie mich so hängen lassen?«

Die Antwort klang völlig leidenschaftslos. »Ein Mann in meiner Position kann nicht vorsichtig genug sein, Coburn. Wenn die Nummer unterdrückt wird, gehe ich nicht an den Apparat.«

»Ich habe meinen Namen genannt.«

»Seit ich erfahren habe, was da unten los ist, war mir klar, dass Sie anrufen würden. Sie sind in einer Welt der Schmerzen gefangen. Oder sollte ich lieber sagen in einer Schüssel voller Gumbo?«

»Wirklich witzig.«

»Eigentlich nicht. Siebenfacher Mord. Entführung. Sie haben sich selbst übertroffen, Coburn.«

»Das brauchen Sie mir nicht zu sagen. Wenn ich nicht in der Scheiße sitzen würde, würde ich nicht anrufen.«

Der Mann am anderen Ende wurde plötzlich ernst. »Stimmt es, was ich gehört habe? Ist die Frau bei Ihnen?«

»Und ihr Kind.«

»Und beide sind wohlauf?«

»Ja, es geht ihnen gut. Wir haben gepicknickt.« Nach einer langen, bedeutungsschweren Pause wiederholte Coburn: »Es geht ihnen *gut*. Möchten Sie mit ihr sprechen?«

Ohne eine Antwort abzuwarten, reichte er Honor das Handy. Mit zitternden Händen drückte sie es an ihr Ohr. »Hallo?«

»Mrs. Gillette?«

»Ja.«

»Ich heiße Clint Hamilton. Ich möchte, dass Sie mir gut zuhören. Bitte unterschätzen Sie nicht die Bedeutung dessen, was ich Ihnen jetzt sagen werde, um Ihrer selbst und um Ihres Kindes willen.«

»Gut.«

»Mrs. Gillette, Sie befinden sich in Gesellschaft eines extrem gefährlichen Mannes.«

# 21

Tori hatte die Haustür hinter Doral zugeknallt, den Riegel vorgeschoben und sich danach eine halbe Stunde über sich selbst geärgert, weil sie Doral Hawkins nach seiner letzten Bemerkung nicht aus dem Haus geprügelt hatte.

Aber noch lange nachdem er gegangen war und sie Zeit gehabt hatte, sich halbwegs zu beruhigen, hallte seine Drohung nach. Sie war, vorsichtig ausgedrückt, beunruhigend. Allerdings ängstigte sich Tori dabei weniger um sich selbst als um Honor.

Tori war autark, unabhängig und es gewohnt, die Dinge selbst in die Hand zu nehmen. Aber sie hatte auch keine Hemmungen, um Hilfe zu bitten, wenn es ihr geboten schien. Und so rief sie an.

»Tori, Süße. Ich habe gerade an dich gedacht.«

Seine Stimme war wie Balsam für ihre blank liegenden Nerven. Mit sexy rauchiger Stimme fragte sie: »Und was hast du gedacht?«

»Ich habe gerade ein bisschen vor mich hin geträumt und mich gefragt, ob du wohl ein Höschen anhast.«

»Natürlich nicht. Ich bin so scharf wie immer. Was glaubst du, warum ich anrufe?«

Das gefiel ihm. Er gurgelte das Lachen eines Exrauchers. Er hatte fünfzehn Kilo Übergewicht, und auf seiner Nase zeugte ein Delta roter Äderchen von dem Ozean an Bourbon, den er im Verlauf seiner achtundfünfzig Jahre in sich hineingeschüttet hatte. Aber immerhin konnte er es sich leisten, nur den besten Whisky zu trinken.

Er hieß Bonnell Wallace, besaß mehr Geld als Gott selbst und bewahrte es in jener Bank in New Orleans auf, die im Besitz seiner Familie war, seit die Spanier in Louisiana geherrscht hatten oder seit dem Anbeginn der Zeit, je nachdem, was länger her war.

Vor einem Jahr war seine geliebte Gattin nach über dreißig Jahren Ehe an Krebs gestorben. Aus Angst, ihr allzu bald nachzufolgen, hatte Bonnell die Zigaretten aufgegeben, beschränkte sich seither auf fünf bis sechs Drinks pro Tag und war Toris Fitnessclub beigetreten. Womit er sein Schicksal mehr oder weniger selbst in die Hand nahm.

Seither war er ihr Spitzenkandidat für den Posten als Ehemann Nummer vier, und das störte ihn keineswegs, schließlich interessierte er sich vor allem für das, was jenes Höschen verbarg, das sie nicht zu tragen behauptete.

»Würdest du mir einen großen Gefallen tun, Bonnell?«

»Du brauchst ihn nur auszusprechen, Kleines.«

»Eine Freundin von mir ist in Gefahr. Und zwar in Lebensgefahr.«

Augenblicklich wurde er todernst. »Mein Gott.«

»Möglicherweise brauche ich kurzfristig Geld.«

»Wie viel?«

Einfach so. Ohne Fragen zu stellen. Ihr wurde das Herz weit.

»Nicht so voreilig. Ich rede über viel Geld. Vielleicht eine Million oder so.« Tori dachte in Lösegelddimensionen und fragte sich, wie viel heute wohl für die sichere Heimkehr einer jungen Witwe mit Kind verlangt wurde. »Natürlich stehe ich für den Betrag ein. Aber so schnell werde ich ihn vielleicht nicht flüssig machen können.«

»Erzähl mir, was los ist. Wie kann ich sonst noch helfen?«

»Hast du von der Frau und dem Kind gehört, die heute Morgen entführt wurden?«

Hatte er. Tori klärte ihn über die Einzelheiten auf. »Ich will mir nicht mal ausmalen, was sie und Emily jetzt durchmachen. Ich weiß nicht, was ich tun soll, aber ich kann auf keinen Fall hier rumsitzen und Däumchen drehen. Mit deiner Hilfe könnte ich wenigstens das Geld parat haben, falls sich der Entführer irgendwann bei ihrem Schwiegervater meldet. Stan steht finanziell nicht schlecht da, aber so viel Geld kann er bestimmt nicht aufbringen.«

»Lass mich einfach wissen, wie viel du brauchst und wann du es brauchst, und du bekommst es.« Er überlegte kurz und sagte dann: »Ich bin nur einen Anruf von dir entfernt, Tori. Mein Gott, du bist bestimmt ganz krank vor Sorge. Soll ich vorbeikommen?«

Wegen seiner erwachsenen Kinder und weil sie ihren Angestellten untersagte, persönliche Beziehungen zu ihrer Kundschaft einzugehen, mussten sie ihre Affäre geheim halten. Aus der Tatsache, dass er bereit war, alles stehen und liegen zu lassen, mitten an einem Arbeitstag aus seiner Bank zu verschwinden und ihr beizustehen, sprach mehr als nur Höflichkeit oder Fürsorge.

»Habe ich dir schon mal gesagt, was für ein Schatz du bist? Und wie wichtig du mir bist?« Ihre Stimme bebte vor Gefühl.

»Meinst du das ernst?«

»Todernst«, sagte sie mit einer Aufrichtigkeit, die sie selbst überraschte.

»Das ist wirklich gut. Denn ich empfinde ganz genauso.«

Schon als er in ihrem Club Mitglied geworden war, hatte seine zupackende Art sie fasziniert. Also hatte sie über seine Leibesfülle hinweggesehen und seinen finanziellen Hintergrund ausgeleuchtet. Nachdem sie festgestellt hatte, wie gut er dastand, hatte sie ihn ins Visier genommen.

Bonnell Wallace hatte die letzten fünf Jahre seiner Ehe damit zugebracht, seine kranke Ehefrau zu pflegen, und war daher äußerst empfänglich für Toris zweideutige Schäkereien, für ihre Flirts und Schmeicheleien. Er war ein gefürchteter und geachteter Geschäftsmann, gewieft in allen Finanzfragen, aber in Toris talentierten und erfahrenen Händen war er Wachs.

Im Lauf der Zeit hatte sie allerdings echte Gefühle für ihn entwickelt und sah in ihm nicht mehr nur einen weiteren reichen Ehemann, den sie in ihr Netz ziehen wollte. Unter seiner mächtigen Wampe hatte sie zu ihrer Überraschung ein gutes Herz, einen guten Freund und einen guten Mann gefunden. Inzwischen hatte sie ihn richtig gern, und näher würde sie der wahren Liebe wahrscheinlich sowieso nie kommen.

Sie tauschten telefonische Küsse aus und legten widerwillig auf. Tori drückte das Telefon an die Brust und lächelte still in sich hinein. Erst als draußen jemand läutete, ließ sie den Apparat fallen, eilte zur Tür und riss sie auf.

Auf ihrer Schwelle stand Stan Gillette. Sie hätte nicht fassungsloser sein können, wenn Elvis persönlich vor ihr gestanden hätte.

Sie konnte Honors Schwiegervater nicht leiden, und ihre Abneigung wurde erwidert. Unverhohlen. Beide machten kein Hehl aus ihrer gegenseitigen Antipathie. Und diese Antipathie beschränkte sich nicht darauf, dass sie auf entgegengesetzten Seiten des liberalen beziehungsweise konservativen Spielfeldes standen.

Nur eines verband Tori mit Stan Gillette – die Tatsache, dass beide Honor und Emily liebten, und allein diese geteilte Liebe konnte Stan an ihre Tür führen.

Ihr blieb das Herz stehen. Um nicht einzuknicken, hielt sie sich am Türstock ein. »O Gott. Sind sie tot?«

»Nein. Wenigstens hoffentlich nicht. Darf ich hereinkommen?«

Mit vor Erleichterung weichen Knien gab sie ihm den Weg frei. Er marschierte – anders konnte man seinen Gang nicht beschreiben – über ihre Schwelle, die für ihn zweifellos dem Stadttor von Gomorra gleichkam, blieb dann stehen und sah sich um, als wollte er das Feindeslager inspizieren. Wahrscheinlich tat er das in gewisser Hinsicht tatsächlich. Ihre Einrichtung war geschmackvoll und teuer, trotzdem hatte er die Lippen streng und missbilligend zusammengezogen, als er sie wieder ansah.

»Woher weißt du Bescheid?«

Sie fragte sich, wie es der Mann schaffte, eine schlichte Frage klingen zu lassen, als wollte er ihr Zündhölzer unter die Fingernägel treiben. Aber die Umstände erforderten, dass sie sich beherrschte. »Ich habe es in den Nachrichten gesehen.«

»Du hast nichts von Honor gehört?«

»Warum fragt mich das jeder?«

Er kniff die Augen zusammen. »Wer sonst hat dich das gefragt?«

»Doral. Er stand in meiner Wohnung, als ich aus dem Club nach Hause kam. Genau wie du glaubt er wohl, dass der Entführer Honor zwischendurch eine kleine Auszeit gönnt, damit sie mich anrufen kann.«

»Der Sarkasmus ist unangebracht.«

»Und ich finde es unangebracht, dass du andeutest, ich könnte hier tatenlos herumstehen und mich mit dir streiten, wenn ich wüsste, was Honor und Emily zugestoßen ist. Denn dann wäre ich mit Sicherheit unterwegs und würde alles unternehmen, um sie wohlbehalten nach Hause zu bringen.

Wobei sich die Frage aufdrängt, wieso *du* nicht da draußen bist und nach den beiden suchst, statt mein Haus mit deiner engstirnigen, selbstgerechten Spießigkeit zu verpesten?«

So viel zu ihrer Selbstbeherrschung.

Er reagierte prompt. »Glaubst du auch nur eine Nanosekunde, dich zu beleidigen könnte mir wichtiger sein als das Wohlergehen der Witwe und des Kindes meines Sohnes, der einzigen Familie, die mir noch geblieben ist?« Tori verstand nur zu gut, was ihn zu ihr getrieben hatte. Ihre Ängste um Honor und Emily siegten über ihre Antipathie. Nachdem sie ihm ihre Meinung gesagt hatte, zeigte sie sich jetzt versöhnlich. »Nein, Stan, das glaube ich keineswegs. Ich weiß, dass du die beiden liebst.« *Wenn auch auf deine anmaßende und besitzergreifende Art,* hätte sie um ein Haar hinzugefügt, ließ es aber unausgesprochen. »Bestimmt ist das die Hölle für dich.«

»Milde gesagt.«

»Warum setzt du dich nicht? Möchtest du vielleicht etwas trinken? Wasser? Einen Softdrink? Einen *richtigen* Drink?«

Um ein Haar hätte er gelächelt, konnte sich aber gerade noch beherrschen. »Nein danke.« Er setzte sich nicht, sondern blieb in ihrem Wohnzimmer stehen. Das Unbehagen war ihm anzusehen.

»Ich liebe sie auch, das weißt du doch«, meinte sie beschwichtigend. »Wie kann ich dir helfen? Was weißt du, was die Presse nicht weiß?«

»Nichts. Eigentlich.«

Er erzählte ihr von seiner Unterhaltung mit Doral und Deputy Crawford. »Das Haus war verwüstet. Crawford schien sich mehr dafür zu interessieren, was fehlen könnte, als für die Tatsache, dass Honor und Emily verschwunden sind.«

»Er ist Hilfssheriff in einem Hinterwäldlerdistrikt. Glaubst du, er kann die beiden in einem Stück zurückbringen?«

»Das hoffe ich doch. Natürlich ist auch das FBI an dem Fall dran. Und sie haben Unterstützung aus anderen Distrikten und vom New Orleans Police Department angefordert.« Er blickte sich kurz im Raum um, aber sie konnte ihm ansehen, wie besorgt er war.

»Dir macht doch etwas zu schaffen. Was?«

Er sah sie wieder an. »Vielleicht ist es gar nichts.« Sekundenlang rang er mit sich, ob er ihr von seinen Befürchtungen erzählen sollte, dann stellte er eine Frage, die scheinbar nichts mit ihrem Gespräch zu tun hatte. »Hast du Emily schon mal ins Bett gebracht?«

»Erst vor zwei Wochen. Honor hatte mich zu Hamburgern vom Grill eingeladen. Wir haben Emily schlafen gelegt und dann gemeinsam eine Flasche Wein geköpft.«

Das musste für ihn ein Schlag unter die Gürtellinie sein, denn er betrachtete sie als schlechten Einfluss auf Honor.

Schon seit ihrer allerersten Begegnung hatte er sie für ein unmoralisches Flittchen gehalten, absolut untaugliches Freundinnen-Material für Stanley Gillettes Schwiegertochter. Was, von Toris Standpunkt aus gesehen, einfach nur blöd für ihn war. Sie und Honor waren Kindergartenfreundinnen, und ihre Freundschaft hatte seither alles überdauert, auch wenn sie im Leben unterschiedliche Wege eingeschlagen hatten.

Sie respektierte Honors Lebensstil, aber sie beneidete ihre Freundin nicht darum. »Trautes Heim, Glück allein« würde nie Toris Wahlspruch werden. Die erste Highschool-Liebe zu heiraten entsprach nicht ihrer Vorstellung von einer heißen Romanze. Eddie war ein wunderbarer Ehemann und Vater gewesen, und sie hatte ihn gemocht, weil er Honor geliebt und glücklich gemacht hatte. Dass er so plötzlich gestorben war, war eine Tragödie.

Aber Stan tat alles, um seinen Sohn so lebendig und präsent

zu halten, dass Honor schon Gewissensbisse bekam, wenn sie auch nur mit dem Gedanken spielte, sich mit einem anderen Mann zu treffen. Unter anderem darüber hatten sie bei dieser exzellenten Flasche Pinot noir geredet.

Nicht zum ersten Mal hatte Tori ihre Freundin gedrängt, endlich wieder auszugehen, sich mit anderen Menschen und vor allem anderen Männern zu treffen. »Du hast doppelt so lang getrauert wie normal. Es wird Zeit, dass du wieder unter Leute kommst. Was hindert dich eigentlich daran?«

»Es würde Stan das Herz brechen, wenn ich mit anderen Männern ausgehen würde«, hatte Honor ihr gestanden.

Tori hatte ihr vorgehalten, dass sie schließlich nicht mit Stan verheiratet sei, und wen interessierte es schon, was der dachte.

Offenbar interessierte es Honor. Sonst hätte sie bestimmt nicht zugelassen, dass Stan ihr immer noch eine eigene Zukunft verwehrte. Er kettete sie weiterhin an die Vergangenheit und an ihren toten und begrabenen Mann.

Aber dieses Thema würde warten müssen. Heute gab es drängendere Probleme. »Wieso willst du wissen, ob ich Emily schon mal ins Bett gebracht habe?«

»Weil sie zum Einschlafen immer zwei Sachen braucht.«

»Ihre Kuscheldecke und Elmo.«

»Und beide Sachen lagen heute Morgen nicht in ihrem Bett.« Während Tori darüber nachdachte, fuhr er fort: »Ebenso wenig wie in Honors Bett. Ich habe sie überhaupt nicht gesehen.«

»Ein Entführer, der Em ihre Kuscheldecke mitnehmen lässt? Hm.« Ihr fiel Dorals Andeutung ein, dass die mutmaßliche Entführung möglicherweise keine gewesen war. In was war Honor da hineingeraten?

Als hätte Stan ihre Gedanken gelesen, meinte er: »Ich finde, man darf ein anvertrautes Geheimnis nicht verraten.«

Sie ließ das unkommentiert.

»Ich weiß, wie eng du mit Honor befreundet bist. Ich verstehe eure Freundschaft nicht. Ich heiße sie nicht gut. Aber ich respektiere sie.«

»Okay.«

»Aber das sind kritische Umstände, Victoria.«

Dass er sie mit vollem Vornamen ansprach, unterstrich, wie kritisch die Umstände waren. Als müsste er das ihr gegenüber extra betonen.

»Falls Honor dir etwas anvertraut hat…«

»Etwa, dass sie sich mit einem Mann namens Lee Coburn eingelassen hätte? Veranstaltest du darum dieses peinliche Tänzchen? Spar dir die Pirouetten, Stan. Die Antwort lautet nein. Natürlich vertraut mir Honor nicht jeden Gedanken und jede Gefühlsregung an, aber ich glaube doch, dass ich es mitbekommen hätte, wenn sie sich mit jemandem treffen würde. Verflucht, ich würde Freudentänze aufführen. Aber falls sie diesen Mann tatsächlich schon länger kennt, dann hat sie mir nie von ihm erzählt, das schwöre ich dir.«

Er nahm ihre Antwort mit der für ihn typischen steinernen Ruhe auf. Dann hustete er kurz hinter vorgehaltener Faust, was ihr sagte, dass ihn noch etwas beschäftigte. »Crawford hat Doral eine Menge Fragen über Eddie gestellt. Crawford scheint von der absurden Annahme auszugehen, dass mein Sohn etwas mit dieser Geschichte zu tun haben könnte.«

»Das erklärt wohl, warum Doral mich nach ihm gefragt hat.«

»Was genau hat Doral dich gefragt?«

»Ob Honor mir in letzter Zeit irgendwelche Geheimnisse über Eddie anvertraut hätte.« Sie zuckte mit den Achseln. »Ich habe ihn gefragt, ob er bekifft ist.«

»Es gibt also keine Geheimnisse?«

Sie starrte ihn sekundenlang fassungslos an und schaute sich dann in ihrem Wohnzimmer um, als würde sie darauf warten, dass ihr eine Flammenschrift an der Wand verriet, warum alle Welt plötzlich den Verstand verloren hatte. Schließlich sah sie ihn wieder an: »Ich habe nicht den leisesten Schimmer, wovon du redest, Stan.«

»Ich lasse nicht zu, dass man meinem Sohn etwas unterstellt.«

»Der Deputy wollte ihm also mit seinen Fragen etwas unterstellen?«

»Nicht unbedingt. Trotzdem klingt es für mich so, als würde er versuchen, eine Verbindung zwischen Eddie und der Schießerei in Sam Marsets Lagerhalle zu ziehen. Das ist anmaßend. Ich weiß nicht, warum Coburn bei Honor auftauchte und warum er ihr Haus auf den Kopf stellte, aber er täuscht sich genauso wie Crawford, wenn er glaubt, dass Eddie etwas ...«

Tori sprach das Wort aus, das er nicht über die Lippen brachte: »Illegales getan hat.« Sie wartete ab. Stan widersprach nicht. »Ich bin ganz deiner Meinung. Eddie war ein Pfadfinder, ein Musterbürger, ein durch und durch ehrlicher Polizist. Wieso bist du also so besorgt?«

»Bin ich nicht.«

»Das sieht aber anders aus.« Sie verschränkte die Arme und musterte ihn nachdenklich. »Normalerweise würden dich keine zehn Pferde in das Haus der schlimmsten Männerjägerin von Tambour bringen. Trotzdem stehst du jetzt mitten in meinem Sündenpfuhl und stellst mir Fragen, die für mich keinen Sinn ergeben, für dich aber offenbar sehr wohl. Genauso wie für Doral.«

Er blieb eisern stumm.

Sie ließ sich nicht beirren. »Heute Morgen wurde Dorals Bruder umgebracht. Deine Schwiegertochter und deine Enke-

lin sind verschwunden. Aber statt da draußen jeden Stein umzudrehen und nach meiner Freundin und ihrer kleinen Tochter zu suchen, steht ihr zwei plötzlich bei mir auf der Matte
und erkundigt euch nach einem angeblichen Geheimnis, das
sich um einen seit zwei Jahren toten Mann rankt. Was ist los,
Stan?«

Wortlos marschierte er zur Haustür und zog sie auf.

»Warte!« An der Schwelle hatte sie ihn eingeholt. Er bedachte sie mit einem Blick, der Milch gerinnen lassen konnte.
Sie ließ sich zwar nicht einschüchtern, aber sie mäßigte ihren
Tonfall. »Es ist mir scheißegal, was du von mir hältst. Im Gegenteil, eigentlich gefällt es mir ganz gut, dir ans Bein zu pinkeln. Aber ich liebe Honor. Ich liebe Emily. Und ich will alles
tun, damit sie gesund und wohlbehalten zurückkommen.«

Er blieb steif und ungerührt stehen, aber er stürmte auch
nicht aus dem Haus.

Sie gab sich Mühe, besonders ruhig und vernünftig zu klingen. »Nur damit du es weißt, ich habe Vorkehrungen getroffen, damit ich einen großen Geldbetrag zur Verfügung habe,
falls irgendwann eine Lösegeldforderung eintreffen sollte. Bitte
sei nicht zu stolz, Stan. Spring über deinen Schatten. Niemand
braucht zu wissen, dass das Geld aus meinen sündigen Händen
kommt. Lass mich das tun. Nicht für dich. Sondern für Honor
und Emily.«

Seine Miene blieb verschlossen wie immer, aber dann sagte
er: »Danke. Ich werde es dich wissen lassen.«

# 22

Den Blick unverwandt auf Coburn gerichtet, hörte Honor zu, wie ihr die Stimme am Telefon noch einmal erklärte, wie gefährlich er war. Als sie nicht reagierte, hakte Hamilton nach: »Mrs. Gillette?«

»Ja«, antwortete sie heiser. »Ich ... ich bin noch dran.«

»Coburn ist extrem gefährlich. Genau dafür wurde er ausgebildet. Allerdings hat er Sie nicht umgebracht, sondern nur entführt, was dafür spricht ...«

»Er hat mich nicht entführt, Mr. Hamilton. Ich bin freiwillig mitgekommen.«

Mehrere Sekunden verstrichen, ohne dass Hamilton einen Ton sagte. Dann räusperte er sich und erkundigte sich höflich, ob Coburn sie und Emily gut behandelte.

Sie dachte an Coburns Drohungen, ausgesprochen oder angedeutet, an seinen Klammergriff und an den erbitterten Ringkampf um die Pistole, aber gleichzeitig konnte sie nicht vergessen, wie er Emilys Decke und Elmo geholt hatte, bevor sie aus dem Haus geflohen waren. Sie wusste, welches Risiko er eingegangen war, als er Wasser und Lebensmittel für sie eingekauft hatte.

Und sie musste daran denken, dass er sie nicht im Stich gelassen hatte, sondern zurückgekommen war.

Sie sagte zu Hamilton: »Es geht uns so weit gut.«

»Das freut mich zu hören. Geben Sie mir noch mal Coburn.«

Sie reichte das Handy zurück. Coburn sagte knapp: »Reden Sie.«

»Erst Sie.«

Er erzählte Hamilton von dem Massaker und von allem, was seither geschehen war. Dabei beschränkte er sich auf das Nötigste und beendete seine Schilderung mit der Erklärung: »Mir blieb nichts anderes übrig, als sie und das Kind da rauszuholen. Sonst wären sie jetzt tot.«

»Sie sind sicher, dass der von Ihnen getötete Polizist Sam Marset niedergeschossen hat?«

»Ich habe es mit eigenen Augen gesehen.«

»Zusammen mit seinem Zwillingsbruder.«

»Korrekt.«

Hamilton holte tief Luft und atmete hörbar wieder aus. »Okay. Abgesehen von der Identität des Schützen in der Lagerhalle und der Tatsache, dass Mrs. Gillette offenbar nicht entführt wurde, stimmt das mit dem überein, was Tom VanAllen mir erzählt hat.«

»Tom VanAllen. Wer ist VanAllen?«

»Mein Nachfolger da unten.«

»Wann haben Sie mit ihm gesprochen?«

»Als klar wurde, dass da unten die Scheiße am Kochen ist.«

»Sie haben mit diesem VanAllen gesprochen, bevor Sie meinen Anruf entgegengenommen haben?«

»Ich wollte mir anhören, wie sich die Situation aus seiner Perspektive darstellt. Und ich wollte es ungefiltert hören. Ich habe ihn sogar gefragt, ob Sie ein Agent aus seinem Büro sind und verdeckt für ihn ermitteln.«

»Sie machen mir Laune.«

»Ich musste wissen, wie viel er weiß oder vermutet.«

»Das würde mich auch interessieren.«

»Soweit es die örtlichen Polizeibehörden betrifft, sind Sie

ein Ladearbeiter und Einzelgänger, der aus heiterem Himmel Amok lief und alles über den Haufen schoss. Das ist gut. Und nachdem ich mit Ihnen geredet habe, werde ich VanAllen gegenüber zugeben, dass ich ihm was vorgespielt habe, weil ich sein unvoreingenommenes Urteil hören wollte, und dann werde ich ihn losschicken, damit er uns hilft, Sie und Mrs. Gillette ins FBI-Büro zu bringen. Sobald Sie, die Frau und das Kind in Sicherheit sind, werden wir überlegen, wie wir einschreiten und reinen Tisch machen können.«

Coburn legte die Stirn in Falten, zog die Unterlippe zwischen die Zähne und sah Honor scharf an. Schließlich antwortete er: »Negativ.«

»Verzeihung?«

»Negativ. Ich komme nicht mit.«

»Machen Sie sich keine Gedanken wegen Ihrer Tarnung. Die wird nicht auffliegen. Offiziell werden wir verlautbaren lassen, dass Sie bei einer Schießerei mit FBI-Agenten an einer selbst zugefügten Schusswunde gestorben sind. Wir nutzen Ihre bisherigen Erkenntnisse und nehmen dementsprechend Verhaftungen vor, ohne dass jemand erfahren wird, woher wir dieses Wissen haben. Sie kommen in einem anderen Teil des Landes zum Einsatz, und niemand wird je von alldem erfahren.«

»Hört sich gut an. Aber ich bin mit dem Job hier noch nicht fertig.«

»Sie haben gute Arbeit geleistet, Coburn«, drängte Hamilton. »Sie kommen lebend da raus, was keine kleine Sache ist. Und Sie haben ein paar Schlüsselleute in der Organisation des Bookkeepers enttarnt. Ich habe von San Antonio in Texas bis zur Staatsgrenze nach Mississippi und Alabama an allen entscheidenden Stellen Leute in den Startlöchern sitzen, die alle Verdächtigen verhaften, sobald ich grünes Licht gebe. Heute

Morgen haben Sie einen der wichtigsten Kontaktleute des Bookkeepers ausgeschaltet.«

»Aber den Bookkeeper haben wir immer noch nicht.«

»Mir reicht das, was wir haben.«

»Mir nicht. Da steht eine große Sache an. Ich will diesen Typen aus dem Verkehr ziehen, bevor Fakten geschaffen werden.«

»Wie groß denn?«

»Es geht um einen neuen Kunden. Ich würde auf ein mexikanisches Kartell tippen. Ich glaube, darum wurde Sam Marset abserviert. Er hat sich beschwert, weil zwei seiner Trucks angehalten und durchsucht wurden. Die beiden Laster haben nichts als Blumenerde transportiert, trotzdem hat der Vorfall Marset aufgeschreckt, denn ihm war garantiert worden, dass keiner seiner Wagen durchsucht würde. Der Bookkeeper wollte ihn zum Schweigen bringen. Er hat nicht vor, eine Reklamationsabteilung einzurichten, und zurzeit schon gleich gar nicht.«

Hamilton ließ sich das kurz durch den Kopf gehen und sagte dann: »Aber die Allianz ist noch nicht geschlossen.«

»Der Vertragsabschluss steht unmittelbar bevor.«

»Können Sie herausfinden, um welches Kartell es dabei geht?«

»Nein. Sonntagnacht war meine Zeit abgelaufen.«

Wieder ließ sich Hamilton das sekundenlang durch den Kopf gehen. Coburn fiel auf, dass Honor ihn nicht aus den Augen ließ.

Schließlich erklärte Hamilton: »Wir nehmen das, was wir bis jetzt haben. Der Fall ist auch ohne diese neue Allianz gerichtsfest. Das reicht uns.«

»Das ist Quatsch, das wissen Sie selbst. Kein Bundesanwalt wird sich an der Geschichte die Finger verbrennen, solange er keinen eindeutigen Beweis oder einen Augenzeugen hat, der bereit ist, mit seinem Leben für einen Schuldspruch einzustehen, und das wird kein Mensch tun, nicht mal wenn man ihm eine neue Identität in der Äußeren Mongolei zusichert, weil sich jeder aus Angst vor dem Bookkeeper in die Hose scheißt.

Außerdem wäre die Sache ein PR-Albtraum für das FBI. Für Sie in Washington ist Sam Marset nur ein Name, aber hier unten gilt er als Heiliger. Wenn wir seinen Namen durch den Dreck ziehen, ohne ihm hundertprozentig Bestechlichkeit nachweisen zu können, oder wenn wir Anschuldigungen erheben, die nicht haltbar sind, dann stoßen wir damit nur die gesetzestreue Bevölkerung vor den Kopf und warnen die kriminellen Kartelle unnötig vor.

Gleichzeitig verärgern wir damit die Drogenfahnder von der DEA, die uns dafür verantwortlich machen werden, dass plötzlich alle Dealer abtauchen. Genauso wie das ATF, den Grenzschutz, die Homeland Security. Alle werden nervös werden und ihre geplanten Coups bis auf Weiteres verschieben, und wir können wieder ganz von vorn anfangen, mit nichts als unseren Schwänzen in der Hand.

Genau das wird passieren, wenn Sie mich jetzt abziehen. Und in einer Woche, wenn sich alles wieder abgekühlt hat, werden die Schmuggler von Neuem anfangen, ihre Kunden zu beliefern. Sie werden sich weiter gegenseitig über den Haufen schießen und ein paar Unschuldige dazu, falls einer ihrer Deals platzt, und all diese Toten gehen dann auf unser Konto, weil ich meinen Job nicht zu Ende gebracht habe.«

Hamilton wartete ab, ob noch etwas nachkam, bevor er antwortete: »Bravo, Coburn. Eine wirklich leidenschaftliche Ansprache. Ich bin ganz Ihrer Meinung.« Er überlegte wieder. »Na schön. Sie bleiben. Aber Sie können die Sache nicht allein klären, selbst wenn Sie noch so gut sind, und jetzt, wo Sie als Killer gesucht werden, erst recht nicht. Jeder mit einer Marke an der Brust würde liebend gern an Ihnen Zielschießen üben. Sie brauchen Unterstützung da unten. Und die wird Ihnen VanAllen geben.«

»Kommt nicht in die Tüte. Der Bookkeeper hat Informanten in jeder Polizeistelle, in jedem Sheriffbüro, in jedem Rathaus und Gericht. Und absolut jeder könnte auf seiner Gehaltsliste stehen.«

»Wollen Sie damit sagen, dass Sie glauben, VanAllen ...«

»Ich will damit sagen, dass ich noch achtundvierzig Stunden haben will.«

»Das ist nicht Ihr Ernst.«

»Na schön, dann sechsunddreißig.«

»Wozu?«

Coburn fasste Honor schärfer ins Auge. »Ich bin da einer Sache auf der Spur, mit der wir eventuell den ganzen Ring sprengen könnten.«

»Und was ist das für eine Sache?«

»Kann ich nicht sagen.«

»Können oder wollen Sie nicht?«

»Suchen Sie sich's aus.«

»Scheiße.«

Selbst Honor spürte, wie frustriert Hamilton war. Durch das Handy hörte sie ihn ärgerlich schnaufen.

Schließlich meinte er: »Diese *Sache* hat was mit Mrs. Gillette zu tun, stimmt's?«

Coburn blieb stumm.

»Ich bin kein Grünschnabel, Coburn«, sagte Hamilton. »Sie erwarten doch nicht ernsthaft, dass ich glaube, Sie hätten sich von allen Häusern an der Küste von Louisiana rein zufällig das von Mrs. Gillette als Versteck ausgesucht und dann aus

Jux beschlossen, die Bude mal eben auf den Kopf zu stellen. Und Sie erwarten doch hoffentlich nicht, dass ich glaube, Mrs. Gillette hätte erst beobachtet, wie Sie in ihrem Wohnzimmer einen alten Freund ihrer Familie erschießen, und wäre danach aus freiem Willen mitgekommen, ohne dass es lebenswichtige Gründe für sie gibt.

Und Sie können erst recht nicht erwarten, dass ich glaube, ausgerechnet Sie hätten aus reiner Herzensgüte eine Witwe und ihr Kind unter Ihre Fittiche genommen. Schließlich steht zu bezweifeln, dass Sie überhaupt so etwas wie ein Herz besitzen.«

»Also wirklich, das tut weh.«

»Ich weiß, dass Mrs. Gillettes verstorbener Ehemann Polizist war. Ich weiß, dass Fred Hawkins, der heute gestorben ist, sein bester Freund war. Vielleicht halten Sie mich für verrückt, aber dieser erstaunliche Zufall lässt bei mir sämtliche Alarmglocken schrillen, und selbst an einem schlechten Tag arbeitet meine innere Alarmanlage ziemlich zuverlässig.«

Coburn wurde ernst. »Sie sind nicht verrückt.«

»Okay. Was hat sie versteckt?«

»Ich weiß es nicht.«

»Weiß sie, wer der Bookkeeper ist?«

»Sie sagt nein.«

»Glauben Sie ihr?«

Coburn sah sie durchdringend an. »Ja.«

»Worauf hockt sie dann?«

»Das weiß ich nicht.«

»Hören Sie auf, mich zu verarschen, Coburn.«

»Das tue ich nicht.«

Hamilton fluchte leise vor sich hin. »Na schön, behalten Sie es für sich. Wir reden über Ihre Einstellung, wenn Sie wieder in Washington sind, und dann sprechen wir auch über die lange Liste von Vergehen, die Sie ...«

»Wollen Sie mich etwa einschüchtern? Nur zu, schmeißen Sie mich raus. Sie werden ja sehen, ob mich das einen feuchten Dreck interessiert.«

Hamilton ereiferte sich noch mehr. »Ich werde VanAllen alles geben, was er braucht, um Sie zu finden und in unser Büro zu schleifen, notfalls mit Gewalt, damit wir die Frau und das Kind in Sicherheit bringen können.«

Coburns Kinn erstarrte zu Stahl. »Hamilton, wenn Sie das tun, werden wahrscheinlich beide sterben. Und zwar schneller, als Sie ahnen.«

»Hören Sie, ich kenne VanAllen. Ich habe ihn selbst auf diesen Posten gebracht. Zugegeben, er ist kein allzu großes Licht, aber …«

»Was ist er dann?«

»Ein Bürokrat.«

»Das versteht sich von selbst. Wie ist er so?«

»Freundlich. Vielleicht sogar ein bisschen überfordert. Sein Privatleben liegt in Scherben. Er hat einen schwerbehinderten Sohn, ein tragischer Fall, der eigentlich in Intensivpflege gehört, aber zu Hause lebt.«

»Warum das?«

»Darüber spricht Tom nicht. Wenn ich raten müsste, würde ich sagen, es kommt finanziell nicht infrage.«

Wieder gruben sich Sorgenfalten in Coburns Stirn. »Geben Sie mir achtundvierzig Stunden. Währenddessen überprüfen Sie VanAllen. Wenn Sie mich überzeugen können, dass er keinen Dreck am Stecken hat, komme ich mit ihm ins Büro. Mit etwas Glück habe ich bis dahin etwas gegen den Bookkeeper in der Hand.«

»Und was wollen Sie bis dahin mit Mrs. Gillette und dem Kind anfangen?«

»Keine Ahnung.«

»Lassen Sie mich noch mal mit ihr sprechen.«

Coburn reichte ihr wieder das Handy.

»Ich bin dran, Mr. Hamilton.«

»Mrs. Gillette. Konnten Sie unser Gespräch mithören?«

»Ja.«

»Bitte entschuldigen Sie die offene Sprache.«

»Kein Problem.«

»Was halten Sie davon?«

»Wovon?«

»Von allem, was wir besprochen haben.«

»Heißt er wirklich Lee Coburn?«

Diese Frage schien ihn kurz aus dem Konzept zu bringen. Nach einigen Sekunden bestätigte er das, doch sie war nicht sicher, dass er die Wahrheit sagte.

»Warum hat Ihre Assistentin dann behauptet, dass er tot sei?«

»Ich hatte das so angeordnet. Zu Coburns Schutz.«

»Bitte erklären Sie mir das.«

»Er verfolgt da unten einen äußerst heiklen Auftrag. Ich konnte nicht riskieren, dass jemand, der Verdacht geschöpft hat, in einem FBI-Büro anruft und jemandem eine Bestätigung abschwatzt. Darum habe ich in Umlauf gebracht, dass er bei einem Auftrag ums Leben gekommen sei. So steht es sogar in seiner Personalakte, falls es ein Hacker in unser System schaffen sollte.«

»Außer Ihnen weiß also niemand, dass er noch lebt?«

»Nur meine Assistentin, die am Apparat war.«

»Und jetzt ich.«

»Genau.«

»Wenn Coburn etwas zustoßen sollte, wären demnach alle Informationen über Sam Marset und den Bookkeeper, die er mir inzwischen anvertraut hat oder die ich zufällig aufge-

schnapt habe, extrem wertvoll für das FBI und das Justizministerium.«

Er ließ sich Zeit mit seiner Antwort. »Richtig. Und Coburn
ist bereit, Ihr Leben zu riskieren, um diese Informationen
zu schützen. Mal ganz ehrlich. Was haben Sie in der Hand?
Worauf hat es Coburn abgesehen?«

»Das weiß nicht einmal ich, Mr. Hamilton.«

Es folgte eine lange Pause, während der er vermutlich ein-
zuschätzen versuchte, wie weit er ihr vertrauen konnte.

»Stehen Sie unter Druck, während Sie das sagen?«, fragte
er schließlich.

»Nein.«

»Dann helfen Sie mir, andere Agenten zu Ihnen zu bringen.
Die werden Sie und Ihre Tochter da rausholen. Sie brauchen
keine Angst haben, dass Coburn Vergeltung üben könnte. Er
wird Ihnen nichts tun. Darauf würde ich meine gesamte berufliche Laufbahn verwetten. Aber Sie müssen mit uns ins
FBI-Büro kommen, damit ich Sie beschützen kann. Sagen Sie
mir, wo Sie sich momentan aufhalten.«

Über lange Sekunden hinweg hielt sie Coburns Blick stand,
während ihre Vernunft mit etwas Tieferem Krieg führte, mit
etwas so Elementarem, dass sie nicht den Finger darauflegen
konnte. Auf einmal spürte sie den Drang, ihre angeborene
Vorsicht zu vergessen, nicht mehr auf Nummer sicher zu gehen, auf alles zu pfeifen, was sie *wusste,* und ihren *Gefüh-
len* zu folgen. Das Gefühl war so kräftig, dass es ihr Angst
machte. Sie fürchtete es noch mehr, als sie den Mann fürchtete, der sie mit stahlblauen Augen fixierte.

Trotzdem ließ sie sich davon leiten.

»Haben Sie nicht gehört, was Coburn Ihnen erklärt hat,
Mr. Hamilton? Wenn Sie uns noch mehr Agenten hinterher-
schicken, werden Sie den Bookkeeper nie erwischen.« Ehe

Hamilton etwas darauf erwidern konnte, hatte sie Coburn das Handy zurückgereicht.

Er nahm es ihr ab und sagte: »Zu blöd, Hamilton. Der Handel ist geplatzt.«

»Haben Sie die Frau einer Gehirnwäsche unterzogen?«

»Achtundvierzig Stunden.«

»Oder sie gefoltert?«

»Achtundvierzig Stunden.«

»Mein Gott. Geben Sie mir wenigstens eine Telefonnummer.«

»Achtundvierzig Stunden.«

»Na schön, verflucht noch mal! Ich gebe Ihnen sechsunddreißig. *Sechsunddreißig,* und das ist …«

Coburn legte auf, ließ das Telefon auf die Koje fallen und fragte Honor: »Glauben Sie, dass dieser Kahn noch schwimmt?«

# 23

Als Tom nach Hause kam, war Janice in ihr Handyspiel versunken. Sie merkte erst, dass er da war, als er hinter sie trat und sie ansprach und sie damit fast zu Tode erschreckte. »Tom! Tu so was nicht!«

»Tut mir leid, dass ich dich erschreckt habe. Ich dachte, du hättest gehört, wie ich ins Haus gekommen bin.«

Er versuchte vergeblich, sich die Verbitterung nicht anhören zu lassen. Sie spielte Worträtsel mit jemandem, den sie nie kennengelernt hatte und der am anderen Ende der Welt lebte. Währenddessen brach seine Welt auseinander. Ihm erschien das ungerecht. Schließlich versuchte er mit allem, was er tat, ihr zu gefallen, ihr zu imponieren, ihr elendes Leben ein wenig zu verbessern.

Natürlich war es nicht ihre Schuld, dass er so einen schlechten Tag gehabt hatte. Es wäre ungerecht, sie dafür büßen zu lassen. Trotzdem war er niedergeschlagen und deprimiert, darum ließ er, statt einen Streit vom Zaun zu brechen, einfach seinen Aktenkoffer bei ihr im Zimmer stehen und ging allein weiter in Lannys Zimmer.

Der Junge hatte die Augen geschlossen. Tom fragte sich, ob Lanny irgendwann geblinzelt und seine Lider einfach nicht wieder geöffnet hatte oder ob er tatsächlich schlief. Ob er wohl träumte? Und wenn, wovon mochte er wohl träumen? Sich solche Fragen zu stellen war reiner Masochismus. Die Antworten würde er nie erfahren.

Während er unverwandt auf den reglos liegenden Jungen blickte, erinnerte er sich an etwas, das kurz nach Lannys Geburt passiert war, als er und Janice damit klarzukommen versuchten, wie schwer seine Behinderung war und wie sehr sie ihre Zukunft bestimmen würde. Damals hatte sie ein katholischer Priester besucht. Er war gekommen, um ihnen Trost und Seelenfrieden zu spenden, aber seine Plattitüden über den göttlichen Willen hatten ihn und Janice nur aufgeregt und wütend gemacht. Keine fünf Minuten nach seiner Ankunft hatte Tom den Geistlichen wieder aus dem Haus gescheucht.

Dennoch hatte er damals etwas gesagt, was Tom im Gedächtnis geblieben war. Er hatte erzählt, dass manche Menschen glaubten, äußerlich eingeschränkte Seelen wie Lanny besäßen einen direkten Draht zu Gottes Herzen und würden, obwohl sie sich uns hier auf Erden nicht verständlich machen könnten, ständig mit dem Allmächtigen und seinen Engeln kommunizieren. Bestimmt war auch das nur ein banaler Trostspruch, den der Priester aus seinem Guter-Hirte-Handbuch hatte. Aber manchmal wünschte sich Tom sehnlichst, dass es so wäre.

Jetzt beugte er sich vor und küsste Lannys Stirn. »Leg ein gutes Wort für mich ein.«

Als er in die Küche kam, hatte Janice ihm schon etwas zu essen gemacht und stellte eben einen einzelnen Teller auf den Tisch. »Ich wusste nicht, wann oder ob du überhaupt heimkommen würdest, darum habe ich nichts gekocht«, erklärte sie bedauernd.

»Das reicht mir schon.« Er setzte sich an den Tisch und breitete die Serviette über den Schoß. Obwohl der Shrimpssalat kunstvoll mit gebuttertem Baguette und Melonenschnitzen angerichtet war, hatte er keinen Appetit.

»Möchtest du ein Glas Wein dazu?«

Er schüttelte den Kopf. »Ich muss noch mal ins Büro. Ich sollte dort sein, falls noch irgendwas passiert.«

Janice setzte sich ihm gegenüber. »Du siehst erledigt aus.«

»Ich bin auch erledigt.«

»Nichts Neues von den Entführungsopfern?«

»Nichts, dabei suchen alle bis hinunter zum Hundefänger nach den beiden. Oder nach ihren Leichen.«

Janice verschränkte die Arme und umfasste ihre Oberarme. »So etwas darfst du nicht mal denken.«

Er stützte einen Ellbogen auf den Tisch, ließ den Kopf in die Hand sinken und massierte mit den Fingern die Augenhöhlen. Janice fasste über den Tisch und griff nach seiner anderen Hand, die neben dem Wasserglas lag.

»Ich glaube nicht, dass er sie umbringt, Tom.«

»Warum hat er sie dann entführt?«

»Vielleicht will er Lösegeld verlangen?«

»Bis jetzt hat er sich noch nicht gemeldet. Wir überwachen den Telefonanschluss des Schwiegervaters. Es haben zahllose Bekannte angerufen, um ihm ihr Mitgefühl auszusprechen, aber sonst niemand. Auf dem Handy ist es dasselbe.« Er griff nach der Gabel, tippte damit nachdenklich gegen den Tellerrand, aber er aß keinen Bissen. »Ich glaube nicht, dass es diesem Coburn um ein Lösegeld geht.«

»Wie kommst du darauf?«

»Sein Profil passt nicht zu dem Täterprofil eines Mannes, der seine Arbeitskollegen oder irgendwelche Beamte oder Schulkinder über den Haufen schießt.«

»Inwiefern?«

Er begriff, dass er sowieso nichts essen würde, legte die Gabel ab und versuchte die Gedanken zu ordnen, die in seinem Kopf kreisten. »Typischerweise sehen sich solche Amokläufer als letztes standhaftes Aufgebot gegen eine schmutzige, verdorbene Welt und gegen alle, die ihnen ihrer Meinung nach Unrecht getan haben. Sie wollen ein Zeichen setzen, das der Welt lange im Gedächtnis bleiben wird, und dann einen glorreichen Abgang hinlegen.

Wenn sie nicht schon am Tatort Suizid begehen, fahren sie gewöhnlich nach Hause, erschießen dort ihre Frau und ihre Kinder, ihre Eltern, Schwiegereltern, was weiß ich, und *dann* töten sie sich selbst.« Er senkte die Hände und sah Janice an. »Vielleicht nehmen sie vorübergehend ein paar Geiseln, die sie dann entweder umbringen oder freilassen. Aber sie verschwinden eigentlich nie mit ihnen.«

»Ich verstehe das ja, aber …« Sie schüttelte leise den Kopf. »Es tut mir leid, Tom. Ich weiß nicht, was ich darauf sagen soll, weil ich beim besten Willen nicht weiß, worauf du hinauswillst.«

»Ich will darauf hinaus, dass Lee Coburn kein gewöhnlicher Amokschütze ist.«

»Gibt es so etwas überhaupt?«

»Natürlich gibt es Ausnahmen, trotzdem passt er nicht in das gängige Profil.« Er zögerte und ergänzte dann: »Das ist selbst Hamilton aufgefallen.«

»Clint Hamilton? Ich dachte, der wäre inzwischen in Washington?«

»Ist er auch. Aber er rief mich heute an, weil er wissen wollte, was zum Teufel hier unten los ist und was ich dagegen unternehme.«

Janice stieß ein leises Seufzen des Bedauerns aus. »Er wollte dich kontrollieren?«

»Mehr oder weniger.«

»Der hat vielleicht Nerven.« Sie schob den Stuhl zurück und deutete auf seinen unberührten Teller. »Isst du das noch?«

»Nein. Entschuldige, es sieht wirklich gut aus, aber ...« Er zuckte hilflos mit den Achseln.

Unter leisen Flüchen auf seinen Vorgänger trug sie den Teller an die Spüle. »Wieso hat er dich überhaupt für den Posten vorgeschlagen, wenn er nicht glaubt, dass du dem Job gewachsen bist?«

So wie Tom es sah, war die Antwort darauf zu demütigend, um sie laut auszusprechen, vor allem gegenüber Janice. Sie verabscheute jede Form von Selbstaufgabe. Vor allem bei ihrem Mann.

Stattdessen sagte er: »Ich weiß nicht, woher Hamilton seine Informationen bezieht, wahrscheinlich von anderen Agenten aus unserem Büro, aber offenbar sind ihm die gleichen Diskrepanzen in Coburns Modus Operandi aufgefallen wie mir. Er hat mich sogar gefragt, ob Coburn ein Agent aus meinem Büro sei, der undercover bei der Spedition ermittelt hätte.«

Sie prustete los und wurde so abrupt wieder ernst, dass es fast komisch anzusehen war. »Hat er?«

Tom lächelte sie schief an. »Nein. Jedenfalls habe ich ihn nicht dort eingeschleust.« Sein Lächeln erstarb. »Natürlich hätte ihn jemand aus New Orleans schicken können, der ranghöher ist als ich. Oder es war jemand von einer anderen Behörde.«

»Ohne dich zu informieren?«

Er zuckte nur mit den Achseln, um nicht zugeben zu müssen, dass er dafür nicht wichtig genug war. Oder dass ihn seine Kollegen jedenfalls nicht für wichtig genug hielten.

Sie setzte sich wieder zu ihm an den Tisch. »Hamilton hat kein Recht, sich einzumischen. Natürlich hat der Mann ein Riesenego.«

»Du bist ihm noch nie begegnet.«

»Aus allem, was du mir über ihn erzählt hast, schließe ich,

dass er mit seinem Kopf kaum durch unsere Haustür passen würde. Es macht mich rasend, dass er dich immer noch kontrollieren will.«

Er beschloss, ihr nicht zu erzählen, dass er nicht der Einzige war, der heute von Hamilton angerufen worden war. Viele seiner Kollegen waren von Tom VanAllens Ernennung wenig begeistert gewesen und hatten daraus kein Geheimnis gemacht. Allerdings gab es auch welche, die ihm mit Worten oder Taten den Rücken gestärkt hatten.

Eine von ihnen, eine Datenanalystin, hatte ihm heute anvertraut, dass auch andere im Büro von Hamilton angerufen worden waren. »Aus irgendeinem Grund«, hatte sie Tom hinter verschlossenen Türen anvertraut, »hat Hamilton den Fall auf dem Radar. Er behält ihn im Auge und erkundigt sich über dich.«

»Inwiefern?«

Sie hatte abwehrend die Hände gehoben. »Ich will nicht in einen Bürostreit hineingezogen werden, Tom. Ich brauche diesen Job. Aber ich dachte, du solltest wissen, dass man dich im Auge behält.«

Tom hatte ihr gedankt. Den ganzen restlichen Tag hatte er zu spüren gemeint, wie hinter seinem Rücken getuschelt wurde. Was vielleicht nur Paranoia war, aber eigentlich glaubte er das nicht. Dass Hamilton sich einmischte, war höchst unangenehm. Welche Gründe ihn auch dazu bewogen hatten, es war beleidigend und beunruhigend.

Er schob den Stuhl zurück und stand auf. »Ich muss wieder los.«

Er floh aus der Küche, bevor das Gespräch noch unangenehmer werden konnte. Erst spritzte er sich auf der Toilette etwas Wasser ins Gesicht, dann holte er seinen Aktenkoffer aus dem Wohnzimmer. Janice erwartete ihn mit einem Lunchpaket an der Tür. »Ein Notproviant, falls du welchen brauchen solltest. Erdnussbutter-Kekse und ein Apfel.«

»Danke.«

Diesmal küsste sie ihn nicht, und er küsste sie auch nicht. Aber bevor er ihr den Rücken zudrehen konnte, legte sie die Hand auf seinen Arm. »Du leistest gute Arbeit, Tom. Lass dir weder von Hamilton noch irgendjemandem sonst weismachen, dass es anders ist.«

Er lächelte mutlos. »Tue ich nicht. Das Gemeine daran ist, dass Hamilton recht hat.«

»Inwiefern?«

»Jeder Idiot, der diesen Fall verfolgt, muss begreifen, dass wir es nicht mit einer gewöhnlichen Entführung zu tun haben. Höchstwahrscheinlich war Mrs. Gillette dabei, als Coburn Fred Hawkins erschoss. Mörder hinterlassen keine Augenzeugen. Coburn muss einen Grund haben, warum er sie am Leben lässt.«

# 24

Doral stattete seiner Mama einen Pflichtbesuch ab.
Wie nicht anders zu erwarten, hatte die Trauer sie im wahrsten Sinn des Wortes niedergestreckt. Weibliche Verwandte umringten sie, drückten ihre Hände und legten ihr feuchte Tücher auf die Stirn. Unter dem Klackern der Rosenkränze beteten sie für Freds Seelenheil und baten Gott um Trost für die geliebten Menschen, die er zurückgelassen hatte.

In der Küche stapelten sich die vielen Speisen, die Freunde, Verwandte und Nachbarn vorbeigebracht hatten. Die Klimaanlage kämpfte vergeblich gegen das nahende Gewitter an, unter dem der Luftdruck abgesackt und die Luftfeuchtigkeit ins Unerträgliche gestiegen war.

Um dem Drama im Haus zu entkommen, hatten die männlichen Besucher ihre vollgeladenen Teller mit in den Garten genommen. Dort saßen sie auf Gartenstühlen beisammen und streichelten die auf ihren Schenkeln lagernden Gewehre und Flinten, eine Geste, die ihnen so zur zweiten Natur geworden war wie das Ohrenkraulen bei ihren Jagdhunden. Während Flaschen mit billigem Whisky herumgereicht wurden, planten sie leise Rache an Freds Mörder.

»Der soll beten, dass ihn die Polizei vor mir erwischt«, erklärte ein Onkel, ein gemeiner Bastard, der in Vietnam ein Auge verloren hatte, aber immer noch treffsicherer war als jeder andere, ausgenommen vielleicht Doral.

»Morgen um diese Zeit könnt ihr Coburns Eier in einem Einweckglas auf meinem Regal besichtigen. Ihr werdet schon sehen«, prophezeite ein minderjähriger Cousin, der schon so betrunken war, dass er um ein Haar von dem Baumstumpf kippte, auf dem er saß.

Einer von Dorals jüngeren Brüdern brüllte seine ungezogenen Kinder an, die im Garten Fangen spielten. »Zeigt 'n bisschen Respekt, verfluchte Scheiße!«, röhrte er und gelobte gleich darauf, nicht zu ruhen, bis Coburn zur Strecke gebracht war. »Ich kann's überhaupt nicht leiden, wenn jemand sich mit unserer Familie anlegen tut.«

Sobald sie sich gestärkt und ihre Flaschen ausgetrunken hatten, kletterten sie wieder in die verschiedenen Pick-ups und fuhren in die ihnen zugeteilten Gebiete, um die Suche nach dem Mörder ihres Blutsverwandten fortzusetzen.

Doral verabschiedete sich von seiner weinenden Mutter, befreite sich aus ihren klammen, klammernden Händen und fuhr gleichzeitig mit den anderen wieder los, allerdings allein. Obwohl er angetrunken war, raste er ohne Schwierigkeiten über die gewundenen Nebenstraßen. Er war schon immer auf diesen Straßen gefahren und kannte jede einzelne Kurve. Und er war schon wesentlich betrunkener als heute darauf gefahren. Zusammen mit Fred. Zusammen mit Eddie.

Bei dem Gedanken an Eddie fiel ihm wieder jener Angelausflug ein, der auf dem von Crawford als Beweisstück eingesteckten Foto verewigt war. In Dorals Erinnerung war dieser Tag einer der besten, die sie je zusammen erlebt hatten.

Seine Gedanken wanderten weiter zu seinem Angelboot und den Jahren vor Katrina. Er und Fred waren immer arm gewesen und hatten ihr ganzes Leben buckeln müssen, um wenigstens halbwegs über die Runden zu kommen. Fred hatte bei der Polizei angeheuert, um endlich finanzielle Sicherheit zu finden. Aber Uniformen und Nachtschichten waren nichts für Doral. Er war lieber flexibel geblieben.

Den Kredit, mit dem er das Boot gekauft hatte, hatte ihm ein Banker vermittelt, der die Arschbacken so fest zusammenkniff, dass es beim Laufen quietschte. Er hatte Wucherzinsen verlangt, doch Doral hatte nie eine Rate ausfallen lassen.

Jahrelang hatte er Charterfahrten durch den Golf angeboten und sich mit reichen, besoffenen Arschlöchern herumgeärgert – Ärzten, Anwälten, Börsenheinis und Ähnlichem –, die glaubten, was Besseres zu sein als ein Bootskapitän mit schwieligen Händen und Cajun-Akzent. Er hatte ihre Beleidigungen ertragen, er hatte es ertragen, dass sie ihren teuren Whisky auf sein Deck gekotzt hatten, und er hatte es ertragen, wenn sie sich über die Hitze und die Sonne, über die Wellen und die nicht beißenden Fische beschwert hatten. Er hatte sich diese Scheiße angehört, weil er damit seinen Lebensunterhalt verdient hatte.

Irgendwie war er Katrina sogar dankbar, dass sie sein Boot zerschmettert und der Sache ein Ende bereitet hatte. Keine stinkreichen, arroganten Ärsche mehr, in die Doral Hawkins zu kriechen brauchte, schönen Dank auch.

Damals war man mit einer Idee zum Geldverdienen an ihn und Fred herangetreten. Die Arbeit wäre wesentlich aufregender und lukrativer als alles, was sie sich selbst hätten erträumen können. Selbst in einer Gegend, wo Schmiergelder so weit verbreitet waren wie Krabben, bot der Plan die sichere Möglichkeit, stinkreich zu werden.

Dass Gefahren damit verbunden waren, konnte Doral nicht schrecken. Der Lohn wog jedes Risiko auf. Er tanzte gern auf dem Drahtseil und genoss die Ironie, dass er tagsüber ein öffentlicher Angestellter war und nachts ganz andere Dinge trieb.

Die Stellenbeschreibung für seinen nächtlichen Nebenjob umfasste Einschüchtern, Verstümmeln und notfalls auch Töten. Er war von Natur aus ein Fährtensucher und Jäger, und endlich konnte er mit seinem Talent Geld verdienen. Der einzige Unterschied war, dass er seither menschliche Beute jagte.

Und heute jagte er über die Nebenstraße, um diesen Lee Coburn aufzuspüren. Zusammen mit der Witwe und dem Kind seines besten Freundes.

Als sein Handy läutete, ging er nur kurz vom Gas, um den Anruf anzunehmen, doch nachdem er gehört hatte, was ihm der Anrufer Dringendes mitteilen wollte, knallte er den Fuß aufs Bremspedal und brachte den Wagen schleudernd zum Stehen, wodurch eine Staubwolke aufgewirbelt wurde, die kurzfristig alle Scheiben verdunkelte. »Willst du mich verscheißern?«

Im Hintergrund dröhnte Lärm, aber der flüsternde Anrufer war trotzdem zu verstehen. Nicht dass Doral irgendwas von dem hören wollte, was er zu berichten hatte.

»Ich dachte nur, du solltest das wissen, damit du es weitergeben kannst.«

»Danke für gar nichts«, knurrte Doral. Er trennte die Verbindung, lenkte den Wagen von der Straße und brachte ihn mit laufendem Motor am Rand eines Grabens zum Stehen, wo er erst einmal eine dringend benötigte Zigarette anzündete und dann die vertraute Nummer wählte.

Schlagartig war er wieder stocknüchtern.

Er verzichtete auf alle Höflichkeiten. »Es geht das Gerücht um, dass Coburn ein FBI-Agent sein soll.«

Am anderen Ende war kein Wort zu hören, nur langsames Ein- und Ausatmen. Bösartig.

Vor seinem inneren Auge sah Doral einen Vulkan kurz vor der Eruption, wischte sich eine Schweißperle von der Schläfe und dabei in den äußeren Augenwinkel.

»Wann hast du das gehört?«

»Vor zehn Sekunden.«

»Woher hast du das?«

»Von einem unserer Spitzel im P. D. Der hat es wiederum von einem FBI-Agenten gehört, der mit ihm und dem Sheriffbüro an dem Entführungsfall arbeitet. Wie man hört, soll Coburn als verdeckter Ermittler arbeiten.«

Es blieb lange still. Dann kam die Antwort. »Nun, er scheint für einen Lagerarbeiter tatsächlich ungewöhnlich gewieft zu sein, wie du heute Morgen so scharfsinnig angemerkt hast. Ich wünschte nur, du hättest das früher gemerkt und ihn nicht entwischen lassen.«

Dorals Magen krampfte sich zusammen, aber er blieb still.

»Was ist mit Honors Freundin? Hast du von der etwas gehört, seit du ihr heute Morgen einen Besuch abgestattet hast?«

»Tori hat ihr Haus nicht verlassen. Ich glaube nicht, dass sie was von Honor gehört hat, sonst würde sie bestimmt nicht mehr zu Hause hocken. Allerdings habe ich inzwischen herausgefunden, dass sie einen neuen Lover hat. Einen Banker namens Bonnell Wallace, eine ziemlich große Nummer in New Orleans.«

»Ich kenne ihn. Wir haben bei seiner Bank ein Konto.«

»Ohne Scheiß? Also, ich habe die Blondine vom Empfang im Fitnessclub während ihrer Mittagspause bei Subway abgefangen. Ich hab es wie ein zufälliges Treffen aussehen lassen und ein bisschen Süßholz geraspelt, aber das wäre eigentlich gar nicht nötig gewesen. Sie hat sich ganz von selbst über Tori ausgelassen, die sie für eine Riesenzicke hält, und das ist ein wörtliches Zitat.«

Inzwischen atmete Doral etwas leichter. Zum Glück hatte er nach den Gerüchten über Coburn auch etwas Positives zu berichten. Er war heute nicht untätig gewesen. Er hatte vorausgedacht und machte Fortschritte. Das musste er unbedingt klarstellen.

»Die Tussi – sie heißt übrigens Amber –, also sie tippt, dass Wallace für sein Training extra nach Tambour kommt, weil seine Bankkunden oder seine hochnäsigen Freunde nicht erfahren sollen, dass er einen Personal Trainer braucht. Er ist zwar fett, aber seine Brieftasche ist noch fetter. Tori hat ihn von der ersten Sekunde an ins Visier genommen. Hat ihre Klauen in ihn versenkt, und jetzt ist er ihr verfallen. Tori glaubt tatsächlich, dass niemand von ihrer Affäre weiß, dabei weiß jeder in ihrem Club, dass Mr. Bonnell Wallace nicht nur Gewichte stemmt, wenn er nach Tambour kommt.«

Die Antwort kam nach langem Schweigen. »Gut zu wissen. Vielleicht können wir das irgendwann brauchen. Leider bist du Coburn dadurch kein Stück näher gekommen, oder?«

»Leider nicht.«

»Du hast mit deinem Bruder einen ziemlichen Schlamassel angerichtet. Ausgerechnet jetzt, wo wir so was gar nicht gebrauchen können. Es ist mir gleich, was Coburn ist, er hätte zusammen mit den anderen sterben sollen. Ich habe nicht vergessen, wem er entwischt ist. Finde ihn. Töte ihn. Enttäusche mich nicht noch mal.«

Der billige Whisky schoss ätzend und stinkend durch Dorals Schlund in seinen Mund. Er schluckte ihn krampfhaft wieder hinunter. »Wir konnten doch nicht wissen …«

»Es ist deine Aufgabe, so etwas zu wissen.« Die Stimme traf Doral bis ins Mark und kappte alle Ausreden, die er hätte vorbringen können. Und nur für den Fall, dass die Botschaft nicht angekommen war, folgte ein leises: »Du weißt doch, wie viel ich auf Diego und sein Rasiermesser gebe.«

Eine Gänsehaut überlief Dorals schweißfeuchte Arme.

»Das Problem bei Diego ist nur, dass es für den, der mich

enttäuscht hat, viel zu schnell vorbei ist. Er leidet nicht lang genug.«

Doral schaffte es gerade noch aus dem Wagen, bevor er sich mitten auf der Straße übergab.

# 25

Honor konnte nicht glauben, dass Coburn den Krabben-kutter ihres Vaters zu Wasser lassen wollte.

Ihre Proteste stießen auf taube Ohren.

Nur wenige Minuten nachdem er Hamilton das Wort abge-schnitten hatte, stand Coburn im Ruderhaus und riss die Ab-deckplane herunter, die über die Instrumente gebreitet war. »Wissen Sie, wie man den Motor startet?«, fragte er und deu-tete dabei ungeduldig auf die Instrumente.

»Ja, aber dafür müssten wir das Schiff wieder ganz ins Was-ser bekommen, und das schaffen wir nicht.«

»Wir müssen. Wir müssen hier weg.«

Im Verlauf der nächsten Stunde versuchte sie ihn immer wieder zu überzeugen, dass sein Vorhaben zum Scheitern ver-urteilt war, aber Coburn ließ sich nicht umstimmen. Schließ-lich entdeckte er in einer Werkzeugkiste an Deck eine ros-tige Machete, mit der er auf die Schlingpflanzen einhackte, die sich am Rumpf festgekrallt hatten. Es war eine schweiß-treibende Arbeit. Noch einmal versuchte sie ihn von seinem Plan abzubringen.

»Hamilton hat Ihnen sein Wort gegeben. Sie können sich doch darauf verlassen, dass er dazu steht, oder?«

»Nein.«

»Aber er ist Ihr Boss. Vorgesetzter, Führungskraft? Wie das beim FBI auch heißen mag.«

»Er ist all das. Und ich kann mich nur darauf verlassen,

dass er alles tun wird, um seinen eigenen Arsch zu retten. Lee Coburn existiert nicht mehr, oder haben Sie das vergessen?«

»Er hat uns sechsunddreißig Stunden gegeben.«

»Das wird er zurücknehmen.«

»Wie kommen Sie darauf?«

»Ich weiß, wie er denkt.«

»Weiß er auch, wie Sie denken?«

»Ja, und genau deshalb dürfen wir keine Zeit verlieren. Wahrscheinlich versucht er in genau diesem Augenblick, mein Handy orten zu lassen.«

»Sie haben ihm nicht gesagt, wo wir sind. Und Sie haben gesagt, Prepaidhandys seien so schnell nicht zu orten. Sie haben gesagt…«

»Ich habe eine Menge gesagt. Aber ich weiß nicht alles«, fiel er ihr ins Wort.

Ängstlich sah sie in den Himmel auf, wo sich die Wolken über dem Golf verloren. »Würde er einen Helikopter ausschicken?«

»Unwahrscheinlich. Hamilton würde verdeckt operieren, um uns nicht vorzuwarnen. Außerdem wurde ein Sturm angekündigt. Also wird er nicht angeflogen kommen.«

»Warum haben Sie es dann so eilig?«

Er hielt kurz inne und wischte sich mit dem Handrücken den Schweiß von der Stirn. »Weil ich mich möglicherweise irre.«

Aber je schwerer sie arbeiteten, desto hoffnungsloser erschien ihr Vorhaben. Honor schlug vor, ihr Glück mit dem eben erst gestohlenen Pick-up zu versuchen. »Nach dem sucht niemand. Das haben Sie selbst gesagt.«

»Okay, und wohin fahren wir?«

»Zu meiner Freundin.«

»Freundin.«

»Eine uralte Freundin, die uns verstecken würde, ohne Fragen zu stellen.«

»Nein. Keine Freundinnen. Die werden bestimmt überwacht.«

»Wir könnten in dem Pick-up schlafen.«

»*Ich* könnte das«, korrigierte er. »*Wir* nicht.«

Schließlich gab sie es auf, ihn umstimmen zu wollen, denn damit vergeudete sie nur ihre Energie. Zwar konnte sie es an Ausdauer und Behändigkeit nicht mit ihm aufnehmen, aber sie half ihm nach Kräften und tat alles, worum er sie bat.

Irgendwann wachte Emily aus ihrem Mittagsschlaf auf. Sie plapperte pausenlos und beobachtete gespannt das Geschehen. Immer wieder war sie ihnen im Weg, doch Coburn nahm das überraschend geduldig hin. Schließlich stand sie auf dem Deck und rief ihnen aufmunternd zu, während Honor und Coburn gemeinsam ihre Rücken gegen den Bug stemmten und das von seinen Fesseln befreite Gefährt vom Ufer ins Wasser schoben.

Coburn überprüfte den Rumpf auf mögliche Lecks und trat zu Honor ins Ruderhaus, nachdem er keines entdeckt hatte. Ihr Dad hatte ihr beigebracht, den Motor zu starten und zu lenken. Allerdings war das Jahre her. Wie durch ein Wunder erinnerte sie sich an jeden einzelnen Schritt, und als der Motor schließlich rülpsend zum Leben erwachte, konnte sie nicht sagen, wer ungläubiger war, sie oder Coburn.

Er fragte nach dem Treibstoff. Sie warf einen Blick auf die Anzeige. »Der müsste reichen. Dad hatte sich auf einen Hurrikan vorbereitet. Aber was die anderen Anzeigen angeht…« Sie sah ihn zweifelnd an. »Ich habe keinen Schimmer, wofür die alle gut sein sollen.«

Er breitete eine vergilbte Seekarte über die Instrumente. »Wissen Sie, wo wir hier sind?«

Sie deutete auf die entsprechende Stelle. »Irgendwo hier. Wenn wir nach Süden in Richtung Küste fahren, werden wir eher entdeckt. Andererseits fällt ein weiterer Krabbenkutter in einem Fischereihafen wahrscheinlich nicht weiter auf. Weiter landeinwärts werden die Bayous schmaler. Dafür stehen dort die Bäume dichter. Und das Wasser wird flacher.«

»Nachdem wir wahrscheinlich irgendwann vom Boot flüchten müssen, plädiere ich für flacheres Wasser. Bringen Sie uns einfach so weit wie möglich nach Norden.«

Er verfolgte ihre Route auf der Karte. Etwa fünf Meilen tuckerten sie die gewundenen Wasserwege entlang, bis der Motor zu husten begann. Das Bayou war hier mit Pflanzen überwuchert. Mehrmals wich Honor in letzter Sekunde Zypressenwurzeln aus, die sich aus dem undurchsichtigen Wasser wölbten.

Coburn tippte an ihren Ellbogen. »Da drüben. Der Platz ist genauso gut wie jeder andere.«

Honor lenkte das Boot möglichst nahe ans sumpfige Ufer, wo es wenigstens halbwegs von ein paar dicht stehenden Zypressen verdeckt wurde. Coburn warf den Anker aus. Sie schaltete den Motor ab und wartete auf weitere Anweisungen.

»Machen Sie es sich bequem.«

»Was?«, entfuhr es ihr.

Er faltete die Karte zusammen, stopfte sie in seine Hosentasche, kontrollierte dann die Pistole und legte sie oben neben den Instrumenten ab, wo Emily sie nicht erreichen konnte. »Ich nehme die .357er von Hawkins. Sie behalten die hier. Sie ist entsichert. Sie brauchen nur zu zielen und den Abzug zu drücken.«

»Was haben Sie vor?«

Bevor sie die Frage auch nur ausgesprochen hatte, hatte er das Ruderhaus verlassen. Als sie aufs Deck trat, ließ er sich bereits von der Reling in das knietiefe Wasser hinab. »Coburn!«

»Kann den Pick-up nicht dort stehen lassen.« Er zögerte kurz und zog dann leise fluchend ihr Handy und den Akku aus der Hosentasche. »Wahrscheinlich sollte ich Ihnen diesmal ein Handy dalassen. Falls mir etwas passiert. Aber ich verlasse mich darauf, dass Sie es nicht benutzen. Wenn Sie jemanden anrufen müssen, dann wählen Sie die Notrufnummer und nur die Notrufnummer.« Er reichte ihr beide Einzelteile.

»Wie muss ich…«

»Zum Glück für uns ist Ihr Handy schon älter. Da geht das leichter als bei den neueren Modellen.« Er zog die Abdeckung von der Rückseite des Handys und zeigte ihr, wie sie den Akku einlegen musste. »Er passt nur rein, wenn die Kontakte aufeinanderliegen. Das würde selbst Emily schaffen.« Er sah zu ihr auf. »Aber…«

»Ich verspreche, dass ich niemanden anrufe, außer wenn Sie nicht zurückkommen.«

Er nickte einmal knapp und drehte dem Boot den Rücken zu.

Gleich darauf war er ans Ufer gestapft und im Unterholz verschwunden.


Diego war gerade beim Einkaufen in einem mexikanischen Supermarkt, als sein Handy vibrierte. Er verließ den Laden, bevor er den Anruf annahm. »Alles bereit?«

»Ja«, lautete die Antwort. »Ich will, dass du die nächsten Tage jemanden überwachst.«

»Was? Ich soll jemanden überwachen?«

»Habe ich das nicht gerade gesagt?«

»Was ist mit Coburn?«

»Du tust, was ich dir sage, Diego. Der Mann heißt Bonnell Wallace.«

Wen interessierte es schon, wie der Kerl hieß? Es war jedenfalls nicht Coburn. Ehe Diego aufbegehren konnte, bekam er zwei Adressen genannt, zum einen die einer Bank an der Canal Street, zum anderen die einer Villa im Garden District. Eine Erklärung, warum der Mann beschattet werden sollte, bekam Diego nicht, und ehrlich gesagt, war ihm das auch scheißegal. Weil es ein Scheißjob war.

Übertrieben gelangweilt fragte er: »Soll er wissen, dass er beschattet wird?«

»Noch nicht. Ich lasse es dich wissen, wie wir weiter vorgehen. *Falls* es ein weiteres Vorgehen gibt.«

»Okay.« Sein abfälliger Tonfall war ihm deutlich anzuhören.

»Halte ich dich von etwas ab, Diego?«

*Allerdings,* dachte er. *Du hältst mich von einem gut bezahlten Job ab.* Aber er ging lieber zum Angriff über. »Ich wurde noch nicht für das Mädchen aus dem Massagesalon bezahlt.«

»Ich habe noch keinen Nachweis bekommen, dass sie tot ist.«

»Was ist, soll ich ihren Kopf in einer Schuhschachtel verschicken, so wie es diese Aasgeier in Mexiko tun?«

»So viel verlange ich gar nicht. Aber ich habe noch nicht in den Nachrichten gehört, dass man eine Leiche gefunden hätte.«

»Die wird man auch nicht finden. Dafür habe ich gesorgt.«

»Aber du hast mir auch keine Einzelheiten genannt.«

»Welche denn?«

»Ob jemand bei ihr war, als du sie aufgespürt hast.«

»Nein. Sie wartete an der Anlegestelle für die Schaufelraddampfer auf Freier.«

»Auf dem Moonwalk.«

»Wie auch immer.«

»War sie allein? Ohne einen Zuhälter? Jemand muss ihr bei der Flucht geholfen haben. Sie hätte nie den Mut gehabt, auf eigene Faust zu verschwinden.«

»Ich weiß nur, dass sie allein war, als ich sie gefunden habe. Ein Zuhälter war nicht da, sonst wären ihre Geschäfte besser gelaufen.« Er lachte leise. »Die ganze Sache war ein Kinderspiel. Ich habe ihr gesagt, dass ich mir für zehn Dollar einen blasen lassen will, und als wir hinter ein paar Holzstapeln waren, habe ich ihr die Kehle aufgeschlitzt. Sicherheitshalber habe ich auch ihren Bauch aufgeschlitzt, ihn mit Steinen gefüllt und sie im Fluss versenkt. Falls ihr Leichnam tatsächlich je wieder auftauchen sollte, wird ihn bestimmt niemand mehr erkennen.«

Es schmerzte, so über Isobel zu sprechen, aber er musste den Schein wahren. Das Lachen und seine Großspurigkeit waren gespielt, aber er musste glaubwürdig wirken.

Er musste fast unerträglich lange warten, bevor die Antwort kam: »Na gut. Du kannst dein Geld morgen abholen. Wo soll es hinterlegt werden?«

Bezahlt wurde er mit Bargeld in Briefumschlägen, die jedes Mal an einem anderen vorher vereinbarten Ort deponiert wurden. Er nannte die Adresse einer Schnellreinigung, die nach Katrina aufgegeben worden war.

»Auf der Theke steht eine alte Registrierkasse. Das Geld soll in die Schublade gelegt werden.«

»Es wird da sein. Bis dahin will ich über Bonnell Wallace auf dem Laufenden gehalten werden. Sobald er irgendwas tut, das von seiner Alltagsroutine abweicht, will ich es wissen.«

»Kleinigkeit für mich.« Bevor er sich noch mehr anhören musste, hatte Diego aufgelegt und marschierte wieder in den Laden. Er holte sich einen neuen Einkaufswagen und stellte erneut seine Einkäufe zusammen. Er ließ nie etwas unbewacht stehen, weil er Angst hatte, dass in der Zwischenzeit ein Peilsender oder etwas Schlimmeres angebracht worden sein könnte.

Und so nett ein Umschlag mit fünfhundert Dollar auch war, er würde ihn erst in ein paar Tagen abholen. Erst würde er das Gebäude mit der Reinigung überwachen, um sich zu überzeugen, dass man ihm keine Falle stellte. Seine Auftraggeber vertrauten ihm nur bedingt, aber er traute ihnen keinen Fingerbreit über den Weg.

Als er den Laden mit seinen Einkäufen und einer geklauten Dose Schinken verließ, regnete es. Trotz des Wetters kehrte er auf Umwegen nach Hause zurück, sah sich dabei immer wieder um und schloss regelmäßig die Finger um sein Rasiermesser, bevor er um eine unübersichtliche Ecke bog.

Isobel empfing ihn mit einem süßen Lächeln und einem trockenen Handtuch. Mit jedem Tag zeigte sie sich ihm gegenüber etwas weniger schüchtern. Allmählich begann sie ihm zu vertrauen und zu glauben, dass er ihr weder etwas antun noch ihren Körper verkaufen würde.

Er hatte aufgehört, sie zu berühren. Er traute sich nicht, auch nur ihre Wange zu streicheln, nicht solange ihm bei ihrem Anblick das Herz schmolz und ihm gleichzeitig fast die Hose platzte.

Nachts umklammerte sie mit einer winzigen Faust ihr silbernes Kruzifix und weinte sich in den Schlaf. Immer wieder wachte sie schreiend aus ihren Albträumen auf. Wenn ihr die Erinnerungen zu sehr zusetzten, weinte sie manchmal stundenlang, die Hände vor das Gesicht geschlagen und stöhnend, zusammengekrümmt vor Scham, weil sie mit Hunderten von Männern hatte schlafen müssen.

Aber für Diego war sie rein und gut und unschuldig. Wenn

jemand unrein war, dann war er das, denn er war mit einer Widerwärtigkeit befleckt, die sich einfach nicht abwaschen ließ. Mit seiner Berührung hätte er sie nur beschmutzt und neue Narben auf ihrer Seele hinterlassen. Darum hielt er sich zurück und liebte sie allein mit Blicken und seinem klopfenden Herzen.

Er leerte die Tüte mit Lebensmitteln auf den Tisch. Gemeinsam löffelten sie eine Packung Eis leer. Er schaltete seinen iPod ein und hätte schwören können, dass die Musik besser klang, seit sie die Lieder mit ihm teilte. Sie lachte wie ein Kind, als ihr der Goldfisch durch die Glaswand hindurch Küsse zuschmatzte.

Für ihn war sie ein Engel, der sein unterirdisches Gemach wie eine Sonne mit strahlender, sauberer Helligkeit erfüllte. Er badete in ihrem Licht und wollte es keine Sekunde missen.

Der dämliche Auftrag konnte ruhig ein, zwei Stunden warten.

Honor saß gerade auf der Koje neben ihrer schlafenden Tochter, lauschte dem Regen und ihrem Herzklopfen, als sie einen so schweren Schlag hörte, dass er durch das Metall hindurch zu spüren war. Sie zog die Pistole unter der Matratze hervor, hielt sie vor ihre Brust und kletterte leise die Stufen hinauf, um durch die Luke zu spähen.

»Ich bin's«, sagte Coburn.

Zutiefst erleichtert ließ sie die Waffe sinken. »Ich hatte Sie schon fast aufgegeben.«

»Es war kein leichter Weg zurück zum Wagen, vor allem nicht über Land. Bis ich dort ankam, war es schon dunkel, und es regnete. Dann musste ich erst noch eine Straße finden. Auf der Karte sind nur Wasserwege eingezeichnet. Schließlich habe ich eine Schotterstraße entdeckt, die nicht allzu weit von hier endet.«

Für Honor kam es einem Wunder gleich, dass er überhaupt zurückgefunden hatte.

»Alles okay?«, fragte er.

»Emily wollte wach bleiben, bis Sie zurückkommen, aber dann haben wir gegessen und eine Weile mit Elmo gespielt. Schließlich habe ich ihr eine Gutenachtgeschichte erzählt, und darüber ist sie eingeschlafen.«

»Wahrscheinlich ist es besser so.«

»Bestimmt. Sie hat Angst im Dunkeln, und ich wollte die Laterne nicht einschalten. Obwohl ich schon mit dem Gedanken gespielt habe, sie aufs Deck zu stellen, damit Sie zurückfinden. Ich hatte Angst, dass Sie uns in der Dunkelheit nicht finden würden. Sie haben schließlich nicht gesagt, was ich tun soll, bevor Sie aufgebrochen sind.«

Falls er den unausgesprochenen Tadel bemerkt hatte, ließ er ihn unkommentiert. »Jedenfalls haben Sie alles richtig gemacht.«

Inzwischen hatten sich ihre Augen an die Dunkelheit gewöhnt, und sie konnte ihn erkennen. Seine Kleider waren durchnässt, die Haare klebten ihm am Kopf. »Ich bin gleich wieder da«, erklärte sie ihm.

Sie ging die Treppe hinunter, versteckte die Pistole wieder unter der Matratze, sammelte dann ein paar Sachen zusammen und kletterte damit ins Ruderhaus zurück. Erst reichte sie ihm eine Flasche Wasser. Er dankte ihr, drehte den Deckel ab und leerte sie in einem Zug.

»Die hier habe ich noch gefunden.« Sie reichte ihm eine zusammengefaltete Khakihose und ein T-Shirt. »Sie lagen in einem der Vorratsfächer. Die Hose ist allerdings mit Sicherheit zu kurz, und sie riecht ein bisschen modrig.«

»Egal. Dafür ist sie trocken.« Erst schälte er sich Eddies T-Shirt vom Leib und ersetzte es durch das, das ihrem Vater gehört hatte, dann begann er seine Hose aufzuknöpfen.

Sie drehte ihm den Rücken zu. »Sind Sie hungrig?«

»Und wie.«

Sie kletterte wieder nach unten und schaltete kurz die Lampe ein, um das Essen zu finden, das sie für ihn beiseitegestellt hatte. Bis sie wieder ins Ruderhaus zurückgekehrt war, hatte er die Hose gewechselt. Sie stellte die Sachen auf dem Instrumentenbrett ab. »Sie haben keinen Dosenöffner mitgebracht.«

»Ich habe Dosen mit Laschen gekauft.«

»Alle, außer der Ananasdose. Und natürlich wollte Emily genau die.«

»Tut mir leid.«

»Ich habe einen Dosenöffner in einer Schublade unter dem Herd gefunden. Er ist völlig verrostet, womöglich sterben wir also an einer Bleivergiftung, aber immerhin konnte sie Ananas essen.«

Er bediente sich mit den Fingern an der Hühnerbrust aus der Dose, den Ananasscheiben und Salzcrackern. Zuletzt spülte er alles mit einer weiteren Flasche Wasser hinunter, die Honor ihm von unten holte. Außerdem hatte sie ein Päckchen Kekse mitgebracht, um seinen bemerkenswerten Appetit auf Süßes zu stillen.

Er saß auf dem Boden, den Rücken gegen das Instrumentenbrett gelehnt. Sie saß auf dem Kapitänsstuhl ihres Vaters, an dem die Elemente genauso genagt hatten wie an allem anderen auf diesem Boot.

Die Stille wurde nur durch das Prasseln des Regens und das Knuspern der Kekse durchbrochen.

»Es regnet immer mehr«, bemerkte sie nach einer Weile.

»M-hm.«

»Wenigstens vertreibt der Regen die Moskitos.«

Er kratzte sich am Unterarm. »Leider nicht alle.« Er zog den nächsten Keks aus der Packung und biss die Hälfte ab.

»Ob sie uns hier finden?«

»Ja.« Nachdem er sah, wie sehr seine unverblümte Antwort sie erschreckte, ergänzte er: »Es ist nur eine Frage der Zeit und hängt hauptsächlich davon ab, wann Hamilton seine Truppen losschickt. Wahrscheinlich hat er es schon getan.«

»Falls sie uns finden…«

»Wenn sie uns gefunden haben.«

»Wenn sie uns gefunden haben, werden Sie sich dann…« Sie suchte nach dem passenden Wort.

»Friedlich ergeben?«

Sie nickte.

»Nein.«

»Warum nicht?«

»Genau wie ich Hamilton erklärt habe, gebe ich keine Ruhe, bis ich diesen Hurensohn aus dem Geschäft gezogen habe.«

»Den Bookkeeper.«

»Das ist kein Auftrag mehr. Das ist ein Duell, er gegen mich.«

»Wie hat das eigentlich funktioniert? Dieser Deal, den er mit Marset hatte?«

»Mal sehen. Nehmen wir ein Beispiel. Jedes Mal, wenn ein Sattelschlepper von einem Staat in den nächsten wechselt, muss er an einer Wiegestation Halt machen. Sind Ihnen schon mal diese Eisengalgen aufgefallen, die an den Grenzen der einzelnen Bundesstaaten neben den Freeways stehen?«

Sie schüttelte den Kopf. »Ich fahre nicht so oft in andere Bundesstaaten, aber nein, die habe ich noch nie bemerkt.«

»Die wenigsten Menschen bemerken sie. Sie sehen aus wie

Ampeln. In Wahrheit sind es Radargeräte, die jeden Sattel-schlepper und Lastwagen durchleuchten, und sie sind ständig besetzt. Wenn einer der Posten einen Truck bemerkt, der ihm verdächtig vorkommt oder der nicht an der Wiegestation ge-halten hat, wird er angehalten und durchsucht.«

»Es sei denn, der Mann am Monitor wurde bestochen und lässt ihn passieren.«

»Bingo. Der Bookkeeper hat genau das organisiert und da-mit einen neuen Markt geschaffen. Seine Geschäftsstrategie ist es, die Gesetzeshüter zu korrumpieren und dadurch die Ge-setze effektiv auszuhebeln. Jemand, der zum Beispiel Menschen schmuggelt, betrachtet solche Schutzgelder als Geschäftsausga-ben.«

»Sam Marset war ein …?«

»Kunde. Ich glaube, einer der ersten, wenn nicht sogar *der* erste.«

»Wie kam es dazu?«

»Neben seinen offiziellen Geschäften betrieb Marset einen schwunghaften Handel mit illegalen Waren. Und weil er ein Musterbürger war, schöpfte niemand Verdacht. Dann wur-den Marsets Wagen immer öfter angehalten und seine Fahrer schikaniert. Die erhöhte Aufmerksamkeit machte ihn nervös. Schließlich wollte der Kirchenvorstand von St. Boniface nicht beim Schmuggeln erwischt werden. Auftritt des Bookkeepers, der ihm die perfekte Lösung für sein Problem bietet.« Coburn grinste. »Ironischerweise hatte der Bookkeeper das Problem erst geschaffen.«

»Indem er die Durchsuchungen koordinierte.«

»Wahrscheinlich wusste Marset das sogar. Aber wenn ihm der Bookkeeper einen Bremsklotz vor die Räder schieben konnte, dann konnte er auch dafür sorgen, dass dieser Klotz wieder verschwand. Entweder zahlte er also Schutzgelder an den Bookkeeper, oder er riskierte, mit einer Ladung Drogen erwischt zu werden. Damit wäre das Leben, wie er es bis dahin gekannt hatte, Geschichte.«

»Andere wären gezwungen, es genauso zu machen.«

»Und sie machten es genauso. Inzwischen hat der Bookkeeper einen ziemlich großen Kundenstamm. Zum Teil sind es große Unternehmen wie das von Marset. Zum Teil kleine unabhängige Spediteure. Männer, die nach der Ölpest im Golf von Mexiko ihren Job verloren haben und jetzt nur noch einen Laster besitzen, aber einen Haufen Mäuler zu stopfen haben. Sie fahren über die Staatsgrenze nach Südtexas, laden dort ein paar Hundert Pfund Marihuana ein, fahren damit zurück nach New Orleans, und schon haben die Kinder wieder eine Woche zu essen.

Natürlich verstoßen sie damit gegen das Gesetz, aber der eigentliche Verbrecher ist derjenige, der diese Leute dafür bezahlt, dass sie straffällig werden. Die Schmuggler gehen das größte Risiko ein, erwischt zu werden, und wenn sie tatsächlich ins Netz gehen, können sie nicht mal ihren Auftraggeber verpfeifen, weil sie ihn nicht kennen. Sie kennen nur ihren Kontaktmann, und der steht ganz unten in der Hierarchie.«

»Aber warum wurde Marset umgebracht, wenn er ein so guter Kunde war? Sie haben Hamilton gegenüber erwähnt, dass er sich beschwert hätte.«

»Eine Weile lief alles wie geschmiert. *Simpatico.* Dann wurde der Bookkeeper gierig und begann seine Vergütung für die geleisteten Dienste zu erhöhen. Marset brauchte keine Kristallkugel, um vorauszusehen, dass die Kosten irgendwann explodieren würden und dass der Bookkeeper dann den größten Teil des Kuchens für sich beanspruchen würde. Wenn er sich aber weigerte zu zahlen ...«

»Würde er erwischt, bloßgestellt und ins Gefängnis gesteckt.«

»Ganz genau. Und der Bookkeeper konnte das nach Belieben in die Wege leiten, weil seine Tentakel bis tief ins Justizsystem reichen. Darum schlug Marset, durch und durch Diplomat, ziemlich naiv vor, dass sie sich Sonntagnacht treffen und Bedingungen aushandeln sollten, mit denen beide leben konnten.«

»Aber Sie haben den Braten gerochen.«

»Den Bookkeeper kriegt man schwerer zu fassen als den verfluchten Zauberer von Oz. Ich konnte mir beim besten Willen nicht vorstellen, dass er leibhaftig in die Lagerhalle spaziert kommt und nach einem Händeschütteln zu verhandeln beginnt.«

»Wusste Marset, wer er ist?«

»Wenn er es gewusst hat, dann ist er gestorben, ohne es zu verraten. Ich habe seine Akten durchgesehen, jeden Zettel studiert, den ich in die Finger bekommen konnte, eingeschlossen den mit dem Namen Ihres Mannes.«

»Sie verdächtigen doch nicht etwa Eddie, der Bookkeeper zu sein?«

»Nein, der Bookkeeper ist gesund und munter.«

»Wie passt Eddie Ihrer Meinung nach in all das?«

»Sie haben erzählt, er hätte nebenbei für Marset gearbeitet. Vielleicht hat er ihm bei seinen illegalen Geschäften geholfen. Oder vielleicht war er ein weiterer bestechlicher Bulle auf der Gehaltsliste des Bookkeepers. Vielleicht versuchte er die beiden gegeneinander auszuspielen oder wartete auf eine Gelegenheit, selbst abzusahnen. Vielleicht wollte er es mit Erpressung versuchen. Ich weiß es nicht.«

Sie starrte ihn schweigend an, bis er mit leichtem Widerwillen einschränkte: »Oder er war ein ehrlicher Polizist, der versuchte, einen von beiden oder beide zusammen vor Gericht zu bringen. Aber ob er nun korrupt oder unbestechlich war, bestimmt hätte er sich zu schützen versucht, indem er Beweise sammelte, die er für seine Zwecke einsetzen konnte.«

Honor war überzeugt, dass Eddie durch und durch ehrlich gewesen war, aber einstweilen ließ sie das Thema auf sich beruhen. »Royale Trucking. Sind alle Angestellten dort korrupt?«

»Bei Weitem nicht. Die sechs, die zusammen mit Marset gestorben sind, waren es allerdings schon. Er hatte über seine undurchsichtigen Geschäfte Buch geführt, aber diese Unterlagen bekam bis auf seinen engsten Vertrauten niemand zu sehen. Die Angestellten im Büro und selbst seine Angehörigen wussten nichts von seinen Nebengeschäften.«

»Wie war das möglich?«

Er zuckte mit den Achseln. »Vielleicht haben sie nicht allzu genau hingesehen. Vielleicht wollten sie nichts sehen. Sie wussten nur, dass sein Geschäft trotz der allgemein schwachen Wirtschaft florierte.«

»Ihnen wird also nichts passieren? Mrs. Marset zum Beispiel?«

»Angeklagt wird sie höchstwahrscheinlich nicht. Trotzdem wird es nicht einfach für sie, wenn die Wahrheit über ihren Mann ans Licht kommt.«

Honor zog die Füße auf die Sitzfläche, schlang die Arme um die Beine und ließ das Kinn auf die Knie sinken. Leise stellte sie fest: »Die werden Sie umbringen.«

Er biss wortlos in den nächsten Keks.

»Doral oder einer aus dem Hawkins-Clan. Selbst die ehrlichen Polizisten, die in Ihnen nur den Mörder von Sam Marset sehen, würden Sie bestimmt lieber tot als lebendig nach Tambour zurückbringen.«

»Hamilton hat allen erzählt, dass ich längst tot sei. Ich frage mich, wie er sich aus der Sache herauswinden will.«

»Wie können Sie darüber noch Witze reißen? Macht es Ihnen keine Angst, dass Sie umgebracht werden könnten?«

»Nicht besonders.«

»Sie machen sich keine Gedanken übers Sterben?«

»Es überrascht mich eher, dass ich noch lebe.«

Honor zupfte an einem Nagelhäutchen, das sich gelöst hatte, während sie am Boot gearbeitet hatten. »Sie wissen so viele Sachen.« Sie warf ihm einen kurzen Blick zu. Er sah neugierig zu ihr auf. »Überlebenssachen. Andere Sachen.«

»Ich weiß nicht, wie man Cupcakes macht.«

Zum ersten Mal, seit sie ihn bäuchlings in ihrem Garten liegend gefunden hatte, neckte er sie, aber sie ließ sich davon nicht ablenken. »Haben Sie das alles bei den Marines gelernt?«

»Das meiste.«

Sie wartete ab, aber es folgte keine nähere Erklärung. »Sie waren eine andere Art von Marinesoldat als mein Schwiegervater.«

»Er war ein Soldat wie von einem Werbeplakat?«

»Ganz genau.«

»Dann war ich, ja, anders. Wir sind nie im Gleichschritt marschiert. Ich hatte eine Uniform, aber die habe ich nur ein paar Mal getragen. Ich habe fast nie vor einem Offizier salutiert, und vor mir hat erst recht niemand salutiert.«

»Und was haben Sie *wirklich* gemacht?«

»Menschen getötet.«

Das hatte sie schon vermutet. Sie hatte sich sogar vorgemacht, sie würde nicht zusammenzucken, wenn er es endlich zugeben würde. Aber die Worte trafen sie wie winzige Faustschläge, und weil sie befürchtete, dass diese Schläge allzu schmerzhaft werden könnten, wenn sie noch mehr hörte, vertiefte sie das Thema nicht weiter.

Er aß den letzten Keks und klopfte sich die Krümel von den Händen. »Machen wir uns an die Arbeit.«

»Arbeit?« Sie war so erschöpft, dass ihr jeder Muskel wehtat. Sie hatte das Gefühl, dass sie an Ort und Stelle einschlafen würde, sobald sie nur einmal die Augen schloss. Mochte die Matratze noch so stockfleckig sein, sie sehnte sich danach, neben Emily zu liegen und zu schlafen. »Welche Arbeit?«

»Wir müssen noch einmal alles durchgehen.«

»Was durchgehen?«

»Eddies Leben.«

# 26

Im Schutz von Dunkelheit, Regen und einer dichten Hecke schlich sich Diego an das Anwesen heran. Bonnell Wallace wohnte in einer der imposanten Villen an der St. Charles Avenue.

Vom Standpunkt eines Einbrechers aus war es eine verfluchte Festung.

Die Gartenbeleuchtung war so angelegt, dass sie möglichst schmeichelhafte Akzente setzte. Sie stellte ein zu vernachlässigendes Risiko dar. Schon auf den ersten Blick boten sich Diego hundert Möglichkeiten, den künstlichen Mondschein zu umgehen.

Problematischer waren die Scheinwerfer, die sämtliche Außenmauern von unten anstrahlten und das Haus in grelles Licht tauchten. Über diesen Strahlern würde jeder Schatten bis unters Dach reichen und sich wie ein Tintendruck auf der strahlend weißen Backsteinmauer abzeichnen.

Er ließ den Blick prüfend über den manikürten Rasen und den achtzigtausend Dollar schweren Wagen auf der kreisförmigen Auffahrt wandern und kam zu dem Schluss, dass die Alarmanlage mit Sicherheit zum Besten gehörte, was man für Geld kaufen konnte. An jeder Tür und jedem Fenster wären hochempfindliche Sensoren angebracht, dazu gab es bestimmt in jedem Raum Bewegungs- und Glasbruchmelder sowie höchstwahrscheinlich einen unsichtbaren Laserstrahl rund um das Gelände. Sobald er abgeschnitten wurde, würde ein stummer Alarm ausgelöst, sodass die Polizei schon anrückte, bevor der Eindringling auch nur das Haus erreicht hatte.

Keines dieser Hindernisse machte einen Einbruch unmöglich, dennoch stellten sie Hürden dar, die Diego lieber umgangen hätte.

Durch das Fenster in der Hausfront konnte er in eine Art Arbeitszimmer sehen. Ein schwerer, mittelalter Mann lagerte telefonierend in einem üppigen Sessel und hatte die Füße auf eine Ottomane gebettet. Zwischendurch nippte er immer wieder an einem Glas, das er in Reichweite abgestellt hatte. Er sah entspannt aus, so als wäre es ihm völlig egal, dass der erleuchtete Raum wie ein Schaufenster wirkte und er von der Straße aus für jedermann zu sehen war.

Das sagte bereits genug aus. Mr. Wallace fühlte sich sicher.

In diesem Viertel musste jemand, der wie Diego aussah, Verdacht erregen. Er verließ sich auf seine Fähigkeit, sich notfalls unsichtbar zu machen, aber er hielt trotzdem wachsam Ausschau nach Streifenwagen oder neugierigen Nachbarn, die mit ihren Hunden Gassi gingen. Regen rann unter seinen Kragen und über seinen Rücken. Er spürte ihn kaum. So harrte er aus, völlig reglos bis auf seine Augen, die in regelmäßigen Abständen die Umgebung absuchten.

Er wartete darauf, dass etwas passierte. Doch nichts geschah, außer dass Mr. Wallace sein Telefon gegen eine Zeitschrift eintauschte, die ihn fast eine Stunde fesselte. Danach leerte er sein Glas in einem Zug, verließ den Raum und schaltete im Hinausgehen das Licht aus. Im ersten Stock ging ein Licht an, das knapp zehn Minuten leuchtete und dann wieder erlosch.

Diego rührte sich nicht von der Stelle, doch als nach einer weiteren Stunde offensichtlich war, dass Wallace ins Bett gegangen war, beschloss er, dass er seine Zeit anderswo sinnvoller verbringen konnte. Er würde die Überwachung morgen früh wieder aufnehmen. Und niemand würde je etwas davon erfahren.

Er huschte aus seinem Versteck und ging ein paar Blocks weiter zu einem kleinen Geschäftszentrum, in dem immer noch mehrere Bars und Restaurants geöffnet hatten. Auf einem dunklen, unbewachten Parkplatz knackte er ein Auto, mit dem er in sein eigenes Viertel zurückfuhr, wo er es stehen ließ, wohl wissend, dass es die städtischen Raubtiere innerhalb weniger Minuten bis auf die Räder ausgeräumt hätten.

Den Rest des Weges legte er zu Fuß zurück. Er machte kein Licht, als er sein Haus betrat. Geräuschlos schlich er in sein unterirdisches Wohnquartier. Ausnahmsweise schlief Isobel tief und traumlos. Ihr Gesicht sah so friedlich aus.

Diego fühlte keinen Frieden, und er schlief auch nicht. Er saß nur da, schaute in Isobels stilles Gesicht und rätselte, warum der Bookkeeper einem Naturtalent wie ihm einen derartigen Mickymaus-Auftrag gegeben hatte, wie Bonnell Wallace »im Auge zu behalten«.


»Ich weiß es nicht.«

Honor war schon ganz heiser, so oft hatte sie diese vier Worte wiederholt. Seit zwei Stunden traktierte Coburn sie unermüdlich mit Fragen nach Eddies Leben und ließ dabei nicht einmal Eddies Jugend aus.

»Damals kannte ich ihn überhaupt nicht«, wehrte sie sich erschöpft.

»Sie sind hier aufgewachsen. Er ist hier aufgewachsen.«

»Er war drei Klassen über mir. Wir sind uns erst begegnet, als er in der letzten Highschool-Klasse war und ich in der ersten.«

Er wollte alles aus Eddies Leben erfahren. »Wann starb

seine Mutter? Wie starb sie? Hatte er Verwandte, denen er nahestand?«

»1998. Sie bekam damals eine Chemotherapie gegen Brustkrebs. Die Behandlungen hatten sie geschwächt, und sie starb an einer Lungenentzündung. Sie hatte nur eine überlebende Schwester. Eddies Tante.«

»Wo wohnt sie?«

»Nirgendwo. Sie starb 2002, wenn ich mich recht erinnere. Was hat sie oder irgendwas von alldem mit Ihrer Suche zu tun?«

»Er hat irgendwas bei irgendwem hinterlegt. Oder er hat irgendwo etwas versteckt. Eine Akte. Unterlagen. Ein Tagebuch. Schlüssel.«

»Wir haben all das schon durchgesprochen. Falls tatsächlich so etwas existiert, dann weiß ich nicht, was es sein sollte, und noch weniger, wo wir danach suchen sollen. Ich bin müde. Können wir nicht bis morgen warten und dann weitermachen? Bitte.«

»Vielleicht sind wir bis dahin tot.«

»Genau, ich könnte nämlich vor Erschöpfung sterben. Und was hätten wir dann gewonnen?«

Er strich sich müde übers Kinn. Lange sah er sie nachdenklich in der Dunkelheit an, doch gerade als sie glaubte, er würde sich geschlagen geben, erklärte er: »Sie oder sein Dad. Einer von beiden muss es haben.«

»Warum nicht einer seiner Kollegen? Fred oder Doral? Abgesehen von Stan und mir waren die Zwillinge seine engsten Vertrauten.«

»Weil die beiden damit belastet werden, ganz gleich, was es ist. Wenn sie es hätten, hätten sie es schon vernichtet. Dann hätten sie nicht zwei Jahre wie die Geier über Ihnen gekreist.«

»Weil sie darauf warteten, dass ich es irgendwann hervorzaubere?«

»Oder weil sie sichergehen wollten, dass es nie wieder auf-
taucht.« Während er nachdachte, schlug er sich regelmäßig
mit der Faust in die offene Hand. »Wer hat Eddies Tod als Un-
falltod deklariert?«

»Der ermittelnde Polizist.«

Seine Hände kamen zur Ruhe. »Lassen Sie mich raten. Fred
Hawkins.«

»Nein. Es war jemand anderes. Ein Polizist, der zufällig am
Unfallort vorbeikam. Als er eintraf, war Eddie schon tot.«

»Wie hieß der Polizist?«

»Warum?«

»Mich interessiert, wieso er zufällig dort vorbeikam.«

Honor stand unvermittelt auf und trat an Deck, blieb aber
direkt neben der Tür stehen, wo das schmale Vordach über
dem Ruderhaus sie vor dem Regen schützte.

Coburn folgte ihr. »Was ist los?«

»Nichts. Ich brauchte nur etwas frische Luft.«

»Von wegen. Was ist los?«

Zu müde, um noch länger mit ihm zu streiten, sackte sie
gegen die Wand. »Der Polizist, der den Unfall untersuchte,
wurde ein paar Wochen danach tot aus einem Bayou gefischt.
Er war erstochen worden.«

»Verdächtige?«

»Keine.«

»Ein ungelöster Mordfall.«

»Ich nehme es an. Ich habe nie wieder etwas darüber gehört.«

»Diese Schweine sind wirklich gründlich, nicht wahr?« Er
blieb direkt neben ihr stehen und schaute in den Regen hinaus. »Was hatte Eddie für Hobbys? Bowling? Golf? Was?«

»Alles. Er war ein geborener Sportler. Er ging gern jagen
und angeln. Aber das habe ich Ihnen schon erzählt.«

»Wo ist sein Angel- und Jagdzeug?«

»Bei Stan.«

»Die Golftasche?«

»Auch bei Stan. Genau wie die Bowlingkugel und das Pfeil-und-Bogen-Set, das er mit zwölf zum Geburtstag bekommen hat.« Sie versuchte knapp und sarkastisch zu klingen, aber er nickte nur nachdenklich.

»Früher oder später werde ich Stan einen Besuch abstatten müssen.« Bevor sie darauf eingehen konnte, bat er sie, Eddie zu beschreiben.

»Sie haben sein Bild doch gesehen.«

»Ich meine seine Persönlichkeit. War er ernsthaft und ehrgeizig? Optimistisch? Launisch? Witzig?«

»Ausgeglichen. Gewissenhaft. Ernst, wenn es nötig war, aber er konnte sich auch amüsieren. Er erzählte gern Witze. Und er tanzte gern.«

»Und liebte gern.«

Sie nahm an, dass er sie provozieren wollte, aber diese Befriedigung wollte sie ihm nicht geben. Sie sah ihm ins Gesicht und sagte ernst: »Sehr.«

»War er treu?«

»Ja.«

»Sind Sie sicher?«

»Absolut.«

»Absolut sicher können Sie unmöglich sein.«

»Er war treu.«

»Waren Sie es?«

Sie sah ihn finster an.

Er zuckte mit den Achseln. »Okay, Sie waren treu.«

»Wir führten eine glückliche Ehe. Ich hatte keine Geheimnisse vor Eddie, und er hatte keine vor mir.«

»Eines hatte er mindestens.« Er schwieg kurz, um der Bemerkung Nachdruck zu verleihen, und raunte ihr dann leise zu: »Jeder hat Geheimnisse, Honor.«

»Ach, wirklich? Dann verraten Sie mir doch eines von Ihren.«

Ein Mundwinkel zuckte nach oben. »Jeder außer mir. Ich habe keine Geheimnisse.«

»Das ist doch absurd. Sie bestehen aus nichts als Geheimnissen.«

Er verschränkte die Arme vor der Brust. »Fragen Sie nur.«

»Wo sind Sie aufgewachsen?«

»In Idaho. Nahe der Staatsgrenze nach Wyoming. Am Fuß der Teton Range.«

Das überraschte sie. Sie wusste nicht, was sie erwartet hatte, aber das auf keinen Fall. Er entsprach nicht ihrem Bild eines Mannes aus den Bergen. Natürlich war es auch möglich, dass er sie anlog und eine völlig abwegige Vergangenheit erfand, um seine Tarnung nicht zu gefährden. Aber sie fragte einfach weiter. »Was hat Ihr Vater gemacht?«

»Getrunken. Meistens. Wenn er mal arbeitete, dann als Mechaniker bei einem Autohändler. Im Winter fuhr er den Schneepflug.«

»Er ist gestorben?«

»Schon vor Jahren.«

Sie sah ihn neugierig an. Er ließ ihre unausgesprochene Frage so lange unbeantwortet, dass sie insgeheim schon aufgab.

Schließlich führte er aus: »Er hatte dieses alte Pferd, das er in einem Pferch hinter unserem Haus hielt. Ich hatte ihm einen Namen gegeben, aber ich habe nie gehört, dass er es damit angesprochen hätte. Er hat es kaum je geritten. Hat es kaum je *gefüttert*. Aber eines Tages sattelte er es und ritt los. Das Pferd kam irgendwann wieder. Ohne ihn. Seine Leiche hat man nie gefunden. Aber ehrlich gesagt, hat man auch nicht allzu gründlich danach gesucht.«

Honor fragte sich, ob die Bitterkeit in seiner Stimme auf seinen alkoholkranken Vater zielte oder auf die Suchtrupps, die sich so wenig Mühe gegeben hatten, den Leichnam zu finden.

»Dad hatte das Pferd so zuschanden geritten, dass ich es erschießen musste.« Er löste die verschränkten Arme, ließ sie sinken und starrte in den Regen. »Es war kein großer Verlust. Als Pferd machte es nicht so viel her.«

Honor ließ eine volle Minute verstreichen, bevor sie sich nach seiner Mutter erkundigte.

»Sie war Frankokanadierin. Ein sehr stürmischer Charakter. Wenn sie tobte, begann sie auf Französisch zu schimpfen, das sie mir nie beigebracht hatte, sodass ich oft gar nicht kapierte, warum sie mich so anschrie. Sie wird schon ihre Gründe gehabt haben, nehme ich an.

Jedenfalls trennten sich unsere Wege, nachdem ich die Highschool abgeschlossen hatte. Ich ging zwei Jahre aufs College, bis ich erkannte, dass ich nicht dafür geschaffen war, und meldete mich dann zu den Marines. Während meines ersten Einsatzes teilte man mir mit, dass sie gestorben war. Ich flog nach Idaho. Beerdigte sie. Ende der Geschichte.«

»Brüder oder Schwestern?«

»Nein.«

Seiner Miene fehlte jedes Gefühl, so wie seinem Leben jede Art von Liebe gefehlt hatte.

»Keine Cousins, Tanten, Onkel, Großeltern«, ergänzte er. »Auf meiner Beerdigung wird bestimmt niemand weinen. Es wird auch keine Salutschüsse geben, und niemand wird eine Flagge über meinen Sarg breiten. Ich bin dann einfach Geschichte, und niemand wird sich darum scheren. Ich am allerwenigsten.«

»Wie können Sie so etwas sagen?«

Er sah sie mit überraschter Miene an. »Wieso macht Sie das so wütend?«

Jetzt, wo er gefragt hatte, merkte sie, dass es sie tatsächlich wütend machte. »Es würde mich wirklich interessieren, wie jemand so gleichgültig über seinen eigenen Tod sprechen kann. Schätzen Sie Ihr Leben denn überhaupt nicht?«

»Eigentlich nicht.«

»Warum nicht?«

»Warum interessiert Sie das?«

»Weil auch Sie ein Mensch sind.«

»Ach so. Sie kümmern sich um die Menschheit im Allgemeinen, verstehe ich das richtig?«

»Natürlich.«

»Ach ja?« Er drehte sich ihr zu, bis nur noch seine rechte Schulter an der Wand des Ruderhauses lehnte. »Warum haben Sie ihn nicht angefleht, Sie hier rauszuholen?«

Der Themenwechsel kam völlig überraschend. »Wen?«

»Hamilton. Warum haben Sie ihm nicht erzählt, wo Sie sind, damit er jemanden losschicken kann, der Sie von hier wegbringt?«

Sie holte unsicher Luft. »Weil ich nach dem, was ich in den letzten anderthalb Tagen gesehen und gehört habe, nicht mehr weiß, wem ich trauen soll. Man könnte wohl sagen, ich habe mich für den Teufel entschieden, den ich schon kenne.« Sie meinte das ironisch, aber er blieb todernst.

Stattdessen beugte er sich vor. »Warum noch?«

»Wenn ich tatsächlich etwas besitzen sollte, das diesen Bookkeeper ins Gefängnis bringt, dann will ich Ihnen helfen, es zu finden.«

»Ach so. Patriotische Pflicht.«

»So könnte man es wohl nennen.«

»Hmm.«

Er rückte noch näher, bis er so dicht vor ihr stand, dass sie ihr eigenes Herz hörte, das immer stärker und schneller schlug. »Und… und wegen… dem, was ich Ihnen schon gesagt habe.«

Er trat nach vorn und baute sich vor ihr auf, so als würde er den prasselnden Regen gar nicht spüren. »Sagen Sie es noch mal.«

Ihre Kehle war wie zugeschnürt, und nicht nur, weil sie den Kopf in den Nacken legen musste, um ihm in die Augen zu sehen. »Wegen Eddie.«

»Weil Sie seinen Ruf wahren wollen.«

»Genau.«

»Darum sind Sie also mitgekommen?«

»Genau.«

»Ich glaube Ihnen nicht.«

Im nächsten Moment drängte er sich gegen sie. Erst mit den Schenkeln, dann mit dem Rumpf, mit der Brust und schließlich mit dem Mund. Sie hörte sich leise wimmern, aber was das zu bedeuten hatte, hätte sie selbst nicht sagen können, bis sie irgendwann merkte, dass sie instinktiv die Arme um ihn geschlossen hatte und dass sich ihre Hände rastlos an seinem Rücken und seinen Schultern festklammerten, so als gierte sie danach, ihn zu spüren.

Er küsste sie mit offenem Mund, mit seiner Zunge, und als sie seinen Kuss schließlich erwiderte, spürte sie dieses Brummen, das tief in seiner Brust vibrierte. Es war einer jener hungrigen Laute, die sie seit Ewigkeiten nicht mehr gehört hatte. Das männliche, sinnliche Geräusch verunsicherte und erregte sie zugleich.

Mit seiner großen Hand umschloss er ihren Hinterkopf. Sein Schenkel schob sich an ihrem aufwärts, immer höher, bis er sich an ihr rieb, während er sie gleichzeitig weiter küsste, so als wollte er ihr den letzten Atemzug aussaugen. Sie genoss jede einzelne erschreckende Empfindung.

Er unterbrach den Kuss, doch nur, um seinen heißen Mund auf ihren Hals zu legen. Frech und besitzergreifend schloss sich seine Hand über ihrer Brust, drückte sie, formte sie, bis sie in seine Handfläche passte, und betastete ihre feste Brustwarze, bis er vor Lust die Luft zwischen den Zähnen ausstieß.

Das brachte Honor wieder zu sich.

»Was tun wir da?«, keuchte sie. »Das geht nicht.« Sie schubste ihn weg. Ohne den strömenden Regen zu spüren, der auf seinen Kopf und seine Schultern trommelte, fixierte er sie ernst, während seine Brust sich hektisch hob und senkte.

»Es tut mir leid«, sagte sie und meinte es absolut aufrichtig. Aber tat es ihr um ihn oder um sich selbst leid? Tat es ihr leid, dass sie es so weit hatte kommen lassen oder dass sie ihm Einhalt geboten hatte?

Sie wusste es nicht und gestattete sich nicht, darüber nachzudenken. Stattdessen eilte sie zurück ins Ruderhaus, die Treppe hinunter und in die kleine Kajüte.

Emily erwachte, setzte sich auf und sah sich um.

Irgendwie war es immer noch dunkel, aber sie konnte trotzdem etwas sehen, darum hatte sie auch keine Angst. Ihre Mommy war auch da und lag neben ihr auf dem stinkigen Bett. Coburn lag in dem anderen Bett. Beide schliefen noch.

Ihre Mommy lag auf der Seite und hatte die Hände unter den Kopf geschoben. Die Knie hatte sie so angezogen, dass sie schon an ihren Bauch stießen. Wenn sie die Augen aufgemacht hätte, hätte sie Coburn gesehen. Er lag auf dem Rücken. Seine eine Hand lag auf seinem Bauch. Die andere hing vom Bett runter. Seine Finger berührten fast Mommys Knie.

Emily rutschte ans Ende des Bettes und ließ sich auf den Boden sinken, dabei drückte sie Elmo an ihren Bauch und schleifte ihre Decke hinter sich her. Eigentlich durfte sie nicht barfuß über den Boden gehen, weil der so schmutzig war. Das hatte ihre Mommy ihr gesagt. Aber sie wollte sich nicht hinsetzen, um ihre Sandalen anzuziehen, darum schlich sie auf Zehenspitzen zu der Treppe und schaute dann nach oben in den Raum mit den komischen Geräten.

Ihre Mommy hatte sie gestern in den schiefen Stuhl gesetzt und ihr gesagt, dass dort Grandpa früher immer gesessen hatte und dass er sie oft auf den Schoß genommen hatte, wenn er das Boot gelenkt hatte. Aber damals war sie noch ein Baby gewesen, deshalb konnte sie sich nicht daran erinnern. Sie wünschte, sie wüsste es noch. Ein Boot zu lenken war bestimmt lustig.

Ihre Mommy hatte es gestern lenken dürfen, aber als sie Coburn gefragt hatte, ob er sie auch mal lenken ließ, hatte er nein gesagt, sie hätten es eilig und er hätte was Besseres zu tun, als sie zu bespaßen. Aber dann hatte er gesagt, vielleicht später, mal sehen.

Coburn hatte auch gesagt, dass sie von den kaputten Fensterscheiben wegbleiben sollte, weil sie sich sonst schneiden könnte. Sie hatte ihn gefragt, warum man sich an Glas schneiden kann, und er hatte gesagt, dass er das nicht weiß, aber man könnte es, und darum sollte sie von den Fenstern wegbleiben.

Inzwischen regnete es nicht mehr, aber der Himmel sah immer noch nass aus, genau wie die Bäume, die sie von hier aus sehen konnte.

Wahrscheinlich würde es ihrer Mommy nicht gefallen, wenn sie noch weiter weggehen würde, darum schlich sie auf Zehenspitzen die Treppe wieder hinunter. Ihre Mommy hatte sich nicht bewegt und Coburn auch nicht, nur sein Bauch ging rauf und runter, wenn er atmete. Sie legte die Hand auf ihren Bauch. Der ging auch rein und raus, wenn sie atmete.

Dann entdeckte sie unten auf Coburns Bett das verbotene Handy und den Akku.

Als ihre Mommy und Coburn gestern die Zweige von dem Boot weggehauen hatten, hatte sie gefragt, ob sie auf Mommys Handy ihr Puzzle mit Thomas der kleinen Lok spielen durfte. Beide hatten gleichzeitig »Nein!« gesagt, nur dass Coburn es ein bisschen lauter gesagt hatte als Mommy. Sie hatte nicht verstanden, warum beide nein gesagt hatten, denn Mommy ließ sie oft auf ihrem Handy spielen, wenn sie es nicht brauchte.

Jetzt brauchte Mommy ihr Handy nicht, darum war es bestimmt nicht so schlimm, wenn sie ein bisschen darauf spielte.

Sie hatte zugeschaut, als Coburn ihrer Mommy gezeigt hatte, wie man den Akku einlegte. Sie konnte das auch. Das hatte Coburn selbst gesagt.

Er rührte sich nicht, als sie das Handy vom Bett nahm. Sie legte den Akku so in das Handy, dass die goldenen Zähne aufeinanderpassten, dann drückte sie ihn fest, genau wie Coburn es gemacht hatte, und schaltete das Handy kurz darauf ein. Als die vielen kleinen Zeichen auf dem Bildschirm auftauchten, drückte sie auf das mit der kleinen Lokomotive. Das Puzzle gefiel ihr von allen Spielen am besten.

Konzentriert zog sie erst die Räder an die richtige Stelle, dann kamen der Kessel und der Schornstein und die ganzen anderen Teile dran, bis Thomas ganz zu sehen war.

Jedes Mal, wenn sie das Puzzle fertig bekommen hatte, lobte ihre Mommy sie, weil sie so schlau war. Mommy wusste, dass sie schlau war, aber Coburn wusste das nicht. Sie wollte Coburn auch zeigen, dass sie schlau war.

Sie kroch an seinen Kopf und beugte sich ganz dicht über ihn. »Coburn?«, flüsterte sie.

Seine Augen flogen auf. Er sah sie komisch an und sah dann zu ihrer Mommy hinüber, die immer noch schlief. Gleich darauf sah er sie wieder an. »Was ist denn?«

»Ich habe das Puzzle fertiggekriegt.«

»Was ist?«

»Das Eisenbahnpuzzle. Auf Mommys Handy. Ich habe es fertig gemacht.«

Sie hielt es hoch, damit er es sehen konnte, aber eigentlich sah er gar nicht hin, denn im selben Moment sprang er so schnell vom Bett auf, dass er sich den Kopf an der Decke anschlug.

Dann sagte er ein ganz schlimmes Wort.

# 27

Deputy Sheriff Crawford stellte überrascht fest, dass sie zu einem verlassenen Krabbenkutter geführt wurden, der weniger im Wasser zu schwimmen, als vielmehr darin zu hocken schien.

Was Verstecke anging, war das Boot eher zweite Wahl. Zum einen sah es ganz und gar nicht vertrauenswürdig aus. Was schon schlimm genug war. Aber vor allem lag es inmitten einer feindseligen Wildnis und in einem Labyrinth von Wasserläufen fest, in denen man sich hoffnungslos verirren konnte, bevor man den Golf von Mexiko erreichte, falls die geplante Fluchtroute tatsächlich dorthin führen sollte.

Vielleicht war Coburn doch nicht so schlau, wie er angenommen hatte. Vielleicht verzweifelte er allmählich.

Sicherheitshalber verständigten sie sich nur mit Handzeichen, während sie sich lautlos und vorsichtig zu Fuß dem Boot näherten.

Der Einsatztrupp, der in der provisorischen Kommandozentrale im Tambour Police Department untergebracht war, bestand aus ihm selbst, zwei weiteren Deputys aus dem Sheriffbüro, drei städtischen Polizisten aus Tambour, zwei FBI-Agenten und einem State Trooper, der zufällig im Raum gewesen war und mit den anderen ein Schwätzchen gehalten hatte, als ein Techniker hereingeplatzt war und ihnen erklärt hatte, dass er ein Signal aus Honor Gillettes Handy aufgefangen habe.

Er hatte es erfolgreich per Triangulation lokalisiert.

Danach hatten sie eine qualvolle Stunde damit zugebracht zu diskutieren, wie sie am besten an diesen abgeschiedenen Ort gelangten. Durch die Luft, über Land oder auf dem Wasser? Nachdem sie beschlossen hatten, dass das Überraschungsmoment am größten war, wenn sie über Land kamen, hatte Crawford das Kommando an jenen Mann übergeben, der im Tambour P.D. und im Sheriffbüro die meiste Erfahrung in der Leitung eines Einsatzkommandos gesammelt hatte – indem er in seiner Freizeit und auf eigene Kosten ein paar Kurse besucht hatte.

Er hatte sein begrenztes Wissen mit ihnen geteilt und den Einsatz mit den Worten zusammengefasst: »Baut keinen Scheiß, indem ihr die Frau oder das Kind erschießt«, was Crawford dem Team auch in fünf Sekunden statt in fünfunddreißig Minuten hätte erklären können.

Anschließend hatten sie sich in drei Polizeiwagen gequetscht und waren durch Nebel und Dunst gekreuzt, bis die Wege nach vierzig Minuten, die sich für Crawford wie Stunden angefühlt hatten, selbst für Wagen mit Allradantrieb unpassierbar wurden und sie aussteigen mussten.

Außerdem wollte Crawford vermeiden, dass der Motorenlärm sie verriet. Nachdem sie die letzte Strecke zu Fuß zurückgelegt hatten, hockten sie jetzt unter den Bäumen und warteten auf ein Lebenszeichen auf dem Boot, von dem das Handysignal ausgestrahlt worden war. Crawford konnte kaum glauben, dass hier irgendwo ein Sendemast stand, aber er würde weder die göttliche Vorsehung noch die Umsicht der Netzbetreiber anzweifeln.

Inzwischen brach bereits der Tag an, aber im Osten war der Horizont so wolkenverhangen, dass der Sonnenaufgang die düstere und beklemmende Atmosphäre kaum aufhellte. Das

Wasser im Bayou, das nach dem Regenguss gestern Abend noch höher zu stehen schien, bewegte sich ebenso wenig wie das Spanische Moos, das in fetten Klumpen von den Ästen hing. Selbst den Vögeln war es noch zu früh. Dicht wie Baumwolle lag die Stille über dem Sumpf.

Crawford winkte die Männer vorwärts. Auf dem letzten Stück zwischen den Bäumen und dem Ufer mussten sie wohl oder übel riskieren, dass sie gesehen wurden. Sobald Crawford das Boot erreicht hatte, ging er in die Hocke, überprüfte seine Waffe und kletterte dann so leise wie möglich über die Reling an Deck. Die anderen folgten ihm, doch Crawford war trotzdem der Erste, der das Ruderhaus betrat, der einen wüsten Fluch und eine Bewegung unter Deck hörte, und der Erste, der auf den Mann am Fuß der Stufen zielte.

Mit erhobenen Händen kletterte Stan Gillette aus dem Aufgang ins Ruderhaus. In einer Hand hielt er ein Handy. »Deputy Crawford. Sie kommen zu spät.«

Er hatte die Kleine zum Weinen gebracht.

Sobald er ihr das Handy aus der Hand gerissen hatte, hatte sie einen Schrei ausgestoßen, mit dem man Tote aufwecken konnte. Jedenfalls hatte sie ihre Mutter damit aus dem Tiefschlaf geholt.

Er hatte das heulende Kind hochgehoben, es über seine Schulter geworfen und mit der freien Hand nach Elmo und seiner Kuscheldecke gegriffen. Beides hatte er ihm in die speckigen Ärmchen gedrückt, dann hatte er Honors Hand gepackt und sie allen Protesten zum Trotz die Stufen hinauf und durch das Ruderhaus an Deck gezerrt.

Allein hätte er höchstens ein paar Minuten gebraucht, um das Boot zu verlassen, das Bayou zu durchwaten und eine gute halbe Meile durch den schmatzenden Morast bis zu der Stelle zu joggen, an der er den Pick-up abgestellt hatte. Selbst im Halbdunkel vor der Morgendämmerung hätte er diese Gegend in einem Bruchteil der Zeit hinter sich gelassen, die er jetzt brauchte, um die beiden auch nur vom Boot zu bekommen. Im ersten Moment hatte Honor davor zurückgescheut, ins Wasser zu springen, doch er hatte sie einfach geschubst, und tatsächlich war sie gleich darauf durch das flache Wasser ans Ufer geplatscht. Zweimal war sie auf ihrer rasenden Flucht zum Pick-up ins Stolpern gekommen.

Und die ganze Zeit hatte sich das Kind an seinem Hals festgekrallt und ihm immer wieder ins Ohr geplärrt: »Das hab ich nicht gewollt.«

Als sie den Pick-up erreicht hatten, heulte Emily immer noch. Er hatte sie Honor in die Arme gedrückt, die mit ihr auf den Beifahrersitz geklettert war. Er hatte die Tür zugeschlagen, war um die Motorhaube gerannt, hatte sich in den Fahrersitz geworfen und den Schlüssel in die Zündung gerammt. Anfangs hatten die Reifen im Schlamm durchgedreht, doch dann hatten sie gegriffen, und der Pick-up war in einem Satz nach vorn gestartet.

Inzwischen waren sie ein gutes Stück von dem Krabbenkutter entfernt, trotzdem blieb er auf der Hut. Honors Handy hatte mit Sicherheit wie ein Leuchtturm in die Nacht gestrahlt und die Polizei direkt zu ihnen geführt. Und sobald feststand, dass sie nicht mehr an Bord waren, würde die Jagd wieder aufgenommen.

Er wusste nicht, wann die Kleine das Handy ihrer Mutter eingeschaltet hatte. Ein paar Minuten bevor sie ihn geweckt hatte? Oder ein paar Stunden? Er musste mit dem Schlimmsten rechnen, und in diesem Fall konnte er von Glück reden, dass sie überhaupt entkommen waren. Bestenfalls hatten sie einen kleinen Vorsprung herausgeholt.

Darum blendete er das schluchzende Kind und die Mutter so gut es ging aus und konzentrierte sich darauf, sich so schnell und so weit wie möglich von dem Boot zu entfernen, ohne sich dabei in diesem Nebenstraßenlabyrinth zu verirren, in einem Bayou zu landen oder gegen einen Baum zu rasen.

Honor brachte Emily schließlich zur Ruhe, redete besänftigend auf sie ein, drückte sie dabei an ihre Brust und strich ihr immer wieder mit der Hand übers Haar. Irgendwann hörte das Kind auf zu weinen, obwohl ihn jedes Mal, wenn er den Blick zur Seite wandte, vier vorwurfsvolle Augen ansahen.

Schließlich gelangten sie auf eine größere Straße. Weil er keinesfalls wegen einer Geschwindigkeitsübertretung gestoppt werden wollte, nahm er den Fuß vom Gaspedal und fragte Honor, ob sie eine Ahnung hatte, wo sie gerade waren.

»Südöstlich von Tambour, glaube ich. Wo willst du denn hin?«

Wo wollte er hin?

Scheiße, er hatte nicht die leiseste Ahnung.

Im Moment verbrannte er nur kostbares Benzin, darum lenkte er den Wagen auf den Parkplatz einer vielbesuchten Raststätte, wo der Pick-up zwischen unzähligen ähnlichen Fahrzeugen kaum auffallen würde. Anscheinend kehrten an dieser Tankstelle mit angeschlossenem Supermarkt vor allem Menschen auf dem Weg zur Arbeit ein, die sich hier mit Kaffee, Zigaretten und einem Mikrowellen-Frühstück eindeckten, bevor sie weiter zu ihren Jobs fuhren.

Nachdem er den Motor abgestellt hatte, sprach dreißig Sekunden niemand ein Wort. Schließlich sah er die beiden Frauen an, die sein Leben so unendlich kompliziert machten. Gerade als er das unverblümt klarstellen wollte, erklärte das Kind mit zittriger Stimme: »Es tut mir leid, Coburn. Ich hab das nicht gewollt.«

Er klappte den Mund zu und blinzelte mehrmals. Er sah Honor an, und als die nichts sagte, sah er wieder das Kind an, dessen nasse Wange immer noch auf Honors Brust lag. Und schließlich murmelte er: »Es tut mir leid, dass ich dich zum Weinen gebracht habe.«

»Nicht so schlimm.«

Ihre Mutter hingegen vergab ihm nicht so schnell. »Du hast sie halb zu Tode erschreckt. Du hast *mich* halb zu Tode erschreckt.«

»Mag sein, aber es hätte *mich* halb zu Tode erschreckt, wenn ich beim Aufwachen in den Lauf von Doral Hawkins' Doppelflinte geblickt hätte.«

Honor verkniff sich die Bemerkung, die ihr offenbar auf der Zunge brannte. Stattdessen beugte sie sich über Emily und küsste sie auf den Scheitel.

Die tröstende Geste bewirkte merkwürdigerweise, dass er sich noch elender fühlte, weil er das Kind angeschnauzt hatte. »Hör zu, ich habe doch gesagt, dass es mir leidtut. Ich kaufe ihr einen… einen… Ballon oder so.«

»Sie hat Angst vor Ballons«, belehrte ihn Honor. »Sie fürchtet sich davor, dass sie platzen könnten.«

»Dann besorge ich ihr eben was anderes«, meinte er gereizt. »Was mag sie denn?«

Emilys Kopf hüpfte hoch, als säße er auf einer Sprungfeder. »Ich mag Thomas die kleine Lok.«

Coburn starrte sie sekundenlang an, dann wurde ihm bewusst, wie absurd die Situation war, und er begann zu lachen. Er hatte sich mit Verbrechern duelliert, die alles darangesetzt hatten, ihm den Kopf wegzuschießen, weil sie ansonsten dem Tod geweiht waren. Man hatte ihn unter schweres Feuer genommen, er hatte sich unter einem Raketenwerfer weggeduckt und war aus einem Hubschrauber gesprungen, Sekunden bevor er am Boden zerschellt war. Er hatte dem Tod so oft ein Schnippchen geschlagen, dass es nicht mehr zu zählen war.

Wäre es nicht zu komisch, wenn ihn ausgerechnet Thomas die kleine Lok den Kopf kosten würde?

Honor und Emily sahen ihn argwöhnisch an, und er begriff, dass beide ihn noch nie hatten lachen hören. »Ein Insiderwitz«, sagte er.

Emily war sofort wieder fröhlich. »Können wir jetzt frühstücken?«

Coburn überlegte und antwortete dann halblaut: »Warum verflucht noch mal nicht?«

Er stieg aus und öffnete eine Werkzeugkiste, die hinten auf die Ladepritsche montiert war. Am Vortag hatte er eine Jeansjacke darin gefunden. Sie stank nach Benzin und war ölverschmiert, doch er zog sie an. Im nächsten Moment stand er in der offenen Tür und beugte sich in die Kabine. »Was möchtet ihr denn?«

»Soll nicht lieber ich gehen?«, fragte Honor.

»Ich glaube nicht.«

»Du traust mir immer noch nicht?«

»Darum geht es nicht. Aber da drin …« Sein Blick glitt über ihr zerzaustes Haar und ihre immer noch leicht angeschwollenen Lippen. Er verharrte kurz auf ihrem eng anliegenden T-Shirt und den gefälligen Wölbungen darunter, die, wie er selbst gespürt hatte, echt und nicht operiert waren. »Du würdest Aufmerksamkeit erregen.«

Sie wusste, was er dachte, weil ihre Wangen rosa anliefen. Gestern Nacht hatte sie ihren Kuss beendet, aber das hieß nicht, dass er ihr nicht gefallen hatte. Im Gegenteil, er schätzte, dass er ihr extrem gut gefallen hatte. Zu gut. Er war mindestens eine halbe Stunde an Deck geblieben, nachdem sie nach unten geflohen war, aber als er nachgekommen war, hatte er gespürt, dass sie noch wach war, auch wenn sie sich schlafend gestellt hatte.

Selbst nachdem er sich in seine Koje gelegt hatte, war er lange wach und scharf geblieben. Falls ihr dieser Kuss genauso zu schaffen gemacht hatte, dann war es kein Wunder, dass sie jetzt rot wurde und ihm kaum in die Augen sehen konnte.

Mit abgewandtem Gesicht meinte sie: »Bring einfach irgendwas mit.«

Er setzte die Kappe und die Sonnenbrille auf, die er im Wagen gefunden hatte, und wie erwartet, fiel er niemandem unter den anderen Kunden auf. Er stellte sich an, bis er die Mikrowelle benutzen konnte, und ging dann mit seinen aufgewärmten Sandwichs zur Kasse. Sobald er Honor die Tüte mit Essen gereicht hatte, ließ er den Motor an und fuhr weiter.

Während der Fahrt aß er sein Sandwich und trank seinen Kaffee, der mit Zichorie versetzt und atemberaubend stark war. Aber in Gedanken war er weder bei seinem warmen Essen noch bei seinem Kaffee. Stattdessen versuchte er die Situation zu analysieren und die nächsten Schritte zu planen. Er saß in der Klemme und wusste nicht, was er unternehmen sollte.

So wie damals in Somalia, als seine Waffe nicht losgehen wollte, gerade als seine Zielperson ihn bemerkt hatte. Damals hatte er eine Entscheidung fällen müssen: die Mission abzubrechen und seine eigene Haut zu retten oder den Auftrag zu Ende zu führen und einfach darauf zu hoffen, dass er überleben würde.

Damals hatte er in einer Nanosekunde handeln müssen.

Er hatte die Waffe fallen lassen und dem Kerl mit bloßen Händen das Genick gebrochen.

Viel mehr Zeit hatte er jetzt auch nicht. Noch konnte er seine

Verfolger nicht sehen, aber er konnte spüren, mit welchem Eifer sie ihn jagten.

Doch auch wenn die Chancen nicht allzu gut für ihn standen, war er nicht bereit, das Handtuch zu werfen, seinen Auftrag in den Wind zu schreiben und den Bookkeeper weiterhin seine Geschäfte betreiben zu lassen.

Er war auch nicht bereit, Hamilton anzurufen und Van-Allen als Verstärkung anzufordern, weil er nicht einmal seiner eigenen Behörde vertraute. Wahrscheinlich vertraute ihm das FBI genauso wenig.

Aus Sicht des FBI waren bei ihm während seines Einsatzes alle Sicherungen durchgebrannt, und er hatte Sonntagnacht alle in dieser Lagerhalle niedergemäht. Falls es dem Büro in den Kram passte, ihn als traumatisierten Kriegsveteranen zu präsentieren, würde man genau das tun, und niemand würde ihm Glauben schenken, wahrscheinlich nicht einmal die Frau, die jetzt mit ihm in einem gestohlenen Auto saß – und ihn geküsst hatte, als hätte sie ihn am liebsten auf der Stelle ins Bett gezerrt.

Es stand zu befürchten, dass er nicht mehr erleben würde, wie sich der Rauch über dem Fall verzog. Er würde nicht da sein, um sich von der Schuld an dem Massaker im Lagerhaus reinzuwaschen. Stattdessen würde er auf einem Seziertisch liegen und in Schande erkalten. Aber bei Gott, er würde ihnen die Hölle heißmachen, bevor man ihm die Schuld an dem gab, was der Bookkeeper angerichtet hatte.

Heute Morgen hatten sie gerade noch mal Glück gehabt. So sicher, wie er noch atmete, hatte das eingeschaltete Handy eine ganze Armee zu der verfluchten Badewanne gelockt, und höchstwahrscheinlich hatte Doral Hawkins persönlich die Meute angeführt. Wenn Emily ihn nicht geweckt hätte, hätte man sie allesamt in ihren Kojen erschossen.

Sein eigenes Leben zu riskieren gehörte zu seinem Beruf. Ihres durfte er keinesfalls aufs Spiel setzen.

Nachdem er sich entschieden hatte, sagte er: »Du hast gestern von einer Freundin gesprochen.«

Honor sah ihn an. »Tori.«

»Tante Tori«, piepste Emily dazwischen. »Die ist immer so lustig.«

Eigentlich hätte es ihm egal sein können, mit wem Honor befreundet war. Trotzdem merkte er plötzlich, dass er sie nur ungern zu einem anderen Kerl gefahren hätte. »Eine gute Freundin?«

»Meine beste Freundin. Für Emily gehört sie mit zur Familie.«

»Du vertraust ihr?«

»Voll und ganz.«

Er lenkte den Wagen an den Straßenrand, ließ ihn ausrollen und wühlte sein Handy aus der vorderen Hosentasche. Dann sah er Honor an und legte seine Karten offen auf den Tisch. »Ich muss euch beide hier rauswerfen.«

»Aber ...«

»Kein Aber«, fiel er ihr ins Wort. »Ich muss nur eines wissen: Werdet ihr die Kavallerie rufen, sobald ihr mich los seid?«

»Du meinst Doral?«

»Ihn, die Polizei, das FBI. Gestern Abend hast du mir aufgezählt, warum du mit mir gekommen bist. Einer deiner Gründe war, dass du den Behörden nicht traust. Gilt das immer noch?«

Sie nickte.

»Sag es.«

»Ich werde nicht die Kavallerie rufen.«

»Na schön. Glaubst du, deine Freundin könnte dich ein paar Tage verstecken?«

»Wieso ein paar Tage?«

»Weil mir Hamilton so lange Zeit gegeben hat.«

»Er hat dir nur sechsunddreißig Stunden gegeben.«

»Würde sie euch verstecken?«

»Wenn ich sie darum bitte.«

»Und sie würde euch nicht verraten?«

Ohne auch nur eine Sekunde zu zögern, schüttelte sie den Kopf.

»Das heißt, auch sie würde nicht die Kavallerie rufen«, hakte er nach.

»Das würde Tori auf gar keinen Fall machen.«

Es widerstrebte seiner Natur, seiner Ausbildung und seiner Erfahrung, jemandem zu vertrauen. Aber ihm blieb nichts anderes übrig, als Honor zu glauben. Vielleicht würde sie ihm Doral Hawkins auf den Hals hetzen, sobald er außer Sichtweite war, aber dieses Risiko musste er eingehen.

Die Alternative wäre gewesen, sie und Emily weiter bei sich zu behalten. In diesem Fall konnten sie verletzt oder getötet werden. Und höchstwahrscheinlich würde nicht einmal er, der unaussprechliche Grausamkeiten beobachtet und bisweilen auch anderen zugefügt hatte, es ertragen, mit ansehen zu müssen, wie die beiden starben. Schließlich steckten sie nur seinetwegen in diesem Schlamassel. Eigentlich hätte er Honor von Anfang an in seliger Ahnungslosigkeit lassen sollen.

Aber das jetzt noch infrage zu stellen, war Energieverschwendung, und für Reue hatte er keine Zeit.

»Okay. Du wirst dein Vertrauen in deine Freundin auf die Probe stellen müssen. Wie ist ihre Telefonnummer?«

»Wenn du anrufst, wird sie nicht reagieren. Das muss ich schon selbst tun.«

Er schüttelte den Kopf. »Wenn du das tust, würdest du womöglich hineingezogen.«

»In was?«

Er warf einen kurzen Blick auf Emily, die mit Elmo Lieder sang. Anfangs hatte ihn der Singsang genervt, aber inzwischen hatte er sich daran gewöhnt und konnte ihn meistens ausblenden. Er sah wieder Honor an und erklärte leise: »In die Scheiße, die uns um die Ohren fliegen könnte, wenn mein Ultimatum ausläuft.« Ihre grünen Augen blickten unverwandt in seine, und er las die Frage darin. »Selbst wenn ich sonst nichts erreiche, werde ich mich wenigstens um Doral Hawkins kümmern.«

»Inwiefern kümmern?«

»Du weißt schon wie.«

»Du kannst ihn doch nicht einfach umbringen«, flüsterte sie.

»Doch, kann ich. Und werde ich.«

Sie wandte das Gesicht ab und starrte durch die insektenverschmierte Windschutzscheibe in den düsteren Himmel. Sichtlich erschüttert bekannte sie: »Mir ist das alles absolut fremd.«

»Das ist mir klar. Aber mir ist das alles absolut vertraut, darum musst du dich auf mein Urteil verlassen.«

»Ich weiß, dass du nicht sicher bist, ob du Stan trauen kannst. Aber er würde...«

»Kommt gar nicht infrage.«

»Er ist mein Schwiegervater, Coburn. Er liebt uns.«

Er senkte die Stimme noch weiter, um Emily auf keinen Fall von ihrem Lied abzulenken. »Möchtest du, dass Emily zusieht, wenn ich mich mit ihm anlege? Und du weißt genau, dass es dazu kommen wird. Glaubst du wirklich, er würde mich widerstandslos in sein Haus spazieren und Eddies Sachen durchwühlen lassen? Nein. Er würde sich mir in den Weg stellen, ganz gleich, ob er tatsächlich mit dem Bookkeeper und Marset unter einer Decke steckt oder ob er ein ehrlicher Bürger ist, der nur das Andenken an seinen toten Sohn ehren möchte. Sicher würde er Gewalt anwenden. Und damit nicht genug, er wäre stinksauer, weil ich dich und seine Enkelin in die ganze Sache hineingezogen habe.«

Ihre Miene verriet sie. Sie begriff, dass er recht hatte. Trotzdem schaute sie immer noch ratlos und unentschlossen in den Himmel. Er ließ ihr ein paar Sekunden Zeit, bevor er weiterbohrte: »Wie ist Toris Nummer?«

Sie reckte störrisch das Kinn vor. »Tut mir leid, Coburn. Das läuft nicht.«

»Du vertraust ihr nicht genug?«

»Ich stecke bis zum Hals im Schlamassel. Wie kann ich Tori da hineinziehen? Und ich brächte sie damit ebenfalls in Gefahr.«

»Keine leichte Wahl, ich weiß. Aber eine andere Möglichkeit hast du nicht. Es sei denn…« Er nickte zu Emily hin. »Du verlässt dich darauf, dass Doral Hawkins sie am Leben lässt. *Ich* würde nicht darauf wetten. Vielleicht willst *du* es tun.«

Sie sah ihn finster an. »Dieses Argument bringst du jedes Mal.«

»Weil es jedes Mal zieht. Wie ist Toris Nummer?«

# 28

Noch vor dem ersten prüfenden Blick durch die Lamellen ihrer Jalousie wusste Tori instinktiv, dass es eine gottlose Uhrzeit für einen Anruf war.

Stöhnend vergrub sie ihren Kopf im Kissen, um das Geklingel auszublenden. Dann fiel ihr siedend heiß ein, was gestern passiert war, und sie wälzte sich hektisch zum Nachttisch, um nach dem Apparat zu greifen. »Hallo?«

»Habe ich dich aufgeweckt, Tori?«

Weder Honor noch Bonnell, die beiden einzigen Menschen auf Gottes weiter Welt, denen sie einen Anruf im Morgengrauen womöglich verziehen hätte. »Wer ist da?«

»Amber.«

Mit finsterem Gesicht ließ sich Tori auf das Kissen zurückfallen. »Was gibt's? Und ich hoffe, es ist was Wichtiges.«

»Also, genau wie du mir damals gezeigt hast, stelle ich jeden Morgen zuerst die Alarmanlage aus und schalte danach die Saunen und Whirlpools im Herren- und Damenbereich ein, damit sie aufgeheizt werden. Wenn ich dann überall im Studio das Licht angemacht habe, schließe ich die Vordertür auf, weil manchmal schon zu dieser Zeit Kunden warten…«

»Mein Gott, Amber, komm zum Punkt.«

»Und danach höre ich den Anrufbeantworter ab. Heute Morgen hat jemand um zwei Minuten vor sechs, kurz bevor ich das Studio geöffnet habe, eine ziemlich merkwürdige Nachricht hinterlassen.«

»Was für eine Nachricht denn?«

»›Was sieht Barbie eigentlich in Ken?‹«

Sofort saß Tori senkrecht im Bett. »Mehr hat sie nicht gesagt?«

»Eigentlich war es ein Mann.«

Tori ließ sich das kurz durch den Kopf gehen und meinte dann: »Sag mal, ist dir nicht klar, dass das bloß ein dummer Streich war? Kein Grund, mich mit diesem Mist zu belästigen.«

»Kommst du heute ins Studio?«

»Zähl lieber nicht darauf. Du musst noch mal für mich einspringen.«

Tori legte auf und schnellte aus dem Bett. Sie verzichtete aufs Frisieren und aufs Schminken, worauf sie sonst *nie* verzichtete, und schlüpfte in die ersten Sachen, die ihre Hände aus dem Kleiderschrank zerrten. Anschließend griff sie nach ihren Schlüsseln und der Handtasche und stürmte durch die Haustür.

Aber noch auf dem Weg zu ihrem Auto fiel ihr ein verbeulter Lieferwagen auf, der am Straßenrand gegenüber parkte, nicht ganz auf halbem Weg zur nächsten Straßenecke. Wer in diesem Wagen saß, hatte freien Blick auf ihr Haus. Sie konnte nicht feststellen, ob jemand hinter dem Steuer war, aber plötzlich fiel ihr wieder ein, was Doral gesagt hatte. *Ich werde an dir kleben wie eine Fliege an der Windschutzscheibe.*

Vielleicht hatte sie zu viele Krimis gesehen, vielleicht war sie einfach paranoid, aber ihre beste Freundin war gestern entführt worden, sie war von einem berüchtigten Rowdy bedrängt und bedroht worden, und sie hatte diesen Lieferwagen noch nie in ihrer Straße gesehen.

Besser paranoid als blöd.

Statt weiter zu ihrem Wagen zu gehen, bückte sie sich und

hob die Morgenzeitung auf, die im feuchten Gras lag. Scheinbar in die Schlagzeilen vertieft, schlenderte sie ins Haus zurück und ließ die Tür hinter sich ins Schloss fallen.

Dann eilte sie zur Rückseite des Hauses, schlüpfte durch die Hintertür und lief auf einem Weg, der von der Straße aus nicht einsehbar war, über den Rasen, der nahtlos in den ihres Nachbarn auf der Rückseite ihres Grundstücks überging. Bei den Nachbarn brannte schon Licht in der Küche. Sie klopfte an die Tür.

Ein gutaussehender, durchtrainierter Mann öffnete ihr. Er trug eine arrogant dreinblickende Katze auf dem Arm. Tori konnte die Katze nicht ausstehen, und dieses Gefühl wurde von Herzen erwidert. Aber sie liebte den Mann, seit er ihr einmal erklärt hatte, dass er in seinem nächsten Leben eine kompromisslose Diva-Zicke werden wolle wie sie.

Er war Kunde in ihrem Studio und trainierte regelmäßig wie ein Uhrwerk. Sein wohldefinierter Bizeps wölbte sich gefällig, als er die Fliegentür aufdrückte und Tori ins Haus winkte. »Was für eine Überraschung! Schatz, schau mal, wer uns besuchen kommt. Tori.«

Sein nicht weniger durchtrainierter Partner in dieser schwulen Ehe, der einzigen in Tambour, trat in die Küche und bohrte gleichzeitig einen Manschettenknopf durch seinen Ärmel. »Offenbar ist die Hölle gerade zugefroren. Ich hätte nicht gedacht, dass du jemals so früh aufstehen könntest. Setz dich. Kaffee?«

»Nein, danke. Hört mal, Jungs, kann ich mir euer Auto ausleihen? Ich muss … wohin … und hab's ziemlich eilig.«

»Ist was mit deiner Corvette?«

»Die macht so komische Geräusche. Ich habe Angst, dass sie mich unterwegs im Stich lässt und ich dann festsitze.«

Es widerstrebte ihr, die zwei mit einer derart durchsichtigen Lüge abzuspeisen. Sie waren wunderbare Nachbarn und im Lauf der Jahre zu treuen Freunden geworden, die ihr bei jeder ihrer Scheidungen mit teurem Wein und tiefem Bedauern beigestanden hatten. Wie übrigens auch bei jeder Hochzeit.

Sie sahen erst Tori an, dann einander, dann wieder sie. Ihr war klar, dass sie ihre Lüge durchschaut hatten, aber wenn sie ihnen jetzt die Wahrheit zu erklären versuchte, würden die beiden sie ins nächste Irrenhaus verfrachten.

Schließlich fragte der mit der Katze: »Den Lexus oder den Mini?«

Sobald er Stan sah, rief Crawford aus: »Verflucht noch mal!«

Unter anderen Umständen hätte es Stan vielleicht genossen, den Deputy so überrascht und gedemütigt zu sehen, aber er ahnte, dass er selbst nicht viel besser dastand. Er war es nicht gewohnt, zum Narren gehalten zu werden, und musste sich anstrengen, um seine Würde zu wahren und seinen Zorn zu zügeln. Schließlich hatte er es nicht auf Crawford abgesehen. Sondern auf den Mann, der ihm vor vierundzwanzig Stunden Honor und Emily geraubt hatte.

»Das Handy meiner Schwiegertochter«, sagte er und reichte es Crawford.

Der riss es ihm aus der Hand. »Ich weiß, was das ist und wem es gehört. Wie zum Teufel sind Sie daran gekommen, und was tun Sie hier?«

»Also, jedenfalls spiele ich *keine* Puzzlespiele auf dem Handy«, schnauzte Stan zurück.

Crawford schaltete das Handy ein. Auf dem Display lächelte ihn eine gezeichnete Dampflok an.

»Das ist Emilys Lieblingsspiel«, erklärte ihm Stan.

»Sie waren also hier.«

»Diese Anziehsachen gehörten meinem verstorbenen Sohn«, fuhr Stan fort und deutete dabei auf den nassen Haufen auf der Bootskommode. »Unten haben wir Essen und Wasser gefunden. Leere Dosen und Verpackungen. Ja, sie waren eindeutig hier, aber sie sind schon wieder weg.«

Noch verblüffter war Crawford, als in diesem Moment Doral aus der Kabine unter Deck auftauchte. Der Deputy steckte seine Waffe ins Holster zurück und stemmte die Hände in die Hüften. »Offenbar hat Mrs. Gillette Sie angerufen und Ihnen mitgeteilt, wo sie sich aufhält. Warum haben Sie mich nicht benachrichtigt?«

»Honor hat niemanden angerufen«, widersprach Stan steif. »Ich habe schon ihre Anrufliste geprüft. Sie wurde gelöscht. Nicht einmal unsere gegenseitigen Anrufe von gestern sind noch verzeichnet.«

Der Blick des Deputys wechselte zwischen beiden hin und her und richtete sich schließlich anklagend auf Doral. »Wenn sie nicht bei Ihnen angerufen hat, dann muss Ihnen ein Freund Ihres verstorbenen Bruders im Police Department verraten haben, dass wir ein Signal aufgefangen haben.«

Natürlich hatte er recht. Ein mit Fred und Doral befreundeter Polizist hatte Doral angerufen und ihn von der neuesten Wendung unterrichtet. Aus alter Treue hatte Doral wiederum Stan angerufen. Während Crawford noch sein Team zusammengestellt hatte, waren die beiden hierhergerast.

Aber trotz ihres Vorsprungs waren sie nur wenige Minuten vor Crawford angekommen, und in diesen Minuten war Stan zu dem Schluss gekommen, dass vor Kurzem jemand auf dem halb abgewrackten Kutter gehaust hatte. Die Laken auf den Kojen waren noch warm, obwohl er das nur äußerst ungern angemerkt hatte, vor allem in Dorals Gegenwart. Die Vorstellung, dass die Witwe seines verstorbenen Sohnes und natürlich Emily, diesem Kerl so nahe gewesen waren, war abstoßend.

Coburn hatte das Handy bestimmt nicht versehentlich liegen lassen. Er hatte es absichtlich hier deponiert, um die gesamte Suchmannschaft in einem Ablenkungsmanöver zu diesem Boot zu locken, während er längst mit Stans Familie im Schlepptau weitergeflüchtet war.

Es war zum Auswachsen.

Bevor Crawford mit seiner Mannschaft eingetroffen war, hatte Stan sich mit Doral darüber unterhalten, wie wenig sie immer noch über Coburn wussten. »Ich habe jeden bestochen, den ich finden konnte, Stan«, hatte Doral angewidert erklärt. »Aber keiner konnte oder wollte mir was erzählen.«

In Windeseile hatte sich das Gerücht, dass Lee Coburn womöglich ein FBI-Agent war und verdeckt in Sam Marsets Spedition ermittelt hatte, durch das gesamte Police Department und weit darüber hinaus verbreitet. Womit das Massaker von Sonntagnacht in völlig neuem Licht erschien.

Stan hatte zwiespältige Gefühle dabei. Er wusste immer noch nicht recht, was er von diesem Gerücht halten sollte und inwiefern es ihn betraf, falls es stimmen sollte.

Für Doral war dagegen die Sache klar. Er hatte Stan erklärt: »Mich interessiert das nicht. Coburn hat meinen Bruder abgeknallt. Dafür werde ich ihn töten, ganz egal, ob er ein Verbrecher, ein FBI-Spitzel oder der Fürst der Dunkelheit ist.«

Stan konnte ihm das nachfühlen. Ganz gleich, wer oder was Coburn war, als er Eddie verdächtigt hatte, hatte er sich Stan zum Feind gemacht. Jetzt zog er noch dazu Honors guten Ruf in den Schmutz. Falls Coburn Honor und Emily als Geiseln genommen hatte, um seine Flucht abzusichern, warum hatte er sie dann noch nicht freigelassen? Und wenn er sie entführt hatte, um Lösegeld für sie zu fordern, warum hatte er dann noch keines verlangt?

Und falls Honor tatsächlich seine Geisel war, warum hatte sie ihnen dann keinen Hinweis hinterlassen, dem sie folgen konnten? Sie war ein gewitztes Mädel. Ihr musste doch klar sein, dass Dutzende von Freiwilligen und Gesetzeshütern aus den verschiedenen Polizeiorganisationen die gesamte Gegend nach ihr und Emily durchkämmten. Bestimmt hätte sie sich etwas einfallen lassen können, um ihnen ein dezentes Zeichen zu geben.

*Falls sie gewollt hätte.* Und genau das nagte an Stan. Wieso hatte dieser Coburn sie derart in der Gewalt?

Doral hatte sich über die Enge in der Kabine unter Deck ausgelassen und Stan danach mit hochgezogenen Brauen angesehen. Und jetzt sah Stan diesem Crawford an, dass dessen Gedanken in eine ähnliche Richtung gingen.

Stan beschloss zu bluffen. Er baute sich breitbeinig vor Crawford auf und erklärte: »Ich würde vorschlagen, Sie verschwenden nicht länger Ihre Zeit und versuchen stattdessen herauszufinden, wohin Coburn meine Familie von hier aus verschleppt hat.«

»Das werde ich persönlich übernehmen«, sagte Doral und wollte sich an ihnen vorbeischieben.

Deputy Crawford streckte den Arm aus und hielt ihn zurück. »Sollten Sie nicht bei Ihrer Familie sein und eine Beerdigung planen?«

»Was soll das heißen?«

»Das soll heißen, dass ich es verstehe, wenn Sie den Mörder Ihres Bruders zur Strecke bringen und sich an ihm rächen möchten. Aber das ist Sache der Polizei. Niemand hat Sie eingeladen mitzumachen. Und wenn ich herausfinde, wer im Police Department oder im Sheriffbüro Sie mit Informationen versorgt, werde ich den Betreffenden mit dem Arsch an einen Zaunpfosten nageln.«

Doral drückte Crawfords Arm zur Seite. Schmunzelnd erklärte er: »Das würde ich zu gern sehen«, und kletterte dann über die Reling.

Crawford befahl zwei Polizisten, das Boot nach möglichen Hinweisen zu durchsuchen und dabei in der Kajüte anzufangen. Sie rumpelten die Stufen hinunter. Die Übrigen schickte er los, die weitere Umgebung nach Fußabdrücken, Reifenspuren oder Ähnlichem abzusuchen.

Als nur noch Stan bei ihm im Ruderhaus stand, sagte Crawford: »Mir ist der Name des Bootes aufgefallen, Mr. Gillette. *Honor.*«

»Es gehörte ihrem Vater.«

»Vergangenheitsform?«

»Er starb vor einigen Jahren.«

»Und jetzt gehört es ihr?«

»Ich nehme es an.« Seit dem Tod ihres Vaters hatte Honor nie mehr über ihn oder sein Boot gesprochen. Stan war nie auf den Gedanken gekommen, sie zu fragen, was aus dem Kahn geworden war. Schließlich war er kaum ein begehrtes Erbstück.

»Warum haben Sie uns nicht schon gestern von dem Boot erzählt?«, fragte Crawford.

»Weil ich nicht daran gedacht habe. Außerdem wusste ich nicht, wo es vor Anker lag.«

»Sie haben nie nachgefragt?« Crawford klang überrascht. Vielleicht auch skeptisch.

»Nein. Ich konnte ihren Vater nicht leiden. Er war ein alter, Gras rauchender Hippie, der sich Krabbenfischer schimpfte, aber in Wahrheit ein Tagedieb war, der nie auf einen grünen Zweig gekommen ist. Er trug Bart und Sandalen, verdammt noch eins. Sehen Sie sich doch um.« Er hob beide Arme. »Auf diesem Boot hat er gelebt. Was für ein Mensch er war, erkennt man schon daran, in welchem Zustand es ist.«

»Und doch ist Ihre Schwiegertochter hergekommen, um sich darauf zu verstecken.«

Stan machte drohend einen Schritt auf den Deputy zu. »Es gefällt mir nicht, dass Sie andeuten, Honor hätte sich vor mir *versteckt*.«

Crawford ließ sich nicht einschüchtern. Er wich keinen Zentimeter zurück. »Sie haben die Gerüchte gehört, dass Coburn ein FBI-Agent ist.«

Er stellte das als Tatsache hin. Stan erwiderte nichts darauf.

Crawford zog vielsagend die Stirn in Falten. »Kommen Sie schon, Mr. Gillette. Sie haben das Gerücht gehört. Was halten Sie davon?«

Stan würde diesem Mann gegenüber, dem er nicht viel zutraute, weder etwas zugeben noch abstreiten. »Mir geht es ausschließlich darum, dass meine Schwiegertochter und meine Enkelin wohlbehalten zurückkehren. Ich werde Sie jetzt allein lassen und weiter nach den beiden suchen.«

Crawford trat einen Schritt zur Seite, um Stan den Weg zu verstellen. »Ein paar Punkte will ich zuvor noch klären.« Er schwieg kurz und sagte dann: »Offenbar hatte Mrs. Gillette Zugriff auf ihr Handy. Warum hat sie nicht die Polizei angerufen, wenn sie wirklich gefunden werden wollte? Oder Sie? Hätte sie nicht eher das getan, statt ihre kleine Tochter mit ihrem Handy spielen zu lassen?«

Stan behielt mühsam seine stoische Miene bei. »Sie haben gesagt, Sie hätten ein paar Punkte.«

»Sie sollten sich gut überlegen, mit wem Sie sich verbünden.«

»Warum?«

»Weil ich einen ersten ballistischen Bericht erhalten habe. Die Kugel, die Fred Hawkins tötete, passt nicht zu denen, die in der Lagerhalle abgefeuert wurden.«

Stan fand sofort eine Erklärung. »Bestimmt hat Coburn die Waffen weggeworfen, die er in der Lagerhalle verwendet hat. Wahrscheinlich liegen sie in irgendeinem Bayou. Fred hat er dann mit einer anderen Waffe erschossen.«

»Oder«, schränkte der Deputy gedehnt ein, »er ist nicht der Schütze aus der Lagerhalle.«

# 29

Sie ist eine echte Granate.«

Bis zu dieser Bemerkung war fünf Minuten kein Wort im Wagen gefallen. Selbst Emily hatte ihr selbst erfundenes Spiel mit Elmo aufgegeben, hing schlaff und träge auf Honors Schoß und trug ihren Teil zu dem bedrückenden Schweigen bei.

Coburn sah Honor an. »Wie bitte?«

»Ihnen werden die Augen rausfallen, wenn Sie Tori sehen. Sie ist eine echte Granate.«

»Vor allem«, widersprach er gepresst, »ist Tori nicht hier.«

»Sie kommt schon noch.«

»Wir warten seit über einer Stunde auf sie.«

»Sie hat eben viel zu tun.«

»Um sechs Uhr morgens?«

»Ihr Fitnessclub öffnet so früh.« Sie wusste zwar, dass Tori das Studio morgens meist nicht selbst öffnete, aber sie versuchte Coburn und vielleicht auch sich selbst Mut zu machen, dass Tori noch auftauchen würde. »Irgendwann wird jemand den Anrufbeantworter im Studio abhören. Wenn wir auf dem Handy angerufen hätten...«

»Das haben wir schon besprochen.«

Allerdings. Er hatte weder gewollt, dass sie auf Toris Privathandy anriefen, noch, dass Honor selbst ihre Freundin anrief. »Ich will alles, was dieser Anruf nach sich ziehen könnte, auf meine Kappe nehmen«, hatte er ihr erklärt.

»Trotzdem könnte man Tori und mich der Beihilfe zu einer Straftat anklagen.«

»Du könntest ja behaupten, ich hätte dich mit deinem Kind dazu erpresst.«

»Das könnte ich sogar unter Eid beschwören.«

»Siehst du?«

Seither warteten sie auf ein Zeichen von Tori. »Sobald sie die Nachricht erhält, wird sie kommen«, versicherte ihm Honor. »Wir brauchen nur Geduld.«

Allerdings sah er so aus, als wäre seine Geduld schon erschöpft gewesen, sobald sie hier angekommen waren. Er sah sich noch einmal um und stieß nicht zum ersten Mal beim Ausatmen leise Flüche aus, die Emily besser nicht zu hören bekam. »Wir sitzen hier wie die lebenden Zielscheiben. Von allen Seiten zu sehen.«

»Was hast du denn von einem geheimen Treffpunkt erwartet?«

»Dass er ringsum Wände hat«, feuerte er zurück.

»Hier sind wir sicher. Außer Tori und mir weiß niemand von diesem Ort.«

»Vielleicht hat sie diesen dämlichen Code vergessen.«

»Auf keinen Fall.«

»Was hat er überhaupt zu bedeuten?«

»Dass Ken ein Trottel ist.«

Wieder zischte er einen obszönen Fluch.

Okay, der Satz war *wirklich* albern, wenn man bedachte, wie alt sie inzwischen waren. Aber als sie und Tori erstmals ihren Eid damit bekräftigt hatten, waren sie noch kichernde Mädchen gewesen. Danach hatten sie diesen Code während ihrer ganzen Teenagerzeit verwendet, um sich gegenseitig wissen zu lassen, wann die eine die andere brauchte. Er bedeutete: »Lass alles stehen und liegen und komm, das ist ein Notfall.«

Natürlich hatten sich die Notfälle während ihrer Zeit auf der Highschool auf pubertäre Dramen beschränkt wie Liebeskummer, gemeine Lehrer, schlechte Noten oder, in Toris Fall, eine verzögerte Monatsregel. Heute ging es um einen echten Notfall. »Und warum ausgerechnet hier?«, fragte er.

Mit »hier« war eine riesige alte Eiche gemeint, deren Wurzeln dicker waren als Honors Taille und sich in alle Richtungen von dem massigen Stamm wegschlängelten. Der Baum hatte jahrhundertelang allen Wirbelstürmen, Bränden, Bauunternehmern und anderen Unbilden widerstanden. In seiner beeindruckenden, majestätischen Größe wirkte er beinahe künstlich, so als hätte ihn ein Bühnenbildner aus Hollywood entworfen und auf die Lichtung gesetzt.

»Ich schätze, es steigerte die Spannung, dass wir uns aus dem Haus schleichen mussten, um uns mitten in der Natur zu treffen. Entdeckt haben wir den Fleck an dem Tag, an dem ich meinen Führerschein bekam. Damals fuhren wir nur stundenlang durch die Gegend. Irgendwann kamen wir an diesem Baum mitten im Nichts vorbei und ernannten ihn zu unserem persönlichen Treffpunkt.

Von da an trafen wir uns hier, wenn wir Dinge zu besprechen hatten, die zu heikel waren, um sie am Telefon zu bereden.« Sie sah ihm an, dass er sie immer noch nicht verstand. »Teenie-Mädchen können schrecklich dramatisch sein, Coburn. Das hat was mit den Hormonen zu tun.«

Er gab einen Laut von sich, den sie nicht recht interpretieren konnte und vielleicht auch nicht wollte. Stattdessen fuhr sie mit den Fingern durch Emilys Haare und meinte melancholisch: »Ich schätze, eines Tages wird Emily sich aus dem Haus schleichen und sich mit irgendwem …«

Sie verstummte, weil Coburn sich plötzlich hellwach aufsetzte. »Was für einen Wagen fährt sie?«

»Eine Corvette.«

»Dann ist sie das nicht.« Er griff nach der Pistole an seinem Hosenbund.

»Warte! Das ist zwar nicht ihr Wagen, aber das ist Tori. Und sie ist allein.«

Der kleine, ihr unbekannte rot-weiße Wagen holperte über die knarrende Holzbrücke, rumpelte dann den furchigen Feldweg zu dem Baum entlang und blieb zwanzig Meter vor ihnen stehen. Honor öffnete die Beifahrertür, damit Tori sie sehen konnte. Emily kletterte von ihrem Schoß, sprang auf den Boden und rief noch im Loslaufen: »Tante Tori!«

Tori blieb neben dem Mini Cooper stehen, fing Emily mit beiden Armen auf und schwang sie hoch in die Luft. »Du wirst immer größer! Bald kann ich dich nicht mehr hochheben!«

»Weißt du was?«, platzte es aus Emily heraus, während sie sich aus Toris Umarmung wand.

»Was denn?«

»Coburn hat gesagt, wenn ich still bin und ihn nachdenken lasse, kriege ich ein Eis. Nur nicht jetzt gleich. Später. Und weißt du, was noch? Wir haben auf einem Boot geschlafen, wo früher mein Grandpa gewohnt hat. Nicht Grandpa Stan, mein anderer Grandpa. Die Betten waren ganz komisch und haben gar nicht gut gerochen, aber das war nicht so schlimm, weil wir auf einem Abenteuer sind. Ich habe Coburn aufgeweckt, und er hat als Allererstes ein ganz schlimmes Wort gesagt. Aber Mommy hat gesagt, manchmal sagen Erwachsene solche Worte, wenn sie sich ganz toll aufregen. Und dass Coburn nicht böse auf mich ist, sondern nur auf die Sitatzon.«

Als Emily Luft holen musste, sagte Tori: »Meine Güte. Wir beide haben uns eine Menge zu erzählen, nicht wahr?«

Sie sah über Emilys Schulter hinweg Honor an und bombardierte sie telepathisch mit hundert unausgesprochenen Fragen. Nach einem Schmatz auf Emilys Wange setzte sie das Kind ab. »Lass mich nur kurz mit deiner Mommy sprechen.«

Sie breitete die Arme aus, und Honor und sie umarmten sich. Ein paar Sekunden hielten sie einander nur fest. Schließlich löste sich Tori wieder und schniefte ein paar Tränen hoch. »Ich könnte dich umbringen. Mir so einen Schrecken einzujagen. Ich bin verrückt geworden vor Sorge.«

»Das war mir klar, aber es ging nicht anders.«

»Als ich die Nachrichten sah, fürchtete ich schon... Also, jedenfalls bin ich gottfroh, dass du und Emily noch heil und gesund seid. Hat er...? Habt ihr...? Mein Gott, ich bin ja so *froh*«, wiederholte Tori gefühlvoll. »Du siehst aus, als hätte dich eine Katze durchs Unterholz geschleift, aber offenbar ist dir nichts passiert.«

»Nein. Nichts Schlimmes jedenfalls. Tut mir leid, dass du solche Ängste um uns ausstehen musstest. Er hat mich erst heute Morgen bei dir anrufen lassen. Und nicht einmal da durfte ich selbst anrufen. Ich war nicht sicher, ob du die Nachricht bekommen würdest. Aber er...«

»Mit er meinst du *ihn*?« Tori beobachtete Coburn, der jetzt auf sie zukam. Als sie Honor wieder ansah, waren ihre perfekt gezupften Brauen nach oben gewandert. Halblaut raunte sie: »Das ist dein Entführer? Dein Glück möchte ich haben.«

Ohne auf ihre Bemerkung einzugehen, stellte Honor die beiden einander vor. »Tori Shirah. Lee Coburn.«

Tori schenkte ihm jenes einladende Lächeln, dem kein Mann widerstehen konnte. »*Sehr* erfreut. Nenn mich Tori.«

Er schien weder die Begrüßung noch ihr Lächeln zur Kenntnis zu nehmen. Stattdessen richtete er den Blick aufs andere Ende der Brücke, über die Tori gekommen war. »Hast du dein Handy eingeschaltet?«

Die Frage und vor allem sein barscher Tonfall brachten sie kurz aus dem Konzept, trotzdem antwortete sie sofort mit »ja«.

»Hol es raus.« Sie sah Honor an, und als Honor nickte, vergaß sie ihre Koketterie, holte das Handy aus der Handtasche im Auto und reichte es ihm.

»Ist dir jemand gefolgt?«, fragte Coburn.

»Nein.« Und dann: »Hey!«, als er den Akku aus dem Handy löste.

»Ganz bestimmt?«

»Ich habe aufgepasst.« Sie erzählte ihnen von dem Lieferwagen, der an diesem Morgen am Straßenrand geparkt hatte. »Ich fand das merkwürdig, darum bin ich zur Hintertür raus und habe den Mini von meinen Nachbarn ausgeliehen. Mir ist niemand gefolgt.«

»Wieso hat dich der Lieferwagen misstrauisch gemacht?«, fragte er.

»Ich dachte, vielleicht beschattet jemand das Haus. Gestern hat mir Doral Hawkins einen Besuch abgestattet.« Sie erzählte ihnen, was passiert war. »Er ist ziemlich angefressen, dass du seinen Bruder erschossen hast. Jedenfalls heißt es, dass du Fred umgebracht hast.«

Coburn bestätigte die unausgesprochene Frage mit einem Nicken.

Sie sah ihn fragend an und fuhr fort, als er keine weitere Erklärung anbot: »Doral hat mich gewarnt, dass ich ihn sofort benachrichtigen soll, sobald ich von Honor höre, sonst würde was passieren.«

»Er hat dich bedroht?«, fragte Honor.

Tori zuckte mit den Achseln. »Sagen wir einfach, er wurde recht nachdrücklich. Aber er kann mich mal. Genauso wie Stan.«

»Wann hast du mit Stan gesprochen?«

Sie gab ihre Unterhaltung wieder. »Ich sage nur ungern etwas Positives über ihn, aber ich muss ihm zugutehalten, dass er diesmal nicht ganz so unausstehlich war wie sonst. Ich nehme an, die Angst hat ihn zugänglicher gemacht.«

»Wovor hat er denn Angst?«, fragte Coburn.

Tori lachte ihn aus. »Du hast eine Spur von Leichen hinterlassen, und plötzlich bist du verschwunden und hast Honor und Emily mitgenommen. Meinst du nicht auch, dass sich Stan zu Recht ein bisschen um seine Schwiegertochter sorgt?«

»Coburn hat die Männer in der Lagerhalle nicht getötet«, erklärte ihr Honor. »Und er hat mich und Emily nicht gezwungen mitzukommen.«

Tori ließ ihren Blick zwischen beiden hin- und herwandern und meinte anzüglich. »Das habe ich mir fast gedacht.« Dann stemmte sie die Hände in die Hüften, sah auf ihr demontiertes Handy und fragte: »Also, was ist los?«

»Es ist vielmehr so, dass er ...«

»Nein.« Er legte die Hand auf Honors Arm und schnitt ihr damit das Wort ab. »Es genügt, wenn sie weiß, dass du mit Emily untertauchen musst, bis sich alles aufgeklärt hat.«

»Sie hat eine Erklärung verdient«, widersprach Honor.

»Du hast mir versichert, dass sie dir helfen würde, ohne Fragen zu stellen.«

»Ich weiß, was ich gesagt habe. Aber es ist unfair, sie weiter in dem Glauben zu lassen, dass du ...«

»Mir ist es scheißegal, was sie glaubt.«

»Mir aber nicht. Und sie glaubt, dass du ein Mörder bist.«

»Das bin ich auch.«

»Ja, aber ...«

»Verzeihung.« Mit erhobener Hand brachte Tori Honor zum Schweigen, aber sie sah dabei Coburn an. »Behaltet eure

Geheimnisse für euch. Ich habe schon gesagt, dass ich helfen werde.« Dann wandte sie sich an Honor. »Jedenfalls hat Emily keine Angst vor ihm, und angeblich können Kinder den Charakter eines Menschen ziemlich gut einschätzen. Fast wie Hunde.«

»Emily ist vier. Sie ist fasziniert von ihm, weil sie niemanden wie ihn kennt.«

»Mag sein, trotzdem vertraue ich ihrem Instinkt. Vielleicht sogar mehr als deinem. Jedenfalls hast du mich herbestellt, und jetzt bin ich hier. Sagt mir, was ich tun soll.«

»Die beiden müssen aus Tambour verschwinden«, erklärte Coburn, bevor Honor antworten konnte. »Und zwar sofort. Haltet unterwegs nicht an, fahrt nicht noch mal nach Hause und erzählt niemandem, dass ihr wegfahrt. Geht das?«

»Natürlich. Und wo soll ich sie hinbringen?«

»Das weiß ich auch nicht.« Er sah Honor an, die den Kopf schüttelte.

»Der Krabbenkutter meines Dads war das einzige Ass, das ich im Ärmel hatte.«

Tori mischte sich wieder ein. »Ich besitze ein Haus am anderen Ufer des Lake Pontchartrain. Am anderen Ende der Brücke. Wäre das weit genug?«

»Wer weiß von dem Haus?«

»Ehemann Nummer zwei. Ich habe es ihm bei der Scheidung abgehandelt. Das Haus im Austausch dafür, dass ich niemandem erzähle, wie er … Auch egal. Die Sache wurde ziemlich eklig. Jedenfalls wollte ich das Haus nur haben, um diesem Vollidioten eins auszuwischen. Ich fahre nur selten hin, eigentlich mag ich es nicht einmal besonders. Das letzte Mal war ich vor ein paar Monaten dort.«

Honor hörte ihnen zu, aber ihr Blick war währenddessen auf Emily gerichtet, die immer noch die Sachen trug, die

Honor ihr gestern Morgen in aller Eile übergeworfen hatte, bevor sie zu dritt aus dem Haus geflohen waren. Ihre Haare waren zerzaust. Auf ihrem Knie prangte ein dicker Fleck, und das Armloch ihres Oberteils war ausgerissen. In den letzten zwei Tagen hatte sie nur unregelmäßig und nicht besonders ausgewogen gegessen. Und sie hatte in einer engen, muffigen Koje geschlafen.

Trotzdem wirkte sie völlig zufrieden, sorglos und herzzerreißend unschuldig angesichts der Gefahr, in der sie schwebten. Sie hatte einen Stock gefunden und zeichnete damit glücklich summend Muster in den Schlamm.

»Sie wird was Frisches zum Anziehen brauchen«, bemerkte Honor.

»Wir besorgen ihr alles, was sie braucht.« Tori tätschelte beruhigend Honors Arm. »Nach mir sucht niemand. Ich werde mich um alles kümmern.« Dann sah sie Coburn wieder an. »Aber ich halte erst zum Einkaufen an, wenn wir fast dort sind.«

»Du darfst dabei aber keine Kreditkarte einsetzen. Hast du genug Bargeld dabei?«

»Ich habe auch noch was«, rief ihm Honor ins Gedächtnis.

»Wenn wir uns um eines keine Sorgen zu machen brauchen, dann um Geld«, versicherte ihnen Tori. »Ich kann jederzeit welches besorgen. Ich brauche nur zu fragen.«

»Wen fragen?«, wollte Coburn wissen.

»Meinen augenblicklichen Beau.«

»Nein. Niemand darf wissen, wo ihr euch aufhaltet.«

»Er würde es niemandem verraten.«

»Doch, das würde er. Wenn ihn die richtigen Leute in die Finger bekommen, würde er alles verraten.«

Er sagte das so eindringlich, dass Tori sofort ein ungutes Gefühl beschlich. »Dann legen wir alle zusammen und schränken uns ein.«

Das schien ihn zu beruhigen, trotzdem betonte er noch einmal, dass Honor und Emily dringend untertauchen mussten, bevor sie jemand entdeckte.

»Schon kapiert«, sagte Tori. »In diesem Auto würde mich sowieso kein Mensch vermuten.« Dann verdüsterte sich ihr Gesicht. »Nur um Stan mache ich mir Sorgen. Falls er noch einmal Verbindung mit mir aufzunehmen versucht und ich nicht reagiere, wird er den Braten riechen. Er weiß, dass Honor sich zuerst an mich wendet, wenn sie Hilfe braucht.«

»Vielleicht vermutet er tatsächlich, dass sie bei dir ist, trotzdem kann er unmöglich wissen, wo ihr euch aufhaltet«, sagte Coburn.

Tori wandte sich an Honor. »Ist das für dich in Ordnung? Ich kann Stan zwar genauso wenig ausstehen wie er mich, aber der Mann ist außer sich vor Sorge um dich und Emily.«

»Ich weiß, es muss grausam wirken, dass wir ihn so im Dunkeln lassen.« Honor sah kurz zu Coburn hinüber, aber dessen Miene blieb verschlossen. »Trotzdem geht es nicht anders. Wenigstens vorerst nicht.«

»Du hast bestimmt deine Gründe«, sagte Tori. »Trotzdem fürchte ich den Augenblick, in dem Stan herausfindet, dass ich dir dabei geholfen habe, aus der Gegend zu verschwinden.«

»Ich komme nicht mit.«

Honors Erklärung verschlug Tori die Sprache. Im Gegensatz zu Coburn. »Oh Scheiße, und wie du mitkommen wirst.«

Sie hatte still mit sich gerungen und war zu dem Schluss gekommen, dass sie sich nicht einfach aus dem Staub machen würde, selbst wenn das sicher und vernünftig war. Im Lauf der letzten Tage war ihr klar geworden, dass sie die Nase voll hatte vom Vorsichtig- und Vernünftigsein.

Seit Eddies Tod hatte sie sich immer wieder über Stans

Übergriffe geärgert, aber nichts unternommen, um sich von ihm abzugrenzen. Stattdessen hatte sie ihm und anderen erlaubt, ihr beizustehen, sie durch schwere Zeiten zu geleiten und ihre Entscheidungen zu kontrollieren, als wäre sie ein Kind, das man ständig an die Hand nehmen musste.

In ihrer Ehe war sie viel unabhängiger gewesen. Eddie hatte sie als gleichwertige Partnerin betrachtet, von der erwartet und sogar gefordert wurde, dass sie sich eine eigene Meinung bildete und ihre eigenen Entscheidungen fällte.

Nach seinem Tod hatte sie sich selbst Fesseln angelegt. Sie war unsicher und ängstlich geworden, hatte davor zurückgescheut, umzuziehen oder eine neue Stelle zu suchen oder überhaupt etwas zu unternehmen, womit sie aus ihrem Alltagstrott ausgebrochen wäre, der von angenehmen Erinnerungen an eine glückliche Vergangenheit gesäumt war. Mit seiner ständigen Überwachung hatte Stan ihre Unselbstständigkeit noch gefördert. Ihr gefiel die Frau nicht, zu der sie geworden war. Sie vermisste die energische Honor Gillette, die sie früher gewesen war.

Sie baute sich vor Coburn auf und erklärte: »Ich lasse dich nicht einfach so abhauen.«

»Du *lässt* mich nicht? Nimm dich in Acht, Lady.«

»Du hast mich in diesen ganzen Schlamassel hineingezogen.«

»Da hatte ich keine Wahl. Jetzt habe ich eine.«

»Ich auch.«

»Da täuschst du dich. Hier zählt allein, wie ich entscheide, und ich entscheide, dass du mit deiner Freundin fährst.«

»Ich werde das hier zu Ende bringen, Coburn.«

»Du könntest dabei umkommen.« Er deutete auf Emily, die immer noch mit ihrem Stock spielte. »Willst du sie zum Waisenkind machen?«

»Du solltest gar nicht versuchen, mich zu erpressen«, schoss sie wütend zurück. »Ich lasse mich nicht mehr einschüchtern oder herumschubsen. Ich will wissen, was Eddie damals zugestoßen ist.«

»Das werde ich für dich herausfinden.«

»Und genau darum geht es. *Ich* muss das herausfinden.«

»Das ist nicht dein Job.«

»Ist es wohl!«

»Ach ja? Und warum?«

»Weil ich es bisher nicht versucht habe.«

Er sah sie erstaunt an.

Sie hatte selbst nicht erwartet, dass sie ihre Gewissensbisse einfach so herausposaunen würde, aber nachdem es geschehen war, setzte sie noch einmal nach. »Ich hätte damals verlangen sollen, dass Eddies Tod genauer untersucht wird. Das habe ich nicht getan. Man hat mir erklärt, dass er bei einem Unfall starb, und ich habe mich mit dieser Erklärung abgefunden. Ich habe sie nie infrage gestellt, nicht einmal als wenig später der Polizist ermordet wurde, der Eddie gefunden hatte. Stattdessen ließ ich mich einwickeln und andere für mich entscheiden.« Sie bohrte den Zeigefinger in ihre Brust. »Jetzt entscheide ich. Ich bleibe dabei, bis ich weiß, was meinem Mann wirklich widerfahren ist.«

Tori legte die Hand auf Honors Arm und meinte leise: »Das ist wirklich ehrenhaft und so, Süße, aber ...«

»Ich tue das nicht nur für mich. Er braucht mich.« Sie nickte zu Coburn hin, obwohl sie ihm die ganze Zeit in die Augen gesehen hatte. »Du brauchst mich. Das hast du selbst gesagt.«

Er murmelte einen Fluch. »Stimmt, das habe ich gesagt, aber damit wollte ich ...«

»Mich nur manipulieren, ich weiß. Aber dabei hast du mir

vor Augen geführt, dass du nicht auf mich verzichten kannst. Ohne meine Hilfe wirst du nicht finden, wonach du suchst. Nicht schnell genug. Dir bleiben nur noch ein paar Stunden. Ohne mich weißt du nicht mal, wo du suchen sollst. Du kennst dich hier nicht aus. Heute Morgen musste ich dir den Weg zeigen, weißt du noch?«

Er biss die Zähne zusammen.

Honor sah ihn an. »Du weißt, dass ich recht habe.«

Er brütete ein paar Sekunden darüber, aber Honor wusste, dass sie gewonnen hatte, und zwar noch bevor er Tori das Handy zurückgab und ihr ein weiteres Mal seine Anweisungen aufzählte.

Auf seine Frage hin beschrieb sie ihm grob, wo am Seeufer das Haus stand. »Es sind ungefähr zwei Stunden Fahrt dorthin, aber das hängt davon ab, wie dicht der Verkehr auf dem Freeway und auf der Brücke ist. Soll ich anrufen, wenn wir angekommen sind?«

»Gibt es im Haus einen Festnetzanschluss?«

Sie nannte ihm die Nummer, die sich Honor genauso fest einprägte wie Coburn. Er sagte: »Wir rufen an. Du gehst nur ans Telefon, wenn es erst ein einziges Mal und zwei Minuten später wieder läutet. Und lass das Handy ausgeschaltet. Nimm auch den Akku raus.«

Honor protestierte. »Und wenn es im Studio einen Notfall gibt? Dann kann niemand sie erreichen.«

Tori tat ihre Bedenken mit einem Handwedeln ab. »Es ist nur ein Fitnessclub, und ihr beide seid meine Familie. Außerdem ist das Studio bis unter die Dachpappe versichert.«

Schließlich waren alle Details, die ihnen einfielen, geklärt, und es wurde Zeit für Honor, sich von Emily zu verabschieden.

Mühsam hielt Honor die Tränen zurück, als sie ihre Tochter

an die Brust drückte und sich dabei ermahnte, dass es am besten für ihr Kind war, mit Tori wegzufahren, auch wenn es ihr das Herz brach. Sie konnte nicht riskieren, dass Emily bei ihr und Coburn blieb und womöglich verletzt wurde.

Trotzdem war Honor gewillt, ihr Leben aufs Spiel zu setzen, das war sie Eddie schuldig. Und mehr noch sich selbst.

Emily freute sich viel zu sehr, dass sie mit ihrer Tante Tori fahren durfte, um Honors Wehmut zu bemerken. »Kommst du auch mit Coburn zum See?«

»Später. Bis dahin bleibst du ganz allein bei Tante Tori. Nur du allein! Wie ein großes Mädchen! Ist das nicht toll?«

»Gehört das auch zu unserem Abenteuer?«

Honor bemühte sich, gute Miene zu machen. »Das ist das Aufregendste daran.«

»Auf dem Boot zu schlafen war am alleraufregendsten«, widersprach Emily. »Können wir noch mal da schlafen? Und darf ich dann lenken?«

»Mal sehen.«

»Das hat Coburn auch gesagt, aber ich glaube, er lässt mich nächstes Mal fahren.«

Honor beugte sich zu ihr hinunter. »Ihr müsst jetzt los. Gib Mommy noch einen Kuss.«

Emily setzte begeistert einen Schmatz auf Honors Wange und reckte dann Coburn die Arme entgegen. »Coburn. Küssen.«

Er hatte neben ihnen gestanden wie ein Wachposten. Ihm war deutlich anzusehen, wie unangenehm es ihm war, so schutzlos im Freien zu stehen, und wie gern er die lange Abschiedsszene beschleunigt hätte. Jetzt fuhr sein Kopf herum, und sein Blick senkte sich auf Emily.

»Küssen«, wiederholte sie.

Nach kurzem Zögern beugte er sich zu ihr hinunter. Emily

schlang die Arme um seinen Hals und küsste ihn auf die Wange. »Bye, Coburn.«

»Bye.« Er richtete sich auf, machte auf dem Absatz kehrt und marschierte zum Pick-up. »Beeil dich«, rief er Honor über die Schulter zu.

Emily kletterte auf den Rücksitz des Mini Coopers. Honor sah es nicht gern, dass sie ohne Kindersitz fuhr, aber Tori versprach, besonders vorsichtig zu fahren, bis sie anhalten und einen Sitz kaufen konnte.

Als sich die beiden Frauen verabschiedeten, sah Tori sie argwöhnisch an. »Und du bist sicher, dass du das Richtige tust?«

»Ich bin mir ganz und gar nicht sicher, aber ich muss es trotzdem tun.«

Tori lächelte wehmütig. »Tief im Herzen warst du schon immer eine Pfadfinderin.« Sie schloss Honor in die Arme. »Ich will nicht mal so tun, als würde ich das alles kapieren, aber selbst ich bin schlau genug, um zu begreifen, dass du mir Emilys Leben anvertraust. Ich würde eher sterben, als zuzulassen, dass ihr etwas passiert.«

»Das weiß ich doch. Danke für alles.«

»Du brauchst mir nicht zu danken.«

Die beiden Freundinnen sahen sich lang in unausgesprochenem Vertrauen an, dann stieg Tori ein. Gerade als Honor die Tür schließen wollte, sah Tori durch das offene Fahrerfenster zu ihr auf. »Mir ist piepegal, wer oder was dieser Coburn ist, ich hoffe nur, dass du endlich mal wieder flachgelegt wirst.«

# 30

Clint Hamilton telefonierte jetzt schon seit zehn Minuten mit Tom VanAllen und lauschte dessen ausführlicher Schilderung der Ereignisse an diesem Morgen. Er klang unwillig, zögerlich und verunsichert, was Hamilton wenig überraschte, da der Bericht im Grunde nur ergab, dass Coburn seine Verfolger ein weiteres Mal übertölpelt und abgehängt hatte.

Nachdem VanAllen zum Ende gekommen war, dankte Hamilton ihm gedankenverloren und schwieg danach fast eine volle Minute, während er die gewonnenen Erkenntnisse verarbeitete und analysierte. Schließlich fragte er: »Gab es auf dem Boot irgendwelche Hinweise auf einen Kampf?«

»Ich schicke Ihnen ein paar Bilder per E-Mail. Unser Agent hat Innen- und Außenaufnahmen gemacht. Wie Sie sehen werden, ist der Kahn ein Schrotthaufen, aber falls Sie nach frischen Blutspuren oder Ähnlichem fragen, dann nein.«

»Coburn hat das Handy dort liegen lassen, und es war eingeschaltet?«

»Deputy Crawford und ich sind der Meinung, dass er es absichtlich hat liegen lassen.«

»Um alle zu dem Boot zu locken, während er in die entgegengesetzte Richtung geflohen ist.«

»Genau, Sir.«

Hamilton zweifelte nicht daran, dass Coburn genau das beabsichtigt hatte. »Die Schuhabdrücke. Deuten sie darauf hin, dass Mrs. Gillette unter Zwang vom Boot geschafft wurde? Schleifspuren von Absätzen, etwas in dieser Richtung?«

»Nein, Sir. Tatsächlich hat Crawford die Vermutung geäußert, dass Mrs. Gillette, anders als wir ursprünglich angenommen haben, keine Geisel ist.«

»Ich höre da ein *Außerdem*.«

»Außerdem haben wir bislang keine Hinweise darauf gefunden, dass sie versucht hat, Coburn zu entkommen.«

»Wie sollte sie das auch schaffen, ohne dabei das Leben ihres Kindes zu gefährden?«

»Mag sein, aber wie Crawford anmerkte, hatte sie offensichtlich Zugriff auf ihr Handy, hat es aber nicht benutzt, um einen Notruf abzusetzen.«

Alles, was Tom sagte, bestärkte das, was Hamilton gestern während ihres Telefonats aus dem Mund der Witwe selbst gehört hatte. Offenbar hatte Honor Gillette sich von Recht und Gesetz, von engen, lebenslangen Freunden und sogar ihrem persönlichen Wachhund in Gestalt ihres Schwiegervaters losgesagt und sich stattdessen Lee Coburn angeschlossen.

»Was ist mit den Reifenspuren?«

»Die Fußspuren führten über ein paar Hundert Meter vom Boot aus dorthin. Die Reifenspur ist klar definiert und wurde bereits analysiert. Die Reifen wurden von Ford in den Jahren 2006 und 2007 standardmäßig an verschiedenen Pick-up-Modellen montiert.«

»Super. Das beschränkt die Auswahl auf ein paar Tausend Pick-ups allein in Louisiana.«

»Die Anzahl der Fahrzeuge ist entmutigend, da gebe ich Ihnen recht, Sir.«

»Ich nehme an, die örtliche Polizei überprüft bereits, ob ein solcher Pick-up gestohlen gemeldet wurde.«

»Bis jetzt liegen keine Anzeigen vor.«

Das überraschte ihn nicht. Bestimmt hatte Coburn das Fahrzeug mit Bedacht ausgewählt.

»Die Behörden von Louisiana haben angeordnet, dass alle Ford Pick-ups aus diesen Modelljahren angehalten und kontrolliert werden«, sagte VanAllen gerade. »Gleichzeitig macht sich Mr. Gillette große Sorgen um seine Schwiegertochter und seine Enkelin. Er kam direkt von dem Krabbenkutter hierher und wollte ...«

»Erklären Sie mir, was er dort tat, als die Polizei eintraf.«

VanAllen erzählte ihm von Deputy Crawfords Vermutung, dass Doral Hawkins und Stan Gillette über einen direkten Draht ins Police Department von Tambour verfügten. »Crawford glaubt, dass sie auch im Sheriffbüro einen Maulwurf sitzen haben. Und im Gericht. Einfach überall.«

»Die alten Verbindungsseilschaften«, bemerkte Hamilton.

»Genau, Sir.« VanAllen erklärte ihm, wie er Stan Gillettes geistige Verfassung einschätzte. »Als Crawford andeutete, seine Schwiegertochter könne mit Coburn unter ›einer Decke stecken‹ – das waren seine Worte –, explodierte Gillette. Er machte eine ziemliche Szene in unserer Eingangshalle, verlangte mich persönlich zu sprechen und nahm mich in die Mangel, weil ich diesen ›vorwitzigen Hilfssheriff‹ nicht in die Schranken wies. Er meinte, ich würde meine Pflichten vernachlässigen und das Blut seiner Familie an meinen Händen kleben haben, falls Mutter und Tochter irgendwo tot aufgefunden würden. Was er mir«, ergänzte er unter einem leisen Seufzer, »nicht erst zu erklären brauchte.«

Hamilton bedachte seinen Entschluss ein paar Sekunden und sagte dann: »Tom, Mrs. Gillette und ihre Tochter sind tatsächlich in Gefahr, aber die droht ihnen nicht von Coburn. Er ist einer von uns. Er ist Agent.«

Nach kurzer Pause antwortete VanAllen: »Crawford hat

mich rundheraus gefragt, ob Coburn für das FBI arbeite. Ich habe das verneint.«

»Wie kam er auf die Idee?«

»Es gäbe Gerüchte, sagte er.«

Das war beunruhigend. Das Gerücht musste sich von Tom VanAllens Büro aus verbreitet haben und gestern nach Hamiltons Anruf in Umlauf gekommen sein. Offenbar waren seine Nachfragen nicht so unauffällig gewesen, wie er geglaubt hatte. Er schob das Problem einstweilen beiseite und informierte Tom über Coburn.

»Ich habe ihn direkt von den Marines abgeworben und persönlich ausgebildet. Er gehört zu unseren besten Undercoveragenten. Er arbeitet sich immer tief vor, aber noch nie hatte er sich so weit vorgearbeitet wie in Marsets Firma.

Er hat Mrs. Gillette und ihre Tochter zu ihrem eigenen Schutz aus ihrem Haus entfernt. Ich habe gestern mit ihr telefoniert. Coburn hat weder ihr noch dem Kind Schaden zugefügt. Und er wird es auch nicht tun. Was das betrifft, können Sie ganz beruhigt sein.« Nach einer kurzen Pause ergänzte er: »Dafür sollten Sie sich Sorgen wegen des Informationslecks in Ihrem Büro machen.«

VanAllen blieb sehr lange still, doch Hamilton spürte, wie seine glühende Wut langsam durch die Leitung kroch. Als VanAllen schließlich antwortete, bebte seine Stimme vor Zorn. »Warum haben Sie mich absichtlich falsch über Coburn informiert?«

»Weil er einen extrem wichtigen Auftrag ausführt. Bevor ich ihn enttarnte, musste ich wissen, wie er wahrgenommen wird.«

»Sie haben mich wie einen Vollidioten dastehen lassen.«

»Nein, ich…«

»Wie würden Sie denn eine solch skrupellose Manipulation bezeichnen?«

»Als Taktik, Tom.« Hamilton hob die Stimme, bis sie genauso wütend klang wie die von VanAllen. »Da unten läuft eine üble Geschichte ab, und niemand ist immun gegen Bestechung.«

»Das ist eine Scheißantwort.«

»Wir betreiben auch ein Scheißgeschäft. Wenn man darin gut sein will, darf man niemandem vertrauen.«

»Wenn Sie mir nicht vertrauen, warum haben Sie mich dann für diesen Job vorgeschlagen? Oder haben Sie mich *deswegen* vorgeschlagen? Weil Sie mir *nicht* trauen?«

»Ich habe Sie vorgeschlagen, weil Sie der beste Mann für diese Position waren und sind.«

VanAllen lachte bitter. »Und können Sie mir, nachdem ich diese Position innehabe, vielleicht auch erklären, warum Coburn in Sam Marsets Spedition eingeschleust wurde?«

»Ist die Leitung abhörsicher?«

»Ist irgendeine Leitung abhörsicher?«

»Gut gegeben«, antwortete Hamilton knapp.

»Das Gebäude wurde erst heute Morgen auf Wanzen abgesucht. Wir sind so sicher, wie wir überhaupt sein können. Welchen Auftrag hatte Coburn?«

Hamilton schilderte ihm Coburns geheime Mission in allen Einzelheiten. »Im Wesentlichen sollte er alle Beteiligten demaskieren. Und er hat bei seinen Wühlarbeiten mehr zutage gefördert, als ihm lieb gewesen wäre.«

»Den Bookkeeper.«

»Auch den. Coburn meint, er könnte ihn in Kürze identifizieren.«

»Warum haben Sie ihn dann nicht ins Büro zurückgeholt, damit er uns erzählt, was er weiß?«

»Das habe ich ja versucht«, gestand Hamilton. »Aber er will nicht.«

»Warum nicht?«

»Weil er die Sache zu Ende bringen will.«

»Wie edel von ihm«, erklärte VanAllen sarkastisch. »Anders gesagt, er traut weder unserem Büro noch seinen Kollegen vom FBI.«

Hamilton schwieg. Manchmal war jede Erklärung überflüssig.

»Und wie passt Mrs. Gillette in all das?«, fragte VanAllen.

»Sie selbst eigentlich gar nicht. Aber möglicherweise ihr verstorbener Mann. Coburn glaubt, dass Eddie Gillette sterben musste, weil er zu viel über den Bookkeeper wusste.«

»Das erklärt, warum Stan Gillette sich so über die angeblich falschen Anschuldigungen gegen seinen verstorbenen Sohn ereiferte.«

»Damit hat er noch einen Grund mehr, Coburn zu hassen. Und dann haben wir da noch Doral Hawkins, der seinen Bruder rächen will. Das Fadenkreuz auf Coburns Rücken wird mit jeder Minute größer.«

»Allmählich kann ich verstehen, warum er nicht aus seinem Versteck kommen will.«

»Die Situation ist hochexplosiv, und die ganze Sache könnte uns jeden Moment um die Ohren fliegen.« Endlich war Hamilton bei seinem zentralen Anliegen. Nachdem er ein paar Sekunden abgewartet hatte, sagte er: »Darum müssen Sie jetzt in Topform sein, Tom.«

»Sie wollen, dass ich die drei hierherschaffe.«

»Genau. Und zwar mitsamt ihrem kombinierten Wissen über den Bookkeeper. Wir müssen diese Sache zu Ende bringen.«

»Ich verstehe, Sir.«

»Verstehen allein reicht nicht, Tom. Ich muss sicher sein, dass ich mich hundertprozentig auf Sie verlassen kann.«

# 31

Sobald Coburn in den Pick-up geklettert war, krallte er die Hände um das Lenkrad und versuchte, den feuchten Fleck auf seiner Wange zu ignorieren, wo Emily ihm ihren Kuss aufgedrückt hatte.

Am liebsten hätte er ihn weggewischt, aber damit hätte er zugegeben, dass er da war und dass er ihn gespürt hatte. Besser war es, ihm keinerlei Bedeutung zuzumessen. Aber noch während er zusah, wie der Mini Cooper am anderen Ende hinter einer Kurve verschwand, begriff er, dass ihm das Geplapper des Kindes fehlen würde.

Als Honor zu ihm in den Pick-up stieg, strafte er sie mit einem finsteren Blick dafür, dass sie so lange gebraucht hatte, sagte aber nichts, da sie ohnehin verzweifelt versuchte, die Tränen zurückzuhalten, und er keinesfalls wollte, dass sie zu weinen begann.

Froh, ihren sogenannten heimlichen Treffpunkt verlassen zu können, ließ er den Motor an. Als sie über die knarrende Holzbrücke rumpelten, sagte Honor: »Du hast zu Tori gesagt, dass die Polizei inzwischen nach dem Pick-up Ausschau halten würde. Wie kommst du darauf?«

Er erklärte ihr, dass sie in der Nähe des Bootes Reifenspuren hinterlassen hatten. »Die sind ihnen bestimmt nicht entgangen. Falls diese Reifen noch in der Fabrik an den Wagen montiert wurden, wissen sie, welche Marke und welches Modell wir fahren.«

»Das heißt, wir riskieren, dass man uns anhält.«

»Bis wir einen neuen Wagen beschafft haben.«

»Du willst noch ein Auto stehlen?«

»Genau.«

»Und wem?«

»Der Familie, die uns auch diesen Wagen geliehen hat.«

Fast zwanzig Minuten kreuzten sie über Nebenstraßen, auf denen sich selbst die meisten Einheimischen verfahren hätten. Aber Coburn besaß ein fotografisches Gedächtnis für Orte, an denen er irgendwann gewesen war, verbunden mit einem unbeirrbaren Orientierungssinn, und konnte auf diese Weise das Haus, vor dem er den Pick-up gefunden hatte, wieder aufspüren.

Das Haus war eine halbe Meile vom nächsten Nachbarn entfernt. Es stand ein gutes Stück von der Straße zurückgesetzt und wurde von einem dichten Pinienwäldchen abgeschirmt. Nur der Briefkasten an der Zufahrt verriet, dass hier jemand wohnte. Und in dem Briefkasten türmte sich immer noch die ungeöffnete Post.

Während er den Pick-up langsam in die Zufahrt rollen ließ, stellte er erleichtert fest, dass sich seit seinem letzten Besuch vor achtzehn Stunden nichts verändert hatte. Die Besitzer waren noch nicht zurückgekehrt.

»Wie bist du gestern hierhergekommen?«, wollte Honor wissen. »Wie hast du das Haus gefunden?«

»Ich bin einfach herumgefahren und habe nach einem Wagen Ausschau gehalten, der leicht zu stehlen war. Dabei ist mir der Briefkasten aufgefallen. Ich bin vorbeigefahren, habe den anderen Wagen etwa zwei Meilen entfernt stehen lassen und bin dann zu Fuß zurück.« Er lenkte den Pick-up auf seinen ursprünglichen Standplatz hinter dem Haus und stellte den Motor ab.

»Nettes Fleckchen«, bemerkte sie.

Er zuckte mit den Achseln. »Kann sein. Jedenfalls dient es meinen Zwecken.«

Honor blickte nachdenklich auf die verriegelten Fenster auf der Rückseite des Hauses. »Ich war mit einem Polizisten verheiratet, der einen Eid darauf abgelegt hatte, die Menschen und ihr Eigentum zu schützen. Hast du manchmal Gewissensbisse, wenn du Autos stiehlst oder Hausfriedensbruch begehst?«

»Nein.«

Sie sah ihn halb bekümmert und halb enttäuscht an.

Beides machte ihn wütend. »Wenn du es nicht mit deinem Gewissen vereinbaren kannst, in fremde Häuser einzubrechen oder Autos zu klauen, hättest du mit deiner Freundin fahren sollen. Aber du wolltest das hier zu Ende bringen, Eddies wegen. Wenn du das wirklich willst und dabei am Leben bleiben möchtest, solltest du anfangen, wie ein Schwein zu denken.«

»So wie du.«

»Ich? Nein. Wie eines dieser Schweine, die junge Frauen von einer Stadt in die andere verschleppen, damit sie dort irgendwelchen Perversen als Sexsklavinnen dienen. *Das* ist eine Schweinerei. Und vielleicht hat dein Schatz Eddie dabei mitgemacht.«

Er öffnete die Fahrertür und stieg aus. Er sah nicht zurück, um festzustellen, ob ihm Honor folgte. Er wusste, dass sie mitkommen würde. Er hatte wenig Feingefühl gezeigt, aber damit hatte er sie von ihren lähmenden Gewissensbissen befreien wollen.

Außerdem stand ihm Sankt Eddie inzwischen bis hier. Und wer weiß? Vielleicht hatte sich Eddie damals *tatsächlich* auf Mädchentransporte verlegt.

Die Garage stand zwanzig Meter vom Haus entfernt. Eine Außentreppe führte zu den Räumen darüber, aber Coburn interessierte sich ausschließlich für den Wagen, der ihm gestern aufgefallen war, als er durch die Glasscheibe im Garagentor gespäht hatte. Das Tor war durch ein altmodisches Metallband mit Vorhängeschloss gesichert, aber mit einer Brechstange aus dem Werkzeugkasten im Pick-up hatte er es innerhalb weniger Sekunden geknackt.

Die Limousine war mindestens zehn Jahre alt, aber unter der Staubschicht war die Karosserie noch in guter Verfassung, und keiner der Reifen war platt. Die Schlüssel baumelten praktischerweise in der Zündung. Er kletterte in den Wagen, pumpte ein paar Mal das Gaspedal, drehte den Schlüssel und hielt den Atem an. Nach ein paar Versuchen und gutem Zureden startete der Motor. Der Tank war der Anzeige zufolge halb voll. Er fuhr den Wagen ins Freie, schaltete dann in den Leerlauf und stieg wieder aus.

Nachdem er das Garagentor wieder zugezogen hatte, legte er das verbogene Schlossband davor, damit es, wenigstens aus einiger Entfernung, aussah, als wäre es noch intakt. Anschließend sah er Honor an, die immer noch vor Wut köchelte, und nickte zur Beifahrertür hin. »Einsteigen.«

»Hat er eine Alarmanlage?«

»Ja.«

»Kennst du den Code?«

»Ja.«

»Ist der Garten eingezäunt?«

»Ja.«

»Kommen wir unbeobachtet ins Haus?«

»Vielleicht. Hinten am Haus gibt es eine Außentür an der Garagenwand. Sie ist mit einem Tastenfeld gesichert, aber ich kenne den Code. Von der Garage gibt es einen Durchgang in die Küche.«

Sie waren schon zweimal an Stan Gillettes Haus vorbeigefahren, aber Coburn wollte ganz sicher sein, dass er nicht in einen sorgfältig angelegten Hinterhalt spazierte. Trotzdem blieb ihm nichts anderes übrig, als das Risiko einzugehen. Sie mussten in das Haus.

Wie bei Gillette nicht anders zu erwarten, war es das ordentlichste Haus an der ganzen Straße. Vom Stil her war es ein typisches Südstaatenhaus und dabei so grellweiß gestrichen, dass es in den Augen brannte. Kein einziger eigensinniger Grashalm entweihte die perfekte Rasenkante entlang der Auffahrt und an dem Weg zur Haustür. Das Sternenbanner hing an einer der vier quadratischen Säulen vor der Veranda, die das herabgezogene rote Zinndach trugen. Das ganze Anwesen wirkte so makellos, als hätte Gillette es fertig zusammengebaut aus einem Katalog geordert.

Coburn fuhr daran vorbei und umkreiste ein weiteres Mal den Block.

»Er ist nicht da«, sagte Honor, diesmal mit Nachdruck, da sie ihm das schon mehrmals erklärt hatte.

»Woher willst du das so sicher wissen?«

»Weil er seinen Wagen nur nachts in die Garage stellt. Wenn er zu Hause wäre, würde sein Wagen vor dem Haus stehen.«

»Vielleicht macht er ausgerechnet heute eine Ausnahme.«

Zwei Blocks von Gillettes Straße entfernt gab es einen kleinen Park mit einem kleinen Spielplatz. Zwei Wagen standen auf dem Parkplatz davor. Einer gehörte bestimmt der jungen Mutter, die ein Video von ihrer Tochter drehte, während die kopfüber an einer Sprosse des Klettergerüsts hing, der andere dem Teenager, der Tennisbälle gegen eine Mauer hämmerte.

Niemand würdigte sie eines Blickes, als Coburn den Wagen

auf den Platz lenkte. Solange die Familie, der er den Wagen gestohlen hatte, nicht plötzlich nach Hause kam, hielt er ihn für ein relativ sicheres Transportmittel. Niemand würde danach Ausschau halten. Trotzdem fiel er hier nicht so auf wie in einer Wohnstraße, wo die Nachbarn vielleicht darauf aufmerksam wurden.

Er drehte sich Honor zu und sah ihr an, dass sie sich immer noch über die Bemerkung ärgerte, die er über ihren Mann gemacht hatte. »Fertig?«

Ihre Miene sagte *nein*, aber sie nickte *ja* und stieg aus. »Wir haben es nicht besonders eilig«, ermahnte er sie. »Wir sind ein Pärchen auf einem gemütlichen Spaziergang. Okay? Es könnte nicht schaden, wenn du ein Lächeln zeigen würdest.«

»Und das von einem Mann, der keines besitzt.«

Sie gingen los und schlenderten, unbemerkt von den Menschen auf dem Spielplatz, am Rand des kleinen Parks entlang. Die Mutter rief ihrer Tochter, die immer noch kopfüber am Klettergestell hing und der Kamera Fratzen schnitt, lachend Anweisungen zu. Der Tennisspieler hatte Ohrhörer eingestöpselt und war blind und taub für seine Umgebung.

Coburn führte Honor dezent am Arm am Rand des Parks entlang und bog unauffällig in einen angrenzenden Garten. »Und was ist, wenn der Hausbesitzer herauskommt und uns fragt, was wir hier machen?«

»Uns ist der Hund davongelaufen, bevor wir ihn anleinen konnten. Etwas in der Richtung. Aber es wird uns niemand fragen.«

»Warum nicht?«

»Wenn uns jemand bemerkt, wird er uns höchstwahrscheinlich auf den ersten Blick erkennen und sofort die Polizei rufen. Ich bin bewaffnet und gefährlich, vergiss das nicht.«

»Okay, und was passiert, wenn wir Sirenen hören?«

»Dann renne ich los.«

»Und was mache ich?«

»Du brichst weinend auf dem Boden zusammen und dankst ihnen, dass sie dich aus meiner Gewalt errettet haben.«

Aber ihre Sorgen waren unbegründet, weil niemand sie zur Rede stellte und sie ohne Zwischenfall auf die Rückseite von Stans Haus gelangten. Honor klappte die Abdeckung über der Tastatur für den Türöffnungsmechanismus nach oben und klopfte den Code in das Ziffernfeld. Coburn wartete, bis er das metallische Klicken hörte, dann drehte er den Knauf und zog die Tür auf.

Sie huschten in die Garage, und er zog die Tür hinter ihnen zu. Das durch drei hohe Fenster einfallende Licht zeigte ihnen den Weg zur Küchentür. Honor betrat als Erste die Küche und schaltete die Alarmanlage aus. Das warnende Piepsen verstummte.

Aber bevor sie weitergehen konnte, legte er eine Hand auf ihre Schulter und schüttelte den Kopf. Es gefiel ihm nicht, dass sie so problemlos ins Haus gekommen waren. Darum hielt er mit angespannten Muskeln und fluchtbereit auf der Schwelle inne.

Es gab verschiedene Arten von Stille. Sie konnte ganz unterschiedliche Eigenschaften annehmen, die auseinanderzuhalten man ihm beigebracht hatte. Sechzig lange Sekunden lauschte er reglos, bis er endlich zu dem Schluss kam, dass das Haus tatsächlich leer war. Erst dann nahm er die Hand von Honors Schulter. »Ich glaube, es ist okay.«

Die wenigsten Operationsräume waren so steril wie Stan Gillettes Küche. Coburn schätzte, dass diese Sterilität den Mann selbst widerspiegelte. Kalt, unpersönlich, unnachgiebig, keine dunklen Winkel, in denen sich emotionaler Staub ansammeln konnte.

Was auch ihn selbst ziemlich genau beschrieb, erkannte Coburn.

Er schob den Gedanken beiseite und fragte Honor, wo Eddies Sachen lagerten.

»Eigentlich überall im Haus. Wo willst du anfangen zu suchen?«

Sie führte ihn in Eddies früheres Kinderzimmer. »Es hat sich seit meinem ersten Besuch hier im Haus kaum verändert. Damals wollte Eddie mich seinem Vater vorstellen. Ich war unglaublich nervös.«

Coburn interessierte das einen feuchten Dreck, und seine Gleichgültigkeit war ihm offenbar anzumerken, denn sie beendete abrupt ihren nostalgischen Ausflug in die Vergangenheit und blieb mitten im Zimmer stehen, die Hände verlegen vor dem Bauch gefaltet.

»Was ist denn?«, fragte er.

»Es ist ein komisches Gefühl, in diesem Haus zu sein...«

»Ohne Eddie?«

»*Mit dir* wollte ich sagen.«

Ihm fielen aus dem Stand mehrere Antworten ein, aber alle waren entweder vulgär oder unpassend, und er hatte keine Zeit für das Wortgefecht, das ein zweideutiger Kommentar nach sich ziehen würde. Also verzichtete er auf jede Erwiderung und deutete stattdessen auf einen Schreibtisch. »Du leerst die Schubladen aus. Ich nehme mir den Kleiderschrank vor.«

Er durchsuchte ihn genauso gründlich wie die Schränke in Honors Haus. So wie es aussah, hatte Gillette nichts von dem weggeworfen, was früher seinem Sohn gehört hatte. Coburn widerstand der Versuchung, in Hektik zu verfallen, und bemühte sich, nichts zu übersehen oder beiseitezulegen, bevor er es genau untersucht hatte.

Es war naheliegend, dass Eddie wichtige Dokumente in seinen Uniformen versteckt hatte, weshalb Coburn jeden Saum, jedes Futter und jede Tasche daraufhin untersuchte, ob etwas hineingenäht war. Außer ein paar Fusseln fand er nichts.

Als eine Stunde vergangen war und er immer noch nichts vorzuweisen hatte, kam er allmählich unter Druck. »Ist Gillette tagsüber oft außer Haus?«, fragte er Honor.

»Er hat einige feste Termine, aber seinen genauen Tagesablauf kenne ich nicht.«

»Glaubst du, er ist gerade bei einem dieser Termine?«

»Nein, ich glaube, er ist gerade auf der Suche nach Emily und mir.«

»Das glaube ich auch.«

Es verstrich eine weitere Stunde, während der er immer frustrierter wurde. Seine Zeit war beschränkt, und sie zerrann ihm unter den Fingern. Er sah Honor an, um sie noch einmal nach den Gewohnheiten ihres Schwiegervaters zu fragen, aber die Frage erstarb ihm auf den Lippen.

Sie saß auf dem Doppelbett, auf dem Schoß einen Karton mit Erinnerungsstücken, größtenteils Medaillen und Bändern, die Eddie während seiner Schulzeit bei verschiedenen Sportveranstaltungen gewonnen hatte. Sie weinte still vor sich hin.

»Was ist denn los?«

Ihr Kopf ruckte hoch. Tränen flossen aus ihren Augen. »Was los ist? Was *los* ist? Das ist los, Coburn. Das hier!« Sie ließ die Medaille fallen, die sie zwischen den Fingerspitzen gerieben hatte, und schubste den Karton so energisch von sich weg, dass er von der Bettkante rutschte und kopfüber auf dem Boden landete. »Ich komme mir vor wie eine Grabräuberin.«

Was erwartete sie von ihm? Dass er sagte: *Es tut mir leid, du hast recht, lass uns verschwinden?* Das würde er bestimmt nicht sagen, oder? Darum sagte er lieber gar nichts. Ein paar Sekunden sahen sie sich schweigend an.

Schließlich schnaufte sie resigniert und wischte die Tränen weg. »Auch egal. Ich erwarte nicht, dass du das verstehst.«

Sie hatte recht. Er verstand tatsächlich nicht, warum sie sich so aufregte. Weil er schon einmal ein *echtes* Grab ausgeraubt hatte. Nachdem er in dem verwüsteten Dorf alles nach Überlebenden durchsucht und dabei festgestellt hatte, dass nicht einmal das ausgehungerte Vieh verschont worden war, war er in eine Grube gesprungen, in der Leichnam auf Leichnam gelegen hatte.

Er hatte den halb verwesten Haufen aus toten Babys und nackten Greisinnen, aus kräftigen Männern und schwangeren Frauen durchwühlt, um einen Hinweis darauf zu finden, welcher der kriegführenden Stämme hinter diesem Massaker steckte. Schließlich hatte er den Auftrag bekommen, das herauszufinden. Nicht dass die Antwort viel zu bedeuten hatte, weil an den Angehörigen der Täter schon bald Vergeltung geübt wurde, die nicht weniger grausam war.

Damals hatte er keine wichtigen Erkenntnisse gewinnen können. Seine Suche hatte lediglich eine Feldflasche zutage gefördert, die wie durch ein Wunder all die Kugelsalven überlebt hatte, die aus automatischen Waffen in die Grube gefeuert worden waren. Weil seine eigene Feldflasche fast leer gewesen war, hatte er den Riemen über die Schulter eines toten Mannes, nein, eines Jungen gezogen, der dem Aussehen nach nicht älter als zwölf oder dreizehn gewesen war, und sich die Flasche dann über seine eigene Schulter gehängt, bevor er aus dem Massengrab geklettert war.

Das hier war damit nicht zu vergleichen. Aber das brauchte Honor nicht zu wissen.

»Wo ist Stans Zimmer?«

Zwei Stunden später sah Stan Gillettes Haus nicht viel anders aus als Honors, nachdem Coburn es durchsucht hatte. Und die Suche hatte genauso viel erbracht. Nichts.

Er hatte geglaubt, dass sie vielleicht auf Stans Computer belastende Informationen finden würden, aber sie hatten nicht einmal ein Passwort gebraucht, um an die Daten zu gelangen. Coburn hatte den Dokumentenordner durchsucht und im Grunde nur ein paar Leserbriefe gefunden, in denen Stan sich lobend oder missbilligend über verschiedene Zeitungskommentare geäußert hatte.

Die E-Mails beschränkten sich auf Schriftwechsel mit anderen Ex-Marines, bei denen es um zukünftige oder vergangene Treffen ging. Es gab einen ausführlichen Bericht über die Prostatakrebs-Erkrankung eines ehemaligen Kameraden und eine Nachricht vom Tod eines anderen.

Entsprechend informierte sich Gillette bei seinen Besuchen im Internet vor allem über das Marine Corps, diverse Veteranen-Organisationen und die Weltnachrichten, jedenfalls nicht über Menschenhandel oder illegale Drogen und Schmuggelrouten.

Ihre erhoffte Schatzsuche drohte sich als dicker, fetter Fehlschlag herauszustellen.

Schließlich blieb nur noch ein Ort, an dem sie nicht gesucht hatten – die Garage. Coburn hatte noch nie in einem Haus mit Garage gewohnt, aber er wusste, wie die meisten Garagen aussahen, und diese hier wirkte ziemlich gewöhnlich, abgesehen von einem entscheidenden Unterschied: der ungewöhnlichen Ordnung, die darin herrschte.

Auf dem zweiten Stellplatz ruhte ein blitzblankes Angelboot auf einem Anhänger. Die Jagd- und Angelgeräte waren so adrett an der Wand aufgestellt, dass es an einen Freizeitladen erinnerte. An der Rückwand einer Werkbank standen säuberlich aufgereiht beschriftete Lackdosen. Die Werkzeuge hingen korrekt an einer Steckwand. Der benzinbetriebene Rasenmäher und der Kantenschneider ruhten mitsamt einem roten Benzinkanister auf einem Podest aus Ziegelsteinen.

»Scheiße«, entfuhr es Coburn leise.

»Was ist denn?«

»Es würde Tage dauern, das alles zu durchforsten.« Er nickte zu dem kleinen Hängeboden hin, der in einer Ecke knapp unter der Decke montiert war. »Was liegt da oben?«

»Hauptsächlich Eddies Sportsachen.«

In die Wand war eine aus Kanthölzern konstruierte Leiter eingelassen. Coburn kletterte sie hoch und krabbelte auf den Hängeboden. »Gib mir ein Messer.« Honor holte eines von der Werkbank und reichte es nach oben. Er nahm es und durchtrennte damit das Klebeband über einem großen Karton. Darin lagen eine Bogenzielscheibe, ein Baseball, ein Basketball, ein Fußball und ein Football.

»Achtung.«

Er warf einen nach dem anderen hinunter. Ganz unten im Karton ruhte noch eine Bowlingkugel. Die Fingerlöcher waren leer. Coburn öffnete einen zweiten Karton, förderte den entsprechenden Dress für jede Sportart zutage, außerdem einen Baseballhandschuh, einen Football-Helm und Schulterpolster. Er durchsuchte alles. Ohne etwas zu finden.

Als er wieder nach unten kam, hielt Honor den Football in beiden Händen und drehte ihn hin und her. Ihr Finger strich über die Ledernähte. Lächelnd erklärte sie ihm: »Eddie war der Quarterback in seinem Highschool-Team. In seinem letzten Jahr schafften sie es in die Bezirksliga. Damals kamen wir zusammen. Während der Saison. Er war nicht groß genug, um für ein College zu spielen, aber er liebte Football und warf für sein Leben gern Pässe, wenn er nur jemanden fand, der sie für ihn fing.«

Coburn streckte die Hand aus. Honor legte den Football hinein. Er versenkte die Messerklinge im Leder.

Sie schrie auf und streckte instinktiv die Hand aus, um ihm den Ball wieder abzunehmen, aber er säbelte mit dem Messer ein riesiges Loch in den Football und schüttelte ihn kräftig, sodass alles, was darin steckte, herausfallen musste. Es tat sich nichts. Enttäuscht warf er den schlaffen Ball auf die Werkbank.

Als er sich zu ihr umdrehte, ohrfeigte sie ihn. Mit aller Kraft.

»Du bist ein schrecklicher Mensch«, sagte sie. »Das kälteste, herzloseste, grausamste Wesen, das man sich nur vorstellen kann.« Sie schluchzte. »Ich hasse dich. Aus tiefstem Herzen.«

In diesem Augenblick hasste er sich ebenfalls. Ohne zu wissen warum, spürte er einen tiefen Groll. Er führte sich wie der letzte Idiot auf, ohne dass er eine Erklärung dafür hatte. Ihm war selbst unbegreiflich, warum er plötzlich den Drang verspürte, sie zu verletzen und sie zu reizen, aber er schien sich einfach nicht beherrschen zu können.

Er machte einen Schritt auf sie zu und achtete dabei darauf, dass es möglichst bedrohlich wirkte. »Du magst mich nicht?«

»Ich *verabscheue* dich.«

»Wirklich?«

»Ja!«

»Hast du darum gestern so an meiner Zunge gelutscht, als wärst du am Verdursten?«

Fünf Sekunden kochte sie lautlos vor sich hin, dann drehte sie ihm den Rücken zu, aber ehe sie auch nur einen Schritt machen konnte, hatte er sie am Arm gepackt und wieder umgedreht. »Deshalb bist du in Wahrheit so wütend, oder? Weil wir uns geküsst haben.« Er beugte sich vor und flüsterte: »Und weil es dir gefallen hat.«

»Hat es überhaupt nicht.«

Er glaubte ihr kein Wort. Er wollte es nicht glauben. Aber er zwang sich, so zu tun, als wäre es ihm egal, ob es ihr gefallen hatte oder nicht. Er ließ ihren Arm los und trat einen Schritt zurück. »Mach dich deswegen nicht verrückt. Menschen sind Tiere, und Tiere paaren sich. So wie sie niesen und husten und furzen. Mehr hat dieser Kuss nicht bedeutet. Also entspann dich. Du hast deinem toten Mann keine Hörner aufgesetzt.«

Sie verschluckte einen Laut der Entrüstung, aber bevor sie sich eine Antwort zurechtgelegt hatte, hatte er das Handy aus der Tasche geholt und eingeschaltet. Inzwischen musste Hamilton von ihrer überstürzten Flucht vom Krabbenkutter erfahren haben. Coburn wollte endlich wissen, was sich daraus ergeben hatte.

Er rief an. Hamilton war beim ersten Läuten am Apparat. »Coburn?«

»Gut geraten.«

»Heute Morgen sind Sie wirklich in letzter Sekunde entwischt!«

»Um Haaresbreite.«

»Aber es hat gereicht. Wo stecken Sie jetzt?«

»Das wollen Sie gar nicht wissen.«

»Ich habe mit Tom VanAllen vereinbart, dass Sie und Mrs. Gillette ins Büro kommen. Der Mann ist so solide wie der Felsen von Gibraltar. Dort sind Sie sicher. Ich gebe Ihnen mein Wort.«

Coburn hielt Honors Blick gefangen. Seine Wange brannte immer noch nach ihrer Ohrfeige, genau an der Stelle, wo ein paar Stunden zuvor ihre Tochter den feuchten Abdruck eines

Abschiedskusses hinterlassen hatte. Er war es nicht gewohnt, dass die Menschen ihre Gefühle so auslebten, und diese Gillettefrauen hatten das zur Kunst erhoben. Kein Wunder, dass er so gereizt war.

»Coburn?« Hamilton wiederholte seinen Namen inzwischen zum dritten Mal.

»Ich rufe Sie zurück«, antwortete er und schaltete das Handy ab.

# 32

E r hat dich angelogen.«

Tom VanAllen reagierte mit einem Schulterheben, das sich entweder als gleichgültiges Achselzucken oder als Eingeständnis deuten ließ. »Streng genommen nicht.«

»Er hat dich absichtlich irregeführt«, sagte Janice. »Wie würdest du das denn nennen?«

Er würde es lügen nennen. Aber er wollte Janice gegenüber diesen Begriff lieber nicht dafür verwenden, wie Hamilton ihn manipuliert hatte. Im Grunde verteidigte er Hamilton dadurch, und das war ihm selbst zuwider. Aber wenn er zugegeben hätte, wie leichtgläubig er gewesen war, hätte er seiner Frau gegenüber noch lächerlicher gewirkt.

Er war heimgekommen, um ihr mit Lanny zu helfen, der sie fast die ganze Nacht mit seinem Stöhnen wach gehalten hatte. Sie wussten beide, dass das ein Stresssignal war. Nur durch diese mitleiderregenden Laute konnte er der Welt mitteilen, dass ihm etwas wehtat. Ein rauer Hals? Ohrenschmerzen? Muskelkrämpfe? Kopfweh? Fieber hatte er keines. Und sie untersuchten ihn täglich auf wundgelegene Stellen. Weil sie nicht wussten, woran er litt, konnten sie sein Leiden nicht lindern, und das war für alle Eltern die schlimmste Folter.

Vielleicht hatte er auch nur Angst bekommen, und ihre Anwesenheit an seinem Bett hatte ihn beruhigt, denn schließlich war er wieder eingeschlafen. Dennoch war es eine anstrengende Nacht gewesen. Und so fühlten sie sich heute, mit Toms beruflicher Krise im Nacken, besonders ausgelaugt.

Nachdem sie Lanny versorgt hatten, hatte er Janices Angebot, ihm etwas zu essen zu machen, ausgeschlagen und sich stattdessen mit ihr ins Fernsehzimmer gesetzt, wo er ihr von Hamiltons falschem Spiel erzählt hatte. Ihm war aufgefallen, dass der Computer eingeschaltet war, und sie hatte ihm auf seine Bemerkung hin gestanden, dass sie den Morgen damit zugebracht hatte, sich über einige Pflegeheime in der weiteren Umgebung zu informieren.

Für Tom war das ein Schritt in die richtige Richtung. Wenigstens halbwegs. Paradoxerweise würde er in eine Sackgasse führen. Er war fast erleichtert, dass ihn eine andere Krise von dieser ablenkte.

»Woher weißt du, dass er diesmal die Wahrheit sagt?«, fragte Janice.

»Du meinst, dass Coburn wirklich ein Undercoveragent ist?«

»Der Mann kommt mir genauso wenig wie ein FBI-Agent vor wie...«

»Wie ich.«

Ihre betretene Miene verriet ihm, dass er ihr die Worte aus dem Mund genommen hatte. Sie versuchte ihre Bemerkung abzuschwächen. »Ich meine damit, dass es mir eher so vorkommt, als wäre etwas in Coburn unter Druck zerbrochen. Schließlich hat er, Fred Hawkins mitgerechnet, acht Menschen getötet.«

»Hamilton behauptet, Coburn hätte die Männer in der Lagerhalle nicht erschossen.«

»Wer soll es sonst gewesen sein?«

»Das hat er nicht gesagt.«

»Weiß er es?«

Tom zuckte mit den Achseln.

Sie atmete tief und sichtlich verärgert aus. »Er treibt also immer noch seine Spielchen mit dir.«

»Er ist paranoid.« Schließlich hatte Hamilton unverblümt behauptet, dass Toms Büro löchrig war wie ein Sieb und dass ununterbrochen Informationen nach außen sickerten. Auch Deputy Crawford hatte etwas von Maulwürfen gemunkelt, die in den verschiedenen Ermittlungsbehörden säßen. »Alle sind paranoid, und zwar aus gutem Grund«, erklärte er Janice.

»Warum hat Coburn dich nicht zu Hilfe gerufen, als ihm alles um die Ohren flog? Warum ist er aus der Lagerhalle geflüchtet und hat das Haus der Gillettes auf den Kopf gestellt, sodass ihn alle für einen Verbrecher halten mussten?«

»Weil er seine Tarnung nicht auffliegen lassen wollte. Außerdem ist Hamilton sein einziger Führungsoffizier. Hamilton hat ihn in Marsets Firma eingeschleust, ohne dass irgendwer davon wusste. Ich war nicht einmal ein Notkontakt für Coburn.«

»Bis heute.« Janice gab sich keine Mühe, ihre Verbitterung zu verhehlen. »Aber jetzt, wo Hamiltons Wunderknabe mit dem Rücken zur Wand steht, lädt er es dir auf, ihn wohlbehalten ins Büro zu bringen. Du weißt, was das bedeutet, oder? Es bedeutet, dass du als Sündenbock gebraucht wirst, falls irgendwas schiefgeht. Nicht Clint Hamilton, der sicher und weit weg in seinem gepolsterten Bürosessel in Washington sitzt.«

Natürlich hatte sie recht, aber es irritierte ihn, dass seine Frau seine nagenden Bedenken in Worte kleidete. Er murmelte: »Vielleicht kommt es gar nicht dazu.«

»Wie meinst du das?«

»Erst einmal muss Hamilton mit Coburn Verbindung aufnehmen, und der ist da sehr zurückhaltend. Dann muss er ihn überreden, sich mir anzuvertrauen, und ich weiß nicht, wie er ihm das verkaufen will.«

»Warum sollte er auf Sicherheit und Schutz verzichten wollen?«

»Weil er nicht glaubt, dass wir – das FBI – ihm beides bieten können. Andernfalls hätte er mich wahrscheinlich direkt angerufen, genau wie du gesagt hast. Ehrlich gesagt, kann ich ihm nachfühlen, dass er so vorsichtig ist. Wenn Marset tatsächlich so viel Dreck am Stecken hatte, wie ihm nachgesagt wird, dann kann niemand wissen, was Coburn an Beweisen zusammengetragen hat. Jeder, mit dem Marset unsaubere Geschäfte gemacht hat, hat Coburn jetzt auf seiner Abschussliste stehen.

Und dann gibt es noch Leute, die persönlich an ihm Rache nehmen wollen. Wie ich gehört habe, will ihm Doral Hawkins ans Leder. Genau wie Mrs. Gillettes Schwiegervater. Hamilton befürchtet, dass jemand Selbstjustiz üben könnte.«

»Er will Coburn lebendig.«

»Er will die Beweise, die Coburn gesammelt hat.« Er sah auf die Uhr und griff nach seinem Jackett. »Ich muss zurück. Ich muss zur Stelle und einsatzbereit sein, falls irgendwas passiert.«

Als er an ihr vorbei zur Tür ging, nahm sie seine Hand und hielt ihn auf. »Und wenn er es nicht tut?«

»Wenn wer was nicht tut?«

»Wenn Coburn nicht mitkommen will?«

»Dann bleibt für mich alles beim Alten. Dann werde ich vielleicht nicht als Held dastehen, aber ich kann auch nichts verbocken.«

»Sprich nicht so über dich selbst, Tom.« Sie stand auf und legte die Hände auf seine Schultern. »So etwas darfst du nicht einmal denken. Vielleicht kannst du diesmal endlich beweisen, aus welchem Holz du geschnitzt bist.«

Auch wenn ihr Vertrauen in seine Fähigkeiten fehl am Platz

war, wusste er ihre Loyalität zu schätzen. »Ehrlich gesagt, bin ich so sauer, dass ich die Gelegenheit vielleicht tatsächlich nutzen werde.«

»Gut! Zeig Hamilton, was du draufhast. Und Coburn. Und allen anderen.«

»Ich werde mein Bestes tun.«

Ihre Miene wurde weich. »Aber was du auch tust, pass auf dich auf.«

»Bestimmt.«

»Der Mann ist vielleicht ein FBI-Agent, aber er ist gefährlich.«

»Ich passe auf, versprochen.«

Ehe er ging, sah er noch einmal kurz in Lannys Zimmer. Der Junge hatte die Augen offen, aber er starrte so reglos und still in die Luft, dass Tom sich beinahe die Rastlosigkeit zurückwünschte, die er gestern Nacht gezeigt hatte. Wenigstens hatte das bewiesen, dass er *überhaupt* etwas empfand, dass er einen Funken Menschlichkeit mit seinem Vater teilte. Und jede Verbindung war besser als gar keine.

»Ich würde alles für dich tun, Lanny«, flüsterte er ihm zu. »Einfach alles. Ich hoffe, dass … dass du das tief drinnen spürst.« Tom strich seinem Sohn übers Haar, beugte sich vor und küsste ihn auf die Stirn.

Erst an der Haustür fiel ihm ein, dass er seine Schlüssel im Fernsehzimmer gelassen hatte. Er machte kehrt und wollte gerade das Zimmer betreten, als er wie angewurzelt stehen blieb.

Janice saß wieder auf dem Sofa. Sie hatte das Smartphone in der Hand und tippte mit den Daumen wie wild auf dem Touchscreen herum. In nicht einmal einer Minute hatte sie ihn und seine Probleme abgeschüttelt und vergessen. Stattdessen war sie völlig in ihre Welt eingetaucht, eine Welt, in der kein Platz für ihn war.

Ihm fiel ein, dass er sie erst vor ein paar Tagen – oder war es erst gestern gewesen? – ähnlich versunken über ihrem Telefon ertappt hatte.

»Janice?«

Sie schreckte hoch. »Mein Gott, Tom!«, japste sie. »Ich dachte, du wärst schon weg.«

»Ganz offensichtlich.« Er stellte den Aktenkoffer auf den Couchtisch und ging auf sie zu.

Sie sprang auf. »Hast du etwas vergessen?« Ihre Stimme war unnatürlich hoch, ihr Lächeln ungewöhnlich strahlend.

Er nickte zu dem Smartphone in ihrer Hand hin. »Was machst du da?«

»Ich spiele mein Ratespiel.«

»Lass mal sehen.« Er streckte die Hand aus.

»Was? Warum?«

»Lass mal sehen.«

»Du interessierst dich für mein Spiel?« Ein falsch klingendes Lachen umrahmte die Frage. »Seit wann hast du denn …«

Seine Hand schoss vor und entriss ihr das Handy.

»Tom?«, schrie sie erschrocken auf.

Dann wiederholte sie: »Tom!«, und ihr schneidender Tonfall wirkte genauso fordernd wie die ausgestreckte Hand, mit der sie ihr Handy zurückverlangte.

Als er nicht reagierte, als er das Smartphone so weit zurückzog, dass sie es nicht zu fassen bekam, und die SMS auf dem kleinen Bildschirm las, sagte sie noch einmal seinen Namen, doch diesmal leise, klagend und begleitet von einem reuevollen Stöhnen.


»Ich will, dass du dich bereithältst. Dass du jederzeit zuschlagen kannst, Diego.«

Diego antwortete mit einem sarkastischen Schnauben. »Was? Und mir den ganzen Spaß entgehen lassen?«

Er hatte noch vor Sonnenaufgang vor der Villa im Garden District seinen Posten bezogen und war Bonnell Wallace gefolgt, als der durch das Gartentor herausgefahren war. Seither hatte er stundenlang den Wagen des Bankers im Auge behalten, seit Wallace ihn um sieben Uhr fünfunddreißig auf seinem persönlichen Stellplatz auf dem Angestelltenparkplatz des Bankgebäudes abgestellt hatte.

Zuzusehen, wie die Sonne den Perllack ausbleichte, war scheißlangweilig.

Und Diego langweilte sich nicht nur, er hasste es auch, so lange untätig zu sein. Er blieb lieber immer in Bewegung, wie ein Hai, der unsichtbar unter der Oberfläche kreist und schnell und gnadenlos zuschlägt, bevor er weiterzieht. *Wendig*. Das war das Wort. Er war lieber wendig als unbeweglich.

Hauptsächlich ärgerte ihn aber, dass man ihn erst mit Lee Coburn geködert und ihm dann eine hirnlose Aufgabe zugewiesen hatte, die jeder Vollidiot übernehmen konnte. Ihm fielen auf Anhieb ein Dutzend Dinge ein, die er lieber getan hätte, und dazu gehörte eindeutig, seine Zeit zu Hause mit Isobel zu verbringen.

*Zu Hause*. Als das betrachtete er seinen unterirdischen Bunker inzwischen.

Dieser Drecksjob hielt ihn von seinem liebsten Zeitvertreib ab.

»Ich höre dir an, dass du unzufrieden bist, Diego.«

Er schwieg bockig.

»Ich habe gute Gründe, Wallace von dir beschatten zu lassen.«

Also, bisher hatte Diego nicht den leisesten Schimmer, was das für Gründe sein könnten. Außerdem waren sie ihm herzlich egal. Trotzdem hatte dieser Anruf vielleicht zu bedeuten, dass er einen aufregenderen und besser bezahlten Job bekommen würde, und das richtete ihn wieder auf. »Heute kriege ich Coburn?«

»Coburn ist ein Undercoveragent des FBI.«

Diegos Herz begann zu pochen, nicht vor Angst, Unwillen oder Anspannung, sondern vor Aufregung. Einen FBI-Agenten ausschalten, das war ein echter Trip, Mann.

»Du weißt, was das heißt, Diego.«

»Das heißt, dass er geliefert ist.«

»Es heißt«, kam die unwirsche Antwort, »dass du mit größter Vorsicht und so schnell wie möglich agieren musst. Nachdem ich dir das Zeichen zum Einsatz gebe, bleibt dir nur sehr wenig Zeit.«

»Dann gib mir eben mehr Zeit. Sag einfach, wann und wo.«

»Die Einzelheiten sind noch nicht geklärt. Sobald ich alles vorbereitet habe, erfährst du alles, was du wissen musst.«

Diego deutete die Antwort so, dass noch gar nichts geklärt war. Grinsend malte er sich aus, wie ärgerlich das für seinen Anrufer sein musste. Aber weil er nicht auf den Kopf gefallen war und den Auftrag unbedingt haben wollte, antwortete er übertrieben demütig: »Ich bin hier, wann immer du mich brauchst.«

Bei diesen Telefonaten hatte er noch nie das letzte Wort behalten, und diesmal war es nicht anders. »Der Leichnam der kleinen Hure wurde immer noch nicht gefunden.«

»Ich habe es dir doch erklärt. Man wird ihn nicht finden.«

»Was eine Frage aufwirft, Diego.«

»Welche Frage?«

»Wie kannst du dir da so sicher sein?«

Dann war die Leitung tot.

# 33

Honor und Coburn gelangten, ohne aufgehalten zu werden, zum Spielplatz zurück.

Mutter und Kind waren nicht mehr da. Der Teenager hatte eine Pause bei seinem Tennistraining eingelegt und lag jetzt unter einem Baum. Er spielte auf seinem Smartphone und hatte immer noch Ohrhörer eingestöpselt, weshalb er das Pärchen gar nicht bemerkte, das in einen gestohlenen Wagen stieg und wegfuhr.

Erst jetzt erkundigte sich Honor nach Coburns kurzem Wortwechsel mit Hamilton. »Was hat er gesagt?«

»Er will, dass wir uns Tom VanAllen stellen. Er hat mir sein Wort gegeben, dass VanAllen sauber ist und dass wir in seiner Obhut sicher sind.«

»Glaubst du ihm?«

»Wenn VanAllen tatsächlich so ein Saubermann ist, warum hat Hamilton ihm dann nichts von meinem Einsatz erzählt? Und jetzt vertraut ihm Hamilton plötzlich. Das macht mich nervös. Bevor ich unser Leben in VanAllens Hände lege, müsste ich ihm erst einmal Auge in Auge gegenüberstehen, um seine Vertrauenswürdigkeit einschätzen zu können, und die Zeit habe ich nicht.«

»Und was ist mit dem Rest? Dass er uns beschützen könnte?«

»Darauf möchte ich mich noch weniger verlassen.« Er sah sie kurz an. »Der Mist ist, dass mir allmählich die Alternativen ausgehen.«

»Das merke ich. Inzwischen schlitzt du aus Verzweiflung harmlose Bälle auf.«

Er ging nicht darauf ein, aber sie hatte auch keine Entschuldigung erwartet.

»Das Blöde ist, ich weiß, dass ich recht habe.« Er sah sie finster an, als warte er nur auf ihren Widerspruch.

»Na schön, nehmen wir an, Eddie hatte tatsächlich etwas versteckt. Wie lange können wir beide noch danach suchen? Ich meine damit«, ergänzte sie hastig, bevor er sie unterbrechen konnte, »hättest du nicht bessere Chancen, das zu entdecken, was Eddie zusammengesammelt hat, wenn du auf das FBI mit seiner technischen Ausstattung zurückgreifen könntest, wenn du mit anderen Agenten und einem Netzwerk an Personal zusammenarbeiten würdest?«

»Meine Erfahrung mit Netzwerken? Normalerweise vermasseln die alles, und zwar kolossal. Selbst die besten Agenten verheddern sich irgendwann in den zahllosen bürokratischen Vorschriften, die die Regierung hauptsächlich erlassen hat, um das Justizministerium an die Leine zu nehmen. Darum hat Hamilton mich ganz allein losgeschickt.«

»Und darum bist du allein in Gefahr.«

Er zuckte mit den Achseln. »Das bringt der Job mit sich.« Dann nickte er kurz und nachdrücklich. »*Mein* Job. Nicht deiner.«

»Ich bin hier, weil ich es so entschieden habe.«

»Es war die falsche Entscheidung.«

Sie hielten sich immer noch am Rand der Stadt, wo sie ab und zu an ein paar Häusern vorbeikamen, aber nicht durch geschlossene Ortsteile fuhren wie jenen, den sie eben verlassen hatten. Stattdessen passierten sie kleine heruntergekommene Einkaufszentren oder einsame Betriebe, die entweder ums Überleben kämpften oder bereits aufgegeben worden waren, teils weil sie nach Katrina geschlossen und nie wieder geöffnet worden waren, teils weil sie dem wirtschaftlichen Einbruch nach der Ölpest im Golf von Mexiko zum Opfer gefallen waren.

Coburn bog auf den Parkplatz einer kleinen Ladenzeile, wo es nicht nur einen Discounter und einen Friseursalon, sondern auch einen kleinen Schnapsladen gab, der nebenbei hausgemachte Würste verkaufte und mit schweren Gittern an allen Fenstern gesichert war.

Er stellte den Motor ab, hängte den Ellbogen aus dem offenen Wagenfenster und strich sich über Mund und Kinn. Minutenlang saß er so da, als wäre er völlig in Gedanken versunken, doch seine Augen blieben dabei ständig in Bewegung, registrierten jeden, der eines der Geschäfte betrat oder verließ, und begutachteten jeden Wagen, der auf den Parkplatz bog.

Schließlich senkte er die Hand und holte sein Handy heraus. »Ich mach's kurz, okay?«

Sie nickte.

»Du machst mit, ganz egal, was ich Hamilton erzähle.«

Sie nickte wieder, allerdings weniger überzeugt.

»Du musst mir vertrauen.« Seine blauen Augen bohrten sich in ihre.

Sie nickte noch einmal.

»Also gut.« Er gab die Nummer ein.

Sie hörte Hamiltons barsche Stimme. »Ich hoffe, Sie rufen an, um mir zu erklären, dass Sie zur Vernunft gekommen sind.«

»Es gibt da einen alten Güterzug auf einem stillgelegten Gleis.«

Er beschrieb Hamilton den Standort am Ortsrand von Tambour. Honor kannte die Gegend, hatte aber nie das Gleis oder den darauf stehenden Zug bemerkt.

»VanAllen soll allein kommen«, sagte er. »Und es ist mir ernst. Sobald sich auch nur ein Härchen in meinem Nacken aufstellt, sind wir weg. Ich schicke Mrs. Gillette vor. Aber ich behalte ihr Kind bei mir, bis ich mich überzeugt habe, dass alles …«

»Coburn, das …«

»Entweder so oder gar nicht. Zehn Uhr.«

Er legte auf und schaltete das Handy aus.

Als Stan auf die Fernbedienung hinter der Sonnenblende in seinem Wagen drückte und das Garagentor hochfahren ließ, rollte Eddies Basketball die Auffahrt hinunter.

Das konnte nur eines bedeuten.

Er stellte den Motor ab und stieg aus. Dabei zog er das Messer aus der Lederscheide an seiner Wade. Schritt für Schritt näherte er sich dem klaffenden Maul der Garage, bis er erkennen konnte, dass niemand darin war.

Als er Eddies zerschlitzten Football auf der Werkbank liegen sah, packte ihn kalter Zorn. Er schloss die Hand fester um das Messer und zog Zuversicht aus dem vertrauten Gewicht in der Hand.

Schnell und lautlos schlich Stan an die Verbindungstür zur Küche. Er drehte langsam den Knauf und stieß dann die Tür auf. Das warnende Piepsen der Alarmanlage blieb aus. Niemand hechtete sich auf ihn. Das Haus war still und leer. Sein lang geschulter Instinkt sagte ihm, dass hier niemand mehr war. Trotzdem behielt er das Messer in der Hand, während er sich Zimmer für Zimmer vorarbeitete und den Schaden in Augenschein nahm.

*Coburn.*

In diesem Moment kam Stan zu dem Entschluss, dass er den Mann bei der ersten Begegnung genauso gnadenlos auseinandernehmen würde, wie Coburn sein Haus und vor allem Eddies Jugendzimmer auseinandergenommen hatte.

Als er auf der Schwelle zu dem Zimmer stand, in dem seit damals bis zu diesem Tag kaum etwas verändert worden war, versuchte Stan festzustellen, ob etwas daraus entfernt worden war oder nicht. Allerdings schlug das kaum ins Gewicht. Der Raum war entweiht worden, und das war weit schlimmer als ein Diebstahl.

Um einen Raum so gründlich zu durchsuchen, brauchte man Zeit. Stunden, schätzte Stan. Eine fast unmögliche Aufgabe für einen alleine.

*Honor.*

Bei dem Gedanken krampfte sich Stans Herz schmerzhaft zusammen. Hatte seine Schwiegertochter tatsächlich bei der Suche geholfen? Stan versuchte die Möglichkeit aus seinen Gedanken zu verbannen. Als Eddies Witwe müsste ihr doch mehr als jedem anderen daran gelegen sein, seinen guten Namen zu bewahren, und sei es nur für Emily? Aber alles vor ihm deutete darauf hin, dass sie dem Mann, der Eddies Ruf um jeden Preis in den Dreck ziehen wollte, beigestanden hatte.

Ihr Verrat traf Stan ins Mark. Er musste sie finden und zur Vernunft bringen, bevor sie einen nicht wiedergutzumachenden Fehler beging.

Dafür hatte er den ganzen Tag alle Hebel in Bewegung gesetzt. Er hatte sich im FBI-Büro zum Esel gemacht und Tom VanAllen angebrüllt, dem er noch weniger zutraute als diesem Deputy Crawford oder ihren jeweiligen Behörden. Wenn er Honor und Emily finden und sicher nach Hause bringen wollte, musste er selbst aktiv werden.

Er hatte überall gesucht, wo sie sich versteckt haben könnten. Er hatte Honors Kollegen aus der Schule, ihre Freunde und Bekannten angerufen, aber niemand hatte ihm weiterhelfen können. Selbst der Priester aus ihrer Kirchengemeinde hatte beteuert, er würde zwar für ihre und Emilys sichere Heimkehr beten, hätte aber nichts von ihr gehört. Bei jedem dieser Gespräche hatte Stan verbale Daumenschrauben angesetzt, und er war ziemlich sicher, dass er es gemerkt hätte, falls man ihn angelogen hätte.

Doral, der einen Mann vor Tori Shirahs Haus abgestellt hatte, teilte ihm mit, dass sie das Haus nicht mehr verlassen hätte, nachdem sie kurz nach Tagesanbruch die Zeitung hereingeholt hatte. Ihr Wagen stehe immer noch in der Auffahrt.

Stans Instinkt sagte ihm, dass Doral falschlag. Ihm fiel der Treffpunkt der beiden Mädchen außerhalb des Ortes ein, den Eddie ihm einst gezeigt hatte und den Honor irrtümlich für geheim hielt. Eddie hatte Stan damals beschämt gestanden, dass er Honor eines Nachts gefolgt war, als sie nach einem kurzen Telefonat unter einer fadenscheinigen und offenkundig gelogenen Erklärung das Haus verlassen hatte.

Aber Honors mysteriöse Irrfahrt hatte sie nur zu einem Baum geführt, unter dem Tori auf sie gewartet hatte. Eddie hatte damals über die ganze Geschichte gelacht und gemeint, diese heimlichen Treffen hätten wohl seit ihrer Schulzeit überdauert.

Gut möglich, dass die Tradition wieder zum Leben erweckt worden war.

Als Stan am Vortag mit Tori geredet hatte, hatte er den Eindruck bekommen, dass sie sichtlich aufgeregt und besorgt über Honors angebliche Entführung war. Er fragte sich, ob sie ihm etwas vorgespielt hatte. Oder ob Honor ihr in der Zwischenzeit einen Notruf geschickt hatte, den Tori ihm und der Polizei verschwieg.

Also war er auf Verdacht zu dem abgelegenen Treffpunkt gefahren. In den Jahren, seit Eddie ihm die Stelle gezeigt hatte, war die alte Holzbrücke noch baufälliger geworden. Die uralte Eiche schien ihre Äste inzwischen noch weiter zu spannen, die Wurzeln kamen ihm noch knorriger vor.

Schon auf den ersten Blick hatte Stan die relativ frisch aussehenden Reifenspuren bemerkt. Aber das allein sagte nichts aus. Vielleicht waren Honor und ihre Freundin nicht die Einzigen, die diesen malerischen Fleck für sich entdeckt hatten. Abgelegen, wie er war, eignete er sich perfekt für Teenager, die einen Platz zum Knutschen, Grasrauchen oder Schnapstrinken brauchten. Außerdem suchten die Scouts der Filmgesellschaften ständig die Gegend nach romantischen Szenerien für Außenaufnahmen ab.

Er wollte gerade wieder fahren und seine Suche woanders fortsetzen, als ihm ein paar in den Schlamm geritzte Zeichen ins Auge fielen. Von seinem Standpunkt aus standen sie auf dem Kopf, doch als er davor in die Hocke ging, stieß er leise zischend den Atem aus.

Die in den Schlamm gezogenen Buchstaben waren unterschiedlich groß und wackelig, aber durchaus lesbar:

EmiLy.

Noch auf der Rückfahrt in die Stadt hatte er Doral angerufen. »Du solltest deinem Wachposten mal ordentlich in die Eier treten. Tori Shirah ist längst nicht mehr zu Hause. Sie ist bei Honor und Emily.«

Sie hatten vereinbart, sich bei Stan zu treffen und zu besprechen, wie sie diese Shirah aufspüren könnten. Beide waren sicher, dass sie ihnen Honors Aufenthaltsort verraten würde, wenn sie sich nur genug bemühten.

In diesem Moment hörte Stan eine Autotür schlagen und kehrte durch die Küche in die Garage zurück. Doral stand auf der Auffahrt, die Hände in die Hüften gestemmt, den Blick auf den aufgeschlitzten Football gerichtet.

Als er Stan näher kommen hörte, drehte er sich um. »Dieser Hurensohn.«

»Milde gesagt. In meinem Haus sieht es nicht besser aus als in Honors.«

Doral stieß einen langen, mit giftigen Flüchen unterlegten Atemzug aus. »Irgendwelche Hinweise darauf, dass Honor und Emily auch hier waren?«

Stan antwortete mit einem knappen Nein und beließ es dabei. Er würde niemandem von seinen Zweifeln an Honors Loyalität erzählen. »Aber ich weiß, wo sie vor Kurzem waren, und wahrscheinlich war Tori Shirah auch dort.«

Dorals Handy läutete. Er hob den Finger, um Stan anzudeuten, dass er diesen Gedanken weiterverfolgen wollte, sobald er fertig telefoniert hatte. Er lauschte kurz und sagte nur: »Sobald du was weißt.«

Als er das Handy wieder einschob, grinste er. »Vielleicht brauchen wir Tori gar nicht. Das war mein Kontaktmann beim FBI. Coburn schickt Honor zu ihnen.«

»Wann? Wie denn?«

»Mein Mann sagt uns Bescheid, wenn er mehr weiß.«

# 34

Hamilton hatte exakte Zeitvorgaben gemacht. »Sollten Sie schon am Treffpunkt sein, wenn Coburn eintrifft, wird er misstrauisch werden. Falls Sie zu spät kommen, wird er das ganze Vorhaben abblasen, und Sie werden weder ihn noch Mrs. Gillette zu sehen bekommen. Sie müssen also ein, zwei Minuten vor der verabredeten Zeit dort auftauchen.«

Tom VanAllen war genau zwei Minuten vor zehn am vereinbarten Ort eingetroffen. Er stellte den Motor ab, und nachdem das Summen des Kühlers verstummt war, durchbrach nur noch sein Atem und das unregelmäßige Zirpen einer Grille die absolute Stille.

Er war nicht für diesen Mantel-und-Degen-Kram geschaffen. Er wusste das. Hamilton wusste das. Aber Coburn hatte die Bedingungen gestellt, und ihnen blieb nichts anderes übrig, als ihnen zuzustimmen.

Die vor sich hin rostenden Güterwagen zeichneten sich rechts von Tom als schwarzer Block vor der Dunkelheit ab. Ihm kam der Gedanke, dass Coburn sich vielleicht irgendwo im Zug versteckt hatte und dort wartend auf der Lauer lag, um sich zu überzeugen, dass seine Bedingungen erfüllt worden waren, bevor er Mrs. Gillette herausgab.

Mit einem stillen Stoßgebet, dass er den Einsatz nicht vermasseln möge, schob Tom den Ärmel zurück und blickte auf die leuchtenden Zeiger seiner Uhr. Seit seiner Ankunft waren gerade mal dreißig Sekunden verstrichen. Er fragte sich, ob sein Herz dieses Hämmern die verbleibenden anderthalb Minuten überstehen würde.

Er beobachtete, wie der Sekundenzeiger ein paar Sekunden abzählte und die Zeitspanne verlängerte, seit er von zu Hause losgefahren war.

Unwillkürlich entfuhr ihm ein abgrundtief verzweifeltes Stöhnen, als er noch einmal die Szene von heute Nachmittag durchlebte, nachdem er seine Frau an ihrem Handy erwischt hatte. Sozusagen auf frischer Tat ertappt.

*Er stürzte zu ihr und riss ihr das Smartphone aus der Hand.*

*»Tom?«, schrie sie erschrocken.*

*Dann zornig: »Tom!«*

*Und schließlich: »Tom«, mit einem klagenden, reuevollen Stöhnen, während er las, was auf dem Touchscreen stand.*

*Zum Teil waren die Worte so unverblümt erotisch, dass sie ihn aus dem Bildschirm anzuspringen schienen. Sie passten so gar nicht zu Janice. Zu seiner Frau. Mit der er nicht mehr geschlafen hatte, seit … Er konnte sich nicht einmal erinnern, wann er das letzte Mal mit ihr geschlafen hatte.*

*Aber wann es auch gewesen war, die Worte, die er auf ihrem Display las, waren weder Teil des Vorspiels gewesen, noch hatte Janice sie ihm in der Hitze der Leidenschaft ins Ohr geflüstert. Im Gegenteil, bis zum heutigen Tag hätte er ein Monatsgehalt darauf verwettet, dass sie noch nie solche Worte verwendet hatte und dass sie diese Ausdrucksweise verabscheute. Das hier war nicht mehr schlüpfrig, das waren die derbsten Ausdrücke, die das Englische kannte.*

*Er scrollte zum letzten Text hoch, den ihr jemand – wer eigentlich? – geschickt hatte. Es war eine obszöne Aufforderung, in der detailliert geschildert wurde, was der Absender gern mit ihr anstellen würde. In der Antwort, die sie eben so eilig verfasst hatte, nahm sie dieses Angebot ebenso anschaulich an.*

»Tom ...«

»Wer ist es?« Als sie ihn ansah, mit offenem Mund, aus dem kein Laut kam, wiederholte er die Frage, und diesmal betonte er jedes einzelne Wort.

»Es ist niemand ... Ich kenne ihn nicht ... Es ist nur ein Name. Alle schreiben nur unter ihren Codenamen. Niemand weiß ...«

»Alle?«

Er tippte auf das »Nachrichten«-Zeichen oben links in der Ecke des Touchscreens, um festzustellen, von welchen Absendern sie Textnachrichten erhalten hatte. Danach tippte er auf einen Namen, und mehrere Mailwechsel wurden sichtbar. Als Nächstes öffnete er die eines anderen Absenders mit ähnlich zweideutigem Codenamen. Die Namen unterschieden sich, aber im Inhalt glichen sich die ekelerregenden Botschaften.

Er schleuderte das Smartphone auf das Sofa und sah sie gleichzeitig angewidert und fassungslos an.

Sie ließ den Kopf kurz hängen, dann warf sie ihn zurück und sah ihm direkt in die Augen. »Ich werde mich nicht dafür schämen, und ich werde mich auch nicht dafür entschuldigen.« Sie schleuderte ihm die Worte geradezu ins Gesicht. »Was führe ich denn für ein Leben tagein, tagaus«, fuhr sie ihn an. »Ich brauche weiß Gott etwas, um mich zu amüsieren. Es ist nur ein Zeitvertreib! Ziemlich schäbig und niveaulos, das gebe ich zu. Aber harmlos. Es hat nichts zu bedeuten.«

Er starrte sie an und fragte sich, wer diese Person eigentlich war. Sie trug Janices Gesicht, ihre Frisur, ihre Kleider. Aber sie war ihm vollkommen fremd.

»Mir bedeutet es sehr wohl etwas.« Er griff nach seinen Autoschlüsseln und stakste aus dem Zimmer, ohne sich da-

*rum zu kümmern, dass sie ihm nachlief und ihn aufzuhalten versuchte.*

*Offenbar hatte sie etwas in seiner Stimme gehört oder in seiner Miene entdeckt, das ihr Angst machte und das ihre trotzige Reaktion unterhöhlte. Denn das Letzte, was er von ihr hörte, waren die Worte: »Lass mich nicht allein!«*

*Dann knallte er die Haustür hinter sich zu.*

Jetzt, Stunden später, hallten das Türknallen und ihr Flehen immer noch in seinen Ohren.

Er war so verflucht wütend gewesen. Erst Hamiltons Manipulationen. Dann die Entdeckung, dass seine Frau mit weiß Gott wem pornografische Texte austauschte. Mit irgendwelchen Perversen. Sexsüchtigen. Allein bei dem Gedanken wurde ihm schlecht.

Aber sie zu verlassen? Es ihr allein zu überlassen, mit Lanny fertigzuwerden, wo sie ohne seine Hilfe höchstens ein paar Stunden durchhielt? Das konnte er einfach nicht. Er konnte sich nicht aus seiner Verantwortung stehlen und sie allein lassen. Und selbst wenn er sie verlassen wollte, konnte er Lanny nicht im Stich lassen.

Im Grunde hatte er keine Ahnung, was er unternehmen sollte. Wahrscheinlich gar nichts.

Wenn er es genau betrachtete, schienen er und Janice auf die meisten ihrer Probleme zu reagieren, indem sie einfach gar nichts unternahmen. Inzwischen lebten sie ohne Freunde, ohne Sex und ohne jede Lebensfreude, weil keiner von beiden jemals etwas unternommen hatte, um die Erosion ihres Lebens aufzuhalten. Ihre »Sex-Mails« wären einfach ein weiterer Bereich ihres gemeinsamen Lebens, den sie gemeinsam ignorieren würden.

Sie waren Fremde, die im gleichen Haus lebten, Mann und Frau, die vor langer Zeit ihr Leben geteilt hatten, die gemeinsam gelacht und geliebt hatten und die jetzt durch eine Verantwortung aneinandergekettet waren, aus der sich keiner von beiden stehlen konnte.

O Gott, wie erbärmlich.

Er rieb sich mit den Händen über das Gesicht und ermahnte sich, dass er sich auf die vor ihm liegende Aufgabe konzentrieren musste. Er sah auf die Uhr. Punkt zehn.

*Zeigen Sie sich,* hatte Hamilton ihm befohlen.

Er öffnete die Wagentür, stieg aus, ging ein paar Schritte und blieb ein Stück vor der Motorhaube stehen.

Die Hände hielt er locker an den Seiten und leicht vom Körper weg, ebenfalls wie von Hamilton befohlen. Die Grille erfüllte die Nachtluft weiter mit ihrem nervenzerreißenden Zirpen, aber Tom hörte sie kaum unter dem Pochen seines Herzens und seinem abgehackten Atem.

Er hörte den Mann nicht. Überhaupt nicht.

Er ahnte nicht einmal, dass er in seiner Nähe war, bis ein Pistolenlauf gegen seinen Hinterkopf drückte.


Als Coburn Honor erklärt hatte, was sie tun sollte, hatte sie protestiert. »Das widerspricht deinem Plan.«

»Es widerspricht dem Plan, den ich mit Hamilton verabredet habe.«

»Du hattest nie vor, mich an VanAllen zu übergeben?«

»Scheiße, nein. Jemand in seinem Büro arbeitet für den Bookkeeper. Ich weiß nicht, ob es VanAllen selbst ist, aber irgendwer hat Dreck am Stecken. Und wahrscheinlich gibt es dort nicht nur einen Spitzel. Der Bookkeeper muss höllische Angst haben, dass du irgendwas weißt oder wenigstens vermutest, und er will deinen Kopf nicht weniger als meinen.«

»Er kann mich doch nicht einfach erschießen lassen.«

»Und ob er das kann. Ich habe dir doch gesagt, in solchen

Situationen, vor allem bei einem Geiseltausch, geht schnell irgendwas schief. Manchmal absichtlich. Du könntest ›versehentlich‹ getroffen werden.«

Es war ein ernüchternder Gedanke, der sie zum Schweigen brachte. Er hatte den gestohlenen Wagen in der Garage einer offen gelassenen Autowerkstatt geparkt, in der mehrere ausgeweidete Karosserien der Gnade der Elemente überlassen worden waren. Auf ihre Frage, woher er all diese Verstecke kannte, hatte er geantwortet: »Es ist mein Geschäft, so was zu wissen.«

Genauer hatte er sich nicht geäußert, aber sie hatte daraus geschlossen, dass er schon seit Langem diverse Fluchtrouten ausgearbeitet hatte, auf denen er verschwinden konnte, wenn es nötig werden sollte. So wie heute Nacht.

Über eine Stunde hatten sie in der stickigen Werkstatt gewartet, bevor er ihr Anweisungen zu geben begann. »Du bleibst hier«, erklärte er ihr. »Entweder bin ich um kurz nach zehn wieder zurück oder nicht. Wenn ich nicht komme, fährst du los. Du sammelst Emily ein und …«

»Und was?«, fragte sie, als er mitten im Satz verstummte.

»Das hängt von dir ab. Entweder rufst du deinen Schwiegervater oder auch Doral an. Du sagst ihnen, wo du steckst, und schlüpfst wieder unter ihre Fittiche. Wenigstens vorübergehend.«

»Oder?«

»Oder du fährst los, so weit dich dieser Wagen hier trägt. Und dann rufst du Hamilton an. Sag ihm, dass du ausschließlich mit ihm persönlich sprechen willst. Er wird dich abholen.«

»Warum kann ich nicht beides tun?«

»Weil ich am Montagmorgen bei dir zu Hause war. Inzwischen wünschte ich, ich hätte das nicht getan. Aber jetzt ist es zu spät. Also hast du es mir zu verdanken, dass der Bookkeeper und jeder auf seiner Gehaltsliste annehmen wird, du wüsstest etwas. Die andere Seite wird dasselbe annehmen. Du musst dich entscheiden, zu welchem Team du gehören willst.«

Sie sah ihn vielsagend an. »Das habe ich doch schon, oder?«

Er erwiderte lange ihren Blick, bevor er sagte: »Okay, gut. Hör zu.« Er gab ihr sein Handy, nannte ihr eine Festnetznummer und ermahnte sie, sich die Zahlen gut einzuprägen.

»Ist das die von Hamilton? Steht die nicht im Verzeichnis?«

Er schüttelte den Kopf. »Ich lösche die Liste nach jedem Anruf. Du solltest das auch tun. Hast du dir die Nummer gemerkt?«

Sie wiederholte sie.

Danach ging er alles ein weiteres Mal durch und schärfte ihr noch einmal ein, niemandem zu vertrauen, ausgenommen möglicherweise Tori. »Bei ihr habe ich ein gutes Gefühl. Ich glaube nicht, dass sie dich verkaufen würde, trotzdem könnte sie dich versehentlich verraten.«

»Wie denn?«

»Wir haben es hier nicht mit irgendwelchen Schwachköpfen zu tun. Tori ist heute Morgen getürmt. Wenn diese Leute merken, dass sie nicht mehr zu Hause ist, werden sie misstrauisch. Dann werden sie ihre Fährte aufnehmen, weil sie hoffen, dass Tori sie zu dir führt.«

»Wieso glaubst du das?«

»Weil ich es so machen würde.«

Sie lächelte schwach, aber ihr Gehirn war vollauf damit beschäftigt, alles zu verarbeiten, was er ihr erklärte. »Was glaubst du, wie VanAllen reagieren wird, wenn du an meiner Stelle auftauchst?«

»Keine Ahnung. Ich werde es bald herausfinden. Vergiss nicht, wenn ich nicht um kurz nach zehn wieder da bin, bedeutet das, dass irgendwas schiefgegangen ist. Dann musst du von hier verschwinden.«

Nachdem er alles gesagt hatte, was es zu sagen gab, stieg er aus dem Wagen, fuhr mit den Händen durch eine alte Ölpfütze auf dem Garagenboden, in der sich allerlei Dreck angesammelt hatte, und schmierte sich den fettigen Film über Gesicht und Arme.

Dann setzte er sich noch einmal in den Wagen, überprüfte seine Pistole, um sicherzugehen, dass eine Kugel in der Kammer steckte, und schob sie wieder in den Hosenbund. Zuletzt reichte er ihr Freds Revolver. Er war groß und schwer und gefährlich.

Offenbar spürte Coburn ihren Widerwillen. »Er donnert wie eine Kanone und spuckt beim Schießen Flammen. Selbst wenn du damit nicht triffst, jagst du deinem Gegenüber einen höllischen Schrecken ein. Du darfst keine Sekunde zögern, den Abzug durchzudrücken, sonst bist du tot. Klar?«

»Klar.«

»Honor.«

Sie sah von der Pistole auf und ihn an.

»Sonst bist du tot«, wiederholte er mit Nachdruck.

Sie nickte.

»Du darfst keine Sekunde, keine *Nanosekunde* unaufmerksam sein. Merk dir gut, was ich dir jetzt sage: Du bist am verletzlichsten, wenn du dich am sichersten fühlst.«

»Ich werde es mir merken.«

»Gut.« Er holte tief Luft, atmete in einem Stoß wieder aus und sprach dann die Worte, vor denen sich Honor so fürchtete: »Ich muss los.«

»Es ist noch nicht mal neun.«

»Falls irgendwo Scharfschützen lauern…«

»Scharfschützen?«

»...will ich wissen, wo sie sich verstecken.«

»Du hast Hamilton doch klar und deutlich erklärt, dass VanAllen allein kommen muss.«

»Ich wünschte, ich müsste mir nur wegen VanAllen Sorgen machen.«

Er hatte schon einen Fuß auf den Werkstattboden gesetzt und war halb ausgestiegen, als er noch einmal innehielt. Sekundenlang blieb er in dieser Position, dann drehte er den Kopf und sah sie über die Schulter an.

»Für ein Kind ist deins echt okay.«

Sie machte den Mund auf, um etwas zu sagen, merkte, dass sie keinen Ton herausbrachte, und nickte stumm.

»Und das mit dem Football? Das war wirklich mies. Es tut mir leid.«

Dann war er weg, und sie sah nur noch seinen Schatten, der über den müllübersäten Werkstattboden huschte und durch einen schmalen Spalt im Wellblechtor schlüpfte. Die Räder in den rostigen Schienen quietschten, als er das Tor hinter sich zuzog. Er hatte sie allein in der Dunkelheit zurückgelassen.

Und so saß sie, umgeben nur von ein paar Mäusen, die sie durch den Müll huschen hörte, seit nunmehr einer guten Stunde in einem gestohlenen Auto in einem verlassenen, ruinenhaften Gebäude und zermarterte sich den Kopf.

Sie machte sich Sorgen um Emily und Tori. Coburn hatte ihr erlaubt, in dem Haus am Lake Pontchartrain anzurufen. Nachdem sie das Telefon einmal läuten lassen und zwei Minuten später noch einmal angerufen hatte, war Tori an den Apparat gekommen und hatte ihr versichert, dass sie gut angekommen seien und alles in Ordnung war. Aber seither waren Stunden vergangen. In der Zwischenzeit konnte alles Mögliche passiert sein, ohne dass sie es wusste.

Sie dachte an Stan, der bestimmt rasend vor Sorge um sie

war, und bekam ein schlechtes Gewissen, weil sie sein Heim auf den Kopf gestellt hatten. So streng er auch war, er liebte sie und Emily aufrichtig. Daran zweifelte sie keine Sekunde.

Würde er je verstehen, dass sie mit dem, was sie getan hatte, nur Eddies Ruf wahren wollte? War das letzten Endes nicht viel wichtiger, als eine Kiste mit Sportmedaillen aus seiner Schulzeit aufzubewahren?

Allerdings würde Stan, so fürchtete sie, das vermutlich anders sehen und ihr nie vergeben, dass sie in Eddies Heiligtum eingedrungen war. In seinen Augen hatte sie mit ihrer Durchsuchung nicht nur ihn, sondern auch Eddie und ihre Ehe verraten. Ihre Beziehung zu Stan war damit irreparabel beschädigt.

Und immer wieder kehrten ihre Gedanken zu Coburn und seinen Abschiedsworten zurück. Für seine Verhältnisse war seine Bemerkung über Emily wirklich süß. Dass er sich dafür entschuldigt hatte, sie in die Sache hineingezogen und den Football aufgeschlitzt zu haben, war insofern bedeutsam, als er sonst nie erklärte oder entschuldigte, was er tat. Emily hatte er nur reichlich unbeholfen um Verzeihung gebeten, nachdem er sie zum Weinen gebracht hatte.

*Das war wirklich mies.* Es war vielleicht nicht die wortgewaltigste Abbitte, aber Honor war überzeugt, dass sie von Herzen kam. Sein hypnotisierender Blick, die klaren Augen, die in seinem ölverschmierten Gesicht noch heller als sonst gestrahlt hatten, hatten seine Reue ebenso deutlich gezeigt wie seine Worte. *Es tut mir leid.* Sie glaubte es ihm.

Seine schwere Kindheit hatte ihn zynisch werden lassen, und all die Dinge, die er im Dienst seines Landes gesehen und getan hatte, hatten sein Herz weiter verhärtet. Er war oft grausam, möglicherweise, weil er die Erfahrung gemacht hatte, dass man mit Grausamkeit schnell ans Ziel gelangen konnte. Wenn er etwas tat oder sagte, dann ungefiltert und entschlossen, weil er genau wusste, dass jedes Zögern tödlich sein konnte. Er machte sich keine Gedanken, ob er seine Taten später bereuen könnte, denn angesichts der vielen lebenswichtigen Entscheidungen in seinem Leben erwartete er nicht, alt zu werden.

Alles was er tat, tat er so, als hinge sein Leben davon ab.

Und die Art, mit der er es tat – wie er aß, sich entschuldigte … oder küsste –, vermittelte ihr das Gefühl, er täte es vielleicht zum letzten Mal.

In diesem Moment kam Honors Gedankenfluss zum Versiegen, und ihr dämmerte eine schreckliche Erkenntnis.

»O Gott.« Ihr leises Wimmern durchschnitt die Stille und kam aus tiefstem Herzen.

Wie aus einer Trance erwacht, setzte sie sich auf, stieß die Beifahrertür auf und kletterte aus dem Wagen. Als sie auf das Garagentor zuhastete, stolperte sie über den am Boden liegenden Müll. Nur mit aller Kraft gelang es ihr, das schwere Tor auf den ungeölten Schienen so weit zur Seite zu schieben, dass sie sich durch den Spalt zwängen konnte, und im nächsten Moment stand sie im Freien, ohne auch nur einen Gedanken daran zu verschwenden, welche Gefahren ihr hier vor dem Tor drohten.

Sie hielt nur eine Sekunde inne, um sich zu orientieren, dann rannte sie los, auf die Gleise zu.

Warum hatte sie das erst jetzt begriffen? Mit seinen Anweisungen hatte sich Coburn von ihr verabschiedet. Er rechnete nicht damit, sein Treffen mit VanAllen zu überleben, und hatte ihr auf seine eigene, ungeübte und unsentimentale Weise Adieu gesagt.

Die ganze Zeit hatte er gesagt, dass er nicht damit rechnete, lange zu überleben, und als er heute Abend an ihrer Stelle gegangen war, hatte er sich damit wahrscheinlich selbst geopfert, um sie zu retten.

Aber er täuschte sich. Niemand würde auf sie schießen. Wenn der Bookkeeper glaubte, dass sie etwas Belastendes in der Hand hatte, dann würde er sie nicht töten lassen, bis er herausgefunden hatte, was sie besaß, und es in seine Gewalt gebracht hatte.

Für die Kriminellen war sie genauso unverzichtbar wie für Coburn und Hamilton und die Staatsanwaltschaft. Solange der Bookkeeper glaubte, dass sie etwas wusste oder Beweise gegen ihn besaß, war sie besser geschützt als mit einer kugelsicheren Weste.

Coburn hingegen hatte keinen Schutz.

Sein einziger Schutz war sie.

# 35

Coburn?«

Coburn presste die Pistole fester gegen VanAllens Nacken. »Sehr erfreut.«

»Ich hatte Mrs. Gillette erwartet.«

»Sie ist leider verhindert.«

»Geht es ihr gut?«

»Sehr gut. Sie ist im Moment nur etwas angebunden.«

»Das finde ich nicht komisch.«

»Das sollte es auch nicht sein. Ich will nur Ihnen und den Scharfschützen mit ihren Infrarotgeräten klarmachen, dass Mrs. Gillette und das Kind nicht wieder auftauchen werden, wenn sie mich umbringen.«

VanAllen schüttelte zaghaft den Kopf. »Sie haben sich Hamilton gegenüber ganz klar ausgedrückt, und er hat sich mir gegenüber klar ausgedrückt. Hier sind keine Scharfschützen.«

»Netter Versuch.«

»Es ist die Wahrheit.«

»Drahtloses Mikro? Sagen Sie das für alle, die Ihnen jetzt gerade zuhören?«

»Nein. Sie können mich abtasten, wenn Sie mir nicht glauben.«

Coburn trat mit einem geschmeidigen Schritt um VanAllen herum, hielt die Pistole aber weiter auf dessen Kopf gerichtet. Als er dem Mann gegenüberstand, schätzte er ihn kurz ab. Schreibtischhengst. Unsicher. Auf unbekanntem Terrain.

Praktisch keine Bedrohung.

Sauber oder schmutzig? Auf den ersten Blick würde Coburn ihn als ehrlich einschätzen, vor allem, weil er weder den Mumm noch die Cleverness besaß, sich nebenher zu bereichern.

Coburn vermutete, dass der Mann tatsächlich nichts von dem Scharfschützen auf dem Wasserturm auf sieben Uhr über Coburns linker Schulter wusste. Oder von dem in dem Hüttenfenster auf vier Uhr. Oder von dem, den er auf dem Dach des Wohngebäudes drei Blocks weiter entdeckt hatte.

Um aus einem so lausigen Winkel zu zielen, musste man schon ein extrem guter Schütze sein, aber theoretisch konnte man selbst von dort einen Treffer landen, und gleichzeitig hätte der Drecksack dadurch alle Zeit der Welt, um sich aus dem Staub zu machen, nachdem er Coburn den Kopf weggeblasen hatte.

Entweder war VanAllen ein begnadeter Schauspieler, oder er ahnte wirklich nichts von alldem, was eine noch erschreckendere Vorstellung war.

»Wo sind Mrs. Gillette und das Kind?«, fragte er jetzt. »Mir geht es vor allem um die beiden.«

»Mir auch. Darum bin ich jetzt hier, und sie sind es nicht.« Coburn ließ die Pistole sinken.

VanAllen beobachtete die Bewegung und schien erleichtert, nicht länger in die Mündung starren zu müssen. »Sie vertrauen mir nicht?«

»Nein.«

»Welchen Grund habe ich Ihnen gegeben, mir zu misstrauen?«

»Keinen. Aber ich will nicht, dass Sie sich benachteiligt fühlen.«

»Sie misstrauen jedem.«

»Eine lebenserhaltende Politik.«

VanAllen fuhr sich nervös mit der Zunge über die Lippen. »Sie können mir vertrauen, Mr. Coburn. Ich will genauso wenig wie Sie, dass hier irgendwas schiefläuft. Ist Mrs. Gillette wohlauf?«

»Ja, und ich werde alles tun, damit das so bleibt.«

»Sie glauben, sie ist in Gefahr?«

»Allerdings.«

»Weil sie belastende Informationen über den Bookkeeper besitzt?«

Coburn ließ die Frage unbeantwortet, immerhin bestand die winzige Chance, dass VanAllen gelogen hatte, was das drahtlose Mikro anging. »Also, das hier wird sich wie folgt abspielen. Sie werden dem Police Department befehlen, die Jagd auf mich einzustellen. Ich bin genau wie Sie ein Agent des FBI und in Ausübung meiner Pflicht hier. Ich will keine Horde von schießwütigen Landeiern hinter mir herziehen.«

»So einfach kann Crawford die acht Morde nicht abtun.«

»Ist das der für den Mord zuständige Detective?«

»Im Sheriffbüro. Er untersucht den Mord an Fred Hawkins. Und er hat die Morde im Lager quasi geerbt, nachdem Fred …«

»Ich kann mir ein Bild machen«, schnitt Coburn ihm das Wort ab. »Überzeugen Sie diesen Crawford, mir eine Schonfrist zu gewähren, bis ich Mrs. Gillette sicher und wohlbehalten ins Büro bringen kann. Danach werde ich ihm alles über die Schießerei in der Lagerhalle und über Fred Hawkins' Tod erzählen, was ich weiß.«

»Darauf wird er sich nicht einlassen.«

»Nehmen Sie ihn in den Schwitzkasten.«

»Vielleicht wenn Sie mir ein paar entlastende Details nennen könnten, die ich ihm …«

»Danke, aber nein danke. Ihr Büro ist undicht wie ein Sieb und seines genauso.«

VanAllen seufzte beunruhigt. »Letzten Endes führen alle Fäden zum Bookkeeper, stimmt's?«

»Stimmt.«

»Und es geht um etwas Großes?«

»Stimmt auch.«

»Können Sie mir gar nichts verraten?«

»Könnte ich schon. Ich will aber nicht.«

»Warum nicht?«

»Weil Hamilton Ihnen das schon erzählt hätte, wenn Sie es wissen sollten. Und zuallererst hätte er Ihnen von mir erzählt.«

Der Mann verzog das Gesicht, als täte es ihm weh, das zu hören. Gleichzeitig spürte er wohl Coburns Entschlossenheit und war offenkundig zu dem Schluss gelangt, dass es zwecklos war, weiter zu verhandeln. »Okay, ich werde bei Crawford mein Bestes versuchen. Und was unternehmen Sie währenddessen?«

»Ich verschwinde. Ich werde Ihnen Mrs. Gillette bringen, aber ohne Vorankündigung. Über Zeit und Ort entscheide ich allein.«

»Ich weiß nicht, ob Sie damit durchkommen.«

»Bei wem?«

»Hamilton. Er meinte, Ihre Zeit sei abgelaufen.«

»Hamilton kann mich mal. Richten Sie ihm das aus. Ach was, ich werde es ihm selbst sagen. Ich bin an einer richtig großen Sache dran, und ich werde den Job, auf den er mich angesetzt hat, zu Ende bringen. Falls Sie bei ihm Meldung erstatten müssen, dann richten Sie ihm das aus. Und jetzt steigen wir in den Wagen.«

»Wozu?«

»Damit es so aussieht, als würde ich friedlich mitkommen.«

»So aussieht?« VanAllen sah sich um, und erneut durchzuckte Coburn der Gedanke, dass er ein brillanter Schauspieler sein musste, wenn seine Unwissenheit nur gespielt war. »Für wen denn?«

»Für die Scharfschützen, die mich im Visier haben.«

»Wer sollte Sie erschießen wollen?«

Coburn sah ihn streng an. »Also bitte, VanAllen. Das wissen Sie genau. Und diese Schützen haben mich nur aus einem einzigen Grund noch nicht ausgeschaltet – weil sie noch nicht wissen, wo Honor Gillette steckt. Sie und ich steigen jetzt in den Wagen und fahren weg.«

»Und dann?«

»Irgendwo zwischen hier und Ihrem Büro in Lafayette steige ich aus. Wenn Sie dort ankommen, sitze ich – Überraschung! – nicht mehr im Wagen. Und wenn jemand Sie deswegen zur Sau machen will, sollten Sie denjenigen auf der Stelle verhaften, denn der hat mit Sicherheit die Scharfschützen postiert. Kapiert?«

VanAllen nickte, aber Coburn hoffte, dass er überzeugter war, als es sein Nicken vermuten ließ.

»Also los«, sagte Coburn.

VanAllen drehte sich um, kehrte zu seinem Wagen zurück und öffnete die Fahrertür. Dass dabei die Innenbeleuchtung anging, festigte Coburns Überzeugung, dass der Agent tatsächlich keine Erfahrung in solchen Dingen hatte. Gleichzeitig war er froh über das Licht, denn dadurch konnte er einen Blick auf den Rücksitz werfen. Niemand kauerte zwischen den Sitzen.

Er öffnete die Beifahrertür und wollte gerade einsteigen, als er aus den Augenwinkeln eine Bewegung bemerkte. Er drehte sich zu dem Zug um. Ein Schatten huschte hinter der Lücke zwischen zwei Güterwagen vorbei. Coburn ging in die Hocke, um unter den Wagen hindurchsehen zu können, und entdeckte zwei Beine, die auf der anderen Seite davonrannten. Er rannte hinterher und war schon fast unter den Zug gekrabbelt, als ein Handy läutete.

Coburn fuhr herum und sah, wie VanAllen nach dem klingelnden Handy an seinem Gürtel griff.

Coburn schaute wieder unter dem Zug hindurch auf den flüchtenden Schatten.

Dann brüllte er VanAllen zu: »Nein!«

Honor bekam keine Luft mehr und hatte Seitenstechen, trotzdem rannte sie weiter, so schnell ihre Beine sie trugen. Erst nachdem sie eine Weile gelaufen war, hatte sie begriffen, wie weit die Gleise tatsächlich von der Werkstatt entfernt waren. Dass sie in der Dunkelheit über unbekanntes Gelände laufen musste, machte die Sache nicht einfacher.

In diesem Gewerbegebiet gab es nichts als Lagerhallen, Werkstätten und kleine Fabriken, die aber alle nachts geschlossen hatten. Zweimal bog sie versehentlich in eine Sackgasse und musste zurücklaufen, und sie wurde mit jeder Minute langsamer.

Nur ein einziges Mal hielt sie kurz an, um wieder zu Atem zu kommen. Sie lehnte sich mit dem Rücken an eine bröckelnde Backsteinmauer am Rand einer Gasse. Nach Luft schnappend, presste sie sich beide Hände auf die Seite, um das Seitenstechen zu lindern.

Trotzdem blieb sie nicht lange stehen. Um sie herum hörte sie Ratten rascheln. Den Hund, der sie vom Ende der Sackgasse her durch einen Maschendrahtzaun anknurrte, sah sie nicht, aber schon das Geräusch beschwor grässliche Bilder herauf.

Nach einer Minute lief sie wieder los.

Schließlich erreichte sie die Gleise. Sie waren mit Unkraut überwuchert, aber die Schienen reflektierten das schwache Licht und wiesen ihr den Weg, obwohl ihr das Herz aus der Brust zu springen drohte. Ihre Lunge brannte. Das Seitenstechen ließ sie unter Schmerzen keuchen.

Trotzdem rannte sie weiter, weil Coburns Leben womöglich davon abhing, dass sie ihn rechtzeitig erreichte. Er durfte nicht sterben.

Als sie endlich den ausgemusterten Zug neben dem Wasserturm stehen sah, hätte sie vor Erleichterung aufgeschrien, wenn sie noch die Luft dazu gehabt hätte. Dass sie ihrem Ziel so nahe war, verlieh ihr zusätzliche Kräfte und ließ sie noch schneller laufen.

Neben dem Zug konnte sie ein Auto erkennen. Sie sah zwei Gestalten vor der Motorhaube stehen. Im selben Moment trennten sie sich. Coburn wechselte auf die Beifahrerseite. Der Fahrer stieg ein und schloss die Wagentür.

Einen Herzschlag später schoss ein Flammenball in den Nachthimmel und ließ die gesamte Umgebung in höllischem Rot erstrahlen.

Im selben Moment wurde Honor von der Druckwelle der Explosion zu Boden geschleudert.

# 36

Doral hatte das zweifelhafte Vergnügen, die schlechte Nachricht melden zu müssen.

»Mein Mann im FBI-Büro hatte gerade noch Zeit, die Bombe am Auto zu montieren und auf die Handynummer zu programmieren. Aber sie hat astrein funktioniert. Bumm! Die hatten keine Chance.«

Das Schweigen am anderen Ende hatte einen bitteren Beigeschmack.

Doral setzte nach. »Ich habe die Explosion vom Wasserturm aus beobachtet. Wir haben uns alle sofort aus dem Staub gemacht. Keiner weiß, dass wir da waren.«

Es blieb still.

Doral räusperte sich. »Da wäre nur eines.«

Sein Gesprächspartner wartete in eisigem Schweigen.

»Anders als vereinbart kam nicht Honor zum Treffpunkt. Sondern Coburn.« Weil er nicht sicher war, wie diese Neuigkeit aufgenommen wurde, ergänzte er hastig: »Was noch besser ist, wenn man es recht bedenkt. Es ist viel einfacher, Honor aufzuspüren, als mit Coburn fertigzuwerden.«

»Aber die Anweisungen lauteten anders. Ich hatte etwas anderes mit Coburn vor.«

Doral verstand die Enttäuschung. Natürlich war der Undercoveragent eine wesentlich größere Trophäe als Honor. Aus persönlichen Gründen hätte Doral es genossen, ihn langsam und unter grausamen Schmerzen sterben zu lassen. Stattdessen war der Hurensohn viel zu leicht davongekommen. Er war schnell und schmerzlos gestorben, so wie sie es eigentlich für Honor und Tom VanAllen vorgesehen hatten.

Als Doral ein paar Stunden zuvor seine Befehle erhalten hatte, hatte er vorsichtig angezweifelt, ob es tatsächlich nötig war, den FBI-Agenten umzubringen. »Er weiß wirklich nichts.«

Worauf er die Antwort erhalten hatte: »In seiner Position könnte er uns alles vermasseln, und sei es unabsichtlich. Selbst ein blindes Eichhörnchen findet ab und zu eine Nuss. Und die Mexikaner werden es zu schätzen wissen, wenn wir einen FBI-Agenten umbringen.«

»Heute Abend haben wir gleich zwei FBI-Agenten erwischt«, sagte Doral jetzt. »Das sollte das Kartell wirklich beeindrucken.«

Im Moment machte er damit keinen Eindruck.

Jesus, wie konnte er je wiedergutmachen, dass ihm Coburn aus der Lagerhalle entwischt war? Jetzt, wo Coburn und VanAllen tot waren, konnte ihnen nur noch Honor gefährlich werden. Sie war zwar nur ein Bauer in diesem Spiel, aber sie war gefährlich und musste eliminiert werden. Das konnte Doral akzeptieren. So wie er damals schließlich akzeptiert hatte, dass Eddie sterben musste.

Er und Fred hatten sich mit aller Kraft für Eddie eingesetzt und diesen Beschluss abzuwenden versucht. Sie hatten darum gebettelt, ihn am Leben lassen zu dürfen. Musste Eddie, ihr Freund aus Kindertagen, wirklich *sterben*? Vielleicht genügte es ja, ihm eine Warnung zukommen zu lassen oder ihn mit geeigneten Mitteln einzuschüchtern.

*Keine losen Enden. Keine Gnade.* Nicht einmal für Eddie hatten sie eine Ausnahme machen dürfen. Ihr Freund hatte eine Grenze überschritten. Er musste beseitigt werden. Der

Befehl war so unmissverständlich ausgesprochen worden, dass ihn sogar ein Einjähriger verstanden hätte, und so hatten er und Fred zum Wohl aller Beteiligten einen Unfall inszeniert, bei dem sie Eddie so schnell und schmerzlos wie möglich sterben lassen konnten.

Doral hoffte, dass er für Honor einen ebenso angenehmen Abgang inszenieren konnte.

Aber falls sie unter Schmerzen starb, hatte sie das allein diesem verfluchten Coburn zu verdanken, der sie erst in diese Geschichte hineingezogen hatte – denn Doral war überzeugt, dass sie Eddies Geheimnis nicht kannte – und sie dann um den schnellen Tod gebracht hatte, der eigentlich ihr zugedacht gewesen war.

Natürlich musste Doral sie erst einmal finden, bevor er überhaupt etwas unternehmen konnte.

Wie so oft zeigte sein Gesprächspartner fast telepathische Fähigkeiten, die Doral wieder einmal eine Gänsehaut über den Rücken jagten: »Coburn ist tot, und er war der Einzige, der wusste, wo sie sich aufhält. Wie willst du sie jetzt finden?«

»Na ja, vielleicht kommt sie von selbst aus ihrem Versteck, nachdem Coburn jetzt Asche ist.«

»Darauf willst du warten?«

Womit klar war, dass Warten keine besonders gute Idee war. »Nein, natürlich nicht. Ich konzentriere mich auf Tori Shirah. Weil ich sicher bin, dass wir Honor und Emily finden, sobald wir sie aufgespürt haben.«

»Ich hoffe um deinetwillen, dass du recht hast, Doral. Endlich mal.«

Damit war die Leitung tot. Doral klappte das Handy zu und merkte, dass seine Hand zitterte, als er den Pick-up anlassen wollte.

Man hätte meinen können, er würde dafür beglückwünscht

werden, dass er Coburn erwischt hatte, dieses Arschloch, das an dem ganzen Fiasko schuld war. Stattdessen hatte man ihm die nächste kaum verhohlene Drohung serviert. Er hatte es also immer noch verschissen.

Er fuhr den Pick-up vom überfüllten Parkplatz einer heruntergekommenen Bar, wo er kurz mit sich selbst auf den Erfolg mit der Autobombe angestoßen hatte, bevor er angerufen hatte. Er fädelte sich in den Strom der Autos ein, die zu dem Gelände an den Gleisen fuhren, wo immer noch Tom Van-Allens zerfetzter Wagen vor sich hin qualmte. Die Gaffer wurden von der Rauchwolke angezogen wie Motten vom Licht.

Dass er diesen Aufruhr verursacht hatte, war Balsam für sein wundes Ego. Zu dumm, dass er nicht damit angeben durfte.

Ein Teil der Neugierigen hatte die Druckwelle gespürt, andere hatten die Explosion gehört, ein paar wenige hatten tatsächlich den Feuerball gesehen, der diesen Teil der Stadt erhellt hatte. Doral musste zwei Blocks vor den Gleisen parken und den Rest des Weges zu Fuß gehen ... zum zweiten Mal in dieser Nacht.

Die Einsatzkräfte hatten den Tatort inzwischen abgesperrt. Immer noch waren uniformierte Polizisten damit beschäftigt, die Menge zurückzuhalten und Platz für die nachrückenden Einsatzwagen zu schaffen. Das Zucken der blauen und roten Einsatzlichter verlieh der Szene etwas Surreales.

Die Neuankömmlinge quetschten jene aus, die schon länger da waren.

Doral hörte die unterschiedlichsten Versionen darüber, was vorgefallen und wer dafür verantwortlich war, aber keine davon war korrekt. Es war die al-Qaida, es waren Drogendealer, die im Kofferraum ihres Autos ein Meth-Labor betrieben hatten, es waren zwei liebeskranke Teenager, die einen

Selbstmordpakt geschlossen hatten. Die verschiedenen Hypothesen heiterten Doral wieder auf.

Man kondolierte ihm zum Tod seines Zwillingsbruders, der ebenfalls dieser Verbrechenswelle zum Opfer gefallen war. Erst der Massenmord am Sonntag. Dann am Dienstag eine Entführung. Jetzt eine Autobombe. Besorgte Bürger wollten wissen, was mit ihrem friedlichen Städtchen passiert war.

In seiner Rolle als Vertreter der Stadt gelobte Doral tiefernst, dass die Stadtverwaltung und die örtliche Polizei alles in ihren Kräften Stehende unternahmen, um die Verantwortlichen zu verhaften und dieser Serie von Gewaltverbrechen ein Ende zu bereiten.

Nachdem er eine volle Stunde Hände geschüttelt und Dampf geplaudert hatte, sah er, wie der Lieferwagen des Coroner von dem ausgebrannten Wagen zurücksetzte. Doral positionierte sich so, dass er neben dem Fahrerfenster zu stehen kam, als der Wagen kurz anhalten musste, bis die Polizisten den Weg durch die Menge freigemacht hatten.

Doral winkte dem Rechtsmediziner, das Fenster herunterzulassen. Der kam der Aufforderung nach und meinte: »Hallo, Doral. Aufregende Nacht heute, wie?«

Doral nickte zu VanAllens Wagen hin. »Wisst ihr schon, wer das war?«

»Der Fahrer?« Er schüttelte den Kopf. »Keine Ahnung. Bis jetzt konnten sie ihn nicht identifizieren.« Er senkte die Stimme und sagte: »Aber das bleibt unter uns. Die Kennzeichen wurden ebenfalls zerstört. Sie versuchen gerade die Fahrgestellnummer des Wagens abzulesen, aber das Metall ist noch so heiß …«

»Was ist mit dem anderen?«

»Welchem anderen?«

»Dem zweiten Opfer. Dem auf dem Beifahrersitz.« Er deutete mit dem Daumen nach hinten. »Mir hat jemand erzählt, es wären zwei Tote.«

»Dann hat sich jemand geirrt. In dem Wagen saß nur einer.«

»Was?«

»Auf dem Beifahrersitz saß niemand.«

Doral fasste durch das offene Fenster und packte den Mann am Kragen.

Verdattert über die unerwartete Attacke, stieß der Coroner Dorals Hand beiseite. »Hey, was ist denn mit dir los?«

»Bist du sicher? Da war nur einer im Auto?«

»Hab ich doch gerade gesagt.«

Unter Doral tat sich die Erde auf.


Coburn war halb unter dem Zug gelegen, als die Bombe hochgegangen war, und das hatte ihm das Leben gerettet. Die Explosion, die VanAllen mit seinem Handy ausgelöst hatte, hatte VanAllen zerstäubt und den Wagen zerfetzt.

Als Coburn auf der anderen Seite unter dem Güterwagen hervorkroch, regneten brennende Schrottteile auf ihn herab und versengten seine Haut, sein Haar und seine Kleider. Weil er keine Zeit hatte, sich abzurollen und in Deckung zu gehen, schlug er einfach wie wild auf alle brennenden Flecken ein, während er gleichzeitig so schnell er konnte am Zug entlangrannte.

Der Mann hinter dem Güterzug hatte ihm das Leben gerettet. Wäre er nicht weggerannt, hätte Coburn in der offenen Beifahrertür gestanden, als VanAllen ans Handy ging. Er umrundete den letzten Güterwagen und lief geduckt die von Unkraut überwucherten Gleise entlang, immer darauf bedacht, dass er sich nicht gegen den Flammenschein über dem brennenden Wagen abzeichnete.

Er hätte Honor fast über den Haufen gerannt, bevor er sie

bemerkte, und selbst da brauchte er eine Sekunde, um zu begreifen, dass die auf den Gleisen kauernde Gestalt ein Mensch, eine Frau, dass es Honor war.

Panik schnürte ihm die Luft ab. *O Gott, sie ist verletzt. Ist sie tot? Nein!*

Er beugte sich über sie, legte die Finger an ihren Hals und tastete nach einem Puls. Sie reagierte, indem sie nach seinen Händen schlug und wie besessen zu schreien begann. Er war froh, dass sie am Leben war, aber gleichzeitig war er stinkwütend auf sie, weil sie sich so in Gefahr gebracht hatte. Er legte den Arm um ihre Taille, zog sie hoch und drückte sie an sich.

»Hör auf zu schreien. Ich bin's.«

Ihre Beine knickten ein, und sie sackte in sich zusammen.

»Bist du verletzt?«

Er drehte sie um, hielt sie an den Schultern fest und nahm sie genauer in Augenschein. Soweit er erkennen konnte, war sie nicht weiter verletzt, er entdeckte nichts so Grässliches wie Glassplitter, die aus ihrem Rumpf ragten, gebrochene Knochen, die die Haut durchstießen, oder klaffende Schnittwunden. Ihre weit aufgerissenen Augen starrten ihn an, anscheinend ohne ihn zu erkennen.

»Honor!« Er schüttelte sie. »Wir müssen hier weg. Komm mit.«

Er rannte wieder los, rücksichtslos an ihrer Hand zerrend und fest davon überzeugt, dass sie mitkommen würde. Sie folgte zwar widerstandslos, strauchelte aber mehrmals, bevor sie sich gefasst hatte. Als sie zur Werkstatt kamen, öffnete er das Tor, schubste sie in die Halle und rollte es gleich wieder zu. Er wartete nicht einmal, bis sich seine Augen an die Dunkelheit gewöhnt hatten, sondern tastete sich behutsam zum Auto vor. Nachdem er Honor auf den Beifahrersitz gesetzt hatte, ging er um die Kühlerhaube herum und stieg auf der Fahrerseite ein.

Dann zerrte er sich das T-Shirt über den Kopf und wischte sich damit die Schmiere vom Gesicht und von den Händen. Als er damit fertig war, war der Stoff blutverschmiert. Er warf einen prüfenden Blick in den Rückspiegel. Es war nicht zu übersehen: Er war ein Mann, der nur nicht zur lebenden Fackel geworden war, weil er sich im letzten Moment unter einem Güterzug verkrochen hatte.

Er fasste nach hinten und holte die Baseballkappe hervor, die er in dem Pick-up gefunden hatte. Damit ließ sich das Gesicht notdürftig verdecken. Aber mit etwas Glück würde sich ganz Tambour in der nächsten halben Stunde ausschließlich für die Explosion interessieren und nicht für einen Mann mit einer Baseballkappe am Steuer einer alten Familienkutsche.

Er sah Honor an. Ihre Zähne klapperten, und sie hatte die Arme um den Leib geschlungen, als wollte sie gegen das heftige Schlottern ankämpfen, das ihren Körper durchlief. Er versuchte gar nicht erst, sie aus ihrer Trance zu holen. Vorerst schadete es nicht, wenn sie sich gegen die Außenwelt abschottete.

Er stieg aus und schob das Werkstatttor wieder auf. Nachdem er sich erneut hinters Steuer gesetzt hatte, legte er die Hand auf Honors Scheitel und drückte ihren Kopf unter Fensterhöhe. »Lass dich nicht sehen.« Er ließ den Motor an und fuhr los, an den einzigen Ort, an den er noch fliehen konnte.

Es war ein Drecksjob.

Diego hätte schon längst Coburns Blut von seinem Rasiermesser waschen sollen.

Stattdessen hatte er den ganzen Tag vertrödelt.

Er hätte ihn mit Isobel verbringen können. Er hatte sogar schon überlegt, ob er es inzwischen riskieren konnte, sie ins Freie mitzunehmen. Sie hätten in einen Park gehen, sich auf eine Bank setzen und die Enten füttern können, oder sie hätten sich auf einer Decke unter einen Baum legen können. Oder sonst was tun.

Er hatte gesehen, dass andere Leute solche Dinge taten, und er hatte sie für diese unproduktiven Vergnügen verachtet. Jetzt begriff er, warum die Menschen sie so genossen. Es ging dabei ausschließlich darum, einem anderen Menschen nahe zu sein und sich durch nichts von der Freude ablenken zu lassen, dass man in dessen Nähe war.

Am liebsten hätte er sich den ganzen Tag in Isobels bezaubernden Augen verloren, ihr immer wieder ein kleines, schüchternes Lächeln entlockt und irgendwann vielleicht sogar den Mut aufgebracht, ihre Hand zu halten. Er hätte zum ersten Mal sehen können, wie ihr Haar und ihre Haut im Sonnenschein aussahen, wie eine vom Fluss her wehende Brise die Kleider an den zierlichen Körper schmiegte, der ihm so süße Qualen bereitete.

Das hätte ihm gefallen.

So wie es ihm gefallen hätte, den FBI-Fuzzi kaltzumachen.

Stattdessen hatte er den Tag damit zugebracht, das Auto dieses Fettsacks anzustarren.

Nicht einmal zum Mittagessen hatte Bonnell Wallace die Bank verlassen. Er hatte am Morgen den Wagen auf dem Angestelltenparkplatz abgestellt und ihn dort stehen lassen, bis er um zehn nach fünf damit nach Hause gefahren war. Nachdem Diego den Wagen nicht aus den Augen lassen durfte, war er ihm durch den Stoßverkehr hinterhergezockelt. Bonnell Wallace war auf direktem Weg nach Hause gefahren.

Fünfzehn Minuten nach seiner Rückkehr in die Villa war eine Schwarze in Hausmädchenuniform in einem SUV weggefahren. Sie war durch das Tor zum Anwesen herausgefahren, das sich automatisch hinter ihr geschlossen hatte.

Das war vor Stunden gewesen, und seither war niemand mehr gekommen oder weggefahren.

Diego starb fast vor Langeweile. Aber wenn man ihn dafür bezahlte, ein geschlossenes Tor anzuglotzen, würde er genau das tun. Wenigstens dieses eine Mal. Aber nie wieder. Nachdem er den Lohn für diesen Job eingesackt hatte und dazu die fünfhundert, die ihm für den nicht ausgeführten Mord an Isobel zustanden, würde er sich erst ein neues Handy und dann neue Geschäftsverbindungen zulegen.

Als hätte sein Auftraggeber seine Gedanken gehört, begann das Handy zu vibrieren. Er zog es vom Gürtel und nahm das Gespräch an.

»Bereit für etwas Action, Diego?«

»Mehr als das.«

Es folgten neue Anweisungen, die aber nichts mit dem zu tun hatten, worauf er den ganzen Tag gewartet hatte. »Ihr wollt mich doch verscheißern, oder?«

»Nein.«

»Ich dachte, ich würde nur auf das Kommando warten, den FBI-Typen zu erledigen. ›Halte dich bereit, Diego. Damit du sofort zuschlagen kannst, Diego‹«, äffte er die Stimme nach. »Was ist daraus geworden?«

»Es gab eine Planänderung, aber dies hier hat damit zu tun.«

»Inwiefern?«

»Ich habe einen stressigen und anstrengenden Abend hinter mir. Tu einfach, was ich dir sage, ohne mir zu widersprechen.«

Diego starrte auf das große weiße Haus und ließ sich die Anordnung noch einmal durch den Kopf gehen. Schließlich war er schon hier und hatte bereits eine Menge Zeit investiert, da konnte er die Sache genauso gut zu Ende bringen. Halblaut fragte er: »Was soll ich hinterher mit ihm machen?«

»Was für eine dumme Frage. Du kennst die Antwort. Mach schon. Ich brauche die Information so schnell wie möglich. Jetzt gleich.«

*Scheiß auf jetzt gleich*, dachte Diego und legte auf. *Ich habe den ganzen beschissenen Tag gewartet.*

Mehrere Minuten blieb er in seinem Versteck und forschte das Haus aus. Wie schon am Vortag ging er alle Gründe durch, warum ein Einbruch eine heikle Angelegenheit war.

Das Ganze gefiel ihm nicht. Er hatte ein ungutes Gefühl dabei und hatte es schon von Anfang an gehabt. Warum folgte er nicht seinem Instinkt, verkrümelte sich und überließ jemand anderem den Job?

Aber dann dachte er an Isobel. Er wollte ihr hübsche Sachen kaufen, und er konnte sie nicht immer stehlen. Er würde Geld brauchen, vor allem, wenn er tatsächlich mit ihr irgendwohin fahren und ein paar Wochen, ohne zu arbeiten, mit ihr verbringen wollte. Das hier war leicht verdientes Geld. Eine Stunde, höchstens zwei, und schon winkte ihm ein satter Bonus. Und nachdem er den eingestrichen hatte, würde er für immer aus den Diensten des Bookkeepers ausscheiden.

Damit war die Angelegenheit entschieden. Er wagte sich aus seinem Versteck und arbeitete sich im Schatten und geräuschlos wie ein Geist zu einer düsteren Stelle auf der Rückseite des Grundstücks vor, wo die Glyzinien besonders dicht auf der Mauer wucherten.

Dort kletterte er in den Garten.

# 37

Das Haus sah immer noch verlassen aus. Das Vorhängeschloss am Garagentor lag genauso da, wie Coburn es hingelegt hatte. Der schwarze Pick-up stand dort, wo er ihn am Morgen geparkt hatte.

Er stellte den Wagen daneben ab, und sie stiegen aus. Honor, die immer noch wie ferngesteuert wirkte, sah ihn an und wartete auf Anweisungen.

»Sehen wir mal nach, was dort oben ist.« Er nickte zu dem Raum über der Garage hin.

Sie stiegen die Außentreppe hinauf. Die Tür am oberen Treppenabsatz war verschlossen, aber innerhalb von zehn Sekunden hatte Coburn den Schlüssel auf dem Türstock ertastet. Er schloss die Tür auf und schaltete das Licht ein.

Allem Anschein nach wurde der kleine Raum von einem jungen Mann bewohnt. An den Wänden hingen Poster und Wimpel verschiedener Sportteams. Das Bett war mit einer Stadionfahne abgedeckt. Zwei Hirschköpfe mit prächtigen Geweihen blickten sich über den abgewetzten, aber sauberen Dielenboden hinweg an. Abgesehen davon, beschränkte sich die Einrichtung auf einen Nachttisch, eine Kommode und einen blauen Sitzsack.

Coburn durchquerte den Raum und öffnete die Tür zu einer kleinen Abstellkammer, in der eine Köderbox mit Angel, ein paar in Plastikhüllen gepackte Wintersachen und auf dem Boden stehende Jagdstiefel auf ihren Einsatz warteten.

Eine zweite Tür führte in ein Bad, das kaum größer war als die Abstellkammer. Eine Wanne gab es nicht, nur eine leicht verfärbte Plastik-Nasszelle.

Honor war in der Mitte des Raumes stehen geblieben und schaute zu, wie Coburn ohne jede Gewissensbisse das Zimmer durchsuchte. Sie hatte kein gutes Gefühl dabei. Sie wünschte sich, ein paar Geräusche würden die Stille durchbrechen. Sie wünschte sich, es gäbe hier mehr Platz und ein zweites Bett. Sie wünschte sich, Coburn würde nicht mit nacktem Oberkörper durch die Räume wandern.

Vor allem wünschte sie sich, die Tränen, die gegen ihre Lider drückten, würden endlich trocknen.

Im Bad probierte Coburn die Wasserhähne des Waschbeckens aus. Erst begannen die Leitungen in der Wand zu klopfen, dann war ein Gurgeln zu hören, doch schließlich spritzte aus beiden Hähnen Wasser. Im Medizinschrank über dem Waschbecken entdeckte er ein Glas, das er mit kaltem Wasser füllte und Honor reichte.

Sie nahm es dankbar entgegen und leerte es in einem Zug. Er hielt den Kopf übers Waschbecken und trank direkt aus dem Hahn.

Als er sich wieder aufrichtete, wischte er sich mit dem Handrücken über den Mund. »*Home sweet home.*«

»Und wenn die Leute nach Hause kommen?«

»Ich hoffe, dass sie es nicht tun. Wenigstens nicht, bis ich ihre Dusche benutzt habe.«

Sie versuchte sich an einem Lächeln, aber es kippte wahrscheinlich. Jedenfalls fühlte es sich so an. »Wer hat den Wagen in die Luft gejagt?«

»Der Bookkeeper hat einen Maulwurf im FBI-Büro. Jemanden, der Zugriff auf alle Informationen hat.« Seine Lippen schlossen sich zu einem schmalen Strich. »Jemanden, der sterben wird, sobald ich herausgefunden habe, wer es ist.«

»Wie willst du das anstellen?«

»Ich wette, wir finden ihn, sobald wir den Schatz deines verstorbenen Mannes gefunden haben.«

»Aber den haben wir nicht gefunden.«

»Weil wir am falschen Fleck gesucht haben.«

»War VanAllen…«

»Der hatte keinen Schimmer.«

»Was hat er gesagt, als du statt meiner aufgetaucht bist?«

Coburn schilderte knapp seinen Wortwechsel mit VanAllen. Honor hatte VanAllen nicht gekannt, aber sie wusste, dass er ein Mädchen aus Eddies Schuljahrgang geheiratet hatte.

»Janice.«

Coburn, der weitergesprochen hatte, während ihre Gedanken abgeschweift waren, sah sie irritiert an. »Was ist?«

»Entschuldige. Ich dachte gerade an VanAllens Frau. Sie heißt Janice, wenn ich mich recht erinnere. Sie wurde heute Abend zur Witwe.« Honor konnte nur zu gut nachfühlen, was das für sie bedeutete.

»Ihr Mann hätte sich schlauer anstellen sollen«, sagte Coburn. »Dieser naive Idiot dachte allen Ernstes, wir wären allein da draußen.«

»Jemand hat ihm eine tödliche Falle gestellt.«

»Und dir.«

»Nur dass du meinen Platz eingenommen hast.«

Er zuckte scheinbar gleichgültig mit den Achseln.

Sie schluckte das Gefühl hinunter, das ihr die Kehle zuschnürte, und konzentrierte sich auf etwas anderes. Sie deutete auf seine Schulter. »Tut das weh?«

Er drehte den Kopf und sah auf die blutige Stelle. »Ich glaube, da hat mich ein Stück von einem brennenden Sitzpols-

ter erwischt. Es brennt ein bisschen. Nicht allzu schlimm.«
Seine Augen tasteten sie ab. »Was ist mit dir? Hast du dich
irgendwo verletzt?«

»Nein.«

»Du hättest dich verletzen können. Schwer. Wenn du näher
bei dem Wagen gewesen wärst, als er in die Luft flog, hättest
du dabei umkommen können.«

»Dann habe ich wohl Glück gehabt.«

»Warum bist du nicht in der Garage geblieben?«

Die Frage traf sie unvorbereitet. »Ich weiß es nicht. Ich
musste einfach raus.«

»Du hast dich nicht an meine Anweisungen gehalten. Du
bist nicht weggefahren.«

»Nein.«

»Und warum nicht? Was hattest du geplant?«

»Ich hatte gar nichts *geplant*. Es war nur ein Impuls.«

»Wolltest du dich VanAllens Gnade ausliefern?«

»Nein!«

»Was dann?«

»Ich weiß es nicht mehr!« Bevor er noch weiter bohren
konnte, deutete sie auf seinen Kopf. »Dein Haar ist angesengt.«

Gedankenverloren strich er sich über den Scheitel und
trat dabei an die Kommode. In einer Schublade fand er ein
T-Shirt, in der nächsten eine Jeans. Das T-Shirt passte halbwegs, die Jeans hingegen reichte ihm gerade bis zur Wade und
war viel zu weit. »Ich werde wohl weiterhin die Khakihose
von deinem Dad tragen müssen.«

»Wir sehen beide ziemlich übel aus.« Sie trug immer noch
die Sachen, die sie angehabt hatte, als sie am Vortag morgens
aus ihrem Haus geflohen waren. In der Zwischenzeit war sie
durch einen Sumpf gewatet, durch Marschland geflüchtet und
mit knapper Not einer Explosion entkommen.

»Du duschst zuerst«, sagte er.

»Du bist schlimmer dran als ich.«

»Darum will ich auch nicht, dass du nach mir duschen musst. Mach schon. Ich sehe währenddessen nach, ob ich drüben im großen Haus etwas zu essen finde.«

Ohne ein weiteres Wort ließ er sie allein. Lustlos starrte Honor auf die geschlossene Tür und hörte, wie er draußen die Treppe hinunterlief. Dann blieb sie minutenlang reglos stehen und versuchte genug Energie aufzubringen, um ins Bad zu gehen. Schließlich zwang sie sich.

Die Seife in der Nasszelle roch wie aus einer Gemeinschaftsdusche, trotzdem seifte sie sich gründlich ein und wusch sich sogar die Haare damit. Sie hätte die ganze Nacht unter dem heißen Wasser stehen können, aber dann fiel ihr ein, dass Coburn die Dusche noch dringender brauchte als sie, und sie begnügte sich damit, sich gründlich abzuspülen.

Die Handtücher waren fadenscheinig, dufteten aber beruhigend nach Waschmittel. Sie kämmte mit den Fingern die größten Nester aus ihren Haaren und schlüpfte wieder in ihre schmutzigen Sachen. Die Füße in die nassen Turnschuhe zu schieben ging aber über ihre Kräfte. Sie trug sie in der Hand aus dem Bad.

Coburn war wieder da, beladen mit solchen Lebensmitteln, mit denen er auch auf dem Boot ihres Vaters erschienen war. Er hatte sie auf der Kommode arrangiert.

»Im Kühlschrank liegt nichts, was verderben könnte, daraus schließe ich, dass sie länger wegbleiben wollen. Immerhin habe ich eine einsame Orange gefunden.« Er hatte sie schon geschält und zerteilt. »Und die hier.« Er hielt eine Küchenschere hoch, mit der man Geflügel zerteilen konnte. »Für deine Jeans. Die Hosenbeine sind eigentlich nur unten schmutzig.«

Die Hose ihres Dads hatte er damit schon gekürzt. Genauer gesagt, an den Knien abgesäbelt.

Sie nahm die Schere. »Danke.«

»Hau rein.« Er deutete auf das Essen, verschwand dann im Bad und zog die Tür hinter sich zu.

Obwohl sie seit dem Frühstückssandwich aus der Raststätte nichts mehr gegessen hatte, war sie nicht hungrig. Dafür bearbeitete sie die Jeans mit der Schere und schnitt sie knapp über den Knien ab. Es war eine Wohltat, den mit getrocknetem Sumpfwasser und verkrustetem Schlamm durchsetzten Stoff loszuwerden.

Weil ihr das Deckenlicht zu grell war, schaltete sie es aus und dafür eine kleine Leselampe auf dem Nachttisch an. Anschließend trat sie ans Fenster und teilte die billigen, schlichten Vorhänge.

Tagsüber war es bedeckt gewesen, aber inzwischen dünnten die Wolken allmählich aus. Nur ein paar Schlieren trieben noch vor dem Halbmond. *Ich sehe den Mond, und der Mond sieht mich.* Bei dem Lied, das sie so oft mit Emily gesungen hatte, krampfte sich ihr Herz vor Sehnsucht nach ihrer kleinen Tochter zusammen. Inzwischen schlief Emily bestimmt tief und fest, Elmo und ihre Schmusedecke umklammernd.

Honor fragte sich, ob sie beim Schlafengehen, wenn das Heimweh immer am schlimmsten ist, wohl weinend nach ihrer Mutter verlangt hatte. Ob Tori ihr eine Gutenachtgeschichte erzählt und sie beten lassen hatte? Natürlich. Selbst wenn sie es vergessen haben sollte, hatte Emily sie bestimmt daran erinnert.

*Lieber Gott, pass auf Mommy und Grandpa auf und auf meinen Daddy im Himmel.* Jeden Abend sagte Emily dasselbe Gebet auf. Nur gestern hatte sie noch hinzugefügt: *Und pass auch auf Coburn auf.*

In diesem Moment hörte ihn Honor aus dem Bad kommen, wischte sich hastig die Tränen vom Gesicht und drehte sich vom Fenster weg. Er hatte die Khakihose und das übergroße T-Shirt angezogen, das er aus der Kommode geklaut hatte. Er war barfuß. Und offenbar hatte er etwas gefunden, um sich zu rasieren.

Er sah erst auf die dunkle Deckenleuchte, dann auf die Lampe auf dem Nachttisch und zuletzt wieder sie an. »Warum weinst du?«

»Ich vermisse Emily.«

Er hob verstehend das Kinn. Dann richtete sich sein Blick auf die Lebensmittel auf der Kommode. »Hast du was gegessen?«

Sie schüttelte den Kopf.

»Wieso nicht?«

»Ich bin nicht hungrig.«

»Warum weinst du?«, fragte er noch einmal.

»Ich weine nicht. Nicht mehr.« Aber noch während sie das sagte, rollten neue Tränen über ihre Wangen.

»Warum hast du dein Leben aufs Spiel gesetzt?«

»Was?«

»Warum bist du aus der Garage gelaufen? Was wolltest du bei dem Zug?«

»Ich hab's dir doch erklärt. Ich wollte… ich… ich weiß es nicht.« Die letzten vier Worte gingen in einem Schluchzen unter.

Er kam auf sie zu. »Warum weinst du, Honor?«

»Ich weiß es nicht. Ich weiß es nicht.« Dann stand er vor ihr, und sie wiederholte heiser flüsternd: »Ich weiß es nicht.«

Eine Ewigkeit tat er nichts weiter, als ihr tief in die tränenverhangenen Augen zu schauen. Anschließend legte er die Hände an ihre Wangen, schob die Finger in ihr feuchtes Haar und hielt ihren Kopf fest. »Oh doch, das weißt du wohl.«

Er legte den Kopf schief und küsste sie genauso leidenschaftlich wie in der Nacht zuvor, aber diesmal kämpfte sie nicht gegen die Empfindungen an, die er damit auslöste. Selbst wenn sie gewollt hätte, hätte sie es nicht gekonnt. Die Gefühle schienen sie wie in einer Explosion zu überrollen, und sie ließ sich davon mitreißen.

Das Streicheln seiner Zunge, die Geschmeidigkeit seiner Lippen, selbst der Druck seiner großen Hände, die sich langsam auf ihre Hüften senkten und sie an ihn zogen, verwandelten den Kuss in etwas unbeschreiblich Sinnliches und ließen dunkle, verlockende Flammen der Begierde in ihrem Unterleib aufzüngeln. Und als er leise über ihren Lippen murmelte: »Willst du, dass ich aufhöre?«, schüttelte sie den Kopf und drückte sich an ihn, um den Kuss noch inniger werden zu lassen.

Er hob den Saum ihres T-Shirts an und zog es über ihren Körper, dann hakte er ihren BH auf und wog ihre Brüste in seinen Händen. Honor seufzte leise, als seine Finger sanft an den Spitzen zupften, und hörte sich seinen Namen flüstern, als er den Kopf senkte und seine Lippen um die Brustwarze schloss.

Mit einer Hand öffnete er seine Hose, dann hob er den Kopf und zog sie mit seinen hypnotisierenden blauen Augen in Bann, während er ihre Hand nahm, sie um seinen Schaft schloss und sie langsam auf und ab bewegte. Er nahm seine Hand weg, doch ihre bewegte sich weiter. Als ihr Daumen über seine Spitze fuhr, entfuhr ihm ein überraschter, glückseliger Fluch.

Er beugte sich vor, bis seine Lippen ihr Ohr berührten, und flüsterte: »Ich wette, du bist richtig gut im Bett.«

Sie küssten sich hungrig und hemmungslos, während er aus seiner Hose stieg und das T-Shirt über seinen Kopf zerrte. Ihr T-Shirt und den BH zog er ebenso schnell aus, dann sank er auf die Knie, knöpfte ihre Jeans auf und schob die Hose zusammen mit dem Slip nach unten. Er presste die Lippen auf die Stelle unter ihrem Nabel und zog Honor auf den Boden.

Im nächsten Moment war er zwischen ihren Schenkeln, verharrte über ihr und versenkte sich mit einem Stoß in ihr. Ein einziges Mal. Denn wie alles, was er sich nahm, vereinnahmte er sie ohne jedes Zögern, ohne eine Entschuldigung und mit Haut und Haar. Ihre Augen flogen auf, und ihr Atem stockte. Den Blick fest auf ihr Gesicht gerichtet, drang er noch tiefer vor und schob sich nur einen Fingerbreit zurück, bevor er wieder zustieß.

Sie spürte mit jeder Faser sein Gewicht, verlor sich in der Wärme seiner sauberen Haut, in dem Streicheln seiner Brusthaare auf ihren Brüsten, in dem Druck seiner Hände und seines Geschlechts, in seinem Geruch, seiner rauen Haut, seiner schieren Männlichkeit. Ohne zu fragen, hob er ihr linkes Knie an ihre Brust, um den Winkel zu vergrößern und die Reibung zu verstärken, und prompt verzehnfachte sich ihre Lust.

Es war wie ein Erdbeben. Fast unerträglich. Sie biss sich auf die Unterlippe. Einen Unterarm hatte sie über die Augen gelegt, mit der anderen Hand versuchte sie, ihr wirbelndes Universum festzuhalten, indem sie die Nägel in die Dielen bohrte. Trotzdem rutschte sie immer weiter ab, immer weiter, bis …

»Honor.«

Keuchend nahm sie den Arm von den Augen und sah ihm ins Gesicht.

»Halt mich fest. Spiel mir was vor. Tu so, als würde es etwas bedeuten.«

Wimmernd schlang sie die Arme um ihn, krallte sich in seinen Rücken, ließ die Hände dann an seinen Hintern wandern und zog ihn noch tiefer. Stöhnend vergrub er das Gesicht in ihrer Halsbeuge und drängte mit seinem ganzen Körper gegen sie. Als er kam, explodierte auch sie in einem Orgasmus.

Und nichts davon war gespielt.

# 38

D as Warten wurde für Clint Hamilton zur Folter.
Vor einer Stunde hatte ihn ein Agent aus dem Büro
in Lafayette telefonisch informiert, dass bei dem angesetzten Treffen von Honor Gillette und Tom VanAllen eine Autobombe explodiert war.

Seit Hamilton diese erschütternde Nachricht erhalten hatte, war er entweder rastlos in seinem Washingtoner Büro auf und ab marschiert oder hatte am Schreibtisch gesessen, den Kopf in die Hände gestützt, und seine Schläfen massiert. Er spielte ernsthaft mit dem Gedanken, sich einen Schluck aus der Whiskyflasche in der untersten Schreibtischschublade zu gönnen. Tat es dann aber doch nicht. Was die neuesten Meldungen aus Tambour auch für ihn bereithalten mochten, er brauchte dafür einen klaren Kopf.

Er wartete. Er ging auf und ab. Geduld war nicht seine Stärke.

Der erwartete Anruf erreichte ihn kurz nach ein Uhr nachts.

Leider wurde darin bestätigt, dass Tom VanAllen bei der Explosion ums Leben gekommen war.

»Mein Beileid, Sir«, sagte der Agent aus Louisiana. »Ich weiß, dass Sie ihn sehr geschätzt haben.«

»Ja, danke«, erwiderte Hamilton gedankenverloren. »Und Mrs. Gillette?«

»VanAllen war das einzige Opfer.«

Hamilton wäre fast der Hörer aus der Hand gefallen. »Wie bitte? Mrs. Gillette? Coburn? Das Kind?«

»Sind immer noch verschwunden«, erklärte ihm der Agent.

Verwundert versuchte Hamilton das zu verarbeiten, konnte es sich aber nicht erklären. »Was sagt die Feuerwehr über die Explosion?«, fragte er stattdessen.

Man erklärte ihm, dass ein Spezialist für Brandstiftung aus New Orleans hinzugezogen worden sei und bei den Ermittlungen assistierte. Und dass das ATF, das »Amt für Alkohol, Tabak, Schusswaffen und Sprengstoffe«, benachrichtigt worden sei. Es gab noch viele unbeantwortete Fragen, aber in einem waren sich die verschiedenen Behörden einig: In dem ausgebrannten Wagen hatte nur der Fahrer gesessen.

Hamilton fragte, ob VanAllens Frau benachrichtigt worden sei. »Ich werde sie anrufen, aber erst, nachdem sie offiziell informiert wurde.«

»Es wurden schon zwei Kollegen zu VanAllens Haus geschickt.«

»Halten Sie mich auf dem Laufenden. Ich will alles erfahren, was Ihnen zu Ohren kommt, offizielle Verlautbarungen, aber auch sämtliche Gerüchte. Einfach alles. Vor allem, wenn es darin um Coburn und Mrs. Gillette geht.«

Er legte auf und schlug mit der Faust auf den Schreibtisch. Warum verflucht noch mal hatte Coburn ihn nicht angerufen und ihn über seinen augenblicklichen Aufenthaltsort informiert? Dieser sture Bock! Obwohl, musste er sich widerstrebend eingestehen, eine Autobombe nicht gerade dazu beitrug, das Vertrauen eines Agenten in seine Organisation zu stärken.

Hamilton kam zu dem Schluss, dass er die Situation aus der Ferne nicht mehr unter Kontrolle bekommen würde. Er musste ins Zentrum des Geschehens. Im Rückblick wünschte er sich, er wäre sofort nach Louisiana geflogen, sobald er Coburns ersten Notruf erhalten hatte. Seither waren sie immer tiefer in die Scheiße geraten.

Er erledigte ein paar Anrufe und ließ sich von seinen Vorgesetzten grünes Licht geben. Außerdem bat er um ein Sondereinsatzkommando. »Nicht weniger als vier, nicht mehr als acht Leute. Ich erwarte sie einsatzbereit und voll ausgerüstet in Langley, damit wir um halb drei losfliegen können.«

Jeder, mit dem er sprach, fragte ihn, warum er Männer und Ausrüstung nach Louisiana flog, wo er doch Leute aus dem Büro in New Orleans einsetzen konnte.

Seine Antwort war immer dieselbe: »Weil niemand wissen soll, dass ich komme.«

Als die Türglocke läutete, lief Janice VanAllen sofort zur Tür, obwohl sie wusste, dass sie nur ein Nachthemd trug, aber dies war nicht der Augenblick für Anstandsfragen. Als sie die Tür aufzog, hielt sie das Smartphone in der Hand und sah verängstigt aus.

Zwei Fremde standen vor ihrem Haus. Ein Mann und eine Frau, aber die dunklen Anzüge und ernsten Mienen waren praktisch identisch.

»Mrs. VanAllen?« Die Frau hielt ein Ledermäppchen in der Hand und streckte es Janice entgegen. Ihr Partner tat es ihr gleich. »Ich bin Special Agent Beth Turner, und das ist Special Agent Ward Fitzgerald. Wir sind aus Toms Büro.«

Janices Brust hob und senkte sich hektisch. »Was ist mit Tom?«

»Dürfen wir hereinkommen?«, fragte die Frau freundlich.

Janice schüttelte den Kopf. »Was ist mit Tom?«

Sie blieben stumm, aber ihre steife Haltung sprach Bände.

Janice schrie auf und hielt sich am Türstock fest, um nicht umzusinken. »Ist er tot?«

Special Agent Turner streckte die Hand nach ihr aus, aber Janice riss den Arm zurück, bevor die Frau sie berühren konnte. »Ist er tot?«, wiederholte sie, diesmal unter einem abgehackten Schluchzen. Dann knickten ihre Knie ein, und sie sackte auf dem Boden zusammen.

Die beiden FBI-Agenten hoben sie hoch, stützten sie von beiden Seiten und trugen sie halb ins Wohnzimmer, um sie dort auf dem Sofa abzusetzen. Die ganze Zeit schrie Janice nach Tom.

Dann begannen Turner und Fitzgerald die üblichen Fragen zu stellen.

*Haben Sie jemanden, der Ihnen beistehen kann?*

»Nein«, schluchzte sie in ihre Hände.

*Ihr Pfarrer vielleicht? Oder ein Freund?*

»Nein, nein.«

*Gibt es Angehörige, die benachrichtigt werden sollten?*

»Nein! Erzählen Sie mir endlich, was passiert ist.«

*Können wir Ihnen einen Tee machen?*

»Ich will nichts! Ich will nur Tom! Ich will meinen Mann zurück!«

*Ist Ihr Sohn…*

Natürlich wussten sie über Lanny Bescheid, sie wussten nur nicht, wie sie sich nach ihm erkundigen sollten. »Lanny, Lanny«, weinte sie klagend. »O Gott.« Wieder schlug sie die Hände vors Gesicht und schluchzte. Tom hatte ihren Sohn geliebt. Auch wenn keine Hoffnung bestanden hatte, dass seine Liebe je erwidert werden konnte, hatte Tom seinen Sohn unerschütterlich geliebt.

Special Agent Turner setzte sich neben sie und legte tröstend den Arm um ihre Schultern. Fitzgerald hielt etwas Abstand und stand jetzt vor dem Fenster, wo er, mit dem Rücken zu ihnen, leise in sein Handy sprach.

Turner sagte: »Das Büro wird Sie nach besten Kräften unterstützen, Mrs. VanAllen. Tom wurde von allen gemocht und respektiert.«

Janice schüttelte ihren Arm ab und hätte sie am liebsten geohrfeigt. Tom wurde keineswegs respektiert, und so wie Tom es geschildert hatte, mochten ihn nur die wenigsten Kollegen.

»Wie ist es passiert?«

»Wir versuchen immer noch herauszufinden …«

»Wie ist es passiert?«, fragte Janice brüsk.

»Er war allein in seinem Auto.«

»Seinem Auto?«

»Er parkte neben einem stillgelegten Gleis.«

Bebend hob Janice die Finger an die Lippen. »O Gott. Er hat sich umgebracht? Wir … wir haben uns heute Nachmittag gestritten. Als er ging, war er ganz aufgeregt. Ich wollte ihn anrufen, ihm alles … erklären. Mich entschuldigen. Aber er ging nicht ans Telefon. O Gott!«, heulte sie auf und sprang vom Sofa auf.

Turner nahm ihre Hand und zog sie wieder zurück. Sie streichelte ihren Arm. »Tom hat sich nicht das Leben genommen, Mrs. VanAllen. Er starb in Ausübung seiner Pflicht. Soweit wir bis jetzt wissen, hatte jemand eine Bombe an seinem Auto angebracht.«

Janice sah sie mit aufgerissenen Augen an. »Eine *Bombe*?«

»Einen Sprengsatz, ja. Die Ermittlungen sind bereits in vollem Gang.«

»Aber wer … wer …«

»So unangenehm mir das auch ist, aber im Moment verdächtigen wir einen anderen FBI-Agenten.«

»Coburn?«, hauchte Janice.

»Sie wissen von ihm?«

»Natürlich. Schon allein wegen des Massakers in dieser

Lagerhalle. Und dann hat Tom mir erzählt, dass er ein FBI-Agent ist und undercover arbeitet.«

»Hatten die beiden Kontakt?«

»Nicht, soweit ich weiß. Obwohl Tom mir erst heute erzählt hat, dass er vielleicht den Auftrag bekommen könnte, Coburn ins Büro zu bringen.« Sie bemerkte, wie gequält die Agentin sie ansah. »Deswegen war Tom dort?«

»Eigentlich sollte er dort Mrs. Gillette treffen. Tom wollte sie abholen.«

»Coburn hat ihm eine Falle gestellt?«

»Wir versuchen noch herauszufinden …«

»Bitte sagen Sie mir, dass Coburn gefasst wurde.«

»Leider nicht.«

»Gott im Himmel, warum denn nicht? Was treiben Sie eigentlich die ganze Zeit? Coburn ist ganz offensichtlich verrückt geworden. Wenn er schon früher gefasst worden wäre, so wie es hätte sein sollen, dann wäre Tom jetzt noch am Leben.« Sie verlor endgültig die Fassung. Schluchzend erklärte sie: »Das ganze beschissene FBI ist inkompetent. Und deswegen ist Tom jetzt *tot*.«

»Mrs. VanAllen?«

Janice schreckte zusammen. Sie hatte gar nicht gemerkt, dass Fitzgerald wieder zu ihnen getreten war, bis er eine Hand auf ihre Schulter gelegt und sie angesprochen hatte.

Er hielt ihr sein Handy hin. »Für Sie.«

Sie starrte erst ihn an, dann das Handy und hielt es sich schließlich ans Ohr. »Hallo?«

»Mrs. VanAllen? Hier spricht Clint Hamilton. Ich habe eben von Toms Tod erfahren. Ich wollte Sie anrufen und Ihnen persönlich erklären, wie tief …«

»Arschloch.« Sie legte auf und reichte das Handy dem Agenten zurück.

Dann rang sie mühsam um Haltung. Sie wischte sich mit der bloßen Hand übers Gesicht, atmete mehrmals tief durch und erhob sich, als sie sich wieder halbwegs in der Gewalt hatte, um zum Flur zu gehen. Bevor sie das Zimmer verließ, sagte sie noch: »Sie finden selbst hinaus. Ich muss nach meinem Sohn sehen.«

# 39

U nd?«
　　»Was und?«

»War ich so gut, wie du …« Honor ließ die Frage in der Luft hängen.

Coburn drehte den Kopf und sah sie an. »Nein. Ich hab dir nur was vorgespielt. Hast du das nicht gemerkt?«

Sie lächelte scheu und kuschelte ihr Gesicht an seine Brust.

Er drückte sie an sich. »Es war fantastisch.«

»Besser als ein Niesen oder Husten?«

»Kann ich mir das noch mal überlegen und dir später antworten?«

Sie lachte leise.

Sie hatten sich vom Boden zum Bett vorgearbeitet und lagen jetzt aneinandergeschmiegt darauf. Sie blies sanft auf die Brusthaare, die ihr in der Nase kitzelten. »Wie hieß es eigentlich?«

»Was denn?«

»Das Pferd, das du erschießen musstest. Das du getauft hattest. Wie hieß es?«

Er sah sie kurz an und gleich wieder weg. »Hab ich vergessen.«

»Hast du nicht«, widersprach sie leise.

Lange blieb er reglos und stumm liegen. Dann sagte er: »Dusty.«

Sie schob ihre Faust auf sein Brustbein, stützte das Kinn darauf und sah ihm ins Gesicht. Ein paar Sekunden starrte er an die Decke, bevor er sich ihrem Blick stellte. »Jeden Tag, wenn ich aus der Schule heimkam, kam er an den Zaun geschlendert, so als würde er sich freuen, mich zu sehen. Ich glaube, er hatte mich gern. Wahrscheinlich nur, weil ich ihn immer gefüttert habe.«

Sie hob die andere Hand und fuhr mit dem Daumen sein Kinn nach. »Ich glaube nicht, dass er dich nur deshalb gemocht hat.«

Er zuckte scheinbar gleichgültig mit der Schulter. »Er war ein Pferd. Was wusste er schon?« Dann sah er sie wieder an und meinte: »Was für ein dämliches Thema.« Er hob eine Strähne ihres Haares an, studierte sie nachdenklich und zwirbelte sie zwischen den Fingern. »Schön.«

»Vielen Dank. Es hat schon bessere Tage gesehen.«

»Du bist schön.«

»Nochmals vielen Dank.«

Sein Blick wanderte über ihr Gesicht, doch zuletzt schaute er ihr wieder in die Augen. »Du warst seit Eddie mit niemandem mehr zusammen.«

»Nein.«

»Für mich war's gut. Ich hoffe nur, dass es dir nicht wehgetan hat.«

»Anfangs ein bisschen. Aber dann nicht mehr.«

»Entschuldige. Daran hatte ich gar nicht gedacht.«

»Ich auch nicht«, antwortete sie mit rauer Stimme.

Es fiel ihr nicht leicht, das zu gestehen, aber es war die Wahrheit. Sie war froh, dass kein Gedanke an Eddie diesen Augenblick gestört hatte, aber nicht einmal diese Gedanken hätten sie davon abhalten können, mit Coburn zusammen zu sein.

Zwei Männer, zwei grundverschiedene Erfahrungen. Eddie

war ein wunderbarer, leidenschaftlicher Liebhaber gewesen, und sie würde immer wundervolle Erinnerungen an ihn bewahren. Aber Coburn hatte einen eindeutigen Vorzug. Er war am Leben, warm, vital und ihr in diesem Moment besonders nahe.

Er küsste sie, als hätte er alle Zeit der Welt, und weckte damit erneut ihren Hunger. Ihre Hände gingen auf Forschungsreise. Sie entdeckte Narben auf seiner Haut und küsste sie, ohne seine halbherzigen Proteste zu beachten. Als sie mit ihrer Zunge über seine Brustwarze strich, bezeichnete er sie als schamlos und erklärte im nächsten Atemzug, ein großer Fan von Schamlosigkeit zu sein. Ihre Hand glitt über seine harten Bauchmuskeln und von dort aus weiter abwärts zu seinem Geschlecht.

»Mach noch mal das mit deinem Daumen«, flüsterte er. Sie kam seiner Bitte nach und spürte schon bald, wie ein kleiner Tropfen austrat, während er lustvolle Flüche stöhnte.

Zielsicher fanden seine Fingerspitzen ihre empfindsamsten Stellen, begannen sie zu streicheln und raubten ihr damit den Atem. Wieder spürte sie ein heißes Ziehen in ihrer Mitte und drängte in hemmungslosem Flehen gegen seinen Körper. Er senkte daraufhin den Kopf auf ihre Brüste und umspielte sie ausgiebig und genüsslich mit seiner Zunge und seinen Lippen.

Dann hob er ihren Arm über ihren Kopf und küsste die empfindsame Haut in ihrer Achsel, arbeitete sich von dort aus über ihre Rippen vor und drehte Honor dabei ganz allmählich zur Seite, bis sie auf dem Bauch lag. Nachdem er ihr Haar beiseitegeschoben hatte, zog er nach einem kurzen, zärtlichen Biss in ihren Nacken eine Spur von Küssen über ihr Rückgrat nach unten.

Plötzlich spürte sie seinen Atem warm über ihre Haut streichen und hörte ihn gleichzeitig leise lachen. »Oh Mann. Wer hätte das geahnt?«

Sie wusste genau, was er entdeckt hatte, und sagte spröde: »Du bist nicht der Einzige, der auf Tattoos steht.« Schließlich hatte sie mehrere Minuten damit verbracht, das Stacheldrahtmotiv um seinen Oberarm zu bewundern.

»Mag sein, aber ein Arschgeweih? An einer Grundschullehrerin? Ich kann mich an meine Grundschullehrerin erinnern, und ich bezweifle schwer, dass sie eines hatte.« Er beugte sich wieder vor und zupfte mit den Zähnen an ihrem Ohrläppchen. »Aber die Vorstellung macht mich wahnsinnig scharf. Was hat dich dazu getrieben?«

»Zwei Hurricanes im Pat O'Briens. Eddie und ich waren übers Wochenende in New Orleans, während Stan auf Emily aufpasste.«

»Du warst betrunken?«

»Beschwipst. Und leicht zu überreden.«

Coburn hatte sich wieder abwärtsgeküsst und zog jetzt mit der Zunge verführerische Kreise um ihr Tattoo. »Was hat es zu bedeuten?«

»Es ist was Chinesisches. Oder Japanisches. Ich kann mich nicht erinnern.« Sie stöhnte auf. »Ehrlich gesagt, kann ich überhaupt nicht denken, solange du das da tust.«

»Ach nein? Und was ist, wenn ich das da mache?« Er schob die Hand zwischen ihren Bauch und die Matratze und begann sie von vorn zu massieren, während er sich gleichzeitig auf ihren Rücken senkte. »Gestern in deinem Bad…«, murmelte er, die Lippen an ihrem Ohr, »als ich dich gegen die Tür gedrückt habe.«

»M-hm.«

»Da wollte ich genau das tun. Dich berühren… genau da.«

Ihr stockte der Atem, aber trotzdem gelang es ihr, »Ich hatte solche Angst« zu flüstern.

»Vor mir?«

»Davor.«

»Dass ich dir wehtun könnte?«

»Nein, dass ich so etwas empfinden könnte wie jetzt.«

Er kam kurz zur Ruhe. »Ist das wahr?«

»Ja, muss ich zu meiner Schande gestehen.«

»Dreh dich um«, knurrte er.

Er drehte sie auf den Rücken, kniete sich zwischen ihre Schenkel und fuhr mit den Lippen über ihren Bauch. Er setzte sanfte Küsse auf ihre Hüfte und die Vertiefung darunter. Dann wanderte er tiefer.

»Coburn?«

»Psst.«

Seine Handfläche kam zwischen ihren Hüftknochen zu liegen, und seine Fingerspitzen strichen zart über ihren Bauch, während sich sein Daumen nach unten senkte, um sie zu öffnen und zu streicheln. Wieder küsste er sie und erforschte mit seiner Zunge ihr Innerstes. Unter der doppelten Liebkosung von Daumen und Mund begann sie schon bald, seinen Namen zu stöhnen, und bettelte ihn mit ihrem durchgestreckten Leib an, nicht aufzuhören.

Er erhörte ihr stummes Flehen. Doch als sie zum Höhepunkt kam, war er in ihr, und er war auch in ihr, als er selbst Erfüllung fand. Und als sie endlich die Kraft aufbrachte, die Augen wieder aufzuschlagen, war er immer noch bei ihr, hielt ihr Gesicht zwischen den Händen und streichelte mit den Daumen ihre Wangen.

Er sah sie so eindringlich an, dass sie verunsichert fragte: »Was ist denn?«

»Ich war noch nie ein großer Fan der Missionarsstellung.«

Weil sie nicht wusste, was sie darauf sagen sollte, sagte sie nur: »Ach.«

»Mir war jede andere Stellung lieber.«

»Warum?«

»Weil ich es nicht sehen wollte, wenn ich komme.«

»Was wolltest du nicht sehen?«

»Das Gesicht der Frau.« Den letzten Satz murmelte er nur, so als könnte er ihn selbst kaum glauben.

Ihr wurde die Kehle eng. Sie strich mit einer Hand über seine Wange. »Aber meines wolltest du sehen?«

Er schaute ihr lange in die Augen und löste sich dann so unvermittelt von ihr, dass sie den emotionalen Schnitt genauso intensiv spürte wie die körperliche Trennung.

Weil sie beides nicht wollte, folgte sie seiner Bewegung, indem sie sich auf die Seite drehte und ihm das Gesicht zuwandte. Er lag auf dem Rücken, starrte an die Decke und wirkte plötzlich absolut unzugänglich.

Sie sprach ihn an.

Er drehte ihr nur den Kopf zu.

»Wenn alles vorbei ist, sehen wir uns nie wieder, habe ich recht?«, fragte sie leise.

Er wartete ein, zwei Herzschläge ab und schüttelte dann knapp den Kopf.

»Natürlich.« Sie lächelte traurig. »Das dachte ich mir.«

Er starrte wieder an die Decke, und sie glaubte schon, das Thema sei damit erledigt. Aber dann sagte er: »Ich nehme an, jetzt siehst du das anders.«

»Was denn?«

»Was gerade passiert ist. Aber dir war doch klar, was du bekommst«, ergänzte er, als hätte sie ihm widersprochen. »Oder du hättest es wenigstens wissen müssen. Ich habe nie ein Geheimnis daraus gemacht, wer ich bin und wie ich bin. Und ja, ich wollte dich vom ersten Moment an nackt sehen, und auch daraus habe ich kein Geheimnis gemacht. Aber ich bin kein Kerl für Romanzen und rote Rosen. Ich bin nicht einmal ein Kerl für eine ganze Nacht. Ich halte nicht Händchen. Ich kuschle nicht…« Er verstummte plötzlich und fluchte kurz. »Ich mache nichts von alldem.«

»Nein, du hast nur dein Leben riskiert, um meines zu retten. Mehr als einmal.«

Er drehte den Kopf zur Seite und sah sie an.

»Du hast mich immer wieder gefragt, warum ich nicht in der Werkstatt geblieben bin«, sagte sie. »Jetzt will ich dich etwas fragen. Warum bist du zurückgekommen?«

»Hm?«

»Du hast mir erklärt, wenn du bis kurz nach zehn nicht wieder zurück wärst, sollte ich nicht länger warten und so weit wie möglich von Tambour wegfahren. Also hättest du davon ausgehen müssen, dass ich genau das getan habe. Du hattest gerade um Haaresbreite einen Sprengstoffanschlag überlebt. Du hättest mit deiner verbrannten Schulter und deinem angesengten Haar in jede Richtung fliehen können, um unterzutauchen. Aber das hast du nicht getan. Als du mich auf den Gleisen gefunden hast, warst du auf dem Weg zurück zur Werkstatt. Zu mir.«

Er sagte nichts, aber sein Kiefer begann zu mahlen.

Sie rutschte lächelnd näher und schmiegte ihren Körper an seinen. »Du brauchst mir keine Blumen zu schenken, Coburn. Du brauchst mich nicht einmal festzuhalten.« Sie legte den Kopf auf seine Brust. Ihre Hand kam an seinem Hals zu liegen. »Denn ich werde dich festhalten.«

# 40

Diego drückte die Klinge des Rasiermessers gegen Bonnell Wallaces Adamsapfel.

Inzwischen war klar, dass Wallace ein sturer Hurensohn war.

Ins Haus zu kommen war einfacher gewesen, als Diego gedacht hatte. Die Alarmanlage war ausgeschaltet gewesen, er musste also nicht einmal in aller Eile zuschlagen und sofort wieder türmen, bevor die Bullen auftauchten. Stattdessen hatte er sich ins Haus schleichen und sich damit vertraut machen können, bevor Wallace auch nur geahnt hatte, dass er da war.

Er hatte schon geglaubt, alles bedacht zu haben, bis ihm aufgegangen war, dass Wallace vorn im Haus im Arbeitszimmer saß, wo er ihn gestern Abend beobachtet hatte und wo ihn jeder sehen konnte, der zufällig auf der Straße vorbeikam.

Der Fernseher hatte seine Schritte übertönt, als er die geschwungene Treppe hinaufgeschlichen war. Im Obergeschoss gab es einen langen Flur mit diversen Schlafzimmern, aber schon bald hatte Diego das gefunden, das dem Hausherrn gehörte. Über der Rückenlehne eines Sessels hing der graue Nadelstreifenanzug, den Wallace tagsüber in der Bank angehabt hatte. Die dazu passenden Schuhe standen auf dem Teppich, die Krawatte lag am Fußende des riesigen Bettes.

Diego hatte sich im begehbaren Kleiderschrank eingenistet.

Anderthalb Stunden waren verstrichen, bevor Wallace nach oben gekommen war.

In seinem Schrank hatte Diego das Piepsen der einzelnen Töne gehört, als Wallace an der Alarmanlage den Code für die Nacht eingegeben hatte. Was natürlich ein Problem darstellte. Es bedeutete, dass Diego den Alarm auslösen würde, wenn er das Haus verließ. Allerdings konnte er sich darüber immer noch den Kopf zerbrechen, wenn es so weit war. Erst musste er überlegen, wie er einen Mann überwältigen konnte, der doppelt so schwer war wie er selbst.

Wallace hatte es ihm leicht gemacht. Gleich nachdem er im Schlafzimmer aufgetaucht war, war er im anschließenden Bad verschwunden und hatte seine Hose geöffnet. Und mit beiden Händen gezielt.

Diego hatte sich von hinten angeschlichen, eine Hand auf Wallaces Stirn gepresst und sie nach hinten gerissen, während er gleichzeitig das Rasiermesser an die nackte Kehle des Bankers gelegt hatte. Wallace hatte aufgeschrien, allerdings eher vor Schreck als aus Angst. Instinktiv hatte er mit beiden Händen nach hinten gefasst und versucht, sich im Griff seines Angreifers umzudrehen und ihn abzuschütteln. Der Urin war quer über die Wand hinter der Kommode gespritzt.

Diego hatte das Rasiermesser über Wallaces Handrücken gezogen, um ihm zu demonstrieren, dass er keinen Spaß verstand. »Wenn du dich wehrst, schlitz ich dir die Kehle auf.«

Wallace hörte zu kämpfen auf. Schwer atmend fragte er: »Wer sind Sie? Was wollen Sie? Geld? Meine Kreditkarten? Die können Sie haben. Ich habe Sie nicht gesehen. Ich kann Sie nicht identifizieren. Also nehmen Sie sich einfach, was Sie haben wollen, und verschwinden Sie.«

»Ich will deine kleine Schlampe.«

»Wie bitte?«

»Deine kleine Schlampe. Tori. Wo ist sie?«

Damit hatte Wallace nicht gerechnet. Diego konnte fast spüren, wie die Gedanken durch den Kopf rasten, den er fest gegen seine Brust gepresst hielt.

»Sie … sie ist nicht hier.«

»Das weiß ich selbst, Arschgesicht. Was glaubst du, warum ich dir ein Rasiermesser an die Kehle halte? Ich will wissen, wo sie ist.«

»Warum?«

Blitzschnell war Diegos Hand nach oben geschossen und hatte die Wange des Bankers aufgeschlitzt.

»Jesus!«

»Ach, das tut mir aber leid. Hat das wehgetan?« Er hatte Wallace das Knie in die Beine gestoßen und ihn damit zum Einknicken gebracht, aber nicht in die Knie gezwungen. Der Mann war schwer, und es wurde mit jeder Sekunde anstrengender, ihn zu halten. »Auf die Knie.«

»Warum? Ich kooperiere doch. Ich wehre mich doch gar nicht.«

»Auf die Knie!«, hatte Diego mit zusammengepressten Zähnen befohlen.

Schließlich hatte Wallace gehorcht. Dieser Winkel war für Diego deutlich angenehmer. Er erleichterte ihm die Arbeit und bot ihm mehr Möglichkeiten. Außerdem kniete Wallace jetzt wie ein Bettler vor ihm, was Diego gut gefiel.

»Sag mir, wo Tori ist.«

»Ich weiß es nicht. Ich habe heute noch nichts von ihr gehört.«

Diego schnippte mit dem Rasiermesser, und die untere Hälfte von Wallaces Ohrläppchen fiel auf seine Schulter. Wieder schrie er auf.

»Das nächste Mal ist das ganze Ohr ab. Und dann will

dich Tori bestimmt nicht mehr, du fetter Scheißhaufen. Dann kriegst du gar keine Möse mehr, weil du dann wie ein Freak aussehen wirst. Also, wo ist Tori?«

Normalerweise wirkte der Trick mit dem Ohr. Sobald das erste Ohrläppchen verlorengegangen war, bekam Diego meistens alles erzählt, was er wissen wollte, und danach konnte er einen Schlussstrich in Form eines tiefen Schnittes quer über die Kehle ziehen. Ein einziger Typ hatte bisher durchgehalten, bis beide Ohren und die Nase ab gewesen waren, aber der hatte Eier aus Stahl.

Diego hoffte, dass der Banker nicht so lange brauchen würde. Er war nicht gern in diesem Haus. Plötzlich kam ihm der Gedanke, dass Wallace einen lautlosen Alarm ausgelöst haben könnte, eine Art Panikknopf, mit dem er die Polizei benachrichtigen konnte, falls jemand ins Haus eingedrungen war. Eigentlich glaubte er das nicht, aber er hätte nicht so lange überlebt, wenn er nicht immer alle Möglichkeiten bedacht hätte.

Inzwischen führte er seit fünf Minuten dieses Tänzchen auf und wollte es zum Abschluss bringen, damit er dem Bookkeeper endgültig Adieu sagen konnte. »Ich gebe dir eine letzte Chance. Mehr kriegst du nicht, und auch die kriegst du nur, weil ich ein netter Mensch bin. Wo ist Tori?«

»Ich weiß es nicht, Ehrenwort«, wiederholte Wallace. »Ich habe heute Morgen nur eine SMS bekommen, dass sie kurzfristig die Stadt verlassen musste.«

»Und wohin ist sie gefahren?«

»Das stand nicht darin.«

»Wo ist das Handy?«

»Das liegt noch im Büro.«

»Versuch nicht, mich zu verarschen!« Sein Brüllen hallte von den Marmorwänden des Badezimmers wider. Er säbelte ein Stück von Wallaces anderem Ohr ab.

Wallace holte zischend Luft, aber diesmal schrie er nicht auf. »Ich habe das Handy auf den Stuhl geworfen, als ich pinkeln musste. Sie brauchen nur rüberzugehen. Dann sehen Sie es.«

»Ich sehe nur, dass du mich verarschen willst.«

»Nein, will ich nicht. Ehrenwort.«

»Du willst, dass ich nachschaue, ob dein Handy im Schlafzimmer liegt? Na schön. Nur dumm, dass ich dich davor töten muss, denn bevor ich dich loslasse, hast du mir entweder gesagt, was ich wissen will, oder du bist tot.« Er ließ seine Worte wirken. »Mir ist das egal, aber du könntest es dir ein bisschen erleichtern.«

»Ich werde doch so oder so sterben.«

»Sag mir, wo Tori ist.«

»Ich weiß es nicht.«

»Wo ist sie?«

»Wenn ich es wüsste, wäre ich bei ihr.«

»Wo ist sie?«

»Ich weiß es nicht. Und wenn ich es wüsste, würde ich es nicht sagen.«

»Sag es, oder du bist in fünf Sekunden tot.«

»Ich werde überhaupt nichts sagen. Ich liebe sie.«

Schnell wie eine Schlange schlug Diego zu, aber er schlitzte dem Mann nicht die Kehle auf. Stattdessen knallte er seinen Kopf gegen die Toilette. Der Koloss kippte langsam auf den Marmorboden. Seine Stirn hinterließ ein interessantes Blutmuster auf der weißen Porzellanschüssel.

Diego wischte mit einem bestickten Handtuch sein Rasiermesser sauber, klappte es zu und ging aus dem Bad. Das Handy lag genau dort, wo Wallace gesagt hatte. Von seinem Beobachtungsposten im Schrank aus hatte Diego nicht sehen können, wie er es auf dem Weg zum Klo abgelegt hatte.

Hastig schlich er nach unten, immer fern der Fenster zur Straße. Betreten hatte er das Haus durch die Küche. Dort brannte nur ein kleines Lämpchen über der Kochzeile. Er hielt Wallaces Handy darunter und rief die SMS-Nachrichten auf. Tori. Um acht Uhr siebenundvierzig morgens. In der SMS stand, dass sie kurzfristig wegmüsse, aber nicht wohin. Diego prüfte die Anrufliste. Eine Menge ausgehender Anrufe mit ihrer Nummer. Kein einziger war eingegangen. Der Fettsack hatte die Wahrheit gesagt.

Diego holte sein eigenes Handy heraus und rief an. »Ich habe Tori Shirahs Mobilnummer.«

»Ich wollte aber wissen, wo sie ist.«

Diego wiederholte die Nummer und las die Nachricht vor.

»Schön und gut«, kam die knappe Antwort. »Aber wo ist sie?«

»Das weiß Wallace nicht.«

»Du hast es nicht aus ihm rausbekommen?«

»Er weiß es nicht.«

»Er *weiß* es nicht? Präsens?«

»Was würde es bringen, ihn zu töten?«

»Was ist los mit dir, Diego? Ein Toter kann dich nicht identifizieren.«

»Das kann Wallace auch nicht. Er hat mich nicht gesehen.«

Nach längerem Schweigen kam die nächste Frage: »Wo bist du jetzt?«

»Immer noch in seinem Haus.«

»Also streng dich an. Er hat Finger, Zehen, einen Penis.«

»Das würde nichts bringen.« Diego traute seinem Instinkt, und so wie er Wallace einschätzte, würde der lieber sterben, als seine kleine Lady zu verraten.

»Er sagt, er weiß nicht, wo sie ist, und ich glaube ihm«, setzte er nach.

»Keine losen Enden, Diego.«

»Ich sage doch, er hat mich nicht gesehen, und ich habe ihm nichts erzählt.«

»Du hast noch nie ein Opfer am Leben gelassen. Warum jetzt? Warum bist du plötzlich weich geworden?«

»Bin ich nicht. Aber ich bin auch nicht verrückt geworden. Es wäre zu riskant, Wallace umzubringen, weil ich nicht unbemerkt aus dem Haus schleichen kann. Sobald ich eine Tür öffne, ist hier die Hölle los. Und wenn mich die Bullen erwischen sollten, dann lieber nicht neben einem Toten.«

»Du weigerst dich, mir zu beschaffen, worum ich dich gebeten habe?«

»Weil es sich nicht beschaffen lässt. Es wäre sinnlos, einen Mann wegen einer Information zu töten, die er nicht besitzt.«

Am anderen Ende blieb es lange still, dann war ein kurzes Durchschnaufen zu hören. »Damit hast du mich in einer Woche gleich zweimal enttäuscht, Diego.« Die Stimme klang so seidig, dass Diego eine Gänsehaut überlief.

Jeder, der den Bookkeeper kannte, wusste, was Leuten widerfuhr, die einen Auftrag nicht ausführen wollten oder konnten. Diego hatte keine Angst, dass man ihn einfach beseitigen könnte. Er war zu talentiert, als dass man auf ihn verzichten konnte. Nein, es gäbe andere Möglichkeiten, ihn zu bestrafen, andere Opfer, die …

Plötzlich zerschmetterte ihn die Erkenntnis wie eine Wagenladung Backsteine. *Damit hast du mich gleich zweimal enttäuscht.*

Diegos Magen sackte ins Bodenlose. Er glaubte, sich übergeben zu müssen. Ohne auch nur einen Gedanken an die Konsequenzen zu verschwenden, beendete er das Gespräch und riss die Tür zum Garten auf. Die Alarmglocken schrillten los. Der Lärm war ohrenbetäubend, trotzdem nahm Diego ihn kaum wahr. In seinem Kopf gellte die Angst vor etwas viel Schlimmerem als dem Gefängnis.

Er sprintete über die Terrasse und den Rasen. Als er an der Mauer angekommen war, bekam er schon keine Luft mehr, aber er gönnte sich keine Pause. Stattdessen hangelte er sich an den belaubten Ranken nach oben. Sobald er die Mauerkrone erklommen hatte, wälzte er sich auf die andere Seite und sprang. Unter Schmerzen landete er vier Meter tiefer auf dem harten Beton. Seine Knie konnten den Aufprall nicht abfedern und schmerzten höllisch, aber das hielt ihn nicht auf. Ohne auf das Heulen der näherkommenden Sirenen zu achten, rannte er auf direktem Weg zu seinem gestohlenen Auto, auch wenn das bedeutete, dass er über freies Gelände laufen musste und sich nicht im Schatten halten konnte.

Niemand hielt ihn auf. Als er den Wagen erreicht hatte, war er schweißnass und zitterte so unkontrollierbar, dass er kaum den Motor anlassen konnte. Ohne darauf zu achten, ob jemand auf ihn aufmerksam wurde, lenkte er das Auto mit quietschenden Reifen vom Bordstein weg.

Er beugte sich über das Lenkrad und umklammerte es so fest, dass seine Knöchel vor Angst und Wut weiß leuchteten. Nachdem man ihm nie zu beten beigebracht hatte und er keinen Gott kannte, flehte er stattdessen alle namenlosen Mächte an, die ihm womöglich gerade zuhörten.

Gegen seine eigene eherne Regel fuhr er direkt zu seinem Unterschlupf. Die Reifen qualmten, als er den Wagen quietschend zum Halten brachte. Er stürmte los, ohne erst den Motor abzustellen oder auch nur die Tür zuzuschlagen.

Das Schloss der Außentür war mit einem Schneidbrenner herausgeschnitten worden, und die Tür stand offen. Diego stürmte durch die Dunkelheit. Er raste durch die muffigen Gänge und stolperte blindlings die Treppe hinab.

Als er unten angekommen war und die offene Tür zu seinem Versteck sah, blieb er entsetzt stehen. Außer seinem rasselnden Atem war kein Laut zu hören. Der Schmerz in seiner Brust brachte ihn beinahe um. Fast hoffte er, er würde sterben, er würde unwissend bleiben.

Aber er musste es wissen.

Er zwang sich, auf den hellen Durchgang zuzugehen und in jenen Raum zu treten, der so lange sein sicherer Hafen gewesen war. Bis heute Abend.

Isobel lag auf dem Bett. Sie war nackt ausgezogen und in einer obszönen Position ausgelegt worden. Ihr Gesicht war verunstaltet. Ihre Arme und Beine waren mit blauen Flecken und Kratzern übersät. Er sah Bissspuren, die so tief waren, dass sie die goldene Haut durchbohrt hatten. Er sah getrocknetes Sperma. Und Blut.

Der Bookkeeper hatte dafür gesorgt, dass er den ganzen Tag unterwegs war, damit seine Handlanger Isobel in aller Ruhe terrorisieren, foltern und ermorden konnten, um Diego eine gnadenlose Lektion in blindem Gehorsam zu erteilen.

Nur ihr unendlich schönes, seidig schwarzes Haar hatte die Attacke überlebt. Und dieses Haar streichelte Diego, als er an ihrem Bett niederkniete, dieses Haar hielt er an sein Gesicht, in dieses Haar murmelte er seine Liebesworte und weinte er seine Tränen.

Als er endlich wieder aufstand, waren seine Knie taub. Er legte Isobels Körper zurecht, um ihr etwas Würde zurückzugeben. Behutsam löste er ihr silbernes Kruzifix. Er küsste ihre aufgeplatzten und aufgeschwollenen Lippen. Es war ihr erster Kuss und ihr letzter. Schließlich deckte er sie zu.

Er sah sich im Raum um, nahm alles in Augenschein, was darin war, und beschloss, dass er nichts davon behalten wollte, nicht einmal den sündteuren Teppich. Er kippte den

Goldfisch in die Toilette und spülte ihn hinunter. Es war ein gnädiger Tod. Immer noch besser, als zu verkochen.

Dann häufte er seine Besitztümer in der Mitte des Raumes auf, zündete sie an und wartete ab, bis er sicher war, dass das Feuer nicht ausgehen würde. Als er dem Raum den Rücken zukehrte, leckten die Flammen schon an den Bettlaken, an Isobels Totenbahre.

Langsam und mühsam arbeitete er sich durch die ehemalige Fabrik zur Straße vor. Schon jetzt roch er den Rauch, es würde also nicht mehr lange dauern, bis der ganze Bau in Flammen aufging.

Der Wagen war weg, wie nicht anders zu erwarten. Es war ihm egal. Er marschierte los, immer dicht an der Mauer, die rechte Hand fest um das Rasiermesser in der Hosentasche geschlossen, denn vielleicht hatte der Bookkeeper noch eine Rechnung mit ihm offen.

Er jedenfalls hatte noch eine Rechnung zu begleichen.

# 41

Als Bonnell Wallace wieder zu sich kam, lag er flach auf dem Rücken in seinem Badezimmer. Jemand beugte sich über ihn und leuchtete ihm mit einer Taschenlampe in sein Auge, das er mit seinen behandschuhten Fingern aufhielt.

»Können Sie mich hören?«

»Machen Sie das Scheißlicht aus.« Es jagte von innen Schmerzsplitter in Wallaces Schädeldecke. Der Sanitäter reagierte nicht. Stattdessen zerrte er Wallaces anderes Auge auf und schwenkte die Taschenlampe einen Fingerbreit vor der Pupille hin und her.

Wallace schlug nach dem blauen Handschuh. Oder versuchte es wenigstens. Er traf nur dünne Luft und begriff, dass er doppelt sah und auf das falsche Abbild gezielt hatte.

»Mr. Wallace, bitte bleiben Sie liegen. Sie haben eine Gehirnerschütterung.«

»Es geht mir gut. Haben Sie ihn erwischt?«

»Wen?«

»Den Drecksack, der mir das angetan hat.«

»Als wir hier ankamen, stand die Tür zum Garten offen. Der Angreifer konnte entkommen.«

Wallace versuchte sich hochzukämpfen, doch die beiden Sanitäter drückten ihn auf den Boden zurück. »Ich muss mit den Polizisten sprechen.«

»Die suchen gerade das Grundstück ab, Mr. Wallace.«

»Holen Sie sie her.«

»Sie können später mit ihnen sprechen. Sie werden sowieso eine Aussage machen müssen. Aber erst bringen wir Sie in die Notaufnahme und röntgen…«

»Sie bringen mich nirgendwohin.« Wallace schlug den Arm des jungen Mannes weg, und diesmal traf er. »Lassen Sie mich in Ruhe. Es geht mir gut. Ich muss Tori warnen. Bringen Sie mir mein Handy. Es liegt auf dem Stuhl im Schlafzimmer.«

Die beiden Sanitäter sahen sich kurz an. Einer stand auf und verschwand durch die Tür. Wenige Sekunden später rief er: »Hier ist kein Handy.«

Wallace stöhnte auf. »Er hat mein Handy mitgenommen. Und ihre Nummer ist in meinem Handy.«

»Wessen Nummer?«

»Mein Gott! Was glauben Sie denn? Die von Tori.«

»Sir, bitte legen Sie sich wieder hin und lassen Sie uns…«

Er packte den jungen Mann am Hemdkragen seiner Uniform. »Es geht mir gut, habe ich gesagt. Aber wenn Tori etwas passiert, dann werden Sie dafür bezahlen, denn dann mache ich Ihnen das Leben zur Hölle. Also holen Sie *sofort* einen Polizisten her!«


Coburn war darauf trainiert, mit der gleichen Effizienz zu schlafen, mit der er alles andere tat. Nach zwei Stunden wachte er auf und fühlte sich zwar nicht völlig ausgeruht, doch deutlich erholt.

Honor lag immer noch wie festgeschmiedet neben ihm. Sein rechter Arm war eingeschlafen. Er kribbelte, doch er ließ ihn eingeklemmt unter ihren Brüsten liegen. Solange es nicht unbedingt nötig war, wollte Coburn Honor nicht aufwecken. Außerdem fühlten sich ihre Brüste einfach gut auf seinem Arm an.

Ihre rechte Hand ruhte auf seinem Brustkorb, und er stellte

erschrocken fest, dass er im Schlaf ihre Finger mit seiner linken Hand bedeckt hatte, um sie dort festzuhalten, genau über seinem Herzen.

Er musste sich eingestehen: Sie hatte es ihm angetan. Diese unauffällige Grundschullehrerin, die ihrem Mann selbst nach dessen Tod treu geblieben war und die Coburn vorhin genauso leidenschaftlich gefickt hatte, wie sie vor zwei Tagen gegen ihn gekämpft hatte, ging ihm unter die sonst so dicke Haut.

Ihre Gesichtszüge waren weich und weiblich, aber wenn es darauf ankam, warf sie so schnell nichts aus der Bahn. Gut, er hätte sie ein paar Mal am liebsten erwürgt, weil sie nicht auf ihn hören wollte, aber gleichzeitig hatte er sie für ihren Mut bewundern müssen. Wenn er ihrem Kind auch nur ein Haar gekrümmt hätte, hätte sie ihn getötet oder wäre bei dem Versuch gestorben, davon war er überzeugt.

Bei dem Gedanken an Emily musste er lächeln. Das kleine Plappermaul. Es tat gut zu wissen, dass sie in Sicherheit war, aber er war nicht so erleichtert, endlich Ruhe zu haben, wie er gedacht hatte. Wahrscheinlich würden sie sich nie wieder begegnen, aber jedes Mal, wenn er eines von diesen roten Knopfaugendingern sehen würde, würde er an sie denken. Außerdem würde er mit Sicherheit jedes Mal, wenn er sich an den Kuss erinnerte, den sie so vertrauensvoll und offenherzig auf seine Wange gedrückt hatte, einen leisen Stich in der Nähe seines Herzens spüren.

So wie jetzt.

Aber dann schob er diese Gedanken beiseite. In letzter Zeit ging ihm haufenweise dummes Zeug durch den Kopf, und er konnte sich seine sentimentalen Anfälle höchstens mit diesem Einsatz erklären, in dem nichts so ablief wie geplant, seit er vor ein paar Tagen diese Lagerhalle betreten hatte. Kein

Wunder, dass er plötzlich so rührselig war. Kein Wunder, dass er nicht seine nächsten Schritte plante, sondern lieber liegen blieb, sich an der Wärme von Honors nackter Haut labte und sie wie einen Heilbalsam mit seinem ganzen Körper aufsog.

Verflucht, sie war so süß. Eng und heiß und feucht vor Lust. Wer hätte das gedacht.

Und als er erkannt hatte, dass er ihr erster Liebhaber seit dem Tod ihres Mannes war, hatte er sich wie Supermann gefühlt. Dummerweise hatte ihn das gleichzeitig völlig aus dem Konzept gebracht, da es von diesem Moment an nicht mehr nur um reinen Sex gegangen war. Er wollte ihre Hände auf seinem Körper spüren, weil er ihr von da an begreiflich machen wollte, dass er keine bloße Erinnerung und auch kein Gespenst war, sondern ein Mann aus Fleisch und Blut, der sie zum Wahnsinn trieb und sie kommen ließ. Er hatte ihr um jeden Preis deutlich machen wollen, dass er und kein anderer bei ihr war.

Und genau das machte ihm Angst.

Denn noch nie in seinem Leben hatte er gewollt oder gebraucht, dass jemand ihn wollte oder brauchte.

Gut, dass sie nicht lange zusammenbleiben würden und dass er danach ohne schlechtes Gewissen alle Verbindungen kappen konnte. Sie würden beide in ihr früheres Leben zurückkehren und einander nie wiedersehen. Schließlich hatte er ihr klargemacht, dass es so kommen würde, und sie hatte nicht widersprochen.

Na schön, ja, er hatte zugelassen, dass sie sich im Schlaf an ihn gekuschelt hatte. Wenn sie ihn festhalten wollte, auch gut. Gut. Solange beiden klar war, dass diese Nähe nicht von Dauer war.

Aber er konnte nicht abstreiten, dass es ein gutes Gefühl war, sie an seiner Seite zu spüren. Jeder ihrer Atemzüge wehte über seine Haut. Ihr glatter Schenkel lagerte samtweich auf seinem. Ihre Brüste schmiegten sich um seinen Arm. Sein Handrücken ruhte zwischen ihren Beinen, und er brauchte die Hand nur ein wenig zu drehen, um sie mit seiner Handfläche zu bedecken…

Zwischen seinen Beinen erwachte etwas und reckte sich erwartungsvoll.

Einmal konnten sie es doch noch tun, oder? Wem wäre damit geschadet? Er würde es niemandem erzählen. Sie mit Sicherheit auch nicht. Wenn er die Hand ein bisschen drehte und sie *dort* streichelte, würde sie lächelnd und verträumt aus ihrem Schlaf erwachen und wieder für ihn bereit sein.

Sie würden sich küssen. Voller Lust. Ihr Mund wäre so verflucht verlockend, dass er wieder darin eintauchen und erneut den Geschmack kosten würde, der ihm schon jetzt so vertraut geworden war. Danach würde er mit seiner Zunge ihre Brustwarzen umspielen, während sie mit dem Daumen über seine Spitze streichen würde, bis er zu platzen glaubte, und dann wäre er wieder in ihr.

Oder auch nicht. Vielleicht würde er auch etwas mit ihr machen, das er noch nie mit einer Frau gemacht hatte. Vielleicht würde er einfach nur… *da sein*. Ruhig bei ihr liegen. Nur ihrem gemeinsamen Herzschlag lauschen. Nicht von Anfang an sofort auf das Ende zusteuern, damit er es schnell hinter sich gebracht hatte und er sich befriedigt, aber ungerührt anderen Dingen zuwenden konnte.

Nein, vielleicht würde er diesmal einfach in dem Gefühl aufgehen, so eng mit dieser Frau verbunden zu sein, wie es zwei Menschen überhaupt möglich war. Er würde es auskosten, sie ganz und gar zu spüren.

Vielleicht würde er sie dabei auch küssen. Und wenn sie seinen Kuss so erwiderte, wie sie es meistens tat, würde er höchstwahrscheinlich die Kontrolle verlieren. Dann würde er sich bewegen müssen. Er könnte nicht anders.

Danach würde er sie damit aufziehen, wie leicht sie herumzukriegen war, und sie würde ihm scheinbar empört widersprechen. Er würde sie mit dem Tattoo aufziehen, das so neckisch zwischen den beiden Grübchen über ihrem Pfirsichhintern saß.

So wie er es sah, war der Tätowierer ein Glückspilz gewesen, weil er bei seiner Arbeit diesen so köstlichen Anblick genießen durfte. *Ich wette, er hat sich ganz schön Zeit gelassen*, würde er zu Honor sagen. Dann würde er ihr erklären, dass er seine Berufung für sein nächstes Leben gefunden hätte. Er würde Tätowierer werden und sich auf beschwipste Grundschullehrerinnen konzentrieren, die sich an Stellen tätowieren ließen, die kaum jemand...

Zu sehen bekam.

Plötzlich entgleiste sein lustvoller Gedankenzug.

Er schubste Honor von seiner Brust und sprang aus dem Bett. »Wach auf!«

Aus dem Tiefschlaf aufgeschreckt, stützte sie sich auf die Ellbogen und schirmte ihre Augen gegen das grelle Deckenlicht ab, das er rücksichtslos eingeschaltet hatte. »Was ist denn los? Ist jemand gekommen?«

»Nein. Dreh dich um.«

»Was ist los?«

»Dreh dich auf den Bauch.« Er ließ sich mit einem Knie auf der Matratze nieder und wälzte sie herum.

»Coburn!«

»»Leicht zu überreden‹ hast du gesagt.«

»Was ist? Lass mich los.«

Er legte seine breite Hand auf ihren Rücken und hielt sie damit fest. »Dein Tattoo. Du hast gesagt, du warst damals beschwipst und leicht zu überreden. Dich tätowieren zu lassen?«

»Genau. Anfangs war ich nicht begeistert, aber Eddie …«

»Hat darauf bestanden?«

»Eddie hat nie darauf *bestanden*, dass ich etwas tue.«

»Na schön, aber er war hartnäckig.«

»Irgendwie schon. Er behauptete, ich würde mich bestimmt nicht trauen. Schließlich gab ich nach.«

Coburn kniete inzwischen neben ihr und untersuchte das verschnörkelte Design. »Und die Stelle hat auch er ausgesucht.«

»Er meinte, dort sei es besonders sexy.«

»Das ist es auch. Wahnsinnig sexy. Aber ich glaube, er wollte das Tattoo nicht deshalb dort haben.« Coburn studierte mit zusammengekniffenen Augen das verschlungene Muster und fuhr es langsam mit dem Finger nach. »Was bedeutet es?«

»Es bedeutet gar nichts.« Sie sah über die Schulter zu ihm auf. »Ich habe dir doch gesagt, es ist ein chinesisches Symbol.«

»Es muss etwas bedeuten. Warum hast du es denn ausgesucht?«

»Ich habe es gar nicht ausgesucht. Sondern Eddie. Genau gesagt, hat er …«

Coburn sah abrupt auf.

Sein Blick verband sich mit ihrem. »Er hat es selbst entworfen.«

Sie sahen sich sekundenlang reglos an, dann stellte Coburn fest: »Ich glaube, wir haben die Schatzkarte gefunden.«

Zum x-ten Mal sah Tori auf ihr ausgeschaltetes Handy. Und zum x-ten Mal plagte sie die Versuchung, den Akku einzusetzen und Bonnell anzurufen. Sie sehnte sich so nach seiner Stimme. Was machte es schon aus, dass er nicht besonders schön und gut gebaut war? Immerhin war er kein Oger. Sie mochte ihn. Sie wusste, dass er sie aufrichtig bewunderte. Vielleicht hatte sich seine anfängliche Schwärmerei inzwischen – wagte sie das wirklich zu glauben – sogar in echte Liebe verwandelt. Bestimmt zerbrach er sich den Kopf, warum sie so unvermittelt verschwunden war, und fragte sich, warum sie ohne Erklärung an ein unbekanntes Ziel gereist war und seither nicht auf seine Anrufe reagierte.

Wenn er zwei und zwei zusammenzählte, konnte er sich ausrechnen, dass ihr überstürzter Aufbruch etwas mit der entführten Freundin zu tun hatte, von der sie ihm erzählt hatte. Vielleicht hatte er auch in den Nachrichten von Honor und von der Suche nach ihr und Emily gehört.

Nachdem sie Bonnell eine kurze SMS geschickt hatte, um ihm mitzuteilen, dass sie kurzfristig verreisen musste, hatte sie Coburns Anweisungen buchstabengetreu befolgt, auch wenn sie bezweifelte, dass all die Vorsichtsmaßnahmen wirklich notwendig waren. Eine halbe Stunde nach ihrer Ankunft im Haus saßen sie und Emily auf einem Spielplatz am Seeufer und backten Schlammkuchen. Sie genoss die Zeit mit Emily so sehr, dass sie ab und zu beinahe vergaß, warum sie beide hier waren.

Aber jedes Mal, wenn ihr die düsteren Umstände einfielen, unter denen ihre Reise stattfand, sehnte sie sich nach Bonnells Kraft und Stärke. Außerdem ärgerte sie sich ein bisschen über Coburn und seine autoritären Vorschriften. Tori rieb sich von Natur aus an allen Regeln und hatte sie fast ihr ganzes Leben nach Lust und Laune missachtet.

Mit jeder Stunde hatte sie sich mehr über Coburn geärgert. Als sie allein im Bett lag und sich nach Bonnells frivolen Neckereien sehnte, war sie zu dem Schluss gekommen, dass es bestimmt nicht schaden konnte, ihn ganz kurz anzurufen und ihm zu versichern, dass sie wohlauf und scharf auf ihn war und ihn mehr denn je vermisste.

Sie setzte sich auf und wollte nach dem Smartphone auf dem Nachttisch greifen. Stattdessen schrie sie auf.

Am Fußende ihres Bettes stand ein Mann mit einer Skimaske über dem Kopf.

Er hechtete sich auf sie, presste einen Lederhandschuh auf ihren Mund und erstickte damit ihren Schrei. Sie wehrte sich wie eine wütende Wildkatze, schüttelte seine Hand ab und ging sofort mit gebleckten Zähnen und Krallen zum Angriff über. Die Muskeln an ihrem durchtrainierten Körper hatte sie nicht nur zum Posen aufgebaut. Sie nahm es an Kraft mit den meisten Männern auf und besaß die nötigen Reflexe, um diese Kraft effektiv einzusetzen. Nur um Haaresbreite entkam ihr Angreifer dem Tritt, der mit der Wucht einer Dampframme auf seine Hoden zielte.

Sie versuchte dem Unbekannten die Maske vom Gesicht zu reißen, aber der packte mit aller Kraft ihr Handgelenk und riss es so brutal herum, dass sie die Knochen krachen hörte. Gegen ihren Willen schrie sie vor Schmerzen auf.

Dann knallte er den Griff seiner Pistole auf ihre Schläfe. Die Dunkelheit senkte sich wie ein Samtvorhang über sie. Toris letzter Gedanke galt Emily und Honor, die sie so elend im Stich gelassen hatte.

Doral zerrte sich die Maske vom Gesicht und beugte sich über Toris reglosen Körper. Er stützte die Hände auf die Knie und versuchte, wieder zu Atem zu kommen, während er das aus seiner Nase tropfende Blut hochschniefte. Einen Treffer hatte die Schlampe jedenfalls gelandet.

Er würde ihr noch zeigen, aus welchem Holz er geschnitzt war und dass er kein Schlappschwanz war, der sich so etwas von einer Frau gefallen ließ. Das war er ihr schuldig, seit sie ihm damals auf der Highschool nicht nur eine Abfuhr erteilt hatte, sondern dabei auch noch über seine tollpatschigen Verführungsversuche gelacht hatte.

Der Gedanke, ihr endlich eine Lektion zu erteilen, gefiel ihm so gut, dass er hart wurde. Er fasste an seinen Reißverschluss.

Doch noch während er den Reißverschluss nach unten ziehen wollte, hielt er inne und kam zur Besinnung. Damit würde er sich keine Freunde machen. Nicht wegen der Tat an sich, sondern wegen des Zeitpunkts.

Schließlich wurde sein Anruf seit Stunden erwartet, und diesmal hatte er endlich gute Nachrichten zu melden.

Die Autobombe hatte weder Coburn noch Honor beseitigt. Diese Nachricht war noch schlechter angekommen, als Doral befürchtet hatte, und befürchtet hatte er eine Reaktion von historischen Ausmaßen.

»Du verfluchter Idiot! Du hast mir versichert, dass er dort war.«

»Das war er auch. Ich habe ihn mit eigenen Augen gesehen.«

»Wie konnte er dir dann entwischen?«

»Das weiß ich…«

»Und warum hast du dich nicht überzeugt, dass er tot war, bevor du verschwunden bist?«

»Das Auto brannte. Ich hätte unmöglich…«

»Ich bin deine Ausreden leid, Doral.«

So war es minutenlang weitergegangen. Aber Doral waren die Schimpftiraden immer noch lieber als die letzten, kühl-distanzierten Worte: »Wenn du das nicht besser hinbekommst, brauche ich dich nicht mehr.«

In diesem Augenblick ging Doral auf, dass er so gut wie tot war, wenn er Coburn und Honor nicht aufspürte.

*Oder.*

Ihm kam der Gedanke, dass er immer noch eine Wahl hatte. Er konnte den Bookkeeper umbringen.

Der verräterische Gedanke bohrte sich wie ein Wurm durch seinen Kopf und gab seiner Fantasie Nahrung. Er malte sich die Situation genauer aus und stellte fest, dass sie ausgesprochen verlockend war. Warum eigentlich nicht?

Hauptsächlich, weil er praktisch ohne Einkommen dastand, wenn er seine wichtigste Geldquelle ausschaltete. Aber andererseits konnte er möglicherweise die ganze Operation übernehmen, nachdem alle notwendigen Vorarbeiten bereits geleistet worden waren.

Um keine Zeit zu vergeuden, beschloss Doral, diesen verlockenden Gedanken beiseitezuschieben, bis er Honor und Coburn gefunden hatte. Er würde dafür sorgen, dass dieses Arschloch starb. Ob mit oder ohne Auftrag.

Um die Fährte der beiden aufzunehmen, hatte er Amber angerufen, die hohlköpfige Rezeptionistin in Toris Fitnessclub. Er hatte sich als der Typ vorgestellt, den sie tags zuvor im Sandwich-Shop getroffen hatte, und sie gefragt, ob sie mit ihm noch etwas trinken gehen würde.

Natürlich hatte sie sich geziert. Es sei schon nach elf, hatte sie ihm prüde erklärt. Warum er nicht früher angerufen hatte? Sie musste schon um sechs das Studio öffnen.

Doral hatte das Erste gesagt, was ihm in den Sinn gekommen war. »Es stinkt mir einfach, wenn ein nettes Mädel wie du so verarscht wird.«

»Wie meinst du das?«

»Tori führt mit anderen Mädchen Bewerbungsgespräche für deine Position.«

Die durchaus glaubhafte Lüge hatte Wunder gewirkt. Sie hatte ihn eingeladen, auf ein Gläschen zu ihr zu kommen, und schon nach zwei Wodka Tonics hatte Amber ihm alles aufgezählt, was Tori Shirah ihr voraushatte, darunter ein Haus am Lake Pontchartrain, das sie einem ihrer Exmänner abgeluchst hatte.

Er hatte Amber zum Abschied versprochen, bald mit ihr essen zu gehen, und danach unverzüglich seine neuesten Erkenntnisse weitergemeldet. Dann hatte er noch eine Schippe draufgelegt und erklärt, dass er persönlich zu Toris Haus am See fahren und dort nachsehen würde.

Seine Bemühungen hatten sich ausgezahlt. Mehr als das. Coburn und Honor hatte er zwar nicht aufgespürt, aber in einem der Gästezimmer hatte er die schlafende Emily entdeckt, und das war fast genauso gut. Je eher er etwas Positives zu melden hatte, desto besser würde das Arbeitsklima und desto gesünder war das für alle Beteiligten.

Er verfluchte seine Vernunft, die ihn davor warnte, das zu kosten, worauf er seit Ewigkeiten scharf war, doch er nahm die Hand vom Reißverschluss und flüsterte in Toris Ohr: »Deine Pussy weiß gar nicht, was ihr entgeht.«

Dann richtete er sich wieder auf und zielte auf ihren Kopf.


Um drei Uhr vierzig Central Time landete Hamiltons Jet auf dem Flughafen Lafayette. Um diese Uhrzeit war der Flughafen verlassen, nur die Bodencrew hatte noch Dienst.

Hamilton verließ das Flugzeug als Erster. Er wandte sich freundlich an den Mann, der die Bremsklötze setzte, und erklärte ihm, sie seien ein Vorauskommando des State Departments, das Sicherheitsmaßnahmen für den bevorstehenden Besuch eines hohen Regierungsbeamten treffen sollte.

»Echt, für wen denn? Den Präsidenten?«

»Das ist geheim«, erwiderte Hamilton mit einem leutseligen Lächeln. »Wir wissen noch nicht, wie lange wir hier sein werden. Unsere Piloten bleiben beim Flugzeug.«

»Ja, Sir.«

Inzwischen hatten die sechs Männer, die mit Hamilton ausgestiegen waren, ihre Gerätschaften ausgeladen und sie in den zwei Vans mit dunkel getönten Scheiben verstaut, die auf Hamiltons Anweisung hin am Rande des Flugfelds gewartet hatten.

Falls sich der junge Mann fragte, wozu ein Gesandter des State Departments Schnellfeuergewehre und Ausrüstung für ein Sondereinsatzkommando brauchte, behielt er diese Frage klugerweise für sich.

Nur wenige Minuten nach der Landung rasten die Männer in den Wagen davon. Hamilton nannte dem Fahrer VanAllens Privatadresse, und der gab sie in das eingebaute Navigationsgerät ein. Hamilton wollte zuerst dort vorbeifahren und Toms Witwe sein Beileid ausdrücken. Das war er Tom schuldig. Das war er ihr schuldig. Immerhin hatte er Tom zu diesem Treffen an dem stillgelegten Gleis geschickt.

Es war natürlich gewagt, sie zu dieser nachtschlafenden Uhrzeit zu besuchen, aber er hoffte sehr, dass sie wach und umgeben von Freunden, Nachbarn und Verwandten war, die alle herbeigeeilt waren, sobald sie von Toms Tod erfahren hatten.

Andererseits fürchtete er, dass sie allein war. Wegen ihres schwerbehinderten Sohnes hatte das Paar extrem isoliert gelebt, zum Teil auch auf eigenen Wunsch hin. Soweit Hamilton Janice kannte, war es ihr durchaus zuzutrauen, dass sie sich jetzt, wo Tom tot war, völlig aus der Gesellschaft zurückziehen würde.

Die Agenten aus Toms Büro, die ihr die tragische Nachricht überbracht hatten, hatten Hamilton berichtet, dass Janice VanAllen sie zu gehen gebeten hatte, kurz nachdem sie ihre traurige Pflicht erfüllt hatten.

Andere Agenten, die sie besucht hatten, um sie im Zusammenhang mit dem Mord an ihrem Ehemann zu befragen, hatten ihm hinterher gemailt, dass Mrs. VanAllen bereitwillig alle Fragen beantwortet habe, aber sie zur Tür gebracht habe, sobald die Befragung abgeschlossen war. Alle Angebote, einen Geistlichen oder Psychologen vorbeizuschicken, damit jemand über Nacht bei ihr blieb, hatte sie abgelehnt.

Als Hamilton das zweite Mal angerufen hatte, hatte sie ihn erst beschimpft und sich dann rundheraus geweigert, mit ihm zu sprechen. Er vermutete, dass sie alle anderen Beileidsbekundungen ähnlich brüsk zurückgewiesen hatte.

Er hoffte, dass er sich irrte. Er hoffte, dass das Haus voller Menschen war, damit die Begegnung nicht ganz so peinlich würde, nicht so suspekt wirkte und seine Absichten nicht ganz so leicht zu durchschauen waren.

Denn obwohl er hauptsächlich sein Beileid aussprechen wollte, hatte er dabei auch Hintergedanken. Er wollte ein bisschen das Terrain sondieren.

Schließlich bestand die winzige Chance, dass Janice etwas über den Bookkeeper wusste, und seien es nur winzige Informationsfetzen, die Tom zu Hause verstreut hatte und die sie im Lauf der Zeit aufgelesen und zusammengefügt hatte wie zu einem riesigen Puzzle. Vielleicht hatten rein zufällig ein paar Teilchen zueinandergepasst, die jetzt wenigstens ansatzweise ein Bild ergaben.

Hamilton musste wissen, wie weit Janice VanAllen in den Fall eingeweiht war.

Aber auch während der Fahrt nutzte er seine Zeit. Er rief im Sheriffbüro in Tambour an und ließ sich mit Deputy Crawford verbinden. Man erklärte ihm, dass Crawford zwar in der provisorischen Kommandozentrale sei, aber gerade eben auf die Toilette gegangen war.

»Sagen Sie ihm, er soll mich zurückrufen, sobald er wieder da ist. Unter dieser Nummer.«

Er legte auf und sah noch einmal aufs Display, um festzustellen, ob Coburn ihn zu erreichen versucht hatte. Nichts. Zwei Minuten später läutete das Handy wieder. Er meldete sich mit einem knappen: »Hamilton.«

»Hier ist Deputy Crawford. Ich sollte Sie zurückrufen. Wer sind Sie?«

Hamilton stellte sich vor. »Das FBI hat heute Abend einen Mann hier unten verloren. Einen *meiner* Männer.«

»Tom VanAllen. Mein Beileid.«

»Sind Sie für den Fall zuständig?«

»Ursprünglich war ich das. Aber nachdem VanAllen identifiziert war, haben Ihre Jungs übernommen. Warum reden Sie nicht mit denen?«

»Das habe ich schon getan. Aber es gibt etwas, das Sie wissen sollten, weil es auch mit Ihren anderen Fällen zu tun hat.«

»Ich höre.«

»Tom VanAllen war heute Abend nur an dem stillgelegten Gleis, um Mrs. Gillette abzuholen und sie in seine Obhut zu nehmen.«

Crawford blieb kurz still und fragte dann: »Woher wissen Sie das?«

»Weil ich es so mit Lee Coburn vereinbart hatte.«

»Ich verstehe.«

»Das glaube ich nicht«, meinte Hamilton. »Ohne Ihnen nahetreten zu wollen.«

Der Deputy schwieg wieder, und diesmal konnte Hamilton nicht sagen, ob er überlegte oder beleidigt war. Es war ihm auch egal.

Schließlich sagte Crawford: »In der Leichenhalle liegt aber nur eine Leiche. Was wurde aus Mrs. Gillette?«

»Sehr gute Frage, Deputy.«

»Hat Coburn Ihren Agenten in eine Falle gelockt?«

Hamilton lachte kurz auf. »Wenn Coburn es auf VanAllen abgesehen hätte, hätte er sich nicht die Mühe gemacht, eine Bombe zu bauen.«

»Was wollen Sie mir damit sagen, Mr. Hamilton?«

»Dass noch jemand außer Coburn, VanAllen und mir von diesem Treffen wusste und dass dieser Jemand Mrs. Gillette umbringen wollte. Wer die Autobombe auch angebracht hat, er wollte zwei Fliegen mit einer Klappe schlagen und nicht nur eine Polizistenwitwe, sondern auch einen hiesigen FBI-Agenten aus dem Weg räumen. Die Tatsache, dass sich die beiden begegnen könnten, hat jemanden so nervös gemacht, dass er sofort zugeschlagen hat.«

»›Jemanden‹. Irgendeine Idee, wer das sein könnte?«

»Derjenige, der jetzt unser Gespräch belauscht.«

»Ich kann Ihnen nicht folgen.«

»Und wie Sie das können. Ihr Sheriffbüro ist ein einziges Sieb. Genau wie das Police Department und, wie ich leider vermute, Toms Büro.« Er wartete ab, ob der Deputy ihm widersprechen würde. Dass er es nicht tat, war bezeichnend. Ob Crawford nun integer war oder nicht, offenbar begriff er, dass es witzlos war, diese Tatsache abstreiten zu wollen. »Ich will Ihnen nicht erklären, wie Sie Ihren Job zu tun haben, Deputy…«

»*Aber?*«

»Aber wenn Sie nicht noch mehr Tote wollen, sollten Sie Ihre Anstrengungen und Einsatzkräfte verdoppeln und Mrs. Gillette und Coburn endlich aufspüren.«

»Ist sie freiwillig bei ihm?«

»Ja.«

»Dachte ich mir. Arbeitet Coburn für Sie?«

Hamilton schwieg.

»Hat Coburn, wie soll ich es ausdrücken, Honor Gillette aus irgendeinem Grund *rekrutiert*? Denn genau danach sieht es für mich aus. Woran arbeiten die beiden, dass sie derart im Kreuzfeuer stehen?«

Auch darauf gab Hamilton keine Antwort.

Der Deputy seufzte. Hamilton sah im Geist, wie er sich mit den Fingern durch die Haare fuhr – falls er keine Glatze hatte. »Sie sind seit drei Tagen erfolgreich unter dem Radar abgetaucht, Mr. Hamilton. Ich weiß nicht, was ich noch unternehmen soll, vor allem da die Gegenseite uns stets ein paar Schritte voraus ist, wie Sie selbst sagen. Aber wenn ich tatsächlich Glück habe und die zwei aus ihrem Bau locke, was dann?«

»Dann rufen Sie zuallererst mich an«, sagte Hamilton knapp und legte auf.

# 42

Als Coburn den Wagen vor Stan Gillettes Haus an den Bordstein lenkte, bemerkte Honor: »Ich hätte gedacht, wir schleichen uns wieder ins Haus, so wie heute Nachmittag.«

»Ich habe es satt, mich ständig zu verstecken. Es wird Zeit, dass ich deinem Schwiegervater persönlich begegne.«

Während sie zum Haus gingen, sah sie ihn nervös an. »Und was willst du jetzt tun?«

»Du läutest. Und dann übernehme ich.«

Ihr war anzusehen, dass sie dieser Plan nicht überzeugte, aber trotzdem trat sie entschlossen an die Tür und drückte auf die Klingel. Sie hörten das Läuten im Haus. Coburn presste sich neben der Tür an die Hauswand.

Honor sah, dass er die Pistole aus dem Hosenbund zog, und blickte ihn entsetzt an. »Was willst du denn damit?«

»Vielleicht freut er sich nicht über unseren Besuch.«

»Tu ihm nichts.«

»Nicht, wenn er mich nicht dazu zwingt.«

»Er muss Medikamente nehmen, weil er so hohen Blutdruck hat.«

»Dann hoffe ich erst recht, dass er nichts Unbedachtes tut.«

Er hörte näher kommende Schritte und durchschnitt mit der freien Hand die Luft. Die Tür ging auf, und dann geschahen mehrere Dinge fast gleichzeitig.

Die Alarmanlage begann warnend zu piepsen.

Stan gab einen überraschten Laut von sich, als er Honor sah, packte sie am Arm und zog sie über die Schwelle.

Coburn sprang direkt hinter ihr ins Haus und schloss die Tür mit einem energischen Tritt.

Er befahl Honor, die Alarmanlage auszuschalten.

Dann stieß er sie beiseite, weil sich Gillette im selben Moment auf ihn stürzte und ihm ein Messer quer über den Bauch zu ziehen versuchte.

»Nein!«, schrie Honor auf.

Coburn machte einen Buckel und zog den Bauch ein, trotzdem durchschnitt die spitze Klinge das übergroße T-Shirt und ritzte Coburns Haut auf.

Einen Sekundenbruchteil war Coburn perplex, weniger vor Schmerz als über die Wucht des Angriffs, bis er begriff, dass Gillette seine Attacke genau so geplant hatte. Gillette nutzte sein kurzes Zögern, indem er ihm die Pistole aus der Hand kickte.

Coburn stieß einen Fluch aus und versuchte Gillettes Messerhand zu umfassen. Er verfehlte sie, und Gillette holte wieder mit der Klinge aus. Diesmal traf er Coburn quer über der Schulter.

»Schluss damit!«, brüllte Coburn und duckte sich unter dem nächsten Angriff weg. »Wir müssen reden!«

Gillette schien ihn nicht zu hören. Immer wieder ging er auf Coburn los.

Honor, die inzwischen das Warnsignal der Alarmanlage zum Schweigen gebracht hatte, bettelte fast weinend: »Bitte, Stan! Hör auf!«

Entweder war der alte Mann so besessen, dass er praktisch taub war, oder er überhörte ihr Flehen einfach. Er schien fest entschlossen, Coburn zu töten oder zu verstümmeln, und damit blieb Coburn nichts anderes übrig, als ebenso aggressiv zu reagieren. Natürlich hatte er bei einem ehemaligen Marine-soldaten wie Gillette mit Widerstand, wütenden Widerworten und womöglich einer Rangelei gerechnet. Aber einen Kampf auf Leben und Tod hatte er nicht erwartet.

Beide setzten all ihre Kräfte ein. Sie stürzten über Möbel-stücke, kippten Lampen um, schlugen die Bilder von den Wänden. Sie traten, prügelten und droschen aufeinander ein. Coburn konnte sich nicht nach seiner Pistole bücken und sie aufheben, ohne dass er Gillette damit einlud, ihn mit dem Messer aufzuspießen. Also kämpften sie mit bloßen Händen ums Überleben, so wie man es ihnen beiden beigebracht hatte.

Honor flehte sie ununterbrochen an, zur Vernunft zu kommen.

»Gib endlich auf«, knurrte Coburn, als er einer weiteren Messerattacke auswich.

Aber Gillette war unerbittlich. Er wollte Blut sehen. Coburns Blut. Als die Klinge sich in Coburns Unterarm bohrte und ihn bis auf den Knochen öffnete, schrie Coburn in einem obszö-nen Fluch auf. Zur Hölle mit dem Alten, seinem Blutdruck, sei-ner Soldatenehre. Coburn ging mit all seiner Kraft zum Angriff über und hieb auf sein Gegenüber ein, bis er Gillette mit einem gezielten Kopfschlag aus dem Gleichgewicht brachte und ihn rückwärtstorkeln ließ.

Sofort setzte er nach und packte die Hand mit dem Mes-ser. Gillette hielt das Heft fest umklammert und wollte es um keinen Preis loslassen. Aber Coburn verdrehte Gillettes Hand-gelenk, bis der unter Schmerzen aufschrie. Seine Finger er-schlafften und ließen das Messer los.

Coburn schleuderte Gillette bäuchlings auf den Boden, setzte ein Knie auf seinen Rücken und riss seine Hände hoch zwischen die Schulterblätter.

Honor weinte inzwischen ungehemmt.

»Auf der Werkbank in der Garage liegt eine Rolle Klebeband«, sagte Coburn zu ihr. »Hol sie her.«

Sie kam seiner Bitte nach, als würde sie verstehen, dass sie es ihm und Gillette nur schwerer machte, wenn sie jetzt widersprach. Auf jeden Fall war Coburn froh, dass er ihr nichts zu erklären brauchte, weil er eindeutig nicht genug Luft hatte, um lange Reden zu halten.

Gillette knurrte, eine Wange gegen den Boden gepresst: »Du bist so gut wie tot.«

»Noch nicht.« Allerdings strömte Blut aus der Schnittwunde an seinem Arm.

Honor kehrte mit dem Klebeband zurück. Coburn befahl ihr, einen Streifen abzureißen und ihrem Schwiegervater damit die Hände zu fesseln. Sie sah erst auf den Mann, der denselben Namen trug wie sie, dann wieder auf Coburn und schüttelte den Kopf.

»Hör zu«, keuchte Coburn erschöpft und unter Schmerzen, »vielleicht brauche ich seine Aussage, darum will ich ihn auf keinen Fall k. o. schlagen oder töten. Aber wir sitzen hier fest, wenn ich mich immerzu gegen ihn wehren muss, und wenn wir ihn nicht fesseln, wird er mich sofort wieder angreifen.«

Er war nicht sicher, ob er Gillette noch einmal abwehren konnte, falls der wieder zu Kräften kommen und ihn erneut attackieren sollte. Er musste den zähen alten Vogel zähmen, solange er noch die Kraft dazu hatte und bevor sein verletzter Arm nicht mehr zu gebrauchen war. Er blinzelte den Schweiß aus seinen Augen und sah Honor an.

»Nur wenn er gefesselt ist, kann ich garantieren, dass keiner von uns schwer verletzt oder getötet wird. Lass mich jetzt nicht im Stich, Honor. Reiß was von dem verfluchten Klebeband ab.«

Sie zögerte, aber schließlich löste sie einen langen Streifen von der Rolle, trennte ihn mit den Zähnen ab und wickelte ihn um Gillettes Hände. Danach fesselten sie ihn zu zweit an einen Stuhl, den Honor für Coburn aus der Küche holte.

Das Gesicht des alten Mannes war verschwollen und blutig, aber Honor bekam dennoch die volle Wucht seines Zornes zu spüren. »Ich dachte, ich würde dich kennen.«

»Du kennst mich, Stan.«

»Wie kannst du mir das antun?«

»*Ich?* Du bist auf Coburn losgegangen, als wolltest du ihn umbringen! Du hast mir – uns – keine Alternativen gelassen.«

»Es gibt immer eine Alternative. In letzter Zeit scheinst du dich immer für die falsche zu entscheiden.«

Währenddessen umwickelte Coburn seinen Arm mit Klebeband, um die Blutung einzudämmen.

Honor ging vor ihrem Schwiegervater in die Hocke und sah ihn beschwörend an. »Stan, bitte …«

»Vielleicht liegt dir nichts an Eddies Andenken, aber wie kannst du es wagen, das Leben meiner Enkelin aufs Spiel zu setzen?«

Coburn sah Honor an, dass Gillettes höhnischer Tonfall sie ärgerte, aber sie erwiderte erstaunlich ruhig: »Du musst wissen, dass ich Emily und mich nur geschützt habe, Stan.«

»Indem du dich mit dem da zusammengetan hast?«

»Er arbeitet für das FBI.«

»Seit wann inszenieren FBI-Agenten Entführungen?«

»Ich wusste, dass du deswegen krank vor Sorge sein musstest. Ich hätte dich so gern angerufen und dir erklärt, was wirklich passiert ist, aber das konnte ich nicht, ohne uns dadurch in Gefahr zu bringen. Mich. Emily. Und Coburn. Er ermittelt undercover in einer brandgefährlichen Sache und …«

»Er ist durchgedreht.« Gillette musterte Coburn verächlich. »Er weiß nicht mehr, was er tut. So was passiert leider allzu oft.«

Während Coburn bereits mit seiner Geduld am Ende war, sprach Honor immer noch beschwichtigend auf den Mann ein. »Er ist nicht durchgedreht. Ich habe mit seinem Vorgesetzten in Washington gesprochen, einem gewissen Clint Hamilton. Er vertraut Coburn zutiefst.«

»Und jetzt meinst du, dass auch du ihm trauen kannst?«

»Um ehrlich zu sein, ich habe ihm schon vertraut, bevor ich mit Mr. Hamilton gesprochen habe. Coburn hat uns das Leben gerettet, Stan. Er hat mich und Emily davor bewahrt, umgebracht zu werden.«

»Von wem denn?«

»Den Hawkins-Zwillingen.«

Gillette lachte bellend, bemerkte dann ihre ernste Miene und meinte: »Bitte sag, dass das ein Witz ist.«

»Ganz und gar nicht.«

»Das ist doch lächerlich.« Er schoss einen zornigen Blick auf Coburn ab. »Was für einen Quatsch haben Sie ihr da eingeredet?« Dann wandte er sich wieder an Honor. »Diese Männer würden dir kein Haar krümmen. Doral sucht ununterbrochen nach dir, seit du mit Emily verschwunden bist. Sein Bruder ist tot, aber er hört nicht auf …«

»… nachzubohren, wo sich Emily und Honor aufhalten könnten und wer sie verstecken könnte?« Coburn stand jetzt neben Honor und sprach Gillette direkt an.

Gillette schob das Kinn vor. »Doral war uns immer ein treuer Freund. Er schläft nicht mehr, er isst nicht mehr. Stattdessen sucht er überall nach Honor.«

»Überall, wohin ihn seine Maulwürfe im Police Department schicken?«

Gillette blieb still.

»Doral hat diese Informationen genutzt, um den Behörden immer einen Schritt voraus zu sein, habe ich recht? Während er eigentlich um seinen Bruder trauern sollte, tut er alles, um uns zu finden, bevor uns die Polizei aufspürt. Warum wohl, frage ich mich.« Er ließ Gillette ein paar Sekunden grübeln, bevor er nachsetzte: »Die sieben Männer im Lager wurden von Doral und Fred Hawkins erschossen.«

Der Ältere starrte Coburn kurz an und stieß dann ein trockenes, freudloses Lachen aus. »Das behaupten ausgerechnet Sie. Der genau wegen dieser Morde gejagt wird.«

»Fred hätte Honor und wahrscheinlich auch Emily umgebracht, wenn ich ihn nicht erschossen hätte. Seit Sonntagnacht versucht Doral, die Schweinerei, die er und sein Bruder in dieser Lagerhalle angerichtet haben, mir in die Schuhe zu schieben. Und es war eine Schweinerei, das können Sie mir glauben. Sam Marset und die Übrigen hatten keine Chance. Die Zwillinge haben sie gnadenlos niedergemäht.«

»Und nur Sie haben überlebt.«

»Ganz genau.«

»Ich glaube Ihnen kein Wort. Ich kenne die Jungs praktisch ihr ganzes Leben lang.«

»Sind Sie sicher, dass Sie die beiden kennen? Sind Sie sicher, dass sie nicht zu so etwas fähig wären? Hat Ihnen Doral auch erzählt, dass er in Tori Shirahs Haus eingebrochen ist und sie bedroht hat? Oh ja«, bekräftigte er, als er ein überraschtes Aufblitzen in den Augen des älteren Mannes sah.

»Und als sie ihm erklärte, dass sie nichts von Honor gehört hatte, setzte er sie unter Druck, ihn sofort anzurufen, falls sie doch etwas hören sollte. Hat Doral Ihnen auch das erzählt, Mr. Gillette? Vergessen Sie's. Ich sehe doch, dass er es nicht getan hat.«

»Woher wollen Sie wissen, dass es stimmt?«

»Woher wollen Sie wissen, dass es nicht stimmt?«

»Also, falls Sie das von dieser Schlampe haben, dann würde ich meinen, dass Ihre Quelle höchst unzuverlässig ist.« Er sah wieder Honor an. »Ist Emily jetzt bei ihr?«

»Emily wird nichts passieren.«

»Außer dass sie moralisch verdorben wird.«

»Wir sollten vorübergehend aufhören, Toris Charakter zu sezieren«, mischte sich Coburn ein. »Dafür haben wir jetzt keine Zeit.«

»In dem Punkt bin ich ganz Ihrer Meinung, Coburn. Ihre Zeit ist nämlich abgelaufen.«

»Wirklich?« Coburn beugte sich über Gillette und sah ihm aus nächster Nähe in die Augen. »Sie klingen so selbstsicher. Woher wissen Sie, dass meine Zeit abgelaufen ist?«

Gillettes Augen wurden kurz schmaler.

Coburn ließ sich nicht beirren. »Die Hawkins-Brüder sind zwar einigermaßen pfiffig, aber so wie ich sie erlebt habe, sind sie keinesfalls clever genug, um ein Kartell wie das des Book-keepers zu leiten.«

Gillette sah an ihm vorbei und Honor an. »Wovon redet er?«

»Hey.« Coburn stieß gegen das Knie des Mannes und lenkte dessen Blick damit zurück. Als Gillette ihn wutentbrannt ansah, fuhr er fort: »Fred und Doral bekamen ihre Marschbefehle von jemandem mit ausgesprochen autoritärem Charakter und Allmachtsfantasien. Und da kommen Sie ins Spiel.«

»Ich habe keine Ahnung, wovon Sie reden.«

Coburn sah übertrieben deutlich auf seine Armbanduhr. »Entweder sind Sie verdächtig lang wach oder verdächtig früh auf. Warum haben Sie nicht völlig verschlafen die Tür geöffnet, als wir geläutet haben? Warum tragen Sie keinen Schlafanzug? Stattdessen sind Sie vollständig bekleidet, Mr. Gillette. Sie haben sogar Schuhe an. Wieso? Wozu haben Sie sich so früh am Morgen schick gemacht?«

Gillette starrte ihn stumm und zornig an.

»Wissen Sie, wie das für mich aussieht?«, fuhr Coburn fort. »So als wären Sie in Bereitschaft. Wofür? Für das letzte Duell mit mir, dem Bundesagenten, der Ihr Verbrechersyndikat zu Fall bringen könnte?«

Gillette glühte vor Feindseligkeit, aber er blieb stumm.

Coburn richtete sich langsam wieder auf, ohne den Blick von Gillettes Gesicht zu nehmen. »Es gibt nur einen Grund, der mich an dieser Hypothese zweifeln lässt – ich kann mir beim besten Willen nicht vorstellen, dass Sie einen Mord an Ihrem eigen Fleisch und Blut in Auftrag geben würden. Nicht weil Sie moralische Skrupel hätten, sondern weil es Ihr aufgeblasenes Ego nicht ertragen würde, dass jemand Ihre DNA auslöscht.«

Das war zu viel für Gillette. Er zerrte an seinen Klebeband-Fesseln und knirschte frustriert und wütend mit den Zähnen. »Sie haben meinen Charakter verunglimpft. Sie haben mich als Mann und Patrioten verunglimpft. Und obendrein sind Sie wahnsinnig.« Wieder fixierte er Honor. »Um Gottes willen, warum stehst du wie angewurzelt daneben und sagst kein Wort? Hat er dir eine Gehirnwäsche verpasst, damit du diesen Quark glaubst?«

»Er hat mich überzeugt, dass Eddies Tod kein Unfall war.«

Gillette hörte so abrupt auf, sich gegen seine Fesseln zu wehren, wie er damit angefangen hatte. Sein Blick wechselte zwischen ihr und Coburn hin und her und richtete sich schließlich auf ihn. Coburn nickte. »Eddie starb, weil er über zu viele Leute belastendes Material gesammelt hatte. Nicht nur über irgendwelchen kriminellen Abschaum, sondern auch über bekannte, angesehene Bürger wie Sam Marset und über Polizisten, die den Schmuggel von Drogen, Waffen und sogar Menschen ermöglichten.«

»Diese Leute haben Eddie umgebracht, bevor er sie entlarven konnte«, ergänzte Honor.

»Oder«, schränkte Coburn ein, »bevor er sie damit erpressen konnte.«

»Drogenhandel? Erpressung? Mein Sohn wurde für seine Polizeiarbeit ausgezeichnet.«

»Mag sein, aber ich bin FBI-Agent, und Sie selbst haben mir vor fünf Minuten unterstellt, ich hätte den Verstand verloren. So was kommt ständig vor, haben Sie gesagt.«

»Nicht bei meinem Sohn!«, brüllte Gillette so hitzig, dass der Speichel aus seinen Mundwinkeln sprühte. »Eddie war kein Gauner!«

»Dann beweisen Sie es«, forderte Coburn ihn heraus. »Wenn Sie so verdammt sicher sind, dass Ihr Sankt Eddie ein ehrenwerter Mann war, und wenn *Sie selbst* keinen Dreck am Stecken haben, dann sollten Sie alles unternehmen, damit wir das Material finden, das Eddie versteckt hat, bevor er umgebracht wurde.«

Honor trat vor ihren Schwiegervater. »Ich bin inzwischen sicher, dass Eddie nicht einfach von der Straße abkam, sondern als Held starb. Was ich in dieser Woche getan habe, erscheint dir vielleicht befremdlich oder sogar bizarr. Aber, Stan, ich wollte mit alldem jeden Verdacht ausräumen, dass Eddie sich bestechen ließ.«

»Dabei hat niemand anders als dieser Mann«, nickte Gillette zu Coburn hin, »dem du angeblich *vertraust*, Eddies Ruf in Zweifel gezogen. Findest du das nicht befremdlich?«

»Coburn stellt alles und jeden infrage. Das ist sein Job. Aber was er auch sagt oder vermutet, ich bin fest überzeugt, dass Eddie sauber war.« Sie verstummte kurz und fragte dann leise: »Bist du das auch?«

»Selbstverständlich!«

»Dann hilf mir zu beweisen, dass er kein Verbrecher war. Hilf uns, das zu finden, was er versteckt hat.«

Er schnaufte schwer. Anschließend sah er wieder Coburn an, und in seinen Augen loderte tiefe Antipathie auf.

Coburn hatte das Gefühl, dass er den alten Mann aus der Reserve locken musste. »Wieso hassen Sie mich eigentlich so sehr?«

»Müssen Sie das wirklich fragen?«

»Wir haben Ihnen erklärt, warum ich Honor und Emily verstecken musste und warum sie nicht mit Ihnen reden durften. Nachdem Sie jetzt wissen, dass ich kein Kidnapper bin und dass beide in Sicherheit sind, sollten Sie mir eigentlich dankbar sein, finde ich, schließlich habe ich den beiden das Leben gerettet.

Stattdessen fallen Sie über mich her und hacken mir fast den Arm ab. Sie hätten nicht mal mit mir gesprochen, wenn ich Sie nicht an den Stuhl gefesselt hätte. Sie haben mich von Anfang an gehasst, Gillette. Warum?« Nach einer kurzen Pause fragte er: »Weil Sie glauben, dass ich Eddie völlig unbegründet verdächtige? Oder weil Sie Angst haben, dass mein Verdacht *begründet* sein könnte?«

Aus Gillettes Blick sprühte wilder Hass, aber schließlich presste er die Frage heraus: »Wonach suchen Sie überhaupt, verflucht noch mal?«

»Das wissen wir nicht, aber immerhin haben wir einen Anhaltspunkt.« Coburn gab Honor ein Zeichen. »Zeig es ihm.«

Sie drehte Gillette den Rücken zu, hob das Hemd an und zog den Hosenbund nach unten bis knapp über die Pobacken. Dann erklärte sie ihm, wann und wie sie zu ihrer Tätowierung gekommen war. »Das alles geschah nur zwei Wochen vor Eddies Tod. Er hatte das Muster selbst entworfen. Er wollte mich nicht in Gefahr bringen, indem er mir seine gesammelten Erkenntnisse anvertraute, darum gab er mir nur den Schlüssel, wo ich sie finden konnte.«

»Aber du weißt nicht, wo er sie versteckt hat?«, fragte Stan.

»Nein, aber Coburn hat inzwischen herausgefunden, dass in dem Tattoo ›Hawks8‹ versteckt ist.«

Er hatte lange gebraucht, um unter den verwickelten Ranken und Schnörkeln des scheinbar bedeutungslosen Musters Buchstaben zu erkennen. Gillette begriff sofort, wie viel Zeit und Nähe dafür nötig waren.

»Du bist mit diesem Kerl ins Bett gestiegen.«

Obwohl der Abscheu des alten Mannes unüberhörbar war, wich Honor keinen Zentimeter zurück. »Stimmt.«

»Um damit die Ehre deines Mannes zu bewahren. Soll ich das allen Ernstes glauben?«

Sie warf Coburn einen kurzen Blick zu, bevor sie ihrem Schwiegervater tief in die Augen sah. »Ganz ehrlich, Stan, es ist mir egal, was du glaubst. Ich habe nur aus einem einzigen Grund mit Coburn geschlafen – weil ich es wollte. Es hatte nichts mit Eddie zu tun. Wenn du meinst, kannst du mich dafür verurteilen, aber du sollst wissen, dass es für mich nichts ändert, was du davon hältst. Ich brauche keine Erlaubnis, um mit Coburn zu schlafen. Ich muss mich nicht dafür rechtfertigen. Und ich bereue es nicht. Ich werde mich nicht dafür entschuldigen, weder jetzt noch später.« Sie straffte die Schultern. »Also, was soll ›Hawks8‹ bedeuten?«

Coburn erkannte genau, wann Gillette sich geschlagen gab. Sein verletzter Stolz ließ ihn zusammenschrumpfen. Sein Kinn senkte sich auf einen weniger trotzigen Winkel. Die Schultern sackten zwar nur ein winziges bisschen, aber doch merklich herab. Die Flammen in seinem Blick loderten nicht mehr ganz so hell, und seine Stimme klang auf einmal müde. »Die Hawks waren eine Fußballmannschaft aus Baton Rouge. Eddie hat eine Saison bei ihnen gespielt. Er trug die Acht.«

»Besaß er vielleicht ein gerahmtes Bild des Teams?«, fragte Coburn. »Eine Spielerliste? Trophäen? Trikots?«

»Nichts dergleichen. Es war eine Freizeitmannschaft, die sich bald wieder auflöste. Hauptsächlich trafen sie sich samstagnachmittags, um ein bisschen zu spielen und sich danach zu betrinken. Sie spielten in Shorts und T-Shirts. Es war kein richtiger Verein. Und sie machten keine Mannschaftsfotos.«

»Behalte ihn im Auge«, sagte Coburn zu Honor und verschwand in Eddies Schlafzimmer, wo er ein Paar Stollenschuhe gesehen zu haben meinte. Er hatte jeden Schuh genau untersucht, aber vielleicht war ihm etwas dabei entgangen.

Er holte die Schuhe aus dem Schrank, bohrte die Finger in den rechten Schuh und riss die Innensohle heraus. Nichts. Er drehte den Schuh um, untersuchte die Sohle und begriff, dass er ein Werkzeug brauchen würde, um sie abzuziehen. Den linken Schuh untersuchte er ähnlich genau, doch diesmal trudelte ein winziger Zettel in seinen Schoß, als er die Innensohle herauszog.

Er war einmal gefaltet und hatte so flach unter der Innensohle gelegen, dass er nicht zu spüren war. Er faltete ihn auf und las ein einzelnes Wort: BALL.

Er schoss aus dem Zimmer und rannte dabei so schnell durch die Tür, dass er mit der Schulter gegen den Türstock rempelte, sein verletzter Arm nach hinten geschlagen wurde und der Schmerz wie ein Blitz in sein Gehirn einschlug. Es tat so weh, dass ihm die Tränen in die Augen traten, aber er lief weiter.

»Was ist denn?«, fragte Honor, als er durchs Wohnzimmer lief.

Als er an ihr vorbeikam, drückte er ihr den Zettel in die Hand. »Sein Fußball.«

»Den habe ich wieder in den Karton auf dem Hängeboden gelegt«, rief ihm Gillette nach.

Nach wenigen Sekunden hatte Coburn die Küche durchquert und stand in der Garage. Er schaltete das Licht ein, zwängte sich um Gillettes Auto herum und kletterte eilig die Leiter zum Hängeboden hinauf. Er riss den Karton auf, kippte ihn aus und fing den Fußball auf, bevor er vom Hängeboden rollen und auf den Garagenboden springen konnte. Er schüttelte ihn, aber es bewegte sich nichts darin.

Mit dem unter den Arm geklemmten Ball kehrte er ins Wohnzimmer zurück. Unter Honors und Gillettes gespannten Blicken drückte er den Ball, als wollte er eine Melone auf ihre Reife testen. Schließlich entdeckte er eine unbeholfen zusammengeflickte Naht, die sich deutlich vom fabrikgefertigten Rest des Balles unterschied, hob Gillettes Messer vom Boden auf und trennte damit den Faden auf. Dann schlug er den gelösten Lederlappen zurück.

Ein USB-Stick fiel in seine Handfläche.

Er sah Honor eindringlich an. Die Daten auf diesem Stick würden ihren verstorbenen Mann ent- oder belasten, aber Coburn wollte lieber nicht darüber nachdenken, wie sich dieser Fund auf Honor auswirken würde. Ein ganzes Jahr hatte er auf Marsets Laderampe geschuftet, weil er auf so einen Fund gehofft hatte, und jetzt hielt er ihn endlich in der Hand.

Gillette verlangte nach einer Erklärung für den USB-Stick und wollte wissen, was er zu bedeuten hatte. Statt zu antworten, verschwand Coburn im Schlafzimmer, fuhr den Computer aus dem Stand-by hoch und schob den Stick in den Port.

Eddie hatte sich nicht die Mühe gemacht, ein Passwort anzulegen. Auf dem Stick war nur eine einzige Datei gespeichert, die sich öffnete, sobald Coburn sie anklickte.

Er überflog den Inhalt und erklärte Honor, als sie zu ihm ins Schlafzimmer kam, aufgeregt: »Das sind die Namen der wichtigsten Beteiligten und Firmen entlang der I-10 von hier bis Phoenix, wo die meisten Schmuggelgüter aus Mexiko verladen werden. Aber noch besser ist, dass auch die Namen der bestochenen Beamten verzeichnet sind.

Und die Informationen sind ziemlich sicher korrekt, denn ich erkenne einige Namen wieder. Marset hatte Geschäftsverbindungen mit ihnen.« Er deutete auf einen Namen auf der Liste. »Hier haben wir einen Typen an einer Lkw-Waage, der auf der Gehaltsliste des Bookkeepers steht. Da haben wir einen Autohändler aus Houston, der die Lkws liefert. Zwei Bullen aus Biloxi. Mein Gott, sieh dir das nur an.«

»Eddie muss ewig gebraucht haben, um all das zusammenzutragen. Woher hat er das alles?«

»Ich weiß es nicht. Ich weiß auch nicht, ob er diese Informationen aus edlen oder weniger edlen Absichten gesammelt hat, aber jedenfalls hat er uns eine Menge geliefert. Zum Teil sind die Beteiligten nur mit Spitznamen verzeichnet – Pudge, Rickshaw, Shamu. Dieser Diego ist mit einem Sternchen markiert. Er muss besonders wichtig für die Organisation sein.«

»Steht darin auch, wer der Bookkeeper ist?«

»Nicht, soweit ich erkennen kann, aber es ist eine Menge Material. Hamilton wird sich vor Freude in die Hose machen.« Er zog das Handy aus der Hosentasche und versuchte es anzuschalten, erkannte aber sofort, dass der Akku leer war. »Scheiße!« Eilig zog er Freds Handy aus der Tasche und legte den Akku ein. Als es aktiv wurde und er aufs Display sah, stutzte er.

»Was ist denn?«, fragte Honor.

»Doral hat dreimal angerufen. Innerhalb der letzten Stunde.«

»Das ergibt doch keinen Sinn. Warum sollte er Fred anrufen wollen?«

»Das wollte er auch nicht«, stellte Coburn nachdenklich fest. »Er wollte mich anrufen.« Plötzlich überkam ihn eine düstere Vorahnung, und seine eben noch empfundene Euphorie verflog. Er drückte auf die Ruftaste.

Doral war beim ersten Läuten am Apparat. Übertrieben fröhlich verkündete er: »Hallo, Coburn. Schön, dass du endlich zurückrufst.«

Coburn blieb stumm.

»Hier möchte dir jemand Hallo sagen.«

Coburn wartete ab und spürte, wie ihm das Herz im Hals zu schlagen begann.

Dann sang Elmo sein Lied aus dem Handy.

# 43

Als Honor das Lied hörte, schlug sie die Hände vor den Mund und begann, in ihre offenen Hände zu schreien.

Coburn schrie nicht, obwohl ihm danach zumute war. Ein ihm völlig fremdes Gefühl ließ sein Innerstes vereisen, und verblüfft erkannte er, dass es Angst und wie mächtig sie war. Plötzlich begriff er, warum sie so starke Antriebskräfte entfaltete, warum sie mutige Männer in winselnde Memmen verwandelte, warum Menschen in ihrem Angesicht ihren Gott, ihr Land, einfach *alles* verrieten, nur um von ihr befreit zu werden.

Vor seinem inneren Auge zog eine Diashow grässlicher Bilder vorbei, Erinnerungen an verschiedene Kriegsgebiete, an verbrannte, zerschmetterte, zerstückelte Kinderleichen, die kaum mehr menschliche Gestalt besaßen. Nicht einmal ihre Jugend und Unschuld hatten sie vor einem gewalttätigen, gewissenlosen Egomanen schützen können, der absolute Kapitulation verlangte. So wie der Bookkeeper.

Und jetzt hatte der Bookkeeper Emily in seiner Gewalt.

»Okay, Doral, ich höre zu.«

»Das dachte ich mir.«

Sein arrogantes Kichern traf Coburn ins Mark. »Oder bluffst du etwa?«, wollte er wissen.

»Das würdest du dir wünschen.«

»Solche Elmos gibt's überall. Woher soll ich wissen, dass es der von Emily ist?«

»Nettes Häuschen, das Tori hier am See stehen hat.«

Coburn ballte die Faust. Dann zischte er zwischen zusammengebissenen Zähnen hervor: »Wenn du dem Mädchen auch nur ein Haar krümmst…«

»Das liegt an dir, nicht an mir.«

Honor presste sich immer noch die Finger auf die Lippen. Die Augen darüber waren wässrig, weit aufgerissen und starr vor Schreck. Er würde Emily keinesfalls zurückbekommen, wenn er sich jetzt auf ein verbales Wettpinkeln mit Doral einließ. Also biss er in den sauren Apfel, schluckte alle weiteren Drohungen hinunter und fragte, was passieren musste, damit Honor ihre Tochter zurückbekam.

»Ganz einfach, Coburn. Du verschwindest. Sie lebt weiter.«

»Mit verschwinden meinst du sterben.«

»Schlau bist du, das muss man dir lassen.«

»Schlau genug, um diese Autobombe zu überleben.«

Doral ging nicht auf seine Bemerkung ein. »So lauten die Bedingungen.«

»Das sind beschissene Bedingungen.«

»Und sie sind nicht verhandelbar.«

Coburn machte sich bewusst, dass er von einem Telefon aus sprach, das jederzeit geortet werden konnte, und fragte knapp: »Wann und wo?«

Doral erklärte ihm, wohin er fahren sollte, wann er dort sein sollte und was er dann tun sollte. »Wenn du alle Anweisungen befolgst, kann Honor mit Emily heimfahren. Dann bleiben nur noch wir beide, Kumpel.«

»Ich kann es kaum erwarten«, sagte Coburn. »Aber eins noch.«

»Was denn?«

»Wieso bist du eigentlich noch am Leben, nachdem du so viel Mist gebaut hast? Der Bookkeeper muss einen Grund haben, warum er dich noch nicht umgebracht hat. Vielleicht solltest du noch einmal darüber nachdenken.«

Doral legte auf und begann inbrünstig zu fluchen.

Coburn versuchte ihn schon wieder auszuspielen. Das war ihm klar. Aber Coburn war auch verflucht gut.

Weil er Dorals schlimmste Befürchtung ausgesprochen hatte: Dass er nichts weiter als ein Bauernopfer war, das – nach allem, was in den vergangenen zweiundsiebzig Stunden schiefgegangen war – leicht zu ersetzen war.

Er sah auf die Rückbank, wo Emily schlief. Er hatte sie mit Benadryl ruhiggestellt, damit sie keine Angst bekam oder Ärger machte, wenn sie erst begriff, dass Onkel Doral geschwindelt hatte, als er ihr erklärt hatte, warum er sie mitten in der Nacht aus Toris Haus am See holte.

Gerade als er den Finger am Abzug gehabt hatte, um Toris Leben auszulöschen, hatte er in seinem Rücken eine Piepsstimme gehört: »Hallo, Onkel Doral.«

Er hatte sich umgedreht und in der offenen Schlafzimmertür Emily stehen sehen. Honors Tochter war in ein Nachthemd gekleidet, hatte Elmo und ihre Schmusedecke umklammert und schien sich verstörenderweise über seinen Besuch zu freuen.

»Tante Tori hat mit mir Schlammkuchen gebacken. Und weißt du was? Morgen darf ich mit ihren Schminksachen spielen. Wieso hast du Handschuhe an? Es ist doch gar nicht kalt. Warum liegt Tante Tori auf dem Fußboden?«

Er hatte mehrere Sekunden gebraucht, um diese unerwartete Wendung der Ereignisse zu verarbeiten. Emily wollte schon zu ihm ins Zimmer kommen, doch in letzter Sekunde kam Doral die rettende Eingebung.

»Sie hält sich die Augen zu und zählt, weil wir Verstecken spielen wollen.«

Emily hatte keine Sekunde an seinen Worten gezweifelt und sofort mitgespielt. Während sie nach unten und zu dem Wagen *geschlichen* waren, den er für diese Nacht von seinem Cousin ausgeliehen hatte, hatte Emily nur mühsam ihr verschwörerisches Lachen unterdrücken können. Erst nachdem sie mehrere Meilen von dem Strandhaus entfernt waren, war sie misstrauisch geworden.

»Aber wenn wir uns so weit weg verstecken, kann Tante Tori uns nie finden.« Und dann: »Bringst du mich zu meiner Mommy? Wo ist Coburn? Er hat mir versprochen, dass er mir ein Eis kauft. Ich will zu meiner Mommy!«

Als die Fragen immer öfter kamen und immer lästiger wurden, war ihm zum Glück eingefallen, dass ihm eine seiner Schwestern einmal erklärt hatte, wie schnell sich Kinder mit Benadryl beruhigen ließen. Er hatte an einem 7-Eleven angehalten, ein Kirscheis und eine Flasche des Antiallergikums gekauft, und kurz nachdem Emily ihr medizingetränktes Eis gegessen hatte, war sie tief und fest eingeschlafen.

Erst dann hatte er seinen Erfolg gemeldet. Natürlich bekam er kein Lob für das, was er geleistet hatte, aber er meinte am anderen Ende der Leitung tatsächlich ein erleichtertes Aufatmen zu hören. »Probier aus, ob Coburn ans Handy deines Bruders geht. Dann regelst du alles Weitere.«

Inzwischen war alles arrangiert, und er brauchte nur noch den vereinbarten Zeitpunkt abzuwarten. Er schaute wieder nach vorn, denn er brachte es nicht mehr über sich, in Emilys Engelsgesicht zu blicken und sich einzugestehen, was für ein Ekel er war, ihr Vertrauen derart auszunutzen. Das hier war Emily, Herrgott noch mal. Eddies Kind. Ihren Vater hatte er schon umgebracht. Jetzt würde er auch noch ihre Mutter umbringen müssen. Dass er einmal ein süßes kleines Mädchen wie Emily zum Waisenkind machen würde, hätte er nie geglaubt.

Er fragte sich, wie er so tief hatte sinken können, ohne es überhaupt zu merken. Inzwischen steckte er so tief im Dreck, dass nicht einmal mehr ein Lichtschimmer zu sehen war.

Er hatte sich für diesen Weg entschieden, und nun war es zu spät, um noch umzukehren. Ursprünglich hatte er es für einen Geniestreich gehalten, sich alle Schlupflöcher zu verschließen. Damals hatte er sein altes Leben abgestreift wie eine Schlange ihre alte Haut. Er hatte es sattgehabt, ständig vor seiner Kundschaft und seinen gierigen Geldgebern buckeln zu müssen, und darum dem Geschäft mitsamt seinen Kunden den Rücken zugekehrt, um sich einem Leben voller Abenteuer und Gewalt zuzuwenden. Wie hatte er es anfangs genossen, endlich andere unter Druck setzen, sie einschüchtern oder notfalls umbringen zu können.

Doch im Rückblick erkannte er, dass die Tage auf seinem Angelboot viel weniger kompliziert gewesen waren als sein Leben heute. Die Arbeit war zwar anstrengend gewesen, und sein jeweiliges Einkommen hatte von zahllosen Faktoren abgehangen, die sich seiner Kontrolle entzogen hatten, dennoch erinnerte er sich inzwischen so nostalgisch an jene Zeit, dass es schon an Sehnsucht grenzte.

Aber als er auf die dunkle Seite der Macht gewechselt war, hatte er einen Pakt mit dem Teufel geschlossen, den er nicht wieder auflösen konnte. Es gab keinen Neustart. Und keinen Rückweg in sein altes Leben.

Auch seine grandiose Idee, selbst die Leitung der Organisation zu übernehmen, war letzten Endes nicht mehr als ein Hirngespinst. Wem wollte er damit etwas vormachen? Dazu würde es nie kommen. Selbst wenn er den Mut aufbrachte, einen Versuch zu starten, würde er bestimmt alles verpatzen und dabei tödlich scheitern.

Nein, er würde auf dem eingeschlagenen Weg bleiben und ihn bis ans bittere Ende gehen.

Aber bevor es für ihn ans Bezahlen ging, ob nun in zwanzig Jahren oder zwanzig Minuten, würde er sich an Lee Coburn rächen, der seinen Bruder erschossen hatte.

Sobald Doral aufgelegt hatte, wählte Coburn die Nummer von Toris Haus am See und landete auf dem Anrufbeantworter.

»Hast du Toris Handynummer?«, fragte er Honor in der Hoffnung, dass Tori seine Anweisungen missachtet und den Akku ihres Handys wieder eingesetzt hatte.

Sie nahm die Hände vom Mund. Ihre Lippen waren weiß, so fest hatte sie ihre Finger daraufgedrückt. Ihr Mund bewegte sich kaum, während sie die Nummer aufsagte.

Auch diesmal landete er sofort auf der Mailbox. »Verflucht!«

Bebend fragte sie: »Coburn? Ist Emily noch am Leben?«

»Wenn er sie getötet hätte, hätte er nichts mehr, womit er uns unter Druck setzen kann.«

Er sah ihr an, dass sie das zu gern glauben wollte. *Er* wollte es zu gern glauben.

Sie schluchzte abgehackt. »Hält er sie in dem Haus gefangen?«

»Es klang, als säße er im Auto.«

»Glaubst du, er hat Tori …« Sie konnte das Wort nicht aussprechen und stieß stattdessen ein Wimmern aus.

Coburn wählte die 911 und nannte der Frau in der Notrufzentrale die Adresse von Toris Haus am See. »Dort wurde eine Frau überfallen. Schicken Sie die Polizei und einen Krankenwagen hin. Haben Sie verstanden?« Er wartete ab, bis die Frau die Adresse wiederholt hatte, legte aber auf, bevor sie weitere Fragen stellen konnte.

Honor zitterte am ganzen Körper. »Wird er mein Baby umbringen?«

So schlimm die Wahrheit auch war, er konnte Honor nicht belügen. »Ich weiß es nicht.«

Sie stöhnte so abgrundtief verzweifelt auf, dass er seinen gesunden Arm um sie legte, sie an seine Seite zog und seine Wange auf ihren Scheitel legte.

»Wir müssen die Polizei rufen, Coburn.«

Als er nicht darauf einging, hob sie den Kopf und sah ihn an. »Das könnten wir«, sagte er leise.

»Aber du findest das keine gute Idee.«

»Sie ist dein Kind, Honor. Diese Entscheidung musst du treffen. Und ich werde jede Entscheidung akzeptieren. Aber ich glaube, der Bookkeeper wird es sofort erfahren, wenn du die Polizei ins Spiel bringst.«

»Und dann stirbt Emily.«

Er nickte in tiefer Trauer. »Wahrscheinlich. Der Bookkeeper wird bestimmt nicht einknicken. Er muss seine Drohung wahr machen, wenn er nicht als Schwächling dastehen will. Und das wird er keinesfalls zulassen. Ich weiß, dass du das nicht hören willst, aber ich will dir nichts vormachen.«

Sie knabberte an ihrer Unterlippe. »Und das FBI?«

»Ist nicht besser. Wie man an VanAllen sehen konnte.«

»Wir sind also auf uns allein gestellt?«

»Ich werde absolut alles tun, um Emilys Leben zu retten.«

»Absolut alles.« Beide wussten, was damit gemeint war. »So lautet der Deal, stimmt's? Dein Leben gegen das von Emily.«

»So lautet der Deal.« Aber diesmal sagte er es ohne sein gewohntes Achselzucken. Dass er sterben könnte, war ihm nicht mehr so egal wie noch vor wenigen Tagen. Der Tod war kein mögliches Ende mehr, das er stoisch und gelassen in Betracht zog.

»Ich will aber nicht, dass du stirbst«, erklärte sie mit heiserer Stimme.

»Vielleicht sterbe ich ja nicht. Ich habe immer noch ein Ass im Ärmel.«

Er nahm den Arm von ihr, setzte sich an den Computer und öffnete die Datei auf dem USB-Stick.

»Dafür haben wir jetzt keine Zeit.« Honor stand hinter ihm und rang die Hände. »Wo ist Emily jetzt? Hast du sie weinen hören?«

»Nein.«

Sie stieß einen Klagelaut aus. »Ist das gut oder schlecht? Bestimmt hat sie Angst. Warum hat sie nicht geweint? Glaubst du, das heißt … was heißt das?«

»Ich versuche *nicht* darüber nachzudenken.«

Er konnte verstehen, dass sie fast hysterisch wurde, trotzdem versuchte er ihr Weinen auszublenden, weil er sich auf seine Aufgabe konzentrieren musste und dabei keinen Fehler machen durfte. Er öffnete Gillettes Browser, rief die Seite eines Mailproviders auf und wählte sich mit seinem Passwort in sein Account ein. Dann schickte er die Datei auf dem USB-Stick als Anhang einer E-Mail los, bevor er sich wieder ausloggte, den Browserverlauf löschte und den Browser schloss, damit niemand ohne größeren Aufwand feststellen konnte, dass er ein E-Mail-Konto aufgerufen hatte.

Die Adresse, an die er die E-Mail geschickt hatte, war einem einzigen Computer zugewiesen, und dieser Computer konnte nur mit einem Passwort geöffnet werden, das niemand außer ihm und Hamilton kannte. Wo der Computer stand, wusste ebenfalls niemand außer ihnen.

Nachdem alles erledigt war, zog er den Stick aus dem Port, stand auf und legte die Hände auf Honors Schultern. »Wenn ich nicht gewesen wäre, wärst du vielleicht irgendwann in ferner Zukunft gestorben, ohne je zu erfahren, was dieses Tattoo bedeutet. Dann wäre all das nicht passiert.«

»Willst du dich etwa dafür entschuldigen?«

»Irgendwie schon.«

»Coburn.« Sie schüttelte entschieden den Kopf. »Ich brauche jetzt keine Entschuldigungen.«

»Ich entschuldige mich auch nicht für das, was ich getan habe. Sondern für das, worum ich dich jetzt bitten werde. Wenn du Emily lebendig wiedersehen willst...«

»Du setzt sie jedes Mal als Druckmittel ein.«

»Weil du jedes Mal darauf reagierst.«

»Sag mir, was ich tun soll.«

Nach dem Telefonat mit Hamilton war Crawford aus der Polizeistation geeilt, deren Wände offenbar Ohren hatten, und hatte von seinem Handy aus mehrere Polizisten und Hilfssheriffs angerufen, denen er bedingungslos vertraute. Er hatte sie um Hilfe gebeten. Sie mussten die Suche nach Mrs. Gillette, ihrer Tochter und Lee Coburn mit aller Kraft vorantreiben.

Bei einem kurzen, geheimen Treffen mit den zusammengerufenen Männern und Frauen hatte er noch einmal betont, dass kein Wort nach außen dringen durfte. Ein Teil der Eingeweihten sollte erneut die Gebiete durchkämmen, die bereits abgesucht worden waren. »Fahren Sie noch einmal zu diesem Boot, zu Coburns Apartment und zu Mrs. Gillettes Haus. Vielleicht haben wir etwas übersehen.«

Die Übrigen sollten verschiedenen anderen Spuren folgen, angefangen von der Verrückten an der Cypress Street, die mindestens einmal täglich im Police Department anrief, weil sie Mussolini, Maria Callas oder Jesus gesehen hatte – vielleicht hatte sie Coburn ja mit einem davon verwechselt? –, bis zu dem Ehepaar vom Land, das bei der Heimkehr von einer zweiwöchigen Mittelmeerkreuzfahrt entdeckt hatte, dass während seiner Abwesenheit ein Auto aus der Garage gestohlen, die Küche durchsucht und das Apartment über der Garage von mindestens zwei Menschen bewohnt worden war. Allem Anschein nach erst in den letzten Tagen, denn die Handtücher im Bad waren noch feucht gewesen.

Wahrscheinlich würde all das zu nichts führen, aber zumindest unternahm er etwas, statt nur abzuwarten, und er hatte keine Lust, dass ihm Hamilton vom großen bösen FBI eins auf die Finger gab. Er selbst, hatte er beschlossen, würde zu Mrs. Gillettes Schwiegervater fahren.

Stan Gillette, der regelmäßig aus heiterem Himmel am Schauplatz des Geschehens auftauchte, schien einen direkten Draht ins Police Department zu haben. Eigentlich wäre zu erwarten gewesen, dass dieser Draht nach dem Tod seines Sohnes gekappt worden war. Aber das war nicht der Fall. Und das machte Crawford zu schaffen. Ziemlich. Wie viel wusste Gillette wirklich über Honors sogenannte Entführung? Und wie viel verschwieg er?

Er wollte nicht bis Tagesanbruch warten, bevor er Gillette mit diesen Fragen konfrontierte. Er würde ihn einfach aus dem Bett holen und in die Mangel nehmen. Wer aus dem Bett gezerrt wurde, war benommen und desorientiert und machte eher Fehler, wie zum Beispiel Dinge zu verraten, die er eigentlich für sich behalten wollte.

Doch als Crawford vor Gillettes Haus anhielt und sah, dass es strahlte wie ein Weihnachtsbaum, spürte er ein beklemmendes Kribbeln. Na schön, vielleicht stand Gillette als ehemaliger Marinesoldat in aller Frühe auf, aber gleich *so* früh?

Crawford stieg aus dem Wagen und ging zum Haus. Die Haustür war nur angelehnt. Er zog die Dienstwaffe aus dem Holster. »Mr. Gillette?«

*471*

Weil niemand antwortete, pochte er kurz mit dem Pistolenlauf gegen die Tür und schob sie auf, als keine Reaktion erfolgte. Das Wohnzimmer direkt dahinter sah aus, als wäre ein Wirbelsturm hindurchgefegt. Auf dem sandfarbenen Teppichboden leuchteten knallrote Blutspritzer und -schmierer.

In der Mitte des Raumes saß Stan Gillette, der mit Klebeband an einen Küchenstuhl gefesselt war. Sein Kopf hing ihm auf die Brust. Er schien bewusstlos zu sein. Oder tot. Crawford schlich lautlos und eilig zu ihm, ohne dabei auf einen der Blutflecke zu treten, und sprach ihn leise an.

Gerade als Crawford ihn erreicht hatte, hob der Mann stöhnend den Kopf. »Ist noch jemand im Haus?«, flüsterte der Deputy.

Gillette schüttelte den Kopf und antwortete heiser: »Sie sind weg.«

»Sie?«

»Coburn und Honor.«

Crawford fasste nach seinem Handy.

»Was tun Sie da?«, wollte Gillette wissen.

»Es melden.«

»Vergessen Sie's. Legen Sie auf. Ich lasse nicht zu, dass meine Schwiegertochter verhaftet wird wie eine gewöhnliche Kriminelle.«

»Sie brauchen einen Krankenwagen.«

»Vergessen Sie's, habe ich gesagt. Es geht mir gut.«

»Hat Coburn Sie so zugerichtet?«

»Er sieht noch schlimmer aus.«

»Und Mrs. Gillette hat ihm geholfen?«

Seine Lippen schlossen sich zu einem dünnen, festen Strich. »Sie hatte ihre Gründe.«

»Gute Gründe?«

»Sie glaubt schon.«

»Was glauben Sie?«

»Holen Sie mich jetzt aus diesem Stuhl oder nicht?«

Crawford schob die Waffe wieder in das Holster. Während er mit der Spitze seines Taschenmessers das Klebeband durchtrennte, schilderte ihm Gillette, was passiert war. Bis er alles erzählt hatte, war er befreit, stand stampfend da, um seine eingeschlafenen Füße aufzuwecken, und dehnte die Finger, um den Kreislauf in Schwung zu bringen.

»Den USB-Stick haben sie mitgenommen?«, wollte Crawford wissen.

»Und den Fußball auch.«

»Was war auf dem Stick?«

»Das wollten sie mir nicht verraten.«

»Also, es muss etwas Wichtiges gewesen sein, sonst hätte sich Ihr verstorbener Sohn nicht solche Mühe gegeben, ihn zu verstecken.«

Gillette ließ das unkommentiert.

»Haben sie gesagt, wohin sie wollten?«

»Was glauben Sie denn?«

»Haben sie vielleicht eine Andeutung gemacht? Oder konnten Sie etwas aufschnappen?«

»Sie hatten es jedenfalls verflucht eilig, von hier wegzukommen. Als sie durchs Wohnzimmer gelaufen sind, wollte ich wissen, was los sei. Da hielt Coburn an, beugte sich vor und sah mir direkt in die Augen. Er rief mir in Erinnerung, dass ein Marine sich von nichts daran hindern lässt, seine Pflicht zu erfüllen. Na klar, antwortete ich, und was das sollte? Daraufhin er: ›Also, ich bin ein Marine und habe eine Pflicht zu erfüllen. Und Sie könnten mich, absichtlich oder unabsichtlich, daran hindern. Sie werden also verstehen, warum ich das jetzt tun muss.‹ Und dann schlug mich dieser Dreckskerl mit einem Kinnhaken k. o. Als ich wieder aufwachte, standen Sie vor mir.«

»Ihr Kinn ist angeschwollen. Geht es?«

»Sind Sie schon mal von einem Muli getreten worden?«

»Sie wissen wohl nicht, mit was für einem Auto ...«

»Nein.«

»Wo steht Ihr Computer?«

Gillette führte ihn durch den Flur ins Schlafzimmer. »Wahrscheinlich ist er im Stand-by.«

Crawford setzte sich an den schmucklosen Schreibtisch und schaltete den Computer ein. Er überprüfte den E-Mail-Eingang, die Homepage auf dem Browser und sogar Gillettes Dokumentenordner. Er fand nichts, aber das hatte er nicht anders erwartet.

»Es war klar, dass Coburn keine leicht zu verfolgende Spur hinterlassen würde«, sagte er. »Trotzdem würde ich Ihren Computer gern mitnehmen. Ihn den Technikern geben, vielleicht können die rausfinden, was auf dem Stick war. Bis dahin können wir wohl nur ...«

Er verstummte unvermittelt, als er aufstand und sich umdrehte. Hinter ihm stand Stan Gillette, in der einen Hand eine Jagdflinte, in der anderen einen Revolver, der genau auf Crawford zielte.

# 44

Ich bin's.«

»Das wurde auch Zeit!«, brüllte Hamilton ihn aus dem Telefon an. »Verflucht, Coburn! Sind Sie noch am Leben? Was ist mit Mrs. Gillette? Und dem Kind? Und was ist mit VanAllen passiert?«

»Honor ist bei mir. Sie ist wohlauf. Aber sie haben ihre Tochter. Ich habe eben mit Doral Hawkins geredet. Der Bookkeeper will einen Austausch. Mich gegen Emily.«

Hamilton schnaufte schwer. »Also, das nenne ich kurz und schmerzhaft.«

»Allerdings.«

Nach kurzem Zögern fragte Hamilton nach: »Was ist mit VanAllen?«

»Ich habe mich selbst mit ihm getroffen. Ich rechnete mit einer Falle, aber ich dachte, VanAllen würde sie uns stellen. Wie sich herausstellte …«

»War Tom sauber.«

»Vielleicht.«

»Vielleicht? Aber er wurde in die Luft gejagt, wie ich gehört habe.«

»Auch Kriminelle werden ab und zu aufs Kreuz gelegt. Jedenfalls ging er ans Telefon, bevor ich ihn davon abhalten konnte.«

»Wo stecken Sie jetzt?«

»Später. Hören Sie, ich habe gefunden, wonach wir so lange

gesucht haben. Es war ein USB-Stick mit belastenden Informationen.«

»Über wen?«

»Haufenweise Leute. Ortsansässige. Und andere. Es ist eine ganze Wagenladung an Material.«

»Haben Sie es wirklich gesehen?«

»Ich halte es in meiner Hand.«

»Um es gegen Emily einzutauschen.«

»Falls es dazu kommen sollte. Aber ich glaube nicht, dass es dazu kommt.«

»Was soll das heißen?«

»Das heißt, ich glaube nicht, dass es dazu kommt.«

»Sparen Sie sich die dämlichen Orakelsprüche, Coburn. Sagen Sie mir, wo Sie sind, und dann hole ich ...«

»Ich habe Ihnen die Datei vor fünf Minuten geschickt.«

»Ich sehe aber nichts in meinem Smartphone.«

»Nicht an die normale Adresse. Sie wissen, wo Sie nachschauen müssen.«

»Das Zeug ist so heiß?«

»Oh ja.«

»Aber es verrät nicht, wer sich hinter dem Bookkeeper versteckt.«

»Woher wissen Sie das?«

»Weil Sie mir das zuallererst erzählt hätten, wenn Sie es wüssten.«

»Stimmt. So viel Glück hatten wir nicht. Aber mit diesen Daten können wir ihn aufspüren. Davon bin ich überzeugt.«

»Gute Arbeit, Coburn. Und jetzt sagen Sie mir ...«

»Keine Zeit. Muss los.«

»Warten Sie! Ohne Unterstützung sind Sie aufgeschmissen. Sie könnten in die nächste Falle spazieren.«

»Dieses Risiko muss ich eingehen.«

»Auf keinen Fall. Und diesmal lasse ich nicht mit mir handeln. Ich habe mit Deputy Crawford gesprochen. Ich glaube, ich kann mich für ihn verbürgen. Rufen Sie ihn an und…«

»Nicht bis Emily wieder bei Honor ist. Dann wird sie die Polizei benachrichtigen.«

»Sie können sich diesen Leuten nicht allein stellen.«

»Das ist die Bedingung für den Austausch.«

»Das ist die Bedingung für jeden Austausch!«, schnauzte Hamilton ihn an. »Aber niemand hält sich je an die Bedingungen.«

»Ich schon. Diesmal jedenfalls.«

»Das kleine Mädchen könnte dabei ums Leben kommen!«

»Vielleicht. Aber wenn dort Polizisten und FBI-Agenten herumschwirren, wird sie auf jeden Fall sterben.«

»Das muss nicht sein. Wir können…«

Coburn legte auf und schaltete das Handy ganz aus. »Ich möchte nicht hören, was er jetzt über mich sagt«, meinte er zu Honor und warf das Handy auf den Rücksitz.

»Er findet, du brauchst Verstärkung.«

»Genau wie im Film. Wenn es nach ihm ginge, wäre ein Einsatzkommando mit mehreren Helikoptern vor Ort und dazu jeder Polizist und Hilfssheriff, den sie erübrigen können, kurz gesagt, eine ganze Armee von Rambos, die nur Mist bauen würden.«

Nach einer kurzen Pause gestand sie leise: »Ich war so wütend auf dich.«

Er sah sie fragend an, ohne ein Wort zu sagen.

»Als du Eddies Football aufgeschlitzt hast.«

»Ja, ich weiß. Deine Ohrfeige brennt immer noch.«

»Ich dachte, du wärst einfach nur gemein. Aber tatsächlich hat dich deine Intuition nicht getrogen. Es war nur die falsche Sportart.«

Nicht seine Intuition hatte ihn dazu getrieben, das Messer in den Football zu versenken. Sondern blanke Eifersucht. Rohe, brutale, animalische Eifersucht, ausgelöst durch ihre sehnsüchtige Miene, als sie die Nähte des Footballs gestreichelt und dabei an ihren verstorbenen Mann gedacht hatte. Dennoch war es besser für sie beide, wenn er sie in ihrem Irrglauben ließ. Sie sollte ihn lieber für einen Arsch mit unglaublichem Instinkt als für einen eifersüchtigen Möchtegern-Geliebten halten.

Sie rieb sich die Oberarme und zeigte damit ihre Angst. »Honor.« Als sie ihn wieder ansah, erklärte er ihr: »Ich kann Hamilton zurückrufen. Ihn bitten, die Kavallerie loszuschicken.«

»Vor zwei Tagen hättest du mich gar nicht vor die Wahl gestellt.« Ihre Stimme war rau. »Coburn, ich ...«

»Nicht. Was du jetzt auch sagen willst, sag es nicht.« Ihr verlorener Gesichtsausdruck erschreckte ihn noch mehr, als wenn sie eine Panzerfaust auf ihn gerichtet hätte. »Schau mich nicht mit diesen Kuhaugen an. Und spinn dir keine Romanze mit mir aus, nur weil ich dir gesagt habe, dass du hübsch bist, und dir eine Tränendrüsengeschichte über ein altes Pferd reingedrückt habe.« Er atmete tief durch. »Der Sex? Hat mir das Hirn weggeblasen. Ich wollte dich, du wolltest mich genauso, und wenn du mich fragst, wussten wir schon vor dem ersten Kuss auf dem Boot, dass es dazu kommen würde, wir wussten nur nicht wann. Und ja, es war ein unglaubliches Erlebnis. Aber mach dir nicht vor, dass ich heute ein anderer Mensch bin als der, den du in deinem Garten aufgelesen hast. Ich bin immer noch gemein. Ich bin immer noch ich.«

Er sagte das absichtlich möglichst patzig, weil ihm wichtig war, dass sie das verstand. In einer Stunde, womöglich noch weniger, würde er auf die eine oder andere Weise genauso plötzlich aus ihrem Leben verschwinden, wie er darin aufgetaucht war. Er wollte ihr den Abschied erleichtern, selbst wenn er sie dafür jetzt verletzen musste. »Ich habe mich nicht verändert, Honor.«

Sie lächelte ihn traurig an. »Ich mich schon.«

Toris Augen wollten nicht aufgehen, aber sie nahm Bewegungen, Licht und Lärm wahr, jedes Mal qualvoll intensiv und jedes Mal gefolgt von einer so absoluten Dunkelheit, dass sie alle Sinnesreize verschluckte, bis Tori erneut ins Bewusstsein zurückgezerrt wurde.

»Nicht wegrutschen, Mrs. Shirah. Sie sind schwer verletzt, aber wir sind schon auf dem Weg in die Notaufnahme. Können Sie mich hören? Meine Hand drücken?«

Was für eine idiotische Aufforderung. Trotzdem kam sie ihr nach und wurde dafür von einer Stimme beglückwünscht, die danach erklärte: »Sie reagiert, Doktor. Sie war zwei Minuten weg.«

Sie versuchte ihre Lippen zu befeuchten, aber ihre trockene Zunge wollte ihr nicht gehorchen. »Emily.«

»Emily? Sie fragt nach einer Emily. Weiß jemand, wer Emily ist?«

»Sonst war niemand im Haus.«

Die Schwärze senkte sich wieder über sie, und die Stimmen entfernten sich in der Dunkelheit.

»Nein, Mrs. Shirah, Sie dürfen sich nicht bewegen. Wir mussten Sie auf die Trage schnallen. Sie haben eine Schusswunde am Kopf.«

Eine Schusswunde? Doral mit seiner dämlichen Skimaske. Der Kampf mit ihm um …

*Emily!* Sie musste Emily finden.

Sie versuchte sich aufzusetzen, konnte es aber nicht. Sie versuchte bei Bewusstsein zu bleiben, aber auch das gelang ihr nicht. *O Gott, jetzt wird schon wieder alles schwarz.*

Als sie das nächste Mal aus der Dunkelheit auftauchte, strahlten die Lichter hell gegen ihre Lider, und um sie herum herrschte hektische Betriebsamkeit. Gleichzeitig hatte sie das eigenartige Gefühl, über dem Geschehen zu schweben und alles nur aus der Ferne zu beobachten.

Und war das Bonnell? Warum trug er diesen idiotischen Verband am Kopf? Und bluteten seine Ohren tatsächlich so stark?

Er drückte ihre Hand. »Mein Schatz, wer auch immer dich so zugerichtet hat …«

Weinte er etwa? Bonnell Wallace? Der Bonnell Wallace, den sie kannte, *weinte*?

»Es wird alles wieder gut. Ich schwöre dir, ich werde dafür sorgen, dass alles wieder gut wird. Du wirst das überstehen. Du musst. Ich darf dich nicht verlieren.«

»Mr. Wallace, wir müssen sie jetzt in den OP schieben.«

Sie spürte kurz Bonnells Lippen auf ihren. »Ich liebe dich, Herzchen. Ich liebe dich.«

»Mr. Wallace, bitte treten Sie zur Seite.«

»Wird sie überleben?«

»Wir werden unser Bestes tun.«

Sie wurde von ihm weggezogen, aber bis zum letzten Moment hielt er ihre Hand fest. »Ich liebe dich, Tori.«

Sie versuchte der Nacht zu entfliehen, die sich wieder über sie senkte, aber noch während sie darin versank, rief sie im Geist: *Ich liebe dich auch.*

Nachdem Coburn entschlossen war, die Übergabe allein durchzuziehen, musste Hamilton sich überlegen, wie er ihn aufhalten konnte, bevor es zur Katastrophe kam. Da Coburn nicht einmal nach Tom VanAllens Tod von der Unschuld des Agenten überzeugt war, war es umso wichtiger, dass Hamilton mit der Witwe sprach und herausfand, ob sie etwas wusste, und wenn ja, was.

Aber als Hamilton mit seinem Team beim Haus der Van-Allens ankam, standen dort, genau wie er befürchtet hatte, keine anderen Autos. Die Witwe war allein. Aber sie schlief nicht. Überall im Haus brannte Licht.

Hamilton stieg aus dem Wagen, marschierte an die Tür, läutete und wartete ab. Als sie nicht reagierte, fragte er sich, ob sie vielleicht doch eingeschlafen war. Vielleicht brannte im Hause VanAllen rund um die Uhr Licht, weil der Sohn Tag und Nacht gepflegt werden musste.

Er läutete noch einmal und klopfte dann. »Mrs. VanAllen? Hier ist Clint Hamilton«, rief er durch die Holztür. »Ich weiß, dass dies für Sie im Augenblick sehr schwer ist, aber ich muss unbedingt mit Ihnen sprechen.«

Nachdem immer noch niemand antwortete, drehte er den Türknauf. Das Haus war abgeschlossen. Er holte sein Handy heraus, öffnete das Adressverzeichnis und suchte die Festnetznummer der VanAllens heraus. Er wählte sie an und hörte tief im Haus das Telefon läuten.

Nach dem fünften Läuten legte er auf und rief in Richtung der Fahrzeuge am Straßenrand: »Wir brauchen die Ramme.«

Das Einsatzkommando kam zu ihm auf die Veranda. »Es geht nicht darum, das Haus zu stürmen. Mrs. VanAllen ist psychisch sehr angegriffen. Und es gibt da drinnen einen behinderten Jungen. Also Vorsicht.«

Wenige Sekunden später war die Haustür aufgebrochen. Hamilton lief ins Haus, und die anderen schwärmten hinter ihm in die verschiedenen Zimmer aus.

Am Ende des breiten Flurs fand Hamilton Lannys Zimmer. In der Luft hing der süßlich-klebrige Geruch, der alle Bettlägerigen umgibt. Dabei sah der Raum abgesehen von dem

Krankenhausbett und ein paar medizinischen Utensilien völlig normal aus. Der Fernseher lief. Die Lampen spendeten ein angenehm weiches Licht. An den Wänden hingen Bilder, und den Boden bedeckte ein bunter Teppich.

Dennoch gab der reglos auf dem Pflegebett ruhende Junge ein gespenstisches Bild ab. Die offenen Augen starrten leer in die Luft. Hamilton trat an das Bett, um sich zu überzeugen, dass er noch atmete.

»Sir?«

Hamilton drehte sich zu dem Beamten um, der ihn aus dem Flur angesprochen hatte. Er sagte nichts, aber seine Miene drückte unmissverständlich aus, dass es eilte, als er mit dem Helm in Richtung eines anderen Zimmers nickte.

Doral sah die Scheinwerfer aus der Seitenstraße leuchten. Showtime.

Er saß in seinem geliehenen Wagen, zog ein letztes Mal an seiner Zigarette und schnippte sie dann aus dem offenen Fenster. Die Zigarette beschrieb einen glutroten Bogen in der Dunkelheit, bevor sie auf dem Asphalt landete und verglomm.

Er schaltete das Handy ein und sagte, sobald die Verbindung stand: »Pünktlich ist er jedenfalls.«

»Ich bin gleich da.«

Dorals Herz setzte einen Schlag aus. »Wie bitte?«

»Du hast schon verstanden. Ich kann es mir nicht leisten, dass du noch einmal Mist baust.« Danach war die Leitung tot.

Es war eine offene Ohrfeige. Aber da die Zusammenarbeit mit dem mexikanischen Kartell auf dem Spiel stand, durfte auf keinen Fall noch etwas schiefgehen, und so war Doral kurzfristig aus dem Verkehr gezogen worden.

Außerdem war dies keine rein geschäftliche Angelegenheit

mehr. Nicht wie bei Marset, der Sand ins Getriebe gestreut hatte. Nicht wie bei dem State Trooper, der einen Befehl verweigert hatte. Nicht wie bei all den anderen. Hier ging es um etwas anderes. Hier ging es darum, eine persönliche Rechnung mit Lee Coburn zu begleichen.

Coburn hatte den Wagen in etwa vierzig Meter Entfernung angehalten, und der leerlaufende Motor knurrte ungleichmäßig in der Stille unter der Tribüne des Footballstadions, wo Doral ihn hinbestellt hatte. Zu dieser Jahreszeit war der Platz verlassen. Und er lag am Rand des Ortes. Der ideale Treffpunkt.

Coburn hatte das Fernlicht eingeschaltet. Der Wagen selbst sah aus wie eine Klapperkiste, aber irgendwie wirkte er gleichzeitig bedrohlich und erinnerte Doral an eine Story von Stephen King, in der ein Auto zum Leben erwachte und Menschen tötete. Doral schob den lächerlichen Gedanken beiseite. Er durfte sich jetzt nicht verrückt machen lassen.

Aber der FBI-Heini würde erst näher kommen, wenn er sich überzeugt hatte, dass Doral Emily mitgebracht hatte.

Doral hatte sichergestellt, dass sich die Innenbeleuchtung nicht einschaltete, wenn er ausstieg. Leicht geduckt, damit sein Kopf nicht über das Wagendach ragte, öffnete er die hintere Tür, schob beide Hände unter Emilys Arme und hob sie aus dem Auto. Ihr Körper war schlaff, ihr Atem ging regelmäßig, friedlich schlafend sank sie gegen seine linke Schulter.

*Was für ein Mensch benutzte ein fünfzehn Kilo schweres, süßes Mädchen, um seine eigene Haut zu retten?*

Ein Mensch wie er.

Schon wieder hatte Coburn ihn so verunsichert, dass er sich mieser fühlte als ein Haufen Walscheiße und nervös und konfus reagierte. Aber das durfte er nicht zulassen, sonst war er so gut wie tot. Er wollte nur einen einzigen Schuss auf Coburn abgeben können. Dann musste er eben Emily einsetzen, um Coburn auszuschalten, na schön, so spielte das Leben, und niemand hatte je behauptet, dass es fair spielte.

Er legte seine Rechte, die Schusshand, auf Emilys Rücken, sodass sie deutlich zu sehen war. Dann stand er auf, ging um die Motorhaube herum und gab sich dabei alle Mühe, so auszusehen, als hätte er die Hosen an und alles unter Kontrolle, als wäre er vollkommen entspannt, während in Wahrheit seine Handflächen schwitzten und sein Herz wie besessen klopfte.

Coburns Wagen begann im Schneckentempo auf ihn zuzurollen. Dorals Eingeweide krampften sich zusammen. Ein paar Schritte vor ihm kam der Wagen zum Stehen. Doral rief: »Scheinwerfer aus!«

Der Fahrer stieg aus, aber selbst im Gegenlicht konnte er Honor erkennen.

»Was soll der Scheiß? Wo ist Coburn?«

»Er hat mich geschickt. Er meinte, du würdest nicht auf mich schießen.«

»Da hat er sich aber geirrt.« *Scheiße!* Doral hatte nicht damit gerechnet, dass er Honor ins Gesicht sehen müsste, wenn er sie erschoss. »Geh vom Wagen weg und heb die Hände, damit ich sie sehen kann. Welchen Trick versucht Coburn jetzt wieder abzuziehen?«

»Coburn braucht keine Tricks, Doral. Er braucht nicht mal mehr mich. Dank Eddie hat er dich am Haken.«

»Was hat Eddie damit zu tun?«

»Alles. Coburn hat das belastende Material gefunden, das er gesammelt hat.«

Dorals Mund trocknete aus. »Ich weiß nicht, wovon du redest.«

»Natürlich weißt du das. Darum hast du ihn doch umgebracht.«

»Haben sie dir ein Mikro angeheftet?«

»Nein! Coburn hat schon alles, was er haben wollte. Jetzt ist es ihm egal, was aus mir oder Emily wird. Aber mir nicht. Ich will meine Tochter zurück.«

Doral umfasste die Pistole fester. »Du sollst vom Wagen weggehen, habe ich gesagt.«

Sie trat mit erhobenen Händen hinter der offenen Wagentür vor. »Ich werde nichts gegen dich unternehmen, Doral. Ich überlasse dich dem Richter. Oder Coburn. Das ist mir gleich. Ich will nur Emily.« Als sie den Namen ihrer Tochter aussprach, versagte ihr die Stimme. »Sie liebt dich. Wie konntest du ihr das antun?«

»Du wärst überrascht, wozu die Menschen fähig sind.«

»Ist sie …?«

»Es geht ihr gut.«

»Sie bewegt sich nicht.«

»Das hast du nur deinem Freund Coburn zu verdanken. Das alles.«

»Warum ist Emily so still?«

»*Wo ist Coburn?*«

»Ist sie *tot*?«, schrie Honor hysterisch.

»Wo ist …«

»Du hast sie schon umgebracht, habe ich recht?«

Ihr Schreien weckte Emily auf. Sie rührte sich, hob den Kopf und murmelte: »Mommy?«

»Emily!«, rief sie und streckte die Arme nach ihrer Tochter aus.

Doral wich rückwärts zu seinem Wagen zurück. »Tut mir leid, Honor. Aber Coburn hat alles verbockt.«

»*Emily!*«

Als Emily ihre Mutter hörte, versuchte sie sich aus Dorals Armen zu winden.

»Halt dich still, Emily«, zischte er sie an. »Ich bin's, Onkel Doral.«

»Ich will zu meiner Mommy!«, heulte sie und begann, ihn mit ihren Fäustchen zu bearbeiten und gegen seine Schenkel zu treten.

Honor rief immer wieder nach ihrer Tochter. Emily schrie ihm ins Ohr.

Schließlich ließ er sie los. Das Kind rutschte auf den Asphalt und rannte auf das Auto zu, direkt vor die grellen Scheinwerfer.

Doral zielte auf Honors Brust.

Aber bevor er abdrücken konnte, knallte ihm etwas so hart gegen den Hinterkopf, dass seine Ohren zu klingeln begannen.

Gleichzeitig erloschen die Scheinwerfer, und die beiden Strahler wurden durch zwei knallrote Kreise vor schwarzem Hintergrund ersetzt.

Er blinzelte wie wild, um wieder etwas zu erkennen, aber er begriff nur, was Coburn von Anfang an geplant hatte. Ihn zu blenden, zu verunsichern, durch Emilys Geschrei abzulenken und ihn dann von hinten anzugreifen. Gerade als er sich umdrehen wollte, prallte der über die Motorhaube hechtende Coburn wie ein Sack Zement auf ihn und schleuderte ihn mit voller Wucht rückwärts zu Boden.

»Polizei!«, rief er noch.

Mit seinem Sprung hatte Coburn ihn zwar kurzfristig außer Gefecht gesetzt, aber Doral hatte sein ganzes Leben gekämpft. Frisches Adrenalin schoss in seine Adern, und sein Instinkt übernahm die Kontrolle. Unwillkürlich riss er die Hand mit der Pistole hoch.

Dann hallte ein Schuss.

Coburn richtete sich mühsam auf.

Weil Coburn die Waffe aufgesetzt hatte, als er Doral in die Brust geschossen hatte, war nicht besonders viel Blut geflossen. Im Tod sah Doral nicht zornig aus, eher verblüfft, so als fragte er sich, wie es möglich war, dass ein so gerissener Fuchs wie er über einen Fußball gestolpert war. Doral war schon immer ein Jäger gewesen. Er hatte immer nur nach vorn geblickt. Und nie daran gedacht, seinen Rücken abzusichern.

»Du hättest von deinem Bruder lernen sollen. Ich verhandle nicht«, flüsterte Coburn.

Er klopfte den Leichnam ab und fand Dorals Handy. Weil er fürchtete, dass es auf mysteriöse Weise verschwinden könnte, wenn die Polizei den Tatort untersuchte, schob er es in seine Hosentasche, bevor er sich ganz aufrichtete und mit langen Schritten zu dem Wagen zurückkehrte, wo Honor auf dem Fahrersitz auf ihn wartete und Emily auf ihrem Schoß wiegte, um sie zu beruhigen.

»Ist mit ihr alles okay?«

»Sie ist schlaff wie ein Putzlappen und schon wieder eingeschlafen. Er muss ihr irgendwas gegeben haben. Ist er …«

»In der Hölle.«

»Er wollte sich nicht ergeben?«

»So ungefähr.« Er wartete eine Sekunde und sagte dann: »Das hast du gut gemacht.«

Sie lächelte zittrig. »Ich hatte solche Angst.«

»Ich auch.«

»Das glaube ich nicht. Du hast vor nichts Angst.«

»Es gibt für alles ein erstes Mal.« In seinen Worten lag eine tiefere Botschaft, die er nicht auszusprechen gewillt war. Aber Honor schien nicht nur die Botschaft zu verstehen, sondern auch, warum er sie nicht aussprechen wollte. Sie sahen sich schweigend an, bis er ihr ruppig befahl: »Du bringst Emily zum Arzt und lässt sie untersuchen.«

Er nahm ihr das Kind aus den Armen und legte es behutsam auf die Rückbank.

»Und was machst du?«, fragte Honor.

»Ich rufe Hamilton an. Er wird genau wissen wollen, was sich hier abgespielt hat. Und er wird wollen, dass ich hier warte, bis seine Leute eintreffen. Dann ...«

»Lee Coburn?«

Die ruhige Stimme in seinem Rücken überraschte sie beide. Honor sah an ihm vorbei und riss verwundert die Augen auf. Coburn drehte sich um.

Mit ausdrucksloser Miene drückte die Frau den Abzug durch.

# 45

Coburn presste die Hände auf den Bauch und sank auf den Asphalt.

Honor schrie auf.

Coburn hörte noch, wie Emily wach wurde und verschlafen nach ihrem Elmo fragte. Aber die Geräusche schienen von einer leuchtenden Nadelspitze am Ende eines unendlich langen Tunnels her zu kommen. Er bemühte sich angestrengt, das Bewusstsein nicht zu verlieren, aber er brauchte dafür all seine Kräfte.

Er war schon zweimal im Leben angeschossen worden. Einmal in die Schulter und einmal in die Wade. Das hier war anders. Das hier war wirklich übel. Er hatte gesehen, wie Verbündete und Feinde sich einen Bauchschuss eingefangen hatten, und fast alle waren daran gestorben. Eine Kleinkaliberkugel konnte dich genauso töten wie eine großkalibrige.

Er stemmte den Oberkörper vom Boden hoch, ohne die Hand von dem pulsierenden Loch in seinem Bauch zu nehmen. Während er den Rücken gegen den Wagen lehnte, versuchte er die unauffällig aussehende Frau zu erkennen, die auf ihn geschossen hatte.

Sie befahl Honor mit vorgehaltener Waffe, im Auto zu bleiben. Und sie hatte ihn entwaffnet. Er sah seine Pistole nicht weit von ihm entfernt auf der Straße liegen, aber sie hätte genauso gut auf einem anderen Kontinent liegen können. Freds .357 hatten sie unter dem Fahrersitz des Wagens versteckt, aber auch an die kam Honor nicht heran, ohne erschossen zu werden.

Schluchzend fragte sie die Frau: »Warum? Warum?«

»Wegen Tom«, war die Antwort.

Aha. Das war also Tom VanAllens Frau. *Witwe.* Wenigstens würde er nicht sterben, ohne zu wissen, warum. Aber für eine Frau, die eben ein Verbrechen aus Rache begangen hatte, wirkte sie verblüffend kaltblütig. Sie kam ihm nicht einmal zornig vor. Coburn fragte sich, woher das kam.

»Wenn Tom nicht zu diesem Gleis gefahren wäre, um sich mit Coburn zu treffen«, führte sie aus, »wäre er noch am Leben.«

Sie gab ihm also die Schuld daran, dass ihr Mann heute Abend gestorben war. *Gestern Abend*, korrigierte sich Coburn. Im Osten färbte sich der Himmel bereits im ersten Licht der Dämmerung. Er fragte sich, ob er noch einmal sehen würde, wie die Sonne über den Horizont stieg. Noch einen Sonnenaufgang zu erleben wäre bestimmt schön.

Am schlimmsten fand er, dass Honor zusehen musste, wie er verblutete. Und wenn Emily jetzt aufwachte und das Blut aus ihm herausspritzen sah? Wahrscheinlich hätte sie dann schreckliche Angst, dabei hatte er bisher alles in seiner Macht Stehende getan, um sie zu beschützen und ihr alle Ängste zu nehmen.

Er hatte Honor und sie wirklich lang genug durch den Dreck geschleift. Merkwürdigerweise hatte er trotzdem das Gefühl, dass die beiden ihn mochten. Wenigstens ein bisschen. Und nun würde er ihnen ein weiteres Trauma bescheren, und diesmal wäre er nicht einmal da, um sich dafür zu entschuldigen.

Er war immer überzeugt gewesen, dass er mehr als bereit wäre, wenn eines Tages seine Nummer aufgerufen wurde, und dass er dann voller Gleichmut von dieser Welt abtreten würde. Aber bei Gott, das hier war einfach nur beschissen.

Was für ein lausiges Timing. Gerade erst hatte er erlebt, was es bedeutete, eine Frau zu lieben. Nicht nur seiner Lust Befriedigung zu verschaffen, sondern in dem Menschen aufzugehen, der zu dem Körper gehörte. Dieses neu gewonnene Wissen würde ihm viel nützen, jetzt, wo er sich hatte erschießen lassen.

Ja, das war absolut beschissen.

Was für dämliche Gedanken waren das überhaupt, wo er doch eigentlich versuchen sollte, etwas zu begreifen. Etwas, das sich ihm immer wieder entzog. Verflucht noch mal, was war das nur? Es war wichtig, aber nicht zu fassen, und das machte ihn wahnsinnig. Es zwinkerte ihm zu wie der letzte noch funkelnde Stern im heller werdenden Himmel knapp über Janice VanAllens Kopf. Es war etwas, das ihm schon früher hätte aufgehen sollen. Etwas…

»Woher wissen Sie das?« Erst als er die Frage keuchte, begriff er, was es war.

Janice VanAllen sah auf ihn herab. »Was ist?«

Sein Atem pfiff aus seiner Lunge. Er blinzelte gegen die Dunkelheit an, die ihn zu verschlingen drohte. Oder gegen den Tod. »Woher wissen Sie, dass ich dort war?«

»Tom hat es mir erzählt.«

Das war gelogen. Falls Tom ihr überhaupt etwas erzählt hatte, bevor er zu diesem Treffen aufgebrochen war, dann hatte er ihr nur erzählen können, dass er Honor treffen würde, denn die hatte Tom dort erwartet. Und später hatte ihr Tom nicht mehr berichten können, wer tatsächlich dort gewesen war.

Sie musste es von jemand anderem erfahren haben. Aber von wem? Nicht von den Polizisten, die man zu ihr geschickt hatte, um sie vom Tod ihres Mannes in Kenntnis zu setzen. Die hatten nicht mehr gewusst als sie. Selbst Hamilton hatte erst vor einer halben Stunde von dem Austausch erfahren, als Coburn ihm persönlich erklärt hatte, was sich an dem Gleis zugetragen hatte.

Die einzigen, die es ihr erzählt haben konnten, waren die Menschen, die er in der Nähe der Gleise beobachtet hatte, diejenigen, die erst eine Bombe an dem Wagen angebracht hatten und dann zu dem vereinbarten Treffpunkt gefahren waren, um sicherzustellen, dass der Sprengsatz seinen Zweck erfüllte – Tom VanAllen und Honor auszulöschen.

Honor flehte sie an, Hilfe zu rufen. »Sonst stirbt er«, schluchzte sie.

»Das soll er auch«, erwiderte Janice VanAllen kalt.

»Ich verstehe nicht, wie du Coburn die Schuld an Toms Tod geben kannst. Er arbeitet fürs FBI, genau wie dein Mann. Tom hat nur seinen Job getan, und das tut Coburn auch. Denk doch an deinen Sohn. Wenn Coburn stirbt, wanderst du ins Gefängnis. Und was wird dann aus deinem Sohn?«

Plötzlich sackte Coburn vornüber und stöhnte zwischen zusammengebissenen Zähnen auf.

»Bitte, lass mich ihm helfen«, beschwor Honor Janice.

»Ihm ist nicht mehr zu helfen. Er wird sterben.«

»Und was dann? Willst du mich dann auch erschießen? Und Emily?«

»Dem Kind werde ich nichts tun. Für was für einen Menschen hältst du mich?«

»Für nicht besser als mich.« Mit diesen Worten zog Coburn Stan Gillettes Messer, das er in seiner vornübergebeugten Haltung aus dem Stiefelschaft gezogen hatte, gnadenlos über Janice VanAllens Knöchel. Er spürte, wie ihre Achillessehne durchtrennt wurde, hörte sie aufschreien und sah, wie ihr Bein einknickte. Gleichzeitig nahm er seine ganze Kraft zusammen, hob die Füße an und brachte Janice VanAllen zu Fall.

»Honor!«, versuchte er zu rufen, brachte aber nur ein Krächzen heraus.

Honor fiel mehr oder weniger aus dem Auto, riss die Pistole an sich, die Janice fallen gelassen hatte, richtete sie auf Janices Brust und befahl ihr, sich nicht zu rühren.

»Coburn?«, fragte sie außer Atem.

»Lass sie bloß nicht aus den Augen. Die Kavallerie rückt schon an.«

Erst jetzt merkte Honor, dass aus allen Richtungen Einsatzwagen auf sie zuhielten. Als Erster erreichte sie ein Wagen mit dem Wappen des Sheriffs auf der Seite. Der Fahrer bremste mit quietschenden Reifen. Noch im selben Moment standen er und sein Beifahrer – Stan – auf dem Asphalt. Der Uniformierte hatte die Waffe gezogen. Stan hielt eine Jagdflinte in den Händen.

»Gott sei Dank, dir ist nichts passiert, Honor«, rief Stan, während er auf sie zugelaufen kam.

»Mrs. Gillette, ich bin Deputy Crawford. Was ist hier passiert?«

»Sie hat Coburn erschossen.«

Crawford und zwei andere Deputys nahmen Janice in Gewahrsam, die zusammengekrümmt auf dem Boden lag, ihren Fuß hielt und abwechselnd vor Schmerz stöhnte oder Coburn verfluchte. Inzwischen waren noch mehr Polizisten eingetroffen, die jetzt zu Dorals Leichnam liefen.

Stan zog Honor an seine Brust. »Ich habe Crawford mit vorgehaltener Waffe gezwungen, mich mitzunehmen.«

»Ich bin so froh, dass du da bist, Stan. Kümmere dich bitte um Emily. Sie ist hinten im Wagen.« Honor befreite sich aus seiner Umarmung und beschwor die Sanitäter, die eben aus dem Krankenwagen stiegen, sich zu beeilen. Dann kniete sie neben Coburn nieder.

Sie strich ihm übers Haar und über sein Gesicht. »Stirb nicht. Du darfst nicht sterben.«

»Hamilton«, sagte er nur.

»Was ist?«

Er nickte knapp, und sie drehte sich um. Aus zwei schwarzen Minivans quollen Polizisten in Kampfmontur, gefolgt von einem Mann, der noch bedrohlicher wirkte als sein Einsatzkommando, obwohl er in Schlips und Anzug gekleidet war.

Er steuerte direkt auf sie und Coburn zu, während sein Blick hin und her zuckte und die gesamte grauenvolle Szene aufzunehmen versuchte. »Mrs. Gillette?«, fragte er, als er bei ihnen angekommen war.

Sie sah mit einem Kopfnicken auf. »Coburn wurde schwer verletzt.«

Hamilton nickte grimmig.

»Warum sind Sie nicht in Washington?«, knurrte Coburn missmutig.

»Weil ich mich um einen Agenten kümmern muss, der sich ständig meinen Anordnungen widersetzt und mich deshalb den letzten Nerv kostet.«

»Ich habe alles unter Kontrolle.«

»Der Eindruck könnte täuschen.« Er klang fast beleidigt, aber Honor sah ihm an, dass er begriff, wie ernst es um Coburn stand. »Es tut mir leid, dass ich nicht rechtzeitig hier war, um alldem Einhalt zu gebieten. Wir waren bei ihr zu Hause.« Er machte eine Kopfbewegung zu Janice hin, die inzwischen von anderen Sanitätern versorgt wurde.

»Wir haben Beweise gefunden, dass sie untertauchen wollte. Vielleicht sogar das Land verlassen. Und wir haben auf mehreren Handys Notizen und Nachrichten entdeckt, die darauf schließen lassen, dass sie nach Toms Tod einen persönlichen Rachefeldzug gegen Coburn führte. Ich habe Crawford angerufen, der eben von einer Schießerei in dieser Gegend gehört hatte. Daraufhin habe ich einen meiner Männer bei ihrem Sohn gelassen und bin so schnell wie möglich hergekommen.«

»Loslassen«, knurrte Coburn den Sanitäter an, der eine Infusion in seinen Unterarm legen wollte. Nach einem kurzen Gerangel hatte er sich durchgesetzt und schob die Hand in die Hosentasche – jener Khakihose, die einst Honors Vater gehört hatte und die jetzt blutdurchtränkt war.

Er zog ein Handy heraus und hielt es so hin, dass Hamilton es sehen konnte. »Das hier hat Doral gehört. Kurz bevor er ausstieg, hat er noch mit jemandem telefoniert.«

Obwohl Coburn nur noch abgehackt und mit ersterbender Stimme sprach, hatte er es geschafft, mit seinem blutverschmierten Daumen das Handy zu bedienen. Er drückte auf einen Eintrag und erklärte: »Er hat den Bookkeeper angerufen.«

Sekunden später drehten sich alle Köpfe Janice VanAllen zu, in deren Jackentasche ein Handy zu läuten begann.

Für Honor vergingen die folgenden anderthalb Stunden wie im Nebel. Nach der überraschenden Erkenntnis, dass Janice VanAllen der Bookkeeper war, hatte Coburn das Bewusstsein verloren und es damit den Sanitätern erheblich leichter gemacht, ihn zu versorgen und in den Rettungshubschrauber zu verfrachten, der inzwischen in der Nähe gelandet war.

Dass Emily das gesamte traumatische Ereignis verschlafen hatte, erschien Honor wie ein Wunder. Andererseits war ein so tiefer Schlaf unnatürlich. Darum wurde das Mädchen mit dem Krankenwagen in die Notaufnahme gebracht.

Honor durfte mit ihr im Wagen fahren, aber sobald sie dort angekommen waren, blieben ihre beharrlichen Bitten, bei ihrer Tochter bleiben zu dürfen, ungehört.

Während Emily von einem Kinderarzt untersucht wurde, warteten Honor und Stan ängstlich, jeder mit einem Becher lauwarmem Kaffee in der Hand, den Stan aus einem Automaten geholt hatte. Zwischen ihnen herrschte eine bis dahin ungekannte Gezwungenheit.

Schließlich sagte er: »Honor, ich muss dich um Verzeihung bitten.«

»Wohl kaum. Nachdem ich dein ganzes Haus verwüstet und dich an einen Stuhl gefesselt habe? Und nachdem Coburn dir dein ›magisches Messer‹ abgenommen hat?«

Er grinste kurz, aber offenbar lag ihm etwas auf der Seele. »Du wolltest mir seine Motive erklären. Ich habe dir nicht zuhören wollen. Ich habe deine Erklärungen vorschnell abgetan.«

»Sie waren auch schwer zu verdauen.«

»Ja, aber ich möchte dich nicht nur für das um Verzeihung bitten, was in den letzten Tagen passiert ist. Seit Eddie gestorben ist«, fuhr er verlegen fort, »habe ich dich ständig kontrolliert. Nein, versuch nicht, das abzustreiten, wir wissen beide, dass es stimmt. Ich hatte Angst, dass du einen anderen Mann kennenlernen, dich in ihn verlieben und wieder heiraten könntest und dass ich damit aus deinem Leben gedrängt werden könnte. Aus deinem Leben und dem von Emily.«

»Dazu wird es niemals kommen, Stan«, belehrte sie ihn sanft. »Du bist unsere Familie. Emily liebt dich. Und ich liebe dich auch.«

»Danke«, sagte er rau.

»Das ist nicht nur so dahingesagt. Ich weiß ehrlich nicht, was ich in den letzten zwei Jahren ohne deine Unterstützung angefangen hätte. Du warst immer für mich da, und ich werde dir nie für all das danken können, was du für uns getan hast.«

»Ich kann manchmal ziemlich autoritär sein.«

Sie antwortete lächelnd: »Manchmal.«

»Ich habe ein paar hässliche Bemerkungen über dein Privatleben gemacht. Das tut mir leid.«

»Natürlich hat es dich getroffen, dass Coburn und ich zusammen waren.«

»Wie gesagt, es geht mich nichts …«

»Nein, lass mich ausreden. Eddie muss schon damals gewusst haben, dass nur ein Liebhaber mein Tattoo entdecken würde, so viel ist mir inzwischen klar. Wer hätte es sonst zu sehen bekommen? Er hat darauf gebaut, dass ich klug entscheiden würde, welcher Mann das sein würde. Eddie wusste, dass er durch und durch integer sein musste, weil ich mich sonst nicht mit ihm einlassen würde.«

Sie verstummte kurz und fuhr dann fort: »Ich habe Eddie geliebt. Das weißt du, Stan. Ich werde ihn bis zu meinem letzten Atemzug im Herzen bewahren. Aber …« Sie griff nach seiner Hand und drückte sie. »Aber ihm darf nicht mein ganzes Leben gehören. Ich muss irgendwann loslassen und wieder zu leben anfangen. So wie du auch.«

Er nickte, brachte aber wohl nicht den Mut auf, etwas zu sagen. Seine Augen waren verdächtig feucht. Es half Honor, seinen festen Körper an ihrer Seite zu spüren. Sie hielt immer noch seine Hand, als Deputy Crawford zu ihnen trat.

»Ihre Freundin Mrs. Shirah? Die Polizei aus New Orleans hat auf Ihren Notruf reagiert. Man hat sie allein in ihrem Haus gefunden. Sie hatte eine Schussverletzung am Kopf.«

»Was? O Gott!«

Er tätschelte beschwichtigend die Luft. »Sie wurde operiert, und die Kugel wurde bereits entfernt. Ich habe mit einem

Freund von ihr gesprochen, einem Mann namens Bonnell Wallace, der jetzt bei ihr ist. Sie ist stabil, und es geht ihr den Umständen entsprechend gut. Der Arzt hat Mr. Wallace erklärt, es sehe so aus, als hätte die Verletzung keine bleibenden Schäden hinterlassen. Natürlich wollte er sich noch nicht festlegen, aber er glaubt, dass sie sich wieder völlig erholen wird.«

Vor Erleichterung zitternd, ließ Honor den Kopf gegen Stans Schulter sinken. »Gott sei Dank.«

»Mr. Wallace hat mir seine Handynummer gegeben. Er sagte, Sie sollten ihn anrufen, wenn Sie sich wieder gefasst hätten. Er hat Ihnen eine Menge zu erzählen und eine Menge Fragen dazu. Aber ich soll Ihnen ausrichten, dass Mrs. Shirah ihn erkannt hat und dass sie ein paar Worte gewechselt haben. Sie hat als Erstes nach Ihnen und Emily gefragt. Er hat ihr versichert, dass Sie gerettet wurden und beide außer Gefahr sind.«

»Ich rufe ihn so bald wie möglich an. Haben Sie etwas von Mrs. VanAllen gehört?«

»Sie wird zurzeit behandelt und steht unter strenger Bewachung.«

»Und Coburn?« Ihre Stimme wurde rau. »Wissen Sie auch etwas über ihn?«

»Leider nicht«, erwiderte Crawford. »Wenn es etwas zu berichten gibt, wird sich Hamilton mit Ihnen in Verbindung setzen.«

Das Warten schien sich ewig hinzuziehen, aber nach einer Weile kam der Kinderarzt, der Emily untersucht hatte, mit guten Nachrichten aus dem Behandlungsraum. Er bestätigte, dass sie eine beträchtliche Dosis an Antihistaminika bekommen hatte. »Ich habe sie in ein Zimmer bringen lassen, wo sie sich ausschlafen kann. Sie wird natürlich überwacht. Aber eigentlich dürften keine Nachwirkungen zurückbleiben.« Er legte die Hand auf Honors Arm. »Ich habe nichts entdeckt, was darauf hingedeutet hätte, dass sie in irgendeiner Weise Schaden genommen hat.«

Sie und Stan durften mitkommen, als Emily in ein Einzelzimmer verlegt wurde. Klein und hilflos lag sie in ihrem Krankenhausbett, aber angesichts dessen, was hätte passieren können, war Honor überglücklich, sie so friedlich schlafen zu sehen.

Während sie noch über ihre Tochter gebeugt dastand und ihr liebevoll über den Kopf strich, sprach Stan sie leise von hinten an. Sie richtete sich auf und drehte sich um.

Hamilton stand in der Tür. Ohne den Blick von ihr zu wenden, kam er langsam auf sie zu. »Ich dachte, ich sollte es Ihnen persönlich sagen.«

»Nein«, wimmerte sie. »Nein. *Nein.*«

»Es tut mir leid«, fuhr er fort. »Coburn hat es nicht geschafft.«

# Epilog

Sechs Wochen später.

»*Sie klingen überrascht, Mr. Hamilton. Hat Tom Ihnen gegenüber nie erwähnt, wie genial ich bin? Nein? Tja, ich bin es aber. Die wenigsten wissen, dass eine strahlende Zukunft im Business Consulting und Finanzmanagement vor mir lag, bis Lanny geboren und ich zur Gefangenen in meinem eigenen Haus wurde. Damals musste ich alle meine beruflichen Pläne beerdigen. Dann, vor ein paar Jahren, als ich lange genug im Schatten vegetiert hatte, beschloss ich, mein Knowhow auf einem anderen, nun ja, Geschäftsfeld zu nutzen.*

*Meine Ausgangsposition war perfekt. Wer würde der armen Janice VanAllen, Mutter eines schwerbehinderten Kindes und verheiratet mit einem Mann ohne Selbstbewusstsein und Ehrgeiz, zutrauen, eine so erfolgreiche Organisation wie meine aufzubauen und zu leiten?*«

*Sie lachte kurz auf.*

»*Ironischerweise brachte mich Tom damals auf die Idee. Er erzählte ständig von irgendwelchen Schmuggeltransporten, von den grenzenlosen Profiten, die dabei gemacht wurden, von den vergeblichen Bemühungen der Regierung, sich der Flut entgegenzustemmen. Am liebsten redete er von den ›Mittelsmännern‹, die kaum je gefasst werden, weil sie sich hinter einer Fassade der Rechtschaffenheit verstecken. Für mich klang das sehr klug und attraktiv.*

*Tom lieferte mir völlig arglos und vorbehaltlos alle Informa-*

tionen. Ich stellte Fragen, und er beantwortete sie. Er erklärte mir, wie die Verbrecher gefasst wurden. Danach brauchte ich nur noch an die Männer heranzukommen, die diese Schmuggler fassten, und ihnen über meine Kontaktmänner wie Doral und Fred Hawkins einen ordentlichen Bonus dafür anzubieten, dass sie hin und wieder in die andere Richtung schauten.

Für diesen Schutz ließ ich mich von den Transporteuren bezahlen. Wer nicht zahlte, sollte das bitter bereuen. Die meisten von denen sitzen inzwischen im Gefängnis. Und keiner von ihnen konnte mich gegen einen Strafnachlass verraten, weil niemand wusste, wer ich war. Zwischen uns standen immer mehrere menschliche Puffer.

Belassen wir es dabei, dass mein kleines Heimgewerbe schnell expandierte und immer lukrativer wurde. Abgesehen von meinen Handys hatte ich praktisch keine Ausgaben. Doral oder Fred lieferten mir etwa jede zweite Woche ein neues, wenn Tom in der Arbeit war.

Ich zahlte meine Angestellten gut, aber trotzdem überstiegen die Profite meine kühnsten Erwartungen. Das kam mir sehr gelegen. Schließlich musste ich für den Tag sparen, an dem Lanny mich nicht mehr an dieses Haus fesseln würde. Sobald er starb, wollte ich mich absetzen. Ich hatte die Nase voll von diesem Haus, von meinem Mann, meinem Leben. Bis dahin wollte ich genug Geld für einen angenehmen und luxuriösen Ruhestand haben. Natürlich liebte ich Lanny, aber es widerte mich an, ständig seine Windeln wechseln zu müssen, ihm das Essen in den Magen zu pumpen, die Katheter zu setzen …

Also, das wollen Sie bestimmt nicht hören. Sie interessieren sich viel mehr für den Bookkeeper. Eine ziemlich treffende Bezeichnung bei meiner Vergangenheit im Finanzsektor, finden Sie nicht? Jedenfalls warteten auf diversen Bankkonten in aller Welt mehrere Millionen Dollar auf mich. Kaum zu glauben, was man heutzutage alles über das Internet regeln kann.

Aber dann tauchte Lee Coburn auf, und ich musste meine Pläne, das Land zu verlassen, vorantreiben. Lanny...« Ihre Stimme wurde rau. »Lanny hätte gar nichts bemerkt. Er hätte mich sowieso nicht vermisst, oder? Ich werde mich schuldig bekennen, wenn Sie mir versprechen, dass er in der besten Einrichtung im Land unterkommt.«

»Sie haben mein Wort.«

»Und dass er Toms Pension bekommt?«

»Jeder Cent davon wird für die Betreuung seines Sohnes verwandt.«

»Tom hätte das so gewollt. Lanny war sein Ein und Alles. Ich habe ihn oft dafür beneidet, dass er Lanny so bedingungslos lieben konnte. Ich habe es versucht, aber...«

Sie verstummte kurz und sagte dann: »Diese Sex-Nachrichten... so etwas liegt mir eigentlich gar nicht. Ich weiß nicht, ob Sie mir glauben, aber ich finde das ekelhaft. Das war nur ein Code, in dem wir kommunizierten. Ich hätte Doral oder Fred Hawkins nie im Leben perverse Textnachrichten geschickt. Mein Gott. Bitte. Nein, das wäre nur eine Erklärung für die vielen Telefonate und Nachrichten gewesen, falls Tom neugierig geworden wäre. Verstehen Sie?«

»Ich verstehe«, bestätigte Hamilton ausdruckslos. »Hatten Sie gar keine Skrupel, Ihren eigenen Mann umzubringen?«

»Natürlich! Noch nie ist mir etwas so schwergefallen. Doral versuchte mich davon abzubringen, aber es gab einfach keine andere Möglichkeit. Außerdem habe ich Tom damit im Grunde einen Gefallen getan. Er war so unglücklich. Vielleicht noch unglücklicher als ich. Er war genauso an seine Arbeit gefesselt wie ich an unser Haus. Und er war nicht gut in seinem Job. Ausgerechnet Sie müssten das doch wissen,

Mr. Hamilton. Sie haben schließlich zu seinem Unglück bei-getragen. Er wusste, dass er Ihren Erwartungen nie gerecht werden konnte.«

»Ich fand, dass Tom Potenzial hatte und nur etwas Selbst-bewusstsein gebraucht hätte, um das zu erkennen. Ich dachte, mit meiner Führung und meinem Zuspruch …«

»Es ist sinnlos, jetzt noch darüber zu spekulieren, meinen Sie nicht auch, Mr. Hamilton?«

»Wahrscheinlich schon.«

»Es tut mir weh, über Tom zu sprechen. Ich habe um ihn getrauert. Ehrlich. Aber so starb er wenigstens auf ehrenvolle Weise. Fast wie ein Held. Ich glaube, das wäre ihm lieber gewesen, als von allen vergessen zu werden.«

Wieder schwieg sie kurz und sagte dann: »Ich schätze, das war alles. Soll ich irgendwas unterschreiben?«

Hamilton beugte sich über den Schreibtisch und hielt die Aufnahme an.

Honor und Stan, die ins Bezirksbüro des FBI in New Orleans eingeladen worden waren, um sich Janice VanAllens aufgezeichnetes Geständnis anzuhören, hatten sich die ganze Zeit kein einziges Mal gerührt und fassungslos angehört, wie sie ein paar Tage zuvor Hamilton ihre Verbrechen geschildert hatte.

»Sie hat Eddie ermorden lassen«, schloss Honor leise.

»Und viele andere dazu«, ergänzte Hamilton. »Dank der Informationen auf dem USB-Stick machen wir enorme Fort-schritte. Allerdings wird das«, seufzte er, »wie sie selbst sagt, nicht viel bringen. Die Verbrecher vermehren sich weit schnel-ler, als wir sie fassen können. Natürlich bleiben wir trotzdem am Ball.«

»Auf der Datei ist nichts zu finden, was Eddie belasten würde«, stellte Stan klar. »Und keiner hat sich länger von den

Hawkins-Zwillingen an der Nase herumführen lassen als ich. Ja, ich habe Doral benutzt, um mir Informationen zu verschaffen, immerhin wusste ich, dass er einen guten Draht ins Police Department hatte, aber ich hatte nicht den leisesten Schimmer, was die beiden trieben. Dazu stehe ich. Sie können das überprüfen.«

»Das habe ich bereits getan.« Hamilton bedachte ihn mit einem freundlichen Lächeln. »Sie sind absolut sauber, Mr. Gillette. Und nichts auf dieser Datei deutet darauf hin, dass Ihr Sohn etwas Ungesetzliches getan hat. Laut dem Superintendent in Tambour, den ich für einen grundehrlichen Menschen halte, hatte ihm Eddie damals angeboten, heimlich zu ermitteln. Möglicherweise war ihm etwas zu Ohren gekommen, als er nebenbei in Marsets Spedition jobbte.

Jedenfalls segnete Eddies Vorgesetzter seine privaten Nachforschungen ab, brachte den tödlichen Autounfall aber nicht in Verbindung mit den geheimen Ermittlungen, denn die hatten, soweit bekannt war, nichts erbracht. Eddie hatte seine gesammelten Erkenntnisse stattdessen Ihnen anvertraut«, wandte er sich direkt an Honor.

Sie sah ihren Schwiegervater an, legte die Hand auf seinen Arm und drückte ihn. Dann deutete sie auf das Aufnahmegerät. »Wie lange nach dieser Aufnahme wurde Mrs. VanAllen…«

»Ermordet?«, ergänzte Hamilton.

Honor nickte.

»Nur wenige Minuten danach. Ihr Anwalt hatte darauf bestanden, dass die Aussage in einem abgeschlossenen Büro in dem Krankenhaus gemacht werden sollte, in dem ihr Knöchel behandelt wurde. Vor der Tür waren zwei Marshals postiert. Mrs. VanAllen saß im Rollstuhl. Ich und ein weiterer Agent begleiteten sie. Der Anwalt schob ihren Rollstuhl.

Als wir aus dem Büro kamen und sie wieder in ihr Zimmer bringen wollten, tauchte wie aus dem Nichts ein junger Mann auf. Er zog dem ersten Marshal ein Rasiermesser über die Wange und schlitzte sie dabei auf. Als mein Kollege seine Waffe ziehen wollte, durchschnitt der junge Mann seine Kehle. Der Agent starb nur wenige Minuten später.

Mrs. VanAllen wurde blitzschnell, aber tödlich getroffen. Das Rasiermesser durchtrennte ihren Hals fast bis zur Wirbelsäule und von einem Ohr zum anderen. Es war ein grauenvoller Tod. Sie hatte noch Zeit zu begreifen, dass es mit ihr zu Ende ging. Der Junge starb direkt danach an einer Schusswunde.«

In den Nachrichten war gemeldet worden, dass ihn Hamilton zweimal in die Brust und einmal in den Kopf geschossen hatte.

»Es war ein Selbstmordattentat«, sagte Hamilton. »Ihm muss klar gewesen sein, dass er unmöglich entkommen konnte. Er hat mir keine Wahl gelassen.«

»Und er wurde noch nicht identifiziert?«

»Nein. Er hatte keinen Ausweis dabei, keinerlei persönliche Dokumente. Bisher wollte auch noch niemand seinen Leichnam abholen. Wir wissen nicht, in welcher Beziehung er zu Janice VanAllen stand. Wir haben nur sein Rasiermesser und eine Kette mit einem silbernen Kruzifix als Anhaltspunkt.«

Nach einem Moment des Schweigens stand Hamilton auf und gab damit zu verstehen, dass die Unterredung beendet war. Er reichte Stan die Hand. Dann nahm er Honors Hand zwischen seine. »Wie geht es eigentlich Ihrer Tochter?«

»Viel besser. Gott sei Dank kann sie sich an den ganzen Abend nicht erinnern. Aber sie redet ständig von Coburn und will wissen, wo er jetzt ist.« Beide verstummten verlegen, dann fuhr sie fort: »Und Tori wurde aus dem Krankenhaus entlassen. Wir haben sie zweimal besucht. Sie wird inzwischen in Mr. Wallaces Haus von zwei Krankenschwestern gepflegt.«

»Wie macht sie sich?«

»Sie macht ihnen das Leben zur Hölle«, kommentierte Stan trocken.

»Wirklich«, lachte Honor auf. »Und sie wird sich völlig erholen, was ein wahres Wunder ist. Einmal in seinem Leben hat Doral sein Ziel um Haaresbreite verfehlt.«

»Es freut mich, dass beide auf dem Weg der Besserung sind«, sagte Hamilton. »Und ich bewundere Sie für den unglaublichen Mut und die Tapferkeit, die Sie immer wieder bewiesen haben, Mrs. Gillette.«

»Danke.«

»Ich wünsche Ihnen und Ihrem kleinen Mädchen nur das Beste.«

»Danke.«

»Und ich danke Ihnen, dass Sie heute hergekommen sind.«

»Wir danken Ihnen für die Einladung«, sagte Stan. Er drehte sich um und ging zur Tür.

Honor blieb stehen und sah Hamilton in die Augen. »Ich komme gleich nach, Stan. Lass uns bitte noch einen Moment allein.«

Sobald er das Büro verlassen und sie gehört hatte, wie die Tür hinter ihm ins Schloss gefallen war, fragte sie: »Wo ist er?«

»Verzeihung?«

»Verkaufen Sie mich nicht für dumm, Mr. Hamilton. Wo ist Coburn?«

»Ich verstehe nicht.«

»Oh doch, Sie verstehen mich ausgezeichnet.«

»Wollen Sie wissen, wo er beigesetzt wurde? Es gibt keine Grabstätte. Sein Leichnam wurde eingeäschert.«

»Sie lügen. Er ist nicht gestorben.«

Er seufzte. »Mrs. Gillette, ich weiß, wie verstörend...«

»Reden Sie nicht mit mir, als wäre ich Emily. Selbst sie würde dieses Schmierentheater durchschauen. Wo ist er?« Diesmal betonte sie jedes einzelne Wort.

Ein paar Sekunden schien er mit sich zu ringen, dann deutete er auf den Stuhl vor seinem Schreibtisch und setzte sich ebenfalls. »Er sagte, falls Sie jemals fragen sollten...«

»Er *wusste*, dass ich fragen würde.«

»Er hat mir aufgetragen, Ihnen nicht zu verraten, dass er überlebt hat. Im Gegenteil, er hat mir schmerzhafte Konsequenzen angedroht, falls ich Ihnen nicht erzähle, dass er gestorben sei. Aber ich musste ihm auch schwören, dass ich Ihnen das hier geben würde, falls Sie mir nicht glauben würden.«

Er öffnete die Schreibtischschublade und zog einen unbeschrifteten weißen Umschlag heraus. Nach einem zögerlichen Moment, der Honor wie eine Ewigkeit vorkam, schob er ihn über die Tischplatte. Ihr Herz schlug so schnell und fest, dass sie kaum noch Luft bekam. Plötzlich wurden ihre Hände kalt und klamm und ihre Finger so gefühllos, dass sie nur mit Mühe den Daumen unter die Lasche schieben und den Umschlag aufreißen konnte. Darin lag ein einzelnes Blatt Papier, auf dem eine einzige handgeschriebene Zeile stand.

*Es hat etwas bedeutet.*

Die Luft entwich in einem Stoß aus ihrer Lunge. Dann schloss sie die Augen und drückte das Blatt gegen ihre Brust. Als sie die Augen wieder aufschlug, glänzten Tränen darin. »Wo ist er?«

»Mrs. Gillette, ich muss Sie warnen, und bitte glauben Sie mir, dass ich das aus aufrichtiger Sorge um Sie und Ihre Tochter tue. Coburn...«

»Sagen Sie mir, wo er ist.«

»Sie haben gemeinsam viel Schreckliches erlebt. Es ist nur natürlich, dass Sie eine emotionale Bindung zu ihm aufgebaut haben, aber Sie und er passen einfach nicht zueinander.«

»Wo ist er?«

»Letzten Endes wird er Ihnen nur das Herz brechen.«

Sie stand auf, stemmte die Hände auf den Tisch und beugte sich über ihn. »Wo. Ist. Er?«

Seit zwei Wochen konnte er sein Bett endlich länger als ein paar Minuten verlassen, und seither kam er jeden Tag an den Flughafen. Bei seinem dritten Besuch war er einem Flughafenmitarbeiter aufgefallen, während er an der Gepäckabholung herumlungerte. Als der ihn zur Rede gestellt hatte und von ihm wissen wollte, was er da tat, hatte er dem Typen seinen Ausweis gezeigt. Er sah dem Foto zwar kaum noch ähnlich – er war deutlich bleicher, zehn Kilo leichter und hatte längeres, ungepflegteres Haar –, trotzdem hatte ihn der Kerl erkannt. Er hatte dem Mann auf die Nase gebunden, dass er undercover arbeite, und ihm erklärt, dass seine Tarnung auffliegen würde, wenn er nicht sofort verschwinden und ihn in Frieden lassen würde, und dann könnten sie sich beide auf was gefasst machen, weil sie den gesamten Einsatz vermasselt hätten.

Seitdem ließ man ihn in Ruhe.

Er musste immer noch mit einem Stock gehen, aber er schätzte, dass er das verfluchte Ding mit etwas Glück in einer Woche in die Ecke schleudern konnte. Heute Morgen hatte er es immerhin freihändig vom Schlafzimmer bis zur Küche geschafft. Aber er traute sich noch nicht zu, ohne Stock durch die geschäftige Gepäckabholungszone zu humpeln, wo die Fluggäste ihre Koffer von den Bändern hievten, zu den verschiedenen Mietwagenschaltern eilten, ihre Verwandten umarmten oder einfach nicht darauf achteten, wo sie hinliefen. Nach allem, was er durchgemacht hatte, wollte er sich nicht noch von ein paar Zivilisten über den Haufen rennen lassen.

Selbst mit Stock schwitzte er schon, als er die Bank erreichte, auf der er gewöhnlich saß, um die Ankunft des Fluges aus Dallas zu erwarten, weil man über Dallas fliegen musste, wenn man von New Orleans nach Jackson Hole wollte.

Von der Bank aus hatte er freien Blick auf die Fluggäste, die in die Flughafenhalle traten. Wieder einmal schimpfte er sich einen Narren. Höchstwahrscheinlich hatte sie Hamilton seine Geschichte abgekauft, der Mann konnte wirklich überzeugend lügen. Für sie war Lee Coburn gestorben. Ende der Geschichte.

Eines Tages in ferner Zukunft würde sie ihre Enkel auf den Knien hopsen lassen und ihnen von ihrem Abenteuer mit einem FBI-Agenten erzählen. Vielleicht würde sich Emily noch vage an ihn erinnern, aber das bezweifelte er. Wie viel behielt eine Vierjährige wohl im Gedächtnis? Wahrscheinlich hatte sie ihn schon jetzt vergessen.

Die Episode mit dem Sex würde Honor ihren Enkeln allerdings bestimmt verschweigen. Vielleicht würde sie ihnen dafür das Tattoo zeigen oder auch nicht ... vielleicht hätte sie es bis dahin wegmachen lassen.

Und selbst wenn sie seinen Tod angezweifelt und seine Nachricht erhalten hatte, hieß das nicht, dass sie auch verstanden hatte, was er ihr mitteilen wollte. Vielleicht hatte sie gar nicht mitbekommen, was er gesagt hatte, als sie sich geliebt hatten: »Halt mich fest. Spiel mir was vor. Tu so, als würde es etwas bedeuten.«

Wenn er alles noch einmal durchleben müsste, würde er deutlicher werden. Dann würde er keinen Zweifel daran lassen, wie viel ihm dieser Augenblick bedeutet hatte, weil es ihn andernfalls überhaupt nicht interessiert hätte, ob sie ihn festhielt oder nicht. Wenn er noch einmal die Möglichkeit hätte, würde er ihr sagen…

Quatsch, er bräuchte ihr gar nichts zu sagen. Sie würde es *wissen*. Sie würde ihn auf diese ganz bestimmte Weise ansehen, und *er* würde wissen, dass *sie* genau wusste, was er empfand. Genau wie in dem Moment, als er ihr erzählt hatte, wie er Dusty erschießen musste.

*Wie hieß es?*

*Hab ich vergessen.*

*Hast du nicht.*

Ohne dass er es aussprechen musste, hatte sie gewusst, dass der Tag, an dem er sein Pferd erschießen musste, der schlimmste seines bisherigen Lebens gewesen war.

Wenn er an sie dachte, an ihre Augen, ihren Mund, ihren Körper, spürte er tief drinnen ein schmerzhaftes Ziehen. Es saß viel tiefer als der körperliche Schmerz in seinem Unterleib, wo man ihn so weit vernäht hatte, dass er nicht verblutet war. Man hatte ihn aber gewarnt, mindestens sechs Monate lang jede Anstrengung zu vermeiden, weil er sich sonst ein Loch in den Bauch reißen konnte.

Nachts nahm er starke Medikamente, die den Schmerz lang genug dämpften, um ihn einschlafen zu lassen, aber gegen das ziehende Verlangen nach Honor gab es kein Heilmittel. Jede wache Sekunde wollte er sie berühren, sie schmecken, sie an seiner Seite spüren, ihre Hand auf seinem Herzen fühlen.

Und selbst wenn sie verstanden hatte, was er ihr mit dieser kryptischen Notiz mitteilen wollte, würde sie dann mit ihm zusammen sein wollen? Würde sie Emily rund um die Uhr in seiner Nähe haben wollen? Würde sie wollen, dass ihre kleine Tochter mit ihm zusammenlebte, einem Mann, der im Guerrillakampf geschult war, der mit seinen bloßen Händen töten konnte und der weder Elmo noch Thomas die kleine Lok kannte?

Um all das hinzunehmen, würde sie etwas in ihm sehen müssen, von dem er selbst nichts ahnte. Sie müsste ihn tatsächlich an ihrer Seite haben wollen. Sie würde ihn lieben müssen.

Das Knistern der Lautsprecher riss ihn aus seinen Gedanken. Der tägliche Flug aus Dallas wurde angekündigt. Sein fest und straff vernähter Magen sackte so wie jeden Tag nach unten. Er wischte sich die feuchten Hände an den Hosenbeinen ab und erhob sich zittrig, schwer auf seinen Stock gestützt.

Nur ein Masochist würde sich jeden Tag dieser Prozedur unterziehen.

Er war bereit, enttäuscht allein nach Hause zu fahren.

Er war bereit für ein Glück, wie er es noch nie gekannt hatte.

Er richtete den Blick auf die Tür, durch die sie kommen würden.

# Danksagung

Die Mobilfunktechnik macht es inzwischen beinahe unmöglich, dass jemand völlig von der Bildfläche verschwindet. Das ist hilfreich, wenn man sich in der Wildnis verirrt und gefunden werden möchte. Es ist weniger hilfreich, wenn man als Autorin nicht möchte, dass die Hauptfiguren eines Thrillers gefunden werden.

Darum möchte ich besonders John Casbon danken, der mich mit wertvollen Informationen versorgt hat. Während ich diese Worte schreibe, spiegelt die Technik in diesem Roman den Ist-Zustand wider. Das heißt aber nicht, dass sie nicht schon morgen veraltet sein könnte. Diese Branche verändert sich täglich. Wenn Ihnen bei der Lektüre dieses Romans also manche technische Einzelheit lächerlich überholt erscheint, dann üben Sie bitte Nachsicht. Ich habe wirklich mein Bestes gegeben und mir sogar selbst ein »Einweghandy« zugelegt, um auszuprobieren, was sich damit anstellen lässt und was nicht.

Außerdem möchte ich meinem Freund Finley Merry danken, der mir mehr als einmal gezeigt hat, wo ich Hilfe und Informationen finden kann. Wäre er nicht gewesen, hätte ich Mr. Casbon, meinen »Handytypen«, wohl nie kennengelernt.

Ich danke euch beiden.

*Sandra Brown*